芜湖历代诗词

WUHU LIDAI SHICI

—— 上册 ——

中共芜湖市委党史和地方志研究室◎编

安徽师范大学出版社
ANHUI NORMAL UNIVERSITY PRESS

·芜湖·

图书在版编目(CIP)数据

芜湖历代诗词:上、下 / 中共芜湖市委党史和地方志研究室编.— 芜湖:安徽师范大学出版社,2022.12
　ISBN 978-7-5676-5838-7

Ⅰ.①芜… Ⅱ.①中… Ⅲ.①诗词—作品集—中国 Ⅳ.①I22

中国版本图书馆CIP数据核字(2022)第231319号

芜湖历代诗词:上、下

中共芜湖市委党史和地方志研究室◎编

责任编辑:胡志恒　　　　　　责任校对:胡志立　平韵冉
装帧设计:王晴晴　姚　远　　责任印制:桑国磊
出版发行:安徽师范大学出版社
　　　　　芜湖市北京东路1号安徽师范大学赭山校区
网　　址:http://www.ahnupress.com/
发 行 部:0553-3883578　5910327　5910310(传真)
印　　刷:安徽联众印刷有限公司
版　　次:2022年12月第1版
印　　次:2022年12月第1次印刷
规　　格:787 mm×1092 mm　1/16
印　　张:68
字　　数:1071千字
书　　号:ISBN 978-7-5676-5838-7
定　　价:320.00元(全二册)

凡发现图书有质量问题,请与我社联系(联系电话:0553-5910315)

芜湖市地方志编纂委员会

中共芜湖市委党史和地方志研究室

主　任　　魏　超

副主任　　谢迎春　　龙遗华

综合科　　严洛君　　吴泽君　　宣春根

党史编研科　赵朝兵　　周　芳　　赵　凯

方志编研科　胡道宝　　尹　澍

宣传教育科　冯晓鹏　　曹年明　　胡志宏

《芜湖历代诗词》编辑部

主　编　　魏　超

执行主编　张双柱

副主编　　刘永义　　赵志成　　戴　卿

编　审　　谢迎春

编　辑　　潘红琴　　马　春　　袁影红　　马　燕

　　　　　赵朝兵　　胡道宝　　尹　澍

前　言

　　芜湖素有"江东名邑""吴楚名区"之美誉，如今芜湖是长三角地区唯一同时拥有系统推进全面创新改革试验区、国家自主创新示范区、国家创新型城市、国家知识产权示范市、全国科技进步先进市的非省会城市，经济总量居安徽省第二位，先后荣获全国文明城市、创新型试点城市、国家园林城市、国家森林城市、国家水生态文明城市、雕塑之城等称号，四次荣获中国人居环境范例奖，入选中国改革开放40周年发展最成功的40座城市。正因为芜湖得天独厚的经济地理位置，自古就形成了浓厚的文化氛围，表现出与众不同的文化风格，得到历代诸多文化名人青睐，为芜湖创作了许多不朽的作品，其中尤以诗词作品最为璀璨。

　　2010年12月，市地方志办公室主编的《芜湖历代诗词（上下）》出版发行，为芜湖文史留下辉煌一笔。众所周知，地方历代诗词，对地方史志有拾遗补缺的作用，许多史志未载的内容，可以通过一些诗词作品而获知。所以，原芜湖诗词学会会长、安徽师范大学孙文光教授在序文《芜湖与诗的不解之缘》中称赞该书"堪为我们认识芜湖、热爱芜湖的形象教材"。

　　诚然，史籍浩如烟海且版本繁多，该书不仅存在遗珠之憾，而且存在无心之过。就其荦荦大者，原版比较常见的错误是错字。人名有错，如"蓝智"错为"兰智"，"汤柏林"错为"汤伯林"，"马敬思"错为"马思敬"，"谢朓"也常常错为"谢眺"；易混淆字有错，如"作祟"常常错为"作崇"，"浆"与"桨"、"梁"与"粱"也常常互错；平仄用字有错，如南宋操某《拜于湖先生墓》"古冢谁来香一瓣，断蓬衰草自斜阳。至今唯有文章骨，埋入幽泉土也香"的第二句"断蓬"误作"蓬断"；对仗用字有错，如清代萧云从《舟过寒壁》颔联"平湖日落孤帆远，矗壁天开千尺强"的"天开"误作"开天"；韵脚用字有错，如清代查慎行《登芜湖浮图》"落帽家山记几巡，弟兄南北各伤神。茱萸明日重阳酒，五处登高各一人"首句韵字"巡"误作"行"。此外，因原版编选原则从宽，也造成一些问题，比较典型的是某一地名或某一胜景明明不是芜湖的，却误作芜湖而收录，如南宗五祖白玉蟾《和张紫微韵题清虚庵》。南宋状元张孝祥原作题为《皇甫坦所居》，皇甫坦所居清虚庵，位于庐山北拨云峰下，左有青莲庵，右有凌虚阁，侧有"神泉"，一度名震江南。再就是某一作品明明是某人的，却张冠李戴收录他人名下，如晚唐著名诗人许浑《题灵山寺行坚师院》，误以为是晚唐另一著名诗人杜牧作品；清代名媛殷德徵《孙夫人》，误以为是清代另一名媛范淑钟作品；尤为突出的是明代程诰《霞城集》诸多作品，误记入另一明人陆深名下。同一作者因其姓名字号误判为不同作者而分别列入，甚至重复，或同一作者多篇作品，其出处未作统一整理而五花八门，此类问题最为明显，不一而足。这些过错及问题，不仅给读者带来极大困惑，给引用带来许多麻烦，而且给书的质量及声誉带来一定负面影响。对此，该书在修订过程中一一予以纠正，从而大大提升了该书的质量和权威性。

现就重新汇编的《芜湖历代诗词》亮点推介二三，以期社会各界和广大读者充分认识芜湖历代诗词的重大价值及其使用的重大意义，进而充分认识芜湖历代诗词之美以及这些诗词作品所展示的芜湖之美。

亮点一，《芜湖历代诗词》视野进一步拓宽。

入编修订本的既有历代名家如王维、李白、欧阳修、李商隐、司马光、苏轼、黄庭坚、王安石、陆游、张孝祥等，也有各阶层达官显贵才子佳人如姜夔、朱元璋、卢祖皋、揭傒斯、萧云从、黄钺等，甚至还有众多僧侣道家人士如皎然、齐己、惠洪、释道璨、释宗渤。似此安排，旨在表明，文辞与政化相为渗透，意蕴与风情交互流通。故上而国是，下而民常，皆资之以达务；春之花香，秋之月色，皆载而以开新。

欣慰的是，在修订过程中，不仅发现了许多诗人其它一些优秀作品，而且收录了诗圣杜甫有关芜湖的诗作。还收录了孔子三十四代孙孔德绍、唐代著名诗僧皎然、北宋婉约派一代词宗秦观、清代著名画家徐璋、蔡瑶等人的诗作，此外还有为数不少生平不详的普通人，他们为芜湖文史、文旅留下了大量鲜为人知的作品。

亮点二，《芜湖历代诗词》风格更加多样，内容更加丰富。

入编修订本的作品，新增了许多反映时政灾情和民生疾苦的。例如，江南水乡多水灾，道光戊戌（1838）水灾陶瀚写有《纪灾》，道光己酉（1849）水灾黄富民写有《纪水灾》，等等。清代重臣黄钺关于这方面的作品尤多，其诗句不仅详实可信，而且警迈可敬，堪称芜湖诗史，如记道光辛卯（1831）水灾，诗云："不知江水高，但觉青山低"，"村市荡成墟，庙佛淋为泥"；其注云："哀流民之无生，愧振救之乏术，天实为之，谓之何哉。"再如记道光癸巳（1833）水灾，多首诗写道："是时五谷已邻熟，农夫对之唯痛哭。""死心努力勿少惰，君不闻当涂昨日官圩破。""十年三大水，民病岂能支。""周官有荒政，禹甸少闲田。"有的诗后还注明了发水和破圩的具体时间。也有一些新增作品，是专为深入研究某一著名历史人物或重大历史事件而考虑的，如北宋隐者韦许（1062—？）、明末遗民沈士柱（1606—1659）、清代探花韦谦恒（1715—1792）等，后人对其事迹知之甚少，为方便有心人深入研究，修订本便从诗词作品角度出发，增添了许多与韦许、沈士柱、韦谦恒有关的作品。再如为反映南陵文庙兴衰，就增添了方于珣的《文庙告成纪事》、刘文峄的《文庙重建告成纪事》、王中孚的《泮井》等，为反映江北蛟矶庙兴衰，就增添了一些与蛟矶文化有关的作品。还有一些新增作品，是从某一侧面或某一细节来反映当时社会风情和生活概貌的，如"家在江东春水边，杨花落后此鱼鲜"，"鲥鱼四月美绝伦，荻洲网出光如银。头鱼入市竞豪夺，千钱一尾充厨珍"，"龙祠鳗值牛羊贵，保德鲤重开河真。黄花下市肋鱼上，腥风压担来天津"……这些鲥鱼诗，在反映江南鱼米之乡繁荣的同时，也告知人们，鲥鱼在当时也不是一般市民吃得起的。

为尽可能多地增容一批作品，修订本忍痛割爱删除一些诗人内容相同、风格相近的作品。似此安排，旨在表明，凡善诗者，不取资于诗作本身，出其学问，载以性情，自道其所见，自适其所境，便为佳制，便可流传。

亮点三，《芜湖历代诗词》编纂质量进一步提高。

无论是版本的取舍，还是繁体字、异体字的辨识，乃至每一作者简介、每一注释交代、每一标点使用，修订本尽可能做到明白无误、准确无误。版本问题，本书作品尽可能采录《四库全书》诗文别集，各类志书也尽可能采录最权威版本，因此，有些脍炙人口的作品在修订本中有了相应更改。譬如，诗仙李白《望天门山》："天门中断楚江开，碧水东流至北回。两岸青山相对出，孤帆一片日边来。"经仔细辨析，较为流行句"碧水东流至此回"，出自明代李贤、彭时等撰修的地理总志《大明一统志》。故修订时在参考《李太白文集》《万首唐人绝句》《钦定古今图书集成·方舆汇编·职方典》等文献基础上，采用《全唐诗》本，并标注："至，一作'直'，为'直北回'。北，多误作'此'，成'至此回'。"诚然，这也只是修订者一家之言，仅供读者参考。明太祖朱元璋《咏蟂矶》版本亦多，结句多为"瑞气纷纷到处敷"，此次修订结合作者《宿小孤山》诗进行语言风格研判，采录《蟂矶山志》"瑞气纷纷到处无"。再如新增杜甫《释闷》，诗中"扬鞭忽是过湖城"之"湖"字，也是反复研判几个版本，最后采录清仇兆鳌《杜诗详注》。

凡此例证，所在多是。修订本之所以如此一丝不苟，旨在表明，本书整个修订过程始终遵循历史与读者两个意识，历史意识之求真与读者意识之求用，并行不悖。唯真，尊重历史，尊重作者，充分体现文献价值；唯用，便利现实，便利读者，充分体现文化价值。窃以为，美善之举也。

此外，通过编纂工作，将十年前采录中遇到的一些不完全作品一一补齐，譬如广为流传的元代画家王蒙《题白马洞天图》："紫燕避寒暑，万雏啄石乳。风响百神来，千峰动灵雨。"然而，仅此只是全诗中四句。2014年我在撰写《白马山暨三圣寺诗词资料辑录及辨正》时发现全诗，曰："燕北望南山，山形如白马。腾云入碧空，洞壑连清浒。紫燕避寒霜，万雏啄石乳。香泥含春融，奇峤峙霄府。风响百神来，千峰动灵雨。祠幢隐古仙，瑶琴夜中抚。"此次修订采录的就是全诗。再如明代梅士劝《无题》："我昔曾在芜湖住，五月五日观竞渡。画船彩鹢高接天，雷笑云歌遏江雾。"修订发现，该诗题目为《芜湖竞渡》，此四句也只是全诗前四句。

总之，重新编纂《芜湖历代诗词》，其工作量及难度不亚于当年。经统计，这次编纂工作对原书删除作者30余人，删除作品近200首；新增作者320余人，新增作品1000多首。成书在编作者计1400余人，作品4200多首。今能圆满汇编芜湖1600年诗篇，盖时事之助，各有关部门之助，然每一编委学力之增，亦不容置否。尽管如此，我们还是忐忑不安，唯恐遗珠之憾、无心之过，玷污了文献，懊恼了读者。故有言在前，欢迎指正，容待进一步修订。

张双柱

2022年11月

凡　例

一、《芜湖历代诗词》编纂工作坚持以马克思列宁主义、毛泽东思想、邓小平理论、"三个代表"重要思想、科学发展观、习近平新时代中国特色社会主义思想为指导，坚持历史唯物主义和辩证唯物主义，旨在传承中华优秀传统文化，发展社会主义先进文化，服务于芜湖优秀传统文化创造性转化、创新性发展。

二、《芜湖历代诗词》以《芜湖历代诗词（上下）》（黄山书社，2010年12月出版）、《芜湖历代诗词（增补本）》（黄山书社，2016年4月出版）为基础，予以全面系统修订。作品内容包括题咏芜湖山川人物、历史地理、社会政治、风土人情、艺文掌故、遗闻轶事等。

三、《芜湖历代诗词》所选作品创作时间跨度上限始于南朝，下讫1949年9月中华人民共和国成立前夕。

四、《芜湖历代诗词》内容所及地域范围以现行芜湖市行政区划为界，含无为市、南陵县、镜湖区、鸠江区、弋江区（含原三山区）、湾沚区、繁昌区。少量诗词作品突破现行区划，选录原因一是原属芜湖而后划出（按历史上隶属关系标注），一是与芜湖市毗邻且内容上有渊源。受区划更迭、资料不足等所限，涉及原无为县、芜湖县、繁昌县的，地名注释时或有讹误。

五、《芜湖历代诗词》注重思想性、文学性与文献性，主要采录自《四库全书》《四库全书存目丛书》《续修四库全书》中的诗文别集，以及历代《无为州志》《芜湖县志》《繁昌县志》《南陵县志》中的艺文部分。虽世有传诵，但句意粗鄙的作品，概不选录。对文采稍欠，但真实反映当时历史状况的作品，适当选录。对题咏同一事物的作品，尊重各位作者所处的时代以及每位作者的经历、观点，保持作品原貌，本书不作改动。

六、《芜湖历代诗词》坚持全面正确贯彻国家有关语言文字的规范和标准，原则上将作品中使用的繁体字、异体字改为规范汉字。特殊人名，如"萧云从"之"萧"，"魏畊"之"畊"，沿袭原本；特殊地名，如"潀港""橹港""鲁港"，"蟂矶""枭矶""焦矶""蛟矶"，各依原作。对原书中字迹模糊、难以辨认的文字，以"□"替代。

七、《芜湖历代诗词》收录作品4200多首，作者1400余人。总体按作者年代顺序排列。生卒年不明者，按其仕宦、交游、作品所反映的内容，推算所处的大致时段，酌情编排。

八、《芜湖历代诗词》一般不作注释，对部分鲜见的历史、人物、地理、风俗根据内容略作说明。作者自注，视为原作组成部分，予以保留。部分作品散见于多处，本书编者按采信的出处，适当保留该版本的注释。未备之处，容待进一步修订。

目　录（上册）

芜湖历代诗词

033

鲍照(412？—466)，字明远，南朝宋东海(今山东郯城县)人，一说京口(今江苏镇江)人。文帝时迁中书舍人。晚年任临海王刘子顼前军参军，故世称鲍参军。唐人或避武后讳而作"鲍昭"。明人辑有《鲍明远集》。

浔阳还都道中

昨夜宿南陵①，今旦入芦洲。客行惜日月，崩波不可留。侵星赴早路，毕景逐前俦。鳞鳞夕云起，猎猎晓风遒。腾沙郁黄雾，翻浪扬白鸥。登舻眺淮甸，掩泣望荆流。绝目尽平原，时见远烟浮。倏忽坐还合，俄思甚兼秋。未尝违户庭，安能千里游？谁令乏古节，贻此越乡忧。

——《鲍明远集》卷五

[注]①南陵：芜湖市辖县。位于安徽省东南部、青弋江流域。汉代为宣城、春谷等县属地，唐代移置南陵县。

谢庄(421—466)，字希逸，南朝宋陈郡阳夏(今河南太康县)人。入仕即任东宫洗马。元嘉二十六年(449)领记室官至中书令，加金紫光禄大夫，世称"谢光禄"。

自浔阳至都集道里名为诗

山经亟旋览，水牒倦敷寻。稽榭诚淹留，烟台信遐临。翔州凝寒气，秋浦结清阴。眇眇高湖旷，遥遥南陵深。青溪如委黛，黄沙似舒金。观道雷池侧，访德茅堂阴。鲁显阙微迹，秦良灭芳音。讯远博望崖，采赋梁山岑。崇馆非陈宇，茂苑岂旧林。

——《艺文类聚》五十六

谢朓(464—499)，字玄晖，南朝齐陈郡阳夏(今河南太康县)人。永明元年(483)入仕，曾出任宣城太守，人称"谢宣城"。后人辑有《谢宣城诗集》。

暂使下都夜发新林至京邑赠西府同僚

大江流日夜，客心悲未央。徒念关山近，终知返路长。秋河曙耿耿，寒渚夜苍苍。
引领见京室，宫雉正相望。金波丽鳷鹊，玉绳低建章。驱车鼎门外，思见昭丘阳。
驰晖不可接，何况隔两乡。风烟有鸟路，江汉限无梁。常恐鹰隼击，时菊委严霜。
寄言罻罗者，寥廓已高翔。

——《谢宣城诗集》卷三

之宣城郡出新林浦①向板桥

江路西南永，归流东北骛。天际识归舟，云中辨江树。旅思倦摇摇，孤游昔已屡。
既欢怀禄情，复协沧洲趣。嚣尘自兹隔，赏心于此遇。虽无玄豹姿，终隐南山雾。

——《谢宣城诗集》卷三

[注]①新林浦：后人习惯称为新林，在繁昌县东二十五里，今属繁昌区平铺镇。

宣城郡内登望

借问下车日，匪直望舒圆。寒城一以眺，平楚正苍然。山积陵阳阻，溪流春谷①泉。
威纡讵遥甸，巉岩带远天。切切阴风暮，桑柘起寒烟。怅望心已极，惝怳魂屡迁。
结发倦为旅，平生早事边。谁规鼎食盛，宁要狐白鲜。方弃汝南诺，言税辽东田。

——《谢宣城诗集》卷三

[注]①春谷：繁昌县，汉为春谷县地，属丹阳郡。后为芜湖市辖县，今更名繁昌区。

刘 冉

刘冉(481—539)，字孝绰，南朝梁彭城(今江苏徐州)人。曾任秘书丞、太子太仆兼廷尉卿等职。辑有《刘秘书集》，协助梁昭明太子萧统编撰中国现存最早的诗文总集《昭明文选》。

夕逗繁昌浦①

日入江风静，安波似未流。岸回知舳转，缆解觉船浮。暮烟生远渚，夕鸟赴前洲。

002

隔山闻戍鼓，傍浦喧棹讴。疑是辰阳宿，于此逗孤舟。

——康熙《太平府志》卷三十八

[注]①繁昌浦：又称荻浦，指繁昌荻港，在繁昌城西北，濒临长江，"荻浦归帆"为繁昌古十景之一。另说指泥浦，旧以泥浦港（今称谷河）与月子港、横山港三港合流入江，称三港口，又称繁昌浦。

庾肩吾（487—约552），字子慎，一字慎之。南朝梁南阳新野（今属河南）人。太清三年（549）任度支尚书。著有《书品》，明人辑有《庾度支集》。

游甑山①

平子去已久，余风今复追。未必游芳草，王孙自不归。路高村反出，林长鸟更稀。寒云间石起，秋叶下山飞。西河方阅训，讵得解朝衣。

——康熙《太平府志》卷三十八

[注]①甑山：一名镇山，今名正山。位于繁昌境内。

萧绎（508—555），字世诚，南朝梁兰陵（今江苏常州）人。梁武帝萧衍第七子，天监十三年（514）封湘东王，承圣元年（552）即位于江陵，是为梁世祖，即南朝梁元帝。明人辑有《梁元帝集》。

泛芜湖①

桂潭连菊岸，桃李映成蹊。石文如濯锦，云飞似散珪。桡度菱根反，船去荇枝低。帆随迎雨燕，鼓逐伺潮鸡。

——《古诗纪》卷八十一

[注]①明末清初芜湖籍画家萧云从题自画《石人渡图》云："梁元帝《泛芜湖》诗，即石人渡也。"石人渡，在原芜湖县境清水河以南，是通往大、小荆山的渡口。

孔德绍

孔德绍(生卒年不详),隋会稽(今浙江绍兴市)人。孔子三十四代孙,大约生活于隋末唐初时期。事窦建德,初为景城丞,后为内史侍郎,典书檄。建德败,太宗诛之。

登白马山护明寺①

名岳标形胜,危峰远郁纡。成象建环极,大壮阐规模。层台耸灵鹫,高殿迮阳乌。
暂同游阆苑,还类入仙都。三休开碧岭,万户洞金铺。摄心罄前礼,访道挹中虚。
遥瞻尽地轴,长望极天隅。白云起梁栋,丹霞映栱栌。露花疑濯锦,泉月似沉珠。
今日桃源客,相顾失归途。

——《全唐诗》卷七百三十三

[注]①白马山:位于芜湖市弋江区境内。山高五十丈,周九里,相传古代有仙人乘白马停驻于此而化成山。"白马洞天"列为芜湖古八景之一。护明寺:白马山有记载最古老的寺庙,可能建于南朝。古代因战乱多次毁建,目前白马山有三圣寺和白马寺两座寺庙。

孟浩然

孟浩然(689—740),字浩然,唐襄州襄阳(今属湖北)人,世称"孟襄阳"。因未曾入仕,又称为"孟山人"。少隐鹿门山,年四十乃游京师。著有《孟浩然集》。

夜泊宣城界

西塞沿江岛,南陵问驿楼。潮平津济阔,风止客帆收。去去怀前浦,茫茫泛夕流。
石逢罗刹碛,山泊敬亭幽。火炽梅根冶①,烟迷杨叶洲。离家复水宿,相伴赖沙鸥。

——《孟浩然集》卷二

[注]①梅根冶:著名铸钱场所。据《南陵县志》载:"南陵以梅根作冶其来久矣。"《元和郡县志》载:"梅根监并宛陵监,每岁共铸钱五万贯。"

刘秩（约690—764），字祚卿，彭城（今江苏徐州）人。唐开元进士及第，二十二年（734）任左监门卫录事参军，历刑部员外郎、阆州刺史、尚书右丞等，后贬抚州长史。著有《政典》《至德新议》等。

过芜湖

百里芜湖县，封侯自汉朝。荻林秋带雨，沙浦晚生潮。近海鱼盐富，濒淮粟麦饶。相逢白头叟，击壤颂唐尧。

——民国《芜湖县志》卷五十九

王昌龄（698—约757），字少伯，唐京兆（今陕西西安）人。一说河东晋阳（今山西太原）人。开元十五年（727）进士，为校书郎，开元二十二年（734）中博学宏词，授汜水尉，再迁江宁，故世称"王江宁"。天宝七年（748），谪迁潭阳郡龙标尉。著有《王昌龄集》。

至南陵答皇甫岳

与君同疾复漂沦，昨夜宣城别故人。明主恩波非岁久，长江还共五溪滨。

——《万首唐人绝句》卷六十七

王　维

王维（701—761），字摩诘，号摩诘居士。唐河东蒲州（今山西运城）人。开元九年（721）进士，历官右拾遗、监察御史、河西节度使判官。后官至尚书右丞，故世称"王右丞"。著有《王右丞集》。

饭覆釜山僧①

晚知清净理，日与人群疏。将候远山僧，先期扫弊庐。果从云峰里，顾我蓬蒿居。

005

藉草饭松屑，焚香看道书。然灯昼欲尽，鸣磬夜方初。一悟寂为乐，此日闲有余。
思归何必深，身世犹空虚。

——《全唐诗》卷一百二十五

[注]①覆釜山：一名寨山，位于繁昌境内。"覆釜晴岚"为繁昌古八景之一。

送张五諲归宣城

五湖千万里，况复五湖西。渔浦南陵郭，人家春谷溪。欲归江淼淼，未到草萋萋。
忆想兰陵镇，可宜猿更啼。

——《全唐诗》卷一百二十六

送邢桂州

铙吹喧京口，风波下洞庭。赭圻将赤岸①，击汰复扬舲。日落江湖白，潮来天地青。
明珠归合浦，应逐使臣星。

——《全唐诗》卷一百二十六

[注]①赭圻：梁置南陵县，治赭圻城。在今繁昌境内长江边。乾符五年，黄巢攻宣州，宣歙观察使王凝拒之，败于南陵。

李白（701—762），字太白，号青莲居士。祖籍陇西成纪（今甘肃秦安东），出生在西域碎叶（今巴尔喀什湖南楚河流域）。幼随父迁居绵州昌隆（今四川江油县）。天宝初供奉翰林。安史之乱，流放夜郎，中途遇赦东还。晚年漂泊困苦，卒于安徽当涂。著有《草堂集》《李翰林集》。

江夏赠韦南陵冰

胡骄马惊沙尘起，胡雏饮马天津水。君为张掖近酒泉，我窜三巴九千里。天地再新
法令宽，夜郎迁客带霜寒。西忆故人不可见，东风吹梦到长安。宁期此地忽相遇，
惊喜茫如堕烟雾。玉箫金管喧四筵，苦心不得申长句。昨日绣衣倾绿尊，病如桃李
竟何言。昔骑天子大宛马，今乘款段诸侯门。赖遇南平豁方寸，复兼夫子持清论。
有似山开万里云，四望青天解人闷。人闷还心闷，苦辛长苦辛。愁来饮酒二千石，

寒灰重暖生阳春。山公醉后能骑马，别是风流贤主人。头陀云月多僧气，山水何曾称人意。不然鸣筎按鼓戏沧流，呼取江南女儿歌棹讴。我且为君槌碎黄鹤楼，君亦为吾倒却鹦鹉洲。赤壁争雄如梦里，且须歌舞宽离忧。

——《全唐诗》卷一百七十

于五松山赠南陵常赞府

为草当作兰，为木当作松。兰秋香风远，松寒不改容。松兰相因依，萧艾徒丰茸。鸡与鸡并食，鸾与鸾同枝。拣珠去沙砾，但有珠相随。远客投名贤，真堪写怀抱。若惜方寸心，待谁可倾倒。虞卿弃赵相，便与魏齐行。海上五百人，同日死田横。当时不好贤，岂传千古名。愿君同心人，于我少留情。寂寂还寂寂，出门迷所适。长铗归来乎，秋风思归客。

——《全唐诗》卷一百七十一

书怀赠南陵常赞府

岁星入汉年，方朔见明主。调笑当时人，中天谢云雨。一去麒麟阁，遂将朝市乖。故交不过门，秋草日上阶。当时何特达，独与我心谐。置酒凌歊台，欢娱未曾歇。歌动白纻山，舞回天门月。问我心中事，为君前致辞。君看我才能，何似鲁仲尼。大圣犹不遇，小儒安足悲。云南五月中，频丧渡泸师。毒草杀汉马，张兵夺云旗。至今西二河，流血拥僵尸。将无七擒略，鲁女惜园葵。咸阳天下枢，累岁人不足。虽有数斗玉，不如一盘粟。赖得契宰衡，持钧慰风俗。自顾无所用，辞家方来归。霜惊壮士发，泪满逐臣衣。以此不安席，蹉跎身世违。终当灭卫谤，不受鲁人讥。

——《全唐诗》卷一百七十一

寄韦南陵冰①

南船正东风，北船来自缓。江上相逢借问君，语笑未了风吹断。闻君携伎访情人，应为尚书不顾身。堂上三千珠履客，瓮中百斛金陵春。恨我阻此乐，淹留楚江滨。月色醉远客，山花开欲然。春风狂杀人，一日剧三年。乘兴嫌太迟，焚却子猷船。梦见五柳枝，已堪挂马鞭。何日到彭泽，长歌陶令前。

——《全唐诗》卷一百七十二

[注]①诗题系修订者所改,原题:寄韦南陵冰,余江上乘兴访之,遇寻颜尚书,笑有此赠。

自金陵溯流过白壁山达天门①

沧江溯流归，白壁见秋月。秋月照白壁，皓如山阴雪。幽人停宵征，贾客忘早发。
进帆天门山，回首牛渚没。川长信风来，日出宿雾歇。故人在咫尺，新赏成胡越。
寄君青兰花，惠好庶不绝。

——《全唐诗》卷一百七十三

[注]①诗题系修订者所改,原题:自金陵溯流过白壁山玩月,达天门寄句容王主簿。

南陵别儿童入京①

白酒新熟山中归，黄鸡啄黍秋正肥。呼童烹鸡酌白酒，儿女嬉笑牵人衣。高歌取醉
欲自慰，起舞落日争光辉。游说万乘苦不早，著鞭跨马涉远道。会稽愚妇轻买臣，
余亦辞家西入秦。仰天大笑出门去，我辈岂是蓬蒿人。

——《全唐诗》卷一百七十四

[注]①天宝元年(742),唐玄宗下诏征李白入京。李白在南陵寨山与家中妻儿告别,
写下此诗。

送通禅师还南陵隐静寺①

我闻隐静寺，山水多奇踪。岩种朗公橘，门深杯渡松。道人制猛虎，振锡还孤峰。
他日南陵下，相期谷口逢。

——《全唐诗》卷一百七十七

[注]①隐静寺:位于芜湖市繁昌境东南五华山。古寺传为南朝宋时杯渡禅师所建,曾
号称"江东第二禅林"。据《太平府志》,寺内曾收藏过不少珍贵文物,寺后观音岩上有宋刻
佛像多尊。山中有碧霄、桂月、鸣磬、紫气、行道五峰,景色优美。

五松山送殷淑

秀色发江左，风流奈若何。仲文了不还，独立扬清波。载酒五松山，颓然白云歌。
中天度落月，万里遥相过。抚酒惜此月，流光畏蹉跎。明日别离去，连峰郁嵯峨。

——《全唐诗》卷一百七十七

酬张卿夜宿南陵见赠

月出鲁城东，明如天上雪。鲁女惊莎鸡，鸣机应秋节。当君相思夜，火落金风高。
河汉挂户牖，欲济无轻舠。我昔辞林丘，云龙忽相见。客星动太微，朝去洛阳殿。
尔来得茂彦，七叶仕汉余。身为下邳客，家有圯桥书。传说未梦时，终当起岩野。
万古骑辰星，光辉照天下。与君各未遇，长策委蒿莱。宝刀隐玉匣，锈涩空莓苔。
遂令世上愚，轻我土与灰。一朝攀龙去，蛙黾安在哉。故山定有酒，与尔倾金罍。

——《全唐诗》卷一百七十八

江上答崔宣城①

太华三芙蓉，明星玉女峰。寻仙下西岳，陶令忽相逢。问我将何事，湍波历几重。
貂裘非季子，鹤氅似王恭。谬忝燕台召，而陪郭隗踪。水流知入海，云去或从龙。
树绕芦洲月，山鸣鹊镇钟②。还期如可访，台岭荫长松。

——《全唐诗》卷一百七十八

[注]①崔宣城：宣城县令崔钦。②鹊镇：鹊头镇。《元和郡县志》：在宣州南陵县西一百
一十里，即春秋时，楚伐吴，败于鹊岸是也。沿流八十里有鹊尾洲，吴时屯兵处。

答杜秀才五松见赠①

昔献长杨赋，天开云雨欢。当时待诏承明里，皆道扬雄才可观。敕赐飞龙二天马，
黄金络头白玉鞍。浮云蔽日去不返，总为秋风摧紫兰。角巾东出商山道，采秀行歌
咏芝草。路逢园绮笑向人，两君解来一何好。闻道金陵龙虎盘，还同谢朓望长安。
千峰夹水向秋浦，五松名山当夏寒。铜井炎炉歊九天，赫如铸鼎荆山前。陶公矍铄
呵赤电，回禄睢盱扬紫烟。此中岂是久留处，便欲烧丹从列仙。爱听松风且高卧，
飕飕吹尽炎氛过。登崖独立望九州，阳春欲奏谁相和。闻君往年游锦城，章仇尚书
倒屣迎。飞笺络绎奏明主，天书降问回恩荣。肮脏不能就珪组，至今空扬高蹈名。
夫子工文绝世奇，五松新作天下推。吾非谢尚邀彦伯，异代风流各一时。一时相逢
乐在今，袖拂白云开素琴，弹为三峡流泉音。从兹一别武陵去，去后桃花春水深。

——《全唐诗》卷一百七十八

[注]①作者题注：五松山在南陵铜坑西五六里。

山中问答

问余何意栖碧山①，笑而不答心自闲。桃花流水窅然去，别有天地非人间。

——《全唐诗》卷一百七十八

注:①碧山:传为今南陵县小格里。

游谢氏山亭

沦老卧江海，再欢天地清。病闲久寂寞，岁物徒芬荣。借君西池游，聊以散我情。扫雪松下去，扪萝石道行。谢公池塘上①，春草飒已生。花枝拂人来，山鸟向我鸣。田家有美酒，落日与之倾。醉罢弄归月，遥欣稚子迎。

——《全唐诗》卷一百七十九

[注]①谢公池，又称为谢家池，古南陵籍山城北门一景。李白晚年曾居住籍山城北龙汇桥附近。

铜官山醉后绝句

我爱铜官乐，千年未拟还。要须回舞袖，拂尽五松山。

——《全唐诗》卷一百七十九

与南陵常赞府游五松山①

安石泛溟渤，独啸长风还。逸韵动海上，高情出人间。灵异可并迹，澹然与世闲。我来五松下，置酒穷跻攀。征古绝遗老，因名五松山。五松何清幽，胜境美沃州。萧飒鸣洞壑，终年风雨秋。响入百泉去，听如三峡流。剪竹扫天花，且从傲吏游。龙堂若可憩，吾欲归精修。

——《全唐诗》卷一百七十九

[注]①作者题注:山在南陵铜井西五里,有古精舍。

望天门山①

天门中断楚江②开，碧水东流至北回③。两岸青山相对出，孤帆一片日边来。

——《全唐诗》卷一百八十

[注]①天门山:东西梁山合称。东梁山又名博望山,位于芜湖市北的长江岸边;西梁山位于马鞍山市和县东南的长江西岸。两山夹江对峙,相对如门,故合称天门山。东梁山今属芜湖市,"天门烟浪"是"芜湖十景"之一。②楚江:芜湖古为楚国地域,故称流经这里的长江为楚江。③至北回:至,一作"直",为"直北回"。北,多误作"此",成"至此回"。

宿五松山下荀媪家

我宿五松下,寂寥无所欢。田家秋作苦,邻女夜春寒。跪进雕胡饭,月光明素盘。
令人惭漂母,三谢不能餐。

——《全唐诗》卷一百八十一

纪南陵题五松山

圣达有去就,潜光愚其德。鱼与龙同池,龙去鱼不测。当时版筑辈,岂知傅说情。
一朝和殷羹,光气为列星。伊尹生空桑,捐庖佐皇极。桐宫放太甲,摄政无愧色。
三年帝道明,委质终辅翼。旷哉至人心,万古可为则。时命或大缪,仲尼将奈何。
鸾凤忽覆巢,麒麟不来过。龟山蔽鲁国,有斧且无柯。归来归去来,宵济越洪波。

——《全唐诗》卷一百八十一

天门山①

迥出江山上,双峰自相对。岸映松色寒,石分浪花碎。参差远天际,缥缈晴霞外。
落日舟去遥,回首沉青霭。

——《全唐诗》卷一百八十一

[注]①该诗系《姑孰十咏》之十。一作李赤诗,题《姑熟杂咏》,本编一并录入供鉴赏。

横江词六首

人言横江好,侬道横江恶。一风三日吹倒山①,白浪高于瓦官阁。
海潮南去过寻阳,牛渚由来险马当。横江欲渡风波恶,一水牵愁万里长。
横江西望阻西秦,汉水东连②杨子津。白浪如山那可渡,狂风愁杀峭帆人。
海神来过恶风回,浪打天门石壁开。浙江八月何如此,涛似连山喷雪来。
横江馆前津吏迎,向余东指海云生。郎今欲渡缘何事,如此风波不可行。
月晕天风雾不开,海鲸东蹙百③川回。惊波一起三山动,公无④渡河归去来。

——《李太白文集》卷六

南陵五松山别荀七

六即颍水荀,何惭许郡宾。相逢太史奏,应是聚贤人。玉隐且在石,兰枯还见春。俄成万里别,立德贵清真。

——《李太白文集》卷十二

别韦少府

西出苍龙门,南登白鹿原。欲寻商山皓,犹恋汉皇恩。水国远行迈,仙经深讨论。洗心向溪月,清耳敬亭猿。筑室在人境,闭关无世喧。多君枉高驾,赠我以微言。交乃意气合,道因风雅存。别离有相思,瑶瑟与金尊。

——《李太白文集》卷十二

哭宣城善酿纪叟

纪叟黄泉里,还应酿老春。夜台无晓日①,沽酒与何人?

——《李太白文集》卷二十三

[注]①一作"夜台无李白"。

##

李赤(生卒年不详),唐代吴郡举子。江湖浪人,尝自比李白,故名赤。唐柳宗元撰有《李赤传》。

天门山①

迥出江水上,双峰自相对。岸映松色寒,石分浪花碎。参差远天际,缥缈晴霞外。落日舟去遥,回首沈青霭。

——《御定全唐诗》卷四百七十二

[注]①该诗出自李赤《姑熟杂咏》,与李白《姑孰十咏》所咏"天门山"完全相同。因其传闻甚广,一并录此供参鉴。

高适(704—765),字达夫,唐渤海郡沧州(今河北景县)人。曾任刑部侍郎、散骑常侍、渤海县侯,世称高常侍。有《高常侍集》。

送崔录事赴宣城

大国非不理,小官皆用才。欲行宣城印,住饮洛阳杯。晚景为人别,长天无鸟回。举帆风波渺,倚棹江山来。羡尔兼乘兴,芜湖千里开。

——《高常侍集》卷六

丁仙芝(705—763),字元祯,唐曲阿(今江苏丹阳市)人,开元十三年(725)登进士第,至十八年仍未授官,后亦仕至主簿、余杭县尉等职。

江南曲五首(其三)

昨暝逗南陵,风声波浪阻。入浦不逢人,归家谁信汝。

——《全唐诗》卷一百十四

刘长卿(约709—789),字文房,唐宣州(今安徽宣城)人,后迁居河间(今属河北沧州)。开元二十一年(733)进士,至德中官监察御史,终随州刺史。著有《刘随州集》。

鄂渚送池州程使君

萧萧五马动,欲别谢临川。落日芜湖色,空山梅冶烟。江潮通廨舍,楚老拜戈船。风化东南满,行舟来去传。

——《刘随州集》卷二

赴江西湖上赠皇甫曾之宣州

莫恨扁舟去，川途我更遥。东西潮渺渺，离别雨萧萧。流水通春谷，青山过板桥。天涯有来客，迟尔访渔樵。

——《刘随州集》卷四

杜甫（712—770），字子美，自号少陵野老。祖籍襄阳（今属湖北），巩县（今河南巩义）人。后人称为"诗圣"，其诗被称为"诗史"。杜甫虽然在世时名声并不显赫，但后来声名远播，对中国文学和日本文学都产生了深远的影响。著有《杜工部集》等。

释闷

四海十年不解兵，犬戎也复临咸京。失道非关出襄野，扬鞭忽是过湖城。豺狼塞路人断绝，烽火照夜尸纵横。天子亦应厌奔走，群公固合思升平。但恐诛求不改辙，闻道婴孥能全生。江边老翁错料事，眼暗不见风尘清。

——《杜诗详注》卷十二

吴筠（713？—778），字贞节，唐华阴（今陕西华阴县）人。举进士不中，隐居南阳倚帝山为道士。天宝中，玄宗召至京师，敕待诏翰林。后入嵩山，师承冯齐整而受正一之法。有《宗玄集》等。

过天门山怀友人

举帆遇风劲，逸势如飞奔。缥缈凌烟波，崩腾走川原。两山夹沧江，豁尔开天门。须臾轻舟远，想象孤屿存。归路日已近，怡然慰心魂。所经多奇趣，待与吾友论。一日如三秋，相思意弥敦。

——《宗玄集》卷中

李嘉祐

李嘉祐（？—约782），字从一，赵州（今河北赵县）人。唐天宝七年擢第，授秘书正字，历任江阴中台郎、台州刺史、袁州刺史。著有《李嘉祐集》。

夜宴南陵留别

雪满前庭月色闲，主人留客未能还。预愁明日相思处，匹马千山与万山。

———《全唐诗》卷二百七

钱　起

钱起（722？—783），字仲文，唐吴兴（今浙江湖州）人。天宝十年（751）登进士第。官秘书省校书郎，终尚书考功郎中，世称"钱考功"。有《钱考功集》。

独往覆釜山寄郎士元

赏心无远近，芳月好登望。胜事引幽人，山下复山上。将寻洞中药，复爱湖外嶂。
古壁苔入云，阴溪树穿浪。谁言世缘绝，更惜知音旷。莺啼绿萝春，回首还惆怅。

———《钱仲文集》卷二

仲春晚寻覆釜山

蝴蝶弄和风，飞花不知晚。王孙寻芳草，步步忘路远。况我爱青山，涉趣皆游践。
萦回必中路，隐晦阳复显。古岸生新泉，霞峰映雪巘。交枝花色异，奇石云根浅。
碧洞志忘归，紫芝行可搴。方嗤嵇叔夜，林卧方沈湎。

———《钱仲文集》卷三

春谷幽居

黄鸟鸣园柳，新阳改旧阴。春来此幽兴，宛是谢公心。扫径兰芳出，添池山影深。
虚名随振鹭，安得久栖林。

———《钱仲文集》卷六

送虞说擢第东游

湖山不可厌，东望有余情。片玉登科后，孤舟任兴行。月中严子濑，花际楚王城①。岁暮云皋鹤，闻天更一鸣。

——《钱仲文集》卷五

[注]①楚王城：故址在芜湖市湾沚区（原芜湖县）水阳江边黄池乡岗丘上，古称鸠兹城。

夕游覆釜山道士观因登玄元庙

冥搜过物表，洞府次溪傍。已入瀛洲远，谁言仙路长。孤烟出深竹，道侣正焚香。鸣磬爱山静，步虚宜夜凉。仍同象帝庙，更上紫霞冈。霁月悬琪树，明星映碧堂。倾思丹灶术，愿采玉芝芳。倘把浮丘袂，乘云别旧乡。

——《钱仲文集》卷八

韩翃（725？—785？），字君平，河南南阳人。唐天宝十三年（754）登进士第。建中初，以《寒食》诗受知德宗，除驾部郎中、知制诰，擢中书舍人。著有《韩君平集》。

赠别韦兵曹归池州

南陵八月天，暮色远峰前。楚竹青阳路，吴江赤马船。簪金诸客贵，佩玉主人贤。终日应相逐，归期定几年。

——《全唐诗》卷二百四十四

送齐明府赴东阳

绿丝帆缆桂为樯，过尽淮山楚水长。万里移家背春谷，一官行府向东阳。风流好爱杯中物，豪荡仍欺陌上郎。别后心期如在眼，猿声烟色树苍苍。

——《全唐诗》卷二百四十五

李晕(生卒年不详),安徽当涂人。贞元(785—805)中与王翀霄、陈秘监讲究性理,筑室马仁山,高尚不仕。

自述诗

学道已曾忘世味,避人何用住山深。生平只有天相谅,笑揭灵台对马仁①。

——道光《繁昌县志》卷十三

[注]①马仁:马仁山。在今繁昌区境内。

韦应物(生卒年不详),字义博,京兆杜陵(今陕西省西安市)人。以门荫入仕,起家右千牛备身,出任栎阳县令,迁比部郎中,加朝散大夫,外放治理滁州、江州刺史、苏州刺史等职。约贞元七年(791)初在苏州去世。

游灵岩寺

始入松路永,独忻山寺幽。不知临绝槛,乃见西江流。吴岫分烟景,楚甸散林丘。方悟关塞眇,重轸故园愁。闻钟戒归骑,憩涧惜良游。地疏泉谷狭,春深草木稠。兹焉赏未极,清景期杪秋。

——《韦苏州集》卷七

释灵一(727—762),俗姓吴,人称一公,广陵(今江苏扬州)人。唐大历年间名僧,驻锡于若耶溪云门寺、余杭宜丰寺讲学,从学者四方而至。著有《灵一集》《文献通考》。

静林精舍①

静林溪路远，萧帝有遗踪。水击罗浮磬，山鸣于阗钟。灯传三世火，树老万株松。无数烟霞色，空闻昔卧龙。

——《唐僧洪秀集》卷二

[注]①民国《南陵县志》收录该诗，题为《静林寺》，寺在南陵城西三十里牧冲清规山。另据《咸淳临安志》记载："静林寺，在县东南一十二里钦德乡。萧梁时建，中废。人呼为寺坞。林木森隘，人迹罕至，阴雨时或闻钟鼓锣钹声，有僧利钦筑庵坞中，渐拓基址，得大石龟二断碑一。文磨灭不可辨，止存篆文静林寺记四字；又得古井六，及阶砌隐约尚存。于是寺复兴。绍兴四年重建。"本修订版依唐代《唐四僧诗》、宋代《唐僧弘秀集》《文苑英华》等古本收录。唐宋古本有题注曰："即梁武隐所有钟磬并古物。"

顾 况

顾况（727—815），字逋翁，号华阳真逸。海盐（今浙江海宁境内）人，一说江苏苏州人。唐肃宗至德进士。曾任著作郎，因作诗嘲讽得罪权贵，贬饶州司户参军。晚年隐居茅山。著有《华阳集》。

青弋江①

凄清回泊夜，沦波激石响。村边草市桥，月下罟师网。

——《全唐诗》卷二百六十七

[注]①青弋江：简称弋江，发源于皖南山区，流经太平、泾县及芜湖市属南陵、繁昌、湾沚诸县区，抵市区城南流入长江。

##

释皎然（730—799），唐著名诗僧、茶僧，俗姓谢，字清昼，吴兴（今浙江湖州）人。吴兴杼山妙喜寺主持。有诗歌理论专著《诗式》。

送李丞使宣州

结驷何翩翩，落叶暗寒渚。梦里春谷泉，愁中洞庭雨。聊持㸑山茗，以代宜城醅。

——《全唐诗》卷八百十八

张籍（约767—约830），字文昌，原籍吴郡（今江苏苏州），少时迁和州乌江（今安徽和县乌江）。唐贞元进士。历任太常寺太祝、水部员外郎、国子司业等。著有《张司业集》。

感春

远客悠悠任病身，谢家池①上又逢春。明年各自东西去，此地看花是别人。

——《全唐诗》卷三百八十六

[注]①谢家池：在南陵城北二里，昔人游咏之所，李白、杜牧均有诗作。

贾岛（779—843），字阆仙，自号碣石山人。河北道幽州范阳（今河北涿县）人。早年为僧，名无本，后还俗。唐文宗时做过遂州长江（今四川省蓬溪县）主簿等小官。有《长江集》。

送陈商①

古道长荆棘，新岐路交横。君于荒榛中，寻得古辙行。足踏圣人路，貌端禅士形。我曾接夜谈，似听讲一经。联翩曾数举，昨登高第名。釜底绝烟火，晓行皇帝京。上客远府游，主人须目明。青云别青山，何日复可升。

——《全唐诗》卷五百七十一

[注]①陈商：字述圣，安徽当涂人，陈皇室后裔。曾与隐士王翀霄为友，在繁昌马仁山结庐读书。元和九年登进士第，官谏议大夫、侍郎、秘书监等，好古文，《新唐书·艺文志》著录商集十七卷，佚。

送友人之南陵①

莫叹徒劳向宦途，不群气岸有谁如。南陵暂掌仇香印，北阙终行贾谊书。好趁江山寻胜境，莫辞韦杜别幽居。少年跃马同心使，免得诗中道跨驴。

——《全唐诗》卷五百七十四

[注]①宋代魏野《送李主簿之任南陵》与该诗极为相似，一并录之供赏鉴。

张祜(785—849后)，字承吉，南阳(今河南邓县)人。寓居姑苏。后至长安，为元稹排挤，遂至淮南。爱丹阳曲阿地，隐居以终。卒于大中年间。有《张承吉文集》。

题南陵隐静寺

松径上登攀，深行烟霭间。合流厨下水，对耸殿前山。润壁鸟音迥，泉源僧步闲。更怜飞一锡，天外与云还。

——《张处士集》卷三

许浑(788?—860?)，字用晦，一作仲晦，润州丹阳(今江苏丹阳)人。大和六年(832)登进士第。历官虞部员外郎，睦、郢二州刺史。今存《丁卯集》。

酬郭少府先奉使巡涝见寄兼呈裴明府

载书携榼别池龙，十副轻帆处处通。谢朓宅荒山翠里，王敦城古月明中。江村夜涨浮天水，泽国秋生动地风。饱食鲈鱼榜归楫，待君琴酒醉陶公。

——《丁卯诗集》卷上

题灵山寺①行坚师院

西岩一径不通樵，八十持杯未觉遥。龙在石潭闻夜雨，雁移沙渚见秋潮。经函露湿文多暗，香印风吹字半销。应笑东归又南去，越山无路水迢迢。

——《丁卯诗集》卷上

[注]①灵山寺：在南陵城西郎陵山，山下有郎陵院，梁改灵山寺。

送南陵李少府

高人亦未闲，来往楚云间。剑在心应壮，书穷鬓已斑。落帆秋水寺，驱马夕阳山。
明日南昌尉，空斋又掩关。

——《丁卯诗集》卷下

南陵留别段氏兄弟

不知身老大，犹似旧时狂。为酒游山县，留诗过草堂。归期秋未尽，离恨日偏长。
更羡君兄弟，参差雁一行。

——《丁卯诗集》补遗

释清塞，约公元821年前后在世，俗姓周，字南卿，东洛（今河南洛阳）人。初居庐
山为浮屠，法号清塞。大和末，谒杭州太守姚合，加以冠巾，复姓氏，更名贺。后亦不
得志，往依名山诸尊宿自终。诗与贾岛、无可齐名，著有《清塞集》（一作《周贺诗集》）。

入静隐寺途中作

乱云迷远寺，入路认青松。鸟道缘巢影，僧鞋印雪踪。草烟连野烧，溪雾隔霜钟。
更遇樵人问，犹言过几峰。

——《唐四僧诗》卷四

宿隐静寺上方

一宿五峰杯渡寺，虚廊中夜磬声分。疏林未落上方月，深涧忽生平地云。幽鸟背泉
栖静境，远人当烛想遗文。暂来此地歇劳足，望断故山沧海濆。

——《唐四僧诗》卷五

李贺(790—816),字长吉,福昌(今河南宜阳)人。宗室郑孝王(李亮)之后。以父名晋肃,避讳不得进士,曾官奉礼郎。有《李长吉歌诗》。

赠陈商

长安有男儿,二十心已朽。楞伽堆案前,楚词系肘后。人生有穷拙,日暮聊饮酒。
只今道已塞,何必须白首。凄凄陈述圣。披褐锄俎豆。学为尧舜文,时人责衰偶。
柴门车辙冻,日下榆影瘦。黄昏访我来,苦节青阳皱。太华五千仞,劈地抽森秀。
旁古无寸寻,一上戛牛斗。公卿纵不怜,宁能锁吾口。李生师太华,大坐看白昼。
逢霜作朴樕,得气为春柳。礼节乃相去,憔悴如刍狗。风雪直斋坛,墨组贯铜绶。
臣妾气态间,唯欲承箕帚。天眼何时开,古剑庸一吼。

——《全唐诗》卷三百九十二

杜牧(803—853),字牧之,号樊川,京兆万年(今陕西西安)人。大和二年(828)进士,授弘文馆校书郎,后历任监察御史、史馆修撰及黄州、池州、睦州刺史等,官终中书舍人。著有《樊川文集》等。

宣州送裴坦判官往舒州①

日暖泥融雪半销,行人芳草马声骄。九华山路云遮寺,清弋江村柳拂桥。君意如鸿高的的,我心悬旆正摇摇。同来不得同归去,故国逢春一寂寥。

——《樊川文集》卷一

[注]①诗题系修订者所改,原题:宣州送裴坦判官往舒州,时牧欲赴官归京。

再宿芜湖十六韵①

南指陵阳路,东流似昔年。重恩山未答,双鬓雪飘然。数仞惭投迹,群公愧拍肩。
鸳鸰蒙锦绣,尘土浴潺湲。郭隗黄金峻,虞卿白璧鲜。貔貅环玉帐,鹦鹉破蛮笺。

极浦沉碑会，秋花落帽筵。旌旗明迥野，冠佩照神仙。筹画言何补，优容道实全。讴谣人扑地，鸡犬树连天。紫凤超如电，青襟散似烟。苍生未经济，坟草已芊绵。往事唯沙月，孤灯但客舡。岘山云影畔，棠叶水声前。故国还归去，浮生亦可怜。高歌一曲泪，明日夕阳边。

——《樊川文集》卷一

[注]①诗题系修订者所改，原题：往年随故府吴兴公夜泊芜湖口，今赴官西去，再宿芜湖，感旧伤怀，因成十六韵。

南陵道中

南陵水面漫悠悠，风紧云轻欲变秋。正是客心孤迥处，谁家红袖凭江楼。

——《樊川文集》外集

安贤寺①

谢家池上安贤寺，面面松窗对水开。莫道闭门防俗客，爱闲能有几人来。

——民国《南陵县志》卷四十二

023

[注]①安贤寺：据民国《南陵县志》载：城北二里有开化寺，唐时名为安贤寺。

温庭筠

温庭筠（812—870），原名岐，字飞卿，太原祁（今山西祁县）人。晚年任方城尉和国子监助教。精通音律，工诗，词话。有《温庭筠诗集》《金奁集》。

湖阴词① 并序

王敦举兵至湖阴，明帝微行，视其营伍，由是乐府有《湖阴曲》，而亡其词，因作而附之。

祖龙黄须珊瑚鞭，铁骢金面青连钱。虎髯拔剑欲成梦，日厌贼营如血鲜。海旗风急惊眠起，甲重光摇照湖水。苍黄追骑尘外归，森索妖星阵前死。五陵愁碧春萋萋，灞川玉马空中嘶。羽书如电入青琐，雪腕如椎催画鞞。白虬天子金煌铓，高临帝座回龙章。吴波不动楚山晚，花压栏干春昼长。

——《温庭筠集》卷一

[注]①《晋书·明帝纪》:"太宁二年六月,王敦将举兵内向。帝密知之。乃乘巴滇骏马微行至于湖,阴察敦营垒而出……"温庭筠错误断句为"于湖阴,察敦营垒而出",由此酿成一件文字公案,后世文人如苏辙、张耒、吕本中、洪亮吉等都曾写过《湖阴曲》之类的考辨诗篇。至于序云"乐府有《湖阴曲》,而亡其词",可能是事实。

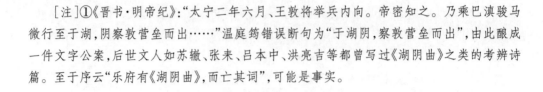

李商隐(约813—约858),字义山,号玉溪生,又号樊南生,怀州河内(今河南沁阳)人。开成年间进士及第,任秘书省校书郎,调弘农尉。宣宗朝先后入桂州、徐州、梓州幕府。复任盐铁推官。有冯浩《李义山诗文集详注》。

凉思

客去波平槛,蝉休露满枝。永怀当此节,倚立自移时。北斗兼春远,南陵寓使迟。天涯占梦数,疑误有新知。

——《李义山诗集》卷三

许棠(822—?),字文化,宣州泾县(今属安徽)人。咸通十二年(871)登进士第,官泾县尉、江宁丞。有《许棠诗集》。

送李频之南陵主簿

赴县是还乡,途程岂觉长。听莺离灞岸,荡桨入陵阳。野蕨生公署,闲云拂印床。晴天调膳外,垂钓有池塘。

——《全唐诗》卷六百三

张乔(约825—890),字伯迁,安徽池州(今贵池)人。乾符四年(877年),黄巢起义军在南陵大败唐军。乔罢举遂隐居九华山。今存诗二卷,载《全唐诗》。

题灵山寺①

树凉清岛寺，虚阁敞禅扉。四面闲云入，中流独鸟归。湖平幽径近，船泊夜灯微。
一宿秋风里，烟波隔捣衣。

——《全唐诗》卷六百三十八

[注]①灵山寺：在南陵城西郎陵山，山下有郎陵院，梁改灵山寺。该诗题一作《游灵山寺》。

送南陵尉李频

重作东南尉，生涯尚似僧。客程淮馆月，乡思海船灯。晚雾看春谷，晴天见朗陵。
不应三考足，先授诏书征。

——《全唐诗》卷六百三十八

送友人往宜春

落花兼柳絮，无处不纷纷。远道空归去，流莺独自闻。野桥喧砲水，山郭入楼云。
故里南陵曲，秋期更送君。

——《全唐诗》卷六百三十八

送友人进士许棠

离乡积岁年，归路远依然。夜火山头市，春江树杪船。干戈愁鬓改，瘴疠喜家全。
何处营甘旨，波涛浸薄田。

——《全唐诗》卷六百三十八

送许棠及第归宣州

雅调一生吟，谁为晚达心。傍人贺及第，独自却沾襟。宴别喧天乐，家归碍日岑。
青门许攀送，故里接云林。

——《全唐诗》卷六百三十八

题宣州开元寺

谁家烟径长莓苔，金碧虚栏竹上开。流水远分山色断，清猿时带角声来。六朝明月唯诗在，三楚空山有雁回。达理始应尽惆怅，僧闲因得话天台。

——《全唐诗》卷六百三十九

曹松（828—903），字梦微，舒州（今安徽潜山）人。昭宗光化四年（901）登进士第，时已七十余岁。授秘书省正字。《全唐诗》录其诗一百四十首。

赠南陵李主簿

外邑官同隐，宁劳短吏趋。看云情自足，爱酒逸应无。簟席弹棋子，衣裳惹印朱。仍闻陂水近，亦拟掉菰蒲。

——《全唐诗》卷七百十六

罗 隐

罗隐（833—910），字昭谏，本名横。浙江余杭人。以十举进士不第，乃改名。累官钱塘令、镇海军掌书记、节度判官、盐铁发运副使、著作佐郎，奏授司勋郎。有《歌诗集》《甲乙集》等。

得宣州窦尚书书因投寄二首

其一

双鱼迢递到江滨，伤感南陵旧主人。万里朝台劳寄梦，千年侯国阻趋尘。寻知乱后尝辞禄，共喜闲来得养神。时见齐山敬亭客，不堪戎马战征频。

其二

曾逐旌旗过板桥，世途多难竟蓬飘。步兵校尉辞公府，车骑将军忆本朝。醉里旧游还历历，病中衰鬓奈萧萧。遗簪堕履应留念，门客如今只下僚。

——《罗昭谏集》卷三

下山过梅根

岸叶经秋坠晚枝，袅烟凌鬓促征期。家从泽国谁能问，路在侯门自不知。但恐老侵多病日，每忧忙过少年时。可怜江上人堪笑，独倚残阳弄钓丝。

——嘉靖《池州府志》卷八

胡曾(839—?)，号秋田，长沙人，咸通中举进士不第。尝为汉南节度从事。高骈镇蜀，辟为书记。曾居军幕。著有《安定集》《咏史诗》(三卷)。

荆山①

抱玉岩前桂叶稠，碧溪寒水至今流。空山落日猿声叫，疑是荆人哭未休。

——《全唐诗》卷六百四十七

[注]①荆山：位于芜湖长江东岸，有荆山寒壁名胜。

濡须①桥

徒向濡须欲受降，英雄才略独无双。天心不与金陵便，高步何由得渡江。

——《全唐诗》卷六百四十七

[注]①濡须：古水名。源出巢湖，经无为入长江。

孙元晏

孙元晏(生卒年不详)，江宁(今南京)人。生平事迹无可考。著有《六朝咏史诗》一卷，分咏吴、东晋、宋、齐、梁、陈诸朝人物，与胡曾《咏史诗》合观，亦可见一时风气。《金陵诗征》卷四云："咏金陵事为一集者，实自元晏始。"

濡须坞

风揭洪涛响若雷，枕波为垒险相限。莫言有个濡须坞，几度曹公失志回。

——《全唐诗》卷七百六十七

七宝鞭

天命须知岂偶然，乱臣徒欲用兵权。圣谟庙略还应别，浑不消他七宝鞭。

——《全唐诗》卷七百六十七

李咸用，生卒不详，约唐懿宗咸通末前后在世，唐陇西（今甘肃临洮）人。应举不第，加之唐末乱离，遂寓居庐山等地，《唐才子传》有记。著有《披沙集》《文献通考》等。

荆山

良工指君疑，真玉却非玉。寄言怀宝人，不须伤手足。

——《太平三书》卷四

张贲，字润卿，唐邓州（今河南南阳）人。大中初年进士，官广史博士，后隐居于茅山，寓吴中。唐末为广文博士。

清弋江田舍

草木翳荒径，岩阿有竹扉。童牛随特出，乳燕哺雏归。钓艇横幽渚，耕蓑挂落晖。罕知盐酪味，父子入城稀。

——民国《南陵县志》卷四十二

芜湖历代诗词

陶宝森,安徽南陵人。

赠别赖剑平明府用留别原韵

百里岩疆重荷肩,芳声早播使君贤。琴弹漳水音犹在,锦制临湖道不迁。从古循良非异政,只凭慈爱洽群缘。春风杨柳江城路,情共骊歌一缕牵。

——民国《南陵县志》卷四十二

韩偓(844—914?),字致尧,一作致光,小字冬郎,自号玉山樵人,京兆万年(今陕西西安)人。龙纪元年(889)登进士第。出佐河中节度使幕府,后拜左拾遗,迁左谏议大夫。著有《玉山樵人集》《香奁集》。

奉和峡州孙舍人二篇①(录一)

征途安敢更迁延,冒入重围势使然。众果却因存苦李,五瓶惟恐竭甘泉。多端莫撼三珠树,密策寻遗七宝鞭。黄篾舫中梅雨里,野人无事日高眠。

——《全唐诗》卷六百八十

[注]①诗题系修订者所改,原题:奉和峡州孙舍人肇荆南重围中寄诸朝士二篇,时李常侍洵、严谏议龟、李起居殷衡、李郎中冉皆有继和。余久有是债,今至湖南,方暇牵韵。

杜荀鹤

杜荀鹤(846—904),字彦之,池州石埭(今安徽石台)人,自号九华山人。唐大顺二年(891)擢第,授翰林学士、主客员外郎、知制诰。著有《唐风集》。

乱后宿南陵废寺寄沈明府

只共寒灯坐到明,塞鸿冲雪一声声。乱时为客无人识,废寺吟诗有鬼惊。且把酒杯添志气，已将身事托公卿。男儿仗剑酬恩在，未肯徒然过一生。

——《唐风集》卷二

登灵山水阁贻钓者①

江上见僧谁是了，修斋补衲日劳身。未胜渔父闲垂钓，独背斜阳不采人。纵有风波犹得睡，总无蓑笠始为贫。瓦瓶盛酒瓷瓯酌，荻浦芦湾是要津。

——《唐风集》卷二

[注]①灵山：即灵山墩，在繁昌城北芦南。

送人归淝上

巢湖春涨喻溪深，才过东关见故林。莫道南来总无利，水亭山寺二年吟。

——《唐风集》卷三

灵泽夫人祠

百啭流莺慰客情，白门飞去片帆轻。鱼龙宫阙浮空上，烟雨渔舟绕槛行。宝货远通银豆市，芦花春满竹棚城。水心自昔称禅院，何事孙家著姓名。

——康熙《螺矶山志》卷下

#

郑谷(851?—910?)，字守愚。袁州宜春(今属江西)人，郑史子。光启三年(887)进士。官右拾遗，历都官郎中，诗家因称郑都官。有《云台编》《宜阳集》《外集》。

送许棠先辈之官泾县

白头新作尉，县在故山中。高第能卑宦，前贤尚此风。芜湖春荡漾，梅雨昼溟濛。佐理人安后，篇章莫废功。

——《全唐诗》卷六百七十四

久不得张乔^①消息

天末去程孤，沿淮复向吴。乱离何处甚，安稳到家无。树尽云垂野，墙稀月满湖。伤心绕村落，应少旧耕夫。

—— 《全唐诗》卷六百七十四

[注]①张乔：安徽南陵人。

访题进士张乔延兴门外所居

平生苦节同，旦夕会原东。掩卷斜阳里，看山落木中。星霜今欲老，江海业全空。近日文场内，因君起古风。

—— 《全唐诗》卷六百七十四

秦韬玉

秦韬玉，字仲明，京兆（今陕西西安）人。唐中和二年（882）特赐进士及第，官工部侍郎。著有《秦韬玉诗集》《投知小录》。

送友人罢举授南陵令

共言愁是酌离杯，况值弦歌枉大才。献赋未为龙化去，除书犹喜凤衔来。花明驿路燕脂暖，山入江亭罨画开。莫把新诗题别处，谢家临水有池台。

—— 《全唐诗》卷六百七十

释齐己

释齐己（861—937），俗名胡得生，潭州（今湖南益阳）人。自幼家贫，后出家，佛事文事双修。晚年驻锡荆南龙兴寺。是中晚唐与皎然、贯休齐名三大诗僧之一。有《白莲集》《风骚旨格》《玄机分别要览》等。

喜表公往楚王城

已闻人舍地，结构旧基平。一面湖光白，邻家竹影清。应难寻辇道，空说是王城。谁信兴亡迹，今来有磬声。

——《白莲集》卷六

朱贞白（生卒年不详），江南人。不仕，号处士。

咏月

当涂当涂见，芜湖芜湖见，八月十五夜，一似没柄扇。

——《全唐诗》卷八百七十

马亮（957—1031），字叔明，安徽合肥人。太宗太平兴国五年（980）进士，知合肥县。真宗、仁宗两朝历知升、广、杭、庐、亳等州，为集贤院学士、工部尚书。

西能仁寺①

四十年前宰一同，算来人事悉成空。惟邻萧寺松依旧，朝暮声吹谷风风。

——康熙《芜湖县志》卷十三

[注]①西能仁寺：《钦定古今图书集成·方舆编职方典·太平府祠庙考》载："旧在（芜湖）县后，即南唐古城罗汉院。宋政和元年，同赐额。宋真宗御书阁在焉，元废，遗址无存。"

滴翠轩

高阁登临暑气空，绿槐蝉噪咽清风。我今到此须怀感，多少行人道路中。

——《宋诗纪事补遗》卷四

魏野(960—1020)。陕州陕县人,字仲先,号草堂居士。不求仕进,自筑草堂。真宗大中祥符四年(1011),帝祀汾阴被举荐。上表以病辞,诏州县常加存抚。有《东观集》《草堂集》。

送李主簿之任南陵①

无叹徒劳向宦途,不群气岸有谁如。南陵暂掌仇香印,北阙终行贾谊书。且喜江山寻胜境,莫辞韦杜别幽居。少年跃马同星使,免得诗中道跨驴②。

——《东观集》卷二

[注]①唐代贾岛《送友人之南陵》与该诗极为相似,一并录之供赏鉴。②原注:贾岛诗云:"长江飞鸟外,主簿跨驴归。"

林逋(967—1028),字君复,钱塘(今浙江杭州)人。少孤力学,恬淡好古。初游江淮间,后归隐杭州西湖孤山,赏梅养鹤,终身不仕,也未婚娶。仁宗赐谥和靖先生。逋善行书,喜为诗。有《林和靖集》四卷。

过芜湖县

诗中长爱杜池州,说著芜湖是胜游。山掩县城当北起,渡冲官道向西流。风捎樯碇网初下,雨摆鱼薪市未收。更好两三僧院舍,松衣石发斗山幽。

——《林和靖集》卷二

无为军

掩映军城隔水乡,人烟景物共苍苍。酒家楼阁摇风旆,茶客舟船簇雨樯。残笛远砧闻野墅,老苔寒桧看僧房。狎鸥更有江湖兴,珍重江头白一行。

——《林和靖集》卷二

送陈纵之无为军

淮天时节少春寒，几蒂梅花雪欲残。水次军城囊剑入，雨余村坞镫驴看。名缘未出知谁异，道为深穷却自难。第一京师早西入，庙廊题字可无韩。

——《林和靖集》卷三

西梁山下泊船怀别润州杲上人

画图行李是随缘，立别江头雨霁天。铁瓮独归三月寺，铜瓶轻挂两朝船。吟焚篆籀香初嫩，老拥云霞衲已穿。昨夜西梁山下月，为师怀想几凄然。

——《林和靖集》卷三

杨亿（974—1020），字大年，建州浦城（今福建浦城县）人。淳化中赐进士，翰林学士兼史馆修撰，官至工部侍郎。著有《武夷新集》《浦城遗书》《杨文公谈苑》。

无为军王从事

奏牍曾蒙乙夜观，擅场文价在金銮。貂裘岁久京尘暗，鹢路风高旅翮残。取酒黄金都已尽，食鱼长铗更须弹。时清水国无书檄，谁见挥毫一据鞍。

——《武夷新集》卷五

吕夷简

吕夷简（978—1044），字坦夫，寿州（今安徽凤台）人。咸平三年（1000年），进士及第，宋真宗年间以刑部郎中权知开封府。宋仁宗立，任宰相。

无为太宁院①

飘然吟魄到鳌山，好句空留水石间。界眼清虚心不息，浮生能有几时闲。

——《宋诗拾遗》卷四

［注］①太宁院：在无为城西南旧临湖县。创建年代、遗址失考。

穆 修

穆修(979—1032),字伯长,郓州汶阳(今山东汶上)人。北宋真宗大中祥符中,赐进士出身。初任泰州司理参军,后为颍州、蔡州文学参军。著有《穆参军集》《河南穆公集》。

江上送陈翘还无为

江上寂寥春雨晴,江边冉冉春潮平。相逢未尽斗酒醉,相送又速孤舟行。篁竹穷锁秋浦郡,烟波渺隔无为城。音尘两地不千里,勿使负君金玉声。

——《河南穆公集》卷一

 胡 宿

胡宿(995—1067),字武平,常州晋陵(今江苏常州)人。仁宗天圣二年(1024)进士。历官扬子尉、通判宣州、知湖州、两浙转运使、知制诰、翰林学士、枢密副使。著有《胡宿集》。

寄芜湖吴殿丞

大花滩外忆琴堂,西北山长水更长。缩地何曾人有术,摩天不及鸟能翔。寒梅弄脸英英态,腊甕蒸醅满满香。怅望未休还怅望,夜来庭下月如霜。

——《文恭集》卷四

 宋 庠

宋庠(996—1066),初名郊,字伯庠,入仕后改名庠,更字公序。祖籍安州安陆,后迁居开封府雍丘县双塔乡。天圣二年(1024)状元及第,成为"连中三元"(乡试、会试、殿试均第一)之人。官至兵部侍郎、同平章事,以司空、郑国公致仕。著有《宋元宪集》《国语补音》等。

送谢煜赴无为主簿

怀檄倦游都，劳劳舣客舻。秋渠沿莨荡，春坞见濡须。秫齐添宾酌，兰苕入养厨。
明年献文地，南阙倚星榆。

——《元宪集》卷六

贾昌朝

贾昌朝（998—1065）字子明，先世南皮（今属河北）人，后徙开封（今属河南）。真
宗朝赐同进士出身。庆历中，同中书门下平章事，封魏国公。著有《群经音辨》等。

繁城魏受禅台

服殷自古称文王，几见符膺把纣亡。谁谓老奸讴篡事，禅台空立在繁昌。

——《宋诗拾遗》卷二

036

梅尧臣

梅尧臣（1002—1060），字圣俞，宣城（今属安徽）人，宣城古称宛陵，故世称梅宛
陵。赐进士出身。官至尚书都官员外郎。主张诗文革新，影响甚巨。参撰《新唐书》，
注《孙子兵法》，著有《宛陵先生文集》。

芜湖口留别弟信臣

少也远辞亲，俱为异乡客。昨日偶同归，今朝复南适。南适畏简书，叨兹六百石，
重念我当去，送我江之侧。溪山远更清，溪水深转碧。因知惜别情，愈赊应愈剧。

——《宛陵先生文集》卷三

离芜湖至观头桥

江口泊来久，菰蒲长旧苗。争雏洲鹊斗，遗子浦鱼跳。宿岸欣逢戍，归船竞趁潮。
时时望乡树，已恨白云遥。

——《宛陵先生文集》卷五

送弟赴和州幕

夹河为郡不如古，江北江南作冗官。须记长传一经训，虽贫莫改饮瓢欢。历阳况与吾庐近，春谷休言问膳难。此日停舟聊举酌，明当水驿自加餐。

——《宛陵先生文集》卷九

寒食日过荆山①

山邮虽禁火，岭树自生烟。呜咽同归橹，悲哀欲问天。泣亲非泣玉，流泪剧流泉。春鳖横刀脍，何心更食鲜。

——《宛陵先生文集》卷十二

[注]①荆山：位于芜湖市东南。荆山寒壁，为芜湖古八景之一。

过褐山矶值风①

山口风偏急，矶头水似煎。喧声殊倦听，逆上正难牵。暗石谁愁碍，长塗未拟前。江心看白浪，卷起大于船。

——《宛陵先生文集》卷三十三

037

[注]①褐山矶：位于芜湖市西北长江岸边。全称四褐山，海拔132米，为芜湖市制高点。古代曾在此发生多次战争。褐山揽胜，为芜湖十景之一。

褐山矶上港中泊

风恶舟难进，聊依浦里村。岸潮生蓼节，滩浪聚芦根。日脚看看雨，江心渐渐昏。篙师知蟹窟，取以助清樽。

——《宛陵先生文集》卷三十三

弟著作宰南陵

新买紫骝马，欲归清弋江。去弹琴雁独，来认凫凫双。橐实收盈筐，浓醅熟满缸。弟兄相忆否，风烛旧西窗。

——《宛陵先生文集》卷三十八

芜湖阻风

春风任恶花自笑，白浪不愁头已白。戢戢大船江浦边，昆仑五两谁非客。

——《宛陵先生文集》卷三十八

广济寺

船从山下过，直上见僧轩。系缆登矶石，缘崖到寺门。短篱遮竹坞，危路踏松根。却看沧江底，帆归烟外昏。

——《宛陵先生文集》卷四十

阻风宿大信口①

东梁如印蚕，西梁如游鱼。二山夹大江，早暮潮吸嘘。解舟辞姑熟，速欲还吾庐。风逆未可前，泊浦近烟墟。波中事网罟，乘月多夜挐。冰滩聚鸣雁，霜葭正疏疏。是时昴毕中，旷渺天地虚。静坐人已眠，我虑久洗如。自起取美酒，独酌邀蟾蜍。蟾蜍射白光，入盏亦踌躇。醉来不解舞，欲揽嫦娥祛。昔对谪仙人，此意复在予。既醒裂尺素，立作数行书。寄与青山家，精灵其有诸。

——《宛陵先生文集》卷四十

[注]①大信口：《郴行录》云："褐山矶在大信口稍西，南去芜湖县四十余里。"

早发大信口

犬吠知船解，村墟尚闭门。霜泥粘缆尾，冰水阁潮痕。撇撇鹔鹴去，纤纤舴艋昏。梅湖到不远，寄信向田园。

——《宛陵先生文集》卷四十

黄池月下共酌得池字①

将归谢公郡，喜见阮家儿。但对月和水，那能酒似池。衰形疑镜照，葆鬓怯霜吹。宿雁不堪托，乡人知未知。

——《宛陵先生文集》卷四十

[注]①黄池：在原芜湖县境内，宋之后划归当涂县。与当涂黄池一河之隔的青弋江南

岸，至今也一直称为黄池。

舟次芜江①

楚客连樯泊晚风，吴人江畔醉无穷。少陵失意诗偏老，子厚因迁笔更雄。贯口信潮千里至，平沙落日一时红。知君兄弟才名大，我愧白头辽水东。

——《宛陵先生文集》卷四十一

[注]①诗题系修订者所改，原题：依韵和王介甫兄弟舟次芜江，怀寄吴正仲。

隐静山访怀贤上人不遇

松上垂青蔓，蒲根泻碧泉。高僧来不见，却返五峰前。

——《宛陵先生文集》卷四十二

游隐静山

心在名山久，积岁未及游。将过值风雨，路不通马牛。丁壮四五人，篮舁时更休。转谷逢烟火，下隰多田畴。偃穟黄压亩，刘麻东盈丘。始觉山门深，长松如腾虬。直上百余尺，苍鬐叶修修。五峰迎人来，冷逼台殿秋。石泉出云中，引入舍下流。缘源至岩口，岩底鱼可钩。天昏碧溪去，果熟青猿偷。草树不尽识，自起诗人羞。溅溅涧水浅，苒苒菖蒲稠。菖蒲花已晚，菖蒲茸尚柔。灵根采九节，试共野僧求。逡巡能致之，衰疾无甚忧。昔闻有释子，渡江用杯浮。栖心向兹地，埋骨在林陬。驳阴漏斜光，徒欲穷巅幽。夜还南陵郭，几落猛虎喉。

——《宛陵先生文集》卷四十二

039

寄题南陵息亭蒵阁

竹里有清馆，池中多藕花。日光穿岸脚，水影射檐牙。柱穴蜂归响，炉檀火过窊。已知民讼息，漉酒费巾纱。

——《宛陵先生文集》卷四十四

寄隐静山怀贤长老

山有枇杷树，树多猕猴群。高僧心不着，一似五峰云。随飙来溪口，石上起氤氲。

果熟猕猴去，自向瀑涧分。

——《宛陵先生文集》卷四十五

食橙寄谢舍人

洞庭朱橘未弄色，襄水锦橙已变黄。玉臼捣齑怜鲙美，金盘案酒助杯香。虽生南土名犹重，未信中州客厌尝。欲寄白苞凭驿去，只应佳味怯风霜。

——《宛陵先生文集》卷五

送达观禅师归隐静寺古律二首（录一）

栗林霜下熟，归摘御穷冬。带月涉溪水，过山闻寺钟。未嫌云衲湿，已喜野人逢。且莫似杯渡，沧波无去踪。

——《宛陵先生文集》卷三十六

张伯玉

040

张伯玉（约1003—1070），字公达，福州建安（今福建建瓯）人。仁宗天圣二年（1024）登进士第。历吴郡兼郡学教授、太谷令，后出知太平州（今安徽当涂，北宋时期芜湖隶属太平州），迁知福州、越州、睦州，终官至司封郎中。著有《蓬莱集》。

隐静山

高士浮杯来，投锡顿清绝。到今千丈松，闲伴五峰雪。凌烟孤鹤起，向晚啼猿歇。不见纤尘飞，寒泉湛明月。

——《宋诗拾遗》卷十

王敦城①

晋氏开霸图，潜飞入坚壁。梦日有余祥，留鞭无旧迹。虽矜钱凤计，终堕太真策。不作忠良臣，高城有何益。

——《宋诗纪事补遗》卷十七

[注]①王敦城：故址在芜湖古城东，晋王敦镇姑孰时筑城于此。参见温庭筠《湖阴曲》注。

欧阳修(1007—1072),字永叔,号醉翁、六一居士,吉州永丰(今属江西)人。天圣八年进士。官至翰林学士、枢密副使、参知政事,谥文忠,为"唐宋八大家"之一。著有《欧阳文忠集》《六一词》等。

赠无为军李道士二首

无为道士三尺琴,中有万古无穷音。音如石上泻流水,泻之不竭由源深。弹虽在指声在意,听不以耳而以心。心意既得形骸忘,不觉天地白日愁云阴。

李师琴纹如卧蛇,一弹使我三咨嗟。五音商羽主肃杀,飒飒坐上风吹沙。忽然黄钟回暖律,当冬草木皆萌牙。郡斋日午公事退,荒凉树石相交加。李师一弹凤凰声,空山百鸟停呕哑。我怪李师年七十,面目明秀光如霞。问胡以然笑语我,慎勿辛苦求丹砂。惟当养其根,自然烨其华。又云理身如理琴,正声不可干以邪。我听其言未云足,野鹤何事还思家?抱琴揖我出门去,猎猎归袖风中斜。

——《欧阳文忠公文集》卷四

041

蔡襄(1012—1067),字君谟,兴化仙游(今属福建)人。天圣八年进士,历知泉州、福州、开封、杭州府事,官终端明殿学士。北宋书法家、文学家,著有《端明学士集》等。

芜阴楼上①

野马沈寒气,神禽度细风。断霞天共紫,斜日树齐红。山口横虚钓,江隈跋远艘。解穷千里目,争耐思无穷。

——《端明集》卷四

[注]①芜阴楼:位于芜湖泗关街,门对青弋江,为北宋"芜阴居士"韦许的居处。楼毁于北宋末年。

韩 维

韩维（1017—1098），字持国，开封雍丘（今河南杞县）人。以荫补官，知太常礼院，至龙图阁直学士、太子少傅。历知汝州、开封、襄州、河阳、许州。著有《南阳集》。

奉酬南陵三君别后见寄

斋居有常禁，跬步不得语。清欢犹反思，浊酒成独抚。野杏乱飞春，邻鸡静啼午。寂寥正如此，坐见前山雨。

——《南阳集》卷五

雨后之南陵点馔

斋房厌危坐，出户旷舒散。草木雨多思，云山晚相乱。萦回俯川陆，窈窕见楼观。耳目久尘埃，兹辰一湔浣。

——《南阳集》卷五

042

文 同

文同（1018—1079），字与可，号笑笑先生，人称石室先生，梓州永泰（今四川盐亭东）人。仁宗皇祐元年（1049）进士，初仕邛州军事判官，后知湖州。除诗外，尤以墨竹知名，画称湖州竹派。著有《丹渊集》。

无为山寺

一緺危磴绕峥嵘，上彻幽深入化城。烟外川原谁绣画，云中楼阁自阴晴。老僧高论都无著，古佛真身宛若生。闻道军持新咒水，愿倾涓滴洒尘缨。

——《丹渊集》卷九

二年陵阳不见中秋月

陵阳乱山中，阴雾日夕发。晴光尚希见，况复求夜月。二年逢中秋，曾不识皎洁。烟云尔何事，常此作蓬勃。才令薄中明，已遣浓处没。群邪利幽暗，左右觉窀窆。

清光若蒙蔽，谁为我磨拂。庭下倚高株，露华沾鬓发。

—— 《丹渊集》卷十一

登陵阳云山阁寄上吴尹

云山高阁倚危墙，晚意无穷在渺茫。极望不知云几许，满空惟见雁交相。与谁把酒邀明月，独自吟诗到夕阳。因念平台有佳兴，邹生枚叟奉梁王。

—— 《丹渊集》卷十一

王珪(1019—1085)，字禹玉，成都华阳(今四川成都)人。庆历二年(1042)进士甲科及第，翰林学士，历知开封府等。元丰五年(1082)拜尚书左仆射兼门下侍郎，后封郇国公，哲宗封岐国公。著有《华阳集》。

挽胡信芳上舍二首(其二)

清弋江村外，工山右县边。追游曾结社，许与更忘年。郢斲无为质，牙琴有绝弦。巾箱遗墨在，披阅一潸然。

—— 《华阳集》卷六

司马光(1019—1086)，字君实，号迂夫，晚号迂叟，陕州夏县(今属山西)人，世称涑水先生。景祐五年(1038)进士，签判武成军，累迁大理寺丞、起居舍人。神宗初，官翰林学士、御史中丞。后居洛阳，专修《资治通鉴》。哲宗立，拜相位八月而卒。著有《资治通鉴》《司马文正公集》。

送茹屯田①知无为军

叠鼓鸣铙迎候新，军牙孑孑倚淮津。聊应衣绣过乡曲，不作引章惊故人。荻进短芽沘水暖，荷浮圆叶濡湖春。使君此去荣多少，犹是当年书剑身。

—— 《温国文正司马公文集》卷七

送次道^①知太平州

狼汤春流满,芜湖候吏迎。旌旗晓日丽,钲鼓野风清。暂喜红尘远,休嗟素发生。专城方四十,自古以为荣。

—— 《温国文正司马公文集》卷九

王安石(1021—1086),字介甫,号半山,抚州临川(今江西抚州)人。宋仁宗庆历二年(1042)中进士后,曾任过地方官。神宗时为宰相,创新法以改革弊政。熙宁七年(1074)罢相,退居南京。著有《临川先生文集》。

044

寄曾子固二首(其二)

崔嵬天门山,江水绕其下。寒渠已胶舟,欲往岂无马。时恩缪拘缀,私养难乞假。低徊适为此,含忧何时写。吾能好谅直,世或非诡诈。安得有一廛,相随问耕者。

—— 《临川先生文集》卷五

次韵宋次道忆太平早梅

大梁春费宝刀催,不似湖阴有早梅。今日盘中看剪彩,当时花下就传杯。纷纷自向江城落,杳杳难随驿使来。知忆旧游还想见,西南枝上月徘徊。

—— 《临川先生文集》卷十九

杂咏四首(其二)

已作湖阴客,如何更远游。章江昨夜月,送我到扬州。

—— 《临川先生文集》卷二十六

寄无为军张居士

南阳居士月城翁，曾习禅那问色空。卓荦想超文字外，低回却寄语言中。真心妙道终无二，末学殊方自不同。此理世间多未悟，因君往往叹西风。

——《临川先生文集》卷二十一

 郑 獬

郑獬(1022—1072)，字毅夫，安州安陆(今属湖北)人。仁宗皇祐五年(1053)举进士第一，授陈州通判。入直集贤院，修起居注，知制诰。神宗时为翰林学士，权知开封府。因反对王安石变法，以侍读学士出知杭州，迁青州，后称病求退。著有《郧溪集》。

舟次芜湖却寄维扬刁学士

柳叶初黄未解飞，东风还与赏心违。纵逢春处花期少，自过江来酒病稀。平子解酬青玉案，秋娘能唱缕金衣。扬州二十四桥月，长忆醉乘明月归。

——《郧溪集》卷二十七

五松山①

天上仙人谪世间，醉中偏爱五松山。锦袍已跨鲸鱼去，惟有山僧自往还。

——《郧溪集》卷二十八

[注]①作者题注：李白尝游此，今有宝云寺。

寄郭祥正

天门翠色未饶云，姑孰波光欲夺春。怪得溪山不寂寞，江南又有谪仙人。

——《郧溪集》卷二十八

 沈 括

沈括(1031—1095)，字存中，钱塘(今浙江杭州)人。嘉祐八年举进士。治平元年为扬州司理参军,三年居京师,编校昭文馆书籍。元丰五年(1082)为龙图阁直学士。著有《梦溪笔谈》《长兴集》等。

蛾眉亭

双峰秀出两眉弯,翠黛依然鉴影间。终日含颦缘底事,只因长对望夫山。

——《两宋名贤小集》卷一百二十六

蒋之奇(1031—1104),字颖叔,常州宜兴(今属江苏)人。仁宗嘉祐二年(1057)进士。元符末,责守汝、庆州。徽宗崇宁元年(1102),知枢密院事,以观文殿学士出知杭州。今《两宋名贤小集》中存有《三径集》一卷。

过芜湖

除地诛茅悬左偏,三山一碧正当前。舍人为写湖阴曲,禅伯请题城上篇。帐下劲兵缠象魏,枥中飞骑控巴滇。至今庭竹根延蔓,尚想当时七宝鞭。

——《舆地纪胜》卷十八

沈辽(1032—1085),字睿达,钱塘(今浙江杭州)人。沈括同族。初以兄任监寿州酒税,迁监内藏库。神宗熙宁初,为审官西院主簿,摄华亭县事等职。后被贬,迁赦池州,遂筑室秋浦齐山,名曰云巢。著有《云巢编》。

送夏八赴南陵

老夫久客三湘水,归来喜食江南鲞。白云犹识旧山川,青眼多惭老兄弟。当时亲友半不在,中表相存如梦寐。公酉家上春草生,白眉始与君相际。高堂老人八十一,不问衰微论末契。招我卜宅居其旁,自顾麋鹿何由系。春风引我齐山行,穿云踏石构巢橧。相见常无一樽酒,山中枯淡令人憎。凉风未至正苦热,君忽佩印临南陵。南陵相去五舍近,马蹄车辙常相仍。安舆彩衣得荣养,况有大舸如飞鹏。步上南山一延首，江风浩浩云腾腾。

——《云巢编》卷四

金君卿

金君卿（1023—1098），字正叔，宋饶州浮梁（今江西上饶鄱阳县）人。庆历二年（1042）进士。景祐年间中期，时饶州太守范仲淹礼聘其为师。后累官临川知县、江西提刑，入朝后为度支郎中。著有《易说》《金氏文集》。

晚过黄池村

轻风剪烟素，绳绳萦岩阿。白鸟相间飞，野容秋外多。颓日忽返照，霭若春气和。惊帆无落势，又欲冲除过。水行本善利，一苇安如梭。却笑利名途，甚矣风中波。

——《永乐大典》卷三五八一

韦 骧

韦骧（1033—1115），字子骏，钱塘人。皇祐五年（1053）进士，除知袁州萍乡系，历福建转连判官、主客郎中、变路提刑。建中靖国初，除知明州丐宫祠，以左朝议大夫提举洞霄宫。《宋史艺文志》有其文集十八卷、赋二十卷传世。

又和义夫学士用其韵

开府南陵气序秋，翠屏千垒对岑楼。力宣膏泽均千里，坐赏溪山冠十州。小谢篇章耐吟讽，谪仙踪迹自风流。公余好尽登临兴，应诮区区宋玉愁。

——《钱塘集》卷六

郭祥正

郭祥正（1035—1113），字功父，一作功甫，号醉吟先生、谢公山人、漳南浪士，安徽当涂人。皇祐进士。庆历初（约1041）除秘阁校理、德化尉，后知端州。元祐初（约1086）仕于朝，后归家青山。著有《青山集》。

投宿繁昌徐氏水阁

东池种莲子，西池养肥鱼。盈缸酿美酒，满盘具新蔬。客来径一醉，疑是桃源图。
此事未足议，弟兄皆业儒。大弟已登科，高名动乡间。季弟复连荐，豹变应时须。
长兄恬自养，云卧随卷舒。物至我则应，隐德良有余。客有醉吟叟，六月骑塞驴。
避暑寻名山，遂登君子居。饮弄池上月，一宿能清虚。相看不相厌，欲去且踟蹰。

——《青山集》卷六

天门山①

巨灵擘苍山，势分金阙对。月引晓岚交，江翻寒影碎。双凫落人间，千帆出天外。
我欲往高吟，凌虚踏烟霭。

——《青山集》卷七

[注]①该诗系《追和李白姑孰十咏》之十。

魏武庙①

048

濡须山头祠魏武②，炫转红装按神鼓。蘋藻盈筐酒满尊，呼吸风雷激春雨。田畴高
下春雨平，操牲饮福罗中庭。吞吴成魏还归晋，血食犹参社鬼灵。

——《青山集》卷八

[注]①魏武庙：在芜湖市裕溪。曹操曾筑无为城屯军，当地人立庙祀之。已圮。②濡须
山：在无为城东北五十里。汉建安十七年（196），孙权筑坞于此以拒曹魏，一曰偃月城，石上
镌有"濡须坞"三字。

留题吕学士无为军谪居廊轩

城头高轩眺千里，数里苍山兼寒水。帆开半落有无间，鸟飞不断丹青里。北斗疏疏
河汉晓，蓬莱一登天下小。心随境化形亦忘，谁道霜翎老华表。曹公窥吴教水战，
虎貔蹙踏鲸鼍转。野父相传此渡头，鱼网时时得遗箭。当场英气安在哉，千年绝景
藏蒿莱。地祇监护待贤者，栏干倚遍倾金罍。目送白云望尧阙，忠功孝名坚一节。
明时不作离骚经，玉上青蝇解磨灭。升沉偶然安足嗟，与君高咏思无邪。数声长笛
奏何处，微风吹落天之涯。天涯桂树清辉发，万顷波澜冻冰雪。若承紫诏返瀛洲，
此地曾忘迁谪忧。

——《青山集》卷九

忆五松山

江南富山水，忽忆五松山。梁僧种松夺造物，至今千丈凌云间。上有寒蟾吐魄凝冰雪，下有铜陵碧涧倾潺潺。雷公睥睨不可以挥斧，老鹤飞来势欲止而复还，猿猱侧望何由攀。琉璃殿阁若化出，西天之众说法鸣金镮。我尝脱屣往栖息，六月清风无汗颜。浓阴可爱坐盘石，绿酒酌尽横琴弹。命宫叩徵天地变，听之以气往往生羽翰。纷埃不到佛净国，岂识人间行路难。尘劳忽起旧缘想，倒骑匹马来长安。修鳞掉尾业已困，涸辙孰与西江澜。发疏齿缺形将残，畏涂足躇心胆寒。屈原怀沙贾谊贬，身后忠名何足观。不如宴坐碧山里，笑傲每携云月欢。明朝却欲渡江去，五松岩户无人关。方壶员峤太殊绝，幸有此山容我闲。

——《青山集》卷十二

铜山寺

田塍行尽苍山转，溪水滔滔晴曝练。马蹄怯石鞭不行，十步九蹶令人倦。黄昏到寺亟就榻，山僧苦来邀我饭。香粳新收野菜肥，一饱令人百忧散。篆香欲尽象灯暗，林声肃肃苦霜霰。暂来福地能清虚，何用致身居净谏。

——《青山集》卷十四

隐静寺（二首）

门横大溪溪净碧，人不捕鱼鱼稳潜。哀猿长啸雾垂地，饥虎一声风动帘。金仙像古苔藓剥，铁磬夜敲规矩严。道师达性傲时辈，不信书生来养恬。
碧霄峰下车轮停，道师未返谁逢迎。山云着地雨正急，春水满田人不耕。饥虎啸风大石裂，倦鸟唤雏深涧鸣。客心欲去且复止，坐饱香饭余何营。

——《青山集》卷十四

广福禅寺

寺与人寰隔，西轩更远瞻。云烟生卷箔，星斗半垂檐。山对眉双碧，江空镜一奁。旅魂招不尽，愁向酒中添。

——《青山集》卷十九

马仁山

在繁昌县南，旧名马人。唐德宗时石马妖鸣，断其首以压之，易今名。

崔嵬山下石，如马亦如人。玉老龙蛇护，庵空岁月新。访僧非旧识，览壁但伤神。更恨无流水，难寻洞里春。

———《青山集》卷十九

芜阴北寺桧轩①

青幢碧盖俨天成，湿翠濛濛滴画楹。禅客自陪千岁老，游人时把一樽倾。耻随桃李春风艳，夺尽松篁夜气清。安得鬼仙提巨笔，不容左纽独传名。

———《青山集》卷二十三

[注]①《青山集》卷二十四又题《赭山滴翠轩》，且题注"轩在当涂县广济院"。北寺，赭山南麓，始建于唐乾宁年间（894—897），初名永清寺，北宋改名为广济寺。素有"小九华"之誉，故称"九华行宫"。广济院等则是坊间随意之称。桧轩，广济寺地藏殿西侧，后据"湿翠濛濛滴画楹"诗意更名为滴翠轩。

次韵邹几圣舟次芜江见寄

东风冉冉送年华，末路浮沉岂足蹉。身着朱衣行直道，手披黄卷悟空花。世尘扰扰元无实，客宦悠悠役有涯。尚喜甘棠遗爱在，画船先许过渔家。

———《青山集》卷二十三

舟经天门山

轻舟幸借东风便，帆挂危樯掣惊电。万群白马度天门，谁道澄江静如练。

———《青山集》卷二十九

宿芜湖口

菱荇芬香莲子熟，扁舟夜趁湖阴宿。一杯独酌未成歌，渔人解唱遗鞭曲。

———《青山集》卷二十九

濡须山头亭子

孤亭压危峰，绝景入平眺。双崖控巢水，禹力万古耀。林倾乾象辟，涛淙地轴掉。
茅茨数橼屋，噫哉魏武庙。心殊岐山伯，迹异甘棠召。荒戍传遗灵，血食岂无诮。
吞吴势虽壮，晋起国旋剽。楼船战士去，沧浪尽渔钓。平时欲何为，览古谩长笑。
愁烟起孤壑，白鸟聚残照。谁令五月来，不见万山烧。又复想大雪，下上玉岩峤。
重游莫能期，将归且停趠。诗辞搜亦苦，物状竟难肖。终篇写亭壁，翻惭画师妙。

——《青山集》卷四

天门山

惟天莽苍苍，乃立此门阙。山本如城连，剖凿中断裂。两峰竞秀倚，千古势相戛。
大江方东来，逼束不得泄。潴为无底深，散作万顷阔。想当割据时，闭固孰敢发。
夕阳坐荒亭，诗思摹峭拔。清晨放舟出，回首见呀豁。西梁尚局促，壮观心颇阙。
安得呼化工，努力更一揠。

——《青山续集》卷四

051

玩鞭亭①

平芜春静水弥天，基压危城驾广椽。骏马岂能迫晚日，将军莫悔玩遗鞭。高才共倚
新亭赋，逸翰重寻旧曲镌。千古英雄只如此，黄花修竹付幽禅。

——民国《芜湖县志》卷五十九

[注]①玩鞭亭：遗址在芜湖古城东北郊。玩鞭春色，为芜湖十景之一。

承天院清辉阁

一轩谁与写清辉，地近城阛却少知。只待中秋深夜看，玉蟾低蘸碧琉璃。

——《青山集》卷二十八

苏 轼

苏轼(1036—1101)，字子瞻，一字和仲，号东坡居士，眉山(今属四川)人。嘉祐二
年(1057)进士，先后知密州、徐州、湖州、杭州、颍州，官至礼部尚书。为"唐宋八大家"

之一,与父苏洵、弟苏辙,合称"三苏"。著有《东坡全集》《东坡乐府》等。

吉祥寺赏牡丹①

人老簪花不自羞,花应羞上老人头。醉归扶路人应笑,十里珠帘半上钩。

——《东坡全集》卷三

[注]①吉祥寺:原名吉祥禅院,遗址在今芜湖市区新芜路西端。传说始建于晋永和二年(346)。南唐主李昪即位前,曾避难"走伏于此院北山间古松下"。其后院曰"永寿"。宋仁宗景祐年间(1034—1038),赐名曰"吉祥"。黄庭坚曾作有《太平州芜湖县吉祥禅院记》。据《芜湖通史》载:"清初著名画家萧云从《太平山水图》中绘有'鹤儿山图',上有此诗,下有题识云:'吉祥寺倚鹤儿山麓,大江之滨,为楚黄驿地。元丰年间坡公过此看花所吟之句。想其地之佳丽,自古然欤? 诗意潦倒,足见严谴之慨。而误为武林,何也?'"《太平府志》录此诗,诗名即《鹤儿山》。另据《武林梵志》记载:"吉祥律寺,在杭州安国坊。乾德三年,睦州刺使薛温舍地为寺。治平二年,改曰广福,其地多牡丹。"宋熙宁五年(1071)五月二十三日,时任杭州通判的苏轼跟随知州沈立去吉祥寺僧人守璘的花园中集会赏牡丹,赏花第二天沈大人向众人展出十卷《牡丹亭》。苏轼看到赏花画面的壮观、恢弘的书籍以及与诸位市民一同游玩的快乐,有感而写下这首《吉祥寺赏牡丹》。故黄钺《于湖竹枝词》有句:"吉祥寺里花应笑,未见坡仙挂杖游。"黄钺自注:"萧尺木画《太平四十景》,取东坡《吉祥寺看花》诗意图之,盖牵合耳。"趣事两说,皆存录供研鉴。

送杨杰① 并叙

无为子尝奉使登泰山绝顶,鸡一鸣,见日出。又尝以事过华山,重九日饮酒莲华峰上。今乃奉诏与高丽僧统游钱塘。皆以王事,而从方外之乐,善哉未曾有也,作是诗以送之。

天门夜上宾出日,万里红波半天赤。归来平地看跳丸,一点黄金铸秋橘。太华峰头作重九,天风吹滟黄花酒。浩歌驰下腰带鞓,醉舞崩崖一挥手。神游八极万缘虚,下视蚊雷隐污渠。大千一息八十返,笑厉东海骑鲸鱼。三韩王子西求法,凿齿弥天两勍敌。过江风急浪如山,寄语舟人好看客。

——《东坡全集》卷十五

[注]①杨杰:字次公,号无为子,无为(今安徽芜湖无为市)人。

和郭功父韵送芝道人游隐静

观音妙智力，应感随缘度。芝师访东坡，宁辞万里步。道义偶相契，十年同去住。
行穷半世间，又欲浮杯渡。我愿焚囊钵，不作陈俗具。会取却归时，只是而今路。

——《东坡全集》卷二十七

寄傲轩①

先生英妙年，一扫千兔秃。仕进固有余，不肯践场屋。通阛何所傲，傲名非傲俗。
定知轩冕中，享荣不偿辱。岂无自安计，得失犹转毂。先生独扬扬，忧患莫能渎。
得如虎挟乙，失若龟藏六。茅檐聊寄寓，俛仰亦自足。东坡无边春，方寸尽藏蓄。
醉哦旁若无，独侑一樽醁。床头车马道，残月挂疏木。朝客纷扰时，先生睡方熟。

——《东坡全集》卷二十七

[注]①寄傲轩：北宋隐士韦许于自家庭院所筑书屋，同时筑有"独乐堂"。坐落长江、青弋江交汇处，即今芜湖市弋江区江口泗关街。韦许，字深道，号湖阴居士，宋太平芜湖人。不事科举，志尚矫洁，交友甚广，藏书甚丰，筑二室榜曰"寄傲""独乐"。哲宗元祐党禁，有过江上者，许倾心款接，通其缓急。高宗绍兴初授以官，拜命而不署衔。

苏辙（1039—1112），字子由，一字同叔，号颍滨遗老，眉山（今属四川）人。与父亲苏洵、兄长苏轼齐名，合称"三苏"。嘉祐二年（1057）进士，哲宗入朝历官右司谏、御史中丞、尚书右丞、门下侍郎等职。著有《栾城集》。

湖阴曲

老虎穴中卧，猎夫不敢窥。骅骝服箱骖盗骊，巡城三匝漫不知。帐中昼梦日绕壁，
惊起知是黄须儿。马鞭七宝留道左，猛士徘徊不能过。遗矢如冰去已遥，明日神兵
下赤霄。荒城至今人不住，狐兔惊走风萧萧。

——《栾城集》卷十

方惟深

方惟深(1040—1122),字子通。兴化军莆田人,徙居长洲(今江苏苏州)。早通经学,尤工于诗,为乡贡第一,后举进士不第。徽宗崇宁四年(1105)以遗逸荐,为兴化军助教。著有《方秘校集》。

过无为吴氏园池

傍水寻幽径,青林昼掩扉。杨花入竹静,鸟影度塘稀。石好频移坐,波清任濯衣。沙鸥如有意,一一近人飞。

——《永乐大典》卷一千零五十六

杨 杰

杨杰,字次公,号无为子,无为军(今安徽无为)人。仁宗嘉祐四年(1059)少年登科进士,禅宗元丰官至太常,出知润州,元祐中为礼部员外郎。卒年七十。著有《无为集》《乐记》。

碧霄峰①

岩深映碧萝,金鳎弄寒波。莫念江湖好,江湖风浪多。

——《两宋名贤小集》卷八十五

[注]①作者自注:峰下有泉,产金鳎鱼。

隐静寺

五岭碧崔嵬,云深隔世埃。寺从梁氏建,僧自梵天来。锡井三泉进,松门十里开。如今渡江者,见说不浮杯。

——《两宋名贤小集》卷八十五

和谢判官宴南楼^①

邂逅南轩须水渍，名言间发兰桂芬。道义相投有余乐，宾主交照无烦文。忠臣寤寐在北阙，古风歌咏追南薰。出关不觉行役苦，举头时见孤飞云。

——《无为集》卷四

　　[注]①南楼：在无为城南，亦名九华楼，宋米芾所建。

和酬子中舍人

待次归来偃月城，邻公笑我拙谋生。藏书有穴期传世，负郭无田不问耕。朝市风波谁弄险，江湖鱼鸟自忘情。吴门建第君何晚，水阁山斋到便成。

——《无为集》卷五

玩鞭亭^①

晋祚衰微鼎欲迁，梦惊营垒日回旋。强臣驾驭无长策，追骑留连有宝鞭。险将虎须曾幸免，怒形蜂目亦徒然。谁能杖箠平凶乱，千古荒城锁暮烟。

——《无为集》卷五

055

　　[注]①玩鞭亭：一作“梦日亭”。

江南江北白云堆^①

江南江北白云堆，试共幽人一展开。向道无为老居士，拟归先遣化身来。

——《无为集》卷六

　　[注]①诗题系修订者所改，原题：无为子六年官太常，江上耆老思得一见，门人求京师名笔传写以归，因题之云。

登南楼

此楼此景他州无，山川形势吞三吴。唯凭诗老写奇胜，纵有画笔难工夫。

其二

此楼此景他州无，天高水阔连平芜。绿杨深处杏花发，日暖数声山鹧鸪。

其三

此楼此景他州无，栏干倚遍还踌躇。主人有酒且共醉，骊歌不用催行车。

——《无为集》卷七

送陈令归无为

楚水漾轻碧，楚花飞乱红。故人故乡去，半雨半晴中。

——《无为集》卷七

隐静十八松

庐山社友皆逃晋，秦府功臣不仕隋。今日明堂求巨栋，好教天下匠师知。

——《无为集》卷七

留题城西水磨

客来亭上脱春衫，马浴寒泉洗辔衔。怪得主人留再住，水声林影似江南。

——《无为集》卷七

双泉①

南泉甘滑北泉清，竹引潺湲绕殿楹。分派铜龙穿石过，两泓寒月隔堂明。金沙自是藏金穴，玉马长遗喷玉声。曾倚栏杆一欹枕，梦回疑不在重城。

——《两宋名贤小集》卷八十五

[注]①双泉：在无为城西南八十里双家山。

金地院①

大历年中茅结宇，禅翁瓶锡久曾留。飞泉堂下雨长滴，偃石道旁云不收。野鸟归来群木晚，老猿啼罢一山秋。世人多事头多白，底事情闲亦白头。

——《两宋名贤小集》卷八十五

[注]①金地院：在繁昌城东南十三里滴水岭，唐元和（806—820）年间建。

秀溪寒食①

十里喧阗锦绣川，秋千人健趁飞鸢。花明柳暗丹青国，日薄云浓水墨天。游女践成芳草径，画船冲散碧溪烟。武陵谩说桃源好，屈指如今几百年。

——《无为集》卷六

[注]①秀溪：溪在城内，周四百余丈。今为无为市绣溪公园。

张舜民

张舜民，字芸叟，号浮休居士，又号矴斋，邠州（今陕西邠县）人。治平二年（1065）进士，历任襄乐令、监察御史、右谏议大夫，知定州、同州。有《画墁录》《画墁集》。

板子矶

石上红花低照水，山头翠篠细含烟。天生一本徐熙画，只欠鹧鸪相对眠。

——《画墁集》卷七

送吴都曹还芜湖

柳岭相从岁屡迁，南湖同泛又经年。斋前怪石曾为枕，门外长杨忆系船。白酒一壶贤圣乐，古书千卷弟兄传。九衢尘土忙如火，握手相看思黯然。

——《永乐大典》卷二二六六

彭汝砺

彭汝砺（1041—1095），字器资，祖籍江西袁州区，饶州鄱阳（今江西鄱阳）人。宋英宗治平二年（1065）举进士第一。曾任军事推官、大理寺丞、太子中允、监察御史等职。著有《鄱阳集》《诗义》《易义》等。

故人咫尺水东头①

故人咫尺水东头，我欲见之心悠悠。有足欲往不自由，形骸静对莺花留。我思肥陵昔之游，云雾密锁城上楼。把酒待月生海陬，月到行午醉未休。濡须南池②水中洲，脱帽散发寻渔舟。夕阳扶栏持钓钩，白蘋风起寒飕飕。别来纷纷几春秋，彼此待尽栖林丘。滴泪落水东争流，肺肝虽大不容忧。残息乃复如悬疣，得官相望真如囚。李夫子，借使复得把酒与子饮，其乐还如昔时不。我今鬓发已丝志已偷，力不能前钝如牛。泡浪亦悟吾生浮，尚壮欲以华簪投。日月逐逐同传邮，何用自与身为矛。我歌草草子须酬，欲读子歌销我愁。

——《鄱阳集》卷三

[注]①诗题系修订者所改，原题：城东行事，去李简夫甚迩，可以卜见而俱有往返之禁，因戏为歌，驰寄。简夫名似，时监东水门。②南池：无为绣溪的别名，南宋前州未筑城，溪与外河（濡须）通。

孔武仲

孔武仲（1042—1098），字常父，临江新喻（今江西新余）人。嘉祐八年（1063）中进士。历谷城主簿、齐州儒学教授、国子直讲、秘书省正字校书、国子司业、中书舍人、直学士、礼部侍郎等职，曾知洪州、宣城。著有《诗说》《书说》《清江三孔集》等。

入山三首（录一）

冠盖成阴中路回，独携莲社道人来。千岩万壑初相识，分付晴岚面面开。

——《清江三孔集》卷七

三山矶

矶下长川欲倒流，江豚出没水禽浮。凭谁为告诗仙道，今到青天尽处游。

——《清江三孔集》卷九

孔平仲

孔平仲（1044—1111），字义甫，一作毅父，临江新喻（今江西新余）人。治平二年（1065）进士，历分宁（今江西修水）主簿、密州教授、太常博士、秘书阁校理等职。与兄孔文仲、孔武仲号称"三孔"。著有《清江三孔集》（合著）、《孔氏谈苑》。

天门山

惟天莽苍苍，乃立此门阙。山本如城高，剖凿中断裂。两峰竞秀倚，千古势相戛。大江方南来，逼束不得泄。潴为无底深，散作万顷阔。想当割据时，閟固孰敢发。夕阳坐荒亭，诗思摹峭拔。清晨放舟出，回首见呀豁。西梁尚局促，壮观心颇阔。安得呼化工，努力更一握。

——《清江三孔集》卷二十二

送吴全甫中舍倅无为

海沂歌舞待王祥，喜得淮南一道堂。军号无为已闲暇，地连秋浦更清凉。进趋黾勉心应懒，退食优游策最长。我住庐山欲招隐，为君先去种松篁。

——《清江三孔集》卷二十三

徐钧，字秉国，号见心，兰溪（今属浙江）人。宋亡不仕，金履祥尝延以教授诸子。精于史学，据《资治通鉴》所记事实，为史咏一千五百三十首。今存《史咏集》二卷。

陶　侃

荡除国难功勋盛，王室因之得载安。最是南陵千里外，拾遗屏迹化尤难。

——《史咏集》卷下

黄庭坚

黄庭坚（1045—1105），字鲁直，号涪翁，又号山谷道人。分宁（今江西修水县）人。治平四年（1067）进士，授叶县尉。历大名国子监教授、吉州太和、秘书郎、著作佐郎等。崇宁元年（1102），内迁知太平州（今安徽当涂），到任九天，即被罢免。著有《山谷集》《山谷琴趣外篇》。

赭山[1]

读书在赤铸[2]，风雪弥青萝。汲绠愁冰断，村酤怯路蹉。玉峰凝万象，琭萼啄群螺。古剑摩空宇，寒光启太阿。

——康熙《太平府志》卷三十九

[注]①赭山：位于芜湖市中心。有大小两峰。相传古代干将在邻近的赤铸山炼剑，炉火熊熊，土石都被烧红，山名因土石丹赤而来。赭山自古为芜湖游览名胜，"赭塔晴岚"为芜湖十景之首。现存有唐建广济寺、宋建白塔等古建筑，以及舒天阁、一览亭、中山堂、刘季平墓、戴安澜墓等景点和纪念地。②赤铸：山名，在芜湖古城东北。《图经》云：楚干将造剑处，山有干将墓。"赤铸青峰"为芜湖十景之一。

玩鞭亭

平芜春尽水阴天，基压危城驾广橡。骏马岂能追晚日，将军莫悔玩遗鞭。高才共赋新亭句，逸翰重将旧曲镌。千古英雄只如此，黄花修竹付幽禅。

——《太平府志》卷三十九

上南陵坡

风餐水宿六千里，蛇退猿愁百八盘。上得坡来总欢喜，摩围依约见峰峦。

——《山谷集》卷五

赠石敏若[1]

才似谪仙唯欠酒，情如宋玉更逢秋。相看领会一谈胜，注目长江天际流。

——《山谷集》卷十一

[注]①石懋，字敏若。芜湖人，弱冠登元符三年（1100）进士第，著《橘林文集》。

吕南公

吕南公（1047—1086），字次儒，建昌南城（今属江西黎川县）人。神宗熙宁初，曾举进士不第，会以新经取士，遂罢举，以著书讲学为事。著有《灌园集》《文献通考》。

奉寄芜湖征局都曹

不见铜陵唱和翁，相望三度叹秋风。商量难得樽罍共，存问空烦简札通。驴上阆仙邀苦思，草中田子建微功。明年官满当携手，未定韩郎耳便聋。

——《灌园集》卷五

 刘　弇

　　刘弇(1048—1102)，字伟明，号云龙。宋吉州安福(今属江西)人，神宗元丰二年(1079)进士。授海门簿。迁知嘉州峨眉县。至徽宗时改著作佐郎、实录院检讨官。著有《龙云集》等。

赠黄成伯仇览

翔风搅客心，烂熳不可收。只舸扬层波，益信生计浮。沧洲涩归迹，飘撇惭吴鸥。
若人求自东，卓荦欣啸俦。揖我暮川涘，疏明炯天球。掀髯藉芳草，闲则数鱼鳅。
诗书见孤诣，盘丸走轲丘。况有扫围笔，可擅岐阳蒐。阴湖六尺舆，初恨不少留①。
梅根跃高樯，笑我仍回头②。绳床列短炬，相与枯春刍。清狂到诙诽，券内嗤蜉蝣。
女床无凡羽，渭曲皆清流③。嘉实自弥望，直未敛以擘。须叟策高衢，稽句宁公羞。

——《龙云集》卷六

　　[注]作者自注：①前值君芜湖，恨不相省录而过。②过梅根渚，君樯帆辄先，自戏我以得隽。③君名父之子。

 李之仪

　　李之仪(1048—1128)，字端叔，号姑溪居士，沧州无棣(今属山东)人。治平四年进士，为万全县令。曾从军西北，出使高丽。元祐中，除枢密院编修官，从苏轼于定州幕府，通判原州。后卜居当涂。著有《姑溪居士集》《姑溪题跋》等。

题韦深道①寄傲轩

南窗何似北窗凉，寄傲来风各有方。千古光辉如昨日，一时收拾付新堂。已惊盏里醅初绿，更觉篱边菊渐黄。就使主人官即显，此门高兴定难忘。

[注]①韦深道：北宋芜湖隐士韦许。详见苏轼作品注。

次韵湖阴韦深道五小诗

髭须潇飒面嶙峋，怪我多非旧日人。百里拏舟谁复尔，却应情重故情亲。
书去书来又一年，只应提处是虚鞭。相逢会得笔头语，莫惜频寻酒里天。
江头风浪似重关，几许行人限往还。不是多情过相与，肯将一叶犯银山。
三山矶雨列山风，我亦频年强自攻。不负蛟龙竟何事，只疑身世属江东。
新来句法宛如阴，端与衰公伴陆沈。未易偏师壮秦系，刘郎戈甲旧成林。

过玩鞭亭再见吉先之

姑熟溪头近请违，玩鞭亭上再相期。留连话旧忘尘虑，把盏枰棋得自怡。

减字木兰花·次韵陈莹中题韦深道独乐堂

序：莹中词云：（略）

触涂是碍，一任浮沈何必改。有个人人，自说居尘不染尘。　　谩夸千手，千物执
持都是有。气候融怡，看取青天白日时。

减字木兰花·次韵陈莹中题深道寄傲轩

序：莹中词云：（略）

莫非魔境，强向中间谈独醒。一叶残飞，便觉年华太早归。　　醉将何去，认着依
前还不是。虚过今春，有愧科名得意人。

秦　观

　　秦观（1049—1100），字太虚，又字少游，别号邗沟居士，世称淮海先生。高邮（今江苏）人。元丰八年（1085）中进士，元祐二年（1087）太学博士，迁秘书省正字，兼国史院编修官，官至太学博士。绍圣元年（1094年）出杭州通判。著有《淮海集》等。

悼王子开五首（录二）

其三

萧散竹林风，平生约略同。官班嵇叔夜，年辈晋安丰。民咏濡须政，朝推胸腽功。九原无复作，埋玉恨何穷。

其五

已矣知无憾，贤愚共此途。白驹驰白日，黄发掩黄垆。和氏终归赵，干将不葬吴。弩痏如可彊，犹拟奠生刍。

——《淮海后集》卷三

阮　阅

　　阮阅，字闳休，一字美成，号散翁，又号松菊道人，舒城（今属安徽）人。元丰八年（1085）进士（榜名美成），知巢县。徽宗崇宁二年（1103）知晋陵县，宣和间知郴州，高宗建炎初知袁州。著有《巢令君阮户部词》《诗话总龟》等。

踏莎行（和田守）

驿使初回，新阳才报。时和倍觉青春早。华灯和月拥朱幡，花间万点寒星小。
团扇歌清，重裀舞妙。游人只恐归来悄。明年亲侍辇舆行，未应肯记濡须好。

——《舆地纪胜》卷五十七

过芙蓉山①

湖上东风已破冰，涧泉敲石作春声。一枝瘦竹山前过，到处梅花相伴行。

——嘉庆《无为州志》卷三十

[注]①芙蓉山：即芙蓉岭，在无为城北五十里。

东关二首①

筇杖芒鞋上短篷，半篙春水饱帆风。两关三寺山无数，藏在濛濛烟雨中。

细雨斜风入乱山，湿云堆里见东关。一筇来访林间寺，杜宇数声春又残。

——嘉庆《无为州志》卷三十

[注]①东关：在裕溪口西。二诗各写一寺。其一写濡须寺，位于原巢湖、含山、无为三县交界处龟山，山上有塔，俗称"龟山椎子"，濡须寺即在塔边，惜寺已毁弃，今人在龟山塔附近建有濡须亭。其二写佛惠寺，一作佛慧寺，位于含山县苍山边的清溪镇周伏村，今已辟为文化旅游景点。

徐遘，太平州繁昌（属今安徽芜湖）人。《徐氏家族历代状元榜眼探花进士解元》载为神宗熙宁三年（1070）进士，文献史料载为熙宁九年（1076）进士。与弟徐迪自相师友，专勤学问而笃于友爱，人比之眉山二苏。

寄弟迪

杜云姜被每相思，物换星移又一期。知汝再寻鹦鹉赋，起予深念鹡鸰诗。山寒久厌猿啼苦，水阔那堪雁到迟。好约春风共携手，玉壶沽酒系青丝。

——道光《繁昌县志》卷十二

徐迪，太平州繁昌（属今安徽芜湖）人。哲宗绍圣元年（1094）进士，及第后曾任江西信丰知县。

北园载酒①

檐影荫游鱼，江声鹳崖竹。云帆天外去，龙刹空中矗。霞明晚渡红，草暖晴沙绿。澄波见归鸟，纷霭迷飞鹜。有时雪浪吹，玉马争追逐。青霄皓月满，琉璃莹极目。

谢傅昔出宰，天葩动惊俗。一读梁间诗，清风感佳木。

[注]①北园：宋熙宁元年(1068年)，蔡确任太平州繁昌县令。在其舍后辟废地筑北园，亲撰《北园记》，刻石立碑。碑文现收录清道光《繁昌县志》中。《繁昌县志》还记载了他"筑北园邀迪赋诗为乐，迪有追和五言古"，即此诗，《宋诗》题为"北园载酒和邑宰蔡确韵"。惜蔡诗佚。

洪朋，字龟父，宋豫章(今江西南昌)人。黄庭坚甥。两举进士不第，终身布衣，年仅三十八而卒。黄庭坚称其笔力扛鼎，与弟洪刍、洪炎、洪羽俱有才名，号"四洪"。有《洪龟父集》。

春雨戏赵立之

花枝欲动濡须坞，无赖春风吹小雨。如随蝴蝶梦中翻，愁向垂杨堤上度。闻道君家种逸香，婆娑紫艳占年芳。何当丽日浓花气，乱插佳人翡翠梁。

——《洪龟父集》卷上

065

华镇(1051—1093?)，字安仁，号云溪居士，会稽(今浙江绍兴)人。神宗元丰二年(1079)进士，调高邮尉，知海门、新安、漳州，官终朝奉大夫。著有《云溪居士集》等。

早发芜湖风便舟中有感

长波西南骛，高风激江流。挂席向浦溆，凌虚驾轻舟。洲渚乱挥霍，蒹葭飒飗飀。重山捷飞过，叠浪纷悠悠。凫鹜不及辨，频咤越飞鸥。舟人击鼓吹，谑浪相赓酬。调笑西来人，掩泪寒沙头。人闻此语乐，我闻此言忧。尔速非尔巧，彼淹岂其尤。淹速偶所值，矜笑徒自偷。况余涉世途，泰稀否常稠。此日虽偶驶，来日恐或不。驶也傥可矜，留滞还增羞。天道雅无常，非分非所求。但愿日日行，行路无阻修。

——《云溪居士集》卷三

米　芾

米芾(1051—1107)，一名黻，字元章，号鹿门居士等，世称米南宫。祖籍太原(今属山西)人，徙襄阳(今湖北襄樊)，寓居润州(今江苏镇江)。历知雍丘县、涟水军，以太常博士出知无为军。徽宗时擢礼部员外郎，出知淮阳军。著有《宝晋英光集》《砚史》《画史》《书史》等。

丑奴儿·见白发

踟蹰山下濡须水，我更委佗。物阜时和，迨暇相逢笑复歌。　　江湖楼上凭栏久，极目沧波。天鉴如磨，偏映华簪雪一窝。

——《宝晋英光集》卷五

重九会郡楼

山清气爽九秋天，黄菊红茱满泛船。千里结言宁有后，群贤毕至猥居前。杜郎闲客今焉是，谢守风流古所传。独把秋英缘底事，老来情味向诗偏。

——《御选宋金元明四朝诗》卷四十八

贺　铸

贺铸(1052—1125)，字方回，号庆湖遗老、鉴湖遗老，卫州(今河南汲县)人。孝惠皇后族孙，授右班殿直。元祐中曾任泗州、太平州通判。晚年退居苏州，杜门校书。著有《东山寓声乐府》(一名《东山词》)、《庆湖遗老集》。

历阳十咏①(录二)

其三　濡须坞②

孙郎昔鹰扬，曹瞒方虎视。敢忘版筑勤，远推兵锋锐。俄闻青盖谣，无复金陵气。六代迭倾亡，长江亦平地。

其六　天门山③

天门束箭流，北注据牛弩。凌高驻翠华，舟师耀威武。当时侍帷幄，谁复征往古。

虞舜有苗征，端为两阶舞。

[注]作者自注：①己巳五月，历阳张令梦臣采县境陈迹十题，要余同赋。②县西南百里。按县谱，孙仲谋筑偃月城以拒曹孟德，即此坞也。③县东南五十里，江导两山之间，殊湍悍。按县谱，宋孝武尝驻跸此山上阅水军发，因建二石阙以夸武功，今遗迹在焉。

芜湖王敦城下作①

斗立孤城日四围，贼奴曾未慑天威。风生虎帐豺声厉，尘犯龙颜鱼服归。首揭大航遗臭在，歌流乐府旧音非。当时不慕桓文举，草满中原胡马肥。

[注]①作者自注：丙子四月赋。

天门谣

牛渚天门险，限南北、七雄豪占。清雾敛，与闲人登览。　待月上潮，平波滟滟，塞管轻吹新阿滥。风满槛，历历数、西州更点。

晁补之

晁补之（1053—1110），字无咎，号归来子，济州钜野（今属山东）人。神宗元丰二年（1079）进士。累迁著作佐郎，却屡遭贬谪。徽宗立，复召为著作郎，官至吏部员外郎、礼部郎中兼国史编修、实录检讨官。著有《鸡肋集》《晁氏琴趣外篇》。

安公子·送进道四弟赴官无为

柳老荷花尽。夜来霜落平湖净。征雁横天鸥舞乱，鱼游清镜。又还是、当年我向江南兴。移画船、深渚蒹葭映。对半篙碧水，满眼青山魂凝。　一番伤华鬓。放歌狂饮犹堪逞。水驿孤帆明夜事、此欢重省。梦回处、诗塘春草愁难整。宦情与、归期终朝竞。记它年相访，认取斜川三径。

醉落魄·用韵和李季良泊山口

高鸿远鹜。溪山一带人烟簇。知君舟近渔矶宿。轻素横溪，天淡挂寒玉。　　谁家
红袖阑干曲。南陵风软波平绿。幽吟无伴芳尊独。清瘦休文，一夜伤单觳。

——《晁无咎词》卷四

游酢(1053—1123)，字定夫，一字子通，世称廌山先生、广平先生。建州建阳(今
属福建南平市)人。元丰五年(1082)登进士。徽宗立，召为监察御史，出知和州，居太
平州。复知汉阳军，历舒、濠二州。罢归，寓历阳。著有《中庸义》《易说》《诗二南
义》等。

韦氏寄傲轩①

早付闲身老故乡，青松成径菊成行。支颐独坐心遗念，坦腹高吟兴欲狂。瓮下却应
嗤毕卓，篱根遥想对羲皇。乘风破浪门前客，试问浮家有底忙。

——《濂洛风雅》卷六

[注]①韦氏：北宋芜湖隐士韦许，韦深道。详见苏轼作品注。

韦氏独乐堂

林下徜徉得至游，高情不与世情谋。羲和叱驭日逾永，猿鹤寻盟山更幽。踽踽凉凉
还自哂，休休莫莫复何求。应门稚子非无意，客至萧萧已百忧。

——《濂洛风雅》卷六

张耒(1054—1114)，字文潜，号柯山，世称宛丘先生。楚州淮阴(今属江苏)人，神
宗熙宁六年进士。苏门四学士之一。著有《柯山集》《柯山诗余》《宛丘集》。

芜湖寄郡酒四壶①

寒流不相待，舟楫定何如。岁事日已宴，客行谁与娱。淮鱼将入馔，江酒且倾壶。
我似离群雁，汀洲片影无。

——《柯山集拾遗》卷五

[注]①题目系修订者所加，原题：子权朝散久，芜湖寄郡酒四壶，副以小诗。

于湖曲

　　芜湖令寄示温庭筠《湖阴曲》，其序乃云："晋王敦反，屯于湖阴，帝微行至其营，敦梦日绕之觉而追不及，故乐府有《湖阴曲》。"按，《晋地志》有于湖，而无湖阴。《本记》云："敦屯于湖。"又曰："帝至于湖阴，察营垒而去。"顷予游芜湖问父老："湖阴所在？"皆莫知也。然则帝至于湖，当断为句，乃作于湖曲以遗之，使正其是非云。

武昌云旗蔽天赤，夜筑于湖洗锋镝。巴骐骡骏风作蹄，去如灭没来不嘶。日围万里
缠孤壁，剑气如霜已潜释。蛇矛贱士识天颜，玉帐髯奴落妖魄。君不见、铜驼陌上
尘沙起，铁骑东春饮瀍水。浮江天马是龙儿，蹙踏扬州开帝里。王气高悬五百秋，
弄兵老濞空白头。石城战骨卧秋草，更欲君王分上流。

——《柯山集》卷三

##

　　徐勣（1055—1134），字元功，宣州南陵人。举进士，调吴江尉，选桂州教授。大观
三年（1109）知太平州。

归田咏

脱却乌纱辞却官，红尘万虑了无关。野蔬春酒随时乐，径菊山花带笑看。万里乾坤
由放浪，四时风景任盘桓。流来白石滩头水，醉里讹听响佩环。

——民国《南陵县志》卷四十二

满维端

满维端,生卒年不详。宋仁宗嘉祐间(1056—1063)知无为军。

四望台①

叠石层高暗绿苔,茂林深处独崔嵬。花阴竹影重重见,山色川光面面来。通夜阑干随月倚,纳凉窗户趁风开。踌躇触目堪嗟赏,倍费登高赋咏才。

——嘉庆《无为州志》卷三十

[注]①四望台:在无为城内,为宋治平中知军满维端建,并题诗。

挹秀亭①

林霭波光秀可餐,登临都付一亭间。坐违世路尘埃远,静入湖天日月闲。对岸莺花迷阆苑,隔烟洲漵切蓬山。习池胜事无多较,只负襄阳倒载还。

——嘉庆《无为州志》卷三十

[注]①挹秀亭:在无为城绣溪园中。

南池①

偃月城南锦绣川,内环亭树曲池边。篮舆蜡屐闲投入,竹坞花溪信步前。照日寒梅融素艳,拂波垂柳弄轻烟。东君已放春消息,为赋寻芳第一篇。

——嘉庆《无为州志》卷三十

[注]①南池:在无为城南。

桐轩①

轩外梧桐碧两行,跳空栏槛枕西堂。风条弄日摇窗幌,露叶惊秋坠井床。静想还思理琴瑟,高吟惟恐引鸾凰。谁怜不种朝阳地,但爱清阴作晚凉。

——嘉庆《无为州志》卷三〇

[注]①桐轩:在无为城内。

刘 拯

刘拯,生卒年不详,字彦修,宣州南陵人。宋神宗熙宁三年(1070)进士,知常熟县。元丰中为监察御史,历江东、淮西转运判官,提点广西刑狱。绍圣初复为御史。徽宗黜知濠州,改广州,后以吏部侍郎召还。

空心潭

碧潭发幽石,潇洒无纤尘。寒光湛秋月,有物难比伦。离钩竟无鱼,千尺徒垂纶。到此心已空,何用濯我缨。

——民国《南陵县志》卷四十二

 赵 企

赵企(？—1118),字循道,安徽南陵人。神宗熙宁九年(1076)进士,徽宗大观间知绩溪,重和元年(1118)卒于台州通判任。

感皇恩

骑马踏红尘,长安重到。人面依前似花好。旧欢才展,又被新愁误了。未成云雨梦,巫山晓。　千里断肠,关山古道。回首高城似天杳。满怀离恨,付与落花啼鸟。故人何处也,青春老。

——民国《南陵县志》卷四十二

 李 彭

李彭,生卒年不详,约公元1094年前后在世,字商老,南康军建昌(今江西永修县)人。为江西派大家,被称为"佛门诗史"。

奉酬湖阴韦深道

淮南废沐浴,望汉三十秋。丞相发蒙耳,卫青奴房侍。终藉汲长孺,毅然寝阴谋。

正人国之纪，进退系戚休。鹗立耸朝著，深藏耀岩幽。湖阴有真隐，趣尚协沧洲。奇胸饱风霜，大笔森戈矛。急贤甚渔猎，网罗英隽收。终南与少室，朝暮拔其尤。胡为卧江津，尚阻瞻冕旒。顾令茧栗犊，升裎荐圜丘。开轩榜独乐，高躅追前修。志士遗草泽，馀波及汤流。益使山林尊，豪夺不可求。但恐赴陇书，未能逃大蒐。嗟余牛马走，鬓斑年亦遒。烟霞入种艺，松桂助飔飀。书来挟妙句，眷言颇绸缪。乃知气先感，臭味还相侔。诗成月生岭，回溪上明楼。

——《日涉园集》卷一

吴则礼

吴则礼（？—1121），字子副，兴国州（今湖北阳新）人。元符元年（1098）为卫尉寺主簿。官至直秘阁，知虢州，编管荆南。晚年居江西豫章，号北湖居士。著有《北湖集》。

过宝晋斋赠元晖① 并序

米元晖宝晋斋，昔南官之所游息也。高梧丛竹，林樾禽呼，发人幽意，而异书古图，左右栖列。予每造元晖，必清言移晷。元晖读书业文，戏弄翰墨，至其妙处，不减王右军云。

窥径紫苔妩丽，入门黄卷纵横。欲知个里妙处，时遣鹍鹏一鸣。

——《北湖集》卷四

［注］①宝晋斋：宋米芾所建，斋藏晋人书法，因名。今在无为城米公祠内。

陈 瓘

陈瓘（1057—1122年），字莹中，号了翁、了斋，福建沙县人。宋元丰二年（1079）探花，授官湖州掌书记。历任礼部贡院检点官、越州通判、温州通判、左司谏等职。崇宁中以党籍除名，编管台州。绍兴中，赐谥忠肃。有《了斋集》《了斋易说》等。

减字木兰花（二首）

题韦深道寄傲轩

结庐人境，万事醉来都不醒。鸟倦云飞，两得无心总是归。　　古人逝矣，旧日南窗何处是。莫负青春，即是升平寄傲人。

题韦深道独乐堂

世间拘碍，人不堪时渠不改。古有斯人，千载谁能继后尘。　　春风入手，乐事自应随处有。与众恰恰，何似幽居独乐时。

——《姑溪居士前集》卷四十七

江上赠韦深道

三山隔弱水，波大不可浮。书往未得报，一去几春秋。若独何为者，形隔心与游。怀此不能忘，意厚叹莫酬。白首念世故，过眼不复留。缅怀古人意，一念解百忧。

——民国《芜湖县志》卷五十九

苏　庠

　　苏庠（1065—1147），字养直，自号青翁，更号后湖病民，澧州（今湖南澧县）人，后徙居丹阳后湖（今属江苏）。绍兴间居庐山，与徐俯同召，不赴。著有《后湖集》。

鹧鸪天·过湖阴席上赠妓

梅妆晨妆雪妆轻，远山依约学眉青。樽前无复歌金缕，梦觉空余月满林。鱼与雁，两浮沉，浅颦微笑总关心。相思恰似江南柳，一夜春风一夜深。

——《后湖集》

陈　渊

　　陈渊（1067—1145年），字知默，世称默堂先生。福建沙县人，陈瓘侄孙。高宗绍兴五年（1135），充枢密院编修官；七年赐进士出身；九年除监察御史，寻迁右正言。著有《默堂先生文集》。

寄傲轩

南窗何似北窗凉，寄傲乘风各有方。俯仰尚嫌天地窄，卷舒宁计古今长。酒斝盏里浮醅绿，菊采篱边满眼黄。万事醉来俱不醒，时飞清梦到羲皇。

——《弋江历代诗词》

释惠洪(1071—1128)，字觉范，俗姓彭，后易名德洪，江西新昌(今江西宜丰)人。少年时尝为县小吏，一生命途多舛，四次入狱。政和年间，由汴京流放到岭南。元符二年(1099)起，开始云游诸方，最终享誉禅林，被称为"晋唐以来诗僧之冠"。著有《石门文字禅》《石门诗钞》等。

过芜湖晚望

尽日舟中情思疲，晚来何处最幽奇。沙鸥数只妆江面，云带两条山画眉。

——《石门文字禅》卷十六

次韵寄傲轩

道夫飞鸟倦知还，一钵安巢又故山。无累自然增逸兴，有名终恐废长闲。背时生计风烟上，随意园林指顾间。应笑市朝争夺者，暗惊清镜失朱颜。

——《石门文字禅》卷十六

苏 过

苏过(1072—1123)，字叔党，号斜川居士，眉州眉山(今属四川眉山市)人。苏轼三子，时称小坡。绍圣元年(1094)，轼谪惠州，四年，复谪儋州，皆随行。元符三年(1100)，随父北归。徽宗政和二年(1112)，监太原税；五年，知郾城。宣和五年，通判定州。

寄独乐①

吾闻颜氏子，箪瓢欢有余。不知外慕乐，服膺在诗书。君看轩冕荣，其辱与之俱。
斯由岂不遂，上蔡曾弗如。倚伏无已时，循环共一涂。贤愚但相笑，莫知改前车。
嗟我晚闻道，一官真蘧庐。得之不为喜，失之分所无。尘垢未忘扫，冰炭久已除。
萧然百忧释，梦觉两于于。江南有高士，以乐名其居。嗜不同众好，德则良不孤。
磨铅事简策，校仇独勤劬。持此返逻藏，不顾拾紫朱。黄卷有晤语，舍兹无与娱。
安得乘扁舟，访君在五湖。

——民国《芜湖县志》卷五十九

[注]①题目系修订者所改，原题：有隐君子作轩曰独乐，乡人常希古赋诗属予，同作寄之。

罗从彦（1072—1135），字仲素，号豫章先生。宋南剑州剑浦（今福建南平）人。早年与宋代理学奠基人程颢、程颐的首传弟子杨时讲易经，受杨赏识。致和二年（1112），正式师从杨时于龟山，学成后筑室山中，倡道东南。理学大师朱熹之父朱松、老师李桐都曾拜罗从彦为师。著有《豫章文集》。

075

寄傲轩用陈默堂韵

自嗟踽踽复凉凉，糊口安能仰四方。目送归鸿心自远，门堪罗雀日偏长。家徒四壁樽仍绿，侯户千头橘又黄。我醉欲眠卿且去，肯陪俗客语羲皇。

——《两宋明贤小集》卷二百一十二

米友仁

米友仁（1072—1151），初名伊仁，字元晖，小名虎儿，号懒拙老人。米芾长子。徽宗宣和四年，应选书学博士。高宗绍兴中，仕至兵部侍郎、敷文阁直学士。著有《阳春集》。

临江仙

宝晋轩①窗临望处，山围水绕林萦。不堪回首到江城。墙跌围瓦砾，鸥鹭见人惊。
日愿太平归旧里，更无余事关情。小营茅舍倚云汀。四时风月里，还我醉腾腾。

—— 《全宋词》

[注]①宝晋轩：即宝晋斋，今在无为城米公祠内。宋米芾所建，斋藏晋人书法，因名。

徐俯(1075—1141)，字师川，洪州分宁(今江西修水)人。神宗元丰末以父荫授通
直郎，累迁司门郎。绍兴二年(1132)，除右谏议大夫，并赐同进士出身。绍兴四年
(1134)兼权参知政事等职。入江西诗派，著有《东湖集》。

太平州二首

其一

便风击鼓太平州，斜日落帆大信口①。二年两见黄山塔，平生不饮姑熟酒。

其二

南人北人朝暮船，东梁西梁今古天。兹地何时复回首，溯流千里到家园。

—— 《两宋名贤小集》

[注]①大信口：在芜湖市北。

叶梦得

叶梦得(1077—1148)，字少蕴，号石林居士。苏州吴县人。绍圣四年(1097)登进
士第，历任翰林学士、户部尚书、江东安抚大使等职。晚年隐居，著有《石林词》《石林
燕语》《石林诗话》等。

闻兀术将过淮再遣晁公昂觇师

狂酋屡惯骋长驱，未省新军有被庐①。快饮勿辞金凿落，先声须破铁浮图②。趋官尔自疲千里③，飞将吾宁较一夫。试向八公山上望，当关何用守濡须④。

—— 《建康集·叶梦得》卷一

　　[注]作者自注：①时张、韩两军治师甚肃，士极贾勇。②鞍虏将下亲兵皆精练，号铁浮图。③虏遣师往来国中，号趋官，日行数百里。④寿阳为江淮襟喉，曹操先得之，故军每至濡须，东晋能保有，故谢玄有淝水之捷云。

　　韩驹（1080—1135），字子苍，学者称陵阳先生，蜀仙井监（今四川仁寿）人。早年从苏轼学。政和中，赐进士出身，曾官秘书少监等。著有《陵阳集》。

芜湖戏赵德夫

西来有客共征途，不恨维舟日日孤。爱子清明似秋月，当涂见了又芜湖。

———《陵阳集》卷四

王庭圭

　　王庭圭（1080—1172），宋吉州安福人，字民瞻，号卢溪。徽宗政和八年（1118）进士。高宗绍兴中，胡铨上疏乞斩秦桧等，谪新州，庭圭独以诗送行。绍兴十九年，坐讪谤编管辰州。桧死，除国子监主簿、直敷文阁。著有《卢溪集》《沧海遗珠》《易解》等。

观骆元直经进江南形势图

异时汉网疏天讨，胡儿马齧江南草。石头重戍岂无兵，将军不识丹阳道。至今战骨埋秋霜，伤心不忍问耆老。龙蟠虎踞昔何雄，赤壁濡须在眼中。浔阳江水射蛟处，旌旗拂天来向东。艨艟塞川不敢下，昔人曾此破曹公。横江九道波翻屋，试请轻兵渡淮曲。夜入长安人不知，应见画图心已熟。他日将军按此图，鼓行如西如破竹。

—— 《石仓历代诗选》卷一百九十九

周紫芝

周紫芝(1082—1155)，字少隐，号竹坡居士。宣城(今属安徽)人。绍兴十二年(1142)廷对第三，历官枢密院编修官、右司员外郎，知兴国军。秩满奉祀，居庐山。著有《太仓稊米集》《竹坡词》《竹坡诗话》等。

次韵韦深道独乐堂十绝

廊庙登元勋，四海歌画一。群公各交章，君乃卜少室。
人生几蜡屐，千古一草堂。得失了自判，较然不须量。
棐几坐永日，岩花动微风。未知堂中人，此乐谁与同。
达人信死生，过眼阅暖冷。了知梦境中，此味独差永。
曩喜韦苏州，有句尽平淡。只今把君诗，去眼不可暂。
鬻钱走京师，我笑员半千。玉阶求自试，北牖输高眠。
闻君开华堂，图书富千古。应笑碧衣郎，试吏坐蓝缕。
爱酒惜杯干，懒衣愁客至。世无锦江翁，谁识幽人意。
草木各有态，臭味久已分。愿言兰芷丛，东风佩微薰。
跂首望蘅皋，远目聊增明。相逢定何夕，剧谈到参横。

——《太仓稊米集》卷三

游衡廊山①

瀛渤从来是一沤，何妨飞锡到中州。解将瓶钵横云海，懒向秦淮障逆流。

——《太仓稊米集》卷三

[注]①衡廊山：即珩琅山。诗题系修订者所改，原题：游衡廊山，山中有梁武帝、杯渡禅师像。

宿隐静寺作

短策羸骖山路长，松阴十里午风凉。飞来一水自碧落，屹立五峰丛上方。清鸟也随人听法，老僧聊为客燃香。泉声洗枕浑如雨，月色沁寒山满霜。

——《太仓稊米集》卷三

次韵韦深道见寄

不见苏州五字诗，韦郎有句解人颐。长镵白柄林间事，折角乌巾世外姿。失马未应无后福，亡羊政恐坐多岐。人生一笑真难事，白发逢君苦恨迟。

——《太仓稊米集》卷三

奉酬韦深道见寄诗

盖世功名岂不佳，韦郎心事本烟霞。秋风自老千章木，春雨谁分一部蛙。夜鹤政愁云出岫，鲈鱼会遣客思家。从君细意论幽恨，准拟应须到落花。

——《太仓稊米集》卷七

秀淮亭晚眺时往无为

未得三吴去，东来且过淮。要须烦晓浪，聊为洗风霾。飘泊从人笑，穷愁费力排。平生临水意，老去若为怀。

——《太仓稊米集》卷十

笑庵两和①

无人与作绣川游，共看荷花一雨秋。乞得道人三昧句，破除千斛庾郎愁。
来寻午枕林间梦，分得羲皇窗底风。且与笑庵同一笑，不知家在大江东。

——《太仓稊米集》卷十

［注］①诗题系修订者所改，原题：六月十二日过笑庵道人颇出近诗二首。

笑庵两和前韵复作二绝

莫把须江作浪游，笑庵如水气如秋。但知有道能忘我，便恐无天可寄愁。
新诗时出笑谈中，清似松江夜雨风。邂逅碧云来入句，老夫真欲愧辽东。

——《太仓稊米集》卷十

题米元章祠堂

绣溪遗迹已茫茫，父老时能说漫郎。苍碣尚余唐翰墨，古祠犹是晋衣裳。旌旗还向江湖老，檐庑空悲草木长。我亦敢持寒具手，为公来炷影前香。

须江①暮春杂题三首

三月阴晴江上天，江花落尽水平川。红蚕老去桑垂椹，黄鸟飞来柳扑绵。千里心常悬梦里，十分春总在愁边。时时更谢苏司业，乞与杖头沽酒钱。

须江旧事与谁论，万古悠悠入夕昕。楚子名今推伍伯，阿瞒功独盖三分。空埋冶父山边骨，已散濡须坞口军。欲为英雄吊遗迹，笔头无古战场文。

淮上风埃满客衣，二年楼阁送斜晖。心如落絮随风去，春与残花作伴归。塞外夕烽悲鼓角，江边飞雨湿旌旗。只今便觅东皋路，已失南山种豆期。

[注]①须江：古水名，即今运漕河前身，源出巢湖，经无为至裕溪口入长江。

080

次徐伯远东海开国古印韵①

王谢风流本自长，天教洪井发珍藏。定知东海新金斗，可继文安旧印章。②龟去岂无江上恋，鹊来今得石中黄。传家已作它年兆，莫把功名付锦囊。

[注]①诗题系修订者所改，原题：杨次公侍讲得古印于洪井，其文云"东海开国"，次翁之子德润以赠徐伯远，伯远有诗，次韵。②作者自注：内相徐公伯远祖封文安郡，故有文安开国印也。

次王彦猷茶字韵二首①

诗如摩诘自名家，未数刘颠赋雪车。问字谁携子云酒，敲门拟送玉川茶。回头拾得风前句，扫地先除眼界花。老去无缘浑似梦，相随真欲问毗邪。

扁舟流浪作浮家，病齿凋零脱左车。千里归心秋后燕，一年春事雨前茶。它时我自开三径，此去君当判六花。相见已还平日愿，豚蹄何用祝汙邪。

[注]①王彦猷:即王之道,无为人。诗题系修订者所改,原题:次韵王彦猷参谋避胡山中寄茶字韵诗卷二首。

湖阴行 并引

余游于湖,过王敦故城,诵温庭筠所作《湖阴曲》,虽辞彩光耀敻绝古今,而诛奸戮逆固已无憾。然敦之包藏祸心盖亦久矣,东晋君臣不戒履霜以翦豪厘,曾不若石崇厕婢知其他日必善作贼。乃为《湖阴后曲》以广其意。

石头城南五马渡,一马成龙上天去。晋家天子再御朝,洛阳胡骑空无数。当时枉道马与王,高官饱食丰豺狼。车前已赐斓斑物,江上空馀剑戟场。日光射天惊贼垒,封豕长蛇梦中起。仓皇只欲玩遗鞭,谁信龙媒已千里。黄须有智人岂知,不料将军未死时。着新脱故真是贼,白犬下啮天应迟。谁道晋朝公舆相,不及金谷园中儿。

—— 《太仓稊米集》卷十

漫郎与世苦不偶①

漫郎与世苦不偶,俶傥如公世安有。平生学书笔似锥,晚岁得州大如斗。淮西道院长江边,天公付与公高眠。使君闭阁作奇字,门前白浪春风颠。人言异石天所出,三十六峰如洞天。呜呼我兄更再拜,俗眼相看颇惊怪。唤钱作兄真可怜,唤石作兄无乃贤。望尘罗拜良可笑,米公拜石不同调。愚智相悬乃如此,何啻人间三十里。是非从古无公论,彼此相笑何时已。巉岩对客初不言,尧桀纷纷渠自尔。

—— 《太仓稊米集》卷十

[注]①诗题系修订者所改,原题:米元章为须江太守,闻有怪石在河壖,莫知其所自来,人以为异而不敢取。公命移置州沼,为燕游之玩石。至而惊,遽命设席,拜于庭下,曰:"吾欲见石兄二十年矣。"闻者以为言坐是罢去。余游濡须,而石犹在,询之邦人,信然。乃作此诗。

寄韦深道①

阙然不见十年余,借屋新来共一湖。已向双鱼逢尺素,更因五字得明珠。子猷心欲随烟棹,摩诘居应似画图。会待庞公归上冢,便求奴饭马青刍。

—— 《大仓稊米集》卷十二

[注]①诗题系修订者所改,原题:韦深道和诗且以书坚扁舟之约,仆以禁烟归扫邱墓未暇,先寄此诗。

次韵韦深道哭陈谏议

自是群奸误圣君，初心岂愿作忠臣。平生劲气埋黄壤，当日嘉言在紫宸。谏议裂麻方伏阁，诸公鸣玉自垂绅。向来六子俱诛灭，此道于谁较屈伸。

——《大仓稀米集》卷十二

绣溪秋晚二首

羁客三年别，风裘九月寒。暮鸦啼日落，红叶坠霜干。地接淮山远，天浮楚服宽。须江无父老，旧事说曹瞒。
不作黄花梦，空悲紫塞秋。泪悬江上点，心结雨边愁。久客犹千里，残年念一邱。倚栏多少恨，暝色满江楼。

——《太仓稀米集》卷十五

须江雨中

须江楼上倚秋风，草树荒凉故垒空。吹尽角声人不见，画桥和雨系艨艟。

——《太仓稀米集》卷十五

082

历阳道中二绝其二

江边孤垒古濡须，憔悴斯民百战余。赖有丰年慰羁客，软炊云子荐鲈鱼。

——《太仓稀米集》卷十五

归自须江泊舟于湖舟中书事

一自风尘起，飘零十载过。危情窘荆棘，老眼暗干戈。草草真聊尔，栖栖可奈何。功名麟阁晚，兴在鹿门多。避地依淮浦，伤心听楚歌。边烽明夕峤，戍鼓击寒波。江控曹公坞，山连冶父坡。凭高怀更远，吊古事应讹。久客横归棹，长年着短蓑。风高饱帆腹，潮稳转山阿。渐喜乡音似，还成醉脸酡。凄凉想茅屋，留滞厌江沱。井邑疏星火，津亭长薜萝。连檣自来往，坏壁本嵯峨。蜂目今何在？黄须迹已磨。馀生能几屐，急景付飞梭。岁熟如堪隐，诗成可自哦。平生南亩愿，无地与婆娑。

——《太仓稀米集》卷十五

将别须江作

落叶江头枫树枝，秋风又入去年衣。淮南米贱聊乘兴，笠泽鱼肥却念归。老境但知随物化，幽期常恐与心违。群山堂下山千点，不见祠云作雨飞。

——《太仓稊米集》卷十五

韦深道寄苕霅舟中六言五首

画舸一帆烟浪，薰风十里荷花。更着千岩万壑，相随泛宅浮家。
水绕卧沙鸂鶒，浪翻擎雨芙蕖。向晚柂楼独倚，共谁同看跳珠。
韦郎无意剪白，次山亦漫为官。要遣苕溪风雨，饱君笔下波澜。
满眼红妆迎笑，昔年游客经行。忽得风前丽句，似闻篷底波声。
我作三吴短梦，小安近水茅茨。解养能言鸭子，闲看似酒鹅儿。

——《太仓稊米集》卷二十四

送王彦猷归淮西

不食濡须坞口鱼，只今已是十年余。我犹疋马随人后，君亦华巅与世疏。此日又分直馆禄，几时来读道山书。梅花莫付长安使，行卜昭亭岭下居。

——《太仓稊米集》卷三十一

证公老师自龙溪来访送别二首①

两翁投老各华颠，往事重论亦黯然。只有高情无岁月，相看依旧似当年。
羸骖相逐犯风埃，行尽千岩未肯回。送我漳淮三百里，道人何止过溪来。

——《太仓稊米集》卷三十四

[注]①诗题系修订者所改,原题:仆将有江西之役,证公老师自龙溪来访仆于家,已而遂至春谷,送别二首。

吉祥寺

春江渺渺一鸥飞，欲解扁舟未得归。试问颠风何似恶，浪花丛里看蟆矶。

——《太平三书》卷四

满庭芳·濡须对雪

楼上寒深，江边雪满，楚台烟霭空濛。一天飞絮，零乱点孤篷。似我华颠雪鬓，浑无定、漂泊孤踪。空凄黯，江天又晚，风袖倚蒙茸。　　吾庐，犹记得，波横素练，玉做寒峰。更短坡烟竹，声碎玲珑。拟问山阴旧路，家何在、水远山重。渔蓑冷，扁舟梦断，灯暗小窗中。

——《竹坡词》卷二

李纲(1083—1140)，字伯纪，号梁溪居士，邵武(今属福建)人。政和二年(1112)进士。高宗即位，拜右相，上十议，力主抗金。历湖广宣抚使兼知潭州、荆湖南路安抚大使等，其间多次被罢黜。著有《梁溪集》。

次韵湖阴曲

王敦举兵，明帝微行视其营垒，由是乐府有《湖阴曲》而亡其辞。温庭筠制词以附之，东坡书以遗秦少游，客有出以示予者，因效其体次韵和之。

绣鞍玉勒黄金鞭，跃马直入无玉钱。绕营三匝人不识，天风翻动旌旗鲜。贼臣昼寝苍黄起，梦里阳乌光照水。追风铁骑去非迟，真主那从贼中死。宝鞭传玩日凄凄，行远不闻天马嘶。千金安用试虎口，将帅何如思鼓鼙。西南大星寒有铓，画衣绣衮垂平章。九重宫殿锁春色，岂如万里秦城长。

——《梁溪集》卷十

夜泊繁昌

系缆繁昌口，清江夜渺然。寒星随浪闪，孤月向人圆。汉渚乘槎客，云川控鲤仙。何须论往事，且泛碧波船。

——《梁溪集》卷十四

未至芜湖四十里阻风

一夜寒云凝不开，北风吹雨带潮来。涛翻天末银山涌，浪打沙头霹雳摧。心在浙西音断绝，身留江左意徘徊。无聊独酌开怀抱，赖有窗间数点梅。

至芜湖闻贼陷钱塘复为官军所得有感

督府繁华一扫空，须知狂寇计非庸。庙堂若为苍生计，早筑高坛拜卧龙。
巨盗乘虚起浙东，猖狂如在笑谈中。钱塘犹喜官军复，破贼须从此立功。

——《梁溪集》卷十四

自芜湖江行至采石

万顷春江彻底清，天风不动镜泓澄。画船安稳摇空翠，疑在琉璃地上行。
江水春来绿似蓝，临流高石翠巉岩。波恬舟稳已堪喜，况是清风借一帆。

——《梁溪集》卷十四

张　纲

张纲(1083—1166)，字彦正，号华阳老人，金坛人。政和四年(1114)，以上舍及第。绍兴初，历起居舍人、中书舍人、给事中，绍兴二十七年(1157)出知婺州。著有《华阳集》。

行部至南陵题隐静寺

篮舆行尽万松冈，得得来看古道场。飞锡落花成佛去，后人谁见紫金光。

——《华阳集》卷三十五

宿隐静东轩隔窗闻秋雨泻檐①

踏残西日寄僧房，一炷炉熏秋夜长。谁作响泉喧客枕，梦回欹听雨淋浪。

——《华阳集》卷三十五

[注]①诗题系修订者所改，原题：寄宿隐静东轩，轩外竹引飞泉落池中，隔窗闻之如秋雨泻檐声。

吕本中

吕本中（1084—1145），原名大中，字居仁，号紫薇，世称东莱先生，寿州（今安徽寿县）人。初授承务郎，高宗绍兴六年（1136）赐进士，历官中书舍人、权直学士院。因忤秦桧罢官。著有《东莱诗集》等。

黄池西阻风

乌云衔日日不出，骤雨飘风吼三日。扁舟寸步不得行，坐叹轻鸥如箭疾。我行去家秋复冬，故园回思春梦中。客愁茫茫若江水，生计渺渺随征鸿。三年京城共憔悴，一杯此地难从容。长溪卷浪雪花碎，远山横空眉黛浓。故人别我上江去，亦有书来唤同住。破屋数间君有余，太仓五升吾已具。严霜未放鹰隼击，盘涡恐致蛟龙怒。片帆欲挂任篙师，君但徐行莫深惧。

——《东莱诗集》卷十一

于湖曲①

琅玡初渡秦淮水，外托奸雄抗胡垒。白头欸发问鼎心，十万锐师同日起。旌旗蔽江衔舳舻，卸帆钩辁屯于湖。云昏雾惨恣诛杀，电激风奔传指呼。谋狂虑逆天夺魄，昼梦环营日五色。巴滇骏马去如飞，始遣轻兵索行客。黄须英特神所怜，舍旁老妪留宝鞭。宝鞭玩贼伫俄顷，野陌尘断生炊烟。石城战士争愤泣，君王试敌曾深入。累累金印去封侯，忍瞰上流借余力。际山暴骨真可哀，向来胜负安在哉！至今秋晚渔樵地，雨洗渍血空苍苔。

——《东莱先生诗外集》卷三

［注］①诗题系修订者所改，原题：晋大宁四月，王敦自武昌下屯于湖。明年六月，敦将举兵内向。明帝微行至于湖，阴察其营垒而去。唐温庭筠作《湖阴曲》，盖为此也。后汉王霸之孙，改封芜湖县。吴时此地称于湖，或称芜湖。察其营垒，则姑熟之西。初，芜湖阴又且于湖，乃芜湖也。张文潜有《于湖曲》，广其意追和焉。

沈与求

沈与求（1086—1137），宋代大臣。字必先，号龟溪，湖州德清（今属浙江）人。政和五年（1115）进士。历官明州通判、监察御史、殿中侍御史、吏部尚书兼权翰林学士兼侍读,荆湖南路安抚使、镇江知府兼两浙西路安抚使、吏部尚书、参知政事、明州知府、知枢密院事。著有《龟溪集》。

闻招寇

绿林煽余习,无乃国计左。海盗爵秩崇,纳叛金缯夥。戕奸在斧钺,赏诱讵云可。
萌芽缓诛锄,猖披费结裹。战多数招安,奚用腰箭笴。悍兵昔已然,黠将近亦颇。
昌言假报国,涅面刺投火。豺狼奋哮噬,蜂虿利掀簸。横行入通邑,焚掠穷委琐。
况闻南陵寇,执事初意惰。出没势已张,剪灭计未果。宣城俯百里,千室尽奔殚。
王事吾有程,马头戴印颗。叱驭疾其驱,语言纷炙輠。何当说罴貅,一洗根本祸。

——《龟溪集》卷一

郑刚中

郑刚中(1088—1154),字亨仲,一字汉章,号北山,婺州金华(今浙江金华)人。绍兴二年(1132)以第三名进士及第。初刚中尝为秦桧所荐,后金兵入侵,不因秦桧荐举而附和,遭秦桧窘辱、折磨致死。桧死,追谥忠愍。著有《北山集》等。

茅舍柴门昼亦扃①

茅舍柴门昼亦扃,松姿鹤骨向人清。阓门饘粥千金重,九品冠裳一唾轻。仁义到头焉用稼,声名真是岂其卿。我惭瘦马冲烟雨,不得从容慕老成。

——《北山集》卷二二

[注]①诗题系修订者所改,原题:衡岳左右,道旁茅舍竹门中有老人八十一岁。宣和间尝为芜湖尉,因官火弃官寓湖湘,无生涯。学者时过之问,经义,遂相资助皆自言。如是予饭其旁,饭已即行,马上拟成。

李弥逊

李弥逊(1089—1153),字似之,号筠溪居士。吴县(今江苏苏州)人。大观三年(1109)登进士第,调单州司户,累迁起居郎,历知饶州,垂二十年。著有《筠溪集》。

杯渡塔①

青松转路头，白塔枕山肋。锡飞归上方，杯渡空尘迹。真源不可取，香火供晨夕。客至亦忘言，荒庭秋草积。

—— 《筼溪集》卷十一

注：①《全唐文》卷五三〇载：杯渡法师造南陵隐静寺。

五峰寺①

五峰如五城，草树皆秀发。人间白玉京，此土黄金刹。长松荫步武，目改心已雪。税鞅罢言归，前山写薇蕨。

—— 《筼溪集》卷十一

注：①五峰寺：即隐静寺。今属繁昌。

寄题芜湖韦深道所居二首

088

寄傲轩

男儿鹜功名，浪起四方志。辙环百年间，正足消两髀。达人坐进此，妙处不容喙。卷舒周古今，俯仰小天地。南窗有余清，松菊爽朝气。岂独傲世怀，吾生真可寄。

独乐堂

韦郎江海士，心与凡子各。折腰卑小官，不事干禄学。观身一牛毛，阅世两蜗角。纷华岂不好，名教自有乐。虚堂卷书罢，觅酒供自酌。谁云苦幽独，秋风响猿鹤。

—— 《筼溪集》卷十一

赵彦术作寄傲轩请予为诗①

王孙自古豪而迁，五鼎不换一束书。江城别驾辕下驹，升斗未足回清臞。晓衙吏退谁与俱，傍砌燕雀来将雏。室中尘凝生白虚，竹色照座花连株。南窗曲肱净籧篨，轩窗勇往羲皇初。渊明虽远几类拘，轻去彭泽思吾庐。人生泛如风中桴，况复蜕视千金躯。公家舍屋为补葺，政成讼简日有余。斗酒近局聊相娱，三年官满鹊弃居。后来好事犹今吾，至哉此乐陶不如。

—— 《筼溪集》卷十三

[注]①诗题系修订者所改,原题:赵彦术于姑熟倅厅作寄傲轩请予为诗寄之。

和学士秋怀(其六)

生涯自有餐霞法,归计新传种树书。人境不应容拓落,五松山脚是吾庐。

——《筼溪集》卷十九

林干,温州乐清人,字国材,号木榴子。徽宗崇宁初,士舍法抡秀登名,干独居木榴山闭门著书。著有《渊通》《覃思》。

米拜石

危疑欲堕石,苍然曰米拜。吁嗟千古情,石在米亦在。

——《赤城别集》卷五引《幽溪别志》

张元干(1091—1175?),字仲宗,自号芦川居士,永福(今福建永泰)人,一说长乐(今福建闽侯)人。宣和七年(1125)任陈留县丞,晚年曾滞留吴越。著有《芦川归来集》《芦川词》。

郭从范示及张安国①诸公酬唱辄次严韵

登楼乘暇日,唤客共浇愁。春去花犹发,阴浓雨未休。和诗真冷澹,得句总风流。能遣西邻老,殊无陋巷忧。

——《芦川归来集》卷二

[注]①张安国:即张孝祥。

王之道

王之道(1093—1169),字彦猷,安徽无为人,宣和六年(1124)与兄之义弟之深同登进士第。曾任历阳县丞、摄乌江令、摄无为军、湖南转运判官等。晚自号相山居士,著有《相山集》。

送无为宰赵涣冰仲

百里寄一令,于民为最亲。休戚咳唾间,讵可非其人。赵侯古循吏,当世无等伦。
朅来宰濡须,旧政俱更新。虽无赫赫名,吏戢民称仁。善良仰若父,奸欺畏如神。
幸哉百里地,两载销鼙呻。果膺君相知,赞书下枫宸。不终三年淹,径作帅幕宾。
秋风散炎酷,夜雨清埃尘。宁容卧辙留,高樯舣江滨。君看眉间黄,华近兹其因。

——《相山集》卷一

送无为倅张南仲归吉州

吾友李粹老,少也游膠庠。六年得一第,自谓贵且昌。衽席不知戒,飞黄中道僵。
三阅大渊献,岁月亦已长。嗟嗟死非所,至今未能忘。忠言类良药,苦口不见尝。
那知兵火馀,获见同舍郎。来丞濡须郡,两岁依余光。邂逅偶及此,为之泪淋浪。
高义藉激薄,美政称扶伤。康沂富邦国,何独歌王祥。江城四月尽,麦熟梅子黄。
归欤佐吾君,谈笑跻羲皇。遥应不可留,船头鼓其镗。

——《相山集》卷一

次韵因老见赠

扁舟历阳来,访君得少息。登堂默无语,见者称目击。去年糁江上,群盗罗剑戟。
君时濡须游,入山笑相揖。肩担祖师禅,问答挥即栗。岂惟警聋瞶,亦足慰岑寂。
春容褪丹青,雨意铺水墨。定将傥赴感,澄霁自端的。麦秋数日间,饥肠颇贪得。
兵余敝庐尽,何独空四壁。维摩幸无恙,胡避有新室。白云本无心,能归定能出。
岿然三杰峰,况是旧相识。我有半仙丹,和剂等菖术。为言山中人,蟠桃已成实。

——《相山集》卷三

再用前韵谢潘寿卿见和二首（录一）

小人南郭綦，君子东家邱。相从濡须坞，雪案风飗飗。眼界眩兜绵，耳根哄鸣球。
何妨具杯酌，一笑宽百忧。不见刘带花，逢愁但摇头。时来看崔卢，姓名覆金瓯。
我愿霁晨霜，栗烈还温柔。黄金著高柳，绿浪翻来麰。要令扶犁儿，力田遂逢秋。
饱食奚所须，鼓腹同天游。

——《相山集》卷三

赠李廷吉知县

　　庆源王公所至，视吏民如家人，人安乐之。东坡先生有诗云："青杉半作霜叶枯，
视民如儿吏如奴。吏民莫作长官看，我是识字耕田夫。"盖为庆源作也。李无为与予昧
平生，方到官之初，境内大旱。曾不三日而雨，远迩沾足。子固疑其有以致之。已而访
之民间，尽能言其拊循矜恤之政，咸以为当世未见其比者。故因求之古人，得王庆源于
东坡诗中，辄次其韵奉寄，庶几异时以备史官之采择云，绍兴壬子。

李侯入境怜焦枯，指麾屏翳如家奴。坐令大旱变霖雨，一时凋瘵歌岩夫。我思东坡
不可见，夜讽新诗还撚须。庆源老人骨已朽，爱民似子当今无。稻田上下水声接，
农家准拟相携壶。南邻败屋欹欲倒，君来往往人争扶，流离复合燕相贺，向人竞欲
嘲解襦。吏民莫怪吾面疮，耄倪艰食方饿癯。政声不必家置喙，自然和气成欢呼。
何当相聚饮一斗，高吟大笑临邛垆。

——《相山集》卷五

091

春日无为道中

旱甚山光暗，风颠日色微。桑芽虬翅小，荻笋鼍肩肥。野寺看题壁，村垆问典衣。
春容良不恶，杨柳正依依。

——《相山集》卷七

秋日游南汰二首①

小雨沾秋旱，清曦霁晓氛。山留归壑水，风送过江云。碧瓦觚稜出，黄茅兔径分。
高僧似相喜，茗饮话殷勤。
松篁团野色，葭蓲接江氛。芳菊开新雨，晴天扫片云。村醪过寺共，风袂转山分。

邂逅梅夫子，清谈得致勤。

[注]①南汰：一作南汰寺。无为城北五十里，汰水南。宋咸平元年建。

和詹德秀出南汰二首

晓出东郊路，春霖数尺泥。湖山供胜赏，花草觅新题。坐听鸣鸿北，归看落日西。
乍晴何所喜，芳树早莺啼。
小沼鸣蛙吹，虚堂堕燕泥。对花容命酒，书事喜分题，僧舍乔林北，田家古道西。
鹁鸠晴唤妇，谷谷傍人啼。

和张安国舍人

判花西掖妙当年，曾见声华振日边。文翰共推唐李峤，功名将踵汉韦贤。江山到处
供诗筒，风月多情付酒船。琳馆正当聊尔耳，会看鹏击水三千。

092

鹿鸣宴

乾道乙酉，无为太守吕公以冬十一月庚戌举送进士，循旧典开鹿鸣之宴。部使者梁
公以建台于此而与焉，吕公不鄙，谓之道于是邦年齿最高，实为乡老，俾从观礼。之道
自念顷在宣和甲申获同弟兄联中科第，迄今未见有继之者，士风不振甚矣。因作是诗，
记今日之集，且以勉诸君，是行联名春闱，为时盛事，大慰州间之望。

苍颜华发老书生，来赴公堂宴食苹。曾预宣和闻喜集，重观乾道计偕行。绣衣劝驾
追前哲，熊轼宾贤继列城。久矣邦人虚桂籍，正须公等振英声。

题无为秀溪亭

画桥雕槛接招提，新有诗人榜秀溪。十顷净明天上下，两奁光映水东西。飞楼涌殿
参差见，古木修篁咫尺迷。此景此时君信否，绿杨阴里啭黄鹂。

隐静道中

马头聊复问诸涂，东指宣城百里余。水外山屏供步障，道傍蛙吹接行车。青归柳色浮烟里，红入花光过雨初。春意似同人意好，此行那患食无鱼。

——《相山集》卷十一

宿吉祥寺赠应上人

窗前修竹翠摩云，清阅题轩念昔人。三纪重来惊隔世，一言相契定前因。携尊得得纷亲友，抉藕累累萃里民。祖意如来烦指似，迷舟何幸济通津。

——《相山集》卷十二

示隐静恭老

游山何敢避泥涂，恰值催花夜雨余。杯渡已知无用楫，马行今信不更车。数声幽鸟过庭际，一派飞泉赴壑初。正欲寻师问心法，却惊行色逼钟鱼。

——《相山集》卷十二

送浮屠昙远归无为持钵

一筇春色满郊畿，弹指淮南迅若飞。丈室正须香积供，孤云聊作故山归。长安城里风烟好，锦绣溪头笋蕨肥。我有上林桃李约，未容随子赴亲闱。

——《相山集》卷十二

送无为守郑深道移严州

世称儒雅擅青徐，今见君侯信不虚。报政未容更绣水，除书先已易桐庐。郡邻帝所旋趋召，地切家山勿恋居。千乘来迎催去急，邦人何计挽行车。

——《相山集》卷十二

和徐伯远《无为道中》

江南五月稻抽芒，想见含花带露香。底事淮乡太迟晚，一犁新雨正开荒。

——《相山集》卷十四

游毛公洞①六首

说诗人去想云车，千古青岩倚碧虚。训诂未容端拜议，一言聊复问《关雎》。
旋披荆棘入山来，洞口晴烟翳不开。试问真人竟何处，他年相就谒蓬莱。
须信桃源路易迷，野人遥指过山西。由来石室非仙窟，漫向云中觅旧蹊。
山前踊跃见樵人，欲问神仙更问津。指点长柯向东去，不知银穴又非真。
徘徊银穴送斜晖，散遣长须上翠微。青鸟似知予意确，故传仙语傍人飞。
偶因青鸟遂幽寻，翠壁苍崖白日阴。三扣石扉人不识，满山松竹自悲吟。

——《相山集》卷十五

［注］①毛公洞：在今安徽省无为县境内毛公山上，洞壁因刻有毛苌《诗经》而著名。

吴兴舟中有作

一水濡须百里间，举头遥见水西山。微波不动又终日，安得扁舟送我还。

——《相山集》卷十五

朝中措·和张文伯海棠

暖风迟日透香肌。春到柳边枝。曾见酒红潮颊，玉人初出罗帏。　　东坡何处，朱唇翠袖，空想芳姿。争似濡须太守，看花仍赋佳词。

——《相山集》卷十六

青玉案·送无为守张文伯还朝

逢人借问钱塘路，我亦欲，西湖去。目送兰桡知几度，鳌峰浮玉，鲸波飞雪，正是潮来处。　　海棠花下春将暮，缓唱新词味佳句。见说东皇曾梦许，柏台冠豸，金銮视草，更作商岩雨。

——《相山集》卷十七

胜胜慢·和刘春卿有怀金溪

凌云气节，贯日精忠，艰难未许心灰。芳酒一尊，对君聊为君开。要识治安非晚，乐得贤、新赋台莱。愁似雪，喜青天万里，晓霁春回。　　须信赤绳系足，朱衣点额终在，休叹淹徊。梅实槐花，看看便是相催。座上觥筹交错，玉山崒、莫遣停杯。濡须好，傥他时富贵，犹冀重来。

王之望（1103—1170），字瞻叔，襄阳谷城（今属湖北）人。绍兴八年（1138）进士，曾任川陕宣谕使、户部侍郎、参知政事、福建路安抚使等职。著有《汉滨集》。

次韵王圜中二首（录一）

网得金鳞不忍烹，一瓯春菜眼偏明。逢君强赋湖阴曲，顾我方趋日照城。散坐酕醄留客醉，过庭鹎鵊为谁鸣。还朝密迩非轻别，知有蒲轮访姓名。

秋日由秋浦抵敬亭舟过螺矶有感而作

砥柱中流几万秋，波翻隐隐淡云浮。三山半落青天外，四野迥环绿水流。分散鸳鸯拒柳岸，惊飞鸥鸟宿沙洲。莫言此处风涛恶，变化龙飞天际头。

095

吴芾（1104—1183）字明可，台州仙居（今属浙江）人。绍兴二年（1132）进士，迁秘书省正字，后除监察御史、殿中侍御史、记部侍郎，曾知太平州。自号湖山居士，著有《湖山集》。

联句题吉祥寺

系舟枯柳岸，穷胜古城阴。松径云生屦，竹窗风满襟。不妨情话好，且放酒杯深。杖履寻归路，西山日未沈。

游荆山寺

道左逢幽寺，巍然气象新。泉声长绕舍，山色欲侵人。疏牖时穿竹，虚堂不染尘。老僧仍好事，不厌客来频。

——《湖山集》卷五

寄题隐静三首

五峰双涧旧标名，我恨当年去不成。却羡个中人自在，饱看山色听泉声。

向来连岁守江城，到处题诗满户庭。独欠兹山一转语，倩师与我谢山灵。

我师一出几何年，闻欲东归未有缘。何日扶藜能过我，湖山深处共谈禅。

——《湖山集》卷九

杯渡移从西域来①

杯渡移从西域来，一枝五叶翠成堆。谢师致此为吾寿，使向湖山深处栽。

——《湖山集》卷十

[注]①诗题系修订者所改,原题:昔杯渡禅师自西域开山,隐静止,携五叶松来。岁月既远,余求此山中之松,已化为乌有矣。护国远老知余此意,遍搜之。天台山中得,于玉霄峰下移以见饷,遂为林下之光。因诗以谢之。

陈天予,生平不详。通过宋吴苔、范大成作品知陈与他们皆有往来酬唱。

下峨桥

万株杨柳绿成行，十顷红波肆渺茫。雨过葑堤成小景，一双飞鹭下斜阳。

——道光《繁昌县志》

萧照,生卒不详,字东生,濩泽(今山西阳城)人。绍兴年间(1131—1162),任画院

芜湖历代诗词

待诏,补迪功郎,赐金带,受高宗看重。有《竹林七贤图》《秋山红树图》等。

游范罗山①

萝翠松青护宝幢,烟波万里送飞艭。真人旧有吹箫事,俱傍明霞照晚江。

——康熙《太平府志》卷三十八

[注]①范罗山:俗名饭萝山,在芜湖市区中心,近长江。

韩元杰

韩元杰(1107—1156),字汉臣,颍川(今河南许昌)人。以祖荫补官,钦宗靖康间知临颍县、定远县,擢知濠州、楚州。后奉祠居芜湖。

吉祥寺

黄尘久厌市朝梦,青蒻已孤鸥鹭盟。谁解携琴来此宿,夜深随意写江声。

——《宋诗纪事补遗》卷三十八

陈长方

陈长方(1108—1148),字齐之,学者称唯室先生,侯官(今福建福州)人。高宗绍兴八年(1138)进士,调芜湖尉,江阴军学教授。有《唯室集》《步里客谈》。

李卫公赞①

虬须天人世不有,两河股裂群兇手。健儿谁复知大家,养子朝朝饮牛酒。庙堂坐论赞皇公,三镇便同牛马走。濯手为雨噫为风,斡旋六合臂运肘。奇章器仅等垒樽,公人中龙彼犬豚。数百年来号牛李,气塞不堪今重论。感时念古寸心切,更觉会昌勋业尊。未应精爽焫蒿尽,试哦楚些招断魂。

——《唯室集》卷三

[注]①李卫公,名李靖,字药师。唐代军事家。因平丹阳战乱,安定百姓,有功于后人,立“李卫公祠”祭祀,旧祠位于神山。宋乾道七年,芜湖遇旱,时任县令沈端节祷雨李卫公祠,得雨后建“志喜亭”。故有“神山时雨”,系芜湖古八景之一。

王十朋(1112—1171),字龟龄,号梅溪,乐清(今属浙江)人。绍兴二十七年(1157)中进士,授承事郎,兼建王府小学教授,继而知严州、饶州、湖州等。著有《王梅溪文集》。

张安国示诗次韵①

春水平原天可拍,夏日如焚天可拆。哀哉农民亦良苦,厌见常旸与常雨。去秋鄱阳偶中熟,巨室犹言廪无谷。万亩家输数千斛,路旁安得黔熬粥。吾君罪已同禹汤,思起傅岩调雨旸。暂勤千骑作南伯,要使炎峤无余殃。

——《梅溪集》卷九

[注]①诗题系修订者所改,原题:张安国舍人以南陵鄱阳雨旸不同示诗次韵。

又次韵闵雨

长夏蚊蝇厌驱拍,忽得缄封手亲拆。新诗首及民疾苦,更闵鄱阳境无雨。鄱阳假守仁不熟,作郡端如种焦谷。胸中剩有愁千斛,阛门百指颜公粥。紫微好善嗤洪汤①。眉间和气如时旸。行归廊庙赞化育,善人宜赏淫人殃。

——《梅溪集》卷九

[注]①作者自注:公孙洪、张汤皆荐贤好善,然其人不足取也。

黄池对月①

白帝去年月,黄池今夜看。风将清玉宇,云不碍金盘。明镜飞边远,霓裳舞处寒。论文一樽酒,欣对旧同官。

——《梅溪集》卷十五

[注]①作者自注:十五日。是夕馆予张大圭秀才家,月明甚。与朱仲文、张子是、王康侯、钱正叔同饮。

宿新丰驿①

小驿数椽屋,夜深风雨中。邻家有鸡犬,不是汉新丰。

——《梅溪集》卷十五

[注]①新丰驿:在原芜湖县境内。

七矶^①

江上风波恶,江中洲渚多。回头三峡远,转盼七矶过。

——《梅溪集》卷十五

[注]①《读史方舆纪要》:"七矶,县西北十五里。梁末,徐嗣徽引齐兵据芜湖,列舰于青墩,至七矶,以断周文育溢城还建康之路,即此。一名碛矶。"青墩,位于今安徽当涂西南。

悼张舍人安国

天上张才子,少年观国光。高名一枝桂,遗爱六州棠。出世才成佛,修文遽作郎。长沙屈贾谊,宣室竟凄凉。

——《梅溪集》卷十八

韩元吉(1118—1187),字无咎,号南涧,原籍雍丘(今河南杞县),后徙信州上饶(今属江西)。历官南剑州主簿,建康令,迁知剑州,累官至吏部尚书,龙图阁学士。著有《南涧甲乙稿》。

送赵任卿芜湖丞

青山照濡须,江驶不可渡。当年黄须儿,跨马识其处。奸雄有遗迹,草木尚西顾。
孤城千家邑,政尔横故戍。翩翩佳公子,儒雅称风度。金门向蓬莱,曾未度阔步。
畸令一官卑,仅乃高尉簿。得非多言穷,定坐能诗故。相从十年间,了不见喜怒。
千金第深韫,至宝可轻付。江山落君手,判断得佳句。谁欤招得仙,我欲起谢傅。
似闻王师出,鼙鼓近营驻。老生固常谈,愚者亦先虑。一樽别时酒,且用慰迟暮。
去去无久留,功名有夷路。

——《南涧甲乙稿》卷一

玩鞭亭

黄须鲜卑勇无策，自驰骏马来窥贼。贼奴但怪日绕营，起看飞尘已无迹。宝鞭不惜弃道傍，坐令老妪知兴亡。百年社稷有天意，奸锋逆焰徒鸱张。孤城遗迹森在目，平湖无波春草绿。却对青山忆谢公，公老犹嫌人姓木。边兵已重朝士轻，中原有路何由行。柙中虎兕不可制，江左夷吾浪得名。

——《南涧甲乙稿》卷二

隐静山二首①

山锁松行一迢遥，峰回楼殿更岩峣。飞来双鹤知何处，只有泉声下碧霄。
海上蟠桃手自栽，红尘一堕隔蓬莱。风帆弱水无由到，乞我当年渡海杯。

——《南涧甲乙稿》卷六

［注］①作者题注:乾道戊子七月旦日题。

念奴娇

春来离思，正楼台灯火、香凝金戟。扬子江头嘶骑拥，杨柳花飞留客。枚乘声名，谪仙风韵，更赋长相忆。酒阑相顾，起看月堕寒壁①。　　樽前谁唱新词，平林真有恨、寒烟如织。燕雁横空梅蕊乱，醉里隔江闻笛。白发逢春，湖山好在，一笑千金直。待君归诏，买船重话畴昔。

——《南涧甲乙稿》卷七

［注］①寒壁:指荆山寒壁。

临江仙·寄张安国

自古文章贤太守，江南只数苏州。而今太守更风流，熏香开画阁，迎月上西楼。
见说宫妆高髻拥，司空却是遨头。五湖莫便具扁舟，玉堂红蕊在，还胜百花洲。

——《南涧甲乙稿》卷七

李流谦(1123—1176),字无变,号澹斋,绵竹(今属四川)人。高宗绍兴中以父荫补将仕郎,授成都灵泉尉,秩满,调雅州教授。后除诸王宫大小学教授,出通判潼州府。著有《澹斋集》等。

过大信口①

两山如伏猊,波面忽引首。江形若瓢然,此山乃其口。往读西归志,一一未深剖。
及兹亲见之,语巧极雕镂。妙哉写物功,万像不藏覆。当时偶然书,信在三纪后。
临流重吁叹,有涕泫襟袖。君看连城璞,岂但今不售。

——《澹斋集》卷一

[注]①大信口:据《方舆纪要》:"今有大信巡司,亦曰东梁山巡司,置于府西南大信河口之大信镇。"诗题系修订者所改,原题:过大信口忆西归,录载大江渺渺,忽二石山如伏猊引出水面,东西对峙,江形若瓢。然而山乃其口,然相距犹三四里,则江之广狭可见。视之信然妙哉,写物之功,感而赋此篇。

游无为寺

导师生何年,人犹记此日。香火缁俗会,风雨神鬼集。我来恰秋深,迥迥原野阔。
群山势愈壮,老木气不折。拄筇踏危蹬,小憩马与仆。屡休才及门,到寺已曛黑。
车从如沸羹,无地可插脚。阇黎揖客坐,意象颇猝猝。弛担得禅房,持钵叩香积。
倒床不复醒,梦与仙梵接。明朝没阶趋,燎香望玉色。丏福吾未能,修敬敢不肃。
是身如芭蕉,危脆不坚实。绿发俄素丝,赭颜倏枯腊。百年已长久,大抵俱化易。
稽首不动尊,向来何证得。衲衣坐蒙头,万古一交睫。傥非定慧力,枯骨已瓦砾。
物物具兹妙,抱宝诉空乏。伐柯则不远,内照无别法。一钵寄空岩,定当掷此帻。

——《澹斋集》卷一

登无为冠鳌亭分韵得山字

岱嵩拆裂沧溟翻,惊魂去干呼复还。故人劝我勉自宽,圣贵扬名惩毁残。十生导师超物先,誓言一拜蠲冤烦。晓暾破霁山云寨,匹马弄袖风翩翩。解鞍投寺日几砖,苋蔬宜我诗肠酸。危亭飞出峰之巅,阇黎殷勤劝跻攀。我饱闻之意欣然,两脚酸涩怯不前。清景一失矢纵弦,藜杖到手勿作难。万杉夹径穿蜿蜒,坦如康庄驾轻辁。

山鬼作意发天悭，似求清诗藻幽妍。凭栏寸目摄大千，万里碧玉围青天。远树如发山如拳，孤鸿灭没昏苍烟。九关上跄须臾还，以气为马不用鞭。冠鳌榜亭固寓言，亦恐蓬峤神作迁。云旗往往来飞仙，切勿投饵忧崩骞。壮哉古邑雄两川，渺然下瞰乃尔孱。可怜居人蚁纷圜，扰扰膏火日夜煎。强弱角斗触与蛮，岂知共住一指端。凭谁与此旷荡观，定当泚颡颓厥颜。向来学道窥微玄，妙谛与世殊越燕。空生大觉海一涓，而况此境空所缘。摩尼流光照八埏，试将此理攻坚顽。客言有句子未参，一杯满酌浇青山。

——《澹斋集》卷四

吴波亭① 相对数峰极可爱

吴波波上亭，一面列山屏。雨雨晴晴好，朝朝暮暮青。倦身无处著，醉眼为渠醒。便欲携归去，全胜腰万钉。

——《澹斋集》卷五

[注]①吴波亭：在芜湖古城西，濒临大江，宋隆兴二年(1164)建，张孝祥书额。今不存。吴波秋月，为古"芜湖八景"之一。

芜湖晚步

迥陂积水长蒲蒋，散步郊原借夕凉。尘袖风巾嗟久旅，稻畦柘径似吾乡。蛙声月色当空旷，爨火人家在莽苍。望合碧云人未至，滞留愧客问行藏。

——《澹斋集》卷六

久留芜湖待巨卿仲甄不至

吴波晴浸夕阳红，一语丁宁北去鸿。颇觉淹留添发白，不妨羞涩剩囊空。枕头靠睡禁长日，舸背占旗惜便风。想得家山俱在梦，亦应烦闷略相同。

——《澹斋集》卷六

人日同诸公自马溪登道宿无为

尘埃眯目浸填胸，日日青山在梦中。改岁人家无一事，并游文社有诸公。招提夜语惊山鬼，野店春沽醉病翁。绿坞红村谁境界，自凭好句占东风。

——《澹斋集》卷六

又次韵彦博游无为寺二首

灵蜕岿然谢垢埃，焚香却立叹奇哉。自从新岁门常掩，不见青山眼懒开。飞观千楹孤鸟堕，斋盂万指晓鲸催。亦知空劫已前事，浪说十生曾去来。

东风力弱未扬埃，密泛丛兰有意哉。可是伸眉须酒满，只应弹指又花开。吹毛句妙无人领，击钵诗工着底催。照水只愁羞冕绂，勋名盖世亦时来。

——《澹斋集》卷六

吊无为照老三首

弹指超然一念初，从儒从佛两蓬庐。十年身走半天下，万卷人称行必书。故自高怀嫌入俗，不妨儿辈共憎渠。临行半偈如何道，裂转虚空最起予。①

记得三溪溪上春，瘦筇容我夜敲门。一生几见此人物，十日九从师笑言。闲得得来非有意，冷湫湫去若为论。西山第一烟云窟，好驻高人雪月魂。

六尺岩岩铁石姿，可怜一病不支持。荒榛半垅独归处，暝霭数峰无见时。未割尘缘聊洒涕，欲寻陈迹但哦诗。萧萧秋雨山中夜，负我他年对榻期。

——《澹斋集》卷六

[注]①作者自注:裂转虚空,师遗偈也。

芜湖即事三首

烧痕吹尽荻芽生，江南二月春禽鸣。闲倚柂楼看远水，依依杨柳故园情。

南人重鱼长食鲜，小鱼弃掷不论钱。老翁操网儿弄桨，一家生计在渔船。

社风连日舟行迟，社公有马谁能骑。不妨酌我盏中绿，依旧离骚醉读时。

——《澹斋集》卷八

虞美人·在芜湖待仲甄巨卿未至作

吴波亭畔千行柳。直恁留人久。晚来船槛再三凭。又是一钩新月照江心。　　故人有约何时到。白地令人老。只愁酒尽更谁赊。一段闲愁无计奈何他。

——《永乐大典》卷二千二百六十六

陆游(1125—1210),字务观,号放翁,山阴(今浙江绍兴)人。绍兴中试礼部,历任镇江通判、蜀州通判、礼部郎中等职。光宗即位,兼实录院检讨官,后罢归山阴,闲居十余年。宁宗嘉泰二年(1202),诏权同修国史、实录院同修撰,预修孝宗、光宗两朝实录,寻兼秘书监。次年归居于山阴。著有《剑南诗稿》等。

宿能仁寺

小雨暗江城,倦客寄僧榻。孤灯如秋萤,清夜自开阖。遥怜萍青青,厌听鼃阁阁。窗明竟无寐,卯酒倒残榼。

——《剑南诗稿》卷十六

张宪(? —1142),字宗本,阆中(今属四川)人。南宋抗金名将,系岳飞部属,岳飞罢兵权后与岳云同时被捕,并遭杀害。著有《玉笥集》。

玩鞭亭

晋王敦在姑孰,明帝出,看敦营。敦梦觉逐帝,帝以马鞭与老姥,及追者至,问姥,玩鞭,帝遂去,追不及。

畸乌压营营作声,红光紫电围金钲。黄须小龙马上笑,白日饥豺梦里惊。老奴怒掷珊瑚枕,追兵起合琉璃井。巴马东归疾似风,道旁遗粪如冰冷。健儿空玩七宝鞭,荆台老姥功谁传。

——《玉笥集》卷一

章甫,生卒不详,字冠之,自号易足居士,饶州鄱阳(今江西鄱阳)人。早年曾应科举,后以诗游士大夫间,与韩元吉、陆游、张孝祥等多有唱和,陆游《入蜀记》(1166)有"同章冠之秀才甫登石镜亭访黄鹤楼"记事。有《易足居士自鸣集》。

隐静分题得静字

平生苦爱闲，多病复便静。每为林下游，忽若醉而醒。兹山昔曾登，当暑毛骨冷。碧霄环佩声，古木旌幢影。五峰如高人，一一各秀颖。俗驾难久留，伫立但俄顷。别来三十载，往往梦清境。从公得再来，共此春日永。凭高惬幽思，即事发深省。然灯战枯棋，临水瀹新茗。兴阑下山去，妙处心已领。晓雨湿篮舆，冲泥度前岭。

——《自鸣集》卷一

陪韩子云吊张安国舍人墓

顷从武昌守，来哭青果墓。老泪湿征衫，伤心不忍去。焉知五载后，重到山崔嵬。松柏倏已拱，宿草缠馀余哀。公乘使者车，忠厚神所贲。远怀平生亲，斗酒相沃酹。曩以门下故，获登君子堂。招呼连屋居，此意讵可忘。青春闭佳城，荣华竟消歇。空余千古名，不随世磨灭。蓬莱定何处，神仙知有无。徘徊重徘徊，悲风生坐隅。

——《自鸣集》卷一

濡须道中

今年淮西旱，城市无米粜。所至萧条僮仆饥，手持楮币无人要。行不择日粮不赍，恨身不生太平时。还家从头语儿辈，山中寂寞犹可耐。

——《自鸣集》卷二

简张安国

南北东西厌问津，西海忘形今几人。惟公名誉一世重，虽不吾与吾当亲。气吞云梦并余子，深厚文章六经似。昂霄耸壑正当时，发策决科余事耳。上方忧顾大江东，虎踞龙盘气象雄。却袖玉堂挥翰手，来成方面保厘功。西风淡日边云碧，岁晚军情犹未得。不应矫首送飞鸿，想得攒眉正忧国。雅闻一诺值千金，推挽尤多乐善心。坐上能容野人否，试听客里短长吟。

——《自鸣集》卷二

送张安国

前日见公如桂林，梅黄风雨天多阴。今年见公长沙去，草绿江湖春水深。借问长沙多少路，尽是前年曾到处。如公正合在朝廷，胸中素蕴经纶具。吾君一视而同仁，且欲烦公苏远人。亲朋漫作别离恶，王事敢辞行役频。嗟予潦倒百无用，客食淮南两相送。青山可买坐无钱，日长只作还乡梦。九重早晚催赐环，了却功名归故山。屋头乞我茅三间，布袜青鞋相伴闲。

——《自鸣集》卷三

次郭逷龄所携张安国诗韵

早作诸公客，过门竞挽留。忧时心尚壮，怀旧涕难收。富贵来何晚，文章老更优。尊前身健在，不必问封侯。

——《自鸣集》卷四

送张安国

106

万里烟霄早致身，一麾到处作阳春。随时用舍知无愠，落笔纵横信有神。江国云山愁送远，桂林风土独宜人。笑谈坐慴群偷化，便合归来据要津。

——《自鸣集》卷五

夜泊铜山①

一幅飞航扇碧澜，因风夜泊此铜峦；浮洲蟹舍围沙岸，滨海鱼庄护石栏。塔势随波移棹橹，钟声入梦到江干。来朝踏上莲花界，回首迷津渡几滩。

——《台湾文献丛刊·半崧集简编》

[注]①题目系修订者所改，原题：夜泊铜山，越日与郭瑟江、陈卜五、魏以甫上宝智寺。

范成大

范成大（1126—1193），字致能，一作至能，号石湖居士，吴县（今属江苏）人。绍兴二十四年（1154）进士，累官权礼部尚书，拜参知政事。尝帅蜀、帅广西、复帅金陵，进资政殿学士。著有《石湖居士集》。

青弋江

微生本渔樵，长日渺江海。扣舷濯沧浪，尚说天宇隘。谒来车马路，悒悒佳思败。
黄尘扑眉须，驱逐似偿债。羸骖系逼仄，狂犬吠荒怪。乡心入旅梦，一叶舞澎湃。
晨兴过墟市，喜有鱼虾卖。眼明见清江，积雨助横溃。褰裳唤扁舟，觥觥不胜载。
不辞野渡险，弄水聊一快。

——《石湖诗集》卷七

隐静山①

五峰抱岩扉，千柱奠云窣。荒原蕞尔县，有此宝楼阁。维昔经营初，衣锡化双鹤。
杖头具只眼，矫矫云中落。尊者一笑许，璇题照林薄。庭柏有祖意，石泉韵天乐。
清簧转碧鸡，飞梭掷苍鹊。号风饥虎怒，失木啼猿愕。英游偶然同，吏檄乃不恶。
题名记吾曾，醉墨疥丹垩。

——《石湖诗集》卷七

[注]①作者题注：杯渡师道场。

梅雨五绝（录一）

风声不多雨声多，汹汹晓衾闻浪波。恰似秋眠隐静寺，玉霄泉从床下过。①

——《石湖诗集》卷二十六

[注]①作者自注：繁昌隐静寺方丈山后，玉霄泉自极阁下过，最为佳致。

周必大

周必大（1126—1204），字子充，一字洪道，号省斋居士，晚年自号平园老叟，庐陵（今江西吉安）人。绍兴二十一年（1151）进士，调徽州司户参军，后差充建康府教授。淳熙十四年（1187）拜右丞相，后封济国公、拜左丞相。著有《平园集》。

芜湖宰沈约之端节惠诗编次韵为谢

丁亥九月二十日

令君到处即文场，未怕簿书期会忙。神术有时朝赐履，赓歌无路赞垂裳。彭州篇什元飞动，工部交游更老苍。自古诗人贵磨琢，试看淇澳咏文章。

——《文忠集》卷四

王质(1127—1189)，字景文，号雪山，郓州(今山东东平)人。绍兴三十年(1160)进士，深得张浚、虞允文等主战派大臣器重，置为幕府，迁枢密院编修官。著有《雪山集》。

次芜湖闻张彦晋船已行

陆路如蛙钝，江流似马驰。不嫌君去速，只恨我来迟。儿女三杯酒，溪山五字诗。英豪到此地，莫更问何时。

——《雪山集》卷十三

芜湖道中

扰扰千支水，攒攒一簇村。牛羊纷觅语，鹅鸭闹争门。晚径飘松子，秋田长稻孙。霜天好风日，壮士铁衣温。

——《雪山集》卷十三

忆张安国

天上足官府，舍人何处归。世情伤幻化，道眼羡空飞。易合谁终始，难言有是非。九原如可作，来共立斜晖。

——《雪山集》卷十三

芜湖多鱼且美不可一日无此①

不得扬州蟹蛤尝，江乡鱼味亦相当。自从南渡为生理，惭见东人说故乡。出火麦团犹雪白，带浆米饭更鹅黄。老人日日惟须此，长笑儿郎太楚伧。

——《雪山集》卷十四

[注]①诗题系修订者所改，原题：老人尝馔北食，儿女辈不能过，芜湖多鱼且美，仆生

长泽国,不可一日无此。借韵。

夜泊荻港二首

落日人家已半扉,隔篱问答语声微。桑枝亚路蝉争噪,一似南村割稻归。
野火参差度暗光,萧萧蒲稗自生凉。夜深云上无星斗,古树阴沉觉许长。

——《雪山集》卷十五

八声甘州·怀张安国

海茫茫、天北与天南,吾友定安归。闻濡须江上,皖公山下,驾白云飞。莽苍空郊
虚野,古路立斜晖。颜跖皆尘土,苦泪休挥。　　一代锦肠绣肺,想英魂皎皎,健
口霏霏。望寒空明月,无路寄相思。叹千古、兴亡成败,满乾坤、遗恨有谁知。今
何在,一川烟惨,万壑风悲。①

——《雪山集》卷十六

[注]①作者自注:安国死后,在淮南屡降凭箕,作诗词偈颂及结字,比生前愈奇伟。淮
宁宰陆同得遗墨尤多。

109

杨万里

杨万里(1127—1206),字廷秀,号诚斋,吉水(今属江西)人。绍兴二十四年(1154)
进士,曾任太常博士、广东提点刑狱、尚书左司郎中兼太子侍读、秘书监等。著有《诚
斋集》。

谒张安国

帝苑花浓记并游,万人回首看鳌头。也知旬月应颎面,已逼云霄又作州。别后闻公
非故我,学林著脚到前修。登门犹说同年话,未觉红鸾映白鸥。

——《诚斋集》卷一

过秀溪长句

去年来此上巳日,今年重来未寒食。临溪照影老自羞,惭愧春光尚相识。秀溪何许

好春容，最是溪深树密中。海棠开尽却成白，桃花欲落翻深红。

圩田

周遭圩岸缭金城，一眼圩田翠不分。行到秋苗初熟处，翠茵锦上织黄云。
古来圩岸护堤防，岸岸行行种绿杨。岁久树根无寸土，绿杨走入水中央。

从丁家洲避风行小港出荻港大江

蓼岸藤湾隔尽人，大江小汊绕成轮。围蔬放荻不争地，种柳坚堤非买春。匏瓠放教
俱上屋，渔樵相倚自成邻。夜来更下西风雪，荞麦梢头万玉尘。
荻篱萧洒织来新，茅屋横斜画不真。乾地种禾那用水，湿芦经火自成薪。岛居莫笑
三百里，菜把活他千万人。白浪打天风动地，何曾惊著一微尘。
芦挥尘尾话清秋，柳弄腰支舞绿洲。引得江风颠入骨，戏抛波浪过于楼。十程拟作
一程快，一日翻成十日留。未到大江愁未到，大江到了更添愁。

110

江行七日阻风至繁昌舍舟出陆

日日江行怖杀侬，逆风恶浪打船篷。只今判却肩舆去，遮莫掀天浪与风。
山行辛苦水行愁，只是诗人薄命休。管取如今遵陆了，云开风顺水东流。

宿峨桥化城寺①

一溪秋水一横桥，近路人家却作遥。柳绕溪桥荷绕屋，何须更着酒旗招。
忽从平地上高城，乃是圩塘堤上行。厚柳神销底物，长腰云子阔腰菱。

[注]①峨桥化城寺：千年古寺，坐落于芜湖繁昌溪桥古镇后街，今为三山区峨桥准
提寺。

过宜福桥①

水乡泽国最输农，无旱无干只有丰。碧豆密争桑荫底，绿荷杂出稻花中。是田是沼浑难辨，何地何村不一同。若遣明年无种子，却愁闲杀雨和风。

——《诚斋集》卷三十三

[注]①宜福桥：在老芜湖峨桥圩区。

过石硊渡

峨桥小渡十里长，石硊小渡五里强。斜风细雨寒芦里，下有深潭黑无底。渡船劣似纸半张，五里却成一千里。中流风作浪如山，前进不得后进难。隔溪市井只咫尺，安得飞堕于其间。大江风涛堪著力，小渡风涛更无极。咫尺性命轻於毛，只恐一毛犹不直。

——《诚斋集》卷三十三

晓晴发芜湖吴波亭

八日川涂九雨风，船中出得入泥中。老夫强项谁能那，雨止风休伎自穷。
雨来初做养禾天，雨久还成害稼年。今日一晴无准在，金鸦飞出卯牌前。

——《诚斋集》卷三十三

111

晨炊玩鞭亭

老贼平欺晋鼎轻，一轮五色梦中惊。宝鞭脱急非无策，何似休将日绕营。
问着无声是阿兄，坐看家贼只吞声。戮尸大放经纶手，长柄判将锡茂弘。

——《诚斋集》卷三十三

中秋无月宿青弋江晓行新寒

新寒催我索衣裘，凉雨凄云总是愁。耐冷素娥今老去，夜来桂殿罢中秋。

——《诚斋集》卷三十三

题广济圩①

圩田岁岁镇逢秋，圩户家家不识愁。夹路垂杨一千里，风流都是太平州②。
两渠水夹一堤宽，个是东皇大御园。旋插绿杨能几日，新枝已是不胜繁。
桑畴入眼郁金黄，麦陇千机绿锦坊。诗卷且留灯下读，轿中只好看春光。

——《诚斋集》卷三十四

[注]①一作《行春圩》，位于芜湖东南二十五公里，古称方春圩，开垦于北宋徽宗年间（1101—1125年）。②太平州：宋代太平州辖当涂、芜湖、繁昌诸县。

题东西二梁山

发芜湖舟过东梁、西梁二山，皆石峰，夹大江对立，两涯即采石蛾眉亭所望见如双眉者。

二梁双黛点东西，牛渚看来活底眉。阿敞画时微失手，一眉高著一眉低。
莫恨当初画得偏，却因偏处反成研。喜来舒展愁来蹙，各样娇饶更可怜。
传道临春惜丽华，不从陈帝入隋家。独将亡国千年恨，留下双鬟寄岸花。

——《诚斋集》卷三十五

杨元亨，字鹄山，宋人，生平不详。

沁园春·无为灯夕上陆史君

一棹横江，问讯盟鸥，太守谓谁。道皇华使者，光风洒落。元宵三五，乐与民俱。
宝槛金鞯，玉梅钗燕，斗鸭阑干花影嬉。人迎笑，似玉京春浅，长是灯时。　　风
流不减人知。算岳牧词人谁似之。把南楼风月，渚宫丘壑，竹西歌舞，行乐濡须。
万斛金莲，满城开遍，朵朵留迎学士归。明年宴，看柑传天上，月在云西。

——《全宋词》卷五

喻良能

喻良能，字叔奇，号香山，宋婺州(今属浙江义乌)人。高宗绍兴二十七年(1157)进士，补广德尉。累官国子主簿，工部郎中、太常丞。出知处州，寻奉祠，以朝请大夫致仕。著有《香山集》《忠义传》等。

周少府由姑熟送余同宿于玩鞭亭

相别古桃郡，相逢南豫州。五年劳望眼，一笑失离愁。碧水溪桥暮，西风野店秋。
追随成夜宿，不为玩鞭留。

——《香山集》卷五

会饮吴波亭①

碧水初微落，黄花亦未簪。三人千里客，尊酒五年心。我独年齐白②，君皆句似阴。
不妨铛脚坐，聊作夜深吟。

——《香山集》卷五

[注]①诗题系修订者所改，原题：九月五日，周少府卫秀才会饮吴波亭，周有诗因次韵。②作者自注：乐天云不觉身年四十七，余今年与之齐矣。

题隐静寺

杯渡已仙去，兹山余胜踪。傍云开广殿，夹道荫长松。幽洞秋含雾，清溪冷浸峰。
老僧如宿昔，一笑喜相逢。

——《香山集》卷六

释宝昙

释宝昙(1129—1197)，字少云，俗姓许，嘉州龙游(今四川乐山)人。出蜀从大慧于径山、育王，又从东林卍庵、蒋山应庵，遂出世，住四明杖锡山。归蜀葬亲，住无为寺。复至四明，自号橘洲老人。著有《橘洲文集》。

题芜湖吉祥方丈小轩

低著疏篱宽著天，春风不撼楚江船。无人为挂屋头眼，明日清明花可怜。

——《橘洲文集》卷二

##

项安世(1129—1208)，字平甫，号平庵，又号江陵病叟，其先括苍(今浙江丽水)人，后家江陵(今属湖北)。淳熙二年(1175)进士，曾知鄂州，除户部员外郎、湖广总领等。著有《平庵悔稿》等。

别周季隐东湖隐居

君不见东湖先生徐师川，雅歌清庙弹朱弦。又不见于湖居士张安国，健语龙蛇杂矛戟。佳人往矣不易致，见君使我心先醉。一闻东湖名，再读于湖诗。恍然如见二大夫，使我真欲再拜之。君家玉带垂金鱼，向来凛凛持钧枢。大夫不要五鼎食，自向湖边筑隐居。小园种花复种竹，数亩宜桑亦宜粟。人生如此复何求，把酒吟诗得自由。客来但与谈风月，万事如今只掉头。

——《平庵悔稿》卷二

芜湖县阻雨

江南五月作秋阴，杜若洲前十日霖。卧听儿童说风雨，老来元自不关心。

——《平庵悔稿》卷一二

朱　熹

朱熹(1130—1200)，字元晦，后改仲晦，号晦庵等，别号紫阳。祖籍徽州婺源(今属江西)，生于尤溪(今属福建)，徙居建阳崇安(今属福建)。历仕高宗、孝宗、光宗、宁宗四朝，曾任知南康，提典江西刑狱公事、秘阁修撰等职，后任焕章阁侍制、侍讲。著有《四书章句集注》《晦庵词》等。

敬简堂分韵得月字

煌煌定方中，农隙孟冬月。君侯敞斋扉，华榜新未揭。我来适兹时，亦有大夫苤。
清筋不留行，晤语得超越。更看雷雨势，翻动龙蛇窟。襟怀顿能输，肝胆亦已竭。
老仙来何方，湖海气碑矶。君侯敛袄起，颠越承屦袜。坐人惊创见，引去殊卒卒。
伊余不忍逝，顿首愿有谒。人生均秉彝，天造岂停歇。云何利害判，所较无一发。
兹焉辨不早，大本将恐蹶。吾言实自箴，君听未宜忽。

——《晦庵集》卷五

南歌子·次张安国韵

落日照楼船。稳过澄江一片天。珍重使君留客意，依然。风月从今别一川。　　离绪悄危弦。永夜清霜透幕毡。明日回头江树远，怀贤。目断晴空雁字连。

——《晦庵集》卷十

朱晞颜（1132—1200），字子渊、子团，安徽休宁人。宋孝宗隆兴元年（1163年）进士，历知永平、广济县和兴国军、吉州，广南西路、京西路转运判官。光宗绍熙四年（1193）后，除知静江府，除太府少卿，总领淮东军马钱粮，迁权工部侍郎，兼知临安府。著作已佚。

经芜湖

平芜连楚甸，古县接通津。酒色澄江雨，茶香客焙春。鱼盐通远贾，鹅鸭共比邻。
昨夜乡山梦，长吟到白萍。

——《瓢泉吟稿》卷二

张祁，字晋彦，号总得翁，和州乌江（今安徽和县）人。张邵弟，孝祥父，以兄使金恩补官。祁负气尚义，为秦桧罗织下狱，桧死获免。累迁直秘阁、淮南转运判官，后卜居芜湖，筑堂曰"归去来"。晚嗜禅学，有文集，已佚。

汪氏别墅次韵

不应无酒饮公荣，且与园花作证明。我已闭门为独乐，君能让畔喜双清。莫教佛法无多子，却怕诗人太瘦生。好是柳丝饶意态，故垂浓绿著嘤嘤。

芜湖还似鉴湖春，我亦归来贺季真。好赋俱陪招隐士，耦耕长似问津人。襟怀处处尊前好，花柳番番雨后新。谁道只凭诗遣兴，却因雕琢费精神。

——民国《芜湖县志》卷五十九

张孝祥(1132—1169)，字安国，号于湖居士，历阳乌江(今属安徽和县)人，幼随父寓居芜湖。绍兴二十四年(1154)进士第一，孝宗朝，历中书舍人、直学士院、建康留守，因助北伐罢职。后知荆南府，兼湖北路安抚使，乾道五年(1169)因病退居芜湖。著有《于湖居士文集》《于湖居士乐府》等。

南陵大雨圩已有没者鄱阳无雨为病[①]

圩田雨多水拍拍，山田政作龟兆拆。两般种田一般苦，一处祈晴一祈雨。去年水大高田熟，低田不收一粒谷。只今万钱粜一斛，浙西排门煮稀粥。圣神天子如尧汤，曰雨而雨旸而旸。天公广大岂有意，尔自作孽非天殃。

——《于湖居士文集》卷二

[注]①诗题系修订者所改，原题：月之四日，至南陵，大雨，江边之圩已有没者。入鄱阳境中，山田乃以无雨为病。偶成一章，呈王龟龄。

赭山分韵得成叶字

昨日一尺雪，今朝十分晴。杲日上积雪，光若虹气升。江平镜新磨，地迥玉琢成。赭山有令色，令我白眼青。借马屋东家，唤客踏层冰。冒貂挟裘茸，石路五里平。竹树纷掩冉，珠幢间霓旌。野僧不惯客，仓皇门前迎。屋古少完壁，堂虚有危登。石上迹宛宛，山腰塔亭亭。劫火偶不烧，百年费支撑。我有一尊酒，高处得细倾。谅非无事饮，忧国空含情。长歌渺寥廓，归路已戴星。

又

万生纷不同，宿昔有定业。哀哉彼迁民，苦事乃稠叠。累累庭际炊，采采涧底叶。

问渠胡为来，悲泪不盈睫。连年避胡乱，生理安可说。今年更仓皇，乌蒿亦焚劫。扶持过江南，十口四五活。斗米六百钱，兼旬又风雪。前时诏书下，振廪要周浃。圣主甚哀矜，我曹空感咽。愿今兵革罢，复得理归楫。传闻菰蒲中，相杀血新喋。本是耕田农，饥寒实骈胁。须公语县吏，早与支米帖。

——《于湖居士文集》卷三

隐静觅杉株

旧闻隐静庭前柏，虎啸龙吟三十秋。我亦经营一丘壑，无根树子却须求。

——《于湖居士文集》卷十

舟中

扁舟东去几时还？身寄云涛泱漭间。一夜橹声鸣到晓，觉来满眼是它山。山围平远水浮天，目送归鸿落照边。好趁新年酿云液，归来犹及牡丹前。乱山深嵑小蹊斜，野水微茫浸断霞。一笛晚风生碧树，始知林里有人家。南来北去只纷纷，又过荆山一月春。笑杀风前桃李树，飘蓬犹作未归人。泊船江口夜深深，月傍篷窗照浅斟。隔岸渔灯半明灭，不眠空有故人心。

——《于湖居士文集》卷十一

水调歌头·隐静寺观雨①

青嶂度云气，幽壑舞回风。山神助我奇观，唤起碧霄龙。电掣金蛇千丈，霆震灵鼋万叠，汹汹欲崩空。尽泻银潢水，散入宝莲宫。　　坐中客，凌积翠，看奔洪。人间应失匕箸，此地独从容。洗尽平生尘土，润及无边焦槁，造物不言功。天宇忽开霁，日在五云东。

——《于湖居士文集》卷三十一

　　[注]①作者题注：寺有碧霄泉。

水调歌头·和庞佑父①

雪洗虏尘静，风约楚云留。何人为写悲壮，吹角古城楼。湖海平生豪气，关塞如今风景，剪烛看吴钩。胜喜然犀处，骇浪与天浮。　　忆当年，周与谢，富春秋。小乔初嫁，香囊未解，勋业故优游。赤壁矶头落照，肥水桥边衰草，渺渺唤人愁。我欲乘风去，击楫誓中流。

——《于湖居士文集》卷三十一

[注]①绍兴三十一年(1161)冬，南宋初年名臣虞允文击溃金主完颜亮的部队于采石矶，词人闻捷，写作该词。庞佑父，一作佑甫，名谦孺，与张孝祥常有交游酬唱。

满江红·于湖怀古①

千古凄凉，兴亡事、但悲陈迹。凝望眼、吴波不动，楚山丛碧。巴滇绿骏追风远，武昌云旆连江赤。笑老奸、遗臭到如今，留空壁。　　边书静，烽烟息。通辖传，销锋镝。仰太平天子，坐收长策。蹙踏扬州开帝里，渡江天马龙为匹。看东南、佳气郁葱葱，传千亿。

——《于湖居士文集》卷三十二

[注]①一作《玩鞭亭》或《梦日亭》，作于乾道元年(1165)正月初十。

蝶恋花·怀于湖

118

恰则杏花红一树。撚指来时，结子青无数。漠漠春阴缠柳絮，一天风雨将春去。春到家山须小住。芍药樱桃，更是寻芳处。绕院碧莲三百亩，留春伴我春应许。

——《于湖居士文集》卷三十二

虞美人·无为作

雪消烟涨清江浦，碧草春无数。江南几树夕阳红，点点归帆吹尽晚来风。　　楼头自厍昭华管，我已无肠断。断行双雁向人飞，织锦回文空在寄它谁？

——《于湖居士文集》卷三十二

宁渊观①

极目洪涛渺，轰轰浪接天。江心分殿宇，敕赐号宁渊。日照山如画，云浓水似烟。休寻蓬岛地，只此水中仙。

——康熙《蟂矶山志》卷上

[注]①宁渊观：本唐水心禅院。在蟂矶，称宁渊上观。因阻江不便祭祀，宋代后在今中长街青弋江畔，就佑圣祠增创，建成宁渊下观。今俱不存。

张栻（1133—1180），字敬夫，一字钦夫，号南轩，绵竹（今属四川）人，后迁长沙（今属湖南）。以父荫补右承郎，先后知严州、袁州、静江、江陵诸州府。著有《南轩文集》《南轩易说》等。

赠于湖诗

桐花三月英，风雨满江城。使君晚被酒，千骑过友生。名谈宿雾卷，逸气孤云横。挥斤看翰墨，笑语皆诗成。人物有如此，吾辈赖主盟。更呼南邻客，共此樽酒倾。爱我庭下竹，头角方峥嵘。永怀冰雪姿，宁复世俗情。新篇一湔被，凡木石足程。愿言对封植，岁晚长敷荣。

——《南轩集》卷一

张安国约同赋仇氏罋瓮酒

人间炎热不可耐，君家瓮头春未央。想当醉倒卧永日，梦绕清淮归故乡。后生那得识此酒，从君乞方还肯否？徽州作赋为歙歠，荆州诗来端起予。

——《南轩集》卷一

安国置酒敬简堂分韵得柳暗六春字

枹鼓息荒村，被襦盛南亩。永日省文书，呼客共樽酒。主人出尘姿，宛是灵和柳。行归帝所游，此地岂淹久。
公卧百尺楼，余子可下瞰。我每奉谈麈，汲古得深探。身外皆为除，此道要无憾。从渠梅雨天，阴晴递明暗。
公憎孔壬面，怪石乃寓目。夜堂发深藏，林立惊满屋。我亦苦嗜此，一见下风伏。何当载而归，妙策三十六。
堂下列丝竹，堂上娱佳宾。相看夜未艾，乐此笑语真。风流今属公，我辈但逡巡。文章千古意，翰墨四时春。

——《南轩集》卷一

119

喜雨呈安国

望岁民心切，为霖帝力均。崇朝变炎暑，举目尽清新。坎坎连村鼓，熙熙万室春。北窗凉枕簟，安稳到闲人。

——《南轩集》卷四

和安国送茶

官焙苍云小卧龙，使君分饷自题封。打门惊起曲肱梦，公案从今又一重。

——《南轩集》卷五

喜雨呈安国

悬知雨意未渠已，一夜檐声到枕间。晓上高楼望云气，蛰龙千丈起西山。
早秧出陇蚕已丝，眼中一雨正垂垂。农家辛苦渠能识，请诵周公七月诗。
向来恻怛哀矜意，便觉雨满乾坤间。城东大士宁关汝，民倚邦侯如泰山。
凉生椽笔试乌丝，妙语便作星斗垂，我亦小窗无一事，细倾新酒和公诗。

——《南轩集》卷五

有怀安国

若人别去已经秋，却见山间翰墨留。独对西风揩望眼，试从云际辨荆州。

——《南轩集》卷五

次韵无为使君尊兄见寄之什

江山接境相望近，风雨一春音问疏。安得从公苕霅上，幅巾一叶卧看书。

——《南轩集》卷六

登楚野亭见张舍人题字

英豪自昔多遗恨，人物于今正渺然。来访舍人题字处，淡烟莎草满平川。

——《南轩集》卷七

陈 造

陈造(1133—1203),字唐卿,自号江湖长翁,高邮(今属江苏)人。孝宗淳熙二年(1175)进士,调太平州繁昌尉。历平江府教授,知明州定海县,通判房州权知州事。房州秩满,为浙西路安抚司参议,改淮南西路安抚司参议。有《江湖长翁文集》。

书隐静寺壁

丙申秋入隐静,未到雨甚,苦行既到,遽晴,迫官事即去,感而作。

篮舆初半涂,飞雨欲无路。到山臂屈伸,赫日照窗户。山灵太孤介,深厌俗尘污。
雨似难客来,晴似推客去。书生林泉意,此癖端有素。俛眉红尘中,正以五斗故。
堇堇三径资,渠须毕婚娶。出既非得已,归亦奚早莫。他年五湖舟,何殊一杯渡。
卷舒吾自由,谁招复谁拒。

——《江湖长翁集》卷三

上下驿矶①

湖阴数里间,山麓矶两矶。矶麓突江出,禹功不及施。千古妨行舟,死生系毫厘。
我昔步矶上,雨歇暑气微。惊湍下百尺,怒势轰千鼙。尚忧坤轴动,无怪沙岸欹。
蛰龙渠得安,过鸟翅欲垂。头眩胆为掉,坐叹舟上儿。壮哉天下险,奸轨容抵巇。
如身护风寒,要地此几希。今来岁华暮,去舟良坦夷。人言水进退,寒暑分盛衰。
古来设险守,亦有可易时。函谷与剑阁,秦汉尝用之。人轻地亡重,正烦折篓笞。
恃险无兴国,兴国须藩篱。帝王所取重,文武各攸司。险易倏变改,即矶余可推。

——《江湖长翁集》卷三

[注]①指驿矶山和蹟矶山。两矶均在长江岸边。驿矶山因南宋时特设驿馆于此,故名。蹟矶山,一名七矶。

芜湖感旧

下帆同乌栖,挂帆逐鸡起。但见芜湖月,耿夜清如水。江左此壮县,我昔舟屡舣。
诸公各敬客,款曲岂今比。酒杯惯邀留,妓围供燕喜。流连动十日①,挥扫或千纸。
旧游想如昨,故交今余几。逝者泉壤隔,存者参辰似。浪凭楚些招,盍寄相思字。
可能唤巫阳,且欲托双鲤。

——《江湖长翁集》卷三

过繁昌

江山互映带，竹树渺隐见。居人江山闲，安处忘古县。泊舟穴子初，旧观俨自荐。
嵝山高揽云，云际抹深靛。慰我尘埃容，嘉此烟雨面。山脚惯奔走，尉曹分卑贱。
县人应指似，鬓改颜状变。漂零渠未知，忧患尝欲遍。俛仰二十年，转昕阅蜚电。
故人半在亡，在者或海甸。明朝理去楫，山影暝江练。安得人如山，来往长相见。

——《江湖长翁集》卷三

繁昌早发

客行固厪身，留滞如摵翼。及兹祖礼竟，蓐食理帆席。风停浪未蛰，天曙月正白。
版矶汇湍杀，荻港烟树碧。杖策丁家洲，徙倚容少息。无酒问山店，忆鲈听村笛。
鸟乌啼松行，雁鹜下沙碛。回柂投曲澳，又寄糁潭夕。情疏或易合，不作淮楚隔。
累然槁项翁，软语慰行役。

——《江湖长翁集》卷三

122

隐静道中

晴日暝复出，烟云尚飞浮。东风解人意，松间作飕飗。罢马不用鞭，正惬道涂修。
凉气濯毛骨，百疾洒然瘳。萦纡草根泉，激激冰玉濑。篱头蔷薇花，娜娜新妇头。
空林人语寂，野鸟时啁啾。名山无窘步，春色况未休。盘礴翠微寺，判作三日留。
曾非躭禅寂，聊此乐深幽。文移暂见赏，清境与心谋。睎发五峰影，濯足双涧流。

——《江湖长翁集》卷四

检旱望磕山①

长涂并江沙，我行颇寂寥。登高望西南，群山如涌潮。崩腾势相排，又如群马骄。
磕山乃孤峙，坐受群山朝。云斜复烟横，助尔干碧霄。虚气信所聚，神物不汝遥。
有龙窟其趾，贝珠丽宫醮。丰凶执其柄，祷禬走黎苗。胡为今兹旱，不能泽枯焦。
史巫岁纷若，无乃徒嚣嚣。奔驰吾得辞，未救民腹枵。问龙当厚颜，深池卧逍遥。

——《江湖长翁集》卷五

[注]①磕山：即战鸟山，今芜湖繁昌区西北三十五里长江中板子矶。《寰宇记》记载：
"磕山在县南(应为北)大江中，有石，石上有寺。旧名孤圻山，亦曰蜃居山。"

寄冯尉①

我遵兔径西山麓，荆棘钩衣尘眯目。怜渠此地费流光，君亦风餐并露宿。遗蝗蹢躅无地皮，田禾蚕食犹子遗。涪饥可念劳可忍，君自坦坦人怜之。繁昌乱山仅容镈，一一到我马蹄下。南村吃饭宿北村，罢极凭诗写悲喑。即今不作劳者歌，器识视我几倍过。脱身箠楚吾已多，简书趋走子如何。皇家猎隽张云罗，长安知己肩相摩。五云深深护台阁，缥缈群仙依碧落。即看郭振起通泉，应笑卑陬郡文学。

——《江湖长翁集》卷七

[注]①作者题注：尉时捕蝗甚冗。

繁昌县感旧

繁昌古县依山麓，县外峰峦更重复。连山断处围平陆，有地可耕无十六。昔我作尉三年留，局促似为山所因。野行付宿饭古寺，山路孰悉如吾州。车如鸡栖马如狗，风袂尘襟博升斗。是时身健发财斑，颇复兴怀为奔走。远近人家山影浓，与我周旋图画中。山鸟翔集相和应，野花开谢能白红。薄宦而今更长道，回头只觉当时好。筋骸罢惫鬓摧颓，不叹漂零叹吾老。

——《江湖长翁集》卷八

题芜湖雄观亭

大江来东南，旁受众壑输。下驿峡下窄，积水陡下百尺余。势如千鼓骇万马，阛阓㖡㘞崩腾排轧争危涂。蟂矶赖是作龃龉，不然颓沙裂岸宁复通舳舻。霜晴似揭天两镜，瞥眼浪涛相吞屠。不知河伯窟宅托何所，只应蛟鳄趻踔无宁居。阴晴明晦何限景，付与沙鸥浦鹭纶竿夫。令君作亭揽其要，豁然眼界了江湖。我昔暂登览，诗瓢仍酒壶。寒声隐隐撼窗户，绿雾喷噀檀晓晡。吴樯楚柂乱秋叶，蜚山涌雪略座隅。淮山千髻更在洪涛外，昏烟淡日时有无。昆阳胜负等蛮触，魏中之梁直锱铢。人生红尘中，局缩辕下驹。安得李成王宰不死俱在眼，水墨挥洒丹青摹。江山千里入卷轴，从此不数玄圃昆仑图。

——《江湖长翁集》卷九

谢朱宰借船①

书生禄逮空自怜，三年官满囊无钱。身如绊骥心千里，安得一舸西风前。令君磊落济川手，留滞亦怜穷独叟。大舟百尺影白虹，借我搬家我何有。函牛之鼎著鸡肋，涓滴渠须瓠五石。劣留两席真图书，辇石囊沙压摇兀。典衣买酒饷三老，槌鼓鸣锣人看好。相过重读借船帖，我自卢胡君绝倒。②

——《江湖长翁集》卷九

[注]作者自注：①宰为芜湖，予官繁昌。②自繁昌归，先经于湖。

丁簿到芜湖书不至

几日到于湖，交情未合疏。相望百里地，不寄一行书。待此宽相忆，何人念索居。朔风吹雁断，徙倚正愁予。

——《江湖长翁集》卷十一

赭圻①

朱旗仅奏蜀川功，咫尺中原未向风。礼接谢安犹故旧，心知越石是英雄。生前逆气无宗国，身后余殃有狡童。忍对青山话遗臭，人生过鸟抹秋空。

——《江湖长翁集》卷十二

[注]①赭圻：山岭名。在今芜湖繁昌西。晋桓温曾于其麓筑赭圻城。梁置南陵县，治赭圻城。

再用韵寄丁知县三首（其二）

南楼酌酒未分襟，啅鹊啼乌亦好音。晴日倒红生笑颊，烟梧摇渌涨杯心。可堪岁月供行色，尽把江山博醉吟。不继芜湖留十日，焦峰浮玉恣幽寻。①

——《江湖长翁集》卷十二

[注]①作者自注：丁为芜湖簿，留予必以十日为约。

县西

一径斜穿荦确行，身闲尤觉马蹄轻。坡头嘉树千幢立，烟际长江匹练横。茶鼓适敲灵鹫院，夕阳欲压赭圻城。一春簿领沈迷里，野鸟山花眼最明。

——《江湖长翁集》卷十二

上峨桥早行

一从箠楚替陈编，渐惯山行野店眠。白毡风霜鸡唱后，黄尘岐路马蹄前。光阴付我千茎雪，伏腊何时二顷田。寄语淮乡隐君子，浪言梅福是神仙。

——《江湖长翁集》卷十二

隐静简堂老赠藤杖

两枝藤杖各过头，一赠诗翁一自留。借力崎岖知意厚，分歧喧静果谁优。挂归山路烟岚好，横向禅堂魔魅愁。偿尽阿师行脚债，不妨分我老沧洲。

——《江湖长翁集》卷十二

次韵杨枢视圩游隐静

劝相江糜畚锸忙，却回小队访山房。松风不约炉烟直，昼晷潜随僧话长。政外辍闲知有味，区中得醉浪名乡。铜丸好句长哦罢，坐听惊猿堕莽苍。

——《江湖长翁集》卷十二

游隐静往反四首

突兀南山万仞青，䝙观山顶白云生。今朝访道五峰去，却向白云生处行。
烟树云生若有无，行舆呷轧路盘纡。小风弄雨晴还落，身在龙眠水墨图。
一随俗驾走红尘，松竹生愁鹤怨人。杯渡老师相悉否，野僧心地宰官身。
梦觉篝灯暗暗明，碧鸡啼罢欲三更。定知山雨阵头恶，但怪瀑声雷样鸣。

——《江湖长翁集》卷十八

新林小憩见花二首

白玉毵团青玉枝，幽芳不恨见春迟。酴醾过后榴花未，管领风光更是谁。
略得花边一欠伸，罗衫归去满缁尘。鸣鸠乳燕空多思，苦雨凄风不贷春。

——《江湖长翁集》卷十八

次玩鞭亭小诗韵

心事即今惊白发，世情从昔殼黄间。窦家锦上四百字，只道藁砧山复山。
窃禄未辞官九品，归田止欠屋三间。著书他日藏岩穴，或继淮南大小山。
献玉者三付身外，与马为二合田间。亦知此足无人缚，政恐有文移北山。

——《江湖长翁集》卷十八

次韵杨宰食野莲

小尝绀荫掉吟头，巀社湖阴风露秋。仙实休夸华峰顶，吮霜嚼蜜亦其流。

——《江湖长翁集》卷十九

126

题扇七首（其五）

裁就霜纨未副挥，濡毫欲下更迟迟。昔游尚记芜湖夜，把酒中秋见月时。

——《江湖长翁集》卷十九

施士衡（生卒年不详），字德求，一作字持平，归安（今浙江湖州）人。宋高宗绍兴十二年（1142）进士，官兵部尚书，为宣州签幕。著有《同庵集》。

挽于湖

涌泉词笔坐中惊，天付斯文以道鸣。独步蟾宫丹桂选，濡毫纷阁紫微清。绝弦恸哭
人琴丧，埋玉凄凉柱石倾。一见那知成永别，重来天路问骑鲸。

——《于湖集》卷四十一

复挽

十年帅钺倦驰驱，适意方谋一壑居。贾谊有才终太傅，薛收无寿处中书。伤心风月江山古，过眼光阴梦幻虚。红紫飘零春色尽，后凋松柏独萧疏。

——《于湖集》卷四十一

沈端节

沈端节，字约之，号克斋，吴兴（今属浙江）人。历知芜湖县，时与张孝祥多有交往，提举江东茶盐。淳熙间（1182年前后）官至朝散大夫，官终江东提刑。著有《克斋集》。

挽于湖

荒城难访十全医，半箧遗书世共悲。宁有故人怜阿骜，但余息女类文姬。忠筹屡画平戎策，宦迹常留堕泪碑。醉扣西州重回首，山阳邻笛夜凄其。

——《于湖居士文集》附录

复挽张于湖

气概凌云孰敢先，中兴事业冠英躔。朝廷议论一言定，翰墨风流四海传。恰跨鳌头升紫阁，忽骑箕尾上青天。竹林笑傲今陈迹，抚榇江皋涕泫然。

——《于湖居士文集》附录

董道辅

董道辅，生卒年不详，武陵（今湖南常德）人。张孝祥门人。

拜于湖先生墓①

晓出白下门，瘦马踏秋色。钟山度苍翠，慰我远游客。暮投清果寺，花草献幽寂。长廊静无人，落日照西壁。平生张于湖，万里去一息。翩然九州外，汗漫跨鲸脊。

乾坤能几时，安用较颜跖。文章失津梁，所念斯道厄。夜阑耿不寐，搔首听萧瑟。怀人感西风，翁仲守孤柏。

——《景定建康志》卷四十三

[注]①诗题系修订者所改,原题:绍熙庚戌(1190)中秋后三日,门人武陵董道辅拜墓下留诗。

操□(阙名),南宋光宗绍熙元年(1190)为上元尉。

拜于湖先生墓①

古冢谁来香一瓣，断蓬衰草自斜阳。至今唯有文章骨，埋入幽泉土也香。

——《景定建康志》卷四十三

[注]①《景定建康志》录入该诗时称:上元县尉操□拜墓下留诗。

128

周孚(1135—1177),济南人,寓居丹徒,字信道,号蠹斋。孝宗乾道二年(1166)进士,淳熙初,官至真州教授。有《蠹斋铅刀编》。

送陈唐卿尉繁昌二首

一贫那可忍，子亦老夫如。晚岁难忘禄，生平误信书。相逢搔首处，共是折腰初。
莫作高常侍，狂歌忆孟诸。
老笔倦场屋，今年方自如。无为堕丹墨，可便废诗书。妙质嗟谁似，修涂记此初。
摩挲和氏璧，吾语亦磑诸。

——《蠹斋铅刀编》卷十一

杨冠卿(1139—?),字梦锡,江陵(今属湖北)人。举进士,为九江戎司掾,又尝知广州,以事罢,晚寓临安。著有《客亭类稿》。

题张安国舍人平沙落雁图

渚云低压云山暮,烟素横空落日斜。秋老江乡稻粱熟,一行征雁下平沙。

——《客亭类稿》卷十三

菩萨蛮①

飞云障碧江天暮,杏花帘幕黄昏雨。翠袖怯春寒,有人愁倚栏。　　天涯芳草路,目送征鸿去。人远玉关长,尺书难寄将。

——《客亭类稿》卷十四

[注]①作者题注:春日呈安国舍人。

水调歌头

　　归自罗浮,舟过于湖,哭张安国。至采石,吊李谪仙,悼今昔二贤豪之不复见也。月夜酹酒江濆,慨然而去,作长短句。

曳杖罗浮去,辽鹤正南翔。青鸾为报消息,岩壑久相望。无奈渔溪欸乃,唤起苹洲昨梦,风雨趁归航。万里家何许,天阔水云长。　　历五湖,转湘楚,下三江。兴亡千古遗恨,收拾付诗囊。重到然犀矶渚,不见骑鲸仙子,客意转凄凉。举酒酹江月,襟袖泪淋浪。

——《客亭类稿》卷十四

袁说友

　　袁说友(1140—1204),字起岩,号东塘居士,建安(今福建建瓯)人,侨居湖州。历为太常寺主簿、枢密院编修官、秘书丞。嘉泰二年(1202),同知枢密院事。三年,迁参知政事。寻加大学士致仕。有《东塘集》。

泊采石登蛾眉亭蛾眉山①为云霭所蔽

平生山水缘,所阅辄相偶。寻幽半江浙,领略如益友。我闻姑孰下,二梁山对守。

两娥鬟黛远，久落诗人手。今行适未到，梦寐念殊久。今朝古亭上，四望一无有。
风岚暝四合，云沙涨江口。渺渺天际间，了不辨妍丑。登临漫连日，所得竟何取。
嗟予山泽姿，林泉剩奔走。岁晚忆蛾眉，欲见事还否。人间遇不遇，难以智力诱。
坠楼人不见，举案情何厚。何如对此山，远拂双眉柳。风樯明日上，相期后牛首。
天净楚江寒，黄昏一杯酒。

——《东塘集》卷一

[注]①蛾眉山：即天门山，东西梁山对守。清查慎行《蓦山溪》题：天门山又名峨眉山。

王阮(1140—1208)，字南卿，德安(今属江西)人。登隆兴元年(1163)进士，调都昌主簿，移永州教授。历知新昌、濠州、抚州，后归隐庐山。著有《义丰集》。

续湖阴曲一首

王敦称兵内向，明帝微行湖阴，故乐府有湖阴曲，然亡其词也。余泊舟堂下，诵温庭筠补亡，惜意未尽，因为续焉。

上林鸣蛙私邪官，金陵指顾成长安。唾壶一曲玉如意，声断石城锋镝寒。从来龙化中兴主，不似黄须阿奴武。当时斩鞅心下事，今日扬鞭目中虏。黄埃散漫重瞳微，雨师不洒疑人知。梦回日转惊巳午，马骄风疾那容追。一声吉语禁门静，万国笙歌丹仗整。山倾海动忽燃脐，地辟天开谁问鼎。长江千里真险哉，煌煌晋业流秦淮。江涛一洗妖氛息，湖阴千古琉璃碧。

——《义丰集》

挽张舍人安国四首

天上张公子，人间第一流。浮云狃覆座，噩梦玉成楼。草蔓湖阴宅，松封旷口丘。
忠魂招不返，欲问楚江头。
志气周瑜俊，谋谟贾谊佳。早先天下士，共服骥中骅。瞬息桑田改，倾摧岳柱斜。
伤心大手笔，零落紫薇花。
忤世无如我，知音独有君。时陪文字饮，议列鹔鹴群。未脱云间戍，先修地下文。
天心终吝此，不复更从军。
近别逾旬朔，俄传讣问来。初疑余子谤，渐沸使人猜。竟作青黄木，终成怨怒雷。

数行衰泪尽，吾意独怜才。

——《义丰集》

##

李兼（？—1208），字孟达，宣城（今属安徽）人。宁宗开禧三年（1207）以朝请郎知台州，嘉定元年（1208）除宗正丞。尝编《宣城总集》二十八卷。

发于湖

断岸收潢潦，苍烟出翠微。众帆争鹢港，孤塔认枭矶。万事皆前定，重来悟昨非。此身縻薄爵，何处避危机。

——《宛陵群英集》卷五

##

许及之（？—1209），字深甫，永嘉（今浙江温州）人。孝宗隆兴元年（1163）进士，淳熙七年（1180）知袁州分宜县，迁太常少卿、除淮南东路运判兼提刑，后以事贬知庐州。嘉泰二年（1202）拜参知政事，进知枢密院兼参政。著有《涉斋集》。

寒食日，宿芜湖县廨

今年歧路足生涯，寒食芜湖感物华。少为颜公成且住，绝怜杜老叹无家。光风不禁吹香草，薄雾无端羃晚华。已是惜春那惜别，无多酌我怕周遮。

——《涉斋集》卷七

##

蔡戡（1141—1182），字定夫，仙游（今属福建）人，居武进（今属江苏），襄四世孙。初以荫补溧阳尉，孝宗乾道二年（1166）进士。授秘书省正字，知江阴军，累官至静江府兼广西经略安抚使。著有《定斋集》等。

送张安国舍人

若有人兮下天陬，乘云戏作人间游。飘飘逸气横九州，明光射策动冕旒。一挥坐遣千人休，老生瑟缩徒包羞。余子走僵汗且流，自顾跛鳖惊骅骝。大儿文举小儿修，眼高四海非吾俦。堂堂人物倾曹刘，冰壶玉尺悬清秋。胸次二十八宿周，笔力乃与造化侔。挥毫落纸蟠龙虬，残篇醉墨人争收。畚年嬉笑登瀛洲，螭坳凤阁增皇猷。出曲方面分顾尤，昔襦今袴欢成讴。六州父老思故侯，往往在处甘棠留。祠庭均逸心夷犹，只恐富贵来相求。公今起自曲江头，蒲帆十幅风飕飕。微官拘缚如楚囚，虽欲从公嗟无由。君王仄席勤咨诹，姓字当已覆金瓯。人登廊庙参筹谋，勤庸并使书银钩。他时东阁罗枚邹，贱子还许登门不。

—— 《定斋集》卷十六

彭龟年(1142—1206)，字子寿，清江(今江西省樟树市)人。孝宗乾道五年(1169)进士，历官焕章阁待制，知江陵府，迁湖北安抚使。有《止堂集》。

挽无为军王守

再分符竹向淮溃，只得除书下帝阊。不见使车随邸吏，忽传鸣马蹙都门。丰碑未尽平生恨，哀些谁招天末魂。木落山空风猎猎，不堪俛首奠黄昏。

—— 《止堂集》卷十七

赵蕃(1143—1229)，字昌父，号章泉，原籍郑州，南渡后居信州玉山(今属江西)。以曾祖恩补官，皆不赴。理宗绍定二年(1229)，以直秘阁致仕。著有《乾道稿》《淳熙稿》《章泉稿》。

赠王教授基仲①

先君昔作濡须令，闾里所知清德高。末路我今惭世业，一门君乃冠辰髦。长公已有朝阳誉②，夫子宁淹独冷曹。颇念相从问畴昔，不堪岁月去滔滔③。

——《淳熙稿》卷十二

[注]①作者题注：基仲讳莱，无为人。父讳之道，字彦由。先君为无为县日，与彦由丈游。作者自注：②作者自注：谓其兄兰谦仲监察御史。③作者自注：先人病中闻先公持节湖外，尝草启云："弟兄并擢于儒科，闾里独高其清德"。蕃不能成篇，言之痛心。

马申，生平不详。今仅存诗一首。

芜湖

湖阴城上起新轩，轩榜犹能记玩鞭。只识黄须来入梦，不知红日正当天。

——《宋诗纪事补遗》卷九一

石孝友，生卒不详，字次仲，南昌（今属江西）人，宋孝宗乾道二年（1166）进士。仕途不顺，不羡富贵，隐居于丘壑之间，以词名。著有《金谷遗音》等。

满庭芳·上张紫微①

笔走龙蛇，词倾河汉，妙年德艺双成。帝庭敷奏，亲擢冠群英。龙首其谁不取，便直饶、勋业峥嵘。偏他甚，泼天来大，一个好声名。　　忆曾瞻拜处，当年汝水，今日溢城。叹白首青衫，又造宾闱。谨赍诗文一卷，仗仙风、吹到蓬瀛。依归地，熏香摘艳，作个老门生。

——《金谷遗音》

[注]①张紫微：张孝祥。

朱旷，生平不详。《景定建康志》载："乾道六年三月郡人朱旷拜墓下，留诗。"知其乃建康(今南京市)人,生活于1170年前后。

拜于湖张状元墓留题

瘦马踏乱山,盘折度村坞。处处花柳明,耕锄遍垄亩。麦苗见肤寸,拳屈方出土。
乃知去夏旱,布种坐迟暮。夏租竞如何,未免催迫苦。投鞭扣萧寺,来谒张公墓。
再拜拭泪行,畴昔感知遇。盛年厌纷华,骑鲸上天去。校雠三洞章,飞仙自俦侣。
笑唾人间世,一品竟何补。世人患死生,未究死生故。是性本不灭,来往若寒暑。
休矣勿复言,僧窗睡春雨。

——《景定建康志》卷四十三

张子颜,生卒不详,字几仲,西秦(今陕西)人。父俊,宋中兴四将之一,封循王,以荫入仕。乾道中,知信州,淳熙二年(1175)知襄阳,五年以龙图阁待制知隆兴府加敷文阁大学士。尝刻《云和郡县志》。

行春圩

长圩行尽晚风和,野水泱泱凫雁过。何似苏堤寒食近,画船箫鼓漾恩波。

——《宋诗纪事补遗》卷五十三

鲍信叔

鲍信叔,生卒不详。宋淳熙十六年(1189)任繁昌知县。

马人山莲社院二首①

朝南暮北遍田畴,蓝社茅茨得暂休。今夜不知何处宿,月明霜冷逼衾稠。
半天石壁倚晴空,中有招提拱翠峰。试问书堂何处是,砚池清泚白云封。

——《太平三书》卷六

[注]①马人山:即繁昌马仁山。以此山名为寺名,宋代改为莲社院,清乾隆十四年,繁昌知县王雄飞耗巨资重建,复名马仁寺。

虞俦

虞俦,生卒不详,字寿老,宁国(今属安徽)人。隆兴初中进士,曾任绩溪县令,湖州、平江知府。庆元六年(1200)召入太常少卿,提任兵部侍郎。有《尊白堂集》。

送隐静恭老

妙喜老人骨应槁,明月堂空迹如扫。丛林耆旧半消磨,砥柱颓波余此老。五峰深处开道场,道价重於连城宝。我盖知各二十年,长恨识师之不早。揭来陵阳第二峰,一笑相从即倾倒。午窗对坐语笑清,夜榻归来魂梦好。大颠理势恐是渠,澄观公才何足道。青衫我亦行作吏,未尽俗缘多病恼。相期巢父早掉头,共住山中拾瑶草。

——《尊白堂集》卷一

 孙应时

孙应时(1154—1206),字季和,号烛湖居士,余姚(今属浙江)人。孝宗淳熙二年(1175)进士,调台州黄岩尉。历秦州海陵丞、知严州遂安县,后知常熟县。有《烛湖集》。

濡须道中诗

睡足蓬窗江月明,濡须浦口片帆轻。菰蒲两岸长春水,杨柳一村啼晓莺。休指山川问今古,且欣时节正蚕耕。白鸥容与沧波去,应识幽人万里情。

——《烛湖集》卷十八

刘 过

刘过(1154—1206),字改之,自号龙洲道人,吉州太和(今江西泰和)人。以诗名湖海间。尝上书光宗过重华宫,复以书陈恢复方略,不报。流落江湖间,晚居昆山。有《龙洲集》《龙洲词》。

送张紫微

真仙元是昔于湖，今在高楼何处居。非玉不容陪伟论，拨灰犹为作行书。云霞缥缈来旌节，琼玖玲珑闻佩琚。幽显殊途人世隔，冷风吹雨送回车。

——《龙洲集》卷五

姜夔（1155？—1221？），字尧章，号白石道人，世称姜白石，鄱阳（今江西波阳）人。父知汉阳县，夔幼随宦。往来沔、鄂几二十年，以布衣终。有《白石词》《白石道人诗集》《白石道人歌曲》《白石诗说》等。

满江红

满江红旧调用仄韵，多不协律。如末句云"无心扑"三字，歌者将"心"字融入去声，方协音律。予欲以平韵为之，久不能成。因泛巢湖，闻远岸箫鼓声，问之舟师，云："居人为此湖神姥寿也。"予因祝曰："得一席风径至居巢，当以平韵满江红为迎送神曲。"言讫，风与笔俱驶，顷刻而成。末句云"闻佩环"，则协律矣。书于绿笺，沉于白浪，辛亥正月晦也。是年六月，复过祠下，因刻之柱间。有客来自居巢云："土人祠姥，辄能歌此词。"按曹操至濡须口，孙权遗操书曰："春水方生，公宜速去。"操曰："孙权不欺孤。"乃撤军还。濡须口与东关相近，江湖水之所出入。予意春水方生，必有司之者，故归其功于姥云。

仙姥来时，正一望、千顷翠澜。旌旗共乱云俱下，依约前山。命驾群龙金作轭，相从诸娣玉为冠。[①]向夜深、风定悄无人，闻佩环。　　神奇处，君试看。奠淮右，阻江南。遣六丁雷电，别守东关。却笑英雄无好手，一篙春水走曹瞒。又怎知、人在小红楼，帘影间。

——《白石道人歌曲》卷三

[注]①作者自注：庙中列坐如夫人者十三人。

周南(1159—1213),字南仲,平江(今江苏苏州)人,绍熙元年(1190)进士。为池州教授,罢去。开禧三年(1207),试职馆。因对策诋权要,为言者劾罢。著有《山房集》。

宿春谷

周瑜为春谷长,出备牛渚。

獬儿总角交孙策,牛渚明年得小乔。邂逅英雄谁似此,向来州县岂徒劳。

——《山房集》卷一

韩淲(1159—1224),字仲止,号涧泉,祖籍开封,南渡后隶籍上饶(今属江西)。元吉子,以父荫入仕,为平江府属官,后做过朝官。著有《涧泉集》《涧泉日记》。

送王安行

西湖非不佳,草木已变衰。芙蓉花虽红,奈逼清霜时。昔见决科日,春酣桃杏枝。今从秣陵来,我乃官于兹。纷纷许史家,悠悠王谢儿。吾侪抚书剑,百事胡能知。芜湖连大江,风烟荡湾埼。子归但饮酒,可逭寒与饥。

——《涧泉集》卷三

濡须谁筑坞①

濡须谁筑坞,玉兔正迷离。两岁能为守,五言应报诗。息峰延月夜,稔稻得秋时。湖海惊零落,无痴了事儿。

——《涧泉集》卷八

[注]①诗题系修订者所加,原为《次韵王教授同寄昌甫器远无为临漳》四首之四。赵蕃(1143—1229),字昌甫;曹叔远(1159—1234),字器远。无为(今属芜湖),临漳(今属河北)。

程 泌

程泌(1164—1242),字怀古,号洺水遗民,休宁(今属安徽)人,绍熙四年(1193)进士。历官翰林学士知制诰、进宝文阁学士。出知福州,兼福建路安抚使。有《洺水先生集》。

水调歌头

昏发乌江朝至湖阴月正午舟中作

玉女扫天净,雍观掠江宽。问君何事底急,夜半挟舟还。三岛眠龙惊觉,万顷明琼碾破,凉月照东南。碧气正吞吐,满挹漱膺肝。 烟篷上,乘云象,噉天关。人间已梦,我独危坐玩漫汗。蟒殿黄昏未锁,鹤骖翩跹蛮下,共吸酒壶干。兴罢吹笙去,风露五更寒。

——《洺水集》卷三十

戴复古

戴复古(1167—?),字式之,常居南塘石屏山,故自号石屏、石屏樵隐,天台黄岩(今属浙江台州)人。一生不仕,浪游江湖,后归家隐居,卒年八十余。著有《石屏诗集》《戴复古集》等。

无为军界上遇赵尉制府禀议

解后风尘底,周旋鞍马间。三杯送行色,一笑强开颜。夜宿煖汤市,晨炊冷水关。军前献筹策,第一守光山。

——《石屏诗集》卷二

无为山中郑老家

高谈可听用心幽,灼见此翁非俗流。鞍马破家还避世,田园得地肯封侯。开窗修竹无由俗,绕屋青山总是秋。门外短篱看亦好,黄金菊间碧牵牛。

——《石屏诗集》卷五

曾　极

曾极，字景建，号云巢，临川（今属江西）人，一作南丰（今属江西）人。终身未仕。尝与戴复古、刘克庄等唱酬。著有《舂陵小雅》。

天门山

鲸翻鳌负倚江潭，天险由来客倦谈。高屋建瓴无计取，二梁刚把当肴函。

——《方舆胜览》卷十四

赵师秀

赵师秀（1170—1219），字紫芝，号灵秀，又号天乐，永嘉（今浙江温州）人，光宗绍熙元年（1190）进士。嘉定初入江西安抚司幕，后为筠州推官，晚寓钱塘。著有《天乐堂集》《清苑斋集》。

送谢耘之无为

双旌虽有旧，道路亦劳形。不用携书尺，惟当带酒瓶。柘空淮茧白，梅近楚秧青。尔以亲为请，仁人岂厌听。

——《宋诗纪事》卷八十五

卢祖皋

卢祖皋（约1174—1224），字申之，一字次夔，号蒲江，永嘉（今浙江温州）人。庆元五年（1199）中进士，初任淮南西路池州教授，历任秘书省正字、校书郎、著作郎，累官至权直学士院。著有《蒲江词稿》。

月城春·寿无为赵秘书

五云腾晓。望凝香画戟，恍然蓬岛。玉露冰壶，照神仙风表。诗书坐啸。唤淮楚、满城春好。雨谷催耕，风帘戏鼓，家家欢笑。　　南湖细吟未了。看金莲夜直，丹凤飞诏。鬓影青青，办功名多少。持杯满醵。听千里、载歌难老。试问尊前，蟠桃次第，红芳犹小。

——《花草粹编》卷十七

岳珂（1183—1234），字肃之，号亦斋、东几，晚号倦翁，汤阴（今属河南）人.岳飞之孙。嘉定十年（1217），出知嘉兴，历承议郎、江南东路转运判官、除军器监、淮东总领。宝庆三年（1227），为户部侍郎、淮东总领兼制置使。有《棠湖诗稿》等。

经雁汊宿荻港舟行四百里①

近岸千帆阅，雄襟一昔舒。云程排沸浪，风御翼澄虚。块历过都马，波翻纵壑鱼。经旬叹淹滞，此理盖乘除。

羊角抟扶日，鸿毛迅顺时。天心应有为，吾道复何疑。岸燎开戎捷，矶神助好词。倚樯聊一笑，且试楚襟披。

瞬息四百里，经行三十年。此时真缩地，当日信梯天。岸过人回首，山浮浪驾肩。望尘何足羡，御寇正泠然。

——《玉楮集》卷七

［注］①诗题系修订者所改，原题：便风经雁汊宿荻港，是日舟行四百里三首。

入芜湖港过吉祥寺

昔时曾访后山松，天道那令霸业穷。夹岸人观新太守，拥门僧认旧诗翁。隐矶漫指六朝事，鲁港尝淹五宿风。从此片帆湖际去，只应日在瑞云东。

——《玉楮集》卷七

阳枋（1187—1267），字正父，号字溪。原名昌朝，字宗骥，合州巴川（今重庆铜梁东南）人。理宗端平元年（1234）得乡试第一，淳祐元年（1241）赐同进士出身。分教广安，历监昌州酒税，大宁理掾。改大宁监司法参军，为绍庆府学官。今有诗文283篇。

140

芜湖历代诗词

黄池舟中和全父弟韵

江上平堤堤上路，只轮来往舟沿溯。林疏风叶坠轻黄，征雁声中秋暗度。来踏东风归岁暮，佳山好水无重数。揩摩老眼待冬深，更看霜林排雪树。岸木稠边屋作邻，港鱼多处鸥成聚。竿蓑拟欲个中留，却恨冬风催我去。

——《字溪集》卷十

咏黄池诗

姑苏平野入黄池，烟树重重绿涨迷。肆列门前喧堑俗，稻临屋背尽幽栖。路长车马南还北，水远帆樯东复西。小寺江心闲系缆，周回看尽柳盈堤。

——《字溪集》卷十一

中秋黄池舟中独酌五首（录二）

秋深客棹倚吴头，喜见江乡素月浮。水墨画成洲渚远，神仙宅尽水云幽。心闲最与趣相会，句拙常怜景莫收。多少楼台罗绮席，未知真是赏中秋。

画桥杨柳系船儿，蟾魄飞来光满溪。有水连云疑地阔，无山碍月觉天低。鱼堪寄信应时见，雁欲横霜犹未齐。白酒堪沽鸡中割，呼樽独酌画桥西。

——《字溪集》卷十一

久留黄池待弟侄不至九日独酌

将道花黄醉彭泽[①]，又还茱紫酌平湖。诗因得意时时赋，酒为无宾浅浅沽。蓝色已残千岸柳，霜花催满万汀芦。闲行闲坐云和水，不识天工怪我无。

——《字溪集》卷十一

①作者自注：渊明居彭泽县，在小孤山上流。

王蓬，字少愚，濡须（今安徽巢县东南）人。宁宗庆元间知临江军。嘉定三年（1210），除户部侍郎。

百万湖①

台下弥漫百万湖，丛生萑苇伴菰蒲。自从围作民田后，每遇凶年一物无。
农人今岁不施功，浸撒田中谷自丰。极目黄云无际限，只将晴色望天公。

———《永乐大典》卷二千二百七十

[注]①百万湖：在无为城东门外，明吴廷翰宦归退息之所。兹录《百万湖》二首，出自《永乐大典》所引《宝祐濡须志》，诗作者记为"王□"。其他版本有记作"王苇"或"王蓬"，其生平皆不详。

 黄　机

黄机，生卒不详，字几仲，一字几叔，号竹斋，东阳（今属浙江）人，尝仕于永兴。游踪多在吴楚之间，与岳珂、辛弃疾酬唱尤多。有《竹斋诗余》。

长相思·峨眉亭

东梁山，西梁山。占断长江相对闲，古今双鬓斑。　　天漫漫，水漫漫。人事如潮多往还，浅颦深恨间。

———《竹斋诗余》

霜天晓角·夜舟过峨眉山

江涵落日，风转飞帆急。问讯蛾眉好在，无一语、送行客。　　闲情眠未得，倚窗消酒力。却怕鱼龙惊动，且莫要、夜吹笛。

———《竹斋诗余》

 吴　渊

吴渊（1190—1257），字道甫，号退庵，江宁溧水人，祖籍宣州宁国。嘉定七年（1214）进士，调建德主簿。累官兵部尚书，进端明殿学士，江东安抚使、拜资政殿大学士，封金陵侯（后晋为公爵），徙知福州、福建安抚使，予祠。有《退庵集》《退庵词》。

蠛矶

恨别刘郎一水悬，真孤此际月婵娟。山留拳石归吴女，神映峨眉望汉川。霜骨千年灯火在，香魂四下水云连。才添彤史登题句，又被芦花一缆牵。

——康熙《蠛矶山志》卷下

周弼(1194—?)，字伯弜，祖籍汶阳(今山东汶上)，寓笠泽(今江苏太湖一带)。文璞子。宁宗嘉定间进士，十七年(1224)即解官，以后仍漫游东南各地。有《端平诗集》。

荻港

波眼沄沄浪复轻，稍苏羁束过清明。倦人觅路先寻酒，久客怀乡始见饧。松下紫芽肥野菜，竹间青叶带山樱。自从一别齐安后，直到今朝始听莺。

——《端平诗集》卷三

风恶偶成二首

柔橹双随下水船，乱帆轻柂递相先。无端系着山村岸，高枕芦芽对雨眠。
三日要行还止住，冷沙寒水暗消春。一千四百芜湖路，怨雨愁风多少人。

——《端平诗集》卷四

徐元杰(1196—1246)，字仁伯，号梅野，上饶黄塘人，理宗绍定五年(1232)进士，调签书镇东军节度判官。嘉熙二年(1238)，召为秘书省正字，累迁著作佐郎兼兵部郎官。知南剑州。授侍左郎官，迁将作监。官至工部侍郎。有《梅野集》。

送绍兴叶帅改当涂(二首录一)

人言禹会即当涂，上曰芜湖抵鉴湖。姑少副公求去尔，匪伊有诏盍归乎。知心霜月浑无滓，回首春风定与俱。惭愧蓬莱宾客后，愿言陪侍入天衢。

——《梅野集》卷一二

吴潜(1196—1262)，字毅夫，渊弟，一作毅甫，号履斋，宁国(今属安徽)人，宋宁宗嘉定十年(1217)进士。吴潜一生两次为相，任职繁多。著有《履斋遗稿》传世。

吴波亭二首

吴波亭下系扁舟，轻雨轻烟又麦秋。乌兔衔将日月去，江山管定古今愁。
云收烟敛远山明，时有渔歌度晚晴。绿叶青枝生意思，白鸥苍鸟野心情。

——《履斋遗稿》卷一

李曾伯(1198—1268)，字长孺，号可斋，原籍覃怀(今河南沁阳附近)，南渡后寓居嘉兴(今属浙江)。累官湖南安抚大使兼知潭州，兼节制广南，移治静江。著有《可斋类稿》。

水调歌头·戊申送厉守赴濡须漕

缔好恨不早，觌面雅相知。璇星楼上，一见天产此英奇。功在淮梁砥柱，政蔼汉扶襦裤，仅借寇恂期。懊恼剑花冷，手欲鲙鲸鲵。　　濡须坞，咽喉地，腹心谁。公其揽辔凭轼，勋业笑谈为。贯索旄头息焰，斗极泰阶动色，归佐太平基。客有问仆者，只说在渔矶。

——《御定佩文韵府》卷六十六

郑　起

郑起(1199—1262)，初名震，字叔起，号菊山，福建省连江人。少试礼部不第，遂弃举子业，潜心穷理尽性之学。著述有《菊山清隽集》《倦游稿》《易注》《易六十卦》等。

繁昌江边见两獭祭鱼人立而拜

寒食清明在客途，片帆飘泊老无庐。松楸方念无人扫，忽见江边獭祭鱼。

——《清隽集》卷一

#

戴昺，字景明，号东野，天台人。宋嘉定十二年（1219）进士，授赣州法曹参军。宝祐中（1256年前后）尝为池州幕僚。著有《东野农歌集》。

五松山太白祠

舣舟来访宝云寺，快上山头寻五松。捉月仙人呼不醒，一间老屋战西风。

——民国《南陵县志》卷四十二

#

徐宝之，生卒不详，字鼎夫，号西麓，庐陵（今江西吉安）人。理宗宝庆元年（1225）预解试。

续湖阴曲

巴滇之马如游龙，宝鞭袅袅回如风。将军梦断忽心战，五骑飞出寻无踪。道旁客姥头欲白，惊见归鞯如电击。当时天子重丁宁，典午安危争一刻。大宁王气方中天，南阳表兖森戈鋋。金函诏下传羽檄，狂奴暗死如寒蝉。老骥志欲千里伸，晋天不覆鬼蜮臣。草间怅望可人土，老却江潭钟柳人。

——《诗渊》册六

#

张榘，或作张钜，字方叔，号芸窗，南徐（今江苏镇江）人。理宗端平元年（1234）为建康府观察推官，淳祐五年（1245）知句容县。宝祐中历江东制置司参议、机宜文字，转参议官。有《芸窗词稿》。

和澄斋刘制干过芜湖渭阳宅有感韵

兴言陟屺驻征艎，丘水依然亦故乡。萱草梦寒诗思远，梅花月冷角声长。暂辞小隐从三聘，况值清时已一阳。朝籍渐通恩数洽，会看梧槚发幽光。

——《江湖后集》卷八

潘璵，宋成都人，南宋嘉熙时期登科。生平不详。

蟂矶

长川白云飞不绝，孤岛天高见明月。云来云去变阴晴，月升月落常圆缺。江东月照川西云，佳期两地伤离群。云深白帝龙骖远，月冷吴宫凤侣分。霸图自古忙生死，割据何尝恋妻子。离心空对镜月悬，王气惟连阵云紫。自昔结褵从益都，何人造计归东吴。自将欢爱同云散，却把媚颜伴月孤。炎龙已化音尘隔，一旦清流埋玉骨。贞魂遥共蜀云归，遗恨不随江月没。古庙缘江秋复春，云作衣裳月作神。但看往来江上路，至今尤说孙夫人。

——《太平三书》卷四

魏庭玉

魏庭玉，字句滨，宛陵（今安徽宣城）人。南宋嘉熙四年（1240）任吴县令。

水调歌头·饮芜湖雄观亭

璧月挂银汉，冷浸一江秋。天公付我清赏，仙籍桂香浮。极目江山如画，际晚云烟凝紫，秋色黯羁愁。领首上雄观，波影动帘钩。　　雁排空，渔唱晚，楚天幽。湖阴一曲千载，成败倩谁筹。试问谪仙何处，唤起于湖同醉，小为作遨头。老子欲起舞，摆脱利名休。

——《阳春白雪》外集

王奕，字伯敬，一字亦大，玉山（今属江西）人。淳祐四年（1244）入太学，官玉山教谕。德祐元年（1275）弃官入玉斗山，结屋授徒，因号玉斗山人，学者称斗山先生。与文天祥、谢枋得相善。著有《玉斗山人集》。

黄池大水歌①

玉斗山人归自鲁，迁途携酒酬谪仙。丹阳滞留十日雨，坐见平陆成长川。不冲不激不澎湃，漫高漫长漫嚣尘。黄池地势低且圹，筑堤种柳名圩田。一圩动是数百顷，畊民缚舍沿郊邡。良苗怀新交翠浪，一刻涔作蛟龙渊。仓皇老释竞祈祷，搬移儿女争牵连。村庄草屋浮断梗，黄流黑气蒸腥膻。市民运土积堘脊②，危如燕垒悬弇前。中宵突尔驶一决，尽与河伯裙相牵。或云岳渎潴魍魉，响沫吹浪如吹煎。昌黎谕鳄许戮蜃，古今此理容或然。粤从天一中入坎，水德流动随乾圜。彝伦攸斁五行汩，君舟民水几覆颠。神妖凿窟逾九载，到今三千七百年。三时粟麦天不雨，苍生何赖无瘠捐。天变不能违者水，民命自以君为天。当今君相即尧禹，蓄积期会谁当先。灵均李杜在水部，叫天为我笺长编。

——《玉斗山人集》卷二

［注］①据谱本注"庚寅六月初五"，可推算该诗作于宋理宗绍定三年（1230）。②《玉斗山人集》作"市民运一积堘春"，据谱本改。

和叠山拜虞雍公庙①

滴血书笺吁帝言，此功端已与之天。是非成败人间事，生死去来方外仙。龟背丰碑昏落日，鸦巢老木倚孤烟。庙前万舸随风下，应笑当年澓港船。

——《玉斗山人集》卷二

［注］①虞雍公庙：全称"宋太傅虞忠肃公祠"，原在安徽马鞍山采石太白楼后，宋嘉定九年（1216）为纪念南宋民族英雄虞允文所建。今不存。

和叠山舟过澓港

长江几载界残棋，未著何知此地危。万舸军中焉用汝，一声锣罢竟何之。六民堕劫谁阶厉，百罚鞭只悔莫追。欲识开头摇手处，推篷一一问篙师。

——《玉斗山人集》卷二

水调歌头·过澌港丁家洲①

长江衣带水，历代鼎彝功。服定衣冠礼乐，聊尔就江东。追忆金戈铁马，保以油幢玉垒。烽燧几秋风。只有当头著，全局倚元戎。　　攒万舸，开一棹，散无踪。到了书生死节，蜂蚁愧诸公。上有黄天白日，下有人心青史，未必竟朦胧。停棹抚遗迹，往恨逐冥鸿。

——《玉斗山人集》卷三

［注］①题目系修订者所改,原题:水调歌头·过澌港丁家洲,乃德祐渡江之地,有感。

贺新郎·过鲁词①

有客过东鲁。自葛水、泛舟西下，帆开三楚。万里湖光磨水镜，际五老、落星烟渚。又飞过、二姑门户。彭泽柳青新旧色，望九华、依约池阳路。风雨庙，乌江羽。蛾眉牛渚皆如故。　　问缘何、鲁港汀洲②，江声无语。采石书生勋业在，吊锦袍、公子魂何处。流恨下、秦淮商女。多景楼头吟北固，笑平山堂里谁为主。且烂饮，琼花露。

——《玉斗山人集》卷三

［注］①二首录一,题目系修订者根据小序而改,原序为:仆过鲁,自葛水买舟,至维扬,又自扬州买舟,至孔林,登泰山,复遂淮楚,往复六千里,共赋此词,括尽山川所历之妙,真所谓兹行平生者也。②作者自注:德祐败师之地。

陈杰,字焘夫,江西丰城(今丰城市)人。淳祐十年(1250)进士,授赣县主簿,先后知江陵县、工部郎中、江西提刑司置制司参谋,转工部主事。入元,隐居南昌城中东湖以终。著有《自堂存稿》。

题寄傲轩

富贵骄人拥庐儿，寒士不逊原壤夷。傲称凶德无适宜，长者寄尔渠得知。使袜聊为廷尉重，命履乃有帝师用，苟非其人千仞凤。鹦鹉洲前吊月明，归来痛饮师刘伶。

——《自堂存稿》卷一

释道璨

　　释道璨，生卒不详，字无文，俗姓陶，南昌(今属江西)人。游方十七年，涉足闽浙一带，宝祐二年(1254)始住饶荐福寺，为退庵空禅师法嗣。著述颇丰，有《柳塘外集》《无文印》等。

和春谷赵泉使贺端斋赵宪使喜雪

蕊宫仙子下明湖，剪水桃花更滴酥。洁白十分天下瑞，光明一片剡溪图。园林春到何嫌早，闾阖云开不待呼。方寸去天才尺五，笑他上界觅元都。

——《柳塘外集》卷一

释文珦

　　释文珦(1210—?)，字叔向，自号潜山老叟，于潜(今浙江临安西南)人。早岁出家，游历甚广，足迹遍布东南浙江、福建、江苏，终年八十余。著有《潜山集》十二卷。

怀寄南陵尉沈道正

南陵初作尉，应亦似南昌。名在神仙籍，才优翰墨场。盗闻无欲止，吏化不欺良。交旧如君少，怀思未易忘。

——《潜山集》卷七

春谷

春谷行难尽，鸡声忽一家。溪流随雨涨，崖树受风斜。竹地偏生菌，桐阴正养茶。老翁年八十，不识有纷华。

——《潜山集》卷七

陈 著

陈著(1214—1297),字谦之,字子微,号本堂,晚年号嵩溪遗耄,鄞县(今浙江宁波)人,寄籍奉化。理宗宝祐四年(1256)进士,监饶州商税。曾任白鹭书院山长,历知安福县、嘉兴县、嵊县,扬州通判、临安府签判转运判、太学博士等,以监察御史知台州。宋亡,隐居四明山中。有《本堂文集》。

次韵戴帅初赠铜山寺主僧若珣

忆昔曾寻紫翠堆,转头非旧几年来。僧檐蔓草几成树,佛座莲花半缬苔。忽自吟边飞锡到,再从空里抱山开。江湖总是风光地,应世因缘第一回。

——《本堂集》卷二十一

水龙吟·其一寿江阃姚橘洲学士希得

玉麟堂上神仙,算来便合归廊庙。天教且住,堂堂裘带,舒舒旗纛。一笑谈中,遍江淮上,太平花草。待金瓯揭了,黄扉坐处,祗依此、规模好。　恰似虹流节后,庆生申、佳期还到。乾坤开泰,君臣相遇,机缘恁巧。谁信苍生,举头凝望,锋车催召。向芜湖,更有无言桃李,顾春风早。

——《本堂集》卷三十九

摸鱼儿·自长沙回至滑港①

碧油幢、一开藩后,便思量早归去。工夫着紧新城好,风月万家笙鼓。游宴处。要管领春光,补种花无数。何须更驻。只画了潇湘,扁舟径发,挥手谢南楚。　江帆卸、撑入清溪绿树。家山三两程路。安排下马随猿鹤,勾引诗朋酒侣。潇洒处。是则是初心,只恐难留驻。忙须着句。把泉石烟霞,平章一遍,回首凤纶舞。

——《本堂集》卷三十九

[注]①标题系修订者所改,原题:摸鱼儿·随湖南安抚赵德修自长沙回至滑港值其生日。

许月卿

许月卿(1217—1286),字太空,后更字宋士,徽州婺源(今属江西)人。理宗时,赐进士及第,授司户参军。贾似道当国,以言语不合罢去。闭户著书,号泉田子,时人称为山屋先生。著有《先天集》。

次韵春谷

谷如三月间,屋向万山安。春谷与山屋,别有天地宽。枯淡风月皎,富贵莺花绕。大山表牡丹,此意殊未晓。

——《先天集》卷一

舒岳祥

舒岳祥(1219—1298),字舜侯,以旧字景薛行,宁海(今属浙江)人。因家居阆风里,学者称阆风先生。理宗宝祐四年(1256)进士,摄知定海县,为雪州掌书记。德祐初,归乡不仕,教授田里。有《苏堂稿》《辟地稿》《篆畦稿》等。

天门山

烟树连天远,渔樵两地分。仙舟沧海路,僧锡石桥云。落日人行少,空村犬吠闻。谁知隐沦者,绝迹在人群。

——《宋诗纪事》卷六十七

董嗣杲

董嗣杲,字明德,号静传,杭州(今属浙江)人,生卒大致南宋末至元初。理宗景定中榷茶九江富池,度宗咸淳末知武康县。宋亡,入山为道士,改名思学,字无益,号老君山人。著有《西湖百咏》《庐山集》《英溪集》等。

芜湖

规规安利欲，扰扰竞光阴。男邑濒江尾，商家截市心。炎凉难洗荡，风月易招寻。见说圩田熟，欣逢节序临。

——《永乐大典》卷二千二百六十六

送刘汉老过芜湖

歌传制锦久，乐得袖琴过。浙客量盐少，淮商贩药多。随灯游晚市，沽酒隔昏河。才见江豚起，东风又碧波。

——《永乐大典》卷二千二百六十六

重游能仁寺①

古寺踞城为甲刹，巍峨殿阁矗江云。香烟昏壁沿廊黑，砖塔喧铃彻郡闻。白日僧归春更静，清明鬼哭夜初分。住持羞接闲人话，要访时官杜广文。

——《永乐大典》卷二千二百六十六

152

[注]①能仁寺：在芜湖古城东，宋大中祥符元年（1008）改承天院，今不存。

舟中对月

过峡水不清，浑浊甚他处。今朝喜得晴，看月莫犹豫。尽力掀篷开，净着两眼觑。月色更婀娜，炯然洗积虑。前矶水冲撞，传若小滟滪。令人厌水程，惟祝江灵助。天地境界古，恨无槁梧据。余樽就手沥，适口乏啖茹。嗳嚅味自佳，不须劳举箸。醒去掩篷眼，零落故衾絮。呼天招仙游，同学列子御。倪转北头风，稳涉芜湖去。

——《庐山集》卷一

返察矶回望九华

日落返察矶，无地可卓筇。回首池阳山，九朵金芙蓉。溪流出港急，树色收云封。行客快两目，欲游悔无从。依依此时心，维舟当要冲。山游形梦寐，梦觉听遥钟。应有神仙居，隔此江水重。移棹近荻港，月出霜华浓。

——《庐山集》卷二

蟂矶

蟂矶耸拔大江东，枭能害人时所恶。或谓水沃石上来，以浇易蟂本无据①。前对三山削遥翠，左望邑庐如栉布。政和观额颁宁渊，青墩月出寒沙暮。仙屋周遭二十间，常容苦行挂单住。于湖题字迹已湮，拍矶只有风涛怒。下观转经送轮藏，若徒自希檀施顾。饱饮临江望此矶，此水终身不曾渡。青鞋寻胜亦痛快，斜阳迅如箭锋度。蒲帆挂起祇瞬息，顷刻便舣芜湖步。破舟可弃迹可安，邑桥官店暂寻寓。酾酒欢歌谢江灵，高眺月江足诗句。

——《庐山集》卷四

[注]①作者自注：放翁云。

芜湖县

云樯风柂舣江湄，客寄何心听是非。国课转亏商旅瘠，县官频易吏胥肥。花迷夜市灯初合，柳匝寒田水自围。今古通津离别地，晓沙晴日出蟂矶。

——《庐山集》卷四

舟次示朱友龙

雪花侵鬓转栖栖，身寄篷窗醉似泥。荻港水寒鸥聚远，芜湖山近雁飞低。客舟泊夜秋无奈，社鼓催春梦欲迷。津岸喜登无可语，不堪明日各东西。

——《庐山集》卷五

醉后登黄池港舟

大江胜绝此无俦，不省荒寒醉酒楼。秉烛尚嫌杯数窄，换舟便觉橹声柔。山连青意为仙塚，池接黄名是逆流。僵卧莫知身纪堕，岸南灯火属宣州。

——《庐山集》卷五

胡仲弓

胡仲弓，字希圣，号苇航，清源（今福建泉州）人。二赴春闱，始中进士，初任会稽县令，以言事被黜。著有《苇航漫游稿》四卷。

寄题春谷监簿

敲碎吟扉杳不闻，数声犬吠谷中云。几番欲去重回首，立尽斜阳不见君。

——《江湖后集》卷十二

刘熺，号东墅，象山（今属浙江宁波市）人，一说南陵人。理宗嘉熙二年（1238）进士。

过太白酒坊

不是高阳市，青莲旧有坊。仙踪羁倏忽，亘古望苍茫。鸟弄歌声缓，花留酒兴长。千年明月在，犹似见飞觞。

——民国《南陵县志》卷四十二

154

耶律铸

耶律铸（1221—1285），字成仲，辽东丹王九世孙，中书令耶律楚材之子，累官中书左丞相。著有《双溪醉隐集》。

战芜湖①

舳舻千里蔽江湖，擿挑楼船为骚②除。先直前锋三十万，一通严鼓尽为鱼。

——《双溪醉隐集》卷二

[注]原注：①一日战丁洲；②骚：音扫。

方逢辰

方逢辰（1221—1291），初名梦魁，字君锡，一作圣锡，淳安（今属浙江）人，淳祐十年进士，理宗改赐今名。累官兵部侍郎，国史修撰。有《蛟峰先生文集》。

赠南山寄傲轩

著心寻处元无物，开眼见时都是天。楚市少年霸陵尉，纷纷蠛蠓过吾前。

——《蛟峰文集》卷六

刘辰翁

刘辰翁(1232—1297)，字会孟，号须溪，庐陵(今江西吉安)人。景定三年(1262)进士，廷试忤贾似道，得鲠直名。咸淳元年(1265)授临安府学教授。德祐元年(1275)，文天祥起兵勤王，辰翁参与江西幕府。宋亡，托迹方外以归。著有《须溪集》《须溪词》。

六州歌头

乙亥二月，贾平章似道督师至太平州鲁港，未见敌，鸣锣而溃。后半月闻报，赋此。

向来人道，真个胜周公。燕然眇，浯溪小，万世功，再建隆。十五年宇宙，宫中赝，堂中伴，翻虎鼠，搏鹯雀，覆蛇龙。鹤发庞眉，憔悴空山久，来上东封。便一朝符瑞，四十万人同。说甚东风，怕西风。　　甚边尘起，渔阳惨，霓裳断，广寒宫。青楼杏，朱门悄，镜湖空，里湖通。大纛高牙去，人不见，港重重。斜阳外，芳草碧，落花红。抛尽黄金无计，方知道、前此和戎。但千年传说，夜半一声铜。何面江东。

——《须溪集》卷九

吴龙翰

吴龙翰(1233—1293)，字式贤，号古梅，歙州(今安徽歙县)人。景定五年(1264)，领乡荐，以荐授编校国史院实录。元至元十三年(1276)，乡校请充教授，寻弃去。著有《古梅吟稿》六卷。

南陵道中迫暮投茅店①

故山三百里，归路正羊肠。密树标茅店，荒池界竹墙。仆眠如鹿伏，我倦背龟藏。素志非南阮，丈夫扫八荒。

——《古梅遗稿》卷二

泊芜湖县

古邑苍江曲,鳞鳞华屋横。酒楼歌妓集,渔市贩夫行。野阔云无势,江流月有声。
桥边息诗担,谯鼓更分明。

——《古梅遗稿》卷二

繁昌道中

江天日暖竹为舆,猎猎春风载此臞。凑入灞桥成一画,杨花吹雪糁吟须。

——《古梅遗稿》卷四

晓发黄池过宁国

簇簇人烟两岸分,暂时挂搭此行程。一筇风月无拘束,又复挑诗到宛城。

——《古梅遗稿》卷四

156

文天祥(1236—1283),字履善,一字宋瑞,号文山,吉州庐陵(今江西吉安)人,宝祐
四年(1256)中进士。曾任右丞相,奉使元军营中谈判被扣,后脱险至福建坚持抗元,景
炎三年(1278)被俘后英勇就义。宋廷封为少保、信国公。著有《文山先生全集》。

挽龚用和

结屋南陵三十秋,田园旧隐隔江流。鄘州避乱杜工部,下泽乘车马少游。名利无心
付隍鹿,诗书有种出烟楼。长淮清野①难归玉,魂魄犹应恋故丘。

——《文山集》卷二

[注]①野:《文山集》缺漏,于《文天祥诗词全集》补阙。

鲁港

方夸金坞筑，岂料玉床摇。国体真三代，江流旧六朝。鞭投能几日，瓦解不崇朝。千古燕山恨，西风卷怒潮。

——《文山集》卷十四

鲁港之遁①

己未鄂渚之战，何勇也。鲁港之遁，何衰也。人心已去，国事瓦解，当是时须豪杰拔起，首祸之权奸无救祸之理。哀哉！

出师亦多门，水陆迷畏途。蹭蹬麒麟老，危樯逐夜乌。

——《文山集》卷十六

[注]①集杜甫诗，系文信国公集杜诗第十四。

张庆之

张庆之，字子善，号海峰野逸，平江人。宋亡，绝意仕进。著有《老子注》《续胡曾咏史诗》等。

文丞相芜湖出督①

坐见幽州骑，密作渡江来。凄其望吕葛，叹尔疲驽骀。

——《宋诗纪事补遗》卷八十

[注]①集杜甫诗。

柯茂谦

柯茂谦，字退子，瑞阳（今江西高安）人。宋遗民，事见《忠义集》卷六。

鲁港①

十年回首付沾襟，断甲沉沙齿齿深。可惜使船如使马，不闻声鼓但声金。人歌鬼哭都堪泪，水落江空正独吟。遗老萧条渐无语，酒旗飐飐出芦林。

——《宋诗纪事》卷七十八

[注]①根据作者题注"贾似道丧师之地"，可知该诗作于1285年后。

艾性夫，字天谓，江西东乡(今抚州市)人。生卒年不详，约元世祖至元中前后在世。宋末曾应科举，宋亡后，浪游各地，与遗民耆老多有结交。著有《剩语》。

湖阴故人家

水痕落尽见晴沙，步入湖阴处士家。梅一两花春尚小，雁三五字日初斜。百年耆旧多思洛，五夜精魂半梦华。珍重瑶琴莫轻拂，西风江上沸芦笳。

——《剩语》卷下

龚相，字圣任，处州遂昌(今属浙江)人。高宗绍兴间知华亭县，遂家吴中。有《项王亭赋》传世，事见清乾隆《华亭县志》卷九。

濡须坞

南北安危限两关，迅流一去几时还。凄凉千古干戈地，春水方生鸥自闲。

——《宋诗纪事》卷五十

彭秋宇，生卒年不详。度宗咸淳末，临安失陷后尚存世。事见《忠义集》卷六。

感旧

督府由来十六秋，几回祈去几回留。人称姬旦三朝辅，谁羡鸱夷一舸游。葛岭春风天地醉，芜湖夜月古今愁。平生心事青编在，身与皇家共戚休。

——《忠义集》卷六

#

南埜，史书多作"南野"，宋人，生平不详。

过芜留咏

湖山梦不到襄闱，六载沈酣一出迟。渔子能言飞渡处，市翁亲见溃师时。权臣贵戚戈相藉，北桨南樯风背驰。事逐孤鸿今已矣，年年水落荻芽肥。

——《宋诗纪事补遗》卷八十二

汪元量

汪元量（1241—1317后），字大有，号水云，晚号楚狂，钱塘（今浙江杭州）人。景定间入宫给事，习书史。咸淳三年（1267），以琴事谢太后、王昭仪。元世祖至元二十五年（1288）出家为道士。其经历宋亡之际，以"宋亡之史诗"著称。著有《湖山类稿》《水云集》。

贾魏公府（录一）

葛岭当年宰相家，游人不敢此行过。柳阴夹道莺成市，花影压阑蜂闹衙。六载襄阳围已解，三更鲁港事如何。栋梁今日皆焦土，新有园丁种火麻。

——《湖山类稿》卷一

鲁港

博徒无计解其纷，夜半鸣钲溃万军。鲁港朔风掀恶浪，吴山寒日翳愁云。周褒媚已终亡国，孟德欺孤忍负君。大木已颠天柱折，钱塘江上雁成群。

——《湖山类稿》卷四

越州歌二十首（其八）

鲁港当年傀儡场，六军尽笑贾平章。三声锣响三更后，不见人呼大魏王。

——《湖山类稿·水云集》

鲁港败北

夜半槌金鼓，南边事已休。三军坑鲁港，一舸走扬州。星殒天应泣，江喧地欲流。欺孤生异志，回首媿巢由。

——《湖山类稿·水云集》

卢挚（1242—1314），字处道，一字莘老，号疏斋、嵩翁、嵩樵，涿郡（今河北涿县人）。至元五年（1268）进士，官至翰林学士承旨。是元初文坛领袖之一，著有《疏斋集》。

玩鞭亭

缺壶歌断江声秋，鲸呿汉水皆倒流。新亭未绝楚累泣，琊琊何至桐宫囚。金乌一飞天半赤，梦里妖氛失坚壁。愁云不暇护储胥，掣电腾空去无迹。神鞭堕玉惊人间，王良解鞯龙媒闲。烟芜惨淡碧波远，跛曳群偷未敢还。平生作计信良苦，才办枯骸臭资斧。犊车麈尾笈绝缨，亦有清风满千古。乘时剽宼何足云，温郎高义殊可人。坐观万乘此轻举，结舌乃畏黄须嗔。汉家鼓车千里足，秦庭主㪅徒自辱。垂堂致戒昧前闻，司马家儿那免俗。并州越石定不群，向来莽车乌有坟。无人说与桓将军，青山白纻君应闻。

——康熙《太平府志》卷三十八

戴表元(1244—1310),字帅初,一字曾伯,浙江奉化人。南宋末中进士,授建康府教授,以兵乱归剡。元大德八年(1304),被荐为信州教授,再调婺州,因病辞职。著有《剡源文集》。

招王奕世

闻说铜山下，书屏四面开。就僧煮紫笋，共客席青苔。铁画年俱长，霜根顶未栽。何当端午暇，一别剡乡来。

——《剡源集》卷二十九

铜山寺口初见梅花书寄何则颜二首①

吴歌楚舞送年华，忆着终还不似家。今日春风吹梦醒，铜山寺口见梅花。

其二

沙疏石瘦水涓涓，折得梅花费两年。更与何人说潇洒，香中行坐水中眠。

——《剡源集》卷三十

[注]①铜山寺,位于芜湖繁昌东北部铜山上,距今已有1200多年历史。

程钜夫(1249—1318),名文海,避元武宗讳,以字行,号雪楼,建昌(今江西南城)人。官翰林学士,商议中书省事。卒追封楚国公,谥文宪。著有《雪楼集》。

天门山

万里弥漫地，天门据要冲。乾坤大开辟，江汉此朝宗。往事空多垒，千年只二峰。舟人亦痴绝，遥认两眉浓。

——《雪楼集》卷二十六

黎廷瑞(1250—1308)，字祥仲，鄱阳(今江西波阳)人。宋亡，幽居山中十年，与吴存、徐瑞等游。元世祖至元二十三年(1286)，摄本郡教事，凡五年，退后不出，更号俟庵。有《芳洲集》三卷。

芜湖吉祥寺

刹院年来正勃兴，此山更不及承平。全无估客开囊施，犹有残灯逐钵行。晋殿唐宫牛一梦，黄书晁篆鼓常鸣。摩挲古柳成三叹，岁岁东风绿自荣。

——《鄱阳五家集》卷一

夜泊城下大风雨友人约明日游芝山①

沉沉春夜黑，寒客泊孤舟。天漏雨平下，风回水倒流。干戈吾道在，宇宙此生浮。明日还晴雨，芝山要一游。

——《鄱阳五家集》卷一

162

[注]①芝山：又名紫芝山，位于芜湖市无为城西南。

熊禾(1253—1312)，字去非，初名鉌，字位辛，号勿轩，又号退斋，建安(今属福建)人。度宗咸淳十年(1274)进士，授宁武州司户参车。宋亡，教授乡里，曾主洪原、鳌峰等书院。著有《勿轩集》。

芜湖过繁昌旅舍萧然偶书

竹窗渐白卷寒衾，上巳才过节物深。野杏出篱明望眼，萋蒿满地蔼愁心。已知赋分多行役，焉用诗鸣得赏音。春在江心无限好，缓驱羸马度烟林。

——《勿轩集》卷八

赵孟頫(1254—1322),字子昂,号雪松道人、水精宫道人,湖州(今浙江吴兴)人。官至翰林学士承旨,封魏国公,谥文敏。著有《松雪斋集》。

宿五华山怀德清别业

一夜松涛枕上鸣,五华山馆梦频惊。何当归去芝亭上,坐听髯翁韵玉笙。

——《松雪斋集》卷五

何中(1265—1332),字太虚,一字养正,抚州乐安(今属江西)人。宋末举进士,入元江西行省聘为书院山长。以经史名,亦工诗。著有《知非堂稿》。

163

鲁港行

□□西来天堑长,大波如山险莫当。黄芦未花秋黍熟,欲吊□□空苍茫。十六年间老师相,格天勋业伊周上。仪真使容□□□,襄阳将军尽降将。西园价积郿坞金。伴食光禹趋雄禁。法宫穆清坐高拱,赤乌雍容众口瘠。葛岭祥烟笼甲第,吴娃理曲争新媚。珊瑚枝边酒影春,水晶帘外花香醉。主君千年万年计,甲光如水边风寒。虚传奇士书三策,临危讳病医良难。古来何限韩擒虎,天马如神解飞渡。出师拜表真孔明,不计□□九节度。半闲堂前杳归涂,阁中诸客今何如。前时晋公魏公语,今日骦兜苗鲦书。残月无情上阳晓,木绵破□闽山道。潮落潮生人不归,陌上花开几番好。

——《知非堂稿》卷四

贡奎(1269—1329),字仲章,号云林,安徽宣城人。少即以文学名,为池州齐山书院山长,官至集贤直学士。诗长于五古,著有《云林集》。

舟宿荻港

冉冉秋云暮，冲寒买去船。长江泻吴楚，故国澹风烟。日黯芦翻雪，矶危浪拍天。蛟鼍潜暗壑，雁鹜起平川。虎饮沙遗迹，龙归窟溲涎。岸崩悬老树，山暗失层巅。灵庙森长戟，奔滩抱古廛。渔家罾网集，商舶皷钲阗。登览谁无恐，漂零客有篇。浮生行役苦，即合卧林泉。

——《云林集》卷五

萨都剌

萨都剌(1272—1355)，字天锡，号直斋，蒙古族人。因祖父留镇云代，遂居雁门（今山西代县）。泰定四年(1327)进士，官至河北廉访经历。著有《雁门集》。

题鲁港驿和贯酸斋题壁

吴姬水调新腔改，马上郎君好风采。王孙一去春草深，漫有狂名满江海。歌诗呼酒江上亭，墨花飞雨江不晴。江风吹破蛾眉月，我也东西南北人。

——《雁门集》卷一

梁山港^①

题诗芦叶雨斑斑，底事诗人不奈闲。满泺荷花开欲遍，客程五月过梁山。

——《雁门集》卷三

[注]①诗题系修订者所改，原题：余与观志能俱以公事赴北舟，至梁山泊时，荷花盛开，风雨大至，舟不相接，遂泊芦苇中。余折芦一叶题诗其上寄志能。

揭傒斯

揭傒斯(1274—1344)，字曼硕，号贞文，龙兴富州（今江西丰城）人。仁宗延祐初授翰林国史院编修官，与赵世延、虞集等修《经世大典》，历任翰林待制、集贤直学士、翰林侍讲学士等官知制诰，同修国史、同知经筵事。朝廷任职三十余年，既做官又做学问，有《文安集》。

大信晚泊呈舟中诸公

千家杨柳江当门，东梁西梁两岸蹲。连樯大舰集日昏，摐金伐鼓海上闻。小江更出采石后，前人立功后人守。大信花，采石酒，陌上相逢莫回首。

——《文安集》卷二

欧阳玄

　　欧阳玄（1274—1358），字元功，号圭斋，避康熙帝讳，改玄为元，又名欧阳元，浏阳（今属湖南）人。延祐二年（1315）进士第三名，曾为芜湖、武冈县尹，入为国子博士、监丞，升翰林学士承旨。著有《圭斋文集》。

荆山

一山西出一山东，八字分明在水中。古往今来多少恨，客愁无不在眉峰。

——康熙《太平府志》卷三十八

芜湖八景①

赭塔晴岚

山分叠巘接江皋，寺占山腰压翠鳌。四壁白云僧不扫，一竿红日塔争高。龛灯未灭林鸦起，花雨初收野鹿嗥。千古玩鞭亭下道，相传曾挂赭黄袍。

玩鞭春色

芜湖北望褐山苍，七宝鞭留山道旁。典午旧愁春草绿，巴骔遗迹陌尘香。追风竟莫逃神策，梦日犹能惜爝光。傍舍至今人卖食，年年社燕说兴亡。

神山时雨

山上丛祠李卫公，阿香唤起满山风。只因行雨瓶无尽，翻觉凌烟阁未空。百战阴灵余翠蔼，一嘘元气湿青红。当年误入神龙穴，赢得天瓢助雨工。

吴波秋月

几回送客舣吴波，月上芜城夜若何。野迥天低云拍水，潮回风细浪生涡。舳舻不断咿哑橹，阛阓相传欸乃歌。渔父不知如许景，家家灯火织烟蓑。

雄观江声

空翠溟濛云外邦，路经萧寺入空矼。危亭屹立三生石，胜概雄吞万里江。虎踞岸根山影淡，鼍鸣沙咀浪痕淙。登临每动归欤兴，惭恨沧州白鹭双。

蟂矶烟浪

银涛堆里屋岩峣，闻说江心旧隐蟂。拟傍龙宫抄玉蕊，如聆蛟室织冰绡。道人晨起②烟中磬，灵后宵征月下潮。占断江南形胜地，海门何处觅金焦。

白马洞天

仙人邂逅此相逢，路入烟霞第几重。紫燕飞来原有约，玉骢驰去竟无踪。岩前雨露生芝草，洞底冰霜老翠松。几度攀萝寻胜迹，短筇扶我上虬龙。

荆山寒壁

青翠松杉一带长，雪峰倒影浸湖光。一蓑晴絮收菰米，满径天花采玉肪。泾水东流冰滓白，淮山西借夕春黄。三年楚客江东寓，每见荆山忆故乡。

——康熙《太平府志》卷三十九

[注]①欧阳玄任芜湖县尹期间，对芜湖名胜古迹多加保护修葺，不仅主持命名芜湖八景，而且逐一作诗传世。欧阳诗曾载于《太平府志》，后编入他主修的《经世大典》。明代进士余志任安徽宁国府知府期间，还为欧阳玄《芜湖八景》作《序》推介。现一并录之，以飨读者。余序曰：金陵南上有巨邑曰芜湖，襟汉江而带白下，峙钟岳之盘旋，据三山之雄伟，其景有八焉：赭山北耸，当晓日晴旭，湿岚开霁，峰凝黄袍之色，塔插云汉之表，可以骋眺望也；白马南横，仙洞弘深，涵虚吸碧，昔日驾白鼍驻此而遗迹，俨然可以净神游也；赭山之北有亭，古人留七宝鞭于此，以缓追骑，春来林花锦绣，韶光满目时憩定焉；神山之上有祠，祀李卫公以为神灵爽，随感而应其雨以时，而布民望慰焉；邑左则有吴波秋月，澄碧光映天地，可以掬盈虚之机；东南之山曰荆山，天寒凝冻，碧耸万仞，可以观阴阳之理；江畔有石激湍，其声若雷；江中有矶曰蟂，烟浪拍天，足以骇人心炫，人耳目是皆景之美，而可称道者也。古芜湖八景诗，民国版《芜湖县志》仅收录四首，分别题为《赭山》《蟂矶》《白马山》《荆山》，且正文略有出入，亦附后供有心人鉴赏：《赭山》作"龛灯未灭林雅起"；《蟂矶》作"如聆鲛室织冰绡"、"海门无处觅金焦"；《白马山》作"紫燕飞来如有约"、"短筇扶我上虬龙"。②起：《蟂矶山志》作"启"。

登赭山

涌出沧溟外，孤高色更嘉。气通丹穴雾，光映赤城霞。碧嶂横遥汉，红泉落断崖。沙墩尽蜑户，茅屋半渔家。坠石藤还络，尖峰树不遮。林昏腾蜃气，浪卷露鲸牙。

烽起狼烟直，帆翻海舶斜。平沙层作籥，咸土润生花。晚渡喧商旅，严城沸鼓笳。
独行惟雁鹜，四顾尽兼葭。蓬岛知何处？乡园望转赊。离心正欲绝，霜角起呕哑。

——《太平三书》卷四

解任别芜湖父老

临歧分袂三千里，别骑回头第一书。政绩在公从毁誉，交情临别见亲疏。数声柔橹
苍茫外，一点寒灯寂寞初。好是心如篷外月，今宵都到故人居。

——民国《芜湖县志》卷五十九

汤圣侣，字右衡。邑庠生，《芜湖县志》赞曰："江表风雅争屈指焉。"著有《啖蔗斋
诗草》。

诸子泛舟至荆山①

167

清和天气好，新涨快扬舲。画桨穿花屿，蒲帆挂柳汀。客情寄烟水，农务急郊坰。
麦熟占风暖，秧深待雨零。桔槔声不断，布谷语堪听。港窄随纤折，湖空望杳冥。
顿令胸浩荡，何异泛沧溟。树远浮如荠，舟轻散若萍。暂跳鱼掉尾，涧浴鹭梳翎。
转楫呼堪泊，扶筇兴莫停。岚飘沾袂湿，苔滑踏鞋青。壁削奇开障，岩巉幻列屏。
嶙峋曾剖璞，寒碧旧镌铭。怪石雕千佛，神工讶五丁。尘心销梵呗，逸韵响檐铃。
书屋传先哲，高踪念典型。桐疏荒废井，花落冷空庭。僧引林间路，人敲竹里扃。
凭虚蹑危磴，憩坐爱孤亭。夕照看初下，归途认已经。清谈删酒政，幽赏谢歌伶。
潮长回牵缆，云昏夕暗棂。追欢才继烛，抚影忽移星。佳会须拼醉，休教难独醒。

——民国《芜湖县志》卷五十九

[注]①题目系修订者所改，原题：初夏郡司马于公心山招同江上，诸子泛舟至荆山。

王沂，字思鲁，先世云中（今山西大同）人，徙于真定（今河北正定）。仁宗延祐元
年（1314）进士，官至礼部尚书。著有《伊滨集》。

舟泊荻港

水光山色漾丹霞，舟舣鸥沙近酒家。乱扑篷窗恼诗思，春衣点点是杨花。

——《伊滨集》卷十二

吴师道(1283—1344)，字正传，兰溪(今属浙江)人。至治元年(1321)进士，历建德县尹、国子博士、奉议大夫、礼部郎中致仕。著有《礼部集》。

鲁港

支港分江流，长灯接淮岸。青山暮隐隐，白波寒漫漫。津鼓迎过船，客子暂休馆。萧瑟芦苇丛，酒家亦相唤。按行值遗老，话旧仍永叹。当时一声铖，散卒十三万。嗟哉彼孱庸，勤□比姬旦。

——《礼部集》卷二

出芜湖江口七月二十四日

江风淡秋晓，絺绤顿无颜。黄叶下高树，白波吹乱山。清游仍览胜，久役暂知闲。回首宛陵道，依依更欲还。

——《礼部集》卷六

李孝光(1285—1350)，字季和，号五峰，初名同祖，温州乐清(今属浙江)人。少时博学，早年隐居，至正四年(1344)应召为秘书监著作郎，至正七年擢升秘书监丞。著有《五峰集》。

十六日宿芜湖县

芜湖县南泊船夜，欲霜天色已苍苍。云山欲曙江流紫，洲渚初昏烧火黄。自笑头颅向华发，尚为羁旅适他乡。东船西舫无人语，可惜窗中明月光。

——《元诗选·二集》卷十二

饮濡须守子衡君宅二首（录一）

客子东来向西楚，河流兀兀舞轻舠。雪消巢县青山出，雨后焦湖春水高。赖有使君持玉节，未须故旧问绨袍。眼中贺监文章伯，又使时人见凤毛。

——《元诗选·二集》卷十二

许有壬

　　许有壬（1287—1364），字可用，汤阴（今属河南）人。仁宗延祐二年（1315）进士。累官集贤殿大学士，复拜中书左丞，寻兼太子左谕德。卒谥文忠。工诗文，并擅乐府。著有《至正集》。

神山避暑十首①

田塍晚独策，及此时雨晴。东畴与西疃，决决流水声。丰年已足欢，清风复多情。
归来藉草坐，浊酒还自倾。不用浇块垒，我怀无不平。
寝迹非绝世，雅志便林丘。青山足一至，胜处靡不游。意适辄忘返，兹焉夏已秋。
遥遥目力穷，青青尽田畴。迷复幸不远，归欤无异谋。
脱身豪侠窟，里氓缔新交。爱其心无阱，不较醉语诮。生儿更有教，治地尽肥垆。
禾黍已在眼，瓜蔬早登庖。愧子良已多，况敢希由巢。
浮生若无悰，道近人自远。重外乐徇身，遗世几赫咺。老农初不知，遑遑岁华晚。
清晨负耒出，日夕行歌返。悠悠千载心，他人莫予忖。
落日照我影，欣然溪水中。凉飚动绤衣，势欲凌虚空。顾之一大笑，与尔将无同。
昔也尔何达，兹焉尔何穷。莫道山林陋，乃有黄虞风。
昔人植松柏，映蔚弥崇冈。不为朝夕利，千载当自长。植槿非不荣，我圃因之荒。
白发走畏途，途修马非良。桑榆赖未晚，此乐且无央。
静念少日事，躁中剧揠苗。欲令千载淳，反之在一朝。斥鷃不自量，上欲抟扶摇。
世态任盲俗，林讥愧清谣。傲骨日已长，及辰事逍遥。
渊明昔归休，阅岁才五十。我虽年近似，我道惭什百。兼金与尺璧，敢取侪瓦砾。
缅焉动真想，迅往埶诱掖。庶几归田园，千年可同迹。
我闻昔桃源，民风近无怀。兹山亦深窈，中有读书斋。但绝车马迹，不惜云烟埋。

旁围靡靡山，上荫高高槐。聊以永今朝，得酒从无膐。

我发日以变，山色日已新。举杯试问山，古今阅几人？我非山主人，聊为山之宾。
杖可入幽险，诗能写清淳。但恐我它适，山乎尔谁邻？

——《至正集》卷二

[注]①题目系修订者所改，原题：神山避暑，晚行田间，用渊明平畴交远风良苗亦怀新为韵，十首。

题神山徐复初拄笏轩

小轩辟靓深，有竹苍玉立。西山在吾目，爽气朝可挹。此笏本长物，聊用为手饰。
书思非吾事，时还假挥斥。江左昔偷安，禄已去公室。司马慕玄圭，坦之遂倒执。
沧海正横流，皇皇欲何适。敢期相料理，我自甘野逸。勿言晋多狂，允矣狂也直。
悠悠千载心，为尔长太息。

——《至正集》卷二

题芜湖东川夏嗣德红尘疏处

170

红尘可厌无处无，山林差胜城市居。有人营葺得佳地，不求与密惟求疏。天之苍苍
岂正色，野马生物均以息。谁言是气不是尘，政自混茫无所极。问之山人初不知，
但言吾庐吾爱之。清泉漱石风扫地，纤翳不许缁吾衣。东华软红高十丈，乌帽冲蒙
怜俗状。不教疏处著疏慵，日暮碧云空怅望。

——《至正集》卷十一

夜至橹港

桴敁远笼铜，前驱列炬红。星芒寒拂地，江影净浮空。听语渔村近，连航水驿通。
不才惭传食，鲑菜足为供。

——《至正集》卷十二

荻港早行

水国宜秋晚，羁愁感岁华。清霜醉枫叶，淡月隐芦花。涨落高低路，川平远近沙。
炊烟青不断，山崦有人家。

——《至正集》卷十二

高安

接淅穷朝暮，图南兴未阑。松高山寺古，稻熟野塘干。略彴才容骑，茅柴不战寒。太平真有象，耕凿遍冈峦。

——《至正集》卷十二

神山雨

山中日日雨，松竹早知秋。清响自深夜，逸人无远愁。窗虚闻叶落，林暗见萤流。对景因怀杜，江村事事幽。

——《至正集》卷十三

晓过神山

山色冥冥驿路长，天光云影晓苍凉。荻花喷白夜经雨，黍叶半殷秋欲霜。男子未应岩穴老，山翁休笑简书忙。却怜作吏妨幽讨，辜负奚奴古锦囊。

——《至正集》卷十七

神山即事

京尘汩没已华颠，恰是山居第一年。松月照窗诗入圣，竹风吹榻梦游仙。随人久作悠悠者，处世方知绰绰然。尚愧未能忘口腹，时劳昆季致肥鲜。

——《至正集》卷十八

神山杂诗二首

山留残雨湿拖云，竹引鲜飚细漉人。诗思清如寒水玉，休教落纸恐沾尘。
窗霏九夏镇长开，一榻无尘地有苔。怪底山禽栖不稳，竹林风雨送凉来。

——《至正集》卷二十六

清平乐·避暑神山咏桂树①

堂前双桂，云泼交加翠。天老金柔花尚未。且爱清阴满地。　　秋风一旦花开，天香吹散亭台。却被花神见笑，先生未必能来。

——《至正集》卷八十一

[注]①《至正集》原题为《避暑神仙咏桂树》。

 张 翥

张翥(1287—1368),字仲举,晋宁(今山西临汾)人。至正初年任国子助教,后迁翰林学士承旨。著有《蜕庵斋诗集》。

临江仙·梁山舟中二首

羡杀渔家生处乐,隔湾数点青灯。蓑衣忘在石矶层。蓼花秋酿酒,枫树晚垂罾。
时向瓦鸥篷底醉,往来鹭侣鸥朋。老翁倚棹坐蕾腾。有鱼吾欲买,摇手不能应。

    又

羡杀渔村无畔岸,茫茫杨柳兼葭。雨余秋涨没汀沙。惊鸿投别渚,浴鸟坐流槎。
残日篱头闲晒网,垂髫来卖鱼虾。得钱沽酒径归家。一声横笛外,烟火隔芦花。

——《蜕岩词》卷下

172

九思

柯九思(1290—1343),字敬仲,号丹丘、丹丘生、五云阁吏,台州仙居(今浙江仙居县)人,江浙行省儒学提举柯谦子。

题拜石图

麾斥烟霞世莫俦,须江太守独清流。庭前见石即下拜,石若有情应点头。

——《元诗选三集》卷五

 宋 褧

宋褧(1292—1344),字显夫,大都(今北京)人。泰定元年(1324)进士,累官翰林直学士,兼经筵讲官,监察御史等。工诗,著有《燕石集》。

橹港夜泊

七月六日立新秋，船窗风露凉萧飕。神祠击鼓鸦集树，水驿通灯鱼傍舟。身在江湖
频北顾，眼看河汉近西流。远人争问京华事，为说夔龙佐冕旒。

——《燕石集》卷六

贡师泰（1298—1362），字泰甫，安徽宣城人。官礼部、户部尚书。著有《玩斋集》。

芜湖月

芜湖月碧天，无风江似雪。与君迢递行相随，一似都门别时节。扬州觅得卖盐船，
夜来泊向蟂矶边。矶边潮平人语静，但见一镜当空悬。君心明白有如此，光照荆州
几千里。郡曹隔岸俟新官，识得绣衣前御史。山南父老来劝酒，前日清光还在手。

——《玩斋集》卷二

[注]①诗题系修订者所改，原题：分题得芜湖月，送宋显夫赴山南佥宪。

太平三山值风

天堑东南地，长江日夜流。大风吹水立，骤雨挟山浮。浩荡掀黄鹄，欹倾舞白鸥。
莫怜舟似叶，此亦壮哉游。

——《玩斋集》卷三

过芜湖

昨日何处别，今朝此地留。青山逼岸起，白水满江流。雨隐巡盐鼓，风腥挂网舟。
何时歌欸乃，同买绿蓑游。

——《玩斋集》卷三

胡 奎

胡奎,字虚白,号斗南老人,海宁(今属浙江)人。元末尝游贡师泰之门,入明以儒学征,官宁王府教授。今存《斗南老人集》。

过焦矶

中流砥柱压金鳌,上有神宫结构牢。豪杰已随三国尽,精灵犹占一山高。鸡鸣海树朝迎日,豚挟江风夜涌涛。沿月棹歌祠下过,采蘋无计奠春醪。

——《斗南老人集》卷三

题白马图

开元照夜白,个个玉连钱。曾踏流沙雪,长鸣上九天。

——《斗南老人集》卷六

张以宁

张以宁(1301—1370),字志道,号翠屏山人,古田(今福建)人。元泰定进士,任翰林学士。明初授侍读学士。诗词俊逸,为闽中诗派的先驱,著有《翠屏集》。

芜湖

忠臣解体将离心,一鼓芜湖九鼎沉。遗老尚谈前宋事,惜无人解说王琳。

——《翠屏集》卷二

焦矶庙题诗壁①

碧殿红棂翠浪间,江风缥缈动烟鬟。神鸡不逐云中去,啼杀清秋月满山。

——《全闽诗话》卷六

[注]①以宁该诗题壁后,有人过之改其末句,云:"神鸡忍逐他人去,羞杀清秋月满山。"以宁再过见之大惭,遂刮去其诗。

魏观(1305—1374),字杞山,号梅初,蒲圻(今属湖北)人。明初聘国子监助教,官至苏州知府。著有《蒲山牧唱》。

抵繁昌四十里纪实①

扁舟畏风涛,上马遵大路。马喜大路平,骞然欲驰骛。手疲两足痛,纵逸恐颠仆。
呼奴执其辔,控驭使徐步。前村望烟火,稍远得农扈。蔬笋兼可求,午膳当不误。
少顷闻病翁,唤出蓬头妇。妇出拜且言,穷苦日难度。夫远克民兵,儿小当递铺。
翁病经半年,寒馁缺调护。军需未离门,活计不成作。荒山要收丝,荒亩要输赋。
诛求里长急,责罚官府怒。近来点弓兵,拘贫放权富。迫并多逃亡,苍黄互号诉。
左右三五家,春深失耕务。纷纭下牌贴,勾捉犹未杜。所言尽真悉,俾我心骇怖。
兹行事咨询,拯恤惧迟暮。州县嗟匪才,琐屑诚可恶。丧乱民瘝深,君王重忧顾。
所以谕旨勤,赤子相托付。民为邦之本,绥抚在完固。胡为重钊剥,上德阻宣布。
明当抗封章,为尔除巨蠹。

——《明诗综》卷四

[注]①诗题系修订者所改,原题:大同江口舍舟而途,抵繁昌四十里纪实。

陈谟(1305—1388),字一德,号心吾,人称海桑先生,泰和(今属江西)人。入明后,曾为江浙考试官。著有《海桑集》。

版子矶

巢湖小龙子,作镇版矶头。游戏腾玄象,端居拱赤虬。两峰攒马耳,一水挟鸿沟。
遥寄新诗句,明珠或见投。

——《海桑集》卷一

天门山

巨灵擘石镇江干，纵有丹梯未易攀。云黑蛟鼍腾出峡，月明虎豹卧当关。稍惊滟滪波涛壮，宛似峨眉翠黛寒。上有飘萧两黄鹄，凌风随我振归翰。

——《海桑集》卷二

焦矶寺

过尽三山见翠屏，金银梵刹接青冥。江心磻石何年化，亦恐飞来是落星。

——《海桑集》卷二

唐仲实（1308—1380），原名桂芳，一名仲，字仲实，号白云，又号三峰，以字行，歙县人。元末明初著名学者，世称"白云先生""三峰先生"。所著有《白云集》。

遣怀

繁昌县前白杨树，随处柴门傍水开。可是夜深风露冷，流萤一个度江来。

——《御选宋金元明四朝诗》卷一百二

王蒙（1308—1385年），字叔明，号黄鹤山樵、香光居士，吴兴（今浙江湖州）人。元朝画家，赵孟頫外孙。元末弃官，隐居杭州黄鹤山（今浙江杭州临平），晚年下山出仕，于明初任山东泰安知州。洪武十八年（1385），因"胡惟庸案"牵累，死于狱中。

题白马洞天图

燕北望南山，山形如白马。腾云入碧空，洞壑连清浒。紫燕避寒霜，万雏啄石乳。香泥含春融，奇峭峙霄府。风响百神来，千峰动灵雨。祠幢隐古仙，瑶琴夜中抚。

——康熙《太平府志》卷三十八

王礼(1314—1389),字子尚,后更字子让,庐陵(今属江西吉安)人。入明不仕。著有《麟原文集》。

荆山

两峰相对郁嵯峨,下瞰湖光胜概多。练带平铺横翠影,蛾眉淡扫照苍波。云连石洞蛟龙宅,雪压丛林鹤鹳窝。夜半白虹光彩发,谁知璧玉在山阿。

——康熙《芜湖县志》卷十三

雄观亭

西望奔流滚滚来,一亭高古鹜峰开。排空怒卷千堆雪,触岸喧豗万壑雷。仙子渡江遗珮去,鲛人入市买绡回。渔翁舞罢钧天乐,月白风清酒一杯。

——康熙《芜湖县志》卷十三

陶安(1315—1371),字主敬,安徽当涂人。元至正四年(1344)举乡试,授明道书院山长。洪武初为知制诰,兼修国史,迁江西参政。著有《陶学士集》。

寄钱彦良二首

离群忆乡里,知子历艰难。博士官三考,空斋食一箪。江风吹鬓湿,竹雪照衣寒。
清气相酬酢,新诗正耐看。
垆亭旧时月,两地照分离。岁久无音信,人来每问知。蟂矶息烽火,鸥渚净涟漪。
县郭茅茨密,遗民喜得师。

——《陶学士集》卷三

晚过三山

寒江浸天影,暮色接苍茫。帆落波迎棹,船虚月到床。断矶成豕突,平渚衍蛇长。

黄帽齐宣力，知吾去意忙。

——《陶学士集》卷三

橹港

昔年游此地，市井簇人烟。水驿官船鼓，苍林酒阁弦。重来尽芦渚，何异变桑田。回望蟆矶在，临流独怅然。

——《陶学士集》卷三

繁昌

午过繁昌邑，山鸡语近郊。战场枯白骨，行径老黄茅。官廨新临水，人家类结巢。凤凰山独好，寒翠动吟潮。

——《陶学士集》卷三

板子矶

178

山连阵云势，飞出大江干。乱石纹如斫，双峦影共寒。蟾蜍伴清夜，龙口束惊湍。爱此琼瑶窟，持杯子细看。

——《陶学士集》卷三

荻港

空垣霜藓湿，鸡犬四无闻。怪树作人立，断碑经火焚。沟鱼争雪水，山鸟哢朝昕。信步不知处，风林樵运斤。

——《陶学士集》卷三

石窝

　　荻港废驿东数步，山面奇石列如罘罳，中含隙地，绝宜作亭，予名以石窝，徘徊久之，爱莫能去。

飞峦立万石，正面俯清波。心喜到佳处，吾将营此窝。江芜烟浩荡，野竹雪婆娑。冻骥相看久，忘机意共多。

——《陶学士集》卷三

江行新霁

云开天日明，风顺水波平。造物怜迟暮，今朝快此程。优优坐舟子，坦坦履夷庚。
路过铜陵后，山从荻港迎。

——《陶学士集》卷四

早发

五更霜月白，几度唤长年。不识归心急，犹耽向晓眠。南风随画舫，东日上青天。
渐见繁昌邑，三山立岸边。

——《陶学士集》卷四

过天门山

石壁脱肩钥，倚空双观台。江流关不住，阊阖豁然开。云表群仙望，舟中独客回。
欲挥千丈笔，题凤记曾来。

——《陶学士集》卷四

蛾眉亭

远望天门山如蛾眉

山川一统渺无边，喜动双蛾黛色妍。天地气通门户辟，江淮境对水云连。藤烟翠湿
灵鳌脊，桃雨红飘跃鲤肩。星斗入帘毛髪冷，清樽更吊锦袍仙。

——《陶学士集》卷五

送湖北宪金亦普刺金

金斧霜威压将营，烟尘不犯石头城。当朝天子为知己，列郡乡民揔习兵。鄂渚山川
何日到，于湖风浪一时平。舟师好渡螺矶去，江上游氛易得清。

——《陶学士集》卷五

蠛矶

御风疑是上瀛洲，灵渎生峰倚斗牛。海底龙宫随浪出，域中鳌极在空浮。川妃据险神南国，造物钟奇抗上流。天堑倘如平定日，画船箫鼓接琼楼。

——《陶学士集》卷七

江上大风入泊橹港

底事惊飚怒不平，雄涛起立势如争。金鳌脊上三山舞，铁骑声中万鼓轰。使客孤舟先入港，水军高枕罢催程。身逢险阻心逾定，独爱云霄砥柱擎。

——《陶学士集》卷七

晓发

五更慈姥睡云间，潮落推船出港湾。风雪满天寒拥被，不知已过二梁山。

——《陶学士集》卷九

天门山曲

混沌未凿元气闭，帝遣斫开双阙丽。一抽键钥不复扃，仿佛阊阖当云际。岷波如丝来自西，狂飚忽驾滔天势。雷驱银马蹴两涯，虎豹遁藏阍者逝。向年未曾到此山，遥望不知谁抱关。但见烟苍雨黛动颦笑，画出八字宫眉弯。春来堤柳青袅娜，二梁开颜忽招我。一在淮西一江左，夹我诗船船不过。船压天光觉天堕，爱惜玻璃才能唾。举杯对月嚼冰玉，桂香万斛清胸腹。夜檄江妃舞长袖，为君翻作天门曲。忆昔充贡两赴京，九重晨启瞻彤庭。怀策空归名不荐，五门微茫梦中见。

——《陶学士集》卷十

黄 礼

　　黄礼，字文敬，安徽芜湖人。元至治间领浙江乡荐，任岱山书院山长，明初授浙江龙游县主簿，未几称疾归。教授子弟，乡称铉州先生。著有《迩言录》，今散失。

赭山

一带峰峦压巨鳌，古来云被赭黄袍。四围空翠连云起，百尺浮屠拔地高。雨过涧前流石髓，水通岩下长溪毛。东风不管兴亡事，开遍谁家几树桃。

——康熙《太平府志》卷三十九

玩鞭春色

楼台犀甲舣江埸，计落当时七宝鞭。五骑若非天槩挚，六龙那与日回旋。花徘野市微经雨，草绿邮亭半带烟。一自唾壶敲缺后，断碑荒藓不知年。

——康熙《太平府志》卷三十九

雄观亭

西望奔流滚滚来，一亭高占鹭峰开。排空怒卷千堆雪，逐岸喧豗万壑雷。仙子渡江遗珮去，鲛人入市卖绡回。渔翁舞罢钧天乐，月白风清酒一杯。

——康熙《太平府志》卷三十九

荆山

两峰相对郁嵯峨，下瞰湖光胜概多。练带平铺横翠影，蛾眉淡扫焰苍波。云连石洞蛟龙宅，雪压丛林鹳鹤窝。夜半白虹光彩发，谁知碧玉在山阿。

——康熙《太平府志》卷三十九

吴波秋月

老蟾飞影下天衢，冷浸人间玉一壶。秋静龙宫开宝镜，夜深渊客泣骊珠。灯明隔岸收罾网，橹过中流驾舸舻。谁识渔郎有深趣，短蓑独束寄江湖。

——康熙《芜湖县志》卷十三

神山

天瓢滴泻马鬃时，江左由来立庙祠。甘泽每能通盼响，凌烟犹记写英姿。冈头白雪荞花满，谷口黄云稻稞垂。檐外老松三五树，苍苍依旧郁虬枝。

——康熙《芜湖县志》卷十三

蟂矶

江山屹立翠葱茏，灵泽神祠境界雄。鳌背四围流潆水，龙湫直上出仙宫。风回波浪奋撞际，烟锁楼台頹洞中。便好乘槎从此去，银河有路许相通。

——康熙《蟂矶山志》卷下

戴良(1317—1383)，字叔能，号九灵山人，浦江(今属浙江)人。官淮南江北行省儒学提举。著有《九灵山房集》。

送人还芜湖

连汀幂牛渚，平原带鸠兹。卧瞩浮丘室，行寻谢朓诗。偶随樵风便，来憩浙水湄。登楼忆吟守，游山怀牧儿。昔至雪载途，今别露沾衣。驱车子流感，辍棹我驰思。风云有衢路，寥廓无罾机。矫首羡归翼，冥冥已高飞。

——《九灵山房集》卷三

蓝智(约1317—?)，字明之，福建崇安(今武夷山市)人。著有《蓝涧集》。

宿芜湖十八韵

持节出京华，扬舻越江县。峰回南天豁，浪转北风便。飕飕葭苇乱，惨惨林木变。秋草入芜湖，微阳隐淮甸。艰难水宿屡，漂荡羁游洊。怀乡思悄悄，去国情恋恋。亲承天子诏，实藉诸公荐。观风五岭外，问俗数州徧。勋名企前哲，才力惭群彦。奔走敢辞劳，登临自忘倦。乔木俯苅茨，烟火眼中见。牛羊夕散漫，禾黍岁丰衍。因思在山乐，始觉为士贱。关山值摇落，节序忽流转。天高露如霜，月白江似练。烦忧感羁旅，往事征记传。衔芦想冥鸿，巢幕危戍燕。归去掩云关，黄金犹可炼。

——《蓝涧集》卷一

释宗泐

释宗泐(1318—1391),字季潭,号全室,本姓陈,幼年被临海县周氏收为养子,改周姓,籍贯亦作临海(今属浙江台州市)。元末明初名僧,为当时佛教领袖。工诗善文,著有《全室集》。

次韵送徐伯廉归南陵

把酒城南道,离怀去住同。鸟啼红树里,人出翠微中。山雨添秋色,溪云渡晚风。倚楼相忆处,明日各西东。

——《全室外集》卷五

与徐伯廉再往南陵

又向南陵去,复携良友同。人烟千嶂里,客路百花中。雉雊初晴日,莺啼满树风。渐知精舍近,清磬出林东。

——《全室外集》卷五

刘 锡

刘锡,元朝官员,曾巡察南陵。余不详。

再按南陵

昔去是何日,今来忽仲秋。正愁简书急,无奈岁华流。北徼廉颇阵,西风王粲楼。云山与烽火,心事转悠悠。

——民国《南陵县志》卷四十二

至正丙申郡县士民哭张国冈公歌①

梅根乡有国冈公,文武全才志气雄。乱时未登乡甲第,胸藏韬略贯长虹。护卫一方真保障,民安物阜乐安康。四方纷纷兵火起,惟有陵阳安如砥。贼怒双刀扰五次,劫库掳民无休息。冈公亲战十六日,杀退贼首千余级,臂挟千钧势无敌。兵民猥弱官兵逃，冈公奋气胆愈豪。单骑血战马不停，立斩贼将十三人。三日三夜马力疲，民有灾难将星逝。无奈兵穷坠马力，铁甲将军被贼执。冈公正气若飞霜，忠义赤丹真贯日。指贼毒骂毫不屈，贼怒持刀断其膝。凛凛生气更何如，千载标名烈丈夫。士民痛悼真无措，哭诵一篇长短赋。惟愿此公流庆长，子孙荫庇福无疆。留记千年万载扬，精灵气结犹昂昂。血祀千秋酬忠烈，陵阳突起真豪杰。

——民国《南陵县志》卷四十二

注：①据民国《南陵县志》载，元末至正丙申年（1356），有一伙盗贼多次侵犯南陵县城，为首者号称"双刀赵"。邑人张国冈率义兵抵御，日夜血战，兵败被执不屈，至死骂不绝口。后邑人奉祀其神主于乡贤祠中。

汪珍，字聘之，号南山先生，安徽当涂人。博学工诗，卓有古风。著有《南山先生集》。

陵阳歌

陵阳城头落日黄，陵阳城下水茫茫。楼中少妇吹羌管，时有北人思故乡。

——《元诗选三集》卷四

疏斋先生赋湖阴曲书以付余①

一虎穴中卧，六龙江上飞。蛇矛半折柝声断，昼梦惊怪日绕围。鼓声逢逢天四黑，五骑爬沙行不及。道旁遗矢冷于冰，天上宝鞭人未识。江风夜卷湖阴水，明月腥氛当一洗。荒亭千古寄兴亡，目断苍烟湿衰苇。

——《元诗选三集》卷四

[注]①诗题系修订者所改，原题：疏斋先生赋湖阴曲，书以付余，遂赋一首。

顾盟，元代人，生平不详。字仲赘，庆元（今属浙江）人。著有《仲赘集》。

送吕惟清归耕芜湖

芜湖郭里野田花，曾见南朝旧将家。九月荒茨飞社燕，千年乔木噪寒鸦。江山风雨
殊今昔，文武衣冠起叹嗟。扶册归舟有孙子，宁辞辛苦答春华。

——《元诗选三集》卷十二

 杜　浩

　　杜浩，字守彝，号隐士，和州(今安徽和县)人。元末以进士知严州，因战乱挈家归
里。著有《南荛村集》。

天门

大禹决通波泛滥，巨灵劈断石崔嵬。九千日月频来往，千古风云自阖开。神化蛟龙
腾白昼，朝宗江汉走晴雷。时平闻者无旁守，玉帛东南络绎来。

——《当涂古今吟》

 钱　逵

　　钱逵(？—1384)，字伯行，良右子，词翰有父风。丙申岁为江浙行省管勾架阁，历
淮南行省员外郎。明初，选赴太常议礼，发凤阳居住，寻放归。洪武十六年(1383)，以
事起遣入京，明年卒。

次韵雨中见寄绝句六首①(录一)

村坞深如华子冈，东风花落涧泉香。故山猿鹤相望久，莫遣濡须草树荒。

——《元诗选三集》卷八

　　[注]①诗题系修订者所改，原题：次韵陈敬初答虞清二子雨中见寄绝句六首。

王 祎

王祎(1322—1373),字子充,义乌(今属浙江)人。元末不仕,以文章、儒学知名当时。明初征为中书省掾史,与宋濂同修《元史》,擢翰林待制。著有《王忠文公集》。

题普济寺

一枕幽梦醒,满窗虚月白。万马趋风尘,六鳌嘘郁塞。家国万古怀,寄此逆旅客。

——康熙《芜湖县志》卷十三

李卫公祠

卫公游猎日,传道宿龙宫。何代遗容在,青山古庙空。田畴足甘雨,稼穑满西风。一段丰年景,分明晚眺中。

——民国《芜湖县志》卷五十九

林 弼

林弼(1325—1381),一名唐臣,字元凯,福建尤溪人。元至正八年(1348)进士,官漳州路知事。明初,官至登州府知府。著有《林登州集》。

荻港舟中

风日清酣麦正秋,无边兰杜满芳洲。船窗梦觉多幽思,处处飞来双白鸥。

——《林登州集》卷七

朱元璋

朱元璋(1328—1398),即明太祖。幼名重八,又名兴宗,后改名元璋,字国瑞,濠州钟离(今安徽凤阳)人。少时在皇觉寺为僧,1368年称帝,在位三十年。著有《朱太祖集》。

咏蟂矶①

龙车凤辇出皇都，蟂矶烟锁在芜湖。千林红叶秋来扫，万里江山一样模。荡荡长江俱左右，明明日月照东吴。梅花才报春消息，瑞气纷纷到处无。

——康熙《蟂矶山志》卷下

［注］①《蟂矶山志》原无题，文前题记"明太祖御制"，诗题系修订者所加。

赐詹烈女诗

时危寇难苦相仍，宁使捐躯救父兄。预处死期能绐贼，父兄得脱也全贞。
奋身直向碧波沉，胆落凶渠叹不禁。惟有市东桥下水，千年清洁照贞心。

——民国《芜湖县志》卷五十九

丁鹤年（1335—1424），字浩然，湖北武昌人。著有《鹤年诗集》。

题西圃卷

为芜湖辛顺中作

坐阅桑田变，归为菽水谋。聊从西圃隐，少慰北堂忧。汲月沧江晓，锄云沃野秋。
新蔬和雨摘，硕果带霜收。嘉树巢乌鸟，闲庭下白鸥。管宁金不顾，季路米应求。
千载谁同调，东陵有故侯。

——《鹤年诗集》卷一

汪广洋（？—1379），字朝宗，高邮（今属江苏）人，流寓姑孰。元末进士，曾官至右丞相。善篆隶大书，尤工诗歌。著有《凤池吟稿》。

繁昌夹

繁昌夹，繁昌夹口江流狭。波涛汹汹云冥冥，芦苇萧萧风飒飒。棹郎三日无北风，背牵百丈行泽中。前歌未断后歌发，野烟孤没惊飞鸿。繁昌夹流深几许？繁昌人民夹前住。苦竹截篙芦缚舟，打鱼烧山自成趣。人生处世何为荣，一褐足以安其生。但得有溪可渔，有土可耕，何用出入夸肥轻。君不闻，五陵公子多豪举，甲第通云耀飞翥。朝闻鼍鼓击春风，暮见彤扇锁秋雨。

——《凤池吟稿》卷二

梁山矶

东梁山、西梁山，两山犄角江之湾。江流到山势转束，银潢直泻当天关。蛟龙宅其幽，鹰隼巢其间。沉雄讵能测？峭拔难为扳。旭日洞射青红殿，秋风刮地吹狂澜，挛舟上溯力愈艰。长篙脱手退即易，巨缆曲脊行何难。使人发可化为白，臂莫可以翰。烟霏林冥冥，石磴泥盘盘，悒郁坐此长悲叹。山边老翁如石顽，悬崖插木坐碧菅。钓丝万丈坠波底，问我西去何当还。劝我且舣舟，稍为半日留。讨论身外事，拂拭心上愁。向夜风雨矶上头，夔巴有客过我游。请言蜀道险，外此非我忧，蜀山之高高不可与侔。青天相去不盈尺，猣猱夜号蛇倒洇。蜀江之深深不可冥搜，阳侯谑浪骑黄牛，白帝来时驷苍虬。人生毋乃困羁绊，到此亦复从所由。世间夷险本一致，我心坦坦成安流。俛首谢翁言，铭刻在肝肺。迟明采兰叶，中流漾晴霁。回望梁山矶，烟深两眉翠。

——《凤池吟稿》卷二

两梁山

采石蛾眉亭正望北山

两梁雄跨大江湄，高出云霄控碧湄。天遣骑鲸人去后，淡烟恒似锁蛾眉。

——《凤池吟稿》卷十

管时敏（1337—1416?），原名管讷，字时敏，以字行，华亭（今上海松江）人。洪武九年（1376）征拜楚王府纪善，迁左长史。曾学诗于杨维桢，然不蹈袭其体。所作春容淡雅,多近唐音。著有《蚓窍集》。

过芜湖望天门山

扬帆下芜湖,梁山在吾目。大江从西来,天门势如束。川日波上明,野树烟中绿。
良朋有佳制,每愧貂难续。顾兹欲忘言,何以慰心曲。

——《蚓窍集》卷二

和吴教授晚泊大信阻风

楼船溯流上,高帆阻长风。大江浩无际,一气何鸿濛。回望天门山,峩峩相长雄。
洪涛走其下,屹立西与东。不有浮海叹,岂无济川功。大鹏度寥廓,斥鷃守卑丛。
物理固有定,世事徒匆匆。张灯启华筵,一笑杯酒中。

——《蚓窍集》卷二

荻港雨行

昨朝楚岸喜秋晴,今日吴船雨里行。人事天时何可测,青山白水总关情。久知盟与
沙鸥冷,那得身如野鹤轻。怪底石尤风太恶,空劳百丈进修程。

——《蚓窍集》卷六

张宇初

　　张宇初(1359—1410),字信甫,又字子璿,号正一,又号无为子,江西贵溪人。洪
武十年(1377)便袭掌道教。善画墨竹兰蕙及山水,亦有文学,有三谢韦柳之遗响。著
有《岘泉集》。

古砚歌答解性初高士赠宝晋斋砚而作

空峒山人居巘谷,拥翠成轩种群玉。生平好古陋流俗,垂钓扬江岈山曲。昔尝授道
袁安门,立雪瑶台书万束。珍图异玩皆绝奇,云锦为囊善牧蓄。时来桂馆闻钧天,
握手论交踰十年。相知不怪有清癖,每赠毛颖兼陈玄。石乡雅制来即墨,蕴质含章
尤砺坚。铭词重是宝晋物,枝蔓瓜瓞相连绵。南塘砚品每无价,龙尾洮溪未容诧。
端歙犹推西北岩,青逼琅玕紫如赭。襄阳本是南宫仙,自许苏黄堪并驾。海岳庵前

铁瓮城，爱石应须拜其下。弩骀过谓追名骝，封题远寄沧江头。磨砻愈钝鄙精锐，体方用静心与伴。穷经朝夕谩披写，临池一扫春云浮。梧竹轩窗共清夜，冰绡云雾腾蛟虬。京华苦惜久离别，痼疾翻成卧松雪。秦淮春涨鲙思吴，京口秋高潮梦越。支离晚契松乔踪，价忝杨休赋应劣。愿子空峒寿与齐，缓调笙鹤梅花月。

——《岘泉集》卷四

黄福（1362—1440），字如锡，号后乐，山东昌邑县人。洪武甲子（1384）科入贡，官至户部尚书，进位少保，赠太保。著有《黄忠宣公文集》。

送无为王太守官满考绩

太守能长守，无为素有为。治民君子道，述职帝王畿。白下逢时喜，淮西去后思。此行须课最，高陟更无疑。

——《黄忠宣公文集》卷九

过橹港

一棹南来五两随，一江风雨示秋期，舟人深解行人意，蓬底晨餐过午炊。

——《黄忠宣公文集》卷十一

杨士奇（1365—1444），原名杨寓，以字行，号东里，泰和（今属江西）人。累官少师、华盖殿大学士，为"台阁体"诗派重要人物。著有《东里全集》。

鲁港

经旬坐舟中，踟蹰心郁郁。度江见青山，苍翠连延出。好风从北来，持杯兴浩发。宛转听棹讴，开篷对明月。

——《东里续集》卷五十六

荻港

春雨凝寒著杏花，春风吹绿上芦芽。行人数日江东道，次第看山到九华。

——《东里续集》卷六十二

 梁　潜

　　梁潜(1366—1418)，字用之，泰和(今属江西)人。洪武二十九年(1396)举人，授四川港溪训导，迁四会、阳江、阳春县知，永乐元年(1403)召修太祖实录，代为《永乐大典》总裁，后擢翰林院编撰。

玩鞭亭

九州老伯心孔大，日绕营门梦中过。黄须计脱巴骢追，七宝金鞭道旁堕。卧龙疲马势俱危，乱鹰妖风徒争飞。江亭岿然照千古，谁向东风询旧非。蘼芜远映春江绿，景物熹微豁吟目。杜陵诗兴逼人狂，狂来索我湖阴曲。

——民国《芜湖县志》卷五十九

 祖　隽

　　祖隽，字志远，号澹斋，别号丹湖，外号老仙，当涂湖阳人。永乐元年(1403)应召与解缙、姚广孝等参与《永乐大典》编修工作，历时五载。书成坚辞为官，回归故里以侍奉老母。明成祖赐封"永乐国师"。

普门寺①

书罢行吟兴转赊，从容重过梵王家。老僧忙埽竹间榻，倦仆徐停花外车。怪石当头蹲虎豹，枯藤绕树绚龙蛇。年来我亦耽幽隐，欲向山中度岁华。

——民国《芜湖县志》卷五十九

　　[注]①普门寺：在原芜湖县西南甸山，今芜湖市弋江区白马街道办事处附近。南唐顺义五年(925)建，明洪武十二年(1379)改名普门寺，一度也称为普济院。芜湖名刹之一，现无存，山也佚名，坊间仍习惯称此山为"普门寺山"。

解 缙

解缙(1369—1415),字大绅,一字缙绅,号春雨,江西吉水人。洪武间进士,累官翰林学士。著有《春雨斋集》《文毅集》等。

繁昌阻风

繁昌峡前风阻客,逆浪牵船滞行色。坐数归船疾如箭,俄顷飞帆浪中没。我非寻常流宕人,等闲不遇闲悲辛。读书学得万人敌,直将富贵轻埃尘。君不见,当垆逸才题驷马,不如安石济天下。古来豪杰为世出,肯逐青牛度关者。丁宁北风且少停,会看一举登玉京。未把升沉问聃尹,欲共姬周论治平。不须对此叹坎坷,世事到头须勘破。成功他年拂衣归,直向东山日高卧。

——《文毅集》卷四

梁山

行舟过绝壁,望望似蓬瀛。乱石差差下,闲花冉冉生。湖痕当日浅,风浪一时平。自昔当空立,须应作外城。

——《春雨斋集》

梁山

牛渚风烟接二梁,山形如黛立当江。人家避火为砖屋,钓艇抛鱼上竹窗。万里波涛天意在,几多豪杰壮心降。即今野草幽花地,故有幽香扑酒缸。

——《春雨斋集》

游蠛矶

万顷波光镜面开,穹窿鳌背负楼台。水连天色无边阔,风递潮声不断来。春雨又随龙化去,夕阳常送鸟飞回。麻姑几见成清浅,何必昆明问劫灰。

——康熙《蠛矶山志》卷下

石硊渡

古渡通南北，轻舟屡往还。酒旗春店冷，鱼榜昼晷闲。石戴临江庙，湖侵隔岸山。永怀桓内史，曾此敌雄奸。

——道光《繁昌县志》卷十七

荻港

咏贾似道阴降于元退兵奔还

长江天设险，成败百年中。荻港鸣锣退，天骄杀气雄。三军犹未战，两岸一时空。万古奸臣祸，谁云历数终。

——道光《繁昌县志》卷十七

陈琏（1369—1454），字廷器，号琴轩，广东东莞人。洪武二十三年（1390）中举人，晚任礼部左侍郎。滁州人把他和欧阳修、王禹合祀为三贤祠；东莞邑令吴中亦把他与李用、李春叟合祀为三贤祠。著作有《琴轩集》。

193

送无为州王知州

淮西作郡著清名，九载功成趣去程。人向棠阴歌五裤，马行廓外拥双旌。趋朝喜际风云会，送别难忘父老情。早晚天官应奏最，乔升定见沐恩荣。

——《琴轩集》

胡 广

胡广（1370—1418），明大臣，书法家，江西吉水人。建文二年（1400）进士，官至文渊阁大学士。有《胡文穆公文集》。

繁昌夹值风①

繁昌夹前风阻客，逆浪牵舟滞行色。坐数归船疾如箭，俄顷飞帆望中没。我非寻常流浪人，等闲不遇衔悲辛。读书学得万人敌，直将富贵轻埃尘。君不见，当垆逸才题骕骦，不如安石济天下。古来豪杰为时出，肯逐青牛度关者。丁宁北风且少停，会看一举登玉京。未把升沉问詹尹，欲共庄周论达生，不须对此叹坎坷，世事到头俱琐琐。功成拂衣归去来，依旧东山日高卧。

——《胡文穆公文集》卷三

[注]①参见解缙《繁昌阻风》注。

蝫矶

万顷波光镜面开，水宫云影见楼台。夕阳飞鸟归无尽，春浦寒潮自往来。灯火只今渔艇近，鼓钟长送客帆回。东游未遂经行兴，况是严程日苦催。

——《胡文穆公文集》卷六

194

 章　敞

章敞（1376—1437），字尚文，号质庵，浙江会稽（今绍兴）人。永乐二年（1404年）进士，由庶吉士授刑部主事。宣德六年（1431）擢礼部侍郎，与徐琦出使安南，尝与修《永乐大典》。著有《质庵文集》。

泊橹港闻棹歌

我歌皇华诗，再使安南国。十月过铜陵，千林冻如束。寒月映中流，波光荡人目。梦回闻棹歌，欸乃声相续。前声羽调沉，后声商调促。孤鸿起远汀，潜虬舞深谷。王命一何崇，我怀殊未足。听此一悽然，因之乱心曲。翘首五云深，天南望天北。

——《质庵文集》

 周　忱

周忱（1381—1453），字恂如，号双崖，江西吉水人。永乐二年（1404）进士，选庶吉士，进文渊阁，与修《永乐大典》，官工部右侍郎。著有《双崖集》。

澄港口

平明出泾溪，命楫趋澄港。问知进路遥，幸喜春流长。挥手别群僚，鸣钲助双桨。扬彩鹢飞，淙淙滩濑响。琴台倏已过，江山邃回仰。午爨南陵河，晚入芜湖壤。同所忧，遇顺增恺快。但惜逢名山，过目乏延赏。纪胜漫题诗，悠然起遐想。

——道光《繁昌县志》卷十七

子矶

独树江中影，丛篁石上根。岸回山势断，江狭浪声喧。庙废无香火，船来积缆痕。忘怀钓鱼叟，乃自朝昏。

——道光《繁昌县志》卷十七

灵山

江滨闻有古招提，望芦径入迷。新水稻畦分远近，架岩僧舍逐高低。虎谙地僻寻常至，鸟悦林深自在不为舟行风信阻，此山那得一扳跻。

——道光《繁昌县志》卷十

邢 宽

邢宽（？—1454），字用夫，安无为人。永乐二十二年（1424）上亲擢第一名，状元及第，授修撰，升侍讲学士，京国子监事。卒于官。

乞假归养新买北山庄

买得烟霞结四邻，轩窗山色一番新。暂辞玉僚友，同青岩狎野人。杖屦平明堪引眺，琴樽清昼足怡神。北堂喜遂康宁愿，庭膳频。

——嘉庆《无为州志》卷三十

195

吴与弼

吴与弼(1391—1469),初名梦祥,字子傅,号康斋,临川(今属江西抚州市)人。著有《康斋集》。

荻港舟中

寒芦漠漠夜澄澄,云尽霜天月倍明。欲问个中深浅兴,青灯孤映读书声。

——《康斋集》卷一

舟次芜湖寄友

地迥天清芦雁呼,西风残照泊芜湖。远书不尽悠悠意,努力人间大丈夫。

——《康斋集》卷一

196

板石矶

红叶黄花归兴浓,青山夜夜梦巴峰。矶头记得蕃昌路,西日一帆芦荻风。

——《康斋集》卷五

次荻港

漠漠寒芦一港通,衣冠迎候礼从容。已陪徐步凤凰岭,更与遥谈狮子峰。
晴芜眺罢事霜毫,点染秋云散海涛。余兴归来眠未得,芦花寒月满江皋。

——《康斋集》卷五

郑 阁

郑阁,福建闽县人。永乐间(1403—1424)进士,任无为州学正。

泮池塔影

宝塔迢连泮水西,悬踪倒影到瑶池。上方独运神功巧,缩地来呈幻化奇。百尺危层空底现，千年胜迹此中垂。晚风更爱随波动，浑似鱼龙跳跃时。

——嘉庆《无为州志》卷三十

雷燧，字有融，福建建安(今属建瓯市)人。明永乐十六年(1418)进士，授云南道监察御史，洪武初南陵知县。

赠南陵刘章甫

仙岭闲寻采药翁，草堂留话数宵同。要知山下云深处，只是人间路未通。泉领藕香来洞口，月将松影过溪东。求名身在闲难遂，明日马蹄尘土中。

——嘉庆《宁国府志》卷二十五

于谦(1398—1457)，字廷益，号节庵，浙江钱塘人。永乐十九年(1421)进士，宣德初授御史，官至兵部尚书。著有《于忠肃集》。

天门山

天门山峙近西偏，屹立芙蓉翠插天。六月冈峦飞雨雪，四时草木吐云烟。鸟飞不过岩头石，人渴难寻涧底泉。安得六丁施斧凿，滔滔车马信平川。

——《忠肃集》卷十一

朱镛(1423—?)，字廷用，浙江杭州府仁和县人。辛未进士，授南京兵部主事，历郎中出知庐州府。

延福寺①

望入松阴一径赊，更无鸡犬有桃花。芸香竹色闻啼鸟，水影山光见落霞。夜雨梵钟翻贝叶，春风石鼎试新茶。也知心地清如许，肯信人间鬓有华。

——嘉庆《无为州志》卷三十

[注]①延福寺：在无为城南十五里，宋淳祐三年（1243）建。

吴琛（1425—1475），字与璧，号愚庵，安徽繁昌人。景泰二年（1451）进士，官至右金都御史。著有《愚庵集》。

八峰山八首

高响峰

高僧昔此驻禅踪，化去犹存旧日峰。峻拔不须侔落雁，芳华端可并芙蓉。龙从洞出兴朝雨，虎向岩藏吸夜风。自是年年光景好，鸡园相对说三宗。

卓锡峰

化功镕地逼云端，飞锡何年插翠峦。巨杖迥随岚气接，圆环应付地灵看。狂风刮树添声厉，明月临岩照影寒。胜迹分明存绝顶，清光常伴夕阳残。

赴院峰

地拥青峦耸半天，似趋禅刹听谈元。奔驰不用劳前膝，参禅何须袒右肩。色相四时荣绿树，尘心一点彻清泉。山僧不厌人来往，饭后钟声莫浪传。

罗汉峰

当年于此建招提，便有祥光拥翠□。锡杖缁衣天外降，玉容金相岭头栖。禅机暂驻谁能识？胜迹空留路莫跻。惟有青山长不老，四时花木映曹溪。

水稀峰

黄白原来得妙传，谩栖幽隐炼神丹。一炉宿火藏峰底，万丈圆光耀岭端。幻出化工随处显，收回气焰霎时寒。仙人一去无消息，留得奇迹与世看。

马鞍峰

峰形肖物实奇哉，造化何缘巧样裁。低缺中心承雨露，高张两面倚山隈。四时花绽如妆色，彻夜风颠若扫埃。鞴卸不关尘世事，年年常得寺僧陪。

金鸡峰

地势崔嵬拥翠峦，金鸡丛集碧云端。一声叫罢天将曙，双翅翻来露未干。宿食无常临梵刹，往来不定近僧坛。几回月夜闲观处，恍若梧冈降凤鸾。

石人峰

峰头玩石数人形，因此山峰遂得名。矗矗对天如叩密，棱棱向寺若闻经。一番雨过颜容淡，四季花开体态荣。自恨生来无慧识，纵教佛化也难明。

——道光《繁昌县志》卷十七

童轩(1425—1498)，字士昂，鄱阳(今属江西)人。景泰二年(1451)进士，官至吏部尚书。著有《明诗纪事》等。

晚泊荻港

渔艇已收纶，斜阳下烟水。寂寂掩篷窗，坐听舟人语。

——《清风亭稿》卷七

王佐(1428—1512)，字汝学，号桐乡，临高县蚕村都(今海南省临高县博厚镇)人。明正统十二年(1447年)，乡试中举。明成化二年(1466)后先后任广东高州、福建邵武、江西临江同知。著有《琼台外纪》《金川玉屑集》等。

到芜湖

万家烟火大江濆，远望应知不是村。丰稔舟船多卖谷，升平闾巷少关门。排商神鼓中流发，贩子吴歌月下闻。且喜夜来风浪静，莫教羁思扰吟魂。

——《长江古诗精选》

199

陈　兰

陈兰,江西人。景泰间(1450—1457)由举人任无为州训导。

北汰寺①

古刹何年建,临山更近江。岚光朝入户,水气夜侵窗。虎为谈经伏,龙因洗钵降。
山僧索题句,那得笔能扛。

——嘉庆《无为州志》卷三十

注:①北汰寺:在无为城北五十里,汰水北,唐永徽二年(651)建。

李　裕

李裕,字资德,丰城(今属江西)人。明景泰年间进士,官陕西巡抚。

题天门山

巨灵穿破碧崔嵬,中泻洪流去不回。独有天光与山色,时时随雨下江来。

——《石仓历代诗选》卷三百八十八

黄仲昭

黄仲昭(1435—1508),名潜,以字行,号退岩居士,学者称未轩先生,福建莆田县
人。明宪宗成化二年(1466)进士,授翰林院编修。成化三年,因《谏元宵赋烟火诗
疏》,被廷杖,贬知湖南湘潭县,途中改任南京大理评事。弘治元年(1488),任江西提
学佥事。有诗文集《未轩集》十二卷。

送耒阳谢文善知无为州

同年文祥之兄也,其父亦尝知是州。

尊翁昔作无为守,千里弦歌沸清昼。骑箕一去今几秋,甘棠蔽芾还依旧。振振公子

人中麟，承家叾岁攀龙鳞。天上荣沾新雨露，剖符复治无为民。东风绿遍都门树，五马带将春色去。郡人已识使君贤，还似尊翁好风度。在昔胡威似父清，一时父子俱光荣。期君努力追芳躅，勿坠尊翁旧政声。

——《末轩集》卷九

章懋（1436—1521），字德懋，号枫山，浙江兰溪人。成化二年（1466）进士，入翰林，曾官临武县知，改南京大理评事、福建按察司金事，致仕居家。二十年后召南京国子监祭酒、南京礼部尚书。卒谥文懿。著有《枫山集》。

送谢守之无为州

其父先守是州，其弟为庶吉士。

东风跃马锦溪傍，重榜而翁太守章。骑竹儿迎新皂盖，爱棠人说旧黄堂。野田雨秀双岐麦，燕寝春凝一篆香。难弟正绅金匮史，要看乔梓共循良。

——《枫山集》卷四

201

庄昶（1437—1499），字孔旸，号木斋，又号卧林居士，学者称定山先生，江浦（今属江苏）人。成化二年（1466）进士，历翰林检讨，至南京吏部郎中。著有《定山集》。

陵阳山人

天地斯人术比精，白头何限古今情。尼丘肯与陵阳别，万古斯文只子平。

——《定山集》卷二

赠黄池袁义官

西江一斗依违里，短褐高轩激宕中。我度与公同一大，许酤天地作春风。

——《定山集》卷二

过芜留咏

岷岭西头乍发源，当年疏凿禹功存。地分南北横天堑，山列东西枕邑门。滚滚波涛涵日月，迢迢脉络贯乾坤。千流万折朝东去，物理皆知仰至尊。

——《定山集》卷五

延福寺

十亩祇园一望赊，绕堂多种款冬花。山中高士投莲社，石上禅僧坐晚霞。红叶大书门口树，小溪清酌雨前茶。大颠须识簪缨好，莫向空门老岁华。

——嘉庆《无为州志》卷三十

汪循（1452—1519），字进之，号仁峰，徽州休宁人。弘治九年（1496）进士，历永嘉、玉田知县及顺天府通判。著有《仁峰文集》《存正学辩》等。

芜湖舟中怀采石诸友

宣城宾馆旧留连，冉冉流光已七年。桃叶秋风吹破帽，蛾眉夜月照寒毡。人情翻手浮云外，世事萦心逝水前。后夜解鞍当采石，与君呼酒醉江边。

——《仁峰文集》卷二十五

唐文凤，字子仪，号梦鹤，安徽歙县人。永乐中以荐授兴国知县。著有《梧冈集》。

荻港

小港纤平岸，长江卷怒涛。人心鼠投穴，我志鹤鸣皋。阴霭村墟隐，悲风日夜号。持衡频考绩，清裁属东曹。

——《梧冈集》卷三

版子矶

分港杀波急，突矶攒石多。天寒吼犀兕，浪暖斗蛟鼍。东海鞭难塞，南山叩更歌。
年年形胜在，人世几经过。

——《梧冈集》卷三

月子河

天近星姑渚，江分月子河。①矶头蹲虎石，沙觜漾鸥波。白水连淮阔，青山入楚多。
往来无阻险，鼓枻一长歌。

——《梧冈集》卷三

[注]①月子河:板子矶附近。作者自注:黄姑织女星也,星名黄姑,故曰星姑,蜀有黄姑渚。

三山镇

镇挹三山耸，江通二水流。惊涛卷地起，怒吹挟云浮。投檄昌黎伯，乘槎博望侯。
平生远游志，何日到瀛洲。

——《梧冈集》卷三

三山顺风渡江

三山离镇远，一棹渡江来。月出鲛人泣，潮归龙子回。持心绝思虑，抚事去惊猜。
向晚情何适，诗成句稳裁。

——《梧冈集》卷三

螃蟹矶

小小鸬鹚艇，团团螃蟹矶。客帆朝落影，渔火夜藏辉。圩阔稻粱熟，汀长芦苇稀。
江乡如可隐，吾欲问东归。

——《梧冈集》卷三

203

和尚港

人传和尚港，春水没渔矶。不见浮杯渡，空闻飞锡归。鲥鱼三月美，螃蟹九秋肥。惆怅玄真隐，衰年与愿违。

——《梧冈集》卷三

鲁港

鲁港停舟处，相逢故老谈。河鱼时泼剌，江燕又呢喃。带雨张帆腹，临风拂剑镡。百年董狐笔，愤死木绵庵。

——《梧冈集》卷三

枭矶

宣城志载：庙祠昭烈夫人，孙权妹。

拳石耸江中，波流四面同。今传神显异，昔诧女英雄。巴蜀经营远，荆吴割据通。魂归思故国，不祀永安宫整敝袍。

——《梧冈集》卷三

芜湖县

芜湖旧名邑，官廨几经年。鼓响来祠下，舟行到县前。江花寒泣露，浦树暖浮烟。遥忆祁阳尹，同宗赖汝贤。①

——《梧冈集》卷三

[注]①作者自注：侄彦祯登洪武己卯科进士第，授湖广永州府祁阳县知县。

晚泊大信

大信维舟泊，炊烟暝色迷。水光连上下，山势隔东西。江接淮沘近，天分吴楚低。人家多卖酒，旅客醉如泥。

——《梧冈集》卷三

题长江万里图为赵中道赋①

一廛老屋城南隅，读书乐道非愚夫。西川有客踏秋雨，访予手把长江图。披图细数经行处，天山白积银为树。冰澌暖沁六月流，雪波怒向三巴注。蜀江溶溶远纡回，巨灵擘破巫峡开。势雄地束不得逞，直走万丈疑奔雷。瞿塘滟滪天下险，巨石双分锐磨剪。盘涡每忧巨浸深，冷喷犹嫌急波浅。人鲊瓮头云结愁，馋蛟昼舞寒风秋。至喜亭边可贳酒，秭归县前仍舣舟。荆湘荡漾平于掌，蒲帆箭疾飞双桨。苍龙山露翠烟中，白虹水接银河上。岳阳楼高明月凉，仙人踏冷鹤背霜。玉箫吹碎丹凤语，宝剑拭动青蛇光。洞庭茫茫接彭蠡，千里相望同尺咫。无情五老苍颜凋，含羞二姑黛鬟美。扬澜潏潏鄱湖宽，水府冯夷严守关。明珠泣坠渊容怨，冰绡织就鲛人闲。枭矶秉灵孙小女，冷风倏度神巫语。客回望尽江东云，鸟归带得淮南雨。须臾放棹下金陵，蓬莱宫阙高崚嶒。黄衣圣人御宸极，紫雾冲霄王气腾。浪游历记万余里，愕梦惊魂几悲喜。江花江水兴无穷，点染丹青烦画史。赋诗题画心悠然，才思安得如涌泉。酒酣击节唾壶缺，长歌杜陵壮游篇。

——《梧冈集》卷二

[注]①作者自注：中道，蜀人。

李胜原，明朝诗人。著有《盘谷遗稿》。

鲁港

一日风帆驾雪涛，晚来牵缆此江皋。远山云外横千里，新水船头长半篙。鸥鸟惊飞前渚去，乌鸦又向隔林号。倚篷酒醒寒相逼，唤起山童整敝袍。

——《石仓历代诗选》卷三百零七

任伦，永乐十九年（1421年）进士。

宋大学士元功徐先生黉塘书院^①

洛社衣冠陋汉唐,熙宁耆德重圭璋。擢科名占黄金榜,乞老身辞白玉堂。自拟希文
开义塾,终期赵德化潮阳。百年懿范传芳远,好展遗经对日光。

——民国《南陵县志》卷四十二

[注]①黉塘书院:在南陵城西二里,由南陵县家发徐家桥人北宋名臣徐勣大学士建
造,是全国最早的书院之一。

徐元桢,安徽南陵人。

次任伦韵

巨宋文明迈汉唐,前修硕德映圭璋。立朝已折朱云槛,归里重开文正堂。谩道地灵
缠九曲,更期天运启三阳。宫墙虽圮书香在,拟步遗踪近日光。

——民国《南陵县志》卷四十二

陈效,字志学,安徽南陵人。明成化十七年(1481)进士,官户部主事转员外郎中,
总理漕务等。著有《东江集》。

次任伦韵

弘开书院讲虞唐,才比春云德比璋。万轴牙签悬彩架,五经冠冕聚华堂。熙宁盛治
资元老,翰苑青阶近大阳。杰构不妨遗址在,乡邦后学仰余光。

——民国《南陵县志》卷四十二

过新酒坊^①

策马经过新酒坊,几家茅屋树苍苍。篱边啄黍黄鸡嫩,道上风飘白酒香。古庙尚存

唐事迹，残碑犹载宋文章。无由得会谪仙子，共向花间醉一觞。

——民国《南陵县志》卷四十二

[注]①新酒坊：即仙酒坊，在今南陵县仙坊村。

 仰 升

仰升，字晋卿，号我轩，安徽无为人。成化十一年(1475)进士，官兵科给事中、河南左布政使。

天池寺

孤云一握与天通，谁凿清池出半空。仙仗迥临飞鸟外，禅房都在翠微中。冷猿夜堕千岩月，古柏秋生万壑风。胜境可人诗兴好，宦情从此薄三公。

——嘉庆《无为州志》卷三十

 严 允 谐

严允谐，安徽繁昌人。明洪熙元年(1425)赠中顺大夫。曾任繁昌教谕。

繁昌七景七首

峨桥雪霁

玉龙战罢鳞甲摧，玉飞无数下九垓。溪桥高下银成堆，金乌飞上扶桑枚。顿令万物生光辉，客骑驴背去复回。忍寒渡桥君试猜，不是寻诗定访梅。

三山秋月

三峰崒嵂翠郁葱，神工削有真芙蓉。桂影飞上沧海东，须臾宝鉴悬长空。老桂弄影挂树啼，乌鹊亦有枝堪栖。山翁爱月扬明辉，把酒对月重赋诗。

浮邱丹井

浮丘峰高三十六，三十六峰如削玉。浮丘仙去三千年，山中独遗丹井泉。井泉寒冽深更深，鬼神呵护到如今。山下幽人时极目，尚有丹光穿树林。

覆釜晴岚

女娲煮石补天漏，五色补天天补就。大釜至今从地覆，乾象穿窿玉坤厚。天光散作翠岚浮，为雨为云润岩窦。散来拄笏看爽气，方寸尽归仁者寿。

荻浦归帆

西江水阔清可掬，江上征帆归兴速。远从天外忽飞来，波心影落玻璃窟。翩翩疑是雁翱翔，悠悠恍若云驰逐。夕阳西下竟何之，乘风远过海门曲。

隐静僧归

五峰双涧天安排，昔年老僧杯渡来。精蓝楼阁俱劫灰，大众五百安在哉？废久能令信者哀，泰来否往如轮回。高僧复归檀施开，世尊龙像登莲台。

磕山龙池

大磕池深清且涟，人传此处有龙蟠。神物变化何蜿蜒，神灵呵护不敢鞭。岁或旱暵民惶然，祷期愿龙飞上天。普施霖雨泽大田，群黎击壤歌丰年。

——道光《繁昌县志》卷十七

廖骥，字贻后，江西吉水人，明宣德七年（1432）由荐举任芜湖县学训导，莅任九年，士皆悦服。

赭山

好事世常存，事往追难得。抚景怀昔贤，驰情赭山侧。峰峦若旧青，游赏非前客。地耸塔孤高，林空事消歇。依微吐晨光，苍翠含野色。顾兹游宦乡，我愧多忙迫。登临迹久疏，渐觉余怀窄。几度幸追陪，攀鞍出城北。形势远低昂，烟岚互明灭。徐攀绝顶高，万状俄陈列。终然失远公，莲社谁同结。

——民国《芜湖县志》卷五十九

神山

东望起云岑，乔木深隐隐。世称李卫公，栖灵依绝顶。祷祠既竭诚，立观神功敏。祥氛蔼八荒，时雨生四境。腾霄鸾凤惊，伏壑蛟龙寝。阴翳绝炎埃，幽寻惬佳景。

农思灵贶多，岁赖长丰稔。深惭补报疏，守职惟严谨。官满幸来游，林泉且高枕。

——民国《芜湖县志》卷五十九

荆山

江东饶胜迹，钟秀在名山。冬寒雪初霁，忽睹回苍颜。屹然湖水上，影漫澄浪间。
竹劲色堪保，梅残花已删。我游值我暇，野叟开林关。倾杯喜忘倦，取适竟跻攀。
含辉吐奇古，荡碧相回环。至宝孰能隐，功坚奈其顽。空遗卞子泪，石染苔斑斑。
归兴当有赋，一壑终投闲。

——康熙《芜湖县志》卷十三

玩鞭亭

春阴绕亭绿，苔藓生残碑。停车每游览，怅望怀当时。留鞭事已往，七宝名空驰。
但见花卉好，芳菲盈路岐。游蜂逐我舞，紫燕鸣相随。景物仍更代，江湖可长期。
逶迤芜水秀，壁立天门奇。故迹埋宿草，名情若新知。嗟予羁宦辙，感德如皇羲。
鸢飞戾高汉，鱼跃回清池。化工默同运，耕凿思无违。幽情动俄顷，怀贤续新诗。

——康熙《太平府志》卷三十八

吴波秋月

晃荡涵空明，依微瞰水绿。青霄浩无垠，秋气夜还肃。浩月从东升，团团如白玉。
蟾光鉴底沉，光魄随轮速。浪跃鱼龙翻，舟惊鸥鹭宿。杨丝傍岸垂，荇带随流曲。
忆昔欧阳公，宰兹绚微绿。优优岁几更，赏玩留心目。佳景赖长存，伊谁继芳躅。
邑居杂尘喧，惟此钟清淑。鼓枻歌沧浪，临风羡淇澳。愿结同心人，来游濯双足。

——康熙《太平府志》卷三十八

白马山

有山名白马，其洞若开天。清隐乃仙者，去兹今复来。盘桓有松石，旧迹生莓苔。
幻化身可欠，游神遍九垓。丛花向我笑，愿酌流霞怀。我忆在真道，曷日超形骸。
孤云共还往，独鹤相徘徊。溟涬天无外，丹丘隔蓬莱。飘然与世绝，举手招淇岩。
沆瀣思一吸，飚轮难追陪。忆昔欧阳老，名重黄金台。留影示千古，寸心已寒灰。

——《古县新姿》

登蟂矶

天连四水宽，石拥孤山小。顷刻长风来，烟涛同缥缈。恍如蓬岛游，汗漫离尘垢。
又逐瀛洲仙，翱翱接飞鸟。灵泽名今存，楼棲依树杪。丹青户牖空，金璧星霞皎。
潮翻懼鲸奔，浪擎惊虬吼。嗟我久驱驰，登临兴偏少。移舟拭一攀，健羡应忘了。
鱼跃镜中沉，雁鸣天外晓。当窗楚汉分，俯槛秦淮绕。慨古忆燃犀，龙宫路还杳。

——康熙《蟂矶山志》卷上

张 殿

张殿，字泰华，于湖人。万历四十四年(1616)贡，任陕西商州州判，崇祀乡贤，子一如。

咏蟂矶

长江万里来，险绝无今古。黄鹄上掀翻，燕子下撑拄。中余老蟂名，突兀峙江浒。
盘旋走若蛇，偃俯蹲如虎。古庙创孙吴，灵泽慨彼土。凭吊烦词人，题咏遍庭宇。

——康熙《蟂矶山志》卷上

易志行

易志行，生平不详。

蟂矶

大江东南来，合沓多奇峰。中流出蟂矶，造化由天工。秀拔莫可状，下瞰神妃宫。
未甍映碧瓦，楼阁森重重。血食来远矗，坐镇波涛洪。迺云吴国姬，千载垂灵聪。
芳名焕青史，绰有诸兄风。淑女配君子，豫州诚英雄。一朝攸变化，云雨随蛟龙。
三国既鼎峙，吴蜀分西东。剑门越万里，怅望那能从。节义金石坚，毫厘生死中。
湘筠寄遗恨，尚覩啼痕封。怀哉慨往事，今古情犹同。我来守南邦，客路嗟转蓬。
殷勤祷祠下，遂使舒优容。沅湘不复限，去去侔滨鸿。扬帆今再过，致敬存丹衷。
肃蓉椒浆奠，祇谒俯微躬。崇瞻俨在兹，盻响精诚通。祥飈举绛节，香雾霖簾栊。
神庥谅昭格，霑惠应无穷。伊予重民社，报本祈年丰。亨衢且平步，乐矣歌时雍。

——康熙《蟂矶山志》卷上

钱 奂

钱奂,明浙江鄞县人,字文焕。正统元年(1436)进士。

芜湖登汉妃庙

性癖贪奇暂泊舟,坐披片石瞰中流。雷鸣浪底擎鳌骨,雨过江心见佛头。万顷奔涛翻日月,一杯荐食老春秋。至今遗事传昭烈,蜀水吴山共结愁。

——《甬上耆旧诗》卷十三

张 悦

张悦(? —1496),字时敏,松江华亭(今属上海市)人。天顺四年(1460)进士。官至兵部尚书。著有《定庵集》。

繁昌汪宗器①

五色云中允凤纶,南都清议动簪绅。阿衡掌上空商鼎,太傅心头尚汉臣。黄菊有情陪晚节,碧山无梦到祥麟。三江此榻谁堪下,明月相招自主宾。

——《荣寿录》

[注]①汪宗器:明太平府繁昌人,字鼎夫。成化二十年(1484)进士,授行人。后擢监察御史,巡按湖南、广东,荐贤斥贪,不避权贵。升南京大理少卿,迁北京大理寺少卿。以刘瑾擅权挠法,辞官归里。

邵 宝

邵宝,字国贤,号泉斋,别号二泉,江苏无锡人。成化二十年(1484)进士,授许州知州,历户部员外郎、郎中、江西提学副使。有《容春堂集》。

题元章拜石图为俞国昌

元章玩世人,低头拜奇石。或问此何为,我意人不识。珍琳岂有声,碣砥且无力。

211

拜如或使之，但觉吾意适。石奇恐未多，屡拜非所惜。我心不可转，万仞立苍壁。石也倘能拜，向我须屈膝。今虽无膝屈，有拜当以臆。我今对画图，兀坐风雨夕。击磬和新吟，他年亦陈迹。

——《容春堂集》卷二

拜石图

风骚回首一茫然，漫浪如公亦可怜。懒是拜人偏拜石，至今犹说米家颠。

——《容春堂集》卷八

米老拜石图

眼底巉岩万古珍，乾坤回首几风尘。公来一拜还袍笏，不道天涯有美人。

——《容春堂集·后集》卷十一

伊人一拜石逾高，仆仆长勤笏与袍。我亦低头敬贞介，焚香时复向岩嶅。

——《容春堂集·续集》卷五

212

张昇（1442—1517），字启昭，号柏崖，南城（今属江西）人。成化五年（1469）进士，授修撰。官至礼部尚书，著有《柏崖集》。

送张邦镇尹芜湖

张君孝友士，初作山阳长。予时忝驻节，议论见高□。鸣琴不下堂，令闻日喧朗。交深重道谊，岂必在□□。□合苦不常，山川动遐想。君方释服来，数月□□掌。开口论时事，慷慨惬心赏。如何持牛刀，又向芜湖往。圣人忧黎元，简擢恩浩荡。愿勿轻民生，平易去法纲。又勿伤民财，征求尽铢两。由来百亩田，乃是十口养。衣食既有余，礼义兴闾壤。古有循良者，凿凿简编上。努力思齐驱，一慰平生仰。区区别离情，言之发深快。

——《太和堂集》卷一

程敏政(1445—1499),字克勤,安徽休宁人。成化二年(1466)进士。授翰林院编修。著有《篁墩文集》等。

黄池

黄池镇下晓扬舲,扶上肩舆尚见星。草结鲜红鸦眼粟,竹摇苍翠凤尻翎。人家愈觉园林密,邮舍初分道里停。已过江南三百里,乡音入耳渐中听。

——《篁墩文集》卷六十七

文林(1445—1499),字宗儒,自号衡山,湖南衡山人。成化八年(1472)进士。官温州知府。著有《温州集》。

213

芜湖道中寄李侍御

炎暑如蒸身似泥,孤舟眠过大江西。月明长浦青山隐,水浸圆沙白鹭栖。竹下行厨僧寺酒,池边分卧野人堤。相思无限别来意,未得相逢为品题。

——《温州集》卷一

王　弼

王弼(1449—1498),字存敬,号南郭,台州府黄岩县(今浙江黄岩)人。成化十四年(1478)进士,历溧水知县、刑部员外郎、福建兴化府知府等。著有《南郭集》。

送陈冬官监税芜湖

割葵须解惜葵根,谁说东南利有源。六府废来无国计,一分宽处即君恩。班行暂辍郎曹贵,制置应夸使节尊。到日江花正撩乱,不妨先理旧吟樽。

——《石仓历代诗选》卷四百二十五

王 鏊

王鏊(1450—1524)，字济之，江苏吴县人。成化十一年(1475)进士，授编修，历官侍讲学士、户部尚书、文渊阁大学士。著有《震泽集》。

送陈员外于章分司芜湖

东风吹浪碧粼粼，君去分司正值春。闻说为关非旧日，却思省试是比邻。官曹正对芜湖好，饮兴初尝采石醇。若遇经过烦借问，行船多有洞庭人。

——《震泽集》卷二

赠朱相之分司芜湖

芜湖小院驻皇华，江上青山正对衙。此地知君非久住，庭前石竹为谁花。

——《震泽集》卷三

214

杨 廉

杨廉(1452—1525)，字方震，号月湖，丰城(今属江西)人。成化二十三年(1487)进士。官至礼部尚书。著有《月湖集》。

书荻港驿

客怀只合醉腾腾，荻港来沽酒十升。贫户为垣编白苇，小墟鬻货挂青藤。乾坤好似阅人传，身世浑如行脚僧。喜有邮夫供笔墨，且将履历记吾曾。

——《杨文恪公文集》卷五

李 贡

李贡(1456—1516)，字惟正，号舫斋，明太平府芜湖人。成化十六年(1480)与兄李赞同登进士。累官右都御史，以忤刘瑾罢官。瑾诛，历兵部右侍郎。有《舫斋集》。

灵泽夫人庙

画船载酒舣青山，拂拭残碑草莽间。先主遐升谁北伐，夫人哀殒不西还。海门潮落鸣琼佩，剑阁云来拥玉颜。宫壶凛然余烈在，又随风浪激江滩。

——康熙《太平府志》卷三十九

吉祥寺

大江东岸好禅林，楼殿参差倚碧岑。一塔晴岚天际落，半山松色座中阴。廊回愈觉尘寰远，碑没徒惊岁月深。欲借《楞伽》今夜读，不知绿叶可能寻。

——民国《芜湖县志》卷五十九

鲁铎（1461—1527），字振之，号莲北，景陵（今湖北天门）人。弘治十五年（1502）进士，授翰林院庶吉士。正德五年（1510），出使安南，深得安南人称赞。官至南京国子监祭酒，旋改调北京。卒赠礼部侍郎，谥文恪。著有《戒庵文集》。

215

蟂矶祠次莫泉心韵二首

家世元宜庙貌雄，独怜不近永安宫。人情竟悔荆州借，天意容教汉祚穷。白浪未应消愤气，绛幡常自动灵风。凭高感慨心何限，长立寒江夕照中。

倚棹登祠生远心，红尘逾觉市朝深。路经绝域还过此，矶自鸿荒直到今。杳杳江山元汉业，泠泠钟磬只吴音。临流莫问千年事，聊凭阑干一短吟。

——《鲁铎文恪集》卷三

罗钦顺

罗钦顺（1465—1547），字允升，号整庵，江西泰和人。弘治六年（1493）进士。世宗立，擢南京吏部尚书，省亲乞归。著有《整庵存稿》。

过芜湖

佳丽芜湖县，千年拱帝京。树连淮浦碧，江逐海潮平。天地容疏拙，风波托死生。不将诗句觅，对景若为情。

——《整庵存稿》卷十六

蔡潮，明延平府将乐（今属福建省三明市）人，嘉靖三十三年（1554）在芜湖任训导。

蟂矶

势拥青螺天外飞，穿窿江面指蟂矶。蜀吴事业俱尘土，草木光辉此庙碑。山秀有灵神自妥，云还无碍鹤相依。登临感慨当年迹，明月乘流一棹归。

——康熙《蟂矶山志》卷下

林仰成，莆阳（今福建省莆田市）人。明嘉靖二十二年（1543）中乡试第四名举人，出任芜湖教谕，撰《芜湖新修学志》七卷。历任余姚县令、浙江绍兴府通判。

次前韵

层峦翠带夹峰飞，波浪沉寥绕隐矶。为汉精魂藏古庙，之吴玉佩护残碑。三分鼎足今何在，一段烟霞只自依。偶尔登临伤往事，不堪惆怅却忘归。

——康熙《蟂矶山志》卷下

梁敷，明高安（今属江西宜春市代管县辖市）人，嘉靖三十三年（1554）在芜湖任训导。

次前韵

梦寐常随江鸟飞，百年能得几登矶。欲知炎汉闰中事，来看白云天际碑。铜雀翠台空草莽，夕阳古庙有魂依。夜深谁诉兴亡迹，惟有横江孤鹤归。

　　　　　　　　　　　　　　　　　——康熙《螺矶山志》卷下

　　王以昭，芜湖人，嘉靖四十一年（1562）贡，后任湖广巴陵县训导。

次前韵

落霞孤鹜间云飞，湍急流奔怒此矶。台榭有名留过客，藓苔无意蚀残碑。黄图叠叠烟波出，古木阴阴鸟鹊依。登涉幸随夫子履，风光满载月明归。

　　　　　　　　　　　　　　　　　——康熙《螺矶山志》卷下

217

　　郑佥，生平不详。

螺矶

望望山螺一水边，兴来重过水云连。六朝暝色遥吞树，万折波光迥接天。日射金虬紫书阁，风留仙佩隐云巅。感时吊古真佳会，不惜斜阳倒玉舷。

　　　　　　　　　　　　　　　　　——康熙《螺矶山志》卷下

　　郑黟，生平不详。

蠓矶

断虹飞影楚江长，一柱嵯峨路渺茫。潮拥晚山迷岛屿，月明清磬送沧浪。夫人幽迹随流水，玉佩余声剩画廊。回首春风理轻棹，碧云香雾树苍苍。

——康熙《蠓矶山志》卷下

奚灼，字大见，芜湖人。任山东平度州同，升鲁府审理正，未仕。

蠓矶

天空风静水悠悠，有客登临古石洲。无际乾坤频眺望，忘机鸥乌任沉浮。汉妃庙宇灵犹在，蜀主勋猷志未酬。漫倚曲阑追往事，蓼花芦荻满江秋。

——康熙《蠓矶山志》卷下

218

张锡刚，沧江人，生平不详。

蠓矶

归宁失计恨无穷，万古纲常一命终。烈魄不随东逝水，贞魂应到永安宫。庙依孤岛风波稳，岕集行舟祀典隆。瞻弔感时多涕泪，从看丈节几人同。

——康熙《蠓矶山志》卷下

朱议潢，生平不详。

蜻矶

轻生重义已难同，劲节何人敢并功。一片丹心悬蜀道，两行珠泪出吴宫。蜻矶独照千秋月，灵泽环流万古风。如鬼奸雄今孰在，当年富贵总成空。

——康熙《蜻矶山志》卷下

程嗣功

　　程嗣功（1525—1588），字汝懋，号午槐，安徽歙县槐塘人。嘉靖二十六年（1548）登进士第，授武康知县。主修《万历应天府志》33卷，为《四库全书》存目。

蜻矶

放棹来登江上矶，拍天烟浪履危机。喜看山色涵空际，漫读碑文事已非。草没吴宫人已远，香消汉鼎鹤知归。当年玉骨理何处，此日龙章贲石扉。

——康熙《蜻矶山志》卷下

章汝槐

　　章汝槐，江西临川人，明嘉靖三十五年（1556）进士。

蜻矶

不到蜻矶已十年，矶头风景尚依然。帆樯上下归横浦，鸥鹭浮沉隔远天。汉室霸图真浪迹，吴宫婚媾此因缘。晴窗正与扶桑对，直把丹心向日悬。

——康熙《蜻矶山志》卷下

王　僬

　　王僬，生平不详。

和章进士蝵矶韵三首

闲从登眺喜新年，酒兴诗怀亦浩然。独愧句中无白雪，共怜心上有青天。漫传吴蜀遗陈迹，还访渔樵话旧缘。更欲凌风到牛斗，锦帆先向日边悬。

夫人埋玉已多年，气节威灵尚凛然。一石中支曾柱国，半空不坠永擎天。固知鹬蚌持深意，徒说孙刘结好缘。莫共临风重弔古，从前事业俱空悬。

神矶飞落是何年，肇自鸿蒙已卓然。北控秦淮烟接地，南通巴蜀水连天。偶来三益成新社，一放孤舟了夙缘。徙倚阑干发长啸，沧波万顷数峰悬。

——康熙《蝵矶山志》卷下

沈如璋，字稚圭，崇德人，万历中太学生。

游蝵矶诗十首

浩淼春波漂绿芜，愁云怨月满东吴。藁砧为帝身为后，莫问沉江事有无。

一矶突兀撼江空，敌国孙刘在眼中。不惜珠沉垂窟里，断魂飞入永安宫。

锦江春水合溙江，日夜涛声怒未降。凤去屏空迷处所，一时环佩付寒淙。

金铺桩阁俨生存，耿耿犹怀汉主恩。无奈危矶烟水上，三更杜宇暗啼魂。

锦囊计就破良城，吴蜀兵戈上翠翬。难道贤妃逊齐女，为郎不杀采桑人。

当时拥卫剑如林，较比孙郎夫气深。可怜千古波间月，独照青天碧海心。

江东算左弃吴依，岂认深闺可豢龙。玉垒浮云隔天堑，遥将眉黛写芙蓉。

剑阁芜关各一天，鲛宫灵闭自年年。只今士女如云集，枉杀西陵多墓田。

巫岫休将十二夸，居然帝后隔三巴。临江血溅东流水，自古英雄不顾家。

春江春树压江湄，肠断宫人斜里时。若非秦女磨笄冢，定是湘灵鼓瑟祠。

——康熙《蝵矶山志》卷下

卢象颢，生平不详，约明万历年间人。

220

芜湖历代诗词

游蟂矶十首

滦江烟水冷平芜，埋玉千秋片石孤。魂断杜鹃犹垂蜀，台空彩凤却归吴。

危矶屹立俯巉岏，抱石浮云满目攒。白帝远山横翠黛，永安徒作画眉看。

小儿谋国笑周郎，借箸何如出锦囊。计失枉教人薄命，怨流江水日汤汤。

明月知安玉镜台，曾盈宝奁试妆开。自从分破峨嵋影，不见潇湘帝子回。

兼天波浪大江空，三峡瞿塘本自通。何事扁舟无日迟，武侯不为借东风。

捐珠陨璧意何深，泣尽枯鱼一寸心。吴国错施红粉计，汉宫恨杀白头吟。

春风祠下荐江蓠，不胜酸心吊古诗。楚雨莫骄湘女瑟，芜阴不数岘山碑。

扼腕休从鼎足论，谁将倾国易倾身。终然虎穴还真主，不向蛟宫脱美人。

尘销灰烬数前朝，无复青春贮贮乔。独许嵯峨栖碧殿，望来松桧亦箫箫。

白马犇腾匹链悬，如云芳草更芊芊。沉江一片英雄气，过客无劳意惘然。

——康熙《蟂矶山志》卷下

徐献忠

徐献忠（1469—1545），字伯臣，号长谷，松江华亭（今属上海）人。嘉靖四年（1525）举人。授奉化令，后弃官寓居吴兴。著有《长谷集》。

221

同杨水部吉祥寺后冈登眺

青山远势落坡陀，采石潮回曲尚多。江左清平曾藉此，南朝佳丽竟谁何。长冈不断空如带，古树虽存半少柯。三昧独余萧氏迹，老僧犹解说波罗。

——《长谷集》卷四

枭矶江上感祢正平李太白作

枭矶突兀净朝氛，江水犹余濯锦纹。瓜步远山迷野望，秣陵佳气见行云。空怀鹦鹉关情赋，谁更郎官向夕曛。头白到来归思绕，短吟长啸不堪闻。

——《长谷集》卷四

枭矶瞻谒

劲节中流砥柱回，湘灵空负此鐏罍。祠宫尚有风云气，霸业宁忘带砺灰。永夜灵枭常自语，西飞黄鹤几时来？江东遗事知多少，读罢残碑首重回。

——《长谷集》卷四

王守仁(1472—1529)，字伯安，余姚(今属浙江)人。世称阳明先生，早年因反对宦官刘瑾，贬为贵州龙场(修文县治)驿丞，后官至兵部尚书。著有《王文成公全书》。

化城寺

云里轩窗上半钩，望中千里见江流。高林月出三更晓，幽谷风多六月秋。仙骨自怜何日化，尘缘翻觉此生浮。夜深忽起蓬莱兴，飞上青天十二楼。

——道光《繁昌县志》卷十七

江边阻风散步至灵山寺

归船不遇打头风，行脚何缘到此中？幽谷余寒春雪在，虚檐斜日暮江空。林间古塔无僧住，花外仙源有路通。随处看山随处乐，莫将踪迹叹飘蓬。

——道光《繁昌县志》卷十七

灵山寺

深山路僻问归樵，为指崔嵬石径遥。僧与白云归暝壑，月随沧海上寒潮。世情老去全无赖，野兴年来独未销。回首孤舟又陈迹，隔江钟磬夜迢迢。

——道光《繁昌县志》卷十七

清风楼

远看秋鹤下云皋，压帽青天碍眼高。石底蟠蜦吹锦雾，海门孤月送银涛。酒经残雪浑无力，诗倚新春欲放豪。倦赋登楼聊短述，清风曾不愧吾曹。

——民国《芜湖县志》卷五十九

繁昌道中阻风二首

阻风夜泊柳边亭，懒梦还乡午未醒。卧稳从教波浪恶，地深长是水云冥。入林沽酒村童引，隔水放歌渔父听。颇觉看山缘独在，篷窗刚对一峰青。

东风漠漠水沄沄，花柳沿村春事殷。泊久渔樵来作市，心闲麋鹿渐同群。自怜失脚趋尘土，长恐归期负海云。正忆山中诗酒伴，石门延望几斜曛。

——《王文成全书》卷二十

登蟂矶次草泉心刘石门韵二首①

中流片石倚孤雄，下有冯夷百尺宫。潋滟西蟠浑失地，长江东去正无穷。徒闻吴女埋香玉，惟见沙鸥乱雪风。往事凄微何足问，永安宫阙草莱中。

江上孤臣一片心，几经漂没水痕深。极怜撑拄即从古，正恐崩颓或自今。薛蚀秋螺残老翠，蟂鸣春雨落空音。好携双鹤矶头坐，明月中宵一朗吟。

——《王文成全书》卷二十

[注]①原注：二诗壬戌年作，误入此。

223

陆良弼

陆良弼，余姚人，长沙太守。生平不详。

蟂矶

此余友今都宪阳明王公伯安诗也，公昔以事谪龙场，道经于此，故有是作。观其诗安于所寓，略无愤懑悲哀之意，则公之涵养可知矣。余之此行特棹短航，穿洪涛间开谒祠下，遍阅壁上诸诗多嫚语，因慨论后归宁吴。中虽一时儿女子之情，然孰知昭烈之升退也哉。芜江一死亦足以白其心，而世之君子终不满焉，无乃过乎。

气与诸兄可并雄，谁怜香骨蓊泉宫。天生母子情难断，云惨岷峨恨不穷。玉貌冷涵波底月，灵旗高撼岛边风。芜江一死千秋节，难汗评题一字中。

天生砥柱镇江心，一簇楼台洞府深。人世有情终有恨，山川成古复成今。层崖落叶兼秋雨，两岸潮声杂梵音。东阁何年重解佩，铁龙呼起老龙吟。

——康熙《蟂矶山志》卷下

王　畿

王畿(1498—1583),字汝中,号龙溪,学者称龙溪先生。绍兴府山阴(今属浙江省绍兴市)人。师事王守仁,系王门七派"浙中派"创始人。因协助王守仁指导后学,并服心丧三年,嘉靖十一年(1532)登进士,授南京兵部主事,进郎中。后辞归往来江浙闽越等地讲学40余年。后人辑有《王龙溪先生全集》。

登蟂矶次韵二首

大江东下一蟂雄,玉女栖灵是旧宫。遥望荆门浑欲断,回看吴苑正无穷。关河不改汉时月,童冠犹存沂上风。明月扁舟向何处,九华应在万山中。

闻峰孤屿卧江心,此夜月明江浅深。枕边高浪谁醒睡,天末浮云自古今。正怜龙去留遗藻,犹喜莺啼惠好音。抱膝中宵浑不寐,还凭湍栏一长吟。

——康熙《蟂矶山志》卷下

224

 闵梦得

闵梦得(1565—1628),字翁次,号昭余。明乌程(今属浙江省湖州市)人。万历二十六年(1598)进士,授工部主事,芜关榷使,历云贵总督、兵部右侍等,官至兵部尚书。

登蟂矶次韵二首

江头片石势称雄,灵泽千年有故宫。吴苑繁华悲计拙,蜀云漂渺泣途穷。淋漓玉骨青山雨,断续香魂白浪风。往事无劳重问讯,浩怀聊付酒杯中。

牢落悠悠阅世心,滦江春水几清深。英雄割据何恩怨,节义流芳自古今。珍重虹矶无失脚,凄凉凤管有遗音。狂澜面面堪搔首,独立斜阳一怆吟。

——康熙《蟂矶山志》卷下

王　俨

王俨,大理寺评事,生平不详。

登蟂矶次韵二首

缥缈飞祠占地雄，海天空阔现龙宫。树吞秋色清堪挹，鸟度寒烟望未穷。孤障高擎仙掌日，长江远揽绣旗风。向来陈迹休重问，断简粉粉一笑中。

神鳌涌背向波心，下瞰惊涛百尺深。一自洪荒原有此，几人修整到于今。楼台隐隐乘云气，松竹潇潇响佩音。知是夜来仙子驻，阴风犹激水龙吟。

——康熙《蟂矶山志》卷下

陈清（1323—1382），庐州巢县（今属安徽）人，明开国将领，授龙虎将军、中军都督府都督佥事。

登蟂矶次韵二首

砥柱栾江天下雄，汉家妃子坐灵宫。酒杯邀入景无限，诗案供来趣不穷。蛟隐夜惊催浪雨，鲥肥春饯落花风。几番登眺倚兰楫，咫尺天门双眼中。

鼎击三纲一寸心，母恩夫义海门深。捐生誓死完名节，瘗玉埋香自古今。史女曹娥同令德，中郎内翰播徽音。江声于悒终宵雨，惊起潜蛟大块吟。

——康熙《蟂矶山志》卷下

潘观孺，宜兴人，生平不详。

登蟂矶次韵二首

怒涛千里激矶雄，川后缘何建别宫。情为妹兄忘汉敌，义因夫妇返吴穷。黎民北望求甘露，天子西征助剑风。他日忠贞今日在，滦江相对隐忧中。

先后从来只此心，此心幽窒为谁深。烈气不知身命事，忠魂直卫帝王今。青峰时贮东吴恨，碧浪频传西蜀音。幸有佳言留得在，每逢拂郁一高吟。

——康熙《蟂矶山志》卷下

陈 镐

陈镐(？—1511)，字宗之，会稽(今浙江省绍兴市)人，明成化二十三年(1487)与弟陈钦同榜进士，授礼部主事。官至都察院副都御史、湖广巡抚。

登蟂矶次韵二首

砥柱波心乘势雄，望迷摇荡水晶宫。湔磨岁月应难计，蟠据坤舆未可穷。三国悠悠闲霸业，诸兄凛凛尚英风。登临何日乘高兴，遥寄讴吟感慨中。

目送沧波惬壮心，好从飞跃看高深。江山不语随题品，天地无情自古今。埋处藓荒蝉雁迹，坐来风递珮环音。茫然往事凭谁问，消得星郎静里吟。

——康熙《蟂矶山志》卷下

刘 淮

刘淮，字潜庵，石门人。弘治壬戌(1502)监察御史。

登蟂矶次韵二首

芜江突立此矶雄，上蠹神仙半亩宫。翠壁树香高欲堕，碧潭蛟卧邃难穷。一钩仙掌佩环月，千里海门蘭芷风。到此不须疑往事，只将天理白其中。

又

仙峤如花欢客心，倚阑秋典坐来深。江涵山色应朝暮，石激波声没古今。祠下荒碑宋元刻，烟中落日磬钟音。尘踪忽讶市寰隔，啸咏窅然迥凤吟。

——康熙《蟂矶山志》卷下

莫 息

莫息，字善诚，晋陵人。弘治辛酉(1501)工部主政。

登蟂矶次韵二首

虎踞西川霸业雄，翠翘哪得出深宫。姻联吴国真为敌，归省慈闱恐未容。肯效文姜违妇德，应思太姒有贤风。邦人莫信荒唐事，都在青山不语中。

呒然孤屿障江心，雨后跻攀意转深。省佛髻青无异昔，阅人头白已如今。断霞残影流明镜，远笛余腔杂梵音。自喜兹游颇奇绝，最高峰上试清吟。

——康熙《蟂矶山志》卷下

熊浃（1478—1544），字悦之，号北原，江西南昌人。正德九年（1514）进士，授礼科给事中，历河南参议、右佥都御史、右都御史、礼部尚书、兵部尚书、吏部尚书等职，谥恭肃。

登蟂矶次韵一首

孤屿巍峨气概雄，灵妃赫赫镇斯宫。英魄不随时汩没，清操堪与地无穷。留吴泪洒巫山雨，思蜀悲临蟂岛风。消身易释私归恨，今古游人忆咏中。

——康熙《蟂矶山志》卷下

227

潘周锡，上虞人，生平不详。

蟂矶

贞烈无惭盖世雄，敢将玉质秘幽宫。生缘配蜀情何厚，死为分荆恨莫穷。孤岳连云朝惨日，寒潮带雨夜号风。英灵庙貌高千古，老我悲歌一望中。

——康熙《蟂矶山志》卷下

章廷佐

章廷佐，会稽人，生平不详。

蝼矶

龙战于野失其雄，龙妃抱痛投蛟宫。翻身吁天天不愁，滴泪向江江莫穷。凛凛独持千古节，桓桓俨有诸兄风。即看吴蜀分争地，今属皇图一统中。

——康熙《蝼矶山志》卷下

潘　鹗

潘鹗，芜湖人，生平不详。

蝼矶

殿阁崔嵬气象雄，登临人在水晶宫。古今山色观无恙，昼夜江声听不穷。鸥鸟知几闲竟日，帆樯欲迈故乘风。世情平地多崎险，莫怪风波海岛中。

——康熙《蝼矶山志》卷下

倪瑞胤

倪瑞胤，一作瑞应，字青崖，安徽当涂人。明末由训导升当阳知县。有《倪仲子诗集》。

蝼矶

东障孤拳自昔雄，遊人错认汉离宫。吞吴未测君臣意，望帝徒伤伉俪穷。殿阁晓蒸蛟蜃气，帆樯争激往来风。王师飞捷惊神助，片石擎天属此中。

——康熙《蝼矶山志》卷下

欧阳德（1495—1554），字崇一，泰和人，从王守仁学。嘉靖二年（1523）进士，授任六安州知州，亲建龙津书院。历刑部员外郎、国子监司业、太仆少卿、礼部尚书等，兼翰林院学士，谥号"文庄"。

登蝦矶次韵一首

砥柱中流庙貌雄，独怜不近永安宫。三分都要图王业，一点何惭累玉容。愤恨常驱千里浪，贞姿还有万年风。余心不尽伤心意，感慨徒与夕照中。

——康熙《蝦矶山志》卷下

王僎，生平不详。

蝦矶前韵

当披清史见英雄，玉辇如何得出宫。人世谩传当日事，神祠还似昔时容。水晶帘卷吴江月，云母屏开楚国风。幸有仙曹同眺览，恍疑山色有无中。

——康熙《蝦矶山志》卷下

沈儆烆

沈儆烆，浙江归安人，明万历八年（1580）进士，官工部主政。

登蝦矶二首

浩浩洪涛接远空，中流一柱插天雄。派分淮海寻源远，势压金焦结胜同。两岸人声浮霭外，半江帆影夕阳中。携樽未尽登临兴，回首孤踪又转蓬。

缥缈江心拥翠岑，夫人孙氏此埋沉。鹡鸰谁抱吞吴恨，杜宇常悬向蜀心。自昔锦江人已去，于今青冢怨犹深。兴亡漫说当年事，把酒临风一朗吟。

——康熙《蝦矶山志》卷下

张元芳，字扬伯，号完璞，明广陵（今江苏省扬州市）人。万历四十四年（1616）进士，官广西按察司副使等。

咏蝶矶五首

为辞鸳侣驻龙宫，一息能调万里风。露洗金容银汉冷，天回玉柱石潭雄。千秋贞烈扶坤轴，三国英豪谢女戎。赫濯声灵堪不朽，宸章难绘六师功。

潮咽江心帝子宫，西来杜宇泣东风。三山积翠眉犹黛，片石维蝶骨自雄。笑逐湘娥忠恋主，耻同毛嫱巧和戎。千秋尸祝香魂绕，汉室阴扶第一功。

才离汉苑又吴宫，中道迟迟赋凯风。抱斗将归肠欲断，鏖兵火发计偏雄。锦江流作思亲泪，彤管羞言耦国戎。洒血问天天不语，魂飞阴赞出师功。

吴楚江边幻别宫，朝飞冷雨暮凄风。香销鼎足三分定，望断旄头六出雄。自是偏残难翊汉，谁云薄命不兴戎。冰心浴日光千丈，画就山河不老功。

青莲仙子傍花宫，清拂平芜穆穆风。熟听口碑知介石，倒持年版摄英雄。东来君号能筹国，南去予惭克诘戎。雨日不殊河朔饮，啸谭想见折卫功。

——康熙《蝶矶山志》卷下

邓良佐，明人，生平不详。

蝶矶孙夫人庙，用解学士韵

芙蓉天削海中开，野寺萧寥傍古台。鼎足已知分并峙，玉环何事独归来。雨馀基畔苔空积，水绕矶头咽复回。谁道辞刘心最苦，千秋留作不然灰。

——嘉庆《无为州志》卷三十

王宗圣，字汝学，义乌人，明成化二十年（1484）进士，累官福建佥事、工部主政。有《宾湖稿》《榷政记》《太枢图跋》等。

登蟂矶次韵二首

江心楼阁倚天开，汉室今留妃子台。万里飞橹天外去，一声环佩月中来。蟂群午夜澄潭稳，鸟阵斜阳掠岸回。视权愧吾真政拙，登临忽已动葭灰。

万古纲常只此心，夫人庙貌肃幽深。云端鸟翼频来往，雨后潮声自古今。敢恋江山妆物色，愿分波澜接聆音。公余却洗尘嚣念，白日矶头发朗吟。

——康熙《蟂矶山志》卷下

 王　纪

王纪,于湖(今安徽省芜湖市)人,成化二十二年(1486)贡。

蟂矶

舟样长江素练开，乘风直上此楼台。干戈自是当年定，踪迹何由此地来。岩下花飞春雨歇，矶边石出晚潮回。欲持一束人何在，三酹寒滩湿纸灰。

——康熙《蟂矶山志》卷下

邵　稷

邵稷,字子嘉,明余姚(今属浙江)人,嘉靖二十三年(1544)进士,二十五年任芜湖县尹。

蟂矶

江心庙向对南方，殿阁孤高出异常。万载不磨灵圣泽，百川都会大江洋。忠魂护国春秋享，诚意思刘岁月疆。今日登临须尽乐，何须谈古动悲伤。

——康熙《蟂矶山志》卷下

胡　嵩

胡嵩,湖广汉阳(今属湖北省武汉市)人,嘉靖二十九年(1550)任芜湖县尹。

蝄矶

佳节祈神到上方，蝄矶胜境果非常。嶙峋砥柱中流湍，突兀孤浮万顷洋。江汉难穷归汉恨，山川空对旧吴疆。遗容俨雅今犹在，千古令人倚感伤。

——康熙《蝄矶山志》卷下

丁懋儒

丁懋儒，山东聊城人，嘉靖四十四年（1565年）进士，历湖广永州府知府、直隶太平府知府、侍读经筵官、兵科右给事中等。

蝄矶

蝄矶浮出芜江上，两岸参差障翠微。淑质尚灵存庙祀，宦游此际得瞻依。乾坤万里凭栏阔，砥柱中流入望巍。使欲凌虚寻旧侣，天门咫尺对晴晖。

——康熙《蝄矶山志》卷下

王来贤

王来贤，字用吾，云南籍合肥人，隆庆五年（1571）进士，万历年中任工部主政。

次韵蝄矶

地主相邀过石阁，清分水国暑应微。长江浴日鸥双出，孤屿冲湖鹤自依。漫说心随廊庙远，却疑身与斗山巍。停杯剩有沧洲意，坐听渔歌送夕晖。

——康熙《蝄矶山志》卷下

穆炜

穆炜，字一齐，明江右新建（今属江西长沙市）人，隆庆二年（1568）进士，六年任工部主政。

蝲矶

蝲矶雄峙大江涯，吴楚山川此最奇。烟浪任时生变幻，乾坤岘尔见撑持。千寻砥柱龙蛇伏，百尺楼台凤羽仪。东看海氛朝静尽，紫云红日漾波璃。

——康熙《蝲矶山志》卷下

尹三接，生平不详。

汪凌云邀陟蝲矶谨依碣上之韵赞咏

羞从镜里惜朱颜，帝胄联姻驾便还。岂故勉成新伉俪，相期克复旧江山。运筹将相功能定，击剑英雄气始闲。最恨赚归赍志殁，至今灵爽未阑珊。

——康熙《蝲矶山志》卷下

王镐，于湖人，生平不详。

孙夫人祠

耿耿英灵何处寻，世人传说到如今。微茫烟浪溪山合，虚像楼台岁月深。吴楚岂知俱是梦，孙刘不解总关心。圣朝龙锡真殊典，光耀龙袍篆爇沉。

——康熙《蝲矶山志》卷下

李梦阳（1473—1530），字献吉，号空同子，原籍庆阳（今属甘肃），后徙扶沟（今属河南）。弘治六年（1493）进士。授户部主事。著有《空同集》。

九日南陵送橙菊

朱门美菊采先芳，玉圃新橙摘早霜。传送满盘真斗色，分看随手各矜香。深怜便合移樽酌，暂贮应须得蟹尝。独醉秋堂卧风物，一年晴雨任重阳。

——《空同集》卷三十一

王廷相

王廷相(1474—1544)，字子衡，号浚川，仪封(今河南兰考)人。弘治进士。官至兵部尚书。著有《王氏家藏集》。

天门山

天门峭双阙，崒嵂迥相对。洞劈华阳口，石裂方壶背。寒云莽空阔，秋潮浩奔逝。我行属风波，狂起飞龙濑。三山渺何许，孤舟日摇裔。空怀招隐篇，不逢采真会。傲吏恒乖俗，逸韵故轻势。郁郁佳山水，平生有深契。骑箕列星遥，从龙帝阊阖。方将拟抱关，何由期归棚。

——《王氏家藏集》卷十

南陵

漠漠南陵野，清秋楼观开。过江心日逸，去国首仍回。木落川原迥，洲寒雁鹜哀。吊湘吾有此，翻愧贾生才。

——《王氏家藏集》卷十六

潘 旦

潘旦(1476—1549)，字希周，号石泉。南直隶徽州府婺源县(今江西省景德镇市婺源县)人。弘治十八年(1505)进士，历官右副都御史、兵部左侍郎、两广军务提督。改任南京兵部，未行，托病乞休，赠工部尚书。

蜻矶

鹬兮蚌兮死相持，吴兮蜀兮将安归。将安归兮沉江水，水呜咽兮泣湘妃。潮兮汐兮吼蜻矶。

——康熙《蜻矶山志》卷上

刘　节

刘节（1476—1555），字介夫，号梅国，更号雪台，晚号涵虚翁。大庾（今江西大余）人。弘治十八年（1505）进士。历仕浙江左布政使，迁刑部侍郎。著有《梅国集》。

登东梁山

西风斜日上梁山，一步高兮一步攀。个个青峰连海畔，村村茅舍出田间。不堪吟眺中秋近，争得淹留十日还。便与老僧分卧榻，梦中打破利名关。
十年江上望高山，未得从容半日攀。偶驻官航维柳下，直寻僧舍坐松间。水声北去流无尽，地脉东来到此还。遥指小孤青一点，崔嵬真是海门关。

——《梅国前集》卷五

235

舟中望山甚近复作

登罢山来复爱山，黄昏无计可重攀。风催急磬孤蓬底，月印危峰巨浸间。独犬吠残知客散，群鸦捷定认僧还。诗成欲寄沉吟久，只恐云门夜半关。

——《梅国前集》卷五

枕上赋梁山

开辟洪庞有此山，九功成后几人攀。重峦绕护双峰外，一水奔流两石间。日月东西今复古，舟航南北去兼还。嵯峨并峙临无地，万里江门永不关。

——《梅国前集》卷五

陈 霆

　　陈霆（约1477—1550），字声伯，号水南居士，渚山真逸，晚号可仙道人，浙江德清人。弘治十五年（1502）进士。官刑科给事中，举金山西按察司。著有《渚山堂词话》等。

送费司训之官南陵

北风吹客莽尘沙，黯淡南云道路赊。霜堕晓寒来马首，雁将行色向天涯。江亭岁晚雨成雪，山郭酒香梅欲花。去矣一毡何不可，富君文学是声华。

——《水南稿》卷八

夏 言

　　夏言（1482—1548），字公谨，江西贵溪人。正德十二年（1517）登进士第。初授行人，后任兵科给事中，升至礼部尚书兼武英殿大学士入参机务，累加少师、特进光禄大夫、上柱国，其后被擢为首辅。有《桂洲集》及《南宫奏稿》传世。

谒灵泽夫人祠

贤哉孝烈妇，亘古迄今稀。凛凛威常在，昂昂志可奇。有意归思计，无颜返故庐。只为纲常重，留名万载题。

——康熙《蟂矶山志》卷上

何景明

　　何景明（1483—1521），字仲默，号白坡，又号大复山人，信阳人。弘治十五年（1502）进士，授中书舍人，官至陕西提学副使。著有《大复集》。

米元章拜石图

节比岩岩志比坚，冠裳下拜也堪怜。此意世人谁解识，至今空羡米家颠。

——《大复集》卷二十九

何廷仁

何廷仁(1483—1551),初名秦,字性之,别号善山,雩都(今江西于都县)人。嘉靖元年举于乡。嘉靖二十年(1541)出任新会知县。官至南京工部主政。后又调芜湖掌管专卖,使当地市价度量衡公平合理,市场稳定。任职期满辞官回乡,以讲学著说为乐。任所三县百姓树碑记载其德政。著有《善山集》等。

蜾矶

吴楚江天阔,匡华入望深。登临俨仪像,伐木有余音。市隔烟涛迥,台高爽气侵。　九丹还石室,孤月照江浔。静得观澜意,无劳羡古今。

————康熙《蜾矶山志》卷上

郑善夫

郑善夫(1485—1523),字继之,闽县人。弘治十八年(1505)进士,授户部主事、南京吏部郎中等职。著有《郑少谷集》。

赠张南陵

张翰风流在,南陵溪谷间。一为香案吏,便得敬亭山。饭饱鲈鱼味,身随鸥鸟班。后期望星汉,知尔御风还。

————《少谷集》卷五

夏邦谟

夏邦谟(1485—1566),字舜俞,号松泉,明代涪州(今涪陵)人。祖籍安徽庐州。正德三年(1508)进士,授户部主事兼户部考功稽勋、德州仓正等职,官至户、吏、礼部尚书。

蝘矶二首

江阔浮孤屿，天高冒众峰。舆圆年代异，物色古今同。雨洗苍苔净，波翻白雪空。
凄凉追往事，感慨意无穷。
积水风涛壮，喧豗气不平。横天惟鸟度，隔浦断人行。览胜远蓬岛，凌虚浑太清。
谁云何水部，独惬玩梅情。

——康熙《蝘矶山志》卷上

谒孙夫人祠次阳明先生韵

凛凛贞姿气更雄，捐生宁复恋瑶宫。三分霸业谁能一，万古江流恨不穷。台殿影笼
杨柳月，汀洲声响获花风。孤舟落日增惆怅，卧听渔歌短笛中。

——康熙《蝘矶山志》卷下

李承绪

238

李承绪，芜湖人，嘉靖十一年(1532)选贡，任浙江龙泉县县丞。

蝘矶

先主嘘刘汉业崇，南阳鱼水翕然同。营星不涉三军隙，虚渡仍教五月逢。刻划顿奇
怀古哲，江山偏趁际鸿蒙。遡回仰止丹青处，秋月依稀剑阁通。

——康熙《蝘矶山志》卷下

李原性

李原性，芜湖人，嘉靖三十一年(1552)贡，曾任浙江严州府训导。

蝘矶

江心雄峙古祠灵，万丈寒潭映斗星。水自石门流到海，玉沉蝘窟骨尤馨。当年霸业
谁能定，此日穹碑正可铭。来往白鸥无所住，烟波一点晚山青。

——康熙《蝘矶山志》卷下

赵廷炯,字芃臣,上海人,万历十九年(1591)工部主政,芜湖关监督。

灵泽夫人祠

夫人风节冠闺阁,侍卫森严拥翟衣。谁把干戈分凤侣,却令环佩驻蟂矶。沉沉宇下青松色,皓皓滩头白鹭辉。莫道江东多将相,芳祠不改霸图非。

——康熙《蟂矶山志》卷下

郑启谟

郑启谟,字曦窗,福建莆田人。举人,嘉靖三十八年任(1559)任芜湖县尹。

蟂矶

骈联冠盖蹑仙台,华拱流云碧玉堆。上接青霄盈仅尺,中临沧海覆于杯。吴宫宝剑沉埋久,汉帝銮典正幸回。唯有江流环石璧,英灵长自播埏垓。

——康熙《蟂矶山志》卷下

许孟熊

许孟熊,南陵人,生平不详。

蟂矶

晴江万顷去波平,王气金城着地生。昭代山川成一统,汉家基业惜三分。依回炎鼎诸兄策,砥柱中流一妹心。载悦登临归兴晚,三台千古丽天明。

——康熙《蟂矶山志》卷下

胡 杰

胡杰（1520—1571），字子文，,江西丰城人。翰林院庶吉士，授编修、广平府通判、南京太仆寺丞、提督黄右通政、南京太常寺卿等职。有《剑西蒉》。

蟂矶

蟂矶矶上水沄沄，千载流波咽断云。已分壮图归故国，独沉遗骨报夫君。贞心不逐阳台梦，懿列犹镌碢石文。庙貌峨峨瞻睡寐，一焚椒壁蔫斜曛。

——康熙《蟂矶山志》卷下

王建勋

王建勋，广西桂林举人，明隆庆二年（1568）任芜湖县尹。

蟂矶庙（四首）

飒飒凉风掩碧幢，千秋遗庙枕名邦。天浮牛渚轮如月，地圻鸠兹带万江。刀剑怒涛驱积石，佩环幽籁入虚窗。去来白帝城头路，时见云中凤一双。

其二水心亭

螺亭新筑大江濆，倚栏浑疑□世氛。一水无边浮漾日，千峰不断吐晴云。石幢贯代那能读，举火中流未可焚。我欲开尊酬盛赏，风流却忆孟参军。

其三涵虚楼

中流柱石势崔嵬，石上陵虚画阁开。天与当窗悬日月，人从绝壑听风雷。白波九道西江下，紫气千秋北极来。谁向国门称保障，凭高一望思悠哉。

其四水晶宫

谁构瑶宫不日成，纤尘不挂八窗明。晴岚澹澹浮空翠，远水茫茫混太清。龙伯偶听翻贝过，鲛人频作弄珠行。我来聊洗风尘色，错拟能吹子晋笙。

——康熙《蟂矶山志》卷下

赵世显,字仁甫,明福州府侯官(今属福建省福州市)人。万历十一年(1583)进士。初任池州司李。有《芝园稿》。

蜻矶

于湖日落海潮生,一叶扁舟傍晚行。隔浦云从矶上起,中流山似镜中明。强吴霸业知何处,烈女芳祠永擅名。更说英灵祛水怪,满江风雨绝蜻声。

——康熙《蜻矶山志》卷下

王继,字道承,号述斋,于湖(今安徽省芜湖市)人。有《击壤集》。

蜻矶

江空万里石矶蹲,传说蜻藏窟尚存。楼殿千年非蜃气,蓬莱一带有仙根。浪花狂舞晴飞雪,烟景难妆画隔村。爱此登临无限趣,望中咫尺是天门。

——康熙《蜻矶山志》卷下

宋彬,洪武二十七年(1394)芜湖县尹任上重修县治,二十九年重修文庙(芜湖学宫)。

蜻矶

威灵赫赫镇江心,巨浪滔滔绕圣城。吴蜀结婚求羽翼,曹瞒焉敢视南京。生时曾做刘皇后,死后为神助大明。广仗士商来祝祷,但祈护国几千春。

——康熙《蜻矶山志》卷下

闵道扬

闵道扬（1568年前后），号守泉山人，浙江新安人，明医家，有《医学集要》《全婴要览》等。

蟂矶三首

一峰奇石柱中流，上有灵妃百尺楼。帘卷青山吴树晓，云凝碧殿汉宫秋。贞心岂逐寒潮转，芳誉长同白日留。病起登临重吊古，乾坤不尽思悠悠。

孤岛楼台逼太清，偶因伏猎恣闲行。断虹收雨暮山出，白鹭弄波斜日明。迹习渔樵成久业，身依木石见幽情。即今满眼犹兵火，且向矶头学钓鲸。

江上好山看不厌，青青终日送归航。倚天高阁留人醉，夹岸春花笑客忙。樗散一身时落落，飘零千里鬓苍苍。乾坤到处难安迹，趁向矶头学楚狂。

——康熙《蟂矶山志》卷下

登览纪咏八首①

今古楼台

寥暘宝殿郁嵯峨，胜概清幽岁月多。水近先迎明月入，簷高不碍白云过。波心豚吹风生浪，矶下蛟潜水作窝。四顾江山真绝胜，挥毫抚景恣吟哦。

晨昏钟鼓

旦夕蒲牢一吼鸣，革音相应不停声。敲残夜月更初尽，击落寒霜曙欲明。隔水人家开竹户，近村田舍闭柴扃。几回闻罢增深省，稽首焚香礼圣灵。

芜湖烟市

一眺芜湖境界幽，繁华风景豁吟眸。满城罗绮家家市，匝地笙歌处处楼。海错山珠良贾货，牙樯锦缆富商舟。来今往古图兴胜，占断江东第一洲。

淮甸膏腴

仙境之西近大田，锦鸠声里雨如烟。适逢万作农兴日，又是三秋稻熟天。利泽膏腴应沛若，短蓑轻耒竞纷然。遥观一带丘园上，桑柘阴浓上下连。

波澄夜月

长江一带碧涵空，月色沉沉夜正中。影浸冰壶天地老，光摇银汉古今同。阴精冷透鲛人室，素魄空浮贝母宫。昼夕凭栏绝胜处，却疑水与广寒通。

滩映夕阳

逝水东流自古今，苍茫夕照半西沉。一湾纹绉高低锦，万顷光摇荡漾金。汀树横斜犹弄影，渔歌欸乃未停音。归人忙荡中流楫，正切思乡万里心。

客舟上下

登览螺矶景最幽，凭阑徒自瞰清流。悠扬上下济川客，来往东西泛海舟。风月迥明吟里趣，烟云浓淡望中收。几回抚景尘嚣绝，坐石观澜狎水鸥。

渔艇纵横

长江万顷水茫然，渔父中流挽钓船。络绎经纶张复弛，网罗水族后犹前。高歌欸乃汀洲畔，沉醉忘机鸥鸟边。赢得一生无宠辱，烟波相伴不知年。

——康熙《螺矶山志》卷下

[注]①该诗计八首,每首题目皆原本,总题系修订者所改,原题:予因登览,适有山主王诚延留之久,四顾风景遂目为入,咏以纪其岁月云。

陈邦经,生平不详。

螺矶

随宦当年此惜阴，浮艖今日又登临。山含积翠苔封绿，月映寒潭浪涌金。读罢残碑伤往事，歌来雅咏快游心。夫人庙貌灵千古，鼎足空余过客吟。

——康熙《螺矶山志》卷下

243

张云路,嘉靖三十三年(1554)监察御史,余不详。

螺矶

源流岷蜀远，万顷入沧瀛。触石生涛怒，观澜慰客情。剧谈孤柱立，指点数峰清。

为涤尘凡虑，须更到水晶。

——康熙《螺矶山志》卷上

胡 膏

胡膏，字来霭，明绍兴府余姚县（今属浙江省宁波市）人，嘉靖二十九年（1550）进士。曾经参与修撰《余姚县志》，后官至光禄寺丞。

螺矶

汉宫不识路艰难，惟喜刀环列将坛。舟过石头吴渐远，身归鲛室骨犹寒。粉靥腻水余清晓，藻句龙衣炫碧湍。漫道异香来月下，箫声呜咽控青鸾。

——康熙《螺矶山志》卷下

郑 佐

244

郑佐，字双溪，明徽州岩寺（今属安徽省黄山市）人，正德九年（1514）进士，官至贵州右参政。

螺矶

怪石巉峨耸渺茫，长年壁立任沧浪。殿虚楼阁迷烟雨，水叠洪涛赛雪霜。游宦每怀三国愤，中原谁及一星黄。而今胜迹堪嗟讶，万古相传震异乡。

——康熙《螺矶山志》卷下

章 焕

章焕，字懋宪，号石城，明长洲县（今属江苏省苏州市）人。嘉靖十七年（1538）进士，历官都御史，抚治郧阳及襄阳。有《华阳漫稿》。

螺矶

孤峰突兀起江心，面面江波净客襟。极浦寒烟迷树色，远天横吹杂螺吟。虚无山峡潇湘景，缥缈浮丘明月岑。对榻几同何水部，肯从空外落清音。

春风江上驻灵旗，神女明妆照袆衣。片玉销沉孤岛在，贞魂漂泊故宫非。侍刀俨识生前烈，鸣佩犹疑月下归。岷水西来转呜咽，至今流恨溅蟂矶。

——康熙《蟂矶山志》卷下

田实发，字梅屿，合肥人。诸生。有《玉禾山人诗集》。

蟂矶孙夫人庙

千年遗庙与云平，瑟瑟黄芦绕径生。槛外潮添菱镜泪，檐前叶堕翠钿声。两重眉皱吴山绿，一点心随汉日明。只好湘江寻伴侣，九嶷天远路纵横。

——嘉庆《无为州志》卷三十二

章衮(？—1538)，字汝明，号介庵，临川(今属江西)人。嘉靖二年(1523)进士。官御史，督学南畿，后任松江同知，陕西按察副使。著有《章介庵集》。

245

自芜湖往姑孰

驱马芜湖县，天空曙色凉。露莲娇欲语，风稻秀还香。迢递违乡井，徘徊过野塘。幽怀无处寄，清滩起沧浪。

——《章介庵文集》卷十

朱淛(1486—1552)，字必东，福建莆田人。嘉靖二年(1523)进士，授湖广道试监察御史。著有《天马山房集》。

寄张行之水部时在芜湖司课

春日西台共赋诗,只今已隔两年期。升沉尔尔何须问,消息茫茫总不知。落日重湖牵梦杳,南天寒雁送书迟。鼎彝竹帛真君事,我向沧浪买钓矶。

——《天马山房遗稿》卷八

张继(1487—1543),字世文,江苏高邮人。正德八年(1513)举人。官至光州知州。毕生刻意填词。著有《南湖诗集》。

泊荻港

江流经赭圻,洪涛势空旷。羁客归兴剧,扬舟冒潎潎。惊帆折风阻,颠簸□□□。遵崖拽长缆,始得按荻港。崖屋见比比,居人亦穰穰。□背浮丘翁,此地事真养。古洞閟烟霞,只尺不可往。引领望青山,长谣神懭恍。

——《南湖诗集》卷三

梁山阻风

两山对峙一门开,约束江流势壮哉。厌见北风涛捲雪,愁听南浦浪喧雷。目随一鸟云边转,心折孤帆日下来。能与天门斗奇绝,古今惟有谪仙才。①

——《南湖诗集》卷三

[注]①作者自注:太白有天门诗。

吴廷翰

吴廷翰(1490—1559),字崧柏,号苏原。安徽无为人。正德十六年(1521)进士。历官兵部主事,转户部主事,再转吏部文选司郎中。后为地方官,历任广东佥事、岭南分巡道、浙江参议、山西参议。著有《湖山小稿》《苏原全集》等。

246

芜湖历代诗词

板子矶

滚滚长江下急滩，岿然巨石拥江关。云霾正讶鼋鼍立，风雨虚疑虎豹蹲。过客不妨呼砥柱，波臣应许作回澜。莫愁百折多奇险，一障能令万古安。

　　　　　　　　　　　　　　　　　　　　——《历代繁昌诗选》

望银瓶山①

北山西望如列屏，遍历何缘得路经。咫尺雪峰寻不见，遥从金粟望银瓶。

　　注:①银瓶山:在无为城西北五十里。

百万湖

除却洞庭水，无与此湖同。胸怀浑欲尽，名字已争雄。天地波涛里，行藏烟雨中。钓竿长在手，何处不渔翁?

浪迹归来百万湖，满湖风景弄清娱。东门日日鱼成市，二月家家鸭引雏。杨柳绿连沙上屋，芙蕖红映酒边垆。此间疑有任公子，何处能寻越大夫?

　　　　　　　　　　　　　　　　　　　　——《湖山小稿》卷上

镜溪

川势双鬟合，天光一镜悬。鸥藏三亩宅，柳带五湖烟。明月严陵钓，荷花贺监眠。悠然思所与，雪满剡溪船。

　　　　　　　　　　　　　　　　　　　　——《湖山小稿》卷上

莺堤

绕堤垂碧柳，隔水语黄鹂。深巷微风渡，柔条小棹敧。午晴敧枕处，晚饭荷筐时。幽意无人识，奚童尽日随。

　　　　　　　　　　　　　　　　　　　　——《湖山小稿》卷上

247

歌塘

轻舟涉南坝，凌月下歌塘。歌向塘心去，声从月里长。纷纷落浅水，袅袅湿清光。停棹沿沙宿，菱花作梦香。

——《湖山小稿》卷上

啸台①

一墩临曲岸，百丈入高层。无人攀历乱，孤啸倚飞腾。飒飒风林振，冷冷潭水澄。苏门明月夜，流影照孙登。

——《湖山小稿》卷上

注:①啸台:在无为城内,明谪任州同许用中建。

五云洞

飞来一洞五云里，得此安闲胜结庐。门口坐时堪戏鹤，树边倚处得观鱼。青天独立闻樵唱，红日高眠把道书。善卷张公称美胜，不知较此竟何如。

——《湖山小稿》卷上

药墅始成

湖西药墅今始成，桂屿草堂新得名。寡欲自能轻病骨，无营渐觉损凡情。绕畦翠浪莎亭雨，满径香风竹院晴。休老此中吾所爱，无劳玄圃学长生。

——《湖山小稿》卷上

釜山钓矶

不是釜山真有意，如何生我钓矶前？江流东下皆环抱，云气西来正接连。色映青簑浑不改，影垂白发故相怜。富春西塞前人迹，赖汝佳名欲并传。恰有荻港之釜山，亭亭坐我钓台间。云连箐谷竿千尺，影入槎湖月一湾。

——《湖山小稿》卷上

襄安道中①

县本襄安古，名从汉史传。经过但村落，迁徙尚人烟。瓦兽田间出，桥狮渡口眠。僧家题旧事，犹是永徽年。

——《湖山小稿》卷中

注：①襄安：在无为城南四十里。

海会寺壁间①

孰知城郭改，独有寺长存。海会何年额，山门几叶孙。烹茶过竹院，扫榻卧松轩。一偈留僧去，何曾别世尊？

——《湖山小稿》卷中

注：①海会寺：在无为襄安镇。唐永徽三年（652）建。

白鹤观①

一殿凭孤烟，千花被高垒。远树生微钟，夕峰露馀蔼。仙骨蜕此间，翩翩竟何在？白发如可医，青精尚堪采。吾欲炼空山，因之梦瀛海。

——《湖山小稿》卷中

注：①白鹤观：在无为襄安镇印墩，唐时建。

游南山简王之佐①

南山高高挂天隅，欲看还休兴每孤。君独有情邀共去，我缘多病得相扶。一筇喜对长林卧，双屐遥从绝涧呼。他日拂衣能作伴，白头丹壑更携壶。

——《湖山小稿》卷中

[注]①南山：一名昆山，有三公、九卿等名，去城南百余里。作者题注：嘉靖十九年（1540）四月，赴徐善可少游之约，同游王之佐相，董子异仝。

双峰寺①

石上三公乡，门口又峰寺。幡挂淳祐年，藓蚀庐江字。客坐开经堂，僧来说遗事。

一饷纪曾游，空山拾香翠。

——《湖山小稿》卷中

[注]①双峰寺:在无为南乡,宋熙宁八年建,寺门石碣有题号。

广德寺简诸同游①

与客步春郊，青冈映白茅。路斜双垅出，树直万松交。钟隐破楼寺，僧居野鹊巢。此中多胜事，再到莫相抛。

——《湖山小稿》卷中

[注]①广德寺:无为广德寺有二,西广德寺在开城镇,南广德寺在昆山镇。

澜溪草堂

昆山去城一百里，久闻徐子寄高踪。草堂直在澜溪上，倒插青天十二峰。爱酒田田皆种秫，白云个个只栽松。题诗过此从教熟，有病何妨拄短筇。

——《湖山小稿》卷中

250

十二峰头丈人①

借得南山好，飞来十二峰。丈人高卧处，无数白云封。一点青霞色，知为第几重？

——《湖山小稿》卷中

[注]①作者题注:三公,九卿,十二峰也,爱之,写以丈人之号。。

过龙安山寺西院①

龙安山中好，兰若何深藏。云霞结高彩，花木停幽香。蔼蔼东栗村，萧萧西竹房。谁言有入世，过此浑相忘。

——《湖山小稿》卷中

[注]①作者题注:去城南十余里,即延福寺主山。

相山访林泉院①

吾乡贤宰相，第宅到今传。及见西山寺，犹题南宋年。自从迷墓道，无复识林泉。

坏佛残僧在，相看一泫然。

——《湖山小稿》卷中

[注]①相山：在无为城西六十里。宋王之道退居此山，其自号"相山居士"。

饭萝山道中①

水落庐江桥，云净饭萝山。野田带寒日，萧萧红树弯。

——《湖山小稿》卷中

注：①饭萝山：在无为城西南五十里。

临壁山①

昨从临壁寻诗过，贪看双泉忘却题。一路青山红叶里，人家流水石桥西。

——《湖山小稿》卷中

[注]①临壁山：在无为城西南八十里。

望天井山①

临壁行欲尽，暝色忽在地。钟声远迎客，遂宿双泉寺。前望天井山，岬赞岏不能至。寒云倚孤碧，断霭郁空翠。

——《湖山小稿》卷中

注：①天井山：在无为城西南九十里。

晚过岩台寺

岩台欲朝访，淹忽已斜阳。问寺迷前路，寻钟到上方。花灯然佛殿，萝月暗僧房。记上经楼看，忙行笑却忘。

——《湖山小稿》卷中

钓台

台在巢湖东南四十里许，即古濡须水口。嘉靖戊申二月十二日，命舟将游蟂矶不至，乘兴独访，经数日而归。

黄落河①

欲问濡须坞，维舟黄落河。地从吴魏后，世几战争过。谈笑英雄罢，经行感慨多。太平渔钓好，是处弄烟波。

[注]①作者题注：在无为城北三十五里，源巢湖入长江。

濡须坞

孤舟来棹濡须水，只有巢湖路不迷。割据纷纭殊郡国，关河迤逦失东西。山僧夜宿中军垒，农父春耕大将堤。即古东兴堤，诸葛恪所筑。前过钓台还睇目，雄图消尽见幽栖。

钓鱼台

泊舟钓台下，垂竿弄清风。闻之此石上，昔有垂竿翁。其人不可见，其迹亦已空。唯有浩渺心，千载与予同。

偃月城①

钟声邀我龟山寺，偃月城空蔓草长。日暮山僧相送出，水边闲坐说吴王。

[注]①作者题注：其形肖偃月，坞之别名，今上为寺。

七宝山①

七宝山荒濡水移，千年踪迹使人疑。于今灌莽空曹垒，何处烟霞有杜诗？

[注]作者自注：①志谓魏人立栅处。又传有烟霞亭，杜子诗访不可得，亭或圮而诗则讹也。

东西关

舳舻百战几时休，此日扁舟属我游。为问两关何事业，惟余一水自东流。①

[注]①水非故道。

——《湖山小稿》卷中

回澜矶

旧名版子矶，在繁昌县，滨江与泥汊河对。嘉靖辛亥三月十九日，送宝之官成都，舟出泥汊，渡江，登玄武祠诸山，回舟至矶，更其名。同行傅佩之珩，叶止善志道，谢廷言诏。

登荻港玄武祠

玄武祠头强一登，谁知白发倚青藤。孤帆远影天如尽，急浪高江势若崩。山抱凤凰悬玉壁，气来龙虎接金陵。倦休好就虚空卧，石屋寒多叹未能。

版子矶更名回澜

滚滚长江下急滩，巍巍巨石拥惊湍。云霾正讶鼋鼍立，风雨虚疑虎豹抟。过客不妨呼底柱，高名应许作回澜。莫愁百折多奇险，一障能令万古安。

登覆釜山①

每从湖上瞻青霭，忽向江头赋翠微。树影丛开千嶂出，钟声遥带一帆飞。高穿云石缘樵路，闲拂藤萝散夕霏。正忆尔情浑不改，年年相伴钓鱼矶。

——《湖山小稿》卷中

[注]①作者题注：山在繁昌县，隔江与子钓矶相对。

蜾矶

去城东北一百里，与芜湖对。嘉靖甲寅正月初八日，由临江坝、栅江访袁世文质于断窑，为风雨所阻，乘兴登蜾矶，观御制诗及所赐龙袍等物。

栅江

立栅江西口，设险坝东头。栅从何日废？名尚至今留。顾此升平乐，难忘武备忧。颇闻洋海警，列戍未应抽。

自断窑小舟赴蜾矶

逮晓野初霁，无风江自平。鸥凫沿艇下，鹅鹳听榔鸣。半空露幡影，中流有磬声。灵矶犹隐见，那得片时程！

登蜾矶

万仞临江蹑彩霓，一泓抱石涌丹梯。波涛深护灵妃宅，日月高悬圣祖题。天外飞甍瞻魏北，树间清磬落淮西。潜蜃欲起何由得，不似温家有照犀。

灵泽夫人祠

灵泽夫人祠在蜾矶上。顾世远语讹史籍阙载，遂使夫人涉历未明，心迹閟白。独石门一记意核词正，而石峰之序尤励风化，放此义行而流俗之论，可自息矣。因过祠下赋此志之，兼以纪岁月云。

目断长江遂自沉，泪残香骨杳难寻。千年不尽归吴恨，一死能明去蜀心。世代山河伤虎斗，岁时风雨听螗吟。欲知英烈犹生处，独有涛声无古今。

宿近更楼寺人家

宿近江楼寺，人家江岸深。暝钟隔残雨，寒鼓答疏砧。寂寂兼葭夜，泠泠经梵音。无缘留石榻，犹得浣尘襟。

——《湖山小稿》卷中

锦绣溪

杨柳深深沙坞起，桃花短短野津通。亭台不断双溪上，凫鹭来游一鉴中。白石青山看尽见，锦樯画舫照相同。已堪高兴乘王子，更可清狂醉贺公。

——嘉庆《无为州志》卷三十

 吕 怀

吕怀（1492—1573），字汝德，一字汝愚，号巾石，永丰（今属江西上饶）人。明代理学家。嘉靖十一年（1532）进士，官至南京太仆少卿。著有《律吕古义》。

无为景福寺论学二首[①]

梦入羲皇白发生，夜来征马度江城。太羹元酒千年事，流水高山此日情。不信天人齐上下，恍然日月共昭明。春风回首惭多士，古寺空教忆二程。
乾坤大易自生生，一障横空堵万城。内外合时原有道，显微一处始忘情。源头打破行方得，意上推求恐未明。此学寂寥今已久，静虚动直是功程。[②]

——嘉庆《无为州志》卷三十

[注]①题目系修订者所改，原题：无为与许君用中、罗君大德、谢君伟、黄君九功及诸士子四十九人集景福寺论学二首，时嘉靖癸丑孟冬朔后一日。②作者自注：见景福寺碑刻。

 朱 昂

朱昂，字廷举，安徽无为人。正德元年（1506）举人，官应天府管马通判、工部都水司郎中，升福建右参政。年六十，引疾致仕。

北山归隐

恩诏辉煌出建章，便携琴鹤上归航。青山自在云深处，正好追陪结草堂。
忆昔亲提十万兵，八闽海道日循行。而今交割君王敕，白屋安眠梦不惊。
清苦居官三十年，喜投手板赋归田。传家不用平倭剑，交付东邻当酒钱。
宦海茫茫总不知，身闲却与懒相宜。半窗花影三竿日，正是山翁拥被时。

——嘉庆《无为州志》卷三十

徐杰，字无定，兴之，安徽繁昌人。成化二十年(1484)进士。官淄川令。著有《徐兴之文集》。

马仁山八首

韬玉峰

峨峨百丈石，夜夜光怪生。疑是赤龙起，忽有暗电惊。飘然落精彩，下照舍卫城。
西域有异僧，能辨璞与珍。挥手向人言，此中有良瑛。剖之资世用，不减双南金。
时无向信者，崒嵂空埃尘。

龙首峰

山头有老石，菌蠢缩龙首。仰天如欲鸣，拔地殆应走。腾踏尚威神，斑鳞顾已朽。
逃兹虾蟆侪，来作藤萝友。冯夷失驭悲，苍生望霖久。胡为如来尊，夺此困九有。
一朝承帝命，山灵岂能守。鞭霆驾风云，沥海翻覆手。

马人峰

人乃英雄流，马乃骈骊俦。人雄马复壮，顾盼风飕飕。九州倏忽遍，电掣南山头。
朝杀三千狐，暮杀三千牛。好杀若饮食，岂解慈仁修。空中闻笑语，仰睹圣贤游。
人马俨相忌，雄心一旦休。拱倚化为石，屹立风云稠。

双桂峰

佛道通仙灵，姮娥亦皈向。手持双桂枝，徘徊下云帐。金花映腮颊，香风正飘荡。
姮娥上天去，双桂屹成嶂。如何植物性，知恋慈仁相。坚守菩提根，求绝蟠桃饷。
婆娑清夜影，依约半乾象。

毗庐峰①

如来到东土，说法马人山。指点木石起，呼吸河海干。如何高弟子，一夕化石顽。
岂遂失灵性，意是参魔禅。亭亭百尺身，磊落撑人间。碧萝为衣裳，青松挂锡环。
时作春雨泣，殆与秋风骞。如来本灵圣，胡不招而还。

观音峰

观音大慈悲，传自西方译。寻声遍四海，到处留踪迹。岩石洞开明，此云曾憩息。
好事共传久，邪说恣腾炽。夜深山月明，香火既岑寂。

双猫峰

山下两拳石，宛似双猫伏。无乃兹山灵，幻此缘鼠畜。花生润珉毛，雪冻死白骨。
造化多怪奇，此物惊触目。张华多识人，见之曾收录。

洗砚池

翀霄姓王氏，云是羲之儿。性洁爱山水，好书复临池。波间洗破砚，墨浪飞元鱼。
羲之写黄庭，名声千载垂。翀霄书涅槃，字画与并驰。二子已仙去，遗迹人间奇。
春风翰墨香，秋雨蛟龙悲。飞鸟不敢过，何必高藩篱。

——道光《繁昌县志》卷十七

注：①毗庐峰：一作罗汉峰。

伏虎岩

传闻石似虎，人咸生畏嗔。世事每如此，谁能辨假真。

——道光《繁昌县志》卷十七

喷玉泉

我入西峰山，爱此玉泉色。想是雪山乳，潜流通此穴。

——道光《繁昌县志》卷十七

青莲池

念佛诵佛人，口吐青莲花。妙香遍世界，此地着根芽。

——道光《繁昌县志》卷十七

锦云峰

青峰削出金天高，峰头朝气烂锦袍。天机组织五色标，金光横掣龙凤遥。下覆僧寺佛座牢，疑是牟尼初放朝。眉间光出天地摇，人世照耀鬼魅逃。搏此虚空难画描，斗星日月争分毫。我欲就下结数茅，猛虎一声山雾消。

　　　　　　　　　　　　　　　　　——道光《繁昌县志》卷十七

　　李堂，字时升，鄞县(今浙江宁波)人。成化二十三(1487)年进士。官至工部右侍郎，总理河道。著有《堇山集》等。

乐耕为芜湖余隐者作

莘野未聘时，南阳方负耒。谁哉继高风，饭牛不知悔。嗟嗟古遗民，声利若将浼。叩角歌正扬，带经腹可馁。披簑组绣荣，朝市隔莹垒。安此百亩遗，至乐那能痗。春勤秋获丰，学道功相倍。欲问乐畊心，尘心迷大隗。

　　　　　　　　　　　　　　　　　——《堇山文集》卷一

登蟂矶山吊灵泽夫人

水心拳石小，石出殿堂明。哭死伤生女，亡君敌国情。魂归秋月白，泪滴大江清。吴蜀今安在，天遗灵泽英。

　　　　　　　　　　　　　　　　　——《堇山文集》卷二

送同寅莫善诚监税芜湖

送客湖阴去，江山忆旧游。蟂矶潮负石，沙岸水明楼。藏赋怜邦本，征商亦庙谋。薄才何足问，英杰自垂休。

　　　　　　　　　　　　　　　　　——《堇山文集》卷二

秋江漫兴①

西风搔首倚江楼，白水茫茫万里秋。独鹤韵清寒露滴，双帆影落夜航收。暗潮拍岸

257

无虚日，黄叶吟风不断愁。独爱小窗真景合，彩云扶月起沧洲。

——《董山文集》卷五

[注]①作者题注：登芜湖倚江楼。

芜湖八咏①

吴波秋月

万顷玻璃吐玉盘，不禁清气袭轻纨。天连扬子秋光白，水拍嫦娥素影寒。五夜朗融人寂寂，九霄澄湛露溥溥。何人独上兰舟坐，击楫空明眼界宽。

雄观江声

江阁砰轰势若崩，四时潮信自奔腾。秋随急雨愁嫠妇，暮卷残钟怯病僧。狂飔连山冲铁瓮，怒鲸归海过金陵。更怜月淡波澄夜，汨汨清音近竹灯。

蟂矶烟浪②

烟笼矶石似轻纱，石窟玲珑吐浪花。亭馆霏微藏古庙，帆樯隐约送仙艖。冥冥雁阵拖秋影，闪闪渔灯落岸砂。吴蜀有灵遗泽远，一拳鳌立万年家。

——《董山文集》卷五

258

[注]①原注：存三首。②作者自注：矶有蜀主灵泽夫人庙。

登驿矶清风楼赠黄老绣衣

清风楼上几登临，景物随人异古今。太史续成高士传，长江洗出老臣心。紫芝漱谷供幽兴，白石南山入醉唫。相望谪仙亭馆迥，一川凉月濯烦襟。

——《董山文集》卷五

玩鞭亭

风暖云闲上此亭，亭花烂漫鸟丁宁。平畴一雨添新绿，隔岸双峰送晚青。游子踏歌何日倦，田家作社几人醒。欲将此景归图画，彩笔争如造化灵。

——民国《芜湖县志》卷五十九

胡 爟

胡爟(？—1501),字仲光,号蒲塘,安徽芜湖人。弘治五年(1492)领乡荐,翌年中进士,授庶吉士,改户部主事。著有《大学补》《蒲塘集》。

荆山

平湖一望际,石屏双眼底。霜波泻幽影,天风正如洗。我欲凭紫云,乘鸾调凤尾。

—— 康熙《太平府志》卷三十八

白马山

我闻南山巅,别有一天地。桃花万树霞,瑶草千年翠。我时捕鱼者,重访无怀氏。

—— 康熙《太平府志》卷三十八

清风楼

松涛翻浪逼高楼,江上清风此白头。骢马霜情随地远,野鸥波影共天浮。采薇凉落千寻壁,把钓寒生万里流。今日百壶浑未醉,袖中余爽逼舟邱。

—— 嘉庆《芜湖县志》第八册

吉祥寺

缥缈晴云半亩多,野人昨日旧行窝。重寻石径几回路,细认岩松百尺萝。尘世光阴空荏苒,老僧金狄自摩挲。长江万里丛林外,且放沧浪一曲歌。

—— 康熙《芜湖县志》卷十三

永寿院

千年湖上寺,狂客重兴咨。流水到今日,青山依旧时,烟生古树影,霜剥断碑词。独有忧时意,无论逸与疲。

—— 康熙《芜湖县志》卷十三

蠡矶

长江一寸碧，兀兀中颂洞。沅湘春画浮，淮扬秋暮动。万古此登临，独立谁与共。

——康熙《蠡矶山志》卷上

袁袠（1502—1547），字永之，号胥台，长洲人（今江苏苏州）人。嘉靖五年（1526）进士，授刑部主事。著有《胥台集》。

送魏冬官师召榷税芜湖

尔向芜湖去，芜湖据上流。青山谢公宅，采石谪仙楼。榷税司空职，帆樯贾客舟。何时牛渚下，泛月与同游。

——《衡藩重刻胥台先生集》卷六

260

吕本（1504—1587），浙江余姚人。嘉靖十一年（1532）进士，累官太子太保、文渊阁大学士。著有《期斋集》。

送敖平之掌教芜湖

灵山何幸迟儒宗，曾献贤书动九重。伯起三鳣新入座，陶孙万卷久蟠胸。春风独秉将鸣铎，晓日高悬待扣钟。应把栋梁充贡赋，伫看云雨起蛟龙。

——《期斋吕先生集》卷二

周洪，安徽芜湖人。景泰三年（1452）贡生，任江西南康府通判。

吴波秋月

碧波渺渺净无穷，冷浸蟾光一色中。半夜凉风起天末，恍疑身在广寒宫。

　　　　　　　　　　　　　　　　——康熙《芜湖县志》卷十三

雄观亭

屹立危亭压翠巅，奔流滚滚碧连天。几回纵目观澜处，鲸吼涛声彻九渊。

　　　　　　　　　　　　　　　　——康熙《芜湖县志》卷十三

玩鞭亭

神策机深弃宝鞭，莎青地湿雨余天。巴骥遗迹今何在？杜燕喃喃说昔年。

　　　　　　　　　　　　　　　　——康熙《芜湖县志》卷十三

荆山

两山削出玉芙蓉，倒影湖光胜概雄。日暮渔舟依小港，一簑晴雪映孤篷。

　　　　　　　　　　　　　　　　——康熙《芜湖县志》卷十三

261

白马山

玉骢驰去几经年，洞里清虚锁暮烟。欲访仙踪无处觅，马蹄踏遍翠云巅。

　　　　　　　　　　　　　　　　——康熙《太平府志》卷三十八

蟂矶

屹立江心石一拳，银涛千顷淡如烟。参差楼阁江南景，好似蓬莱圜苑天

　　　　　　　　　　　　　　　　——康熙《蟂矶山志》卷下

张　旭

　　张旭，字延曙，安徽休宁人。成化十年(1474)举人，历官孝丰、伊阳、高明知县。著有《梅岩小稿》。

西梁山

山势奔来欲渡江，层崖翻被巨涛降。至今欲截长江水，长与东梁作一双。

——《梅岩小稿》卷五

枭矶庙

鳌头擎出水晶宫，人说吴妃在此中。莫恨国亡身一死，千年名教仰高风。

——《梅岩小稿》卷五

祁顺（1474年前后在世），字致和，号巽川，广东东莞人。天顺四年（1460）进士。授户部郎。赐一品服使朝鲜。官终江西左布政使。著有《巽川集》。

过荻港寻亡女细三墓

花埋尘土玉沉渊，往事伤心已十年。别去难忘亲骨肉，重来愁见旧山川。寒烟宿草孤坟外，野树悲风古驿前。吾母白头犹念汝，天南相隔路三千。

——《巽川祁先生文集》卷四

贡钦，字元礼，安徽宁国（今属宣城市）人。成化二十年（1484）进士。官顺德知府。著有《西园集》。

清风楼

江上清风第一楼，楼中谁可伴清幽。隔江招我庄夫子，并倚阑干看白鸥。

——康熙《太平府志》卷三十八

驿矶山

万里长江突此楼，主人高眼送浮沤。狂飚吹落乌纱帽，自有青天阁白头。

——康熙《太平府志》卷三十八

黄云，字应龙，号丹岩，江苏昆山人。弘治时，以贡生授曹州训导。著有《黄丹岩先生集》。

螺矶庙祀刘先主后

嫁得夫君盖世雄，志图匡复别江东。为吴为汉皆亡国，花草还应忆故宫。

——《黄丹岩先生集》卷一

陆无文示姑熟山水图画为萧尺木笔

翰墨风流自足传，几人窥灶少晨烟。何当也学萧公子，漫写青山换酒钱。

——《黄丹岩先生集》卷三

263

梁山

东西两山峙，似辟大江门。客棹兼葭渚，人家梅柳村，何饶春雪迹，长没暮潮痕。行迈经三月，登高望故园。

——《黄丹岩先生集》卷四

（章嘉祯）

章嘉祯，字元礼，德清（今属浙江）人。明万历八年（1580）进士。曾知当涂，官至大理寺丞。著有《姑孰集》。

醉歌行吊古

于湖先生踏雪行，赭山赋雪雪初晴。江平谓似新磨镜，地迥云如玉琢成。我今来此雪消尽，山容润靓江含清。含情怀古清兴剧，高叫于湖不可作。江头贳酒绿千种，南曲和笙北弦索。升仙桥西张氏宅，今日谁家烟漠漠。月转街楼雁阵寒，酒阑客座灯花落。醉读于湖踏雪诗，犹令云霞生春壑。

——康熙《太平府志》卷三十八

陈鎏（1508—1581），字子兼，别号雨泉，吴县（今江苏苏州）人。嘉靖十七年（1538）进士。官至四川右布政使。工诗，善书，著有《茅坤鹿门集》等。

长至日狄港驿拜牌

江上偶逢长至期，暂将常服作朝仪。遥瞻北极氤氲处，正是中朝拜舞时。气转一阳天地阔，心悬万里远臣私。野人不解纲常重，共睹衣冠问阿谁。

——《已宽堂集》卷二

汪宗伊（1510—1580），字子衡，别号少泉，湖北崇阳人。嘉靖十七年（1538）进士，官至南京右部御史、吏部尚书。著有《少泉诗集》。

隐玉山歌①

浮丘磴道沿溪入，绝顶扪萝上千级。削处成峰云雾迷，吹来似雨衣裳湿。山腰蹢躅红半残，洞口篢笤绿万竿。怪石嵯峨撑老树，飞泉瀑布挂层峦。西窥倒影千家小，东俯来林万木杪。极目迢迢翠微上，香风拂拂红尘杳。红尘杳隔真奇绝，胜景剩与嵩山埒。子晋吹箫引凤鸣，浮丘伯引栖缑穴。王郭仙人岂后身，姓名埋照识前因。当年一去不复返，幻迹空遗几度春。春深几度斜阳罩，绿草铺茵笼庙貌。曾闻丹井出苍麟，浪说药池留白豹。棋枰仙局尽莓苔，丹穴琼苗半草莱。锁虎石峰残霭散，穿山脚踏乱云堆。钵盂山对千军岭，蒹葭玉倚朝霞影。梵呗萧疏幢盖幽，庭空寂历

264

芜湖历代诗词

钟声静。寻幽栖息到松关，老衲殷勤啜茗闲。香气触帘花欲醒，篆烟满座鸟飞还。环观形胜壶天广，竟日登临资拄杖。坐中无事且参禅，方外有奇随鉴赏。因思洞天三十六，峰插云霄青几幅。我欲亭亭陟岭顶，银河口吸星手掬。

——道光《繁昌县志》卷十七

[注]①隐玉山：即浮山，在芜湖繁昌境内，今弋江区三山峨桥。

#

饶相（1512—1591），字志尹，号三溪。大埔人。明世宗嘉靖十四年（1535）进士，授中书舍人。晋户部员外郎，监山东、河南漕运。二十二年，以诖误谪无为州判官，署州事。二十四年调任兖州判官，迁淮阳郡丞。二十八年，擢南昌知府。三十二年，升饶州兵备、江西按察副使。著有《三溪先生文集》。

秋日游百万湖①

一

秋菊盈盈九月天，木莲湖上亦呈鲜。飘如西子缠绡舞，艳似真妃带酒眠。偶对芳姿呼二妙，却逢具眼号双贤。从今作古风流远，未遇知音莫漫传。

二

公余并辔之东郭，兴发停骖泛柏舟。却喜簿书无废阁，可堪尊酒俯清流。萧条时事浑忘乐，荡漾湖光亦散愁。为爱秋芳西照暝，从容笑语未能休。

三

节逢寒露风初凛，景入秋深山色臞。欲就闾阎访隐逸，恐惊村巷罢传呼。丛花作伴堪乘兴，斗酒相须不用沽。借问东君谁得似，贤哉广受汉农夫。

四

贤哉广受汉农夫，幸识荆州乐与娱。对榻剧谈真旷达，同舟共酌复何拘。风来听竹如琴奏，醉后攀花似杖扶。安得江淹传彩笔，为君题景比西湖。

——《椿桂集·三溪诗草》

[注]①题目系修订者所改，原题：秋日同杜刺史游百万湖，因芙蓉盛开，舣舟湖中，主翁苏原山人携尊以赏之。散后，苏原赠以佳章，遂次韵以答谢云。

暮春行夹山道中

一为迁客滞濡须，课最无闻岁月徂。报主尚怀葵藿志，思亲每忆竹林居。山花溅泪
休相向，野鸟惊心莫漫呼。宦业浮云终似梦，茫茫贪睡竟何如。

——《椿桂集·三溪诗草》

暮春日同窦别驾洪郡博游槎墩

春光欲暮春服成，高歌伐木求友生。暂辍簿书出东城，携朋聊为送春行。春花熳烂
溪桥畔，飞絮游丝相萦绊。新荷出水簇旗枪，乳燕衔泥度帘幔。青葱隐隐有槎墩，
水绕烟横何处村。

——《椿桂集·三溪诗草》

刘养微（1497年前后在世），字敬伯，湖北广济人。著有《康谷子集》。

荻港舟中闻子规

江月渺无际，维舟荻港边。草虫喧夜静，杜宇唤春眠。隔岸寺钟报，低窗客梦悬。
东方将欲曙，晓发信长年。

——《康谷子集》卷六

程诰（1497年前后在世），字自邑，安徽歙县人。著有《霞城集》。

夜次荻港

际晓发清溪，薄暮惊江鸟。风色渐向微，帆腹安得饱。市楼上山月，野烧延岸草。
如何目所及，荻港到不早。

——《霞城集》卷七

枭矶庙

吴女何年庙，春云覆岛幽。舳舻无数过，鸥鸟一双浮。贾客增花殯，歌巫掣宝韝。刘郎去不返，唯见蜀江流。

——《霞城集》卷十一

过仇本和江上新居

舣棹寻幽隐，君家获港南。渚花秋晶晶，门柳雨㲱㲱。既见烧茶竈，相追挈酒甔。篙师不暂住，隔浦接高谈。

——《霞城集》卷十二

芜湖江口送汪仲思兼讯张熙中

忘年予取友，累世汝通家。短剑重逢处，孤帆一水涯。吴云低浦树，淮月隐平沙。神物行当合，延津望不赊。

——《霞城集》卷十三

267

芜湖遇方时湘

天涯重把手，江口此停舟。垂柳通衢外，回汀古渡头。稻香鲈美日，酒绿蟹黄秋。一笑相将处，都忘是客游。

——《霞城集》卷十三

赭山春眺赠项子灵

浦云村雾启空濛，尽放遥山紫翠重。万里风樯弛楚蜀，一江春水动鱼龙。故人樽俎延倾盖，胜日烟花入倚笻。共道市朝矜利禄，无如林壑纵疏慵。

——《霞城集》卷十九

次芜湖

驿楼出浦烟，估市隐江树。疑有北来人，试问曾游处。

——《霞城集》卷二十三

陈 鹤

陈鹤(约1502—1560),字鸣野,号海樵,山阴(今浙江绍兴)人。袭祖荫,官百户,嘉靖四年(1525)举人。有《海樵先生集》。

倏别行芜关赠邵醴泉北上

去年逢君在建康,樽俎笑歌方几场。今年孟夏仍握手,倾欢而醉城南酒。陌上分裳五月余,今朝又过关前柳。关前杨柳当暮秋,暂绾长條系紫骝。解衣共入花间市,索酒同酤江上楼。楼中歌舞须臾事,岐路骊驹促行思。客边惟有送客难,相逢何似相离易。况复与君同故乡,十载结交情正长。从今一别天涯路,宦海烟波各渺茫。春宴琼林须及早,补衮掖垣频谏草。倘值天王问隐沦,上书勿荐襄阳老。

——《海樵先生全集》卷三

川云岛月歌

268   此余登蟂矶手题楼扁名也。庙传孙夫人故事,恻然生感,因复为之歌。

长川白云飞不绝,孤岛天高见明月。云来云去变阴晴,月升月落常圆缺。江东月照川西云,佳期两地伤离群。云深白帝龙骖远,月冷吴宫凤侣分。霸图自古忘生死,割据何尝恋妻子。离心空对镜月悬,王气惟连阵云紫。女子结姻主在夫,何人造计归东吴?自将欢爱同云散,却把媚颜伴月孤。炎龙已化音尘隔,一旦清流埋玉骨。贞魂遥共蜀云归,遗恨不随山月没。古庙缘江秋复春,云作衣裳月作神。但看往来江上路,至今犹说孙夫人。

——《海樵先生全集》卷五

集饮普济禅楼感兴成诗六首①

病起乍梳头,同君集宴游。月明一江水,桂吐万家秋。玉露澄莲宇,清歌度竹楼。忽闻天际雁,乡思复悠悠

萧散秋中夜,羁栖病里身。两年兵阻道,到处月随人。问旧怜盟在,谈空见性真。欲令佳兴剧,不惜酒杯频。

经年客芜水,两度值中秋。月是今宵好,人皆旧日游。侨居聊混俗,残病强登楼。渺渺青天外,何方是越州。

客病逢秋减，朋情向节多。一楼凝素魄，双树漾金波。星隐疑无夜，云停欲傍歌。樽空欢未辍，其奈故人何。

银汉列星稀，江寒月在扉。轮虚秋不碍，河静夜无辉。樽俎人同醉，家山梦独归。一身千里道，愁见鹊南飞

妻方居海畔，子尚守云中。月促三乡泪，书淹万里鸿。途穷愁见郎，身病怯飘蓬。今夜高楼宴，当令酒不空。

—— 《海樵先生全集》卷六

[注]①题目系修订者所改，原题：芜关中秋病起，郑黄池、夏仰峰载酒邀同蒋萝溪、奚小松携妓集饮普济禅楼，感兴成诗六首。

芜关南寺赠蒋萝溪兼送还休宁旧馆二首

共是逃名客，仍为避乱人。偶栖江口寺，长作静中邻。久病看无倦，残灯话转亲。萍踪幸相赖，忘却世途贫。

白岳屡生梦，芜关又拂衣。溪中百草在，云外一壶归。别久故人老，岁深红杏稀。兵戈随地是，栖息且忘机。

—— 《海樵先生全集》卷六

延梵楼听张玄洲弹琴论玄①

玄洲，河南光人也，才致落落，迹出没多状长游江淮，间或谈玄理或世务或琴或书，其他剑射诸技，亦或隐见不一。然人亦不知其为谁也。余偶于芜关见之，扣其所蓄，知其为侠而好博者无疑矣。惜芜人鲜有知者，而外贾又艺且负焉。玄洲亦落落自如若无与于已。一日，携琴过禅楼对余，出生平希，调一鼓动四座，觉牙康在前，竟忘余是否为钟期者。噫亦奇矣哉，云将赴李中丞开府，期余再会琼花下与筹确世务共援边南之难。余既异其技，又重其志，且将约彼之归于玄也，乃赋二律赠之，复绘一图于卷端云：

留子坐江阁，向余弹绿琴。冷然弦上曲，不是世中音。藻静鱼出水，月寒猿挂林。嗟余尘土思，赖此一开襟。

其二

尔本参玄性，何堪军务劳。披星出帅府，驰檄涉江涛。风迅倭帆远，云深战垒高。从来辟谷士，不羡五陵豪。

—— 《海樵先生全集》卷六

谒宋张状元祠

昔贤读书处,千古有遗祠。岁久苔侵壁,天寒叶覆池。才为一代用,名播万人知。门外云山色,犹含异世悲。

——《海樵先生全集》卷六

再送李辉斋邑幕入觐

羡君为幕府,白首擅刑名。自入芜湖路,官心似水清。忧民时卧疾,防乱屡招兵。今日扬鞭去,趋朝谒圣明。

——《海樵先生全集》卷六

芜关逢高海洲漫赠

270

涉难天涯路,漂零江上村。形枯怜舌在。金尽幸身存。旅饭投僧舍,麻袍积泪痕,逢君且沉醉,得失不须论。

——《海樵先生全集》卷六

金陵送黄江沙还芜湖

与君客舍幸相通,来往都门兴颇同。觅句每行孤岛外,看春长醉万花中。过桥值友闻乡信,出郭登舟趁便风。草绿江头人渐远,天涯何处话途穷。

——《海樵先生全集》卷八

芜关南寺吴小陵使君见过话旧

青春为别总堪伤,出处蹉跎岁屡长。客里乍逢如梦寐,灯前览鬓各星霜。吴门兵甲连沧海,越水田园是战场。避难得君今在郡,行藏何必问他乡。

——《海樵先生全集》卷十

芜关寄送马石渚司农自南部奏绩北上

遥闻奏绩上长安，东望钟陵几罢餐。岁暮莫言行迈易，旅游偏觉别离难。恩添雨露芜天阔，节历冰霜向日寒。海甸只今销战器，好将户口报金銮。

——《海樵先生全集》卷十

芜关九日集饮广愈禅楼①

高秋日暖菊花新，楼上欣逢四海宾。展席共酬重九节，分莫独少故园人。间关难掩天涯泪，歌舞空回座底春。心赏已忘更漏尽，残星半落大河滨。

——《海樵先生全集》卷十

[注]①题目系修订者所改，原题：芜关九日，与潘在溪、郑黄池、奚后冈、聂绍山、夏仰峰携妓集饮广愈禅楼，兼怀张沧江、邵醴泉二乡友。

芜关旅舍赋赠张浅斋①

天涯握手暂淹留，明日蒲轮又远游。细雨残灯岐路酒，清江红叶寺门秋。时当离乱情偏恋，话入肝肠泪始流。料得大廷朝会里，贤声应满凤池头。

——《海樵先生全集》卷十

[注]①题目系修订者所改，原题：芜关旅舍，张浅斋明府见过，闻将入觐，怅焉赋赠。

271

芜湖答张贞峰兼简邑中诸故旧

水店荒凉一病身，漫天风雨暗前津。为言邑内交游者，不是逃踪更避人。

——《海樵先生全集》卷十三

蟂矶

送客初回江上舟，挂帆又得到矶头。风云长护庙门在，岁月尽随潮水流。汉诈运移龙已化，吴台箫断凤难留。谁言此地多沦落，西蜀遗官白草秋。
惊涛激石乱清秋，共说螺渊在下头。古庙有灵长傍邑，香魂无主尚思刘。江空钟磬全过屿，夜久星河半入楼。往事到今君莫问，久阳林外水悠悠。

——康熙《蟂矶山志》卷下

郑 满

郑满（1506年前后在世），字守谦，浙江慈溪人。弘治五年（1492）举人。官至山东濮州知州。著有《勉斋遗稿》。

赭山寺落成同祝枝山年兄访洞无上人

夹双江又夹双峰，五百年来少旧踪。晓径雨收溪过鹿，春岩云起树横龙。畏人禅子初飞锡，盖世词豪共策筇。肯许渊明来入社，清宵拟听满山松。

——《勉斋遗稿》卷三

黄 浩

黄浩，明代中叶人，生平不详。

神山

芜湖之阴美风土，不厌田家老门户。乍闻灵境迹常存，复道居人俗犹古。天造神山郁更奇，山间原有卫公祠。神灵万古恒自著，时雨一方何用祈。君家素茂湖阴族，尽是良畴绕山麓。锦鸠啼处自滂沱，白犊耕时已沾足。有时旱魃始为灾，黑云堆墨遮山来。有时长虹截不断，绿苗如云田水满。年年大有岁无荒，白粱黄稻尽登场。此山膏泽由来盛，愿广余滋被八方。

——《太平三书》卷四

陈就列

陈就列，明清时期南陵进士，生平不详。

经黄盖将军墓

吴国将军墓，忠灵千载存。亭空穿月色，碑老砌苔痕。竹响连松吼，蛙啼伴鸟鸣。周郎坟不远，好会客中魂。

胡文静，字士宁，山阴(今浙江绍兴)人。明正德中以进士任南陵知县。史称其政宽简，裁冗费。又因县无城，始破土兴建，立四门。

籍山署中

公庭一似野人家，吏有余闲早放衙。都把籍山西畔地，剪除荆棘种桃花。

——民国《南陵县志》卷四十二

钟芳，字仲实，号筼溪，崖州(今海南三亚市)人。正德三年(1508)进士。累官江西布政使、户部右侍郎等职。人称"岭海巨儒"。著有《筼溪诗文集》等。

题九思图

芜湖沈姓者绘，图为九鹭

鸳彼西雝鸟，因之寄圣猷。丹清传妙手，羽翮见清修。致一斯通圣，伤多寔乱谋。无为浪池□，天壤失归投。

——《筼溪文集》卷二十七

周伦(1514年前后在世)，字伯明，晚号贞翁，江苏昆山人。弘治十二年(1499)进士。官至刑部尚书。著有《贞翁净稿》。

过东梁山西梁山

东西万古石梁存，潮落潮生几处痕。一水中流通鹢棹，两山相向过龙门。楼台依约高藏寺，烟树迷茫下有村。风便未登聊问俗，诗成只自引壶尊。

——《贞翁净稿》卷四

273

吴维岳

吴维岳(1514—1569),字峻伯,孝丰(今属浙江安吉)人。嘉靖十七年(1538)进士。历官右佥都御史,巡抚贵州。著有《天目山斋岁编》。

南陵道中望九华山作

客道逢秋尽,临风兴杳然。高低山上路,出没草间泉。桥断冲流度,林深望屋穿。所思仙子宅,只在数峰前。

——《天目山斋岁编》卷五

胡缵宗

胡缵宗(1521年前后在世),字世甫,一字可泉,自号鸟鼠山人,山东泰安人。正德三年(1508)进士。由检讨出为嘉定判官,迁副都御史,巡抚山东、河南。著有《鸟鼠山人集》。

别留徽州克全

姑孰经旬合,芜湖数日留。联床坐风雨,并马话山丘。月下李白醉,江边杜甫愁。桥头忽分手,相对各悠悠。

——《正德集》卷三

钱 琦

钱琦(1521年前后在世),字公良,浙江海盐人。正德三年(1508)进士。官临江府知府。著有《钱临江集》。

送夏升之还芜湖

汝向鸠兹去,长江无限情。一身贫亦得,五亩薄须耕。此日别吾辈,临风忆女兄。关河多白雁,怅望暮云平。

——《钱临江集》卷三

朱侃，芜湖人，明正德十一年(1516)举人，任浙江绍兴府通判。

蛲矶

万里寒江思禹凿，江心一岛如蛲跃。亭亭不与众山群，屹屹中流无倚着。鬼斧何年巧琢成，似恐神栖靡所托。蜀吴鹬蚌方相持，吴官有女为婚约。百年一醮刘将军，中道谁令成寡鹤。有身无所欲何之，千金一命甘狙落。未扉绀殿丽层空，崇祠正向鳌头阁。一寸威灵耿不磨，千夜江天啼蜀魄。邦人一遇旱干年，还叩祠前祷神泽。蜀寝吴官俱草莱，灵祠香火今如昨。噫嘻夫人女子流，死生去就真无怍。湘妃有泪竹成班，夫人无命江为镬。夫人假使是男儿，髡汉诛曹焉肯错。瓣香只谒貌如生，赫赫灵光满珠箔。江花湘竹两相望，正气堂堂隘寥廓。庙祝频年索我诗，我老词荒墨池涸。发舒贞烈有宗工，猥尔吾言直糟粕。

——康熙《蛲矶山志》卷上

周易，字时伯，号赤山。嘉靖二年(1523)进士。官至布政司右参议。著有《赤山集》。

九日同邝水部饮吉祥寺方丈

水国栖迟葛帔单，黄花时节雨珊珊。风吹长老毗卢帽，日照先生苜蓿盘。暝色到门庭鸟散，秋声满地井梧寒。白衣镇日无消息，那可茱萸仔细看。

——民国《芜湖县志》卷五十九

汪景，字道夫，一字希道，安徽南陵人。嘉靖七年(1528)举人。任嘉兴汝宁推官。著有《莆山集》。

275

吕山漫兴①

木落山风静，池涵水月深，乾坤留胜地，云鹤伴闲心。酒泛黄花饮，诗敲绿竹吟。
扶筇时览景，幽径似陶林。
双鬓垂丝白，疏灯对影红。风高惊落叶，斗回仰天空。恋阙惭才拙，寻山喜路通。
何须争跨鹤，土室日安穷。

——民国《南陵县志》卷四十二

注：①吕山，曾名戴母山，在南陵县南约六十里。曾为南陵旧八景之一。

王德溢，生卒年不详，字懋中，晚号十竹居士。明连江(今属福建省福州市)人。
嘉靖五年(1526)进士，次年出宰芜湖。后调任慈溪知县、徽州同知等职，官终广西按
察司佥事。有《息鞅录》《十竹漫稿》等。

咏蟂矶

混沌何年凿，风波此日平。云开看树色，江静听潮声。远浦孤帆人，空庭一鸟鸣。
宦程堪洗眼，吾亦濯吾缨。
开眸空水国，对物坐春台。云气欲成雨，江声易作雷。中流真砥柱，此地亦蓬莱。
正尔悬民瘼，沉吟谩举盃。

——康熙《蟂矶山志》卷上

宿 椿

宿椿，山西人，和州太守，余不详。

蟂矶

巳目金焦胜，重登矶上台。日晴山列画，风急浪凝雷。景物何前越，追随绝草
莱。　水晶仍避暑，相酌莫停盃。

——康熙《蟂矶山志》卷上

276

卢　庆

卢庆，和州人。生平不详。

蟂矶

路入梯云杳，松阴上翠台。青山无鸟过，白日有奔雷。蟠结钟灵异，栖迟坐草莱。
愿言在伊昔，侍从已倾盃。

——康熙《蟂矶山志》卷上

汪居安

汪居安，可亭人。浙江大参。

蟂矶

江神好奇崛，捧上苍玉台。台外晴飞雪，槛前画作雷。古祠自香火，旧迹今草
莱。　　惆怅斜阳里，凭虚迟酒盃。

——康熙《蟂矶山志》卷上

登蟂矶

高台今古镜中流，山色江光拭病眸。忙里登临还薄暮，吟边风物又新秋。帆悬斜日
低危槛，鸳带残霞落远洲。忽忆渔矶旧生业，钓舟犹系晚江头。

——康熙《蟂矶山志》卷下

李原道

李原道，字宗铭，号少舫，芜湖人，明尚书李贡之子，授南京礼部司务。

蜈矶

英风森纫佩，胜地起楼台。湘泪春飞雨，胥潮画作雷。中流成砥柱，此景即蓬莱。三峡招先主，盈盈荐一盃。

——康熙《蜈矶山志》卷上

再游蜈矶宴别沈少波水部

楼舡箫鼓出湖阴，奕奕祠庭喜再临。和好东吴非失计，经营西蜀见贞心。炉烟缥渺围宫锦，江练萦纡映宝簪。水部高怀增感慨，临岐况复思难禁。

——康熙《蜈矶山志》卷下

任重，余姚人，嘉靖乙未工部员外。

蜈矶

亭下澄江不尽流，亭前翠屿喜凝眸。独行忽忆当朱夏，十日重经恰素秋。画舸轻风来绝岛，白鸥斜日起中洲。水天浩荡胸襟在，杯酒真忘雪满头。

——康熙《蜈矶山志》卷下

钱籍，字汝载，明常熟人。嘉靖进士，任遂安知县，擢监察御史，罢归。后因虞山剑阁题联入狱，出狱后飘零寄居吴门。有《海山集》。

蜈矶

蜈矶山峙大江中，上有昭灵神女宫。回视金焦两卷碧，直如争睹万年雄。终怜宝镜虚双凤，犹幸霞绡绚九龙。海燕归时几伤往，寒烟落日起悲风。

——康熙《蜈矶山志》卷下

戴嘉猷，明徽州府绩溪县(今属黄山市)人，字献之，号前峰。嘉靖五年(1526)进士。历任乌程知县、礼科给事、浙江巡抚副使，仕终湖广左参议。有《前峰漫稿》《东西楚蜀四稿》。

蜈矶

遥望蜈矶一点青，扁舟乘兴此登临。窗开四面闲风月，庙枕中流重古今。老鹤巢松清昼梦，片云阁雨半江阴。浮沉鸥鸟自朝夕，天地悠悠见素心。

——康熙《蜈矶山志》卷下

王文道，宋青州人，生平不详。

蜈矶

日出风烟没，江平易渡洲。远山环翠黛，怪石激清流。塞雁闯沙集，江豚吹浪游。
相逢须尽饮，诗句设题留。
绝胜江心阁，慈航济晚游。雄涛翻定水，落雁乱沧洲。萧索鱼龙静，虚无殿宇浮。
题诗有高适，逸兴逼清秋。

——康熙《蜈矶山志》卷上

周如斗

周如斗，字允文，号观所，明浙江余姚人。嘉靖进士。以监察御史出按湖广及苏松，奉敕监军御倭，改南畿督学，升佥都御史，巡抚江南，蠲汰江南重赋、加派。后以副都御史巡抚江西，行一条鞭法，革除侵渔规避宿弊。

蜈矶

胜蜈齐三岛，登临挟一厄。玲珑神力助，窈窕日先遗。天布山前画，云风石上诗。张骞今奉使，槎泛斗牛奇。

——康熙《蜈矶山志》卷上

彭榘，安徽全椒人。万历元年（1573）贡，宣城训导。有《剑余草》《无毡堂集》等。

蜈矶

单车直欲奔荆州，突昌风波恨未收。赴命皇皇真失国，燕居凛凛若横秋。凤翘应锁神蜈宅，龙衮长辉涵碧楼。灵泽千年欣有赖，澄江如洗镜中浮。

——康熙《蜈矶山志》卷下

280

陈善，字石江，芜湖人，嘉靖十九年（1540）举人。

蜈矶

移棹登临八月秋，亭亭古庙此矶头。一时感慨原因汉，千古英灵尚畏刘。潮落神蜈眠石窟，夜深灯火见江楼。濯缨清我尘襟虑，卧听沧浪起钓舟。

——康熙《蜈矶山志》卷下

黄金，生平不详。

蝘矶

白云堆里拥青螺，图画天开爽气多。古庙有灵辉日月，龙章不朽灿星河。谩嗟往事伤心处，且赋中流击楫歌。好景于今莫辜负，久阳箫鼓几乘艖。

——康熙《蝘矶山志》卷下

程廷望，江西永丰人，芜湖学博。

蝘矶

晴日鱼龙静不飞，乘风一叶到蝘矶。扣关休说先朝事，磨薛将看后世碑。玉佩翠翘成漠漠，江枫渔唱故依依。三分割据今尧宇，喜得香魂招不归。

——康熙《蝘矶山志》卷下

王侨，芜湖人。

蝘矶

蝘矶突兀大江中，烟浪微茫万里通。淡扫山峦环碧水，轻浮宫殿接苍穹。谩言吴蜀当年事，共喜尘埃一望空。不尽登临今日典，江天回首驾诗蓬。

——康熙《蝘矶山志》卷下

奚时，字宗夏，芜湖人。历任河南邓州州同、襄府审理正。

蝶矶

梯云石磴水萦旋，远望青螺上接天。鳌负孤岑连地耸，渊藏香骨有碑传。晓烟楼阁虚无里，王气天门指顾间。泱莽大江流不尽，波心灵泽亦千年。

——康熙《蝶矶山志》卷下

欧大任

欧大任(1516—1595)，字桢伯，号仑山，广东顺德人。明嘉靖四十二年(1563)以岁贡生资格试于大廷列为第一。隆庆四年(1570年)授官江都(今江苏扬州)训导，后任大理寺左评事、南京工部屯田司主事、虞衡郎中等。一生著述甚丰，后人汇刻为《欧虞部诗文全集》行世。

送童侍御仲良之宣州

岭南藩幕似君希，去拥缇油渐北归。春谷泉经溪馆过，敬亭云入郡厅飞。吏民尽喜迎朱绂，鱼鸟浑忘避绣衣。闻道宣城名胜地，风流今见谢玄晖。

——《欧虞部集》卷四

郑　延

郑延，明代中叶人，生平不详。

咏荆山

荆山屹立江之东，插天九朵金芙蓉。山中岁宴正飞雪，积素凝华连太空。道人独坐清虚室，高卷湘帘对书册。一般清趣许谁知，又有江潭钓鱼客。

——民国《芜湖县志》卷五十九

吴波秋月

东吴日落晚风静，秋水平铺湛明景。月轮飞上青天来，影浸玻璃三万顷。何人举棹击空明，身在清虚界里行。闲把玉箫吹楚调，夜深疑有蛰龙听。

——民国《芜湖县志》卷五十九

蟂矶

春江雨余潮水长，烟浪滔滔拍天响。青山一带是江南，夕橹朝帆自来往。石矶高出江之中，上有楼台接太空。安得锦帆三百尺，凌风直到广寒宫。

——民国《芜湖县志》卷五十九

方 新

方新(1518—1569)，字德新，号定溪，安徽青阳人。嘉靖三十五年(1556)进士。授行人司行人，擢江西道御史，迁都察院监察御史。任内刚直不阿，冒死进言，嘉靖帝将其革职为民。著有《全台关中文集》。

登蟂矶

五岳山人自布衣，袖藏赤简到蟂矶。题诗不愧李长吉，纂志多推边少徽。怪石一拳临绝险，雄文千载藉光辉。何当索我青云外，烂醉同乘白鹤归。

——康熙《蟂矶山志》卷下

沈明臣

沈明臣(1518—1596)，字嘉则，号句章山人，晚号栎社长，鄞县(今属浙江宁波市)人。诸生。为浙江总督胡宗宪幕僚，参与抗倭。与王叔承、王稚登称为万历间三大"布衣诗人"。著有《丰对楼诗选》。

裕溪河口出大江对梁山作

大江自开辟，万水知所归。茫茫去不返，沧海以为期。虽勤帝禹力，讵非天吴司。达士俯观化，恻恻令心悲。吴楚割星纪，南北垂坤维。山川各异域，天地均无私。然犀照牛渚，渡马喧龙飞。江介势冲阨，云中树参差。缅怀千祀上，英雄竟谁奇。行役赖白首，无官复何之。极眺新林浦，眷然伤所思。邈哉宣城作，高咏良可师。

——《丰对楼诗选》卷三

芜湖晚泊

白首胡为者，孤舟出此乡。枭矶悬暮雨，牛渚射残阳。今古英雄恨，乾坤涕泪长。驻帆无一事，沽酒对苍茫。

——《丰对楼诗选》卷十六

天门山怀古

博望西梁自古今，霸图王气苦相侵。月明天阔龙山小，日落江寒牛渚深。三匝日营终寂寞，千年铁锁竟销沉。英雄事去天门在，谁买扁舟钓碧浔。

——《丰对楼诗选》卷三十

西梁山夜泊二首

一江绿水天为堑，两岸青山海作门。估客帆樯来万里，行人落日驻孤村。
天门中划大江流，万里沧波接素秋。明月满江歌舞夜，令人长忆帝王州。

——《丰对楼诗选》卷三十八

284

徐学谟

徐学谟（1522—1593），初名学诗，字叔明，号太室山人，嘉定（今属上海）人。嘉靖二十九年（1550）进士。官至礼部尚书，加太子少保。著有《海隅集》。

舟阻金陵有怀王芜湖明府

君从五岭见秋风，余亦乘轺入宛中。已为散金妆骏马，仍烦分竹寄花封。山光映郭千家绕，江势浮天万舰通。相望讼堂烟雨外，扁舟独在秣陵东。

——《徐氏海隅集》卷十五

月夜王芜湖酌余蟂矶谒孙夫人祠

森森烟涛日向东，中流孤屿隐蛟宫。涵虚高阁歌偏绕，倚槛清尊兴不空。山迥似连牛渚胜，江深不数燕矶雄。月明何处瞻巫峡，仙珮疑乘万里风。

——《徐氏海隅集》卷十五

吴国伦

吴国伦(1524—1593),字明卿,号川楼子,又号南岳山人,兴国(今属江西)人。嘉靖二十九年(1550)进士。仕至河南左参政。著有《甔甀洞稿》。

过螺矶

江城芜藻间,沙碛半浮没。九水落天门,洄流漱石骨。愁杀峭帆人,恐犯蛟龙窟。
而我但一苇,凌空回飘忽。

——《甔甀洞稿》卷七

天门山

天际一拳石,何年巨灵擘。厝作东西梁,长江此中划。石势争奋飞,江声溯相迫。
千帆过如云,壮哉天门辟。

——《甔甀洞稿》卷七

荻港舟夜与仲美醉月

夹水千家市,晴沙护赭圻。贾樯依露渚,渔火出烟扉。片月迎潮上,惊鸟绕树飞。
深杯夜欲旦,犹自恋清辉。

——《甔甀洞稿》卷十七

荻港舟中别罗伯符二首

任侠新都士,游谈信所之。几年成汗漫,千里复追随。辍棹时沽酒,篝镫夜赋诗。
鲁明江上别,烟雨助凄其。
汗漫东游客,孤舟藉汝多。不缘逢酒伴,谁为答劳歌。雨暗繁昌柳,鸥凌荻港波。
一樽江色暝,分手奈愁何。

——《甔甀洞稿》卷十七

次芜湖再过王仲修

两度逢王粲,徘徊芜藻间。心仍怀古赤,鬓益苦吟斑。水国凭栖泊,天都信往还。

归舟滞风雨，杯酒破愁颜。

——《甔甀洞续稿》卷六

泊梁山

断山分峙束江腰，一片涛飞两岸摇。日暮海门云气黑，酒家呼客且停桡。

——《甔甀洞续稿》卷十二

　　宗臣（1525—1560），字子相，兴化（今属江苏）人。嘉靖二十九年（1550）进士。官至福建副使。著有《宗子相集》。

南陵道中闻闽寇

到处苍生泪，那堪白羽惊。寸心折淮海，群盗驻延平。客有杞人抱，谁其汉吏缨。百年双眼在，可得见休兵。

——《宗子相集》卷六

闻张山人在芜湖不得见怀之

采石矶头秋雨晴，芜湖城外暮潮生。美人只在江波上，十里芙蓉愁月明。

——《宗子相集》卷十一

芜湖遇陈山人鹤席上分韵赠之①

江云万片落胡床，斗酒高吟明月光。一自逢君出玄草，满天霜色似华阳。
白雁青枫楚客悲，相逢犹及桂花枝。万山明月孤帆色，送尔江湖随所之。
相逢秋色起芜关，明月千峰未可还。莫怪征衣霞气满，知君家在会稽山。

——《宗子相集》卷十一

　　[注]①所得字有三，依序是阳、悲、还。

王世贞(1526—1590)，字元美，号凤洲，又号弇州山人，太仓(今属江苏)人。嘉靖二十六年(1547)进士。授刑部主事。著有《艺苑卮言》《弇州山人四部稿》等。

东西梁山一名天门山在江中

东梁与西梁，髯鬣双虎头。可怜长江水，分作川字流。

——《弇州四部稿》卷四十五

为李师孟方伯题五华山房①

青莲居士蹑青霞，曾移九子为九华。君今五华读书处，又见名山属李家。峰峰西岳云间掌，朵朵郇公字里花。不似终南饶世路，尽堪佳处向人夸。

——《弇州四部稿》卷四十二

[注]①五华山，在繁昌境内。

天门山

天门高不极，瞻眺豁神情。一水中流划，双峰对削成。云霞依岛屿，日月避峥嵘。疏凿何年事，还疑辟五丁。

——《当涂古今吟》

吴时来(1527—1590)，字惟修，号悟斋，浙江仙居人。嘉靖三十二年(1553)进士，任松江府推官，历工部给事、湖广按察副使、刑吏二部侍郎。

挽何都谏朗峰

故人乡里偶过临，宿草萋萋马自停。苦抱半生忧国泪，含凄忍复说南陵。

——民国《南陵县志》卷四十二

287

佘敬中

佘敬中，嘉靖三十八年(1559)进士，官至广东按察使。与戏曲家汤显祖常有交往。

挽何都谏朗峰

黄叶西风急。青山落日昏。百年桑下泪，万里为招魂。

——民国《南陵县志》卷四十二

鲁崇贤

鲁崇贤，字幼斋，号念峰。嘉靖甲子年(1564)乡荐任北直开州学正，历浙江龙游、湖广上津知县。著有《卧游诗集》。

泊舟江上饮焦从吾年丈

秋水怀人驻客舟，遥瞻钟阜重离愁。篝灯欲践经年约，把酒宁辞信宿留。半百功名怀我拙，五千道德赖君收。相逢不尽今宵意，起视江东月满楼。

——民国《芜湖县志》卷五十九

邱云霄

邱云霄，字凌汉，号止山，崇安(今福建崇安县)人。明世宗嘉靖前后在世。官柳城县知县。著有《南行集》《东游集》《北观集》《山中集》。

裕溪

日抱浽云午不骄，芦花飞雪暗溪桥。数家烟火自村落，随处山林傲市朝。习静空亭驯垫鸟，忘机分席对山樵。却因话到桑麻乐，惭愧浮名鬓欲萧。

——《东游集》卷一

288

胡松，字茂汝，号庄肃，滁州（今属安徽）人。明嘉靖进士，累官吏部尚书，谥恭肃。著有《胡恭肃集》。

自巢湖泛舟过东西梁山登天门阁

破浪乘槎访古来，石门遥向大江开。两山对出开天险，一水中分殷地雷。满月楼船催召募，伤心戎马动尘埃。极知御笔天王圣，裁定还须忠荩才。

——《当涂古今咏》

刘崙，字山甫，号白岩，安徽无为人。嘉靖二十三年（1544）进士。授刑部主事，改御史，迁南通政使参议，转太仆寺少卿，后出湖广巡抚右佥都御史。因权奸中伤，罢归。

登啸台

瑶台百尺倚晴空，尽日登临思未穷。十里江声秋草外，万重山翠暮烟中。几随晓漏趋青琐，忽忆边笳走画熊。清兴年来浑不减，月明长啸海天风。

——嘉庆《无为州志》卷三十

大龙山①

山下孤村隔水斜，茅檐日日白云遮。空林莫道无春色，已放疏篱几树花。

——嘉庆《无为州志》卷三十

[注]①大龙山：无为城北五十里。

宋登春（？—1664），字应元，号海翁，晚号江陵鹅池生，更号鹅池生，河北新河人。

能诗善画,尤工五言。著有《宋布衣集》。

芜湖沙洲阻浅

草树山头驿,云霞江口村。苇人惊虎迹,舟子记潮痕。欲买吴姬酒,能招楚客魂。长波浩无际,目极更何言。

——《宋布衣集》卷三

申时行

申时行(1535—1614),字汝默,号瑶泉,晚号休休居士,南直隶苏州府长洲县(今属苏州)人。嘉靖四十一年殿试第一名获状元。历任翰林院修撰、礼部右侍郎、吏部右侍郎兼东阁大学士、首辅、太子太师、中极殿大学士。著有《申文定公赐闲堂遗墨》等。

许民部见过

邱壑春深但索居,蓬蒿今日为君除。过逢并是抽簪地,感慨犹存伏阙书。屈指人才无上驷,惊心世路有前车。年来意气何须问,一榻高眠万事疏。

——民国《南陵县志》卷四十二

潘之恒

潘之恒(约1536—1621),字景升,号鸾啸生、冰华生,安徽歙县人,侨寓金陵(今江苏南京)。嘉靖间官至中书舍人。两试太学未中,从此研究古文、诗歌,恣情山水,所过必录。与汤显祖、沈璟等剧作家交好,曾从事《盛明杂剧》编校。有《涉江集》。

游白马三圣祠

鲁明江上棹相携,群玉山头路欲谜。搜洞登期秋后燕,穿云刚唱午前鸡。披衣笑指轩黄辙,曳杖行分太乙藜。为报使君乘彩鹢,肯随珠树鹤同栖。

——康熙《太平府志》卷三十九

游蟂矶

何处登临表壮图，隔江矶上见于湖。鱼鳞屋底窥灵气，燕子楼前识旧都。平楚苍茫连梦草，夕阳明灭带烟芜。曾将上下三山并，鼎列金焦大小孤。

——康熙《太平府志》卷三十九

张元忭

张元忭(1538—1588)，字子盖、又子荩，别号阳和。山阴(今浙江绍兴)人。明末散文家张岱的曾祖父。明隆庆五年(1571)状元，授翰林院修撰。万历中为左谕德兼侍读。

至日寓南陵

陵阳馆阁报晴钟，长至朝天拜舞同。班列两阶浑序鹭，光摇万树拥飞龙。青宫已进前星表，紫塞还收不战功。云物不随风十异，都将书入客囊中

——民国《南陵县志》卷四十二

杨本泽

杨本泽(1539—1624)，字子惠，号培柳，邑庠增生，名无邪子，又名柳下居士。安徽繁昌县上杨村人。有《溪上吟集》，已佚。

常寂院

嵬峨宫殿倚云居，古木阴阴接太虚。上坐空如前慧远，下方形胜旧匡庐。传灯百劫禅应古，卓锡千年地是初。出定比丘堪结纳，入参犹自愧凡夫。

——道光《繁昌县志》卷十七

咏蟹矶钓踪

楚水吴山间落星，石田深处理丝纶。手擎巨浪撑王屋，足据横枝壮帝城。几度棹歌

催晓日，数声渔笛薄残云。芦生夜月任竿冷，风景依稀似富春。

——《历代繁昌诗选》

涂溪八景诗

长河晓曙

一派清澜绕宅流，忘机闲玩此间鸥。朝来却有寒光映，大块文章水面浮。

涂溪晚霞

杖藜徐步向溪头，天上人间一色秋。织就谁家铺地锦，如何投入水东流。

杨滂烟波

晴时一笠雨时蓑，镇日扁舟伴薜萝。喜逐烟云频下钓，恼人又见此风波。

太湖夜月

芰荷历乱遍平湖，徙倚湖边兴却殊。夜夜月明湖上景，诗盈篋里酒盈壶。

蟹矶钓踪

江上曾遗石一拳，偏教渔父意相怜。莫言老子甘溪隐，要学周臣钓渭川。

龙潭跃迹

昔有龙潜直到今，每逢雷电沛甘霖。儿曹早办攀龙手，慰我殷勤九十心。

石盘砥柱

女娲不炼意何为，留取吾家镇北维。莫道这堆无用物，狂澜从此不须危。

浮丘列屏

南来一带秀巃嵸，景色天然四季同。朋辈偶将诗酒会，人人都在锦屏中。

——民国思成堂《繁昌杨氏宗谱》卷一

梅鼎祚

梅鼎祚（1549—1615），字禹金，号胜乐道人，安徽宣城人。嘉靖四十三年（1564）补廪生。万历时，大学士申时行欲荐于朝，力辞不赴，归隐书带园，著有《梅禹金集》。

芜江关别龙氏

北风吹飞藿，倏忽并与离。相缔殊形影，安得惜解携。仰见双秋鸿，西来鸣何悲。
一从高旻举，一从枉渚栖。行者浩无端，居者眇若遗。
冠盖罗中衢，高视以阔步。何意千秋权，俛仰在韦布。朱颜岂诚妍，回君一再顾。
投分多所钦，婉娈惭其素。物化递乘新，人情不厌故。
亭亭百尺松，兔丝相依因。桃李虽无言，华悴成衰荣。与子结终始，此义期不磷。
两分既以展，致用有交申。鼎鼎百年内，贵贱何关人。
白日丽斯干，凉飚荡广陌。生别古所难，以兹常恻恻。炙簧理故欢，欢沈中响绝。
阻深叹河广，衔情历旧国。微躬敬不遗，庶以副明德。

——《鹿裘石室集》卷二

芜湖鲁明府崇贤张茂才增

丁丑杪秋，侍先大夫就医于湖，药饵之隙，二君数来慰藉也。鲁君寻授龙游令，改官以殁。

缅予在严侍，问药于湖阴。忧至神不泰，饮涕惟在襟。亦有二三子，枉驾相追寻。
张子实恢朗，鲁生多郁沉。浮嚣近利市，而乃存素心。行者天际凫，居者笼中禽。
飞潜宁足异，缥忽成古今。长江东湛湛，西上有枫林。

——《鹿裘石室集》卷五

三山舟中闻笛歌

江云鳞鳞江月白，几夜南来随估舶。羁魂憭慄私自怜，飞流界破三山碧。三山蜿蜒
忽若迎，何处邻舟出笛声。泠泠乍鼓湘灵瑟，嫋嫋如吹子晋笙。推篷细听梅花落，
杨柳霜天尽萧索。十载关山行路难，孤舟又向沙头泊。昔时司马谪浔阳，商妇琵琶
涕满裳。余亦有才复蹭蹬，闻笛凄然忆故乡。余音飘荡随风止，夜静微波淡秋水。
只今人世少知音，两耳欲聋心欲死。

——《鹿裘石室集》卷六

送龙郡丞自宣州还于湖①

东城南陌花如霰，皁盖翩翩肆清谦。明月孤寒荡酒瓯，流云夭矫迷歌扇。十日酣呼
挟布衣，自公行乐有光辉。澄江净练玄晖郡，峭壁飞霞严子矶。吐君左，君不怒。

卧君侧，君旋顾。狱狱夜饮筹无数，落笔苍然莽烟雾。五马踌躇大道旁，臣马骊兮君马黄。投鞭欲断浊河水，青天并驾相翱翔。

——《鹿裘石室集》卷六

[注]①龙郡丞：即龙宗武。

午日江上赠繁阳赵公极

君髯如戟真丈夫，扶摇终作天南图。我虽短小亦精悍，踦促今为辕下驹。多情少侠耽佳丽，无赖三尸苦留滞。安歌食酒忆朝朝，药里书签仍岁岁。午日扁舟梦日亭，芜江涛白赭山青。纵病似难辞一醉，举世谁能爱独醒？

——《鹿裘石室集》卷七

秋晚于湖署中酬龙使君

举世多皮相，惟君自目成。暮云孤榻下，秋水片心明。贫病关何事，文章岂著名。将因今日会，得见古人情。
游子何所适，故人今在兹。酒狂聊我辈，经术乃吾师。双烛夜堂静，孤笛秋戍迟。将归复临水，摇落正堪悲。

——《鹿裘石室集》卷八

抵芜湖郭

参差千雉合，空阔一虹浮。地入鱼虾市，天维估客舟。五方人杂语，十月我来游。感慨平生意，寒江细细流。

——《鹿裘石室集》卷十

芜湖杂感四首

谁信重来怯，都因始愿微。经秋曾侍药，此夕倍霑衣。短发星星改，长江日日归。旅魂难自定，风雨一灯微。①
兹游那自卜，此地向谁看。一水空愁汝，三年更谪官。天寒吴树小，江暮楚云残。客岂无长铗，平生不易弹。②
李令闽中返，常怀长者风。县郊驯野雉，江海遂冥鸿。带郭青山在，维舟碧水空。寒宵占剑气，未可合雌雄。③

问尔今何适，栖栖魏博间。梨花千树合，苜蓿一斋闲。教授高经术，逢迎损壮颜。芜江难向北，终夜自潺湲。④

——《鹿裘石室集》卷十

[注]作者自注：①先大夫尝就医于此。②龙郡丞谪倅黄州。③李明府免归晋江。④鲁幼齐为开州博士。

梦日亭感古

梦日名犹在，浮云迹已陈。英雄多感慨，天地几沈沦。鱼服原非计，狼心未可驯。宝鞭真字宝，扈跸更何人。

——《鹿裘石室集》卷十

芜江赠魏将军

鸣笳叠鼓大江濆，把酒高歌一对君。自是廉颇称老将，由来郤縠在中军。入吴组练明秋月，横海楼船拂晓云。直待功成辞上赏，五湖归问白鸥群。

——《鹿裘石室集》卷十六

阮鹤皋自广陵归同登赭山望大江

逢君秋色倍堪怜，洒洒平芜眺远天。万叠雪山翻夕照，千门城郭带寒烟。中流帆影尊前落，下界钟声杖底悬。我亦霍然将起病，观涛何必广陵传。

——《鹿裘石室集》卷十六

秋夜同秀水朱明府集李芜湖署阁

坐见鸣琴化理成，邀宾江阁月华生。秋深菊色寒侵座，风起潮声夜撼城。海上神仙初作吏，天涯兄弟旧知名。只今琼树聊相倚，早晚双凫入玉京。

——《鹿裘石室集》卷十六

姑孰郭望芜湖寄龙使君

绕郡江流匹练长，忆君东望迥苍苍。但随鸥鸟停孤棹，只隔蘼芜作两乡。吹断旅魂来画角，歌成古调属清商。不须论到平原会，三载何能奉一觞。

——《鹿裘石室集》卷十六

赭山即席答于湖子弟

把酒千峰半夕阳，遥天西望白云长。王孙蹋尽江南草，赵女弹来陌上桑。双佩投人明月浦，千金结客少年场。波平似镜蟾初照，借与蛾眉斗晚妆。

——《鹿裘石室集》卷十七

月夜江上为于湖子弟送顾八还金陵教坊

楚雨巫云梦里过，一时年少泪痕多。摇摇小艑青丝绋，嬝嬝长筵白苧歌。还忆后庭攀玉树，相怜此地挹金波。空劳别酒江为酿，半醉朱颜已觉酡。

——《鹿裘石室集》卷十七

芜江歌姬周华去伎为尼募建准提庵

莫问寻香更阿谁，何妨即色为修持。迦陵本是仙音鸟，优钵曾开连理枝。识尽空花方得果，定来止水不生漪。布金传语诸年少，最胜从前买笑时。

——《鹿裘石室集》卷十九

296

芜江杂咏

水清舟在空，天寒人不渡。晓夜北风吹，飞雪大于鹭。
探囊无酒钱，临江有酒肆。新诗欲代酤，主人不识字。
前船悬肉陈，后船箫管作。估客从何方，但言估客乐。
舟中何所有，孤剑倚床立。不闻风雨声，但见蛟龙泣。

——《鹿裘石室集》卷二十一

登蟂矶

江门一柱倚中天，溅沫飞流百丈悬。知有龙宫秋不阒，时时雷雨起尊前。
估客帆樯万里来，江寒秋老夕阳开。一谭吴蜀头堪白，风送潮声独上台。

——《鹿裘石室集》卷二十二

板桥道中①

细雨浓愁断送春，板桥新绿长溪蘋。摇摇似出新林浦，满地杨花乱扑人。

——《鹿裘石室集》卷二十二

[注]①作者题注:谢朓出新林浦向板桥,诗旅思倦摇摇在金陵。

芜湖界寄龙使君

大峰如月小如星，水似银河色更青。乌鹊飞残人不渡，一槎秋色晓冥冥。

——《鹿裘石室集》卷二十三

陵阳十景为南陵沈令公赋

峨岭横云

为问金鹅事有无，岩峣岭矗片云孤。陵阳自昔称仙令，化作翩翩叶县凫。

玉龙锁秀

百尺飞流百丈峰，镜中螺黛写重重。秋来半落明河水，十二银桥锁玉龙。

射的占丰

几载人看射的玄，秋风陌上鼓阗阗。鹿门旧有移家兴，乞种南陵附郭田。

工山削翠

白云飞去又飞还，万壑千岩指顾间。天半芙蓉争削翠，案头一点是工山。

西溪积雪

溪流春谷净纤尘，玉树森森欲照春。皂盖好从西去问，雪中高卧岂无人。

南浦甘泉

汩汩流泉引派长，辘轳金井缠银床。邺渠十二君休羡，南浦人称玉女浆。

漳水拖蓝

千寻漳水抱城流，一线寒光炯不收。试向蔚蓝天上望，粼粼轻碧染清秋。

297

籍山胜迹

松作云屏石作台，籍山佳景望中开。好将八咏清风句，引得双溪明月来。

函三真境

鼎立千秋吊古祠，玄云合沓闪金支。劫灰莫向昆明问，真境由来世不知。

文笔凌霄

彩笔晴飞万丈虹，文星夜挂楚天东。河阳满县花谁数，桃李今看尽属公。

——《鹿裘石室集》卷二十四

汤显祖

汤显祖(1550—1616)，字义仍，号海若、若士、清远道人，江西临川人。曾数度游览芜湖。历任南京太常寺博士等。著有《玉茗堂集》等。

病起检理破篋见芜阴故人书①

年少过逢得好看，故人无在独平安。云霞过客情千里，风月关人事几般。语笑目成春梦远，吟愁心逐夜江寒。拚知不作重游兴，便去新欢岂旧欢。

——《玉茗堂全集·诗》卷九

[注]①题目系修订者所改，原题：病起检理破篋中，见芜阴故人俞白麓、陈王庭、夏辛岑、刘居仁书，泫然久之。

赤铸山

干将昔此铸芙蓉，风雨千秋石上松。借问阊门腾虎气，何如江上锁蛟龙。

——《玉茗堂全集·诗》卷十四

梦日亭

曾借君王七宝鞭，湖阴绛气属晴天。如今画地连江海，只合长安梦日边。

——《玉茗堂全集·诗》卷十四

庚辰再过南陵怀林明府

梅花白石映春林，绿水漳陵思忆深。别后何人见秋浦，娟娟残月下城阴。

——《玉茗堂全集·诗》卷十四

寄林南陵①

日饮朝霞春气开，陵阳仙令筑亭台。至今五色丹泉上，犹似吹箫白凤来。

——《玉茗堂全集·诗》卷十四

[注]①林南陵：南陵知县林鸣盛，福建莆田人。万历二年任。

怀龙身之芜阴旧遇①

龙伯空江引钓丝，掣鳌无奈黑风随。几回赤铸山前立，恰是秋风鸣剑时。
姑孰秋江白纻催，风波一落更难回。五开铜鼓知何意，漫入乖龙耳后来。

——《玉茗堂全集·诗》卷十五

[注]①身之：即龙宗武，时任太平府江防同知。万历四年（1576），汤、龙相识于芜湖。题目系修订者所改，原题：怀龙身之芜阴旧遇，因时有皮寨之役，感身之前平五开有云。

与汪昌朝程伯书登鸠兹清风楼①联句

杰阁中天起［汤］，横波大地流［汪］。旋题山月映［程］，飞陛海云留［汤］。水际成闹市［汪］，江关镇帝州［程］。人烟槛外合［汤］，帆影席间收［汪］。红日明津树［程］，清风满画楼［汤］。登临多感慨［汪］，一局且悠游［程］。

——《汤显祖诗文集补遗》卷五十

[注]①清风楼：遗址在弋矶山南侧长江岸边，今不存。

寄林南陵

云复春谷溪，涛声何澎湃。明珠耀专城，辉光照行迈。跃马过蓝山，披云向君拜。
达人自疏豁，元言每相解。人占射的春，化把陵阳派。蚕女被桑柔，龙鳞集川浍。
乐土未能详，屠门且应快。别子新林桥，送我天门界。宦游身鞅掌，心迹并清洒。

适愿非邂逅，交终义为戒。

——民国《南陵县志》卷四十二

南陵道中别林明府

春谷春光满绿畴，石竹明湖葱翠流。何如神仙令，鸣琴松桂幽。士女见林君，欢如凤出游。君不见，汤生沥酒不入口，独饮林君半杯酒。

——民国《南陵县志》卷四十二

赵　琥

赵琥，字时用，余干(今属江西上饶)人，弘治四年(1491)任芜湖教谕。

吊陶居仁①

国破丹心在，丧归白璧全。江流数百里，风韵几千年。故冢松楸雨，残碑蔓草烟。临岐歌正气，落日照云天。

——民国《芜湖县志》卷五十九

[注]①陶居仁(？—1275年)：号菊存，芜湖人。绍定进士，仕朝奉大夫，为镇江录事参军。元军攻镇江，为元军缚，劝降不屈遂见杀。墓在白沙圩，乡人为立祠，宋廷封显忠灵应候，庙额曰"昭佑"。其遗址改建陶氏宗祠。

梦日亭

猛虎横行御榻前，平窥晋鼎欲垂涎。梦惊赤日光环壁，心觉黄须象应天。帷幄萌奸能几日，汗青遗臭已千年。河山依旧巴骧远，满目寒芜翳宝鞭。

——康熙《芜湖县志》卷十三

赭山

原墅周遭竹树攒，丛台千尺枕层峦。绮云初散日光迥，香雾未收花气寒。苔印赭黄袍迹在，尘迷金碧寺基残。为贪此景堪诗画，滴翠亭前驻马看。

——康熙《太平府志》卷三十九

白马山

仙路微茫石发斑，洞天寥渺隔人寰。骊龙隐壑琼珠媚，白马腾霄玉辔闲。流水碧桃通别涧，淡烟瑶草带空山。蓬莱咫尺丹炉在，火候凭谁试九还。

——康熙《太平府志》卷三十九

雄观亭

江上招提百尺台，江头涛浪日喧豗。排空势逐狂飚起，卷地声随骤雨来。鼓楫渔郎云际渡，泣珠渊客市中回。天门咫尺挑花涌，惊得蛟龙胆欲催。

——康熙《芜湖县志》卷十三

玩鞭亭

野树重重复古亭，东风花草几番馨。宝鞭堕地人何在？红日环宫梦已醒。一水远连淮海碧，四山高拂楚天青。黄鹂自解兴亡意，飞入烟萝语不停。

——康熙《芜湖县志》卷十三

301

蟂矶

江心举目四无山，一点青螺白浪间。客子风樯天外去，仙妃云珮月中环。侵檐竹色含珠泪，护帐梅花映玉颜。怪底巴西雪消水，夜深呜咽过前滩。
水天深处翠屏开，上有仙妃百尺台。朱衮绚霞龙闪动，玉箫吹月凤飞来。巴流汩汩何尝舍，汉鼎茫茫不可回。独有贞心人莫测，至今如铁未曾灰。

——康熙《蟂矶山志》卷下

林章（1551—1599），原名春元，字初元，福清（今属福建）人。嘉靖四十二年（1563），倭寇扰福建沿海，年方十三岁即请缨御寇。后因上疏反驳向倭寇妥协议和，又陈述兵制和盐务等对策，触犯了权臣，下狱治罪，含冤死于狱中。著有《林初元诗文全集》。

芜湖晚泊

楚水连天阔，吴山落日时。人家依树转，客棹入云移。北望千峰乱，南来一鸟迟。芳洲有杜若，采采欲遗谁。

——《太平府志》卷三十九

李　昖

李昖(1552—1608)，朝鲜王朝第14代君主，1567—1608年在位，庙号宣祖。

赠沈督府炼凯旋①

出使楼船截海行，水犀十万下神京。扫凶只借将军力，存国还知圣主情。风卷鲸波秋欲静，星开虎帐夜偏明。釜山不减燕然石，从此天家更勒铭。

——《历代咏南陵诗词三百首》

注：①沈督府即沈炼(1552—1619)，原名宗炼，字南麓，今安徽南陵若坑人。明万历二十年(1592)日本侵略朝鲜，攻占都城平壤，明神宗派兵援助朝鲜，沈炼率水陆大军十万直抵平壤与日军大战，一举收复平壤。明军班师凯旋，朝鲜王李昖亲书律诗一首，以示赞扬表彰。

李化龙

李化龙(1554—1611)，字补斋，又字于田，北直长垣(今河南长垣市)人。万历二年(1574)进士。擢右金都御史，巡抚辽东、总督湖广川桂军务、工部右侍郎。累加柱国少傅。著有《平播全书》等。

蟂矶春望

独上春山纵目初，长林旷映见平芜。风前过雁来三楚，天际归帆下五湖。故国千年王气尽，浮云万里客心孤。凭轩欲赋还惆怅，羞向登高论大夫。

——康熙《蟂矶山志》卷下

孙夫人祠

孤峰独际海天东，上有前朝妃子宫。人去明珠辞汉浦，鹤迥华表怨江枫。三分割据青山在，异代蒸尝白帝同。回首姑苏台畔月，当年歌舞只秋风。

——康熙《蟂矶山志》卷下

淡士灏，字深东。举人。嘉靖三十二年（1553）任叙州郡守时，曾在宜宾真武山修建"遇仙楼"，供奉"郁姑仙子"。

玩鞭亭怀古

密探虎穴出危津，七宝鞭留卖酒人。藐主已深犹畏日，垂堂无戒幸旋身。兵销下计谋终失，碣冷新亭曲未湮。柳色青青经过处，千秋频慨晋君臣。

——乾隆《芜湖县志》

张真，字长真、仲理，号奎湖，安徽南陵人。嘉靖进士。著有《奎湖诗集》。

奎湖泛虚亭

一亭高矗水之涯，杜老归吟醉眼赊。鸥鹭依回仍恋旧，烟云出没自成家。梅村沽酒邀仙侣，梧渚乘舟理钓车。万虑澄澄无一物，天空海阔九秋霞。

——民国《南陵县志》卷四十二

李先芳

李先芳，字伯承，湖北监利人。明嘉靖进士，官至尚全司少卿。诗名较大，与李攀龙等结社于京都。

春初至南陵

行县及春早，梅花都未逢。群山争倚翠，落日故衔峰。腊雪藏深竹，条风泛古松。遥遥望城邑，隔水度昏钟。

——嘉庆《宁国府志》卷二十五

刘日宁（1556—1612），字幼安，号云峤。南昌人。万历十七年（1589）进士，改庶吉士，授编修，历右谕德，掌南京翰林院，后召为礼部右侍郎，改吏部。

灵泽夫人祠

庙貌风波地，蛟龙护水纹。江通巫峡道，山接石头云。剑佩思神武，牺牲动听闻。旧斑南岸竹，非止为湘君。

——康熙《蟂矶山志》卷上

304

梅朗中

梅朗中（1556—1642），字朗三，鼎祚孙。安徽宣城人。诸生，明崇祯时县学生。以子庚赠文林郎、泰顺知县。工诗文，善书画，时称"三绝"。著有《书带园集》等。

东门渡寻桓内史彝墓

维榜古渡糜，散步越平莽。断塔峙荆榛，生烟霭亭午。展寻桓史壤，樵苏杳无主。荒随登来牧，遗烈耿废伍。中兴兆一龙，蕃服半养虎。英图乃勤王，杖节亶守府。神爽亮在兹，历落更怀古。

——嘉庆《宁国府志》卷二十五

梅守箕（1558—1602），字季豹，号文岳，一作文山。安徽宣城人。虽弱冠即以诗作闻名,因屡困于制举业,遂废科举,潜心于古文辞。著有《梅季豹居诸集》《梅季豹居诸二集》。

过芜湖

侵晨发宛曲,落日下湖阴。舟楫逐人语,烟波空我心。望迷两岸阔,云合一江深。
兴尽江南乐,愁听淮北吟。倡楼初调瑟,估客尚征歌。馔美兼鱼鲙,杯深折芰荷。
钱刀五方褋,烟非万家多。谁信穷愁者,悲凉一棹过。

——《太平三书》卷四

范允临

范允临(1558—1641),字长倩,号长白,南直隶苏州府吴县(今属江苏)人。万历二十三年(1595)进士,万历二十八年(1600)调任芜关水部。官至福建布政司参议。工书画,时与董其昌齐名。著有《轮廖馆集》等。

谒灵泽夫人庙十绝

烟莽沈沈碧玉湮,千年冷月泣孤燐。萋迷香魄归何处,惟见江花空映人。
蜃阁蛟宫枕激湍,湘簾暮卷浪花寒。秋风一夜巴陵雨,肠断歌声咽木兰。
永安宫外月如梭,哀草寒丘吊蟪蛄。双翼不如华表鹤,春风杜宇泪痕多。
铜雀春深歌舞销,西陵松槚自萧萧。芳魂不逐连云栈,愁对空台緫帐飘。
翠玉珊珊点泪痕,九嶷愁黛隔湘沅。苍梧帝子年年恨,不共侬家泣夜魂。
英雄割据总刀锥,怨耦师昏误结褵。不信周郎无六出,却将香黛借蛾眉。
半岭愁云结不开,矶头潮打夜声哀。应知一掬吴江泪,流入瞿塘滟滪堆。
燕阁英姿本一枝,催笺何忍说摩笄。钿钗零落沉烟水,不及曹瞒赎蔡姬。
桂坠冰轮汉殿幽,粼粼宫水咽还流。一从片石栖神后,绣帐香销红璧秋。
蠹粉椒涂生网丝,湿萤凉露冷空祠。鸳帐翠簟流尘暗,犹记深宫望履綦。

——康熙《蟂矶山志》卷下

徐 媛

徐媛(1560—1619),女,字小淑,长州(今江苏苏州)人。太仆徐泰时女,副使范允临妻。工书画，好吟咏，与寒山陆卿子并称"吴门二大家"。著有《络纬吟》。

吊蜀孙夫人

予旅卧芜阴，萧萧长日酸风射眸，一片波光与枕函，相庋牢落羁心，终成懒癖。病起偶得《蠛矶志》，读之见备载蜀先主孙夫人之始末其中，诸名家所作烂然，盖悼夫人之失计归吴，自沉渊死。集中灼灼有题不容复赘，予独陋夫人之死，诚识短于初，后愧反何益，亦有所感。夫人之灵凄楚折衷，草成俚语吊之。

蜀王夫人东吴客，灵祠控天椒壁赤。裁云割雨劈鲸鲲，剪浪截风送行役。香缨生绉帝室耦，殡后龙渊寄贞魄。神襟雄擅诸兄风，何期误堕周郎策。凭陵三国势纵横，吴蜀交婚岂良适。忍教双臂红丝牵，弃作竿头钩绠掷。青铜立影照孤鸾，离梦杳成云泥隔。花馆空怀孙武谋，侍儿徒拥刀环吓。古来尤物自笺身，兰荄香摧象齿炙。结恨蘙含陇阪烟，啼声竞与江声渍。惆怅灰飘带上花，后窗鬼丸封泥射。千年老狐啸空巢，百足蛇孙锼断壁。鹅鸥窥筵窃余供，山魅漆灯起土隙。疆枭啄食狞牙张，羁魂泣影青珠滴。吴宫不借凤技栖，恰来卧听沙鸡喈。一滩孤月伴幽宵，满棹悲歌吊愁膈。滩月依人西北流，关河无计连郊陌。君王古冢云根穿，夫人渡口波痕白。为尔伤心重一陈，吴陵秋雨萧萧碧。

——《络纬吟》卷三

渡芜江望月夜坐闻风舟中偶成

中流荡桨放行舸，淡柳笼烟影翠螺。籁寐水惊鱼破浪，江皋枫冷落潮多。挂轮高吐碧空净，玉树扶疏黄鸟歌。日暮层城横笛乱，天门风急剪汀莎。

其二

汤汤曲水夜鸣坡，色映平沙洗芰荷。神女抱珠凌海岱，江妃遗佩戏湘波。遥岑历历残呈灿，萧寺阴阴古木罗。遥望白云生野渡，彩绳低处见明河。

——《络纬吟》卷六

重吊孙夫人六首

杜宇啼声断客肠，永安回首路茫茫。锦城丝管浑如梦，惟见春风扫绿杨。
锦帐三千护主家，王孙鹤驾暮云遮。几番梦落楼心月，帘外香浮王洞霞。
三国衣冠纸蝶飞，蛟宫花草自芳菲。当年激管繁弦地，惟见黄垆白骨图。
将军无策定雄图，巾帼周郎岂丈夫。降城不假天山箭，粉黛翻为金仆姑。

列树森森映蜃楼，珠帘暮卷海风秋。澜洄碧漪千山合，坐拥刀环紫殿幽。
万古伤心锁碧湍，空余衰草泣孤滩。相望蜀国宫中月，白帝城高起暮烟。

——《络纬吟》卷八

霜天晓角·过采石题蛾眉亭

练波飞渺，月挂弓弯皎。云湿林皋香封，幽气土、花岩老。　风撼蛟龙啸，江白
渔歌咨。楼琐冷烟迷眺，剥绣斑、早沙晓。
双峦关碧，寒玉雕秋壁。两道凝螺天半，横无限、青青色。　拍岸涛声急，似鼓
临邛瑟。绿窗鸾去镜台莹，空留得、春山迹。

——《络纬吟》卷九

徐人龙

徐人龙（1561—1635），字耳犹，号亮生，明代上虞人。万历四十四年（1616）进士。授工部主事，督学湖南。继任苏松兵备道按察使副使、五昌道参政、督察院右佥都御史、兵部右侍郎、户部尚书、工部尚书等。有《守虔经略》《留虔纪实》《监剿随记》等。

天门山

如画蛾眉极大观，谁将青眼表巑岏。方登半岭惊秋杪，忽履危岩觉昼寒。日落远涯龙窟碧，霞穿江树凤林丹。只缘宋玉愁多故，独避西风守鹃冠。

——康熙《太平府志》卷三十九

顾起元

顾起元（1565—1628），字太初，江宁（今江苏南京）人，万历二十六年（1598）进士。官至吏部侍郎兼翰林院侍读学士。著有《说略》《客座赘语》等。

三山四首

三山秋月

高山明月碧天秋，寒沁仙人十二楼。更上三山高处望，绛河千尺倒空流。

芦岸见渔舟

扁舟遥在水中央，一抹秋烟江树苍。欸乃数声人不见，芦花满地白如霜。

听邮亭铎

暝后三山生紫烟，寥寥古驿闭江天。驿声偏恼离人梦，夜半风吹到客船。

龙王矶

龙峰挟雨昼云生，日射还成五色文。我醉欲乘鞭石去，升天为叩玉虚君。

——道光《繁昌县志》卷十七

蟂矶

天苍云碧水模糊，一点青螺拥髻孤。仙驾欲寻巫峡去，不知云雨梦来无。

——康熙《太平府志》卷三十八

程嘉燧

程嘉燧（1565—1644），字孟阳，号松圆，安徽休宁人，寓居嘉定（今属上海）。著有《松圆浪淘集》。

天门山

两岸青山限落晖，绣岩丹壁望中稀。蛾眉写影牵长镜，石面横波曳细衣。绝壑牛羊缘木下，断崖鹰隼护巢飞。停舟欲到苍茫上，昏黑江云失翠微。

——《松圆浪淘集》卷一

清明舟中

清明寒食山头哭，到处犹传旧风俗。无家自愧百年身，有情共伤千里目。
汉阳渡口柳依依，江风作花雪打衣。经旬始过道士洑，五日未离黄鹤矶。
吴王庙前乌衔肉，又搅崩江作银屋。叉鱼艇子不敢行，昼傍官舫愁水宿。
春光忽开三月三，红桃写镜江拖蓝。烟花才下两孤北，松楸正在九华南。
蟂矶亭亭落日孤，春原尽处是芜湖。青烟白道人归去，纸钱挂树啼鸢乌。

——《松圆浪淘集》卷十三

吴伯与

吴伯与，安徽宣城人。明万历间进士，授户簿主事、杭严道副使。生平博极群书，工古文词。著有《素雯斋集》等。

舟滞梁山登天门绝顶

山容如压帽，天隐路疑深。门到千层浪，岩留百丈阴。叶高风易下，江阔日全沉。何处云泉少，徒多未了心。

——《太平府志》卷三十九

汤宾尹

汤宾尹，字嘉宾，号睡庵，别号霍林，安徽宣州人。万历二十三年（1595）榜眼及第，授翰林院编修，内外制书诏令多出其手。

蝘矶

系艇垂杨处，江心表旧基。百年经变化，片石失孤危。山水难为主，乾坤儿自持。
金焦与瞿滟，突兀起男儿。
久说蝘矶胜，乘闲一赴之。涉江成露宿，薄暮受风欺。夜卧半帆月，起瞻隔岸祠。
毋言兴废命，登眺亦维时。
疑是永安宫，音仪仿佛中。佩刀惊衽席，抱石泣英雄。壁薜柔蒸泽，鱼腥紧呷风。
凭谁操铁板，高唱大江东。

——《太平三书》卷四

送管五陵奉使南还

把袂同当遇帝初，弹冠此际意何如。还夸汉节承新宠，岂为吴歈返旧庐。送别一声杯底泪，寄回千里梦中书。近来心事凭君语，狂病仍销蠹字鱼。

——民国《南陵县志》卷四十二

施善教，安徽南陵人。

芦渚

秋水澄清映碧空，芙蓉零落彩云红。数声野笛横牛去，吹遍芦花两岸风。

——民国《南陵县志》卷四十二

石潭

谁浚石潭万丈深，娟娟明月印波心。天光倒影寒芒色，惊起骊龙不可寻。

——民国《南陵县志》卷四十二

奉册使朝鲜

天语如纶下建章，东风忽动去朝阳。燕王台上黄金饷，箕子村墟白草芳。旌影龙蛇辉国使，笳声凫雁肃边疆。十年壮志横孤剑，历尽关山渡海航。

——民国《南陵县志》卷四十二

管橘，字五陵，邑人。明万历二十三年（1595）进士，任长泰知县。

饮张春宇山园

城头山色淡晴烟，高阁追陪兴自偏。三径黄花秋未老，百年白社句谁先。残星半落空尊酒，明月全低欲曙天。此夕同游争作赋，德星不数聚当年。

——民国《南陵县志》卷四十二

许以忠，邑人，余不详。

将归漳上寄管伯顾

留滞长安久，风尘已敝裘。蛾眉徒自爱，骏骨竟谁收。听雨惊乡梦，看山想旧游。何时漳水畔，把酒话绸缪。

——民国《南陵县志》卷四十二

送黎邑侯入觐

春谷祥光映日华，欣看辑瑞帝王家。班先万国贤声著，最满三年宠命加。天上带回新雨露，境中重润旧桑麻。怜余未得从公迈，独有迢迢望眼赊。

——民国《南陵县志》卷四十二

311

程文绣，邑人，余不详。

朗陵丹井

觱沸寒泉溢仙井，朗陵高处擅奇名。那无石眼通沧海，自有丹砂浸碧泓。地脉不劳神禹凿，山灵曾慰谪仙评。谁知一勺源头水，占断龙湫万古情。

——民国《南陵县志》卷四十二

刘师朱(1596年前后在世)，字仲文，号嵩潭，大名(今属河北省邯郸市)人。万历中，由贡生官至庐州府同知。著有《江皋吟》。

同陈将军用谦登板子矶五首①

谁驱碣石扼江关，翠削芙蓉出水间。截断海鲸波不起，凭高坐数万重山。
吴楚江空万里天，浮槎谁复似张骞。客船千点如星小，新榷愁生古渡边。
扬帆击楫泝中流，孤屿岩峣控上游。面面凌虚堪骋目，长天不起片云浮。
半渡褰衣宛御风，登来台殿郁青葱。灵花秀草凭栏外，金粟高悬碧落中。
双盖遥临最上居，将军爱客换金鱼。相看缓带舒长啸，却喜承平绝羽书。

——《泉州人名录》

[注]①《泉州人名录》载：陈有纲，字用谦，号豫庭，明泉州永宁卫（今石狮市永宁镇）人。登武探花。南直荻港守备，累官至南澳副总兵。繁昌荻港镇板子矶有一《同陈将军用谦登板子矶五首》石碑，诗后落款为"万历乙巳岁（1605年）仲冬奉政大夫庐州府江防同知河朔刘师朱题"，"总营荻港事晋江陈有纲镌"。道光《繁昌县志》录其中二首。

蝱矶二首

旧说蝱矶涌急湍，何年移上蓼花滩。吴宫汉苑余秋草，灵泽依然耸大观。
庙貌千秋拥石矶，琼楼时带浪花飞。孤魂不逐东流去，一缕清烟袅翠微。

——康熙《蝱矶山志》卷下

咏蝱矶

渺渺江天入望通，台高百尺插琼宫。萧疏水树双旌外，掩映晴空一镜中。屐齿不辞穷鸟道，涛声未许撼龙宫。临风欲挟飞仙去，浪说蓬莱在海东。

——康熙《蝱矶山志》卷下

芙蓉岭

地隐莲花藏，山分菡萏支。凿云通曲折，扪石怪参差。官愧宣城守，僧怀惠远师。
香林趺坐处，禅寂好谁期。

——嘉庆《无为州志》卷三十

312

游黄金墩①

载酒东皋去未遥，暖风轻浪转兰桡。杨花乱扑三春雪，江涨新添二尺潮。波影楼台浮岛屿，城隅钟磬杂笙箫。兴来呼上青天月，且喜鱼龙夜不骄。

——嘉庆《无为州志》卷三十

[注]①黄金墩：在无为城北门外，旧名黄土墩。

顾汝学

顾汝学，字思益，号悦庵。钱塘（即杭州）人。万历十一年（1583）进士，授通判，历任太平知府、四川按察副使、云南按察使。有《悦庵集》《双清堂集》。

螺矶

吴蜀当年事已非，灵祠千古峙螺矶。英风不让诸兄后，大节能从先帝归。露冷尚依环佩湿，月明应托杜鹃飞。思褒圣代江山丽，来往人皆仰德辉。

又

江亭面面是奇观，有客携樽兴未阑。万点苍山云外见，千层巨浪雪中看。怀情不假燃犀术，心赏宁虚鼓瑟欢。落日满帆仍问渡，松风冉冉出斋坛。

——康熙《螺矶山志》卷下

313

劳永嘉

劳永嘉（1574—1637），字无施，号金粟，明嘉兴府崇德县（今浙江省桐乡市）人。万历二十九年（1601）进士，知芜湖，官至布政使。

秋日游螺矶

空蒙寒色大江分，仙掌峨峨立紫雯。蘋外风清螺黛出，天边云湿鹭鸥群。帆连吴楚千峰合，地接秦淮六代闻。欲傍灵妃来抱瑟，蛟官秋水浮沄沄。

又

仙人玉枕莽苍苍，烟树霏微夕照傍。古洞蛟空迷大泽，长天霞落见桅樯。看鱼不涉临流兴，圻幛何防酒态狂。我欲移舟向姑孰，芙蓉江上吐秋香。

——康熙《蟂矶山志》卷下

苏茂相

苏茂相（1566—1630），字宏家，号石水，晋江（今属福建）人。万历二十年（1592）进士，历官户部主事、刑部尚书、督抚都御史、大司寇。著有《读史韵言》等。

濡须坞

怪却曹瞒见敌愁，风樯云马列貔貅。长江未必雄天堑，生子当如孙仲谋。

——嘉庆《无为州志》卷三十

谢肇淛

谢肇淛（1567—1624），字在杭，号武林、小草斋主人，晚号山水劳人，福建长乐人。万历二十年（1592）进士。历官工部郎中、广西右布政使著有《小草斋集》。

泊舟三山

脉脉江流去，空令悲客心。云生山势断，潮落水痕深。寒月终宵雁，秋风几处砧。迟回望京邑，归思不能禁。

——《小草斋集》卷十三

南陵道中

西风吹岁晏，何意复南征。十月黄山道，飘零寄此身。崩桥愁度马，落日恐行人。莫更高楼望，猿啼损客神。

——《小草斋集》卷十三

袁宏道

袁宏道（1568—1610）字中郎，号石公，湖广公安（今湖北）人。万历二十年（1592）

进士。官礼部主事、吏部郎中。与兄宗道、弟中道,合称"三袁",同以"公安派"著称。著有《袁中郎全集》。

芜湖舟中同范长白念公看月

夜深蕉帕带寒澌,隔水青梧辨露枝。问取无心老衲子,几人消得幻琉璃。
夜泉香锻石垆红,听尽寒松带雪风。箏取人间几月子,江心瓯面复瓶中。
青山不改黛螺春,孤阁娉婷是女神。一斛秋光半匣水,人间多少热忙人。

——《袁中郎全集》卷三十二

袁中道

　　袁中道(1570—1623)字小修,湖广公安(今属湖北)人。万历进士。官至南京吏部郎中。与其兄宗道、宏道合称"三袁",为"公安派"代表作家之一。著有《珂雪斋集》。

由芜湖入新安道上

春水平田鹭一群,黄花陌上野香薰。若为雨霁犹屯雾,总以松多易染云。洞拂古莎来鹿女,原留新迹过山君。马蹄间踏萧森影,夜月朝曦两不分。
长途一缕蚀山腰,蹢至时逢伐木樵。地僻乍存三两户,溪多何止百千桥。小园处处花相接,远岫重重雪未消。半壁已惊千丈落,登峰犹自路迢遥。
几回披叶与穿花,于役登临望已奢。驿路只随晴雪去,山程长被晚岚遮。何村不是王官谷,到处堪为处士家。石骨鳞鳞溪练疾,故将竹筏代游槎。
春鸟啼来不谙名,桃花丛里吠龙清。欲登山塔都无路,未见溪河先有声。枣叶几何人亦住,鸡头直上马犹行。巉岩满目余阡陌,处处樵苏间耦耕。

——《珂雪斋集·诗集》卷七

杨宗臣

　　杨宗臣(1571—1651),字荩吾,号世禄,别号澹庵,邑廪生。万历己酉(1609)科乡试副榜。安徽繁昌县上杨村人(今属芜湖市弋江区)。

涂溪八景诗①

长河晓曙

一湾活水绕长堤，草色平铺柳色奇。宝镜欲沉明素练，金丸初吐蔼红螭。林寺晓钟香雾散，渔舟远棹白云低。花影渐移窗外景，郊原风露却依稀。

涂溪晚霞

溪边万户捣砧声，柳色阴阴隔翠屏。飞鸟趋林生锦翼，游鱼鼓浪动金鳞。垂杨绕屋拖彩线，近水长堤映碧云。几度挥戈回夕照，绿杨槛外景还明。

杨滂烟波

吴江旧迹号杨公，一派洪波当巨冲。三峡倒流魂欲断，九渊荡漾势如崩。横潮古岸荒人迹，洄水新洲没鸟踪。漫道禹门生锦浪，至今姓字播寰中。

太湖夜月

平湖万顷映西林，一轮光灿玉壶冰。皎洁清明通帝座，银璧辉煌照赤城。仙桂恍疑樽里落，野桖时调槛外声。睡起倚栏凭远眺，碧天无际渗人心。

蟹矶钓踪

楚水吴山问落星，石田深处理丝纶。鳌擎巨浪撑王屋，足据横波壮帝城。几度棹歌催晓日，数声渔笛薄残云。芦花夜月任竿冷，风景依稀似富春。

龙潭跃迹

风起云飞九字清，萍湖勺水有潜鳞。玄黄欲战摧金甲，雷雨方盈驾紫云。千顷波涛连白日，万方枯稿沐甘霖。神物不终留浅泽，仅存芳沼在西村。

石盘砥柱

长河似带去悠悠，卷石浮空琐下流。平地峋嶙撑碧柱，奇峦突兀奠金瓯。于盘饮食衍鸿雁，拂石苍苔映斗牛。日暮登临舒远望，疏梅淡月接烟楼。

浮丘列屏

高峰古岫隐仙灵，迭甲撑空耸翠云。石室尚存丹灶迹，芝田犹见露华新。晋笛一声乘鹤去，芦茶几处待雷惊。烟霞深琐谁为侣，也有潜龙学养真。

——民国思成堂《繁昌杨氏宗谱》卷一

[注]①《涂溪八景诗》见录于民国三十七年思成堂刊《繁昌杨氏宗谱》卷一。明崇祯九年，杨宗臣与杨宗光纂修杨氏宗谱，置本泽、宗光诸诗于卷首，因得以保存。

佚 名

涂沟八景诗①

浮山远翠

人间何处是蓬莱，笑指浮山紫翠堆。雨过画屏天外出，花明绣幕望中开。
仙桥跨石穿银汉，瀑布悬崖挂碧台。几度凭栏闲纵目，数峰排闼送青来。

高渡流清

纷纷都是问津俦，指点高低碧涧头。滟滪滩澄波底月，参差槎泛水中流。
溪声暗洗先朝恨，野色遥连古渡愁。每忆济川舟楫事，乾坤滚滚一飞鸥。

涂沟夜月

宅绕涂沟浸月圆，一泓潋滟素光妍。涓涓波底水轮转，皎皎空中宝镜悬。
影接银河澄碧汉，形沉玉兔浴清渊。恍疑桂阙蟾宫近，欲问姮娥兴浩然。

盘石朝岚

岩岩巨石势殊雄，地设天成造化工。碧窦胎珠山吐雾，青崖韫璞气成虹。
暖烟淡锁琼盘润，香霭寒笼璧磨崇。攻取谁能呈卞献，连城重价应时逢。

蟹矶左峙

螃蟹矶横称独异，兴来倚棹漫登临。浪掀石罅晴犹湿，潮喷烟墩昼亦阴。
展足形常浮水面，昂头势欲醮江心。乾坤铸出巉岩象，稳镇中流亘古今。

凤坦后横

隐然凤坦横居后，造化由来阔此洲。两翙烟霞辉草木，九天雨露润松楸。
居人竞指牛眠地，过客还夸马鬣丘。宝树兰芽多异产，名家世泽少相侔。

西湖荷风

方沼盈盈半亩余，风前花叶荡虚徐。不缘周子能知道，可羡陶朱浪畜鱼。
月映清涟秋影乱，露倾欹盖远香舒。一泓占断江南景，十里湖光总不如。

长堤烟柳

长堤南望势逶迤，烟柳参差万缕垂。湿染柔条春色早，寒侵远岸晚光迟。
苏公老去名犹在，陶令归来兴自宜。两两黄鹂声不见，夕阳影里画船移。

——民国七年《春谷杨氏宗谱》

刘有源

刘有源,字仲开,号工峰,安徽南陵人。明万历年间进士,官御史。晚年在南陵城东建涉园,诗酒自娱。著有《涉园诗集》。

涉园即景

幽栖小筑傍溪隈, 选胜漳淮迥绝埃。两派远从山涧落, 一泓近抱草堂来。浦连堤树云常暗, 波映轩窗影倒开。旷绝桥头深夜月, 移情恍惚向蓬莱。

——民国《南陵县志》卷四十二

九日同新昌朱令游南明寺

秋气来溪上, 名山入眼新。倚天开石座, 嵌壁耸金身。月印松门隙, 泉分云汉津。莫辞今日醉, 胜地共芳辰。

——民国《南陵县志》卷四十二

黄尊素

黄尊素,字真长,浙江余姚人。明万历年间进士,任御史。因坚持反对太监魏忠贤专权,被逮拷掠而死。

南陵道中逢大雨感赋二首①

其一

漫说轴轴轩使者旌, 从来行路叹欹倾。塞野连云迷古道, 波光一片暗心惊。险如万骑骤驰突, 望若平地卷长鲸。初试才及行人膝, 须臾马鬣已纵横。呼吸之间身世外, 从者杳然失死生。居人遮道殷勤诉, 如此风波岂可行。

318

芜湖历代诗词

其二

总为浮云蔽日明，岂无揽辔忆澄清。从尔掀翻我有主，洪涛满眼心不惊。重赏之下勇夫出，木罂之中可渡兵。有时衔枚逾深洞，有时利涉任舟横。投躯暂寄风宁息，长啸看云波自平。寻常礼套无劳尔，相从用命即豪英。济世应有微权在，如此风波亦可行。

——民国《南陵县志》卷四十二

[注]①题目系修订者所改，原题：南陵道中逢大雨，昼夜不绝，山水骤溢，平地至深寻丈，行者俱不能从。余为多方获济，得至皖上，因感赋二首。

钟 惺

钟惺（1574—1624），字伯敬，号退谷，湖广竟陵（今湖北天门市）人。万历三十八年（1610）进士。曾任工部主事，后官至福建提学佥事。不久辞官归乡，晚年隐身寺院，潜心研学，其与人合著《唐诗归》《古诗归》名扬一时，形成"竟陵派"。著有《隐秀轩集》。

芜湖立春

七月途中序暗移，故乡风物已孜孜。园梅太早难相待，堤柳虽疏不肯垂。除岁春生微雨夜，客舟家共一灯时。入闽归楚明年事，此际茫然不敢思。

——《太平三书》卷四

曹学佺

曹学佺（1574—1647），字能始，号石仓，侯官（今属福建）人。明万历进士，除户部主事，调南大理寺正，后历官广西、四川诸省。南明王朝官至礼部尚书，事败殉节。著有《金陵集》。

新林浦

夹岸人家映柳条，玄晖遗迹草萧萧。曾为一夜青山客，未到无情过板桥。

——清郑方坤《全闽诗话》卷八

芜湖

乐府湖阴曲，王敦梦日窥。晋王乘骏急，将士玩鞭迟。晋垒相持处，吴波不动时。
空闻可儿叹，说与塚傍知。
客问鸠兹地，芜湖七里长。春秋恶征战，吴楚启封疆。馆驿临江左，侨居尽洛阳。
尚余赭山石，犹属古丹阳。

——《太平三书》卷四

登芜湖县山

昼涉江中路，宵登湖上丘。市喧孤磬断，风色片帆收。牛渚青山老，蟂矶翠黛愁。
客程能不远，一望白门秋。

——《太平三书》卷四

过天门山柬王季重

朝日金鸡唱，天门奕奕开。两山如户牖，流水乍潆洄。雾重帆樯湿，霜重鼓角哀。
须知牛渚客，犹带一星来。

——《当涂古今吟》

葛纬，明代人，生卒不详。

天门山晚泊

维舟临北渚，残日忽衔山。断岸花千影，中流月一湾。酒楼惊烛短，渔艇出歌闲。
频怅斜阳晚，灵岩未许攀。

——康熙《太平府志》卷三十九

320

葛师孔,明代人,生卒不详。

蝼矶

灵泽矶边薜荔长,岿然古庙历隋唐。贞魂频绕吴宫梦,杂佩惟余汉殿香。台榭影笼秋夜月,汀洲声彻水云乡。凭高吊古千林晚,漫道芳樽对夕阳。

——康熙《太平府志》卷三十九

朱之蕃

朱之蕃(1575—1624),字元升,一作元介,号兰隅、定觉主人,祖籍金陵。万历二十三年(1595)科举状元,官终礼部右侍郎,任上曾奉命出使朝鲜。后以母丧,不复出仕。有《君子林图卷》《纪胜诗》《落花诗》等。

寄怀戴华邱

愚公谷口好栖真,管领莺花不计春。杖拥烟霞迷鹤氅,尊倾贤圣倒纶巾。松篁不逐韶华老,兰蕙仍将雨露新。为问蒲轮征有日,何如清咏胜天钧。

——民国《南陵县志》卷四十二

杨茂清

杨茂清,安徽南陵人,余不详。

水龙洞玉乳泉

浮云不并此山巅,屹石盘空枕逝泉。千仞洒来鲛泪软,一潭抛出蚌珠圆。濯缨对照清于圣,洗盏重倾冷欲仙。落野成溪资灌溉,长歌幽雅赛丰年。

——民国《南陵县志》卷四十二

徐希明

徐希明，号凤山，浙江上虞人，明朝万历年间举人。

漳水拖蓝

谁染轻绡百里缠，浮光遥接蔚蓝天。诗脾净洗尘氛尽，一曲沧浪烟水边。

——民国《南陵县志》卷四十二

戴士宪

戴士宪，生平不详。

漳河春泛

家临春谷一沙浔，咫尺桃源路可寻。燕掠蓬回挝鼓转，凫浮雏喋扣舷沈。波心曳白鱼鳞现，水面拖蓝柳黛深。断续渔歌何处所，轻风吹到亦知音。

——民国《南陵县志》卷四十二

管一骥

管一骥，安徽南陵人，余不详。

竹塘桥

山边行路古，竹外石桥斜。水涨寻他岸，烟横隔几家。千回旅店月，一片牧归霞。兴到思沽酒，无钱倘肯赊。

——民国《南陵县志》卷四十二

何邦渐

何邦渐，字绍渠，明时浪穹（今云南）人。由选贡判凤阳府，万历二十年（1592）拔贡,初任安徽庆阳府通判,后升无为州、邳州知州。

题芙蓉山馆

乾坤许大无扃钥,浮生是处堪行乐。江山千古看人忙,功名几代凌烟阁。我曾叱驭
入三巴,钟离濡口两移家。么么无补世缘薄,到处寻游学种花。种花不似河阳满,
僻爱登高舒眺览。前侯曾此构山亭,我今为作芙蓉馆。芙蓉秋水美人稀,安乐行窝
继者谁。掇拾唾余博升斗,联镳结驷羞涂泥。涂泥底事无蝉蜕,随分因缘须悟觉。
行行暂此一停骖,小苑琅玕未萧索。春雨桃花秋月梧,春去秋来景不疏。况复四山
环翠幕,孤榻净几宜琴书。狂歌大叫云天响,清梦乍醒神骨爽。升沉久矣付青苍,
此际不来心劳攘。飘飘何日是闲身,白日偷闲即是真。真空到此出尘劫,虚名薄誉
等浮云。浮云聚散任南北,封疆主人原是客。驱车能得几经过,留与山僧伴明月。

——嘉庆《无为州志》卷三十

留别芙蓉新刹

尘海无涯著定踪,二毛消减少年容。要登兰若三千界,偶拓芙蓉第一峰。凉月暂浮
香榭木,野云初挂曲栏松。飘飘又泛淮东舫,谁听猴山午夜钟。

——嘉庆《无为州志》卷三十

朱万春,字长孺,号寰同,安徽无为人。万历二十九年(1601)进士,授淄川令,擢
御史、太仆少卿,升左通政。

黄金墩阁上

层楼峣杰耸云空,暇日同登览胜雄。何似西园飞羽盖,还如夜月坐朦胧。帆光远带
千峰雨,龙挂高悬一涧虹。兴剧飞觞香雾霭,清歌缭绕碧烟蒙。

——嘉庆《无为州志》卷三十

吴光义

吴光义，字行可，晚号觉庵，安徽无为人。万历二十九年（1601）进士，授仁和县令，擢工部主事，改补兵部职方司，寻以参议备兵陕西神木道，转四川副使，升河南巡抚，晋兵部右侍郎，乞休归里。

水灾谣

有引：濡须滨江，常若浸没。万历癸丑，几同怀襄作水灾谣，述昏垫之状，以告来者，俾知此方阡陌，惟恃堤坝，积岁无怠修筑，庶其以人力胜天乎。

长鲸喷浪高千尺，掣电奔雷撼山碛。扬鬐直捣濡须湾，濡水乘之益湍吓。亘延一线几何堤，况复淫霖彻朝夕。淫霖朝夕几曾晴，百日风霾天地倾。鸣钲蜂聚长堤上，捧土填堤惊湁荡。忽然一声响似雷，建瓴直下三千丈。涛声高，喊声咽，数里闻之心胆裂。典衣揭债种青禾，争忍青禾喂鱼鳖。捶胸顿足且回家，可怜两日无半啜。忍饥欲向隔河奔，又骇隔河转凄绝。转凄绝，不堪闻，浪滚风掀雨更沦。觅得一船如宝筏，登船浑是覆船人。儿号母，母嗔儿，天公作难痴怨谁。挨过一夕是一夕，满拼来朝赴水湄。吁嗟乎！米如珠，薪如桂，桂没珠沉空掩泪。吁嗟乎！荇可采，榆可春，水上榆头荇没踪。庐阳七郡皆沃土，独有濡须滨江浒。海内泽国多滨江，未若濡须连岁苦。前年大水称襄陵，卖儿鬻女犹可凭。去今五载未生育，生且未孩那堪鬻。纵然易子析骸烹，相煎能得几斤肉。呼天天不应，抢地地无陆。惟有孔迩一声歌，可解百千万亿之号哭。

——嘉庆《无为州志》卷三十

许梦熊

许梦熊，安徽南陵人。隆庆五年（1571）进士。官至南户部主事，为官清正廉洁。著有《禊日楼草》。

过太白酒坊

谪仙过日酒初熟，此日寺传新酒坊。风度不随茅屋在，山川犹作锦衣香。千秋客到千留玦，一岁花开一举觞。莫向斜阳嗟往事，人生不朽是文章。

——民国《南陵县志》卷四十二

玉带桥

万丈溪头起白虹，宛然飞渡籍山东。孤悬上挽天河水，并驾中流碧柱峰。却绕翠微三匝外，尽收春色四围中。山川人物如相待，会见清时策上公。

——民国《南陵县志》卷四十二

汪廷讷

汪廷讷（1569年前后在世），字昌期，又字无如，号坐隐、无无居士，安徽休宁人。万历时曾任盐运使，后谪宁波府同知。著有《环翠堂集》。

登赭山观大水

凭高一望野平川，湿雾腾空上下连。处处园林通水泽，萧萧村路断人烟。蚍蜉有穴沉波底，燕雀无巢寄树巅。四境桑麻沧海变，日闻野哭独堪怜。

——《坐隐先生集》卷十一

天门山寓目

一望盈盈远送青，天门高耸对成形。帆樯迢递通淮海，波浪奔腾接洞庭。雁字遥过扬子渡，渔家近住蓼花汀。清秋莫漫悲摇落，坐隐垆头任醉醒。

——《坐隐先生集》卷十一

九日泛江，登清风楼

泽国萧森欲暮秋，乘高兴发复登楼。天边云净山殊色，江上风来水溯流。烨烨紫萸香泛酒，飘飘绛叶舞随舟。静看景物堪行乐，笑把黄花插满头。

——《坐隐先生集》卷十一

陈荐夫

陈荐夫，字行，更字幼儒，闽县（今属福建）人。万历二十二年（1594）举人。著有《水明楼集》。

将之鸠兹别汝载能始茂之

远游原自恶，况复路行难。作客岁多病，中人秋薄寒。江流余涨急，城邑几家残。此地无知己，因之忆所欢。

——《水明楼集》卷三

舟发湖阴

秋水连天一棹横，西风吹起古今情。青山总近玄晖宅，白日曾环处仲营。峰吐夕岚三楚色，江吞残雪两川声。词华销歇东流在，采石矶头月又生。

——《水明楼集》卷六

范守已，字介儒，洧川（今属河南长葛）人。万历二年（1574）进士。曾任云间（江苏松江）司理、主狱讼、建昌（四川西昌）兵备等职，后官以学院身份主考江南，擢兵部侍郎、太仆卿、总理钦天监。著有《御龙子集》。

送钱工部克贤监榷芜湖

才得逢君又送君，白门离思总缤纷。揭来叔宝看如堵，别去真长意不群。画艇波澄牛渚月，高城风度小孤云。遥知估客归仁后，平准书裁太史文。

——《御龙子集·吹剑草》卷十二

汪柏，字廷，江西景德镇人。嘉靖十七年（1538）进士。著有《青峰先生存稿》。

芜湖逢凌水部留饮明日早发

江上忽逢何水部，风流浑似马文园。孤舟泊岸漏未午，高馆衔杯日欲昏。乍远建章花下珮，初寻彭泽柳边门。明朝解缆随潮上，回首枫林落叶繁。

——《青峰先生存稿》卷二

黄 奂

黄奂（1569年前后在世），字元龙，新安（安徽歙县）人。著有《黄玄龙诗集》。

赭山

时度江访祝长庚父子，阻风返棹。

碧水四黏天，孤城似岛悬。客心先去鸟，山意迟停船。乱石江云吐，轰涛坞树连。
伊人如可望，白露正凄然。

——《黄玄龙诗集》卷二

方问孝

方问孝（1570年前后在世），字胥成，安徽歙县人。著有《苍耳斋诗集》。

同友人携酒赭山

载醪出东郭，屐履登高丘。旷望极千里，聊以写心愁。流云度远嶂，嘉鸟喧芳洲。
虽无管弦奏，颇爱林泉幽。但美一觞酒，不知西日流。下有一孤冢，上有双古楸。
安知昔时贤，曾不于此游。当日不乐饮，如今亦悠悠。笑问同来人，今夜秉烛不？

——《苍耳斋诗集》卷三

湖阴道中

贫止一青毡，家无负郭田。流光三月后，归路万山前。老骥嘶残日，行人望暝烟。
何当敝庐下，诗酒度年年。

——《苍耳斋诗集》卷八

舟次湖阴

帆驶天风急，川长海月低。江声连虎啸，山响答猿啼。荻岸明渔火，沙村送戍鼙。
舟行自可乐，早晚故林栖。

——《苍耳斋诗集》卷十一

327

晚泊天门山

江上秋高南雁飞，江东游子心依依。流年到处悲薪桂，举世何人重布衣。猿断晚风当客棹，灯连寒雨射苔矶。自怜明发家逾远，夜夜空能有梦归。

——《苍耳斋诗集》卷十三

冒愈昌，字遗民，歙县人。约明神宗万历中前后在世。

蟂矶吊孙夫人

云连蜀道永相望，庙枕蟂矶水一方。湘竹斑成曾帝女，碧桃春老自刘郎。虚传孺子能分鼎，不及夫人有瓣香。剑戟只今何处问，万山松桧领秋霜。

——《太平三书》卷四

328

许朝荣(1575—1620)，字狮山，安徽芜湖人。万历初，以明经考授教职，不就。著有《酌中集》。

秋日游八角亭①

年年春暮此登临，此日秋风秋宇清。木脱近看孤屿出，潮平遥指片帆轻。眼前鱼鸟真堪乐，身后陶韦浪得名。归路黄花浑笑我，浮云富贵误平生。

——民国《芜湖县志》卷五十九

[注]①原注:识舟旧名。

王思任(1575—1646)，字季重，号谑庵。山阴(今浙江绍兴)人。万历二十三年

(1595)进士,历仕兴平知县、九江佥事、南京刑部主事等职。著有《王季重十种》。

芜关大雪和坡公韵

楚天吴水一江纤,潮落溪滩十八严。人在漆园迷蝶梦,市如胶鬲涸鱼盐。冻吟虽诧能随郢,曝献还愁未即檐。为橄旅商同至日,黄云封静万樯尖。

抱关一树乱啼鸦,天女缫蚕撒素车。布转芜阴春未染,絮分芦岸月生花。占丰盈寸还三尺,冷缩千门与万家。却妒老渔方入画,雪蓑停雨拍江叉。

——《王季重十种·避园拟存》

维舟中江塔下复大雪再次坡公韵[①]

天门描月白眉纤,一领羊裘欲借严。舟竟无闻添哑铁,车今释负撒空盐。鸡人谜苦三更枣,鲛客晶疑万瓦檐。晓起中江看合塔,笑他毫素不成尖。

一枝绕罢已归鸦,生耳犹惭寄宦车。来去缠头照锦雪,幻空夺目眩银花。题完竹木谁工部,塑遍江山果大家。终是形容难拟议,圈才太极便爻叉。

——《王季重十种·避园拟存》

[注]①题目系修订者所改,原题:壬申腊朔,榷满候代,维舟中江塔下,复大雪,再次坡公韵无题。

三山风驶

橹港悬帆正发寅,铜陵忽快已餐晨。云呼万壑惊龙伯,浪浴千峰失马人。腥雨吹豚俱队队,盲风折鹭反踆踆。何如一曲湖中镜,稳坐家船看锦春。

——《王季重十种·避园拟存》

识舟亭[①]

落照西风古渡头,此亭常作仲宣楼。茱萸九日添清兴,黄叶千杯破客愁。云湿斗边吴地尽,山穿雁外楚天流。明朝南浦应频送,宋玉何堪天赋秋。

半载逢君此地游,项台连接庾公楼。持螯珀照金丝幕,对菊香浮玉乳瓯。帽近龙山风易谑,袍拖采石月应愁。只今把臂骊歌动,何事前时欲遇留。

——《太平府志》卷三十九

[注]①识舟亭:在鹤儿山,俯瞰大江,明建。旧名八角亭。崇祯四年(1631),榷使王思任取谢朓"天际识归舟"句改名"识舟",最为地方名胜。光绪间废。

陶朗先

陶朗先(1579—1625),字元晖,浙江秀水人。万历三十五年(1607)进士,授南京都水司主事,三十七年任芜湖县主事,关监督。历登州知府、登莱巡抚,至按察副使。

游蟂矶

烟草依依雨欲浸, 千年幽恨结春阴。 江流来往无凭据, 玉骨何时返陆沉
鸟语庭前花满枝, 分明台馆画眉时。 花红不是桃源淡, 何辜刘郎此别离。
处处攀条赠远征, 栖鸦风景石头城。 芳魂岂谓迷乡国, 蜀道从来不可行。
平芜本自宿鸳鸯, 斜日长疑是战场。 风咽落潮还倚望, 敢如帝子在潇湘。
江天月殿水淙淙, 古殿何人掩玉窗。 拥剑侍儿浑不似, 萧条渔火是银釭。
江北江南尽墓田, 遍教埋骨向重泉。 莫惟底事无消息, 望帝犹能泣杜鹃。
莫譬当年铜雀姝, 凄凉一样怨愁输。 西施报主能归越, 妾岂安刘独在吴。
万叠山城拥碧涛, 平临巴蜀亦嶕峣。 慢将芳质为香饵, 未似孙郎惜大乔。
当时谋国太匆匆, 孝直何须复论功。 若使炎刘应未烬, 亭侯还自报曹公。
不枉怀沙此一隁, 奔涛多自蜀山来。 欲将心事随流水, 怕入吴江去不回。

——康熙《蟂矶山志》卷下

林古度

林古度(1580—1666),字茂之,号那子,人称乳山道士。福建福清人。寓居江宁。工诗。家贫。著有《林茂之诗选》。

吉祥古梅

一树古梅花数亩,城中客子乍来看。不知花气清相逼,但觉山深春尚寒。

——《林茂之诗选》

魏浣初

魏浣初(1580—1638),字仲雪,江苏常熟人。万历四十四年(1616)进士,官广东提学参议。天启三年(1623)芜关水部职。著有《四如山楼集》。

祀灵泽夫人乐章

奕奕庙，江之漘。于赫谁？孙夫人。我来斯，利涉频。恍兮惚，指迷津。何以报？
江有蘋。薄言采，敬共申。
税我车，驾我楫。涛汹汹，如人立。灵之来，翠旗集。阴风从，毛骨袭。俨刀环，
拥而入。榜人怖，舌为翕。
秩我豆，载我醅。巫纷若，坎其鼓。灵之降，叱风雨。冯夷息，曜灵吐。四山青，
掌可数。众胥怿，歌且舞。
灵之去，逝何处？扃闺宫，依还堵。哑饥乌，走黠鼠。告来者，于时旅。阅春秋，
有其举，莫费之，谷贻汝。

——民国《芜湖县志》卷五十九

蜾矶四首

滚滚东风送绿波，阴阴祠宇对矶窝。偶然灵女同归昼，却使文人费揣摩。或说雌媒
羞智短，也云蛾黛损情多。永安宫里谁蘋藻，不道吴都亦黍禾。
岂独苍梧二女灵，精英自古在娉婷。魂依杜宇啼难尽，肠绕慈乌梦不醒。化作甘霖
敷下土，散为杀气助幽冥。千年香尽浮龙衮，直锁寒烟到远青。
传说其中有巨溪，石悬山谷老人题。沧桑互逐洪涛改，江苇平分秀麦低。雨暗不闻
蛟起舞，月明时见鹇安栖。殊今意尽凭栏外，浪得矶名占水西。
玉骨当年傍水心，蜀吴旧恨洗江浔。黄冠襟处来羶气，白社希闻出梵音。遂使鱼龙
皆寂寞，空余柏枣拱萧森。村翁作客延香火，犹艳残膏与坠簪。

——康熙《蜾矶山志》卷下

李明睿

　　李明睿（1585—1671），字太虚，江西南昌人。天启年间进士。明末清初著名诗
人、史学家、社会活动家。

识舟亭二首

谁把黄花插满头，殷勤携酒共登楼。重阳独酌有何趣，佳节逢君足破愁。乾坤此日
茱萸醉，江汉西来日夜流。更有惊人诗句在，暮云收尽楚天秋。

谁同清夜美遨游，月照江波风满楼。人在瑶台含雾瀨，露从仙掌坠金瓯。共欢美景惊时序，好及良辰散客愁。永夜相思如梦里，何能此地复淹留。

——康熙《芜湖县志》卷十三

谭元春(1586—1637)，字友夏，号鹊湾，别号簑翁，竟陵(今属湖北天门)人。崇祯十年(1637)入京应试，殁于途中。聪颖多才，善书法，是竟陵派重要作家。著有《岳归堂稿》《谭友夏合集》。

吉祥寺松下夜歌示伯敬

星汉不可为光辉，辇路下瞩深壑微。隔院笛与断香散，一声磬如秋花飞。来步殿前访古松，秃顶倾枝老人容。子言燕寺胜于此，有松乃若巫山峰。凭仗深厚松不知，见松应以佛拜之。亦知世上多松柏，神理茫茫空尔为。

——《岳归堂合集》卷四

332

寄题胡彭举小九华石歌

君有懒石抱影斜，近闻赢得小九华。九华可大亦可小，如人有少亦有老。老人志趣胜少年，石奇不在高贴天。澹云过斋湿寸峰，梧桐吹影翠秋容。一庭苔与烟光满，立者卧者皆成懒。只恐幽险画不出，反令君石困君笔。

——《岳归堂合集》卷四

朱茞煌

朱茞煌(1586—1662)，字江渔，号玉瑠，安徽无为人。崇祯七年(1634)进士，授余姚县令，知山东乐安县，升户部主事，榷关九江，寻升兵部车马司主事，转武选郎中。著有《文嬉堂诗集》。

战城南

郡人沈志杰父子、兄弟同夜出城击贼，被杀，城南其死处也。用"战城南"哀之。庚辰永思庐。

战城南，击贼东，血膏原野草猩红。金色虾蟆本懵懵，庙鬼号跳咷灯朦胧。斫营计疏气自雄，男儿杀贼宁无功。矛头铁镟留腥风，乌声哑哑鸣虚空。父子兄弟尸横丛，为我谓乌且莫急，豪客醉怒肉僵立。酒气冲云天雨泣，汝知争食流血汁。懦夫可嗤，豪诚可思。黑夜绹城，天明奚之。交交飞鸟，止于城墙。谁实为斯，百夫之防。

——《文嘻堂诗集》卷上

适九江遇荻港风发不得入郡

六载他邦吏，秋风叹望乡。人烟瞻濡口，樯力过繁昌。雨暗花林[1]隔，涛惊荻港狂。家园昨梦到，蓉露湿东塘。

——《文嘻堂诗集》卷中

[注]①作者自注：郡城河名花林河。

送子微弢之辈归濡须

挂席烟波渺，开尊细雨愁。庐云方极目，蠡水动归舟。署冷催花鼓，帘虚刻烛楼。别怀不可尽，江汉暮悠悠。

——《文嘻堂诗集》卷中

月下阅家乡塘报

妖星芒角白，冻月晕云黄。芜浸江流血，霜天一望长。衣沾南国泪，砧断北人肠。烽火冲春雁，乡书尚渺芒。

——《文嘻堂诗集》卷中

裕溪夜发

雨歇动幽歌，风帆夜挂多。蓬灯团水暗，杯酒阅村过。岸燥复鸣蚓，波平不起鼍。鼓吹须口舰，吴魏事消磨。[1]

——《文嘻堂诗集》卷中

[注]①作者自注：裕溪江即吴魏战处。

黄雒河送罗兵宪需孚

濡口旌旗拂去思，上都星影动梧墀。功高破柱因遭忌，道重调元为济时。淮北疮痍方贴席，江南风鹤尚惊驰。要知羊祜襄阳事，岘首碑看堕泪诗。

——《文嘻堂诗集》卷中

村居偶成六首

随行藤杖与书函，櫂水梯山只是憨。识事渐如回味果，藏身今学过春蚕。好师纵酒陶元亮，不慕清言殷仲堪。但有闲情销未尽，歌楼柳色忆江南。

但看青山蹋野畦，不将照影学山鸡。布帆稳过蟂头舫，驴背闲于锦障泥。旧衲横披持瓦钵，接䍦倒载唱铜鞮。行藏偃蹇从吾意，何必逢人学笑啼。

品月批云自讨论，等闲无与到花村。鸿沟誓割横桥水，函谷泥封种薛门。独对新晴吹酒气，不思旧雨划空痕。纷红骇绿江光净，自在晞帆背夕暄。

柳塘花坞结鸥盟，谁笑霜华学耦耕。酒病已深辛弃疾，诗情犹艳庾兰成。满湖风雪还清啸，几处笙歌只独行。从我老颠风景好，不闻时事到紫荆。

懒慢心情只自矜，行藏放浪任人憎。寻春似访章台柳，避事如归退院僧。草阁山川常注眼，旗亭风雨亦张灯。狂谈纵酒年年在，拄笏长安久未能。

蜗居小舍寂如庵，僮事耕桑女事蚕。梦自屏间回蓟北，山从枕上见江南。辋川住有王摩诘，赵国人推张孟谈。风过渔舟残醉处，湖光一片柳毵毵。

——《文嘻堂诗集》卷中

怀叶无美自江州佥宪归芜湖

隔年鸿信不曾过，春日莺花梦正多。小艇老余披绿箬，长门妒尔画青娥。淮西尊大唐藩镇，江左偏安晋永和。欲向龟兹问消息，边烽一望恨嵯峨。

——《文嘻堂诗集》卷中

奉差九江舟过荻港阻风

江清水急浪花飞，一夜东风阻客归。莫怪夷犹沙渚上，买蓑只欲恋江扉。

——《文嘻堂诗集》卷下

北行江上阻风

荻港黄云压水流，风翻白浪打船头。长年莫道秋江冷，杨柳堤南是酒楼。
沧江爱对蓼花红，玉破霜螯酒醉枫。人说狂风滞行路，几年仕路石尤风。

——《文嬉堂诗集》卷下

阮大铖

阮大铖(1587—1646)，字集之，号圆海，又号石巢、百子山樵，或称皖髯，安徽桐城（今安徽枞阳）人，一说安徽怀宁人。万历四十四年(1616)进士。天启时依附魏忠贤。弘光时，马士英执政，任兵部尚书，对东林、复社诸人立意报复。后降清。著有《燕子笺》《春灯谜》《咏怀堂诗集》等。

雨泊芜湖谢罗侍御招饮①

寒雨满天地，萧条况孤舟。尽此一樽欢，为销千古愁。芳醑耿华烛，雪唱翻轻讴。
高竽琴书闲，静晒天云浮。粱肉坐崎岖，世人如此否？横笛弄遥月，旅雁怀烟洲。
相共此山川，白云何离忧。

——《咏怀堂诗集》卷二

335

[注]①题目系修订者所改，原题：雨泊芜湖，谢罗侍御澹研招饮兼志别情。

芜关谢王水部季重招饮①

尧时天路未高荒，执戟何嫌再作郎。从此斗杓开象纬，遂令英簜有文章。客帆寒载
家黍雪，关树香连旧地棠。更具阿戎玄尚在，竹林重与绍清狂。
霜露凄其归趣浓，逢君何复恨途穷。鲸飞怒掣无沧海，岳立苍寒表华嵩。宫锦再披
流古月，江帆四集纳条风。杯前静察潮生路，桃叶春深梦许通。

——《咏怀堂诗集》卷四

[注]①作者题注：季重旧令当涂。

荻港杨守戎子仪移酌舟中

霜铃月戟靖江关，樽酒还来慰旅颜。孤棹影开冰雪路，残年迹滞雁鸿间。笔从投后花逾盛，字即行间问岂闲。日暮潮声如雪涌，看君麾羽向胡山。

——《咏怀堂诗集》卷四

灯夕阻风芜湖舟中口占①

莫向青山忆旧庐，扁舟吟笑幸无虚。春帆着处依灯火，江雁何程畏简书。月照花林如积雪，潮生沙埠有鸣鱼。相欢共醉村旗酒，且傍香篱问索居。

——《咏怀堂诗集》卷四

[注]①题目系修订者所改，原题：灯夕阻风芜湖，舟中口占，似程搏仲、家衡之兄。

同实甫衡之兄九华南陵道中作

客路悠悠雁影连，归心同指石门烟。江南地湿山多雨，月令秋升露领蝉。众濑色怜春谷碧，群峰云让九华鲜。邮亭夜更亲杯酒，短烛孤花亦自妍。

——《咏怀堂诗外集》乙部

泊荻港東方都阃龙望

词赋由来重两都，时危笑掷出关繻。燕台已市千金骨，虎子能弯五石弧。月幕吹筛临画戟，秋舲击汏动寒菰。东来烽火腾新警，片石祁连未遗孤。

——《咏怀堂诗外集》乙部

泊天门寄元甫

别意无持赠，寒香屿屿通。舟痕开积雪，梦路察飞鸿。是地栖帆月，前期对酒峰。此情入琴理，莫藉古人同。

——《咏怀堂诗外集》乙部

雨泊荻港迟方肃之不至

楚色苍然来，江昏帆且止。冥冥察虚无，春雨响未已。明灯复扣舷，悠悠念吾子。
友朋关至情，留滞应有以。炊黍就荆扉，弭棹兼葭里。所未共清机，尽此樽中旨。
夜久身心寒，孤琴飒焉起。相迟乘汐桴，一报中洲芷。

——《咏怀堂丙子诗卷》上

刘应宾

刘应宾（1588—1660），字元桢，别号思皇，明末清初山东沂水人。著有《平山堂诗集》。

枭矶岛悼孙夫人

其一

枭矶城堞白，庙貌映波红。剑戟当年气，唱随异地穷。依刘初不改，怀汉久弥忡。
烈烈千秋节，往来报大风。

其二

闺合丈夫气，房帏列女兵。间关龙凤侣，呵护虎狼城。事出河山变，情因生死明。
当时听叔止，不堕周郎阬。

其三

夫人机警绝，先主称枭雄。块土荆州借，奋身蜀道通。睦孙迎旧好，伐魏树奇功。
汉室中兴在，蜗争靡有终。

其四

诸葛智谋士，处人夫妇间。瑟琴原好合，钟鼓吝重攀。结怼虚椒室，凝望绝婿山。
通吴他日使，过庙亦惭颜。

——《平山堂诗集》卷二

板子矶

板矶水中央，伊人诵一方。白露空残垒，芜葭蔚断肠。将军授命日，青史谁人芳。

乱世评难定，千秋有主张。

——《平山堂诗集》卷二

朱治喝

朱治喝，字仁度，安徽无为人。天启四年(1624)武举。少豪爽，负经世略，性至孝，以母老不赴会试。晚年潜心理学，甘贫乐淡，隐北山。著有《诗文语类》。

登祈雨山①

爽气豁朝色，山松隐细香。人分花露碧，鸟乱石烟黄。绝顶堪穷目，平腰可纳凉。多情双野老，携酒共徜徉。

——嘉庆《无为州志》卷三十

[注]①祈雨山：在无为城西南六十里，上有真武庙。

王　铎

王铎(1592—1652)，字觉斯，号嵩樵，河南孟津人。南明弘光朝礼部尚书，降清后官至礼部尚书。

吹梦

天风吹远梦，前后渡漳河。红树南陵损，白云太室多。傩人崇古礼，鹍帐起新歌。永罢防秋疏，轨文气已和。

——民国《南陵县志》卷四十二

吴应箕

吴应箕(1594—1645)，字次尾，安徽贵池人。崇祯贡生，曾参加复社。清兵破南京后，参与抗清军事活动，被获，慷慨就死。著有《楼山堂集》。

风阻荻港集杨子仪守备幕府清音亭

我以怀人至，风能赞客过。敢操吴趋曲，而听郢中歌。白浪浮睥睨，清音绕薜萝。酒长频引剑，看尔洗天河。①

—— 《楼山堂集》卷二十四

[注]①作者自注：亭有洗天河处。

繁昌旧县阻风

往来此旧县，风雨独今朝。江路因秋迥，羁愁以惯消。藏舟深藉柳，沽饮助观涛。乡客无端聚，呼同语寂寥。

—— 《楼山堂集》卷二十四

芜湖别吴起之①

水落江流寂，皋亭叶下纷。帆归差阵雁，饮别寄停云。抗节犹难弟，怀忧有旧君。天涯存缟紵，惆怅掉头分。

339

—— 《楼山堂集》卷二十四

[注]①题目系修订者所改，原题：芜湖别吴起之元来，时为其兄和受甘来给谏请恤归。

三山舟晚遇风①

暝色空江首自搔，西风浊浪拍船篙。三山似与流俱去，双桨平随岸影高。几度秋残悲木叶，惯从日落骇波涛。长芦浅港深深泊，旅夜徒惊梦里劳。

—— 《楼山堂集》卷二十五

[注]①作者题注：九月初三日。

江行

文章何用动公卿，鄙夫稚子亦纵横。橹师惯识聊相戏，似尔儒生浪得名。日暮三山鼓棹过，夜泊霜寒姥下河。遍穿茆屋沽无酒，烧草儿童自和歌。梁山赭山一夕过，橹港荻港三日留。迟速早知风力定，萧萧木落大江秋。

—— 《楼山堂集》卷二十六

李元鼎

李元鼎(1595—约1653),字吉甫,号梅公,江西吉水人。明天启二年(1622)进士,官至光禄少卿。入清,累擢兵部左侍郎。工诗文。著有《石园集》。

泊舟褐山

芦荻萧萧野岸间,孤舟系月听潺湲。风高鹳鹤声初落,江冷鱼龙梦未还。几度吹笳怀白纻,何人把酒问青山。旧游多少存亡事,寥落西归鬓已斑。

—— 《太平府志》卷三十九

戴 新

戴新,号洛日,安徽南陵人。万历年间进士,官宁波府知府时,造船备械,防御周至,倭寇不能为患。

将之宁波偶过灵山寺

萍踪浪天涯,不识灵山路。拨云一径通,参差排老树。龙井白练飞,螺岫青鬟露。鸡犬隔岸闻,村墟半烟雾。况有素心人,日涉以成趣。何日脱簪缨,结茅此中住。

—— 民国《南陵县志》卷四十二

朱万爵

朱万爵,字羽明,安徽芜湖人。与弟万寿、万选筑别墅于荆山,取名"朱园"。

游神山罗汉寺

此寺藏山腹,菁葱引路长。春畦门外水,古柏殿中香。客到黄昏后,僧来略彴傍。归途殊未远,灯火渐相望。

—— 民国《芜湖县志》卷五十九

神山遣兴

老去闲行得自由，胸中名利已全休。苍山远郭通樵径，黄叶穿林出寺楼。野外粮栖清亩冷，河边水落钓竿收。杖藜那用常相保，天外孤云处处浮。

——康熙《芜湖县志》卷十三

##

朱万寿，字南华，安徽芜湖人，万历间举人，以亲老不仕。与兄万爵、弟万选筑别墅于荆山，名曰"朱园"。

初春赤铸山野望

冻涂晴日涤，春至柳垂梯。杖藜甫出门，双鸭戏溪西。怪彼打鸭儿，敲冰不住啼。东风冷未已，凝阴坚路泥。我欲登高岗，长歌招阮嵇。达人难得见，此意自凄迷。百年忽忽过，衰病费扶携。笙声流玉指，梅蕊变寒圭。叹息田家乐，墙根整旧犁。

——民国《芜湖县志》卷五十九

341

登溪边水郭遥望赭山

衰年随处便登临，况复溪边阁影横。路窄蓼花藏蛱蝶，梯危檐瓦窜鼯鼪。层云不去依寒水，一塔空留傍暮城。老大光阴殊缱绻，最怜秋杪是初晴。

——民国《芜湖县志》卷五十九

白马山老道士

莫道灵岩少路通，草分山涧认行宫。桃花处处开千树，芝本年年秀几丛。饥火不烧飧柏子，鹿裘时约看棋翁。先生视客无言语，知有方瞳在目中。

——嘉庆《芜湖县志》

王 佑

王佑,生平不详。

荻港阻雨

白浪如山雪作堆,淮云将雨渡江来。画船撑入芦花港,掩却蓬窗半面开。

——康熙《太平府志》卷三十八

宋 棠

宋棠,字子泽,四川富顺人。进士。万历二十二年(1594)任繁昌县令。

螃蟹矶

扬子江头古石矶,秋来却羡蟹螯肥。卷舒不及鸱夷子,安得垂纶钓夕晖。

——道光《繁昌县志》卷十七

342

化城寺

山中古寺月初悬,江上孤舟客复旋。松竹偏饶陶令兴,酒荤不断懒残禅。慧风满树飘黄叶,定水盈渠浸白莲。共对寒更成一醉,挥毫漫把旧诗联。

——道光《繁昌县志》卷十七

善利寺三首

古坛永日下麑芜,祷雨新近向舞雩。赤叶萧萧浮槛外,苍藤历历傍岩枯。阶无施食难驯雀,户有垂枝半挂蛛。自是山灵多响应,好将甘澎慰来苏。
芝证紫纤负郭悬,函开鸿宝应祈年。楼台深锁三山月,香火清飘万井烟。青鸟频从天外度,丹丘新结世中缘。石坛古木藤萝挂,惟有寒风韵野弦。
寒风萧瑟调清籁,秋水连绵落远波。古堞有时来水鹤,女墙无处不烟萝。地偏自信逢迎少,事简翻增梦寐多。九月将临衣未授,千家砧杵动吴歌。

——道光《繁昌县志》卷十七

灵山寺

次杜牧之韵

寻钟偶得问归樵，为指深山一径遥。树挂青萝含宿雨，岸通白浪带寒潮。寺留古迹诗还在，碑认前朝字半销。此际登临无限思，云山西望隔迢迢。

——道光《繁昌县志》卷十七

澄港挽舟

吴天不断雨纷纷，箫鼓临流日未曛。鸦噪争栖依岸树，鸿归冲断过江云。孤村烟火三山隔，两县人家一水分。一片轻帆天际上，不知身在白鸥群。

——道光《繁昌县志》卷十七

蛇岭

落日驱车感岁华，人从高岭度峰丫。孤村隔水穿云出，密竹含风绕径斜。古木参差巢鹳鹤，乱山起伏状龙蛇。倦途亦抱文园渴，谁汲寒泉一煮茶。

——道光《繁昌县志》卷十七

343

新岭山馆

数里经行落照余，水村山郭野人居。含烟绿竹斜穿径，带雨黄花暗拂车。南陌声喧人到后，西林影动鸟归初。空亭正有无端思，遮莫乡愁一醉虚。

——道光《繁昌县志》卷十七

晚次峨桥叶生进酒

朔风飒飒际严冬，阴雨濛濛暗远峰。小径云横密野色，疏林叶尽老山容。几行灯火篱初出，万井人烟灶已封。独倚炉头寒对酒，更欣二妙晚相从。

——道光《繁昌县志》卷十七

板子矶

板子矶头接翠岑，兴来倚棹漫登临。悬崖云树晴犹湿，近岸烟楼昼亦阴。山拥画图浮水面，天垂星斗入江心。势吞吴楚千年壮，稳镇中流亘古今。

——道光《繁昌县志》卷十七

初入荻港

乘风舟泊岸，举目即黎元。甫到栽花地，因寻卖犊村。傍堤多酒肆，临水半柴门。何处藜花落，寒香暗扑尊。

——道光《繁昌县志》卷十七

浮丘洞

问仙寻往迹，古洞隐荒郊。檐静悬蛛网，林疏露鸟巢。云根留雨湿，瑞叶斗风交。羽化知何处，寒烟满树梢。

——道光《繁昌县志》卷十七

344

魏之屏，字康侯，安徽繁昌人。万历三十四年（1606）举人。

游金峨洞

双柑斗酒度金峨，睍睆莺声入艳歌。万树桃花飞降雨，一溪新水湛清波。崖悬薜荔三春早，洞锁烟霞五色多。神女已骖鸾鹤去，笙箫犹自绕青笋。

——道光《繁昌县志》卷十七

沈尧中，浙江嘉兴人。进士。万历八年（1580）任南陵县知县。曾募捐建造望华楼、安贤寺、文昌祠、白鹤楼等建筑。

望华楼

陵阳自昔称三辅，疆域亵延吴楚间。坐镇崇台悬北斗，凭虚高歌对南山。屏开云带秋光远，帘卷芙蓉夕照间。遥忆子明垂钓处，烟霞犹自锁元关。

——民国《南陵县志》卷四十二

白鹊楼

危楼百尺称雄镇，灵鸟徘徊瑞霭浓。东向时因知太岁，南飞端为挹薰风。光摇碧汉银为缕，色映瑶池雪作宫。莫向汉廷希爵赏，从来学制愧无功。

——民国《南陵县志》卷四十二

灵雉台

十里山城绕涧开，崇台危峙紫云回。花封露湛青槐合，粉堞风微白雉来。北望神京依玉斗，东悬文笔听春雷。太平盛世多奇瑞，喜见祥光烛上台。

——民国《南陵县志》卷四十二

345

梁廷栋

梁廷栋，万历进士。官兵部尚书，清军入关，服药身亡。

夕游荆山

幂色横于翠，澄光淡入无。林香分炬火，云影静菰蒲。怪石趺而坐，潜虬厉以须。空诸丹彩相，寒壁若为肤。

——《太平府志》卷三十九

姚孟景

姚孟景，字信甫，号荆野，安徽繁昌人。万历十年（1582）举人。

芦岸浣舟

烟浪生涯任往还，夕阳沽酒倚危滩。汀洲坐钓三秋月，蓑笠眼披五夜寒。隔岸芦花飞小艇，满江蓼露滴长竿。兴来鼓枻歌声袅，一曲浪花一弄丸。

——《历代繁昌诗选》

双渚烟矶

碧波万顷合江头，来往轻横一叶舟。风送帆扬洲渚动，烟凝棹破浪花浮。江天寥廓舒鱼鸟，客宿光芒泛斗牛。瞬息忽惊过九溇，却疑身世在丹丘。

——《历代繁昌诗选》

三山秋月

收尽浮云敛暮烟，碧空如洗迥无边。月轮初驾升三岫，蟾窟新开瞰九天。仙掌恍擎冰鉴小，银河疑碍玉盘圆。悬如桂影参差近，寄语时髦好共攀。

——《历代繁昌诗选》

346

吴兆，字非熊，安徽休宁人。万历中期游金陵与关应尼合作《白练裙》。

舟泊天门山寄金陵故旧

际晚帆投岸，苍苍暮霭平。别愁当月满，乡梦趁潮生。牛渚今宵客，鸠兹明日程。渐欣江路少，得近故山行。

——《列朝诗集》第十册

朱宗让，字荆南，万历四十六年（1618）举人。官至东城兵马指挥。晚岁居里，潜心于经史。著有《周易解》。

初夏过李卫公祠

度涧穿林路未赊，阿香祠下古农家。望中灵雨桑麻遍，静里柴门燕雀斜。身退已堪闲钓弋，道成无意访丹砂。松风逗我归城市，吹起苍崖瘦月芽。

——康熙《芜湖县志》卷十三

 潘 纬

潘纬（1596年前后在世），字仲文，一字象安，安徽歙县人。万历间，以赀官武英殿中书舍人。著有《潘象安集》。

月夜过湖阴赠乡友吴胤聚

天门阼夜蟾光发，蛾眉山映蛾眉月。江城今夕月仍新，他山月照故山人。故人家寄湖阴口，远别依依恋携手。岂知浪迹度三春，还乡恐落春风后。赭神山前归路赊，杨花漫漫卷白沙。此时对月增乡思，新月圆时好到家。

——《潘象安诗集》卷一

 邓一儒

邓一儒，字合虚，湖北沔阳人。万历三十三年（1605）任繁昌县令。

鹊起矶二首①

孤岑突兀俯招提，极目澄江匹练低。清梵依稀云汉外，浮家荡漾水云西。空林欲雨花初落，净土无喧鸟自啼。到此尘心消已尽，谁云世路使人迷。
砥柱孤峦削不成，山椒坐见白云生。羽毛欲就层霄近，钟磬遥传万壑鸣。南北望余俱草色，古今阅尽是涛声。攒眉岂是无樽酒，谫劣空惭吏隐名。

——道光《繁昌县志》卷十七

[注]①《志》注：即板子矶。鹊起二字邓令杜撰也，今改。

邑中大浸以赈恤过此二首

为传宽恤憩东林，日午停桡只树阴。身是宰官初绾绶，坐因老衲暂披襟。陆沉谁问当年土，岁俭空闻布地金。凋瘵难将平等视，四郊寥落总伤心。

篮舆镇日遍江乡，为爱名山到上方。沦没不堪悲众庶，津梁今且问空王。穰田喜听千箱祀，移粟愁看万里檣。勾漏丹砂何日就，肯教载路有流亡。

——道光《繁昌县志》卷十七

中秋同姚观察宋陈二外翰登文昌阁

良宵胜地坐崔嵬，暝色俄销霁色来。月为使君挥麈满，云因词客举杯开。砧声何处寒初试，酒兴方浓漏莫催。萍梗百年今雅会，清光那得不低徊。

——道光《繁昌县志》卷十七

九月同宋丽樵陈芳谷二外翰登文昌阁小集

348

纵目凭高翠霭浮，信非吾土暂夷犹。若无绿醑酬佳节，辜负黄花作好秋。落帽当年或偶尔，振衣今日况名流。中宵莫问明河赋，且醉元龙百尺楼。

——道光《繁昌县志》卷十七

冬日文昌阁饯姚参知以司马大夫兵备关中

分藩西去肃霜寒，六传轻轺路不难。枫叶流丹疑紫气，山岚合翠俨青鸾。秦关控险铜符偃，汉法持平肺石残。恋阙莫言京国远，千秋司马旧长安。

——道光《繁昌县志》卷十七

吴文奎（1596年前后在世），字茂文，安徽歙县人。工诗。著有《苏堂集》。

过赭山和方汉作

跻攀曲折去，小憩得花宫。石伏稀嘉树，山孤易飓风。人烟南北岸，心绪往来蓬。

属耳无时政，长歌看断鸿。

——《荪堂集》卷四

送周水部赴芜湖

一举早魁天下士，十年初作水曹郎。尊前说剑怀逾壮，海上分襟岁颇长。交谊岂能忘鲍叔，壮龄何用叹冯唐。济时见说征豪杰，摇珮行看入建章。

——《荪堂集》卷六

曹履吉

曹履吉(？—1642)，字元甫，号博望山人，太平府当涂(今安徽当涂)人。明万历四十四年(1616)进士。授户部主事，官河南学宪，晋光禄少卿。著有《博望山人稿》。

芜关余起潜水部得代还南署①

东吹黄雀来海阴，送梅雨过江关深。人间肌骨彻寒玉，未比瓜时载去心。高山之月潭之水，尺影何能量万里。止冯流照拨层深，一点空澄作知己。手君著书若对语，横襟应不贤毫楮。迄少相逢两舍许，翻赠凉风别蟛渚。归到谁同白鹭洲，宜园旧主前度刘。乘秋政共明河赋，立断孤心望女牛。

——《博望山人稿》卷二

[注]①题目系修订者所改，原题：芜关余起潜水部得代还南署，短歌寄送兼怀前榷使刘心城社长。

发采石渡玉溪口

一尺寒江练，横中劈小舠。芦空洲势远，水落石痕高。冻碛坼犹洗，凋柯揉自飚。直言轻径渡，六十里滔滔。

——《博望山人稿》卷二

都门送朱西昆明府之芜湖

西来天马自龙神，□□芜江起涸鳞。玉井一华初地秀，金陵千□上□□。怀中得月

349

惊犹晚，客里瞻星喜倍亲。便欲□□□□□，青阳先及耦耕人。

——《博望山人稿》卷四

芝城胡女为过访道旧

楼俯东湖作啸台，春风三月忆流杯。人传杨柳循堤唱，峰削芙蓉倒镜开。岂谓紫髯霜后改，能从白苎雨中来。休将陵谷论池馆，但认何郎绕屋梅。

——《博望山人稿》卷四

心城刘年兄芜榷报满二诗为别

千里关门水监厅，吟成仍似旧玄亭。天官郑重书东井，园吏逍遥赋北溟。人在汉时头未白，地当江上眼能青。留遗不必摩娑石，日夜精灵伴使星。
吴门世略传中垒，京国分司控上流。此地千秋重谢李，邀天十载合曹刘。毫端洒唾珠皆迸，鬲内行铭简未雠。更忆珊瑚钩在处，一舸频问水心楼。

——《博望山人稿》卷四

350

鸠兹桥

不信今朝搅客思，濛濛雨亦渭城诗。冲梁水似煎离滚，上濑船如恋别迟。吹入鱼苗风正起，泊于燕尾碛边宜。连天浩渺漭怀抱，须醉蓬头侧接䍦。

——《博望山人稿》卷四

早秋邰道卿过鸠兹[①]

三山三月两徘徊，挥手残荷已暗催。几度梦魂鸡唱后，数行题字雁声来。帆过牛渚何相避，眼入蟂江好自开。莫问烟花容易醉，新篇应借项斯裁。

——《博望山人稿》卷四

[注]①题目系修订者所改，原题：早秋邰道卿过鸠兹，谒项虞部，书来赋答。

王焞，字次公，号赭玉，安徽繁昌人。天启四年（1624）岁贡生。官至学博。工诗文，尤擅尺牍，与芜湖张一如、当涂吴士琇、徐人龙称"万历四子"。著有《王赭玉诗稿》。

板子矶二首

邑隅垂尽处，忽控反循矶。海月窥人面，江云上客衣。红尘春水断，缁侣夕阳归。
不管烟箩外，丁丁有是非。
孤屿横江岸，平津隔古濡。势回疑恋楚，岸豁欲吞吴。龙马争相跃，鸥凫远自呼。
雄风嘶且舞，飘飒起南图。

——道光《繁昌县志》卷十七

宝定庵

寂寂山房隐，行行野树连。水穷高磴出，路转夕阳偏。法供刑新菽，禅薪接旧烟。
倦游应洒酒，为结远公缘。

——道光《繁昌县志》卷十七

猊峰九日

猊峰高处纪重阳，世界苍茫小下方。海日初穿红蹴踘，江流半泻绿沉枪。绕檐云气
封丹灶，绝顶罡风吼石床。空阔青余迷醉眼，却疑身在掌书傍。

——道光《繁昌县志》卷十七

351

黄克晦

　　黄克晦（1596年前后在世），字孔昭，号吾野，福建惠安（一作晋江）人。世称"三绝"，《御定佩文斋书画谱》列之画家传中，诗著有《金陵游稿》《匡庐集》《北游草》《宛城集》凡四十卷。

江行十首自芜湖至湖口

山暗分龙雨，江生去鹢风。波涛满眼送，崔苇百回通。掠水来津吏，罾鱼过钓童。
回看百余里，未尽一壶中。
双鬟风飓飓，炎天更著袍。雨深帆势重，江黑浪头高。绝险神逾王，孤游饮益豪。
峰峦两岸过，应接不辞劳。
乱渚分江势，篙师屡问津。墟出当垆女，村投佐剌人。龙吟如见已，鸟语不藏身。

薄暮风涛静，无妨歌啸频。

双凫层楼上，齐山赏客心。云移峰势变，水阔雨声深。迥槛生凉气，高城结暮阴。

徒逢开口笑，谁舆费登临。月吐千花锦，横江入我衣。孤舟行数里，两岸始同辉。露发凉如濯，冰心耿欲飞。

何言远游者，抚景只怀归。

野夫自何许，投我问西征。炀竖视餐笑，舟人见貌轻。惊心酬片语，低首愧平生。

明发将余别，殷勤各系情。

挂岸片帆影，方知江月生。贪趣城下宿，故作夜中行。舟乱分渔火，钟匀礼塔声。

披衣欣露坐，就枕已三更。

斗风舟莫上，江路复西斜。蛟窟崩沙岸，鸥洲拥水槎。嘘声俱作籁，蒸气半成霞。

旧宿孤山曲，黄昏似到家。

小姑好高髻，江心绾绿云。曾投双玉玦，更荐百花芬。霁雨沈龙息，鲜风送鹤群。

十年重过此，独坐正怀君。

商泊千灯乱，吴歈杂楚歌。独游神自爽，不寐夜如何？石戴江妃宅，碑留帝子过。

五更云作梦，缥缈挂垂萝。

—— 《黄吾野先生诗集》卷三

352

程可中

程可中（1596年前后在世），字仲权，安徽休宁人。善诗文。著有《程仲权先生集》。

晓趋南陵

烛跋更垂尽，山舆路渐层。翳林侵晓雾，网壁过冬藤。野饷椎水爨，危巅梯雪登。
牛衣思拥处，只觉沍寒增。

—— 《程仲权先生诗集》卷四

瞿汝稷

瞿汝稷（1596年前后在世），字元立，江苏常熟人。以荫补官，三迁刑部主事，历长辰州知府、长芦盐运使，以太仆少卿致仕。著有《瞿冏卿集》。

夏日芜湖阻风,稍涉猎竹素,欣然自得

夙昔耻希世,乐志长琴书。俯仰四十年,婆娑恒自娱。偶尔乘运会,剖符涉循途。
商飚动朱明,戢棹澄江隅。幸此将迎绝,得与竹素俱。泛览忘旅食,穷搜宛安居。
白雪映隐几,披咏炎暑除。云霞蔚奇彩,恍若翔清都。何必生羽翼,八埏惟所如。
何必慕容成,吾游万物初。抱膝从啸傲,卧起适有余。始知山泽平,逆顺悬众趣。
临津苟无竞,九折尽亨衢。

——《瞿同卿集》卷一

欧 阳 铉

　　欧阳铉(1652年前后在世),字子玉,江西龙泉人。崇祯十年(1637)进士。官汝宁县知县。著有《野获园集》。

早渡芜湖

一夜湖风急,舟行不用催。岸从沙里认,天向水中猜。虎啸江声至,鸟飞帆影来。
俄闻人语乱,仿佛辨城隈。

——《野获园诗》

俞 安 期

　　俞安期(1597年前后在世),初名策,字羡长、公临,江苏吴江人。博学诗书,才气蜂涌,曾以长律150韵投王世贞,世贞为之延誉,名由是起。以布衣终。著有《翏翏阁全集》。

早秋湖阴旅泊

人烟初异国,舟楫自江村。旅食先秋雁,悲吟与夜猿。山峦全赤土,禾黍半青原。
信美淹留地,风波重可论。

——《翏翏阁全集》卷二十四

望蝶矶忆往年与张羽王同登怅然有怀

往时张别驾，执手望蝶矶。湍水无风急，惊雷不雨飞。畏寒频藉酒，当暑欲添衣。今日遥相望，秋云只自归。

——《蓼蓼阁全集》卷二十四

沈希韶

沈希韶，字凤来，号青屿。明天启二年（1622）进士。官新昌知县、擢监察御史，纠劾不避权贵。出按上江、沿江，察芜湖苛征为甚，遂尽革其弊。因中谗言，左迁九江佥事。

游荆山

几度登临到夕曛，上方净土气氤氲。空中佛现三千界，定里禅修四大群。石苗莲花寒透壁，山连湖水翠干云。竹关肯搆读书处，朝市嚣尘未许闻。

——民国《芜湖县志》卷五十九

354

登荆山

清昼能多暇，兹山挚伴寻。竹当烟火路，憩以薜蕴阴。花发人间事，云迟物外心。登临虽有几，宁得坐忘深。

——康熙《太平府志》卷三十九

孙裔蕃

孙裔蕃，字临鹅，浙江平湖人。明天启七年（1627）榷芜关。其宽仁慈惠，榷关者例有馈送，蕃绝不与通。期满辞归，商民为立生祠。

荆山饯饮兼怀山野隐居断句

其一

前辈遗踪荆石存，苍茫云树接烟村。浮岚滴翠浑图画，影入清流送客樽。

其二

钟清觉与晚风宜，树古宁嫌得月迟。归去水乡耕拓叟，好分寒碧话心期。

——民国《芜湖县志》卷四十四

张克佳，安徽无为人。崇祯元年（1628）进士，授山东青州推官。

孔山云留阁[1]

野心淡荡白云闲，小构嵯峨翠壁间。城郭千家开曙色，莺花四序破愁颜。只宜觅句题东阁，未许移文勒北山。拂槛息机诚自在，爱他飞倦鸟知还。

——嘉庆《无为州志》卷三十

[注]①孔山：在无为城西。

题铁山荷亭[1]

主人栖隐铁山中，手辟池边半亩宫。竹有数竿能引月，窗无一面不当风。叶浮涟漪三千碧，花袅阑干十二红。况有秫田堪酿酒，碧筒须挤饮如虹。

——嘉庆《无为州志》卷三十

[注]①铁山：在无为城北。

刘城，字伯宗，安徽贵池人。明诸生。著有《峄桐集》。

寄沈昆铜

家瞰江流日夜驰，恩仇回首梦中悲。望门隔岁思张俭，复壁移时出赵歧。南度只余花作曲，北来每听角横吹。故人寥落星辰在，劳尔临风劝酒卮。

——民国《芜湖县志》卷五十九

355

舟过梁山访鲁儒发率歌以赠

历阳之郡天门山，长江浩浩流其间。东西两峰回相望，烟萝嵲绝谁能攀。东峰月出西村暮，江草芊眠隐江树。数家篱落半樵渔，中有美人托芳步。美人昔日钟山阳，韶音今旨闻四方。手抱瑶琴弄清曲，华林日夕鸣鸿翔。可怜世乱遭迁次，几度上书不得志。江湖长有庙廊忧，逢人好谈天下事。白门杨柳秋复春，客路蹉跎愁杀人。一朝迎亲挈妻子，乘潮直至乌江濆。故里残凋不可返，停舟且息天门坂。白沙翠竹宜垂纶，谷口樵风幸未远。吁嗟乎！子敬伟略王佐才，岂应戴笠栖江隈。天门虽胜苦离索，劝君石城还复来。无为辄生江南哀。

——《当涂古今吟》

朱匡世，明人，生平不详。

过双泉寺

翠岩红寺出，双水到门前。塔共烟萝合，钟随谷响传。望中山有致，忙里客悭缘。忆昔曾游历，流光去莫旋。

——嘉庆《无为州志》卷三十

朱治显，明人，生卒年不详，字子微。工学善书，尤以画名家。

登西山佛寺

石级凌云护碧苔，从旁一径到香台。竹中不雨泉争迸，崖畔非春花递开。梵罢垂帘猿暗过，斋初报磬鸟知来。四时山色常清净，到此烦襟冷似灰。

——嘉庆《无为州志》卷三十

朱治顺

朱治顺，明人，生卒年不详，号白榆。幼颖异，工举子业不售，以诸生终。博涉群书，临池染翰，尤得晋唐遗意。著有《鼎华斋集》。

过章吉老墓读米公碑记

春郊寻访章君墓，阴谷寒苔蚀断碑。古木无声山寂寞，野狐有迹草迷离。神针异术名千载，妙墨颠书兴一时。拂石细看情绪远，晚风吹雨正凄其。

——嘉庆《无为州志》卷三十

王孙振

王孙振，明人，生平不详。

初夏饮锦绣溪上

溪上晴明春已归，花时几得试春衣。残红犹忆昨宵瘦，新绿还同去岁肥。佳候易更那可负，良朋有约不须违。相携文酒消今日，倾倒林间兴欲飞。

——嘉庆《无为州志》卷三十

朱合明

朱合明，明人，生卒年不详，字弢之，号子孟。两副乡榜，补国子生。藏书万卷，尽丹黄校阅，诗歌分类自题，所制小序，皆有意趣。著有《看剑集》《米海岳集》。

芝山嘘云篇 并序

朱子尝游匡庐绝顶，云匝前后，因思黄山铺海之妙。一日，芝山雪斋围炉酒酣，嘘气作云状，颇有涛翻烟袅之致。因思二山之云不在二山，而在吾几案间矣。乃作嘘云篇。

昔闻仙人瓢饮月，以瓢吸月人未识。晦夜与客饮忽开，如蚌吐珠光满室。又闻壮士气吞虹，精连霄汉光芒通。山人持赠云千片，瓶罂千里劳缄封。古人高致何穷已，孰是奇观近在己。天寒雪冷地胶冱，霜风透体寒威固。围炉热酒夜深时，焦叶声乾雁影度。偶然嘘气云泄山，又似博山喷麝兰。苏门解作无声啸，百丈旗幡出鼻端。闲中静悟静微理，万物原来同一体。天然呼吸领元钥，日月精华交互起。解得高人无点尘，白云片片自无心。

——嘉庆《无为州志》卷三十

为林绣源使君赋墨池四绝

彼美西方人，凝神自姑射。俯视墨池云，仰见青天碧。
鹿性亦何驯，鹤性亦何放。如彼耕凿民，山林任闲畅。
古碑苍藓剥，清池绿藻匀。焚香独坐处，鱼鸟自相亲。
性静自无扰，虚明水鉴开。闲朝时洗砚，应有白云来。

——嘉庆《无为州志》卷三十

姜埰，字如农，号贞毅，山东莱阳人。崇祯赐进士出身。官礼部仪制司主事，擢礼科给事中。曾遭诬陷入狱。后谪戍宣城卫。著有《敬亭集》。

芜湖

残笛江天黯暝途，木兰双桨下芜湖。津楼不遣行人去，鼓角沉沉滴箭壶。

——《敬亭集》卷五

葛天裔，字仍氏，安徽芜湖人。明末开纳资试士例，愤然，遂绝意进取。明亡，自投于江，有渔舟救起，遁迹庐山，以禅悦终。

神山村居

浮宅麋芜间，平畴孤翾缩。烧芋扑寒檐，剪茨涂碎屋。游鳞嗳芒忙，卧犊横阡伏。
山村断酒帘，御冬鲜脂蓄。尝听巫鼓鸣，祈年集荒陆。摊书啸竹床，争食矜鸡鹜。

长叹岁华淹，哀鸿渐陵木。

王　孜

王孜，字彦桓，明末安徽芜湖人。其读书尚义，寿跻百龄。

吴波秋月

江天秋色深，露湿蟾光冷。水晶帘不收，卷动山河影。我欲吹洞箫，中流坐渔艇。

——康熙《太平府志》卷三十八

吊陶参军

半千江路一时风，天葬英雄故国中。父老拜平祠下石，儿孙栽满墓前松。参军抗贼心犹白，统制降城面自红。今日沧州烟雨里，含情谁共倚孤蓬？

——康熙《芜湖县志》卷十三

359

孝烈桥

淮贼舳舻蔽江浒，铜鼓如雷箭如雨。山川草木尽颠连，谁家裙钗心有主。帐前花枝漾蜂目，桥下春波照颜玉。白头魂返豺虎口，翠翘影落鱼龙窟。露筋女祠曹娥碑，河流一带双清辉。

——民国《芜湖县志》卷五十九

灵泽夫人祠

青史刚风尚可寻，古祠遗像碧山岑。衮龙袍染云霞旧，鸟篆碑荒草莽深。闺阃凛严非细行，江湖哀殒是何心。烟波正接湘妃庙，满目残阳鸟外沉。

——康熙《蟂矶山志》卷下

方于鲁

方于鲁,本名大潡,后改建元,安徽歙县人。以"美荫堂"为别号,为明末徽州府四大制墨名家之一。著有《方建元集》。

寄青山诸子

慈湖西尽是芜湖,江上天门势可呼。欲向旗亭重系马,垆头老却酒家胡。

——《方建元集》卷一

经赭山感旧

几曲亭台烟雨间,行云缥缈杳难攀。层峦一片青螺色,犹似当年拥翠鬟。

——《方建元集》卷一

荆山夜泊对月同士能有咏

天空水阔月来迟,娇响流风度翠眉。一曲扁舟人共载,五湖今夕笑鸱夷。

——《方建元集》卷一

九日赭山眺望有怀

赋起三秋客,山登九日台。不知若个雁,带得远书来。

——《方建元集》卷二

赋得天门山送沈太史君典

东望峨眉一曲深,江门忽断两峰阴。山临天堑分南北,地坼风涛亘古今。砥柱中悬灵具阙,芙蓉并插巨鳌簪。五云咫尺长安道,去去怀君捧日心。

——《方建元集》卷三

寄芜江王仲修兼讯旧游诸君子

朱弦一倡雅能操,宅傍青山老布袍。江郭云霞分岛屿,天门风雨壮波涛。同时善病差强否，迟暮工诗独步高。为问别来诸故旧，几人白发倍萧骚。

——《方建元集》卷三

赵玄成载酒泛江登蟂矶①

十里晴云挂席高，试操莲叶命新醪。江撑片石栖灵鹜，山控双流戴巨鳌。钟鼓凌空摇殿阁，帆樯返照乱波涛。飘飖水上来神女，解珮还如在汉皋。

——《方建元集》卷四

[注]①作者题注：时三月二十日。

登荆山

层台屹立五云浮，天镜遥看挂十洲。山列石城封断壁，河冲沙碛走长流。龙堂日射鳞为瓦，贝阙霞标蜃结楼。自许仙灵通绝境，桃花千树护丹丘。

——《方建元集》卷四

元龙自蜀返吴泊舟鸠兹江上①

西游万里栈云高，湖海才名尔独豪。路入岷峨看雪岭，江通滟滪饱风涛。醉来舞对巴渝乐，兴至弦将蜀国操。濯锦浣花一系马，铜梁玉垒几挥毫。

——《方建元集》卷四

[注]①题目系修订者所改，原题：元龙自蜀返吴，泊舟鸠兹江上，壮游纪兴，为诗赠之。

二月四日载酒赭山寺得诗四首①

丹梯遥接石门长，突兀孤亭出上方。烟树隔江浮岛屿，河流绕郭集舟樯。宾筵藉草飞空翠，僧舍栖云蔽莽苍。谷口新晴钟鼓动，春衣初试远游裳。
轻阴四望入平芜，江上登台兴不孤。跋浪鱼龙春自喜，摩空鹳雀昼相呼。两山云气还开合，万井烟光乍有无。况值词场逢大雅，绮纨莫误笑狂夫。
春朝出郭异寒暄，蹋草征歌乐事繁。万里风烟连楚塞，千帆雷雨下天门。山川聚散悲朋旧，樽俎追陪见弟昆。重向竹林寻故迹，花间啼鸟一销魂。
览胜欣逢酒伴闲，招提况喜远人间。云连列雉迷平楚，雨挟奔龙撼乱山。歌吹忽移江树绿，舞衣偏点石苔斑。归途扶醉妨泥泞，愁跨银鞍陟险还。

——《方建元集》卷四

登清风楼寓目

昔人归隐此林泉,过客登楼兴洒然。万里江流浮日月,一区栋宇挟风烟。残云半落牛半垅,返照平低雁鹜川。况近清明桃李节,津头处处系游舡。

—— 《方建元集》卷四

董曾,生卒年不详。元至正二十三年(1363),知无为州事。此时陈友谅遣将攻陷无为,执曾欲降之,不屈,缚而沉江。

濡须坞

龙虎相争志不侔,濡须旧坞使人愁。丈夫不学曹孟德,生子当如孙仲谋。七宝山开红树晓,巢湖水共白云秋。登临不尽英雄恨,万里长江天际流。

—— 嘉庆《无为州志》卷三十

钱时,字中甫,号惺复,明绍兴府诸暨(今属浙江省绍兴市)人。万历三十五年(1607)进士,授常州府推官,四十五年(1617)任芜关主事。

过荆山朱孝廉读书处

寒碧新题一曲阿,崎岖顶上问奇过。巉湾转面盘虮窟,荒野穷眸万马窝。落照四山云淡漠,堆红一碛草婆娑。寄言地主能穷赏,泾水汪汪可凿波。

—— 《太平三书》卷四

蜾矶

兀突江心独有台，遥分楚蜀接天来。飘蓬水鸟闲浮没，荒树村烟自合开。撑柱掀吟忧圣世，登高竞赋羡奇才。平沙影落徘徊月，春两矶头问绿苔。

——康熙《蜾矶山志》卷下

周士佐

周士佐，字凤南，明绍兴府余姚县（今属浙江省宁波市）人。嘉靖二十三年（1544）进士，官工部主政。嘉靖三十六年（1557），时任芜湖关道曾作《蛟矶碑记》。

蜾矶

英风忆自霸吴时，贞烈应能相汉基。脱水鱼龙浑未解，接天烟树总相思。君臣忠义归何处，兄母羞惭恨阿谁。此地有灵宜永祀，幽微谩为刻穹碑。

——康熙《蜾矶山志》卷下

陈　昂

陈昂（1573年前后在世），字尔瞻，一字云仲，自号白云先生，福建莆田人。诸生。避倭患奔豫章，织草屦自给。复入蜀，寓江陵。著有《白云集》。

湖阴

湖阴帆已落，风色好凄清。片月枝头挂，孤云浪里行。塞荒沉角韵，砧响续鸿声。呼酒将情遣，愁来白发生。

——《白云集》卷六

方　岱

方岱，字励刚，号凝区。明万历丙子（1576）乡试，授广西太平府左州知州，秩满升饶州府同知，迁代府长史。回籍卜筑东郊。晚更号逸叟。

吴波秋月

一泓秋水灌银河，万古清光永不磨。石氏珠钿争变见，秦家金镜弄烟波。潮平日落人家暝，云渺天高鸿雁过。秋景团团无晦朔，几船箫管共婆娑。

——嘉庆《芜湖县志》第八册

白马洞天

洞口逢春长薜萝，百年还许一经过。桃花拂路应欢笑，山鸟鸣幽自啸歌。纵得渔翁仍是幻，掇来瑶草岂云讹。烟霞自有闲风景，莫问人间岁月蹉。

——《太平府志》卷三十九

荆山寒壁

秋色萧疏玉宇同，碧波寒浸水云空。千寻壁削芙蓉面，万顷香生菡萏风。石佛无言垂象座，土龙有意镇蛟宫。偷闲临眺须频屐，俯仰河山一望中。

——康熙《太平府志》卷三十九

364

汤一统，字惟一。芜湖人。万历七年(1579)举人。初授新城县知县，补先泽县，升保定府同知。博学多才。著有《谁园诗集》。

神山独眺

山衔残白书衔红，无数流光到眼空。才见宿云劳聚散，复经并鸟故西东。剑锋人淬曾池上，履迹仙遗尚壑中。漫说是炉还是冶，阴阳非炭物非铜。

——康熙《芜湖县志》卷十三

九日放舟荆山

一水浮秋片片帆，霜云寒叶石巉巉。渡头网集蓬还架，村口农忙稻已芟。绕岸新沙添白路，逢僧旧事话青衫。偷闲临眺需凭展，俯仰高空远俗凡。

风高曾折问荆亭，坠瓦颓梁支废棂。破壁水痕生佛黡，幽街阴气湿苔腥。近烟著树岩俱紫，远雾周滩草共青。尚有华严东阁在，昨年于此事穷经。

人生今古阅行藏，古昔阿岩今日骹。问讯师徒争叹老，携游儿婿傛成行。数湾湖色侵山惯，几道天光散野荒。略试登高摧棹晓，微风细雨送重阳。

——康熙《芜湖县志》卷十三

荆山

峰高秋远月将圆，波荡虚云接野烟。崖际飞岚廻佛阁，堤边影火绕渔船。水乡场圃苍葭影，江郭帆樯白露天。容与湖山常不改，欧阳名姓至今传。

——康熙《太平府志》卷三十九

汤一湛，字允熙，号青门。天启五年（1625）进士，初选乐陵县知县，改常州府教授，升北雍助教，官至顺德府知府。

荆山

孤亭崒嵂水云浮，一片嶙峋曲磴幽。秋树西连螺渚月，锦帆东下宛陵舟。江山胜处人空老，烟雨来时兴未酬。石篆苔文频拭目，丰碑疑是岘山头。

——康熙《太平府志》卷三十九

佘翔，字宗汉，号凤台，福建莆田人。嘉靖三十七年（1558）举人，历全椒县令。著有《薛荔园诗集》。

荻港晚泊

挂席东南行，青山望迢忽。日暮寒潮生，维舟对孤月。

——《薛荔园诗集》卷一

卢龙云

卢龙云，字少从，广东佛山人。明万历十一年（1583年）进士。历任马平知县、邯郸知县、户部员外郎、贵州参议。著有《四留堂稿》《尚论全编》等。

天门山二首

其一

天阍谁道远，江上却名山。多少朝天者，时从此地还。

其二

见说千寻锁，横江断舳舻。升平当此日，外户总通衢。

——《四留堂稿》

送丁茂淑缮部出榷芜湖二首

其一

入社怜同调，分曹重饩材。简书宁勿畏，案牍苦相催。别酒临岐尽，仙帆带日开。相违休道远，南望只江隈。

其二

牒随将作署，费藉水衡钱。祗信迹难合，何知利有权。吟怀应尚壮，物力转须怜。揽胜逢公暇，诗筒好为传。

——《弋江历代诗词》

骆骎曾

骆骎曾，字象先，号沆瀣，吴兴（今属浙江湖州）人。万历二十六年（1598）进士，授瓯宁知县，官至监察御史。

螺矶

江头憔悴损红颜，一片冰心誓不还。总为浮云迷蜀道，岂缘行雨恋巫山。当年花草吴宫尽，此日烟波钓艇闲。赢得香魂无恙在，月中环佩自珊珊。

王尧封

王尧封，南直金坛（今属江苏常州市）人，万历二十七年（1599）由进士任沧州知府。历延陵（今常州、江阴等吴地沿江一带地区）副史等。有《学惠斋集》。

蠡矶十首

蜀帝丝罗总美姿，曾将琢玉弄絺帷。奈缘割据捐红粉，并悔从头带剑痴。

刘焉昔日妄经营，诸葛匡君亦倒行。慢讶周郎差撮合，太阴本只照辰瀛。

西陵歌舞未登台，半入东宫侣夜来。争似芜江沉侠骨，晶光月月映珠胎。

吴邦尺地属私溪，何怪荆州不借栖。龙种免遭铜斗计，怀沙犹幸胜磨笄。

东风烈炬北舮烧，江左深闺保二乔。底事君姨亲蒂叶，却令冰室泄鲛绡。

当年大耳结绸缪，恰似吹箫上凤楼。弄玉不随萧史去，只凭江水愿西流。

虞舜苍梧厌狩巡，英皇犹自殉江滨。永安宫外涛声咽，那惜羁离怨耦身。

帝胄鸾膠是好缘，奚如蔡女堕腥膻。从教肯效曹瞒赎，宁沂瞿塘滴杜鹃。

鱼复滩头八阵堆，吞吴遗恨响惊雷。更添思妇靡芜怨，白帝周遭浪几回。

巍峨庙貌峙鸠兹，蜀国蚕神合并祠。后主追崇胡扉典，只应节义少人知。

刘汝佳

刘汝佳，生卒年不详，字无姜，号紫之。万历三十五年（1607）进士，授工部主事、都水司郎中、金华知府。著有《婺州集》。

宿芙蓉庵，怀何绍渠使君

巴山高，湘水清，看君拂袖野云生。男儿贪向金门老，满眼风波那自保，不如归去柴桑好。

岩台寺

岩台山下路，强半采樵行。牧竖穿云滑，牛羊度岭平。潭空摇树影，石冷咽泉声。薄暮闲归寺，山僧进晚羹。

——嘉庆《无为州志》卷三十

李孙宸

　　李孙宸，字伯襄，中山人。万历四十一年(1613)进士，授翰林院庶吉士。崇祯元年(1628)晋礼部侍郎，掌翰林院察典。三年回礼部视事，晋礼部尚书。著有《建霞楼集》。

拜石台

山居未离群，结台拜石友。请看点头时，莫笑襄阳叟。

368

——《建霞楼集》

俞日都

　　俞日都，字元美，明万历四十四年(1616)进士。

普济寺

古刹大河流，人烟万象稠。到来凭野兴，久至得冥搜。楼槛飞红蕊，廊阴背绿畴。夷犹日停午，钟磬一声幽。

——民国《芜湖县志》卷五十九

早春饮滴翠轩

万里三春色，孤亭一径前。山莺畴尚怯，江柳折生烟。倚杖寻岩壑，开樽面塔巅。罢归城市路，灯火竞喧阗。

——康熙《芜湖县志》卷十三

罗万爵,字澹研,明万历四十七年(1619)进士。任广东南海县知县,行取南京浙江道监察御史,转京仓御史。

访吴波亭遗址

江亭地茀吴波冷,何处阑干艳春影。蜀客当年不再游,常留赴海岷江水。岷江东过中江路,岸接黄须掷鞭戍。抵枕人惊赤玉盘,霓旌导出扶桑树。亭题拾字湖阴曲,曲爱春波凝曼睬。赤日妖星异死生,虺蜮陒枥骥腾龙足。重徕天马珊瑚鞭,回数齐州九点烟。共道日轮升浴谷,莫夸云旆展连天。

———康熙《太平府志》卷三十八

林弁,南海人。明景泰元年(1450)举人,官琼州同知。

369

登荆山

磅礴屹立湘陵中,雄奇千仞摩苍空。天寒地冻草木落,独见森爽开芙蓉。芙蓉倩翠岚光簇,雪洗山容夺人目。微明螺髻几抹青,隐映娥眉半痕绿。云萝烟篠难跻攀,流泉挂壁飞晴澜。划然点破自然碧,忽来孤鹤峰前翻。乾坤造化相推迁,巉湾松柏含春烟。须臾寒色变和气,荒野春回万里天。

———《太平三书》卷五

刘 夏

刘夏,明代人。

寄芜湖高县丞左主簿

芜湖高悬丞,舣舟江畔曾一识。芜湖左主簿,金陵官寺往来密。遥想听琴不下堂,山色湖光映缃帙。山色犯苍寒，湖光忘既夕。秀才熊真白，仙县领湖职。令我为书寄二公，写书不成诗奉忆。

——《刘尚宾文续集》卷一

季步骃，生卒年不详，字尾孙，号懒蚕居士。安徽无为人。清诸生。平生慷慨，自负经济才，尝上书言事，郁郁不得志，匿影江干。著有《懒蚕居士集》。

雪霁晚眺望鹊起矶

忆昔江矶弄晚波，断崖斜照钓鱼蓑。年来辞却江南路，茅屋如船风雨多。

——道光《繁昌县志》卷十七

同周武夷避乱江南登回龙矶

邑里居然风气清，江南音语隔江人。苍茫借尔投鞭水，洗涤污人障扇尘。采药老僧闻寂涅，题诗岩石未销泯。知君应感多凭吊，分与云烟一纸春。
客意萧疏归兴齐，游情犹似草萋萋。渊明欲就王宏饮，李白难追崔颢题。出没蛟龙轻网罟，惊飞鸟鹊羡凫鹥。澄江早没风波起，泛宅浮家到处迷。

——道光《繁昌县志》卷十七

饮孔山园亭

小阁重亭昼不关，居然城郭见深山。芙蓉木末三秋冷，明月松间五夜闲。接岸板桥扶醉渡，穿花石路觅诗还。谢公雅兴围棋墅，邱壑风流未可删。

——嘉庆《无为州志》卷三十一

延福寺斋居

花气侵窗日影移，幽人耽卧起迟迟。山禽有意来惊梦，野草生情欲上诗。几度郊行寻酒伴，隔年人约失春期。摊书静向虚斋坐，落尽瓶花满砚池。

——嘉庆《无为州志》卷三十一

客芝山钱园晚眺

郊原景物晴方动，矫首春城晚睡延。紫磨月升轻霭外，青帝云罩远山巅。探书邺架分同校，散发痎园远山巅。久狎樵渔增鄙陋，敢言文赋厕时贤。

——《无为季氏宗祠》

朱长泽，字祖润，明代人。

宿赭山僧舍

野宿恣铉览，龛灯佛镜圆。离嚣人试静，入夜梦无还。废塔移孤月，红楼掩暮烟。他年谁到此，僧梵倨句边。

——康熙《芜湖县志》卷十三

雨中楼上望赭山

看山宜孟夏，草木郁葳蕤。雨来未过楼，峰首若垂丝。隐约遥相望，冥濛略见之。风回云气散，青翠出娥眉。一塔浮终古，荒坟渍断碑。农耕畦莽莽，僧汲水淅淅。树湿村烟薄，桥渐饮马迟。岁时空逼促，晴雨自无期。富贵思尝住，文章冀后知。如何楼上客，不醉便吟诗。

——康熙《芜湖县志》卷十三

许光复，明代人。

游荆山

中峰倒插水离离，石立崖飞影亦奇。路在半腰云起处，关开绝顶月来时。鹤随仙令乘春早，猿傍闲僧入定迟。故事寻来无限意，欧阳终古有残碑。

——民国《芜湖县志》卷五十九

再登荆山

客里能多暇，兹山一再寻。行当烟火路，憩以薜萝阴。花发人间事，云迟物外心。
登临虽自盛，宁得坐忘深。

——康熙《芜湖县志》卷十三

陈　伦

陈伦，字用常，明浙江余姚进士，成化二十年（1484）任芜湖关监督。

咏吴波秋月

万顷澄波浸碧天，月光如水斗婵娟。洞箫有客归来晚，惊起鱼龙未得眠。

——康熙《芜湖县志》卷十三

372

咏神山

层峦叠嶂拥青螺，上有灵神此处过。曾为亢阳枯槁日，满天甘雨物苏多。

——康熙《芜湖县志》卷十三

咏蟂矶

一拳危石浸波中，烟雾濛濛望不穷。独有津人忘却险，时时来往系孤蓬。

——康熙《蟂矶山志》卷下

曾　襄

曾帙，字资铭，东莞人。万历中知芜湖县。

过荆山朱孝廉读书处

洞口桃花岁岁舒，为园人去石门虚。巡檐鸟似窥人帽，蹑磴云疑恋客裾。献璞当年

芜湖历代诗词

悲卞氏，遗书今日见相如。如缘俎豆成千古，不负林宗处士居。

——康熙《芜湖县志》卷十三

中秋泛舟荆山

微雨宵初歇，空山晚自幽。景从秋半过，樽为月华留。寒碧开银汉，清涟溯客舟。
眷言湖海意，能几到羊裘。
桂影秋先满，晴宵色倍熹。琴樽好相对，鸥鸟更何疑。白发吾为令，沧洲君自期。
休论王子猷，兴尽剡溪时。

——民国《芜湖县志》卷五十九

朱嘉禾

朱嘉禾，明代人。

赭山吊古

断岩古水隐招提，春尽空山鸟倦啼。残日尚堪依树挂，愁云偏欲罨天低。曾闻马立
千寻石，却笑龙蟠一尺泥。凭吊须眉常带恨，望中芳草叹凄凄。

——康熙《芜湖县志》卷十三

吴　珍

吴珍，字席宾，浙江长兴人。进士。明成化壬寅（1482）年任芜关监督。

神山

翠微深拥卫公祠，千古阴灵赞雨师。一念风云来顷刻，望中枯槁顿光辉。

——康熙《芜湖县志》卷十三

赭山

浮屠百尺倚晴空，掩映山光淡复浓。当日赭袍何处在，悠悠千载白云封。

——康熙《芜湖县志》卷十三

373

荆山

芙蓉青翠插天高，历尽冰霜老不凋。一色玻璃浸寒影，钓徒诗侣共游邀。

——《太平三书》卷四

长河

偶向吴波放尽船，水天一色浸婵娟。望中渔火明还灭，醉看沙鸥镜里眠。

——《太平三书》卷四

谒孙夫人祠用周太常韵①

于湖闻说望夫山，争似英名动两间。为汉有心甘殒绝，询吴无意觅生还。三分割据资贤德，一柱中支奠淑颜。犹有遗休平险恶，帆樯千古仰神滩。

——康熙《蟂矶山志》卷下

[注]①题目系修订者所改，原题记：成化壬寅，余奉命来榷商赋于芜湖。暇日与缮部正郎关中张君、琼户曹主事、西蜀刘君忠济，江谒孙夫人祠于蟂矶。周览之余，不胜钦仰，遂用壁间周太常韵赋此以颂。

374

方如冈

方如冈，又名范如冈，字坤夫，安徽南陵人。举人。

朗陵山中

策蹇游山匹骑轻，东风去去漫为情。山花似欲留人住，明月还能送我行。林外晨钟消伙绊，天边孤雁动归声。朗陵丹井寻何处，一曲沧浪且共听。

——民国《南陵县志》卷四十二

马上怀章仲果

迢迢念余里，之子情何厚。下马拜道周，执手共时久。寒云惨离颜，细雨洒征袖。单立子凝眸，迟行我回首。虽然据鞍去，不忍扬鞭走。懊恨道路迂，回峰蔽前后。

芜湖历代诗词

啼鸟栖深林，幽花涩寒岫。去去情何极，斜阳盼西酉。

张 程

张程，明代人。

识舟亭二首

高亭雄峙绿杨堤，清宴徘徊日未西。逆浪帆樯当槛出，遥天草树入烟迷。停桡屡接中郎饮，觅句难酬郢客题。深夜且将歌舞歇，栏街还有唱铜鞮。

暮霭秋澄霁色高，倚窗渔夜醉葡萄。清歌似遏浮云散，碧水都将俗虑淘。尊酒论文多暇日，关门望气本仙曹。相逢地主堪行乐，岂向江潭赋楚骚。

释如愚

释如愚，字蕴璞，江夏(今属湖北武昌)人。行脚四方，居金陵碧峰寺，从诗僧周汝登等游。著有《石头庵集》。

客有忧过黄池关税①

南北奔驰只为身，忧关苦税何艰辛。肯将须发从余剃，管取逍遥不畏人。

[注]①题目系修订者所改，原题：客有忧过黄池关税，而羡余为僧者，因戏赠之。

李 春

李春，字熙皞，号如甫，福建绥安人。著有《玄居集》。

芜阴寒食

春色归将半，莺花几日晴。泥涂濡客辙，寒食望芜城。朝雨青山暮，烟波新水盈。此中无火禁，予饮不忘冰。

——《玄居集》卷三

王寅，字仲房，一字亮卿，自号十岳山人，安蕲歙县人。中年习禅，事古峰和尚。著有《十岳山人诗集》。

芜邑别青山社诸友

不笑貂裘敝，惟愁染世尘。藏名酒肆日，托兴醉乡春。自负青莲后，谁容白眼人。汝曹同调者，时一过相亲。

——《十岳山人诗集》卷三

芜湖逢辽阳友人

相逢把臂即相忘，醉酒高歌各自狂。碣石卢龙曾出塞，当年恨不遇辽阳。

——《十岳山人诗集》卷四

王浃，字云岩，安徽芜湖人。贡生。曾任山东邹平县主簿。

神山

地僻招提静，云凝时雨来。剑池仙迹杳，流水暗生苔。

——民国《芜湖县志》卷五十九

吴波亭

清秋爽气澄，湖景独堪眺。波江映月明，皎洁齐相照。

——民国《芜湖县志》卷五十九

白马山

寺隔红尘远，山空仙径幽。无人知来去，深洞接沧洲。

——民国《芜湖县志》卷五十九

游荆山寺

野寺经行处，山容与水分。亭迎双树日，岩宿半溪云。草色新抽甲，花光细点文。迢迢尘事隔，上界不相闻。

——《太平府志》卷三十九

377

赭山

宝塔凌霄汉，晴岚拥翠螺。四时行乐地，处处起笙歌。

——康熙《芜湖县志》卷十三

#

王锦，明代人。

滴翠轩怀古

滴翠曾经太史题，千年遗迹草凄凄。凝眸塔影穿云出，满耳泉声杂鸟啼。飘杳青山开画障，参差碧殿倚丹梯。游人载酒堪乘兴，一醉忘归日未西。

——康熙《芜湖县志》卷十三

吴波秋月

秋雨初收月上时，江亭凝望转霏微。数行征雁连云度，几点流萤傍水飞。玉宇秋光飘素影，银河寒色映清辉。不妨倚徒南楼上，永夜凭虚露湿衣。

——康熙《芜湖县志》卷十三

龚敩，铅山（今江西上饶市辖县）人，明初儒士，官历四辅官，国子监祭酒。有《鹅湖集》。

三山矶

三山直上与云齐，海色苍茫楚水西。波浪不惊沙鸟没，蒹葭无尽塞鸿低。风生野戍旌旗闪，日落荒村虎豹啼。莫向凤凰台上望，遥遥空使客心迷。

——《鹅湖集》卷二

螺矶庙

姑熟江头浦溆回，云岑烟岛翠崔嵬。楼穿蜃气波心出，山戴鳌官海上来。石见早知潮水落，风生远见客舟开。天教迥隔江淮壤，不著游丝点绿苔。

——《鹅湖集》卷二

朱有年，明代人。

荆山先孝廉读书处

老读《楞严》识所归，行看世界一尘微。渔矶镇日投香饵，樵径无时竞落晖。山叟尚来寻把盏，村童不问乱敲扉。衰颓几度闲过此，樗木经年长十围。

——民国《芜湖县志》卷五十九

江舟有感

江树冥濛隔浦晴，飞鸿逐队向南征。羊肠道里何辞险，鸡肋文章只自精。白昼荒城临水闭。孤舟带雨信风行。远游夜夜还家梦，惜别何须计路程。

——康熙《芜湖县志》卷十三

姚亮，安徽枞阳人。

湖阴曲

悍帅弄兵轻晋室，于湖城东兵气结；髯奴岂期帝微行，梦中惊起驰追兵。老媪立亭前，传玩七宝鞭。巴骕绿耳四蹄捷，六龙飞去追不及。

——《桐旧集》

钱行道，明代人。

芜湖道中

江明分采石，柳暗夹横塘。骤雨菱茨乱，轻风禾黍香。秋声催雁鹜，暝色下牛羊。远道人烟少，偏令游子伤。

——《列朝诗集》第十二册

张文光，字谯明，河南洛阳人。明崇祯戊辰进士。入国朝，由知县历官江南池太道副使。著有《斗斋诗选》。

识舟亭二首

绝顶孤峰插一椽，冷冷秋色满江边。客同旭日光中座，杯在晴岚渺处悬。别有春来花作洞，忽惊涛起雪为天。当年谢朓多幽兴，警句青山自洒然。

不是登临万树巅，孤亭好景竟谁传。芜江雨色连晴昼，赭塔云根起暮烟。一带斜阳题鸟下，六朝明月向人圆。放开醉眼闲相问，谁属风流书画船。

——康熙《太平府志》卷三十九

倪方允，明代人。

三山矶

一带清沙白，千林衰柳黄。断崖空小市，孤戍锁横塘。日落帆樯集，天寒鸿雁忙。凄清消万虑，抱卷对斜阳。

——道光《繁昌县志》

涂璋，明代人。

白马山

爱尔洞天清且幽，仙翁曾此恣遨游。青山萃崒还堪挹，白马奔腾不可留。鹤背长箫吹碧落，云间孤犬吠清秋。何时得造烟霞境，定拟题诗刻石头。

——康熙《芜湖县志》卷十三

沈 廉

沈廉，字补隅，浙江嘉兴人。

雄观亭

何处江声响似雷，芜湖城外浪千堆。狂随骤雨兼天去，猛挟长风滚地来。卷幔客观增胜概，摛词人听壮雄才。清游自笑非司马，老眼无因到此开。

——康熙《芜湖县志》卷十三

祖俊，明代人。

咸保圩

晓乘清兴过成溪，风景苍茫望转迷。如意好花当马落，尽情幽鸟傍人啼。数家茅屋章箩补，几处沙田带雨犁。薄暮欲寻归去路，小桥流水夕阳西。

方海，号东郊樗叟，明代安徽南陵人。博通古今，邃于诗文。

381

清弋波光

长江渺渺界西东，绉縠波光弄小风。疏月回摇千顷白，落霞平散一川红。客行舟楫如天上，人鉴形容似镜中。最喜澄泓清见底，尘缨欲濯有谁同。

——民国《南陵县志》卷四十二

吴万全，明教谕，余不详。

读《何文明都谏集》

谏闼当年数直臣，高风劲节孰为伦。遗书犹可临天日，素志真堪质鬼神。青琐一官同蔀屋，黄门累疏动枫宸。还期血食光尊俎，留得余馨启后人。

——民国《南陵县志》卷四十二

 舒本忠

舒本忠，明人，生平不祥。

南陵梅杖

拣得南枝数尺长，霜皮犹带藓痕苍。扶时赖有登山力，倚处应疑带雪香。庾岭拖云春寂寞，孤山挑月夜昏黄。醉来独坐横窗下，却讶逋仙在草堂。

——《古今图书集成》卷二百十九

戴士宽

戴士宽，号蒋陵，明代安徽南陵人。性沉隐，好读书。曾由乡荐署亳州学正，后辞职返乡。

382

漳河春泛①

家临春谷一沙浔，咫尺桃源路可寻。燕掠蓬回挝鼓转，凫浮雏唼扣舷沉。波心曳白鱼鳞现，水面拖蓝柳黛深。断续渔歌何处所，轻风吹到亦知音。

——民国《南陵县志》卷四十二

[注]①漳河：经南陵县至芜湖澛港入江。

蒋溪即目①

蒋径人谁到，傍溪寄兴孤。光分新月上，影淡夕阳馀。秋熟红皮芰，寒飞赤足乌。寻盟鸥亦得，现在是安盂。

——民国《南陵县志》卷四十二

[注]①蒋溪：在南陵县城东十五里。

凌云,明代人,生平不详。

送何珍归南陵

进步怎如退步强,冥鸿天外独翱翔。一官已洗尘中虑,三径旋开雨后荒。绿酒有时供客醉,青山无复笑人忙。俗缘脱去重回首,尹任夷仁孰短长。

——民国《南陵县志》卷四十二

程员,明代人,生平不详。

清风楼①

雄然百尺清风楼,砥柱屹立江之头。势欲吞此长江流,蛟龙蟠下潜生虬。峻嶒烟浪拥丹丘,淮山前立飞浮游。五月六月寒飔飔,送君携酒先泊舟。举头南北心悠悠,君今壮行登瀛洲。玉瓶倒尽胡绸缪,一方豪气凭君收,散分天下作此清风俦。

——《太平三书》卷五

[注]①清风楼:在芜湖市区弋矶山附近,今不存。

王琥,明代人,生平不详。

玩鞭亭

野树重重覆古亭,东风花草几番馨。宝鞭堕地人何在?红日环宫梦已醒。一水远连淮海碧,四山高拂楚天青。黄鹂自解兴亡意,飞入烟萝语不停。

——民国《芜湖县志》卷五十九

383

胡启先

胡启先,明代人,生平不详。

灵泽夫人庙

蟂矶石,小如拳。江可涸,石年年。江流日夕催行客,蜀汉亡魂挽不得。美人遗恨何能平?悲风飒飒云冥冥,石上千秋应有灵。

——康熙《蟂矶山志》卷上

汤任尹

汤任尹,明人,生卒年不详,字佛肩。国子生,官大宁断事。好为诗歌、古文、词,一时宿儒、巨公推骚坛领袖。著有《双湖吟》。

泛舟寻章仙米颠遗迹

小港频经折,山回次第行。棹穿花岸艳,人对古松清。仙骨埋云冷,颠书卧草平。归船荡落日,不尽晚峰晴。

——嘉庆《无为州志》卷三十

沙汝砺

沙汝砺,明人,生卒年不详,字忆罗。庠生,九试冠军,名噪一时。卒不第,授徒南庄三十年,批点藏书数千卷,落笔皆有意见。著有《敬义集》。

兑运歌,为州守绍渠何公赋

濡须九月闲人少,舟车络绎凤阳道。运米中都给羽林,万灶只资一州饱。陆地无仓吏不收,风吹雨湿民怀忧。米如浥烂倍征急,富者卖田贫卖牛。六诏何公官凤倅,目击民艰思释累。中都亦有解北漕,远输河济民劬劳。易兑相宜人不讲,两地呻吟天听高。一日天子选循良,拜公太守临州堂。凤民濡民皆赤子,计令易地输仓箱。

兑运殷勤诉民苦，公牍上陈幸报可。两郡疲民就便宜，万口欢呼公活我。濡民舟楫出华林，往返初移半日阴。昔何劳苦今何逸，旋转惟凭贤宰心。

——嘉庆《无为州志》卷三十

吴睿璇，明人，生平不详。

泗洲寺①

寺绕群山锦绣围，藤萝竹石净晖晖。银河一道峡中落，元鹤千年顶上飞。野草青连张晓幔，水光绿满映春衣。乐游应笑忘归去，可是无心恋翠微。

——嘉庆《无为州志》卷三十

注：①泗洲寺：在无为城北五十里太平乡。

柳尚义，明人，生平不详。

题察院壁

雨过蓬轩晚翠饶，烦襟如涤坐来消。盆池泥甲苞新藕，台砌沙茸长秀蒌。月色满亭人未寝，花阴当户漏分宵。寸心不为江湖隔，鼓响山楼忆侍朝。
散步园亭看落花，苔痕屐齿印新沙。尘襟雨后真如洗，吟鬓愁深未到华。翡翠轻寒欺葛袂，松涛遗响过檐牙。凭栏一发掀髯笑，明月中天斗柄斜。

——嘉庆《无为州志》卷三十

张辙，明人，生平不详。

阳山别墅

藜杖休撑破草扉，放他秋气入帘帏。香消翠沼荷衣老，色荫青畦菜甲肥。小燕欲归离故垒，闲鸥相狎浴斜晖。不知落罢黄昏雨，梧叶枝头几个稀。

——嘉庆《无为州志》卷三十

董　仝

董仝，明人，生卒年不详，字子异，号元夫，别号江野。不乐仕进，徜徉自怡。

毛公洞

秋到毛公洞，空山黄叶轻。云流溪径湿，风洒石门清。捧檄当年事，操觚此日情。令人成感慨，苍莽暮烟生。

——嘉庆《无为州志》卷三十

386

双泉寺

百里西山寺，双泉下石扉。白云僧占久，红树客来稀。野小恒沙聚，池清泡影微。茫然望天海，空界是皈依。

——嘉庆《庐州府志》卷十九

施继远

施继远，明人，生卒年不详，字汝明。博学耽吟，每拈佳句，至忘寝食。郡中景物悉经题咏，士大夫多传诵之。

奥龙河①

舟行尽日绕芦湾，历遍江头白鹭滩。狂浪飐篷衣欲湿，清风刮面晚生寒。云开西楚山容瘦，潮涨东吴水势宽。此景丹青描不就，天然图画与人看。

——嘉庆《无为州志》卷三十

注:①奥龙河:在无为城东一百二十里,经裕溪口入江。

 会　鼎

会鼎,明人,生卒年不详,字用和。幼攻举子业不就,郡守延为塾师。家徒壁立,日以诗文自娱。著有《燕楼赋》传世。

南汰寺

玲珑台殿护松阴,净地真成布地金。风细落花轻著砌,春深啼鸟乱穿林。烹茶灶小竹烟湿,洗钵池荒塔影沉。香雾氤氲云盖结,梵声齐震海潮音。

——嘉庆《无为州志》卷三十

北汰寺

竹杖芒鞋入翠微,远寻山寺问禅机。松萝有影深笼院,钟磬无声静掩扉。香袅云窗僧定久,雨荒苔径客来稀。人间得失皆成幻,何用虚名惹是非。

——嘉庆《无为州志》卷三十

387

 丁　最

丁最,明人,生卒年不详,字文迹,号槃涧。积学淹雅,不干仕进,喜吟咏。

西山别墅

遥对西山爽,幽通六月凉。破苔长怪鹤,为月每移床。久住渔樵狎,无心盥栉忘。坐来浑不厌,白日到羲皇。

——嘉庆《无为州志》卷三十

子房洞石上

天风吹满步虚声,秋入层台冷翠屏。往事尚寻丁野鹤,新题应念许飞琼。对门万树云间落,隔涧千峰雨外生。好是烧丹岩石下,年年闲注洞元经。用正韵。

——嘉庆《无为州志》卷三十

徐少游

徐少游，明人，生卒年不详，字善可，号澜溪，晚号饭牛山人，无为昆山人。少俊逸，喜谈兵。但绝意进取，放情泉石，构澜溪草堂，读书其中，吟咏自适，绝迹不入州府。

挖蕨行

荷锄出门天难曙，大伴相将上山去。登登挖土深超膝，挖尽浮根大根出。束缚归来日已西，力倦足疲行不得。毕罗作饼强充饥，娇儿蹴踏啼咿咿。父嗟母惜不忍骂，讵省相看得几时。前日上县当甲首，支应犹索金华酒。

——嘉庆《无为州志》卷三十

官马行

种田纳粮古来有，更起免征教养马。圣朝百令皆为民，独此深为害民者。水涸草黄秋日紧，木枷坠足索系颈。丈夫筑场妇刈稻，有谁牧马登山岭。日暮收来渴又饥，下山无力移四蹄。群长夜打门，怀中称有批。上司传牌到，县官先聚齐。群长出门牵马走，背后束槁鞭在手。到县上司犹未来，十日半月仍须守。城中草贵马转瘦，泥涂十马仆者九。马死理则然，自怨那怨天。但畏鞭挞苦，星夜买马补。城中借人钱，日生月加五。旧债连年还未退，更道明年上司至。官马害人难具陈，驽骀何足犯风尘。王家养马重武备，古来在官今在民。官马多应带索死，王民半为养马贫。此马若效一步力，贴女卖儿养亦得。

——嘉庆《无为州志》卷三十

澜溪秋日

屋榜青山曲，门开绿水涯。云收樵有径，木落鸟无家。玉剑千金价，乌巾一幅纱。
更思烟雨岸，渔艇泛蒹葭。
遁迹升平日，忘情鸟兽群。欢惊愁里尽，秋思雨中纷。雾霁山如沐，霜酣树欲焚。
东篱一杯酒，聊为菊花醺。

——嘉庆《无为州志》卷三十

泊泥汊^①

一水萦回地，千峰杳霭间。江空新月上，风急暮潮还。雁过秋生听，壶倾酒在颜。
此行端不恶，尘梦了无关。

——嘉庆《无为州志》卷三十

注：①泥汊，无为城东南四十里。

广德寺

暮听钟声眠，朝听钟声起。百年凡几何，朝暮钟声里。

——嘉庆《无为州志》卷三十

翁之裔

翁之裔，字伯苗。明和县（今属安徽）人。郡诸生。能诗善画。

389

天门

夕照留峰顶，扪萝策短藤。玉悬双壁直，练绕一江横。坐弄深秋月，翻疑不夜城。
此身近阊阖，如欲御风行。

——《当涂古今吟》

谢廷玉

谢廷玉，字雪吟，明如皋（今属江苏）人。好以水墨写生，世尤珍之。

游天门山

策杖寻幽胜，天门夕照开。举头清溪近，濯足大江来。狮岭堆螺髻，龙宫隐贝台。
一声长啸发，今日在蓬莱。

——《当涂古今吟》

刘 传

刘传,字良习,明含山(今属安徽)人。工画云山。

渡天门

红尘双幻脚,沧海一闲身。来往今成昨,壶觞自主宾。林烟平接水,江月暗随人。去去应明发,风涛何处津。

—— 《当涂古今吟》

再渡天门

再酌梁山酒,灯花喜相对。寒风客路遥,夜雨乡心碎。尘消玉塵前,兴寄沧州外。长啸一掀髯,空庭散香霭。

—— 《当涂古今吟》

徐石麟

徐石麟,明人,生平不详。

登天门山

巨灵启阊阖,隔岸两峰晴。梵宇云为磴,人家柳作城。寒深嫌日淡,风使觉舟轻。不识姑溪郡,浮图逼汉青。

—— 《历阳遗音》

殷 选

殷选,明代人,生平不详。

板子矶

塔势摩霄树影重，凭高不碍是尘踪。江流故作旁支绕，割碎阳山一段峰。

——道光《繁昌县志》卷十七

汪廷干，字文贞，号柱明，芜湖人。赠文林郎，湖广永州府推官。

荆山

曳屐试登临，村醪浊亦清。湖添春雨碧，树杂晚烟平。石佛灯余焰，荒岩鸟异声。
山僧解爱客，既去尚相迎。

——民国《芜湖县志》卷五十九

姚兴泉，字虚堂，号问樵，桐城人。乾隆诸生。著有《一枕窝诗抄》。

泊荻港

帆投近市薄寒天，晚灶家家洞口烟。十里蓼风吹细雨，满江蓑笠打鱼船。

——《皖雅》卷四

徐晖，明代人，生平不详。

赭山

兴亡今古一鸿毛，惟爱晴岚萧寺高。此日氤氲笼佛塔，当时缥缈护黄袍。三生石烂成尘土，七宝鞭留混野蒿。欲造山门询往事，冥蒙无路入林皋。

——康熙《芜湖县志》卷十三

王涛，明代人，生平不详。

题芜湖梦日亭①

楼船犀甲下荆州，蜂目将军驻碧油。虎帐觉来惊日坠，龙媒嘶去逐星流。奸萌问鼎终何在，计落遗鞭始可羞。幽草乱花荒故垒，无人能作晋春秋。

——《梅涧诗话》卷中

[注]①《诗话》云："芜湖梦日亭即王敦梦日环其城，晋明帝微服往观之地也。余四十年前，尝于亲友处见一碑刻本……诗律高古，惟忘其名氏云。"故自《诗话》始，《宋诗纪事》等皆将此诗归为佚名。本次修订从康熙《芜湖县志》记作王涛诗。

392

葛纬，字象先。生平不详。

荆山精舍肄业

蹑屐临岩拭壁痕，苍茫烟雨绕柴门。花侵石上麞芜月，帆掠河边篠簜村。梵语书声皆入韵，松涛泉籁本无根。闲寻断碣频怀古，泣玉惊心弗忍论。

——《太平府志》卷三十九

黄瓛，字仲和，南海（广东省境内）人。明英宗天顺元年（1457）进士。官工科给事中、广西督学佥事，告归侍养。著有《谏草》《吟草》。

吴波秋月

万顷玻璃一色秋，水光蟾影两悠悠。冰壶倒浸银河冷，玉兔高悬夜气浮。客舫纵横依断岸，渔灯明灭隔中洲。阿童歌罢沧浪曲，闲着渔蓑理钓钩。

——民国《芜湖县志》卷五十九

雄观亭

云树苍茫水拍天，高亭四面起风烟。洪翻乱激渔矶石，汹湧长拖贾客船。帘下终朝堪著耳，枕边深夜不成眠。何当一阵西风起，猾作咆哮过巨川。

——康熙《芜湖县志》卷十三

白马山

天下名山属壮游，逍遥于此更何求。洞门深锁黄昏月，渚水空维冷澹舟。四壁苍苔封涧壑，数声仙犬隔松楸。桃花满树红如锦，长辞东风笑未休。

——康熙《芜湖县志》卷十三

393

齐永健

齐永健，生平不详。明末安徽枞阳人。

板子矶有感

犹存斥堠委荆榛，曾驻当年细柳营。摆甲岂能标赤帜，援枪空说请长缨。中流尚有真飞将，西上何须老步兵。朝议若教同戮力，矶头不用筑孤城。

——《桐旧集》

吴道隆

吴道隆，字易水，明末桐城太霞宫道士。有《虫吟》。

虎山黄公祠二首

羽檄辕门至，将军不愿生。雷霆初下击，风雨但闻声。死贼退三舍，生灵全一城。至今遗老祀，俎豆万年情。

英雄经百战，忠勇实无双。浩气今犹壮，丹心矢不降。虞渊争坠日，楚些哭长江。薄暮乌啼急，阴云绕法幢。

——《明诗综》卷八十八

朱荃宰，生平不详。

出繁昌夹口

片帆轻百里，鼓浪下繁昌。故国荒烟静，惊风发棹狂。芦花迎断岸，浴鹭冷新霜。缥缈台空在，江流尽日长。

——道光《繁昌县志》卷十七

王宏道，字子能，安徽南陵人。著有《两峰诗集》。

工山削翠

陵阳太白山，摩空出层碧。丹灶不知年，飞仙振羽翼。

——民国《南陵县志》卷四十二

漳水拖蓝

南来一带水，亘地流碧瑶。黄潦不敢入，青柳映春潮。

——民国《南陵县志》卷四十二

鹅岭横云

右军何年过，遗此笼中物。化作飞来峰，长有云气覆。

——民国《南陵县志》卷四十二

元功书院

抗言当岩廊，来救青苗苦。回首卧经纶，英风冠千古。

——民国《南陵县志》卷四十二

元观仙题

何日元都坛，天风落仙唾。白云或临轩，恐复异人过。

——民国《南陵县志》卷四十二

龙池布雨

神物非凡鳞，养性澄潭底。乘时雨太虚，乾坤一带洗。

——民国《南陵县志》卷四十二

赠浣溪钓隐刘柯

汩汩溪中水，行行溪上人。乾坤一俯仰，万有随奔轮。有美谁家子，岸帻垂溪纶。
溪水日以长，溪鱼时烹新。一尊且属客，共醉溪头春。溪云出溪杳，溪月印溪小。
溪鸟如有情，载歌溪树杪。却疑此溪非寻常，浣花故派来沧浪，桐江有线引风光，
与君亲洗尘埃肠。

——《历代咏南陵诗词三百首》

夏英,字时彦,仁和(今浙江余杭)人。明代医家,著有《灵枢经脉翼》。

灵泽夫人祠

瞻彼蠛矶胜，于今几百秋。海云飞画栋，砥柱矻中流。割据人何在？英灵女独留。偶然一登眺，百虑未能休。

——康熙《蠛矶山志》卷上

邢珣(1462—1532)，字子用，号三湖，南直隶太平府当涂县(今属安徽省马鞍山市)人。弘治六年(1493)进士，授南京户部郎中，历任南京刑部郎中、南京工部员外郎、赣州知府。

蠛矶

吾郡多名胜，蠛矶此一奇。尘踪惜未到，客梦感□思。过鸟迷烟浪，行桡避石崎。山灵千古辱，刬洗水曹诗。

——康熙《蠛矶山志》卷上

胡经，庐陵(今江西吉安市)人，翰林编修，余不详。

灵泽夫人祠

仿佛金山胜，依稀坐玉台。亭虚云作卫，石定浪生雷。汉月疑环珮，吴宫见草莱。临风起浩叹，落日不成杯。

——康熙《太平府志》卷三十九

许锐，山东登州卫人。明成化十七年(1481)进士。

396

芜湖历代诗词

清风楼

危楼百尺俯寒江，山有中峰水有艭。高节十年辞北阙，清风一榻傲南窗。鲥肥从俗抛香饵，糯熟呼儿酿玉缸。吏治民淳公务少，乘闲寻访鹿门庞。

——康熙《芜湖县志》卷十三

 陶 嵩

陶嵩，明成化二十年(1484)进士。

清风楼

危楼百尺倚江干，分得岷山雪色寒。万顷当前金镜阔，一尘不到玉壶宽。主人栖老多真趣，过客游来壮伟观。圣代于今有巢许，高风端足起贪顽。

——民国《芜湖县志》卷五十九

397

 万 璇

万璇，湖广武陵人。进士。明弘治五年(1492)知芜湖县。

雄观亭

杨柳阴阴水拍城，危亭雄峙压沧瀛。九江泙湃流来势，万马奔腾梦里声。雪涌怒涛惊昼梦，风喧清籁鼓狂鲸。朝宗毕竟归东海，留取余清可濯缨。

——《太平府志》卷三十九

玩鞭亭

道左遗鞭事已非，野台春色自芳菲，王孙露草连青陌，少女风花隔翠微。碑篆剥残荒藓合，楼船消歇战旗归。应思往昔兴亡迹，独有孤峰照落晖。

——康熙《芜湖县志》卷十三

吊陶参军

如林虎旅下江东，抗节捐生一战中。天放便风归健骨，山流明月照孤忠。祠前宿草常凝碧，垅上寒花自吐红。屈指几多遭厄者，刚肠方识是英雄。

——康熙《芜湖县志》卷十三

蟂矶二首

四面波涛挟翠山，汉妃台殿水云间。长旌捲日龙争跃，老树悬崖鸟自还。尘黯锦袍留国赐，烟靛金扁照宫颜。吞声不尽生前恨，遂逐东流激怒滩。

江国天连罨画开，钦釜浮水载楼台。神蛟撼浪乘春化，仙鹤临风驾辇来。清夜磬声敲月落，中霤帆影带潮回。欷歔吴汉争雄处，折戟沉沙事已灰。

——康熙《蟂矶山志》卷下

　陶　俊

陶俊，芜湖人，生平不详。

398

蟂矶

独泛浮艇到古台，濛濛远树矮于苔。山嘘岚气拖云下，海拥潮声带雨来。百尺冯夷蟂窟冷，千年庙貌蜃楼开。精英灵泽浑如在，三国于今尽草莱。

——康熙《蟂矶山志》卷下

　周　埙

周埙，明武进（今属江苏省常州市）人，官至刑部主政、云南安察司佥事。

蟂矶

蟂矶名胜见图经，乘兴登临恨未曾。铁柱障江千古在，螺环当境十分青。品题今日逢工部，管领何年属野僧。闻说汉妃曾此葬，凭将诗句问山灵。

——康熙《蟂矶山志》卷下

涂 相

涂相,字樟斋,东潭(今属江西南昌)人。明朝进士,嘉靖五年(1526)任监察御史巡抚广东,十七年(1538)任佥事。

蛾矶

巍巍庙貌镇长流,万里江山属举眸。祷祀犹能勤百姓,威灵不减自千秋。云雷常护蛟龙窟,烟雨遥连白鹭洲。若使豫州仍过此,还须凛凛过矶头。

——康熙《蛾矶山志》卷下

许用中

许用中,字平湫,嘉靖二十五年(1546)任芜湖关主事。

蛾矶

视榷才非拙,登山秋复深。白云连远岫,红叶粉疏林。恋国心孤赤,思亲书万金。遥怜神女宅,放棹一登临。

——康熙《蛾矶山志》卷上

贡安国

贡安国,字元略,号受轩。南直隶宣城(今安徽宣州)人。嘉靖二十七年(1548)从钱德洪、王畿赴青原之会,追随讲学于各地。三十五年(1556)岁贡,授永丰训导,升湖口教谕,被江西大吏聘主白鹿洞书院讲席。官至东平知州。先后倡学四十余年,门人集其语录编为《学觉窥斑集》。

蛾矶

磷磳拳石拥江流,烟屿沙汀四望收。天外横屏浑巧岫,云端擎柱几层楼。舣舟濯足来孤鹤,解组凭栏狎野鸥。今日江山亦兴点,恍然千古思悠悠。

——康熙《蛾矶山志》卷下

陈王政

陈王政,上虞人,大约生活在明万历年间。

蠚矶

拳石柱中流,晴云蜃气浮。落霞明远水,迭嶂隐高楼①。横树吴山晓,离宫汉甸秋。
登临重感慨,往事若为筹。

——康熙《蠚矶山志》卷上

[注]①楼:系修订者所改,《山志》为"楼"。

李承嗣

李承嗣,生平不详。

蠚矶

400

长江澄素縠,上有灵妃宫。楼阁宏开画,帆樯故逗风。龙渊埋玉骨,凤笛引仙踪。
烟浪千层起,蠚矶势亦雄。

——康熙《蠚矶山志》卷上

王 推

王推,字汝宾,芜湖人,鲁府典仪。

蠚矶

天堑长江险,中流石柱横。烟波浮巨楫,岛屿接孤城。日月俱陈迹,孙刘总失盟。
停舟矶上立,往事不胜情。

——康熙《蠚矶山志》卷上

陈维恭，生平不详。

蝣矶

高天怜玉骨，特地耸鳌簪。心自归荆蜀，名非吊古今。云霄多宝气①，风雨一龙唫。回首诸宫殿，无端尽陆沉。

——康熙《蝣矶山志》卷上

[注]①作者自注：庙有太祖御题诗，累朝国母赐珠宝玉带。

张仲华

张仲华，贞峰人，余不详。嘉靖三十四年(1555)，同时任和州知州的老师李渭重新诠释纂辑《香泉志》，并将和县香泉、含山陈村汤池、乌江汤泉合而为一，成《三泉志》(三卷本)。

401

蝣矶古风一首

青山突兀，长江汹湧。千古灵祠，一派银涛如雪摧。追思三国争椎，往事真成梦，总不如、夫人名行丘山重。天外飞云，江头红叶。遮不尽灵渊蝣穴，水只东流落。怎如这波心楼阁，笑煞那，当年吴强汉弱。

——康熙《蝣矶山志》卷上

蝣矶五古一首

鸠兹称胜地，下瞰鱼龙国。日月几沉沦，烟波深巨测。风云呵护灵，楼阁严装饰。中有夫人祠，上悬高皇勒。百年罔维持，一旦俱偪侧。颓圮不复支，荒湮仍莫识。孤负金焦雄，乃为鲛鲸窟。水部蜀川才，视榷江关息。进揖俨若容，顾瞻心皇恻。芜者更聿新，倾焉赖以植。扁颜负丹黝，史笔镌石刻。不惜雕梓工，咸添山神色。壮丽昔匪伦，辉煌今破惑。砥柱挽湍澜，清风励绳墨。梅花拟何逊，玉带自苏轼。负矣阇黎纱，仗彼慈悲力。永永镇山门，悠悠崇令德。山中有余地，容我无家客。

——康熙《蝣矶山志》卷上

蝶矶五律一首

天峰何处落，诧说自鸿蒙。鳌断山浮玉，云开目满空。晨昏钟磬起，海岳古今同。灵觌垂千祀，登临欲御风。

——康熙《蝶矶山志》卷上

蝶矶七律二首

长江落日气萧森，不尽东流别限深。吴苑香残金凤杳，汉宫秋断玉鱼沉。思刘志欲归三峡，抱石名高矢一心。幽碛底须青史定，古碑苍藓自湖阴。

澄霁横空洞八窗，飞檐削壁枕栾江。接天水色成虚浸，入夜涛声自激撞。潭底蛟龙眠石窟，楼头星斗滨银淙。振衣一啸劳登涉，倒卷冰绡树碧幢。

——康熙《蝶矶山志》卷下

张 菁

张菁，生平不详。

调寄谒元君

叹英雄三国，事犹如昨。羡他才智风流，谋臣策士，如雨如云，到而今、孰强孰弱。莫笑抱恨滦江，红颜命薄。看生子仲谋，不如巾帼。问当年赤壁旌旗，虽曰有投鞭断流，威声振作。怎似今朝蝶矶石上，士女争先瓣香踊跃。只为立纲常，殉大节。故尔精灵灼灼，报赛祈求禋祀弗斁。　世事从来难度。谩云老瞒魂销，徒传奸恶。即天生瑜亮，定吴归蜀。不数张辽，千载后有甚下落。堪怜铜雀春深，吴宫花草，此际谁家丘壑。最伤情处，望帝魂归，杜鹃啼血。更难慰此中寂寞。算来兴废亦平常，何如水心禅院，表为灵泽楼阁，又岂减永安宫阙。

——康熙《蝶矶山志》卷上

边维垣

边维垣，字师甫，四川成都府彭县人。嘉靖三十五年（1556年）进士。历官福州府知府，升湖广按察使、江西左布政使，官至南京工部侍郎。

蝱矶神曲

迎神曲

涉大江兮沄沄，见帆樯兮如云。缅神女兮驾驭，望瑶宫兮杳深。闻环佩兮至止，享千秋兮蘭芷。

送神曲

奏钧天兮雕阑，集海错兮神欢。波不动兮月明，山空寂兮鹤鸣。香篆销兮神返；承休祚兮绵远。

——康熙《太平府志》卷三十八

蝱矶五律一首

巨石倚穹窿，金焦拟并雄。青螺浮弱水，绀宇隐龙宫。往事徒相问，幽人喜独逢。长风破巨浪，一洗平生胸。

——康熙《蝱矶山志》卷上

403

蝱矶七绝二首

望望江心石似拳，仙人彩笔大如椽。湍毫一洒成风雨，惊起龙吟浪拍天。
草圣张颠原嗜酒，写经内史却笼鹅。沧江白雨谁同兴，为遣舟人荡桨过。

——康熙《蝱矶山志》卷下

蝱矶七律一首

秋鸿声断蜀江长，望帝归来抱恨亡。水只东流难挽泪，人从何处尚留芳。佩环不侍吴宫月，粉腻犹疑汉寝妆。江上青山仍故国，永安无梦几回肠。

——康熙《蝱矶山志》卷下

嘅惜先贤遗意赋绝以纪①

高人曾咏浴沂篇，江芷青青思尚牵。孺子莫教歌别调，烟波千顷使人怜。

——康熙《蝱矶山志》卷下

[注]①题目系修订者根据原题序所改,原题序:阳明先生昔偕伍谢二公来游,刻石纪

事其门人何善山辈构亭覆之。惜乎无额，岁久亭亦将圮。予命葺之，遂为扁曰"濯缨"，亦慨惜先贤之遗意也，更赋一绝以纪云。

姚遇，云间（上海松江县一带）人，余不详。

咏蟂矶

水部偶公余，折简招故友。移棹溧江湄，振袂蟂矶首。古殿郁松篁，遗容俨妃后。
嫁作昭烈逑，产同仲谋母。吴蜀竟分疆，孙刘成怨耦。徽称泯生前，崇祀显身后。
钟鼓声铿锵，剑戟列左右。香气正纷纷，英风尚斜斜。三献进清酤，再拜荐广牡。
即将坎瘗修，乃纵登临久。虚阁涵苍茫，层楼摘星斗。嘉乐奏管弦，珍馔罗罇缶。
白辉沙际鸥，绿上堤边柳。孤鹤唳长空，妖螭匿深薮。凭栏俯沧浪，隔岸数焙嵝。
好景浩无边，良会真不偶。方苦抱离忧，幸逢开笑口。兴亡叹古今，乌兔迅飞走。
纪游春正初，归路日将酉。聚首复何年，相劝杯中酒。

——康熙《蟂矶山志》卷上

404

潘玙，字一洲，芜湖人，廪贡生。闭户潜修，工于诗古。

蟂矶

磐石烟波里，灵宫日月深。读碑怜往事，坐夕听蟂音。倒海春涛拥，虚楼爽气侵。　钟声惊枕梦，渔唱出江浔。川上矶头意，如斯即古今。

——康熙《蟂矶山志》卷上

登蟂矶次韵二首

曾阅江山一世雄，斜阳芳草汉时宫。题诗吊古情无限，大节流芳祀不穷。浪滚金球山吐月，波翻玉屑水生风。今朝领得矶头意，万理昭然感应中。
飞云片片暗江心，云画江空水自深。无地楼台疑蜃气，有天日月正当今。忻同览胜追幽圣，愧和鸣阴乏好音。夜半江灵如有助，故教风浪起龙吟。

——康熙《螺矶山志》卷下

王舟,明浙江余姚进士,成化十九年(1483)任芜湖关监督。

荆山

孤峰萃律雪初干，倒影中流碧玉寒。自是天成好诗景，摩挲老眼耐人看。

——《太平三书》卷四

咏吴波秋月

偶向吴波放画船，水天一色浸婵娟。望中渔火明还灭，醉看沙鸥镜里眠。

——康熙《芜湖县志》卷十三

咏玩鞭亭(二首)

七宝遗鞭事已荒，野亭春色自苍苍。多情最是花间鸟，时向东风说胜亡。
七宝遗鞭自晋传，青山无口说当年。东风桃李依然在，世事兴亡几变迁。

——康熙《芜湖县志》卷十三

咏螺矶

江心有山名螺矶，矶头雪浪和烟飞。上下帆樯名利客，悠悠身世何时归。

——康熙《螺矶山志》卷下

邵经济

邵经济,字仲才,别号泉厓,杭州仁和人。明嘉靖四十一年(1562)赐进士出身,中宪大夫,都察院右副都御史奉。

荻港听歌

风迅芦荻洲，帆轻自在流。歌声来别浦，月色递扁舟。曲转寒机语，腔回锦瑟秋。水云收不尽，翻弄一天秋。

——《邵先生文集》卷八

洪邦光

　　洪邦光，明人，生卒年不详，字宾吾，福建同安人。隆庆二年(1568)进士，知州事。清贞卓练，去之日，攀辕者塞途。

留别士民

自惭缨绂试专城，为吏疏狂不好名。未展经纶空鹭序，敢辞鸾凤作鸥盟。衣冠顾盼皆贤侣，力犊回环息斗争。三载风霜忙里过，但留孤月照心明。
苍苍寒色满城阴，薄宦萧然漫鼓琴。江上鸿泥惊聚散，天边云影共浮沉。殷勤有酒增行色，抚字无功报寸心。一别滇南千万里，相思何处寄同音。

——嘉庆《无为州志》卷三十

李维铉

　　李维铉，福建晋江人。举人。万历五年(1577)知芜湖县。

识舟亭

仲冬风日正凄凄，为爱新亭坐未归。天清浪稳蛟龙远，潮落江空岛屿微。惭无佳政酬民瘼，喜有登吟驻晚晖。古往今来几代谢，岘山片石尚沾衣。

——康熙《芜湖县志》卷十三

林云谷

　　林云谷，生平不详。

圆照庵

顺冲山下文殊台，山风吹客山中来。青天万里走元鹤，白日一觉眠苍苔。狂歌向晚醉不去，长笛一声怀自开。相逢此意更谁识，出门满眼俱尘埃。

——《历代繁昌诗选》

闵济美，字伯玉，明万历时岁贡，授永福县知县、迁鲁王府审理。

红花尖元帝庙

九华蜿蜒尽红花，白帝行宫隐紫霞。星应斗垣通御座，江环扬子到仙槎。儿孙罗列蹲千嶂，伏腊供虔肃万家。更喜登临开远胜，天遥吴楚望中赊。

——道光《繁昌县志》卷十七

407

刘用景，生平不详。

荻港驿

枯荻边长港，名亭信有征。居人无别业，比屋挂鱼罾。地旷岚光净，潮来水势增。经过重叹息，残腊客金陵。

——道光《繁昌县志》卷十七

陈周正，生平不详。

过紫沙洲

天淡江空水有声，众帆次第共鸥轻。击流箫鼓风吹远，护法蛟龙浪不惊。父子祖孙今昔路，云吴月蜀去来情。微官翻觉忘危险，忠孝将无进此行。

——道光《繁昌县志》卷十七

刘养聘

刘养聘，生卒不详。安徽繁昌人。著有《刘觉我集》。

莲社院

空王宫殿傍层峦，竹阴留人夏亦寒。雨后泉声琴里听，云边山色画中看。正追河朔千年事，不减平原十日欢。钟磬晚催僧入定，夕阳花底散雕鞍。

——道光《繁昌县志》卷十七

408

王去疾

王去疾，字吉甫，南宋金坛（今属江苏常州市）人。乡贡进士。入元后，历吉州路、杭州儒学教授，以从事郎镇江录事致仕。有《直溪集》。

菩萨蛮·蝥矶词

吴波深处波声急，栏干下瞰鱼龙宅。江北与江南，斜阳山外山。　　十洲三岛地，梦里身曾至。今日醉危亭，神仙邀我盟。

——康熙《蝥矶山志》卷上

王　恒

王恒，字伯贞，号少谷，又号四明东方士。奉化（今属浙江）人。约万历十年（1582）前后在世。著有诗集《两都游草》。

咏雄观亭

几回江上听潮声，满耳风涛自不惊。却笑诗人多感慨，青青江草古今情。

——康熙《芜湖县志》卷十三

咏白马洞天

白马山中别有天，洞天仙去已多年。至今遗迹游人赏，棋局松阴鹤自旋。

——《太平三书》

张汝蕴

张汝蕴，字子发，章邱（今属山东）人。进士，授工部主政。万历十六年（1588）兼任芜湖榷使。

螺矶

胜地孤岑秀，诸天阁道开。白云迷古树，玄崔舞空台。当槛涛声入，隔林帆影来。
振衣聊眺望，人在小蓬莱。
螺矶一片石，灵泽万年宫。天半飞晴阁，云间落晓钟。江山聊奇迹，吴蜀已成空。
不尽登临兴，冷然似御风。

——康熙《螺矶山志》卷上

#

彭会，生平不详。

螺矶

螺矶一片石，结宇似蓬壶。南北东西望，楼台烟雨芜。江流来自蜀，山色去连吴。
甫咏追前烈，英风激壮夫。

——康熙《螺矶山志》卷上

朱 铬

朱铬，生平不详。

蟂矶

懿德吴中月，贞操江上台。徽音鸣海岳，仙迹并蓬莱。遁命非徒步，乘闲约伴来。
瞻依思往事，归语共徘徊。

——康熙《蟂矶山志》卷上

陈大缓

陈大缓，浮梁(今属景德镇市)人，明万历乙未(1595)进士，官至福建布政使参议。

蟂矶

410

政忆蟂矶胜，追随李郭舟。望述青岳外，行尽碧江流。日近瞻沧海，帆飞入斗
牛。　龙宫闭琼瑞，灵泽自春秋。唫览迟归棹，斜阳不我留。

——康熙《蟂矶山志》卷上

孟 楠

孟楠，字蕙林，河南黎阳(今河南鹤壁市浚县)。万历二十六年(1598)登进士第，
任青州知州，万历三十三年(1605)芜关水部，后升至山西布政使。

蟂矶

春色临江好，山光入望鲜。天连一片石，树琐万重烟。隔岸开国画，飞空发管弦。
不禁闻杜宇，航挂夕阳还。

——康熙《蟂矶山志》卷上

览眺蟂矶勉赋二律

芙蓉天插挂晴晖，灵阆千年拥帝妃。楼阁凌虚成蜃气，烟岚入望在屏闱。潮回常带瞿塘水，月断空迷滟滪矶。徙倚危栏倍惆怅，芦花击露冷侵衣。

万顷烟波一屿浮，贞心化石砥中流。涛声如诉惊回首，山色难描独抱愁。乌鹊不栖吴苑树，黄花仍吐汉官秋。江东霸业今何处，左计徒教笑仲谋。

——康熙《蟂矶山志》卷下

潘懋祐，生平不详。

蟂矶

出郭寻名胜，登临江上台。山从碧汉落，水自蜀岷来。庙貌钟灵泽，神光烛上台。瞻依迟海月，放棹遡潮回。

——康熙《蟂矶山志》卷上

林乔璠，生平不详。

蟂矶

鸠兹多胜迹，灵泽事堪评。一片冰心处，千秋俎豆生。纲常乘典籍，礼祀见幽贞。惟此澄清志。蟂矶独擅名。

——康熙《蟂矶山志》卷上

余檗，南州人，生平不详。

蟂矶

六代成灰烬，千秋此石孤。吴天来厌乱，婚媾亦相图。进退当维谷，危疑不爱躯。　情波遥溯蜀，恨水断归吴。流月心俱永，啼鹃血未枯。湘川频听瑟，蛟泪或添珠。真人亲将出，灵爽默前驱。俨若兄风在，居然帝宠殊。祠官分羽卫，锡典丽金铺。　兰泽仍三楚，椒浆供五湖。茫茫凭吊意，霜笛咽林乌。

——康熙《蟂矶山志》卷上

崔　涓

崔涓，字震水，号鹤汀，安徽芜湖人，万历辛丑(1601)进士，授行人司，升铨部郎中，著有《知幻草》《衢问》《南岳》等。

蟂矶

山有虎豹穴，水有蟂螭窟。造物虮虱之，譬则尘与屑。咄哉一片石，称引非一舌。千岁既已殂，庙貌芬犹烈。刻削绽幽灵，人鬼凭谁决。水犀难自照，支祈不可掣。寄言姑妄者，春树啼红血。

——康熙《太平府志》卷三十八

张一儒

张一儒，明代，生平不详。

天门山

陡绝蛾眉巅，孤亭屹然对。风摇林雨飞，日出崖冰碎。草树乱云中，芙蓉插天外。双门辟何年，终古凝烟霭。

——康熙《太平府志》卷三十八

丘士毅，丰城（今属江西宜春市）人。明万历三十二年（1604）进士，官礼部侍郎。

蝘矶四首

大帝当年用智深，仇雠婚媾转相寻。一身吴蜀都无着，泪洒江流忍玉沉。

侠气英风绝女伦，芳祠千古大江滨。香魂隐映波心月，曹魏羞传赋洛神。

蝘矶往复几经年，此日登临意洒然。往事兴亡凭逝水，清标凉月醉江天。

摩天嶙峋傍翠微，高皇宸翰彩霞飞。英灵濯濯江同永，屹镇东南护帝畿。

——康熙《蝘矶山志》卷下

任傲，字超宰，建水（今云南省建水）人。万历三十七年（1609）举人，官户部主事。诗书画称三绝。

识舟亭二首

小亭空渺枕江头，蜃气于空尽结楼。却障已蠲人我相，舒怀不税古今愁。清明入座声相应，毫末临轩影欲流。更有主宾饶菊酒，管他蓬老一湖秋。

客彷龙山落帽游，披襟携我畅江楼。兴高云汉只千古，胸阔湖天共一瓯。河朔风流堪再续，长安日近更何愁。识舟亭畔飞帆到，点缀江山为我留。

——康熙《芜湖县志》卷十三

李一公，字闇生，号心石，安徽繁昌人。万历三十八年（1610）进士。官至布政司参政。著有《二十一史撮奇》等。

登浮山寺

携樽移上最高巅，望里乾坤别样天。俯视江河杯底泻，仰观日月杖头悬。水穿绝巘疑龙化，峰绕空堂忆鹤旋。王郭只今谁个是，到来似我便如仙。

——道光《繁昌县志》卷十七

重游龙华寺

洞口林衔寺，悬崖翠欲飞。青莲曾寄迹，丹桂尚余酣。自觉人还是，谁知佛亦非。浮沉何足问，秋好适吾机。

——道光《繁昌县志》卷十七

李一回，字四勿，安徽繁昌人。天启二年(1622)恩例贡，由禀生考授州同曾中副榜。工诗文。

414

春日过灵岩寺

春晴何处觅奇观，村后携筇步翠峦。野鸟见人鸣石上，山僧迎客出林端。寺藏深谷来清磬，路近悬崖响急湍。坐向峰头真画里，数椽茆屋竹千竿。

——道光《繁昌县志》

张元芳

张元芳，通州(今北京通县)人。进士。明天启七年(1627)官南宁府佥事，分巡左江。

秋日过板子矶漫赋三①

天悬宝筏锁秋江，两岸兼葭半着霜。几点星沉银汉冷，万家灯闪碧潭光。许耶气撼归帆影，欸乃欧惊宿鹭行。使者嵩呼云路远，且从一衲借慈航。

芜湖历代诗词

一叶西风入翠微，委蛇石径绕禅扉。楼台倒景明于镜，岩岫流光黛若围。天半浮屠无绝顶，日边砥柱有支矶。张郎不尽乘槎兴，只恐沧桑六代非。

日落秋江荡夕晖，烟光叆叇万山围。东来飘挂牛头景，南去云连燕子矶。望入麰芜清且浅，思萦鲈脍瘦还肥。维舟漫扫苔纹石，好拂芦花带月归。

——道光《繁昌县志》卷十七

[注]①作者题注:书付巡司陈迪镌之片石以纪其事,时有祝厘之役故及之。

 方拱乾

方拱乾(1628年前后在世),字坦庵,安徽桐城人。天启进士,官少詹事。著有《方詹事集》。

舟泊梁山

雪后月如浴,到江光欲争。一舟牵石影,半夜落潮声。眼入天何极,坐来僧更清。篷窗无丈地,亦复踏歌行。

——《当涂古今吟》

华长发

华长发(1629—1713),字商原,号沧江。无锡人。诸生。与秦沅善二人尝偕顾祖禹纂《方舆纪要》。有《沧江词》。

南乡子·枭矶吊昭烈夫人

遗庙祀江洲。红粉凋残土一丘。遥望瞿塘归梦杳。悠悠。不尽长江滚滚流。　　何事赚荆州。鼎足三分志未休。铁索千寻烧断后。孙刘。一样降帆出石头。

——《沧江词》

谢宗

谢宗,生平不详。安徽枞阳人。

蜒矶孙夫人庙

宁母归原误，殉夫义自存。身沉皖江水，波涌剑门魂。风静帆无力，洲空石有痕。永安宫殿在，未去暮云昏。

——《桐旧集》

姚凤翙，女，字季羽，桐城（今安徽枞阳）人。著有《梧阁赓噫集》。

蜒矶吊孙夫人

漫夸英武胜须眉，吴蜀兵戈有是非。拚得蜒江身一死，可知失计在东归。

——《枞阳名媛诗选》

416

方扬，字思善，号初庵，安徽歙县人。隆庆辛末进士，官至杭州知府。著有《方初庵先生集》。

登蜒矶二首

翻波激石楚江雄，残碣留题故汉宫。千载自沉遗骨远，三分谁惜霸图穷。依依古木藏秋色，片片征帆落晚风。俯首不须追往事，渔歌断续几声中。

东吴野色照江心，绿树连云古殿深。悼汉遗文留自昔，为刘瞻拜到于今。矶头不改旧时月，蜀地谁怀故国音。往迹尽从流水去，凄凉一望独沉吟。

——《方初庵先生集》卷四

[注]①题目系修订者所改，原题：登蜒矶，矶故蜀后迫吴自沉处。用王文成韵二首。

梅士劝，字勉叔，安徽宣城人。著有《睡余集》。

芜湖竞渡

我昔曾在芜湖住，五月五日观竞渡。画船彩鹢高接天，雷笑云歌遏江雾。自我来斯今几年，不见横江万斛船。会须一舸同君去，重听谁家旧管弦。眼无畅观神亦俗，病中又对菖蒲绿。丈夫有身不能跳荡以自快，安得守此弹丸而郁郁。嗟乎。固是我辈初无奇，有奇则世亦必知。君不见、屈原虽其人已死，至今犹造龙舟而吊之。

——康熙《太平府志》卷三十八

谈士淳，字敦公。生平不详。

玩鞭亭怀古

逆旌横驻鲁明津，东晋衰微倚失人。鞭影略迟营外骑，日华犹压梦中身。残诗数代空成藓，旧曲经时已就湮。卧病悬军徒自灭，石城何处有功臣。

——乾隆《芜湖县志》

谈士雄，字卓万，拔贡。生平不详。

玩鞭亭怀古

冷落湖阴孰问津，新亭晼晚正愁人。太阳果竟齐于物，玉篓空怜赎此身。东府飘零南部尽，旧题磨灭古苔湮。惜他半醉温骠骑，不把深杯击扈臣。

——乾隆《芜湖县志》

张一如

张一如,字如来,一作来初,安徽芜湖人。明崇祯四年(1631)进士。官至湖广荆南参议,以病归。有《言思阁诗集》《漾渔客草》。

避暑赭麓

僻径闲情会此时,行藏何意任支离。斋心未达餐蔬味,禁足频兴眺远思。岁久败椽聊补屋,天然修竹自成篱。老僧日示无言偈,高枕维摩是我师。

渐听晨钟百虑轻,只缘居士近逃名。心隳不问鸡鸣路,客至时闻犬吠声。田父侈谈隆古事,稚儿偏恤乱离情。林蝉日噪无休息,即见秋风次第生。

摊书游息问抽毫,岂有文章斗尔曹。学易未能消悔吝,称诗尚可溯风骚。松涛入耳呼残梦,苔蚀侵人冷敝袍。半世图营丘壑愿,栖迟六月寄僧寮。

独立高风望眼舒,美人遥念隔城隅。临池积水朝含墨,入户流萤夜聚书。动植无名通草木,飞潜有性狎禽鱼。欲收秋色观空际,正待登临兴未疏。

——康熙《芜湖县志》卷十三

418

泛欧湖

此水东南去,本是荆溪源。后来堤防之,西流赴江门。苍岩烟渚上,仿佛意犹存。欧阳者谁子,扁舟弄朝昏。标题已异代,野老时能言。山川与人物,空虚来往痕。逐逐彼羲和,鞭扶无停辕。吾家本湖畔,波浪相吐吞。晓月如出浴,晚日如见暾。孰过而问者,聊以指山樊。那意趁微名,牵人乘高轩。数载隔湖声,山梦不一扪。同怀感诸彦,荡漾开金尊。烟霞若故知,相对酬寒暄。世态良易尺,素志宜益敦。我思今昔意,化机已番更。他日念此语,潮枯刻山根。

——康熙《太平府志》卷三十八

招同社游荆山

暂却篮舆仗履从,沿堤桃李绘春工。五年重到河山异,一日才闻风景同。坐领烟霞窥道范,漫寻云水荡尘胸。壶觞次第传天籁,箫管徒喧晓寺钟。

隔嶂河流自邀限,悠扬指点估帆开。山藏虎迹危行径,石暴龟文浅映苔。楼阁虚歆僧入定,花枝纷落鸟衔来。名贤旧有谈经地,浩却应飞几足灰。

——《弋江历代诗词》

灵泽夫人祠

矶痕亦带瞿塘波，空浸闲云草共窝。石镜不来泉下照，玉人犹向月中摩。当时家国心俱破，此后兴亡闵更多。为问江南香火地，今成北岸树良禾。

前韵

金陵不隔此烟波，生死愁城亦乐窝。路驾仙车云一色，宫留故剑日三摩。苍梧帝子悲应似，花蕊夫人恨已多。惟有销沉凭吊意，矶头风雨垄头禾。

——康熙《蟂矶山志》卷下

张九如

张九如，明末清初，生平不详。

蟂矶

寂寥谁锁贝宫香，如见灵风上下妆。云雨不随神女梦，苍湘好共帝妃望。波间沉筏传闻怪，穴底潜蛟供奉忙。隔水已教连北岸，何知天语隶吾乡。

——康熙《蟂矶山志》卷下

赭山道中暮归

乘蓝近莫接林烟，卷幔看山尚宛然。古院疏灯崖畔落，孤城斜月树中悬。银河云净松阴寂，铁骑人归草店諠。何限野香风欲度，徐来飒飒和鸣蝉。

——康熙《太平府志》卷三十九

易震吉

易震吉，字起也，号月槎，江苏南京人。崇祯七年（1634）进士，授刑部主事。著有《秋佳轩诗余》。

风入松·长至南陵道上

霜浓马滑走南陵，一线此朝增。高天雁下风初厉，邮程迫、骨冷晨兴。陇麦青才盈寸，如春冬日堪蒸。　黄茅矮屋见鸡登，屋角挂枯藤。寒山不受云埋住，容虽瘦、骨耸棱棱。石涧犹存余藻，儿童戏打层冰。

——《秋佳轩诗余》卷四

朱稽逸

朱稽逸，生卒年不详，字集研。中崇祯十二年（1639）副车。著有《冷矶集》。

舟泊泥汊晚江渔火

烟波望渔火，几点伴征人。儿女孤灯聚，风霜短梦臻。月明溪口棹，水长获秋鳞。此夜沧江约，舣舟订隐沦。

——嘉庆《无为州志》卷三十

420

刘廷展

刘廷展，生卒年不详，字孟长。明崇祯十五年（1642）举于乡，直指使荐之，坚以疾辞。聪颖善记，拥书啸歌。

绣溪晚立

过雨蝉声湿，夕阳烟外山。众喧趋暮寂，孤影立秋闲。鱼队摇澄碧，鸥群起暝湾。半规新月上，照我掩松关。

——嘉庆《无为州志》卷三十一

刘光宓

刘光宓，生卒年不详，字齐之。崇祯十五年（1642）副车。性孝友，器量过人，饮酒赋诗，隐南郊别墅终身。

春日游广善寺

春晓登临趁岁华，招朋过从路偏赊。峰迥曲磴溪初合，刹建卷阿树欲斜。广被福田云外意，善称香界雨中花。客游少憩诸缘净，参乘何烦礼释迦。

——嘉庆《无为州志》卷三十一

徐赞，成化元年(1465)举人。余不详。

双泉流碧

窈窕青山曲，行行驻马看。源头分两派，混混碧流寒。

——嘉庆《无为州志》卷三十

龙吼霜余吕泉山

秋杪金风恶，霜多木叶红。万山如著锦，诗思浩无穷。

——嘉庆《无为州志》卷三十

银瓶雨意

徐步群山望，孤高秀远峰。朝来含雨意，湿翠滴重重。

——嘉庆《无为州志》卷三十

李赞，字惟诚，号平轩，安徽芜湖人。官吏部文选主事，正德中任浙江左布政使。

永寿院

栗里经行日，僧庐亦问咨。场空禾黍后，霜老菊英时。供佛乡人愿，忧民太守词。

不知今十载，想像觉神疲。

——民国《芜湖县志》卷五十九

蟂矶

山脉潜钟此地雄，穹窿鳌背耸神宫。灵湫在窟杳难测，远水际天看不穷。钟鼓乱闻矶石浪，帆樯平掠荻芦风。来游愧负江山胜，敢谓乾坤在眼中。

——康熙《蟂矶山志》卷下

萧云从（1596—1673），字尺木，号于湖老人、无闷道人，晚又号钟山老人。安徽芜湖人。明崇祯副贡生，入清不仕。明末清初著名画家，姑孰画派创始人。著有《梅花堂遗稿》《太平山水图》等。

移居诗 并序

畴昔小筑于东皋，则迩王处仲梦日亭也，甲申后为镇兵是据，遂毁精舍为围栅。至丁亥秋，始得携儿子，担书笥，蒋秽缉垣，略蔽风雨而家焉。惟乱离迁播，亲友凋残，触景内伤，忽然哀愤，溯其凄戾，横集无端，况予老矣病矣，无能为矣！穷途日暮，情见乎词，得诗六首，求故人书之。倘曰《移家》、少陵《秋兴》，是以灵乌飞魏，而誉腐草之光矣。

喜得幽荒日月同，棕轩槛馆筑华蒿。秋风北道谁为主，皓首东园赖有松。乱石何年逢射虎，贞公临水欲成龙。药栏书屋才安置，却见寒山树树红。

鹿门见寄一行书，悲滞风尘万里余。未靖干戈中外警，当途冠盖往来疏。天高猿啸松枝落，篱折鸡栖月影虚。鬓短霜繁潦倒甚，杖藜挥泪过荒墟。

尽醉才倾一两杯，醺然扶病欲登台。水随天远秋无尽，月并沙明雁已回。绛帷郑玄犹遇主，青镘袁绍独怜才。披榛相待渔樵话，隔院先闻钟磬来。

莼嫩鲈肥尽可餐，归思岂只一张翰。吾庐近市无车马，世法宽人有帻冠。霜气空凋千树碧，旭光已破万山寒。衰年强起凭高望，赋得鹏云万里抟。

卜筑黄尘尽草洼，于时深愧自为家。树高不隔蝉声切，墙短犹留驹影斜。老病风前犹种药，伤心雨后亦栽花。生长贫贱原非隐，未许青门学种瓜。

随意寒潭落钓钩，青蛉作伴立竿头。浮云天际归何处，独树溪边影不流。蹈海鲁连龙战日^①，还家典属雁声秋。身经迁播皆萍梗，一有吾庐更有愁。

——《萧汤二老遗诗合编》

[注]①《合编》作"能战日"，从民国《芜湖县志》改。

辛卯秋至南庄作

湖庄来往任飞篷，不谓山田立钓翁。旧日路旁松见顶，几年门外水连空。秋烟已断千家爨，花穗重遭一夜风。叶叶白波无限恨，纷纷人哭雨声中。

——《萧汤二老遗诗合编》

舟过寒壁

寂寂群峰隔渺茫，舟人无语听寒螀。平湖日落孤帆远，矗壁天开千尺强。菱实几家供岁饱，荷风随橹散秋芳。无鱼尚欲频牵网，枯草横空不忍望。

——《萧汤二老遗诗合编》

彭幼官耽于诗酒索画和答（三首录一）

闭户曾无一刻欢，持杯难遣万山寒。写成茅屋何能隐，寄到秋诗不忍看。斜日随人趋古路，浮云往事忆长干。梅花小筑依城阙，画角哀生泪未干。

——《萧汤二老遗诗合编》

钟山梅下诗（八首录一）

三楹在昔筑湖阴，旧植梅花何处寻。一折不堪伤岁暮，衰年空欲卧霜林。南朝古木交龙气，西浦高人放鹤心。藤杖经行山路遍，迢迢此恨白云深。

——《萧汤二老遗诗合编》

过荆山朱西雍旧亭有感

花园不耐老相亲，别后空过三十春。乱石闭门无处入，秋声盈树不堪闻。平芜一望连天水，峭壁千寻宿暮云。万分凄凉难忍去，空山泪断旧时人。
绝壁天开未易亲，秋红重见昔年春。石边虎迹随常说，树里蝉声到处闻。草阁欲登无复版，粉垣空画有残云。百年松竹堪樵采，谁向灵岩问主人。

——民国《芜湖县志》卷五十九

423

吊邑人周孔来殉节泾县学署^①

泮壁何人自鼓刀，天寒日暮风飈飈。老儒转战敌长稍，弟子招魂赋反骚。夜雨同悲涵水鳣，阴雷欲劙戴山鳌。庙空悬古松常碧，浩气森森北斗高。

——民国《芜湖县志》卷五十九

[注]①周孔来：名泗，字孔来，芜湖凤林圩人。明崇祯十六年（1643）官泾县教谕。

云锁天门

分吴割楚限长流，气接平虚一望收。碧落惊开星斗动，天门云锁在皇州。

——《当涂古今吟》

范罗山

罗山顶上望残春，盎盎春气喧游人。春林葱郁张高阴，悲号鹍鸠摧春心。深青芜绿艳膏沐，江镜浓铺画一幅。濯枝屈拂松千株，忽使一山俱有骨。虚空不留指点痕，依山长啸楚天惊。纵情流览无滞想，静心相对澄江平。凭江望断天为低，天光水影长参差。江为图画天为镜，两物上下弥沦之。风卷颓云暮萧索，吹送归衣越罗薄。鸳镜鹭鼓黄昏齐，烟绿丛中吐朱阁。江潮渲渲细浪花，马头灯火闹浮槎。环如鳞瓦排蜂衙，高低粉蝶千万家。夕阳拥醉成俄顷，碧玉衔光照天影。云插孤青乱远氛，江上巑岏数枝笋。

——民国《芜湖县志》卷五十九

韩　铸

　　韩铸，字冶人，号逸槎，新安（今安徽太平）人，明末清初新安画派名家。明亡后，客居芜湖，晚居城北，其草堂自署"野老"。清初通过太平汤燕生引荐认识萧尺木，并与汤岩夫等诸老交往。

春日饮读画园^①

湖天春逼岸花香，探胜园林亦辟疆。树色昼凝清夜露，钟声寒带去年霜。壁间蝌蚪空文字，石上烟霞足酒肠。共际升平筋力健，不妨老入少年场。

——民国《芜湖县志》卷五十九

[注]①读画园:旧名左园,位于芜湖市区陶塘南,今无存。

李盘(？—1657),原名长科,字根大,号小有,扬州府兴化县人,诸生,明遗民。有《李小有诗纪》。

喜见萧尺木 并序

尺木,芜关名士,工画,逼真黄子久,又精篆书。己卯乙榜首名,壬午又登乙榜。其弟小曼,己卯得隽,旋化去。相见悲喜交集。①

书衣袍布足闲吟,同病怜君识远心。万里山川归咫尺,两秋甲乙限升沉。徒伤冷月怀金友,不见流波赏玉琴。名士未忧逢世乱,会看龙卧起芜阴。②

——《李小有诗纪·芜关吟》

[注]①沈士柱为《芜关吟》所作序文称:"壬申之秋,小有曾游芜关。"壬申,崇祯五年(1632)。②原注:诗后豫章喻建评:"萧疏历落,尺木画中有诗,小有诗中有画。"

张秀壁,芜湖人。萧云从最有成就的弟子之一,追随萧云从避乱高淳,协助老师创作《离骚图》。著有《峰头诗集》。

送萧尺木师游广陵

老忆扬州去每迟,乘潮今与放船宜。何年邗水通瓜步,终古隋堤恨柳丝。乱后珠楼春不到,桥边明月酒谁移。可怜过客徒词赋,南北江关一忘悲。

——《诗观二集》卷七

盛于斯

盛于斯(1598—1641),字此公,号休庵,安徽南陵人。学识渊博,少负奇才,游学于金陵、淮扬间。著有《休庵影语》等。

赠别甘明府太弢①二首

杜鹃声里送行舟，唱彻骊驹雨未收。荡漾春江流不住，相思一望两悠悠。
莫惜倾尊千里分，劳歌何事惨离情。筵前一片青天月，犹照漳流彻底清。

——民国《南陵县志》卷四十二

[注]①甘明府：即甘文奎，字太弢，江西丰城人。明崇祯四年(1631)为南陵知县。

喜董婿过休庵适自龙州回

数载留西粤，孤身历百蛮。啼猿愁落日，野鬼啸空山。剑剩流星铁，弓余挂月湾。
奎湖仍好在，剧喜得生还。

——民国《南陵县志》卷四十二

戴 重

426

　　戴重(1601—1646)，字敬夫，和州(今安徽和县)人。明崇祯十七年(1644)拔贡生，迁试第一授湖州推官。当年亦即顺治元年，清军入关，三失三复湖州，转战数月不敌，潜居马鞍寺庙，作绝命词十五首，绝食而死。著有《河村诗集》《河村文集》。

天门山

水噬山横断，云牵树乱披。天门如此好，客酒奈何辞。茅蕝梁城士，鸠巢宋寺诗。
凭高怀草昧，得险济王师。

——康熙《太平府志》卷三十八

江天一

　　江天一(1602—1645)，初名涵颖，字文石，号淳初，歙县江村人，人称寒江先生。明亡后协助徽州休宁人金声(字正希)抗清，顺治二年(1645)就义。有《江止庵遗集》存世。

赴金陵过芜湖为书一绝①

连日鸟兽同群，到此忽闻人语。书卷不复相亲，一刻晦明风雨。

——《雪交亭正气录》卷二

[注]①诗题系修订者所改，原题：赴金陵过芜湖，宿闵无作馆；无作索其遗墨，为书一绝。

陈邦彦

陈邦彦（1603—1647），字令斌，号岩野，广东顺德人。南明岭南三忠之首。早年设馆讲学，为当时南粤硕儒名师。明亡参加南明广东乡试，中举并擢升兵部职方司主事后，于永历元年（1647）起兵反清，兵败被捕，惨遭磔刑。著有《雪声堂集》《南上草》《易韵数法》等。

抵芜湖

扁舟曾不暮，此日亦芜关。地望分三辅，军储佐九圜。滞留江上跡，衰飒镜中颜。漫道风云近，宵来梦故山。

——《雪声堂集》

427

万寿祺

万寿祺（1603—1652），字介石、内景，号年少，又号明志道人，世称万道人，入清更名寿，江苏徐州人。明崇祯三年（1630），一作十二年（1639）举人。博学多才，尤娴古文诗词，善画仕女。著有《隰西草堂集》。

寄沈一崑铜

美人迟暮旧相思，廿载论交鬓已丝。闭户著书松自老，耦耕辍叹客何为。楚遗三户供奔走，鲁有诸生望羽仪。珍重山中年尚壮，侧身南北一追随。

——《隰西草堂集》卷三

程正揆

　　程正揆(1604—1676),字端伯,号鞠陵,别号清溪道人,湖北孝感人。崇祯四年(1631)进士,入清官工部侍郎。擅画山水,画风幽秀,善书法、工诗文。著有《清溪遗稿》。

南陵

策蹇南陵道,风光入眼明。旧家乔木健,老岸石梁莹。青嶂群山合,白蘋一水泓。轻鸥来浅濑,为忆谢宣城。

——《清溪遗稿》卷七

彭而述

　　彭而述(1605—1665),字子篯,号禹峰,邓州人。明崇祯十三年(1640)进士。入清官至贵州巡抚。著有《读史亭诗集》。

428

芜湖行

芜湖寡妇夜半泣,养得遗孤不成立。结交亡命无虚日,酗酒击毬如鳞集。汝父人杀骨未寒,装束学戴沐猴冠。茂菽不辨米盐虚,眼看弓冶半摧残。东邻年少里中霸,自逞强梁逼我嫁。密地又遣老妪来,紫金钗子乌绫帕。为我谢使君,此情不敢闻。君不见,九嶷南去潇湘浦,二妃君山泪如雨。千金难换百年身,旧恩不肯负良人。

——《读史亭诗集》卷一

芜关晤陈蝶庵

娟娟鸠兹月,方舟来西川。长年濯棹人,万里拖风烟。惟余知名久,往事犹能诠。伊昔为郎日,捋须只自怜。挥手皖伯台,饮水第二泉。再吊夷门客,重删宛丘篇。迄今汴梁道,能言使君贤。亡何赋麻衣,鸟道入青天。乾坤金虎耀,帝魂化啼鹃。子携经国业,白石恶久眠。忼叹别松楸,迤逦大江边。赭山一杯酒,东泊建业船。送子感乱离,故乡何杳然。凄凄苦块内,时事每中悁。惟子将相略,匪徒以文传。劼力酬艰难,匡持慎所宜。

——《读史亭诗集》卷三

芜湖历代诗词

寿张箕畴在芜

鬈鬒为兄弟，蹉跎成老丑。君年忽四十，我亦三十九。君今桑弧辰，洗盏为君寿。
忆我吏晋阳，泥涂曳秃绶。子同九玉兄，慰我于山右。尔时虽伊郁，所幸有老母。
萧鼓阗上元，欢呼击秦缶。送子入燕京，明光射蝌蚪。凌飚无反风，铩羽归林薮。
流寓大江南，膈臆未云剖。我哀赋蓼莪，太行孟门走。取次入青齐，催船向京口。
闻子俶鸠兹，北来飞鹡首。把臂说乱离，万罗黄叶厚。生平称善病，两颧渍深黝。
近日习天文，夜半寻参斗。时势需英流，经纶子其手。兴朝多殊恩，侯伯者某某。
致力及方刚，岁月酿衰朽。相期勒景钟，浮云诚何有。

——《读史亭诗集》卷三

赠沈昆铜

慊慊太平路，晓钟促俶装。济流惭苦叶，蠲忿寄青堂。岂必才名误，堪为吾道伤。
迩闻淮渚上，师旅正张皇。
牢落灵墟酒，菀枯赋所遭。星应潜处士，鸟许注功曹。一杀供人快，频揄恣鬼劳。
绮疏蕉叶雨，蠹腐旧离骚。

——《读史亭诗集》卷十

429

阻风登天门山同九玉

一雪动旬日，积寒凝客舟。凌晨来古寺，败苇咽残流。债帅纷难数，封侯志未酬。
何当采后上，醉吊谪仙楼。
寒日江天暮，丹炉对客罇。凭栏翻野马，簸浪拜江豚。树藓连身古，山萝得势尊。
箬冠余短发，足不下松根。
望望钟山路，逆风吹日曛。长年纷入市，舞袖半从军。乾鹊何林去，荒鸡昨夜闻。
飘零感岁暮，目断楚天云。

——《读史亭诗集》卷十

识舟亭同刘公勇

江色来亭上，高寒满万罗。遥天传雁阵，冷石咽渔歌。古北风尘暗，西安战伐多。
三山青不改，树杪澹金波。

——《读史亭诗集》卷十

中江阻风 有引

　　乙酉八月日，发船安庆，抵东流岸，泊数日。时寓池州，久闻江汉道通归邓，荆州记：江至浔阳分九道，东会于彭泽，经芜湖名为中江云。

阊阖西来白日藏，傍人理舵意张皇。江连渤澥归牛渚，山折昆仑下马当。再有何人横铁锁，漫因往事笑沙囊。聊看凫雁平洲上，忍使黄花怨故乡。

五载风尘厌薄游，归帆才放正中秋。山魈雨泣枫香驿，鼍鼓雷鸣桑落洲。泽国铜符辽海使，史书铁汉靖南侯。青篷拟向严滩去，渺渺烟波一钓钩。

画船赢得旅颜酡，系缆江干五日过。虫响获帏怜客梦，叶翻石壁下渔簑。喜闻羽檄武昌少，但见舳舻南赣多。此去名山应有愿，千秋祖构意如何。

——《读史亭诗集》卷十二

沈士柱

　　沈士柱（1606—1659），字昆铜，号惕庵，安徽芜湖人。明崇祯年间入贡。后以"芜湖读书社"名义加入复社。南明灭后，隐居芜湖，广散家财，秘密从事反清活动。入狱，至死不屈。著有《土窨集》《故宫词》。

故宫词（二十四首录八）

三百年恩总未酬，宸居何意卧羁囚。先皇制就琉璃瓦，还与孤臣做枕头。

落日昭阳半照灰，寒鸦犹带影飞来。上林无树堪留宿，唤醒羁人梦一回。

武英旧殿月轮西，衮衮朝臣待漏齐。十八人今无别梦，冬青枝上鹧鸪啼。

薰风只有五弦挥，彤管朝朝傍衮衣。便殿只今图史废，歌莺舞蝶不轻飞。

赵瑟秦筝入选频，一年歌舞号长春。烟花金粉销沉尽，肠断南冠梦里人。

移得豪家洛牡丹，幸姬争戴折花残。沉香亭北多烽火，系马谁怜倚旧栏？

方传内药宰臣贤，亲制蟾酥御苑前。剩得鼓吹鸣珥耳，蛙声又在曲池边。

征马长江四百围，亲将骑射悦宫妃。那堪回首圜扉泣，落得倾城带笑归。

——民国《芜湖县志》卷四十六

无题命赋四首①

瑶笙锦瑟旧欢场，曾占温柔第一乡。老去顿成弹指事，忧来难觅断肠方。渡寻桃叶应多恨，梦到梨花别有香。后阁每嗤王处仲，英雄何损为情伤？

曾醉旗亭唱白云，诗名传遍石榴裙。香奁集欲窥韩相，绣被歌还拥鄂君。久向春风无误曲，未虚夜月有回文。夷吾吟尚囚江左，论诵微词小妇闻。

落魄江湖又十年，一生惟爱杜樊川。玉台咏半红笺写，金谷诗多翠袖传。草付雪儿词度曲，花同天女笑参禅。美人今向离骚忆，读到更深泪似泉。

依依柳色映章台，憔悴君平手自裁。烛影漫惊同堕泪，香心将见复燃灰。闲情未玷陶潜节，好色曾谗宋玉才。正气歌成歌板断，刚肠莫浪作柔猜。

——《清诗纪事·明遗民卷》

[注]①题目系修订者所改，原题：偶欲作诗，无题，诸公戏以无题命赋，遂作四首。

姜埰

姜埰（1607—1673），字如农，山东莱阳人。明崇祯四年（1631）进士。历仪真知县、礼部仪制司主事、礼科给事中。曾谪戍宣州卫（今安徽宣城市），与宣州结下了不解之缘，自号"敬亭山人"，著有《敬亭集》等。

过青弋江作时赴戍宣城

431

垂老天涯梦，遥期岁月长。可堪江在此，谁问客投荒。断岭寒鸦尽，颓崖古木僵。荷戈还独去，生死白云乡。

——民国《南陵县志》卷四十二

施天骅

施天骅，字河采，安徽芜湖人。明诸生。少负隽才，无意仕进，漫游各地，与名士相酬唱。顺治时隐居卒。著有《俪蘅集》。

荆山寺

荒寺无人蛩自吟，断岩行处薜萝侵。山衔草莽溪光碎，水漾芙蕖夕照深。风急戒坛传静铎，漏寒城郭送秋砧。芦花细雨萧萧散，疑有鱼龙聆梵音。

——民国《芜湖县志》卷五十九

释珍厂，俗名不详，明遗民，为僧于芜湖，其精舍曰庵萝园。工诗，精禅理，与流寓芜湖遗民方兆曾为友。

蟂矶怀古

矶前明月芦花白，矶上钓台高百尺。垂柳苍苍大十围，长江滚滚寒潮碧。英雄老死为山河，粉阵低头真不惜。灵风习习满绣旗，想见弓刀人侍立。蔓草已萦白帝陵，谁知庙祀千秋迹。相依不及武侯祠，一体君臣作寒食。秣陵旧内永安宫，碧瓦凄凉日相射。留得江心一抔土，至今人道蟂螭宅。

——民国《芜湖县志》卷五十九

方兆曾

方兆曾，字沂梦，号省斋，安徽歙县人。寓居芜湖。少为萧云从称赏。工画山水。著有《古今四略诗集》。

欧湖六忆

一别才弹指，倏然改岁华。碧天行皎月，春水失桃花。妙法曾教悟，浮生未有涯。东要禅窟近，终拟问三车。

——民国《芜湖县志》卷五十三

赠沈天士

近忆于湖沈五盐，平生逸韵两能兼。才从白社挥诗管，便向黄垆认酒帘。身入菰芦人自远，家无儋石意犹恬。谁将世法仇高士，自古疏狂不受砭。

——民国《芜湖县志》卷五十九

送张与瞻季兴还于湖

天涯方悔一生遥，忍把情怀对寂寥。广陌春风催折柳，断桥凉月罢吹箫。神仙旧址烟林坏，战斗遗墟蔓草凋。襁被看君兄弟去，止赢诗句吊前朝。

——民国《芜湖县志》卷五十九

马敬思

马敬思，字一公，号虎岑，安徽桐城人。明诸生。主要活动时期清初。工书画，诗尤专家。著有《虎岑集》。

芜关

榷税千艘日不闲，于湖官吏踞芜关。扁舟若问东来货，诗在秋江画在山。

——《晚晴簃诗汇》

崔冕

崔冕，生卒不详，明末清初江南巢县人，字贡收，又字九玉，号素庵。著有《素吟集》《千家姓文》。

433

南游

家贫食指众，饥寒当预谋。挟技出门去，远近不自由。初从郡试归，意将他有求。
复以行路难，欲作金陵游。悔吝戒意外，卜筮质之幽。爻象乃告咎，爰买鸠江舟。
异县经过久，访旧多沉浮。假寓宁渊观，孑身若赘疣。豪门耻怀刺，市肆习伛偻。
青白难分眼，言色但和柔。人情渐熟易，有友代前筹①。昼炊烦费省，夜卧得重楼。
私谓获我所，出入可优游。伊何天一雨，经月水横流。寄书乡不达，米价腾豆区。
北风吹江气，朱夏犹披裘。城野色枯槁，默坐倍增愁。还家意已决，众口坚余留。
载装值便橹，千峰夕照收。涛声动大地，仰视列星稠。魂惊宵不寐，炯炯洞双眸。
鸡鸣缆方解，亭午困石尤。利涉就小楫，破浪捷如猱。木程兼日济，入室翻百忧。
老母羸犹昔，老妻病未瘳。三男无长幼，跣足各蓬头。相问言既涩，探囊囊更羞。
生理胡至兹，劳形类马牛。赋性本疎拙，逐利焉能周。信命有天定，毋毁方以投。
藜藿安一饱，溽暑守吾丘。

——《素吟集》卷三

[注]①作者自注：任周卿、王元广、孙甘若。

客于湖苦雨

五月一雨十昼夜，苍茫未许糸神化。千声万声偪耳来，一阵两阵从心泻。居人陆处如泛舟，动脚泥水屐难下。农夫谇怨商贾愁，东家墙倒连西舍。闻昨江潮高丈许，后山水溃郭公坝。寒生万井服添棉，茅屋几忘坐长夏。衣褥欲浸无寸干，朝昏蒸湿心为怕。空庭灯火乞犹难，熏笼何处求兰麝。客中幸赖良友朋，三餐未省薪米价。深忆山城老母遥，甘旨频缺妻谁借。若华东升岂有期，云雷黙主权安假。只今蒸黎久困穷，上天岂欲驱诸攫。尚全我麦长我苗，方充秋敛官征罢。

——《素吟集》卷四

月夜登于湖识舟亭

何处舟堪识，江山望独违。疾风驱败荻，淡月宿危矶。顾影搔蓬首，惊心理薜衣。还家今夜梦，空逐浪花飞。

——《素吟集》卷五

434

舟适鸠江风雨阻四合山雨止舟复进

骤雨经雷散，风樯泊断矶。水程谋罢客，竹缆引舟师。云湿流还住，山危过独迟。依稀江树外，指点问鸠兹。

——《素吟集》卷五

喜萧阁有至自鸠江

阴晴两度大江寻，坐卧江楼江树深。别后兵戈惊望眼，寄来书札慰离心。琴囊秋拟浮芜水，画舫春先过石林。握手喜中兼感激，一尊话未尽登临。

——《素吟集》卷六

萧尺木先生过巢城

艇放鸠江趁急湍，过巢休夏石林端。庖厨官舍三旬久，风雨山楼六月寒。弄笔绿窗常惜墨，披书白发不加冠。新诗妙画留天地，日对真惭拜教难。

——《素吟集》卷六

春过方山访颖异不值

鸠江一别四年余，未悉深山半纸书。种竹种茶君乐事，尘劳白发可怜余。
无计寻归思独深，松厨午饭日侵林。城中时上牛山望，可许同条住世心。

——《素吟集》卷八

方名台，生卒年不详，字三阶，别号一峰山人，安徽繁昌人，天启元年（1621）副榜。

游金峨洞

高崖如削石成城，僧舍云封梵语清。洞口羽仙曾赌奕，林间野鸟自呼名。乐兹胜概
千峰秀，笑彼浮轩一叶轻。为爱桃花重载酒，相逢知己话平生。

——道光《繁昌县志》卷十七

郝一楷，生卒年不详，字心型，安徽繁昌人。天启七年（1627）举人。

和太白隐静寺

杯渡千年偈，泥牛一塔踪。西归何处履，东指旧时松。古殿生丛棘，空山立数峰。
坐看身世寂，幽鸟忽来逢。

——道光《繁昌县志》卷十七

隐静寺观太白碑

结伴探奇路不迷，千峰崒崒集招提。建缘杯渡来梁季，山买深公自晋西。野蕣拂云
敧古阁，寒松积雪郁深溪。何年断碣丛苔藓，翠蚀青莲彩笔题。

——道光《繁昌县志》卷十七

宫伟镠，明末清初江南泰州人，字紫阳，一字子元，号桃都漫士。崇祯十六年（1643）进士，官翰林。入清后，不仕。

汤君谟见示萧尺木所画春江送客图

小艇知何适，将无蹈海行。草桥新月上，山店晓灯明。怅望同舟色，踟蹰执手情。片帆春水足，诗思落江城。

——《御选明诗》卷六十五

秦仁管，字凯人，号塞斋，安徽南陵人。顺治四年（1647）进士，官户部主事，陕西靖远道。

436

奎湖

湖滨村落参差，桑麻被野，汲者、灌者、罟且钓者，靡不毕集，然初固逝水也，予祖德滋公于宣德间沼之，而后泓然湖矣。丁丑秋，同群三四人戴月而游，莲叶障水，红碧接天，坠粉繁香，衣裾恒满。花尽处，水映月光，晶彩澄彻，如琉璃万顷。微风荡漾，纹縠如练，缓棹久之，抵湖头买醉而归。

居傍奎湖水，能习湖上路。巨浸环百里，支流不知数。或曰九十九，曲折湖中注。
郁葱气佳哉，参差影古树。藤萝暗若围，中有人家住。鸡犬隔岸闻，村烟升朝雾。
况有素心人，日涉以成趣。长林适野性，幽禽啼自句。一苇纵所之，移我琼瑶圃。
鼓枻漱其流，须眉清更嫭。菱荇点白沙，鲦鱼骄不响。藕叶迥无尘，接天青似簬。
繁香袭衣裾，坠粉红疑傅。不数濠上游，奚有锦帐步。银海漾月明，金蛇凭浪渡。
清芬不待招，夜凉能自足。万顷琉璃彻，凌波洒寒露。轻风织冰纨，奇文一望度。
长啸俯湖头，水木生我慕。其下隐神蛟，持纶不敢顾。回棹如旋乾，星辰倒影布。
清狂入夜分，助咏醉良酤。

——民国《南陵县志》卷四十二

游工山

生与工山俱，不识山何似。秋日望山色，朝青暮能紫。策骑出西郊，度林山如毗。
夕霭收天地，浩然化为水。霜风吹客梦，惊听涛声起。晓暾推宿晕，澄霁方徙倚。
怪石蹲上头，陡拔不可迩。奋足越嶙峋，却顾肯自止。攀萝上际天，此际堪千里。
笑指壁立山，俯伏渺数蚁。曩时极目处，今反在其底。遥揖芙蓉峰，逡巡不敢齿。
江水衣带间，盈掬顾可酾。睠兹东南亩，千畦错绣绮。披襟清泠风，天籁足角征。
孰与吊古烈，忠孝立人纪。愿言访遗丹，修真跨赤鲤。

——民国《南陵县志》卷四十二

湖上即事

溪流绕屋急，旷望碧烟围。豆点梅枝小，霞蒸桃萼肥。悬岩余鸟迹，浏石泻龙威。
深饮迷来路，高歌指翠微。

——民国《南陵县志》卷四十二

 方　伸

方伸，安徽南陵人。余不详。

龙湾松居

斑驳龙鳞蘙，森沈鹤影藏。幽居忘岁月，松老耐风霜。

——民国《南陵县志》卷四十二

 林中瑶

林中瑶，奉天（今沈阳）人。顺治九年（1652），兄弟俩寄居芜湖，筑道院于丛林，为远来道士栖息之所。

次张宪副秋日载酒识舟亭

孤亭极目众山巅，风景还凭好句传。几处秋声惊客思，半江夕影入林烟。霜颜不改当年胜，月魄犹存旧日圆。身世何堪醒复醉，可知天际有归船。

——民国《芜湖县志》卷五十九

能仁寺禅房揪树

伫立空阶望月辉，参差古树映僧扉。无情自合风尘老，有本何妨雨雪霏。仰眺顿惊双眼阔，独行还觉一身微。他时大厦求梁栋，漫作凡材画百围。

——康熙《芜湖县志》

杨世学

杨世学，安徽当涂人。顺治十五年（1658）任浙江按察使司副使。

送秦尾仙司榷芜关

眉州文章少游后，回风紫海吞群岫。衔来使节出层霄，平林霁雪光如瑶。不道商舻遍拥呼，东南民困半教苏。冰心但溯三巴水，万里清波月一湖。身乘大川与广谷，会须作楫挥甘霖。鸿飞今夕衮衣还，早见夔龙推二陆。何况度支前代贤，入告嘉猷正著鞭。澹云高汉天光炯，瞻望青旻鸾凤骞。

——民国《南陵县志》卷四十二

张羽皇

张羽皇，明末清初人。顺治十七年（1660）任四川营山知县。

焦村驿古松

古驿对苍松，荒亭积翠重。不蒙天子顾，敢望大夫封。白日长凝雨，阴风忽作龙。莫随凡木看，孤异是三冬。

——清《宁国府志》卷二七

虞兆清,字鉴斯,号岱渊,康熙己未(1679)进士,知四川綦江县事,授湖广道监察御史。著有《素业堂文集》《蜀行草》。

蝌矶孙夫人庙

孤盘峭磴俯寒空,帝耦神灵缥缈中。岂有河山延汉鼎,尚留刀剑表吴宫。三分城阙金陵月,百转帆樯鄂渚风。断碣摩挲寻轶事,欲将信史续江东。[①]

——《携李诗系》卷二十九

[注]①原注:碣称汉主之妲夫人悼慕而殒。

黄越,字际飞,号退思,晚号退谷,江宁府上元(今南京市江宁)人。康熙己丑年(1709)进士,钦点翰林院庶吉士,授检讨,世称黄检讨。

蝌矶

行部雕舆出,登舟彗日升。江心开石阁,空谷下云乘。径转窥城邑,峰回拱帝陵。喜今陪妙躅,相对话传闻。

又

城阙邻江县,菁葱瑞色分。明江红浴日,赭塔翠蒸云。鹤唳芝成亩,枭喧气作氛。劳生何住着,蹔此息尘粉。

——康熙《蝌矶山志》卷上

刘有年

刘有年(1332—1410)字大有,沅州(今湖南芷江)人。明洪武五年(1372),以明经充本府儒学训导,迁福建道监察御史。又荐任太平知府。有《芷庵集》。

蝣矶

哀殒滦江葬此山,千年名著两仪间。精魂不逐秋烟散,环珮常从夜月还。入蜀悔辞先生驾,归吴羞睹大兄颜。至今遗恨犹刚猛,怒挟飞涛触石滩。

————康熙《蝣矶山志》卷下

单　灿

单灿,生平不详。

蝣矶

盘石矶边旧隐蝣,阆灵千古壮湖潮。闲嘘毒雾朝常满,怒拥波涛夕未消。贾客帆樯看缥缈,渔郎蓑笠望飘萧。分明一段天然画,何用王维染笔描。

————康熙《蝣矶山志》卷下

周　讷

周讷,字无咎,于湖(今安徽芜湖)人。永乐间任繁昌医学训科,擢湖广襄阳知县,秩满迁礼部郎中,转太常寺少卿。洪熙元年(1425)调交趾(位于今越南北部红河流域)知府。

广济院

岩壑晴尤好,芳菲春更繁。塔高平野迥,寺废故基存。好鸟啼烟树,飞花袭酒尊。踏青惟尽醉,回首欲黄昏。

————民国《芜湖县志》卷五十九

宁渊下观

琳馆珠庭老子家，清虚仙境寂无哗。松巢碧落九皋鹤，桃种玄都千树花。宝鼎丹砂除宿火，石田瑶草带烟霞。寻师正问长生诀，相对多时数煮茶。

——民国《芜湖县志》卷五十九

李卫公祠

绝顶峥嵘古庙高，登临不惮路迢遥。中天势接星辰近，大地时逢雨露饶。岩树鸟啼春冉冉，石阑花压昼寥寥。当时图像凌烟阁，足见英雄汗马劳。

——康熙《芜湖县志》卷十三

吉祥寺

胜日重游梵刹宫，老僧留坐语从容。烧残宿火炉烟细，开遍野花春色浓。寺古自非新卓锡，钵空谁识旧降龙。碧沙笼着题诗处，羞杀阇黎饭后钟。

——康熙《芜湖县志》卷十三

441

登览蟂矶山诗二首以明夫人之心①

银涛堆裹驾青山，灵泽名垂宇宙间。辽鹤已从华表去，吴舡徒向石城还。三分政托图王业，一死何惭累玉颜。祀典褒封崇庙食，绵绵千古共江滩。

又

灵泽神祠何处寻，于湖江上耸孤岑。鱼龙变化烟波阔，楼殿参差岁月深。自识夫兄同大义，谁言吴蜀异贞心。当年结好诚良策，何事归来意陆沉。

——康熙《蟂矶山志》卷下

[注]①诗题系修订者所改,原题:蟂矶山在大江中,乃于湖形胜之地,灵泽孙夫人庙居焉。一日登览,见刘太守诗有"羞睹大兄颜"句,是盖论其迹而未究其心者也,当其归蜀也,妻以礼及乎还吴也。迎以舟举,无他意,青史昭然。复成一诗以明夫人之心,观者鉴之。

王思贞

王思贞，明诗人，余不详。

蟂矶

夫君恩义重如山，闻计捐生葬此间。节誉不随潮汐去，英灵常逐鼓钟还。千年庙额褒灵泽，万丈波光照玉颜。欲吊真魂何处是，芦花月色满江滩。

——康熙《蟂矶山志》卷下

李文瑞

李文瑞，明监察御史，余不详。

蟂矶

442

千寻峭石插天开，楼殿玲珑绝点埃。频见春秋绵血食，谁闻昼夜撼风雷。金炉香袅春容寂，鸾镜尘生月色堆。自是贞心垂不泯，令人长咏几徘徊。

——康熙《蟂矶山志》卷下

晏仁，蜀川人，明进士。余不详。

蟂矶

巍巍磐石拥奇峰，石上神妃庙貌雄。昔日后宫罗剑戟，此时断岸长蒿蓬。珮环想象烟波裹，楼阁清虚月露中。莫道香魂容易朽，高风千载与天同。

——康熙《蟂矶山志》卷下

谢理,当涂人,明进士。余不详。

蛾矶

椒为卷石水中山,庙倚丹崖数间。潮信却从红日上,江声已逐白云还。蒹葭破草穿墙脚,薜荔牵藤护扁颜。欲访灵妃真往事,须烦清梦下长滩。

——康熙《蛾矶山志》卷下

黄让,字用逊,芜湖人。明景泰五年(1454)进士,官御史。

蛾矶

晓日瞳瞳①宿雾开,一拳石上见楼台。千年寝庙神犹在,万里巴江水自来。结发欲全夫主计,归吴重省大兄回。分明一死全恩义,不尽东流恨未灰。

——康熙《蛾矶山志》卷下

[注]①瞳瞳:原为"曈曈",疑"瞳瞳"误,改之。

李宗泗

李宗泗,字希颜,云南昆明(亦说四川彭县)人。成化十九年(1483年)任池州府推官,以防能著绩升南广西道御史。

蛾矶

吴汉争强两失欢,夫人自分死为安。神光上逐天光照,玉色平分水色寒。数点峰峦云外小,一潭星斗镜中宽。斜阳不尽登临眼,更载兰舟月下看。

——康熙《蛾矶山志》卷下

陈 选

陈选,明上元人。余不详。

蝱矶

划开鳌极屹孤山,潮落潮生瞬息间。玉骨不随流水去,贞魂常逐断云还。青编已著
当年事,龙衮何惭旧日颜。最是斜阳堪画处,一声长笛下江滩。

——康熙《蝱矶山志》卷下

奚 抚

奚抚,字天仁,号三峰,安徽芜湖人。任江西分宜县县丞。

444

蝱矶

江上神山石一丘,仙人楼阁几春秋。应知环佩沉蛟室,明月年年水自流。

——康熙《蝱矶山志》卷下

刘 兰

刘兰,字存慕,于湖(今安徽省芜湖市)。嘉靖十九年(1540)举人,官司李,后任江
西瑞州推官。

蝱矶

辉煌金碧起楼台,闻说夫人瘗玉胎。何处佩环风送至,碧天明月鹤空回。

——康熙《蝱矶山志》卷下

吴 楫

吴楫,安徽歙县人,余不详。

蝾矶

大江分楚望,潺潺带洪流。天际孤帆落,云中一岛浮。凭虚凌绝峤,寄兴倚层楼。吴蜀争雄日,于今事已休。

——康熙《蝾矶山志》卷上

蝾矶

灵妃玉宇海天涯,秋水明妆映彩霞。西望蜀江明月夜,寒潮犹自溯平沙。

——康熙《蝾矶山志》卷下

倪伯鲸

倪伯鲸,明代当涂人,生平不详。

蝾矶

楼台缥缈结瑶林,绝壁层崖入暝阴。断濑倚天流素影,老蝾摩月堕寒音。空青幻出烟霞净,虚碧高涵紫翠深。一自汉宫埋玉后,千秋灵泽到于今。

——康熙《蝾矶山志》卷下

五柳渠

白马山前渠路长,黑沙湖上映垂杨。春风不锁寒溪水,尽日潺湲到草堂。

——康熙《太平府志》卷三十八

倪伯鳌

倪伯鳌，十洲人，生平不详。

蟂矶山

海上虹飞浸太阴，东南斗垒结寒星。石堂半落鼋鼍窟，江阁平分虎豹林。照日波光还掩映，出山云气自萧森。银涛玉蕊三千卷，独为波灵乞赏心。

——康熙《蟂矶山志》卷下

集蟂矶

东风倚棹吴门地，涛头晓日城霞气。护江堤上柳摇天，涵碧楼中花满砌。沙暄草软青莓苔，古矶断籁相潆洄。天门两梁飞栋立，斗柄倒挂烟云开。云开远见巫山色，水色山光两无极。凌风独鹤下苍茫，竹笛一声青嶂碧。三台夜列天气秋，旗鼓不惊江畔鸥。灵妃额上探珠蕊，何但昆仑问赤邱。

——康熙《太平府志》卷三十八

446

陈维鼎

陈维鼎，字象垣，明豫章（今江西南昌）人。万历三十八年（1610）进士。天启二年（1622）芜湖关主事。

蟂矶三不朽[①]

栖云邃宇镇溧江，龙衮珍围出碧幢。绝似周王昭德致，赫灵千载佐安邦。
杰灵珍异擅三奇，香霭青晖壮御题。秦汉蓬瀛空濡足，几能应运护皇畿。
运惟烟舫问焦山，周鼎龙文深碧颜。毋论形胜东南并，即数珍奇伯仲间。

——康熙《蟂矶山志》卷下

[注]①题依原《序》所加。原《序》很长，仅录数言供赏鉴，《序》曰："辛酉迁留曹，以病就医僦居祠下，因得睹御赐袍带。"又："盖矶本奇峭，夫人奇节，借奇珍而称三不朽云。"

葛纲，字振寰，安徽芜湖人。明万历壬子（1612）举人，历国子监丞、刑部主事。

荆山寒壁

闻道荆山山势峭，环河树影荒烟扫。湖光一派水溶溶，平沙痕落空秋岛。上有鹤迹邱苔明，仍有碑纪镌瑶草。众峰直上日月低，绝壁遥窥江练皎。细涧流飞响玉寒，长松历落栖孤鸟。我曾舍擢一登之，桃花迷漫平波杳。禅窟嵌石石嶙峋，龛香香散画缥缈。雨过岚光凝欲流，清钟隐约翻昏晓。无端山阁系风铃，维摩经译供咨讨。别有兰榭立严阿，而我仙郎敦胜好。芳丛蠹径共跻攀，山形水色资长啸。涛声戛戛鸣玉琴，千树掩映甘裳绕。

——康熙《太平府志》卷三十八

夏 之 时

夏之时，字子健，江苏盐城人，约生活在清康熙年间。

咏灵泽夫人

自负名门第一流，故教玉殒傍矶头。汉家俎豆存巾帼，谁道当年万斛愁。
楼阁参差接远烟，分明宫阙尚依然。可怜三国全无主，底事江边听杜鹃。

——康熙《蟂矶山志》卷下

陈 维 谦

陈维谦，明豫章（今属江西省南昌市）人，万历四十三年（1615）经魁。

蜣矶

庙貌犹生重古今，半峰钟盘度疏林。肯消吴水浮云恨，终抱荆门落日心。夜阁佩声拟凤吹，秋宫剑气作龙吟。当年归汉名难朽，凭吊椒浆客思深。

——康熙《蜣矶山志》卷下

鲁弘任，生平不详。

蜣矶

廿四年来忆壮游，何期此日聚江楼。窗含四霭青如洗，槛涌三山翠欲浮。汉室贞操凌鼎足，词臣片语重千秋。凭栏话旧酻秋色，万里江山一目收。

——康熙《蜣矶山志》卷下

448

郑之文，字应尼，号豹卿，明建昌府南城（今属江西省抚州市）人。万历三十八年（1610）进士，四十三年（1615）接任芜关水部，官至真定知府。

蜣矶

如此幽奇事不诬，高皇时助战鄱湖。弟思伉俪终归汉，肯负生存再返吴。拳石烟波蛟自舞，长林松柏鸟相呼。当年气已除脂粉，寝殿妆楼也绿芜。

——康熙《蜣矶山志》卷下

陶干乐，芜湖道士。

纪事纪时以为后之考古者证

昔年孤峙砥中流，妃子楼台水上浮。往事不惊蝴蝶梦，回澜已作获花洲。麻姑漫道
经桑易，我亦穷眸笑海秋。吴水吴山看代谢，江云江树醉轻鸥。

——康熙《蟂矶山志》卷下

朱谋垔

朱谋垔（1584—1628），字隐之，号八桂，江西新建人，祖籍安徽凤阳。明朝宗室，
封奉国将军。《书史会要续编》《画史会要》等。

蟂矶

高柱长波碧薜深，芦花树霭日萧森。浮雪不散归吴恨，落日长悬去蜀心。殿角残钟
千古韵，石门斜日半江阴。消磨汉魏几兴废，寒户青峰独至今。

——康熙《蟂矶山志》卷下

曾赐昌

曾赐昌，明吉水（今属江西省吉安市）人，官至刑部郎中。有《可风堂传草》。

蟂矶三首

孤峰中峙楚江流，蜀道犹然带远愁。佩起涛声风戛玉，镜澄波影月盈钩。鼎分业逐
三吴水，天堑波颓一柱留。凭吊当年兴壮思，吾身方系庙廊忧。
共棹春风意若何，鳞花掠浪起舷歌。空中叠阁惊姚蝐，云里千峰郁翠螺。拳石辟开

蓬岛径，轻桡忽破海天波。问奇何必星槎远，今日同游胜揽多。

莺花三月黛芳洲，柳色参差掩画楼。拂面微风香度雨，偪人清气狎轻鸥。光分岑影开天际，青引帆飞带远流。相对不知春去住，桃源依旧失渔舟。

——康熙《蟂矶山志》卷下

吴正心

吴正心，字诚先，江苏宜兴人。崇祯三年（1630）举人，授云南富民知县，官至户部郎中，著有《滇中诗集》。

蟂矶

烈气横江显石峨，香风不散满烟波。啼痕望蜀都成泪，幽恨归吴矢莫他。汉鼎一丝牵系重，明威千古赫灵多。君家兄妹皆人杰，肃肃音徽仰黛蛾。

栾江涌漫控荆吴，荡桨①波开白练途。浩淼烟光千嶂色，一轮圆镜万家图。佩环香冷祠前草，庙祐俄惊屋上乌。今夜共登瞻宝气，风清矶碛好呼卢。

——康熙《蟂矶山志》卷下

450

[注]①原作"浆"，疑"桨"误，修订者改之。

江万里

江万里，于湖人，生平不详。

飞觞留韵因赋十律

芳树晴烟淡复浓，澄江如练水从容。凄凉宫殿莺花老，寂寞楼台岁月重。玉辇不来弯风锁，碑铭留得藓苔封。香魂未审游何处，矶上年年听晓钟。

磊石拳然翠点苔，夫人祠宇傍江隈。千屑雪浪翻天际，万里烟波拥地来。古木鹏鸧悲玉貌，荒芜花草砌香台。贞心不复东吴去，薄暮江声若有哀。

远眺长江水接天，蟂矶烟锁自年年。涛冲九派来巴蜀，月上孤轮照汉川。夹岸杨花春色满，近城麦陇物华迁。三分豪杰如蜂聚，谁与夫人计万全。

独石临江衬落霞，香台岑寂凰鸾车。云回牛渚风前断，雪拥巴山天际遮。隔岸敲钟惊唳鹤，汀洲渔唱乱啼鸦。芦花深处徐嘉亮，夜夜江门感物华。

寒江骤雨树萧萧，风带潮声动寂廖。天外山光青霭合，日边帆影白云遥。芊芊细草蛙痕砌，汎汎轻鸥雁字飘。怅望矶头伤往事，香魂何处教人招。

矶头独立思无穷，不见音容见旧踪。极目澄江飞远练，伤心荒寺度疎钟。波间鸥影天边月，楼外涛声岸上松。珠盖云旛满宫殿，不劳看锁白云封。

汉时风景汉时天，人物冠裳尚宛然。蜃吐楼台浮帝阙，鲸吞星斗撼秦川。一难渔火连萤火，万井炊烟接柳烟。回首可怜明月上，凄凉长照水涓涓。

两岸芙蓉江上秋，落霞红映水边楼。芦花深处归舟泊，枫叶林中宿鸟投。血泪沾中悲侠士，伤心匍匐吊良俦。蓬莱仙社同赓和，几向江门望斗牛。

凭高西望大江流，海鹤翱翔天际头。泪染丹枫两岸在，身轻白璧万年留。寒烟漠漠生巫屿，凉月纷纷照汉州。可惜许多光景去，悠悠惆怅倚江楼。

琼楼翠殿锁鸳鸯，珠盖瑶旌绣凤凰。杂杂管弦天外奏，飘飘霞佩月中还。御炉香浇氤氲色，仙罍花明断续光。几过灵祠诚敬谒，未携樽俎表衷肠。

——康熙《蟂矶山志》卷下

 徐应昴

徐应昴，于湖渔隐，生平不详。

灵泽夫人二首

碧山千寻古殿开，汉妃庙食此江隈。东溟夜月凄凉上，西蜀春涛潋滟来。杜若馨香回浦溆，蒹葭掩映远楼台。当年贞烈乘千古，冰玉声华莹上台。

缥缈云封妃子台，何年雄峙大江隈。贞心不遂东流去，归梦还从西蜀来。矶下狂涛飞白练，波心落日映苍苔。登临莫谩悲前事，且掌仙乩奠一杯。

——康熙《蟂矶山志》卷下

 方珠麟

方珠麟，桐城人，生平不详。

蜪矶

隔江行殿属于湖，西望江云江月孤。白浪掀空惊万马，夕阳坠晚隐双凫。难兄定霸原强敌，娘子名军实丈夫。千古东流仍浩浩，可知非汉亦非吴。

——康熙《蜪矶山志》卷下

吴敦智

吴敦智，生平不详。

蜪矶

一拳石出水苍茫，日射波心千里光。鲛室迷离沉玉骨，蜃楼缥缈护红妆。绣幡风动烟频袅，罗幌云归月亦凉。静夜忽闻环佩响，惊疑鸾辂下瞿塘。
青螺翠黛拥楼台，怪石千寻水一隈。钟磬年年鸣夜月，波涛日日吼晴雷。碑留往事远荒草，壁写新诗破古苔。多少征帆矶下泊，江干遥望蜀山哀。

452

——康熙《蜪矶山志》卷下

吴伟业

吴伟业（1609—1672），字骏公，号梅村，江苏太仓人。明崇祯四年（1631）进士，授翰林院编修。清顺治十年（1653）被迫应诏北上，授秘书院侍讲、国子监祭酒。后奔母丧归里隐居。自成新吟，后人称之为"梅村体"，著有《梅村家藏稿》等。

无为州双烈诗①

濡须城下起干戈，二女芳魂葬汨罗。安得米颠书大字，井边刻石比曹娥。

——《梅村集》

[注]①作者题注：为嘉定学博沈陶轩赋。

芜湖历代诗词

WUHU LIDAI SHICI

—— 下册 ——

中共芜湖市委党史和地方志研究室◎编

安徽师范大学出版社
ANHUI NORMAL UNIVERSITY PRESS

·芜湖·

目　录（下册）

003

019

冯溥(1609—1691),字孔博,号易斋,山东临朐(一作益都)人。顺治四年(1647)进士,授编修,累官文华殿大学士,吏部尚书。著有《佳山堂诗集》。

送邓元固榷芜湖关

与子结交十年余,我鞴子佩意泊如。李广不射南山虎,任公不钓东海鱼。暇日与子读素书,龙吟虎啸婴儿居。漆园苦县一蓬庐,风尘憔悴独何钦。子今榷关芜湖去,正值天地兵戈际。盗贼未灭庚癸呼,司农仰屋真无计。通商裕国念民瘼,清风垂橐甘如霁。马如羊,不入厩,人生富贵亦有极,我辈昂藏无夙垢。金如粟,不入怀,鲁连犹向平原笑,与子拂衣归去来。

——《佳山堂诗集》卷三

黄宗羲(1610—1695),字太冲,号南雷,人称梨洲先生,浙江余姚人。明末,领导"复社"成员坚持反宦权贵的斗争,清兵南下,招募义兵,成立"世忠营",进行武装抵抗。明亡后隐居著述,屡拒清廷征召。著有《思旧录》《明夷待访录》《南雷文案》等。

453

哭沈昆铜

传死传生经二载,果然烈火燎黄琮。胸中毕竟难安帖,此世终于不可容。千里寒江负一纸①,百年陇上想孤松②。旧时日月湖边路③,诗酒于焉不再逢。

高天厚地一蓬庐,君亦其间何所需。此日党人宜正法,彼之华士又加诛。盛名自古身为累,大厦真思一木扶。月表有人留季汉,应知俗论不能糊。

君才自是如江海,上下吾曾与议论。红叶湖头流画舫,春风白下叩名园。荆溪莫掩残杯口,司马难销亡国魂④。此后是非谁管得,街谈巷说任掀翻⑤。

——《南雷诗历》卷一

[注]作者自注:①甲午,昆铜有书招,予因循未赴。②其身首未知得收否。③昆铜家有阁在湖上。④昆铜有遥祭阮天钺文。⑤昆铜与刘孝则论周荆溪至于攘臂,余解之方已。

过芜湖忆沈昆铜

寻常有约在芜湖，再上高楼一醉呼。及到芜湖君已死，伸头舱底望浮图。

——《南雷诗历》卷二

周星(1611—1680)，字景虞，号九烟，湘潭人。生于上元(今南京)，育于黄氏。崇祯十三年(1640)进士，授户部未就职，即随父归故里。父殁因与族人不相能，故离乡，改黄姓为上元人。有《九烟先生遗集》。

游繁昌县峨山二首①

未必神仙住，如斯洞亦佳。危崖疑华岳，怪石可萧斋。李白游难到，刘伶死欲埋。桃花遮道笑，此客本天涯。
去郭无三里，偷闲试一登。石云流片片，山翠落层层。陆地瞿唐峡，平畴夏禹陵。何年重秉炬，探穴看飞腾。②

——《九烟先生遗集》卷三

[注]作者自注：①山有金峨洞，俗呼仙人洞。②山间有石如叠浪，锡山尤皓，题曰石云洞，深可十余丈，非然炬莫入。

魏允，字奕人，安徽繁昌人。

马仁山石屋

谁遣神工建绝标，摩空一柱逼层霄。自无俗客窥堂奥，恰有春禽唤阒寥。宝庆旧题苔藓没，蕊甴高隐磬钟遥。买山果遂幽栖约，岩畔安排挂笠瓢。

——道光《繁昌县志》卷十七

登凤凰山遥望九华诸胜

风尘几载愧山灵，暇日征车喜暂停。丹穴千年传毓凤，苍崖百尺合增亭。望中匹练澄江净，天外芙蓉列嶂青。身入画图浑不觉，羡他渔钓隐沙汀。

——道光《繁昌县志》卷十七

谢天申，安徽南陵人。

灵泉寺

问水更寻峰，灵岩忽漫逢。层层围竹树，面面削芙蓉。到寺饶秋色，搜奇奈晚钟。明朝期再访，只恐白云封。

——民国《南陵县志》卷四十二

白云山

雾隔忽然开，凭虚蹑翠苔。岚光迎袖落，溪色拂琴来。爱静听幽鸟，寻香折古梅。莫辞归路晚，明月照人回。

——民国《南陵县志》卷四十二

游工山

路折山回峰万里，重重滴翠含空濛。遥指一峰最蔚秀，独插天半如芙蓉。我欲高蹑芙蓉顶，宛转先度神龙井。不见神龙跃碧天，惟见空岩白云冷。白云岩畔白云封，小径斜穿忽漫通。凌虚飞步最高处，此身已造芙蓉峰。峰前峰后青缭绕，笑倚长空俯飞鸟。回首龙井泻清泉，万丈银河落缥缈。缥缈陡来钟数声，声声敲出白云情。寻声欲访云中寺，天风吹断暮烟平。烟平日暮清如水，一岩月色冰壶里。长啸归来骨欲仙，愁化轻烟凭风起。

——民国《南陵县志》卷四十二

455

徐肇伊，字程叔，号桓山，宁国府宣城人。康熙年间编纂《宣城县志》。

步沈天士移居东关元韵

君才有笔大于椽，门第沧桑叹屡迁。老至高吟诗入汉，忧来索遣酒如泉。休文旧宅今传舍，杜老新栖埶作缘。就得一枝来附郭，千秋谁似伯通贤。

——民国《芜湖县志》卷五十九

魏善长，清代人，生平不详。

奉别沈天士和韵

456

同是葫芦闭影人，萧萧花竹寄闲身。众香有国堪安隐，万卷为城不厌贫。徒步都忘公子贵，布袍爱与衲衣邻。烛窗夜话惊新梦，屈指甘陵二十春。

——民国《芜湖县志》卷五十九

杨芝瑞

杨芝瑞，生平不详。明崇祯十四年(1641)，浙江庆元知县任上。

梁山晚眺

怪石巉岩矗两峰，青天削出玉芙蓉。登临一啸浮云净，竹杖凌风欲化龙。

——康熙《太平府志》卷三十八

孙旭，明代人，生平不详。

赭山

欲携竹杖叩岩扉，樽酒同人坐翠微。日暮青山看不尽，白云遥伴老僧归。

——康熙《太平府志》卷三十八

闵其景

闵其景，明代人，生平不详。

澛港驿夜

浊酒更深醉不辞，短檠疏簟怯凉飔。楼边哀雁飞何早，江上鲈鱼归又迟。银汉欲斜为客夜，碧梧初坠忆眠时。频频驿柝元无准，延伫长吟叹鬓丝。

——康熙《太平府志》卷三十九

俞邦奇

俞邦奇，字庸幼，安徽芜湖人。顺治四年(1647)岁贡，家藏书万卷，著有《愚山文集》《六书通义》。

中秋欧湖泛月

露涤蟾盘夜似澄，波摇片影棹随横。娟娟带冷偏耽寂，故故趋圆未肯倾。漫掬清晖情较苦，为留白发欲添明。也知荡漾青莎岸，犹是欧阳旧姓名。

——康熙《芜湖县志》卷十三

赵　嵊

赵嵊，字鲁嵋，号长公，山东莱阳人。顺治九年(1652)进士，官至万年知县。著有《寒堂诗稿》。

晚泊天门山

孤舟逢日暮，晚宿傍山青。寒月三更出，长江一带明。病中添客泪，梦里落潮声。
何处栖飞鸟，萧萧万里情。

——《晚晴簃诗汇》卷二十六

汪可准，字悬标，号伟岸，自宣城徙家芜湖。顺治九年(1652)进士，授湖广永州推官。

游荆山

同人簪聚览春晖，横槊临流共息机。怪石蒹葭寒壁耸，画船箫鼓夕阳稀。呼醪山馆
惊鸿落，振辔河皋策马肥。月满浮梁谯漏永，东风沉醉欲忘归。

——康熙《太平府志》卷三十九

458

泛欧湖

湖山几载梦思通，画舫轻摇似镜中。云映酒尊双岫碧，烟移花岸一溪红。醉余鸥鸟
情尤狎，老去诗篇律更工。偶忆潇湘乘兴后，莼羹无事问秋风。

——民国《芜湖县志》卷五十九

奉诏之闽宿芜湖公署

诏下丹宸简庶僚，驱驰驿路解华镳。花明粉署沾春露，草翠琼阶破晚寮。已见三江
扶老杖，也知七闽遍童谣。王言不宿水渊戒，未及鸡筹几问宵。

——康熙《芜湖县志》卷十三

方文(1612—1669)，字尔止，号明农、嵞山，安徽桐城人。明末诸生，明亡后隐居不
仕。他与侄方以智以气节学问著称于世，遍交朝野名士，以诗负名。著有《嵞山集》。

寄怀鲁孺发天门

君不见、姑孰之郡天门山，长江浩浩流其间。东西二石迥相望，层崖斩绝难跻攀。东峰月出西村暮，江草芊眠隐江树。数家篱落半渔樵，中有美人讬芳步。美人昔住钟山阳，韶音令旨闻四方。手抱瑶琴理清曲，华林日夕群鸿翔。可怜世乱遭迁次，几度上书不得志。江湖常有庙廊忧，逢人好谈天下事。白门杨柳秋复春，客思萧条多苦辛。一朝束装载妻子，乘潮直至乌江滨。故里凋残不可返，停舟且息天门阪。白沙翠竹蔼西村，此去江南亦未远。嗟乎！子敬大略王佐才，岂能郁郁栖江隈。天门虽胜苦难索，劝君石城还复来。无为辄作江南哀，斯言非独我如此，次尾伯宗亦云尔。

——《螽山集》卷三

道上遇陈伯玑有感而作

白门雨雪岁将暮，我尚羁迟未归去。君胡复自于湖来，道上相逢太匆遽。为言旅况不如前，卖书卖墨过残年。书是平生手所阅，墨亦手造精且坚。割爱与人非得已，俗人见之犹不喜。仍携书墨返于湖，我辈奇穷一至此。送君登舟君勿悲，闻有艳妾生佳儿。设令我有艳妾生佳儿，卖书卖墨甘如饴。

——《螽山集》卷三

泊紫沙洲

朔风阻前路，晚泊向孤汀。月吐江村白，烟消渔火青。床头霜气冷，柁尾浪声停。借问舟中客，何人寐不醒？

——《螽山集》卷四

送鲁孺发移家天门

四海选容膝，三山且卜居。逃名巾不垫，流水带长纤。菰米秋充饭，藤花晚覆闾。
垂纶佐甘旨，时或有嘉鱼。
江皋谁共语，宿莽恣孤搴。闲步向荒路，怀人看远天。家贫多蓄酒，客过每停船。
预识千年后，兹山得尔传。

——《螽山集》卷四

天门访鲁孺发不值

春江寻鲁肃，芳草闭柴门。忽见女衣经，始知君鼓盆。悼亡空有咏，谋食向何村。寂寞归江岸，停舟无片言。

——《盍山集》卷四

舟次裕溪

士有不得志，依人成远游。江烟春漠漠，溪月晚悠悠。羽檄飞金勒，商歌托蒯缑。青冥盼鸿鹄，岂为稻粱谋。

——《盍山集》卷四

舟次繁昌待孙克咸

江行愁寂寞，幸与尔为群。晓雾暗相失，秋飙路各分。青山留古县，白鸟下寒云。斜日兼葭外，渔歌处处闻。

——《盍山集》卷四

舟过芜湖寄怀沈昆铜

君婴钩党祸，拔宅去章江。善类悉亡命，宵人果丧邦。归舟愁朔气，剪烛忆西窗。魂断三秋水，曾无尺鲤双。

——《盍山集》卷四

荻港遇戴式其

城居虽比屋，同载更相亲。细语穷通理，交邻忧患身。天低鸿有字，江暝树如人。夜泊依渔榜，苍茫少四邻。

——《盍山集》卷四

偕槁木师至沈昆铜庄四首

芳村临古渡，闻尔此逃名。朝夕欲相访，湖山笑独行。高人今结侣，小艇况来迎。并坐寒潮稳，西风一叶轻。

幽溪生暝色，带月到君庐。夜阁烛先秉，秋田酒自储。隔篱童女唱，满壁故人书。
四海皆兵甲，孤材独晏如。
世态争荣禄，吾徒甘寂蓼。入山寻旧友，抆泪说先朝。累寸应须宿，浮云任所飘。
何时脱尘网，长傍尔渔樵。
君怀经世略，意岂在渔罾。道大防时忌，名高避客称。阁虽藏众嫭，吟实伴孤灯。
莫漫愁长夜，东方日渐升。

——《盦山集》卷五

庚寅登范罗山①

甲子浑恩却，君犹记我辰。轩车来旅舍，壶榼徒江滨。去日忙如水，衰年愁杀人。
哪能同草木，枯绝又逢春。
古阜宜登陟，晴江尽一望。微云分片白，弱柳天丝黄。野酌邀山友，高吟逊省郎。
无才甘自弃，不敢恨年光。

——《盦山集》卷五

[注]①题目系修订者所改，原题：初度日，宋玉叔计部载酒见访，因偕萧尺木、罗天成
登范罗山，限春光二字。庚寅。

461

早春别芜阴诸子

卜居刚一载，烟棹又西迁。良友雪中别，离情江上山。干戈犹未定，书剑哪能闲。
恰似浣花叟，飘零梓阆间。

——《盦山集》卷五

芜阴送钱既白游太湖

我方来尔邑，尔复去吾乡。交错如鸿燕，拼飞为稻粱。湖村求食易，山阁卜邻芳。
归日恐犹待，家书取数行。

——《盦山集》卷五

芜江晓发

归心亦已久，苦热入舟难。直待秋飔起，应知暑气残。轻装辞旅舍，小艇溯江滩。
岂谓南熏阻，樯乌又屈盘。

——《盦山集》卷五

江月

渔舟停苇岸，蟾影透篷窗。归客不能寐，愁城讵肯降。开襟临旷野，鼓枻咏澄江。四睇俱烟霭，宵钟何处撞。

——《盦山集》卷五

雪夜泊天门

邻国浪传兵，舟师冒险行。风能如客意，雪不碍江程。两岸云峰失，孤洲渔火明。相呼勿贪涉，戍鼓已初更。

——《盦山集》卷五

泊芜湖

芜阴衰柳挂斜晖，乱后人家万事非。官税纷纭商贾断，戈船络绎市廛稀。片云起似青山立，巨浪高如白雪飞。何物老蟆能作祟，年年祠宇占江矶。

——《盦山集》卷六

泊鲁港

金钱百万佐军需，国计多艰尚未敷。总为中原无郡县，独今输挽在江湖。竹郎木客忧垂橐，楚尾吴头患剥肤。近日鄱阳阃判卒，早传烽火到南都。

——《盦山集》卷六

泊紫沙洲

江畔孤洲曰紫沙，昔时烟霭百余家。一纵豺虎来池口，遂使鸡豚尽水涯。落日穷檐沽薄酒，寒宵危埂系枯查。醉余一觉才安枕，又听军声四面哗。

——《盦山集》卷六

过天门怀鲁孺发戴敬夫

东西博望俯晴江，中有高人侣亦双。鲁肃雄才犹未试，戴渊奇气讵能降。寒风萧飒吹霜叶，细雨簾织透纸窗。倚楫中流频怅望，归时寻汝破封缸。

——《盦山集》卷六

祀灶夜泊鲁港

六日残年即早春，江风犹阻未归人。瓣香无处迎先祖，寸草何时报老亲。举国已非前代历，同舟俱是再生身。遥怜今夕茅檐下，屈指天涯各怆神。

——《崑山集》卷六

芜阴访萧尺木有赠

山川悠邈叹离居，尝见君诗画与书。四海相知惟草木，千秋不朽在樵渔。偶停江上故人棹，为访城东处士庐。握手匆匆言不尽，愁看烟水晚来疏。

——《崑山集》卷六

芜湖访宋玉叔计部感旧四首

丁卯桥边芳草平，樱桃时节共君行。吟声互答如黄鸟，别绪缠绵在紫荆①。复有佳期来笠泽，不堪多难去蓬瀛②。乾坤纳纳同心少，何日能忘此际情。

此年人自蓟门还，皆道吾兄问弟颜。敢望功名附霄汉，独怜穷饿老湖山。使星何意乘轺近，旧雨相过锁印闲。却笑成都卖卜者，也能词赋动江关。

南方佳丽数于湖，使者临关昔甚都。一自狂澜翻大陆，遂令郎署属危途。江蓠欲采纕盈室，野雀群飞凤在笯。莫是才华天所忌，故教足不过门枢。

宋玉才为万古师，风流儒雅尔兼之。高怀历落人谁识，古道微茫我略知。预拟登临同啸咏，何期山水有监司。论心只好来僧舍，不似南徐痛饮时。

——《崑山集》卷七

[注]作者自注:①其时玉伯玉仲皆在京口。②又同玉叔避兵吴江,而玉叔以乱故先归莱阳。

访沈昆铜村居

雨湖双桨动晴云，遥忆南田有隐君。叔度高怀慕麟士①，萧公佐命耻休文。天寒且作鱼龙卧，地僻应同鹿豕群。他日一枝须借我，无边风月与平分。

——《崑山集》卷七

[注]①作者自注:晋人云,沈麟士今之黄叔度。

白鹤翔庭赋[①]

绛帻茗裳复缟衣，羽虫犹有汉官威。乍疑王子山头见，又似徐卿月下归。欲傍鹓鸾终远翥，耻同凫鸭且长饥。莫论辽海千年事，只恐须曳代已非。

——《垒山集》卷七

[注]①题目系修订者所改，原题：萧尺木建醮于庭，有道士召白鹤至，回翔久之，予与绣铭皆有赋。

晚泊浮桥赠曹梁父

十八年前过此桥，我方胜冠尔垂髫。朱颜倏共河山改，白发先随草木凋。养母且偕割股妇[①]，采薪应作烂柯樵。朦胧烟月重过此，回首江城恨不消。

——《垒山集》卷七

[注]①作者自注：梁甫内人曾割股愈其母疾。

卜居

卜居久已定于湖，只少城西宅一区。借庑不妨偕丑妇，应门犹幸有痴奴。窗间山色青兼赭，架上诗篇白与苏。浊酒徐倾聊自慰，古来多少混屠沽。

——《垒山集》卷七

萧尺木有诗见讯答之

明江卜宅意如何，只为情人此地多。刷羽且凭鸥作侣，衔泥不见燕威窠。迎家就客风犹阻，冒雨寻芳春又过。安得一枝长傍尔，短墙朝夕共烟萝[①]。

——《垒山集》卷七

[注]①作者自注：韩幼从寡嫂郑氏就食宣城凡七年，学成以去。

饭箩山休夏[①]

一丘一壑能消暑，何必千峰与万峰。吟坐最宜窗北向，醉眠当至日西春。槐花打瓦声疑雨，松树参云势似龙。睡起独行篱落外，徜徉吾自纵天慵。

——《垒山集》卷八

464

[注]①饭箩山:即今范罗山。

留别萧尺木沈昆铜汤玄翼张东图诸子

鲁明江上每停舟,来及春风去及秋。缘有数人同苦节,浑无一事只闲游。诗篇妍雅交相勖,家计萧条且勿愁。东海南湖消息好,岂应垂钓老沧洲。

——《盦山集》卷八

钱既白为予书盦山集成赋此谢之

故人书法师颜柳,龙卧芜江道已高。怜我诗篇多苦思,不辞炎暑为挥毫。松风竹月长相对,暮往晨来恐太劳。他日铁函藏郑史,也须名姓著同袍。

——《盦山集》卷八

自芜阴还太湖舟中作

江渚飘零过半载,今朝始得返云岩。浮屠烟外标寒寺,属玉波中乱远帆。照水忽惊新白发,见人无改旧青衫。空囊莫问金多少,但有盦山集一函。

——《盦山集》卷八

465

鲥鱼

家在江东春水边,杨花落后此鱼鲜。白于笠泽银丝鲙,肥似襄阳缩项鳊。梅雨买来风味别,荻牙蒸就色香全。临餐忽有伤心处,不荐园陵已十年。

——《盦山集》卷八

水崖哭明圃子留(十首录一)

去年五月过鸠兹,访我西山酷暑时。僧舍且淹三夕话,佛灯尽读十年诗。离颜便觉不同昔,分手哪知是永辞。此后江关来往泊,逢人一问泪痕滋。

——《盦山集》卷八

芜阴访沈昆铜饮其山阁①

旧馆重开江县西,新增阿阁与云齐。路穿石径层层上,檐接藤花朵朵低。春酒酿成留客醉，古苔摩处待人题。逃名何必求岩穴，只此真堪处士栖。

却怪年来受祸奇，故人相见各兴悲。君当九死一生后，我正千愁万恨时。磊块欲浇难止酒，家园虽破未抛诗。坐中忽诵虞山句，此道应推此老知。②

——《盍山集》卷九

[注]作者自注：①限"题诗"二字。②钱牧斋先生有寄沈诗甚佳，沈诵之。

赠汤岩夫

今人读书不识字，下笔涌讹十三四。许徐训诂自分明，争奈人都不省视。昔者吾友戴敬夫，磨礳字学天下无。予少窃闻其绪论，虽知梗概心犹粗。中年奉教萧尺木，尺木篆隶精且熟。每与予言辄终夜，字学稍知其节目。平生结交多俊民，此道茫昧恒失真。何期晚遇汤元翼，奄有二子成三人。犹记鲁江同作客，颇领微言恨匆迫。别来十载梦魂劳，老去重逢须鬓白。闲时缓步过吾庐，相对惟应话六书。秦汉晋唐体多变，那能贯穿为发摅。当时戴萧所未悉，今日询君得其实。我亦著书曰蒙求，乞君鳌正方成帙。

——《盍山集·续集》卷二

466

寄萧尺木先生七十

国朝画苑谁集成，启南徵仲垂大名。两翁年皆至耄耋，天生人瑞当升平。后来继起者谁子，于湖遗民尺木氏。画在两翁伯仲间，风义孤高亦相似。独惜君生离乱时，中怀抑郁人少知。读书万卷诗千首，自晦宁称老画师。我昔羁栖赭山日，从君问字胶投漆。别去江干十四霜，群疑满腹无由质。屈指今年是古稀，云山相望情依依。定知眉寿同文沈，他日重过愿不违。

——《盍山集·续集》卷二

过张于湖读书处因怀张文昌

古郡求前哲，人知有二张。于湖碑尚在，司业墓全荒。俗眼矜科目①，吾徒颂乐章②。城中多隙地，祠祀曷能忘。

——《盍山集·续集》卷三

[注]作者自注：①于湖宋状元。②文昌乐府最妙。

芜阴访罗原村

昔隐于湖三四秋，与君情分极绸缪。居停不远过从惯，饮啄随时笑语稠。万里风尘怜我别，重来霜雪上人头。江关握手何匆遽，烟水茫茫无限愁。

——《盒山集·续集·西江游草》

梦与萧尺木谈诗①

四年不见赭山翁，昨夜宛然来梦中。手持一诗七言体，命予校阅何其工。更推居室与予住，庭际秋兰花几丛。思君半百方有后，老夫暮景将无同。

——《盒山集·续集·鲁游草》

[注]①题目系修订者所改,原题:六月初三夜,梦与萧尺木谈诗竟日,且以其居典予,庭中秋花烂漫,觉而异之,因记以诗。

钱澄之(1612—1693),字饮光,号田间,安徽桐城人。南明桂王称帝时,官编修,知制诰。桂林被清军攻占后,一度削发为僧。著有《田间诗集》等。

遇曾庭闻芜阴市上

自著方袍万恨平，穷途遇尔转伤情。我从岭外经年至，君向江南何处行。瓢笠喜无乡里识，须眉犹使故人惊。相持莫便当街哭，为到郊原一放声。

——《田间诗集》卷一

赭山怀古

春游无伴独跻攀，北狩曾闻驻此山。燕颔血凝芳草碧①，龙髯泪滴野花斑。奸臣误主危时遁，逋客捐家晚岁还②。商估浑忘朝市改，满江帆落上芜关。

——《田间诗集》卷一

[注]作者自注:①谓黄靖南。②余以党祸亡命毁家。

鸠兹酬张惕中

江头破衲少知名，脱粟亲炊见尔情。痛入箭创阴雨夜，梦回鼙鼓海潮声。国恩只觉诸生重，交道谁言乱世轻。传说敬亭僧卧病，又冲泥泞去宣城。

——《田间诗集》卷一

芜阴送方尔止还山

曾访高踪见仲容①，岂期瓢笠此相逢。悲歌自取时人厌，粗饭宁劳关吏供。野服尽堪存汉制，道衔何处署明农②。故山简点田犹在，归去腰镰麦可春。

——《田间诗集》卷一

[注]作者自注：①子留为言尔止近状。②尔止近号。

同沈天士渡江

遁迹菰芦两度寻，侵霜又唱渡江吟。烟浮隔岸鱼盐市，日隐长河桑柘林。乱去风波频泛宅，危时兄弟几同心？如君友爱东南少，患难交情此倍深。

——《田间诗集》卷一

张五叙移尊见过

张生芜市隐，吾社旧狂徒。小拍迟歌管，闲钱付酒垆。朝饥长卖画，世乱始为儒。今日携家酝，凄凉慰老夫。

——《田间诗集》卷一

[注]①作者自注：五叙豪饮，善声律，乱后折节授经，居然老儒。

访沈惕庵村居

闲锁高楼野外居，故人相访暮春余。水田泥浊调生犊，山路又多信跛驴。屋赁半间栖剑客，窗存破砚写方书。岳僧近自湖南至，又过城隅给米蔬。

——《田间诗集》卷一

访汤玄翼郊居

高士新租圃廨居，春深庑下夜春疏。闲寻碑石雠难字，喜过街廛觅异书。病色只疑禅定起，谈锋偏洽茗香初。清诗忽被词林赏，博得邻园五斗糈。①

——《田间诗集》卷一

[注]①作者自注：汤有诗为吴詹事所称，贻书其同年，月给米五斗。

和萧尺木九日见梅之作次韵

木落天空雁到迟，汉家糕宴杳无期。幽姿判老篱边菊，芳信先传岭上枝。气至未妨时节早，阳生特报隐沦知。小春月近应全放，非是江城笛偶吹。

——《田间诗集》卷一

芜湖晚泊即事①

芜湖如此闹，怪煞白鸥闲。大舶当江住，逻船入夜还。市喧连水上，渔火隔沙湾。客有诗盈箧，明晨可进关。

——《田间诗集》卷三

[注]①作者题注：甲午。

芜湖遇康小范劝余东游诗以谢之

旅食江城困，壮游老友来。感君肠最热，怪我志全灰。客路穷时险，人情变后猜。东行期屡改，或拟奉追陪。

——《田间诗集》卷三

泊芜关猝遇暴客

药室偶然集，萍踪遽拟分。甫能离虎口，何意聚鸥群。多难愁行脚，薄游恃卖文。风帆今夜宿，相望隔江云。

——《田间诗集》卷三

[注]①题目系修订者所改，原题：泊芜关，猝遇暴客。既免，承史赤豹、秦及生见顾，即

469

刻发舟，不及报谒，诗以见意。

寄萧尺木索画

吾怜萧处士，白发老江天。埋迹市廛里，闭门风浪边。供僧惟一饭，卖画有闲钱。许写青山寄，欠来已十年。

——《田间诗集》卷五

望板子矶

故垒涛声壮，凌江石势横。奸臣初筑此，为拒上流兵。误国潜逃窜，谋身苦战争。往来人指点，遗臭污矶名。

——《田间诗集》卷十八

芜湖换舟别同行客

北风不肯息，十日滞江干。舟附容同坐，床宽让独安。携来瓶总馨，分得米加餐。一棹下京口，无嗟行路难。

——《田间诗集》卷十八

吕阳（1613—1674），字全五，江苏无锡人。明崇祯十三年（1640）进士，入清官至浙江布政司参议。著有《薪斋集》。

芜湖江中望孙夫人

龙跃蛟矶谨护珠，珊瑚海底尽踟蹰。影和寒月春深闭，说与湘君总不如。

——《薪斋集》卷二

顾炎武（1613—1682），初名绛，字宁人，江苏昆山人。明清之际思想家、学者，世称亭林先生。清兵南下,参加昆山、嘉定一带抗清起义。著有《日知录》《亭林诗文集》等。

蝘矶

下接金山上小孤,一矶中立镇芜湖。千年形势分南极,万里梯航达帝都。岭色远浮黄屋纛,江风寒拂白头乌。高皇事业山河在,留得奎章墨未枯。①

——《顾亭林诗集》卷二

[注]①作者自注:庙中有高皇帝御制诗金字牌一扇。《三国典略》:"侯景篡位,令饰朱雀门,其日有白头乌万许,集于门楼。童谣曰:'白头乌,拂朱雀,还与吴。'"

秦仁管(1613—1682),字凯人,号塞斋,别号五悲先生,安徽南陵人。顺治四年(1647)进士,历官江西按察使、广西布政使等。"三藩之乱"时,孙延龄胁迫附逆,宁死不从,逃归。后奉旨休致,归老林泉。

小淮山

余家近小淮,溪上有山。山复有水,曲径芳泉。多奇石出土,玲珑错于路,人多业陶。从舟望之,林峦幽胜,尘外境也。

小淮山正青,淮水绿于蓝。崇岭横素练,巨浸吐晴岚。螯气能迷树,岭云可入篮。方塘水似镜,幽径石窥钻。帆影驯鸥惯,陶烟野雾酣。依洲争范土,峙岸隐堆龛。牧犊闲如缀,渔歌鸟未谙。风清方习习,绿树自毵毵。欲得山川胜,偏宜雪月探。何时遂寄性,栖此结草庵。

——新修亲睦堂《春谷秦氏宗谱》卷八

曹溶(1613—1685),字吉躬,亦作鉴躬,号秋岳,浙江秀水(今嘉兴市)人。明崇祯十年(1637)进士,官御史。入清,任原职,官至广东布政使。著有《静惕堂诗集》。

梁山

秋水无弱流，峡束不能去。浮空俄缓行，轻舟类云御。境移资目击，询名乃知处。翠岫屹洪津，曾获天门誉。地势对称雄，江路平可据。怀烟照秋浦，蒙茸一朝曙。

——《静惕堂诗集》卷二

法若真（1613—1696），字汉儒，号黄山、黄石，山东胶州人。顺治三年（1646）进士，官安徽布政使。著有《黄山诗留》。

南陵道中二首

谁画千章木，连山入雨图。石棱屐齿响，秋静鸟群呼。碍眼旌旗去，扳椒父老扶。不妨辞绶去，倚耒借园锄。

苍茫山外雨，自在岭头云。草木怜秋色，鱼龙变怪文。须垂棕叶老，箨坠竹鼷群。新稻家家熟，村醪坐月醺。

——《黄山诗留》卷二

怀繁昌旧令刘子笃甫①

嗟尔中山后，学从紫帽传。只锄园底菜，不受市头钱。廉直惊啼子，网罗得大贤。此官留不死，万户受生全。

——《黄山诗留》卷二

[注]①作者题注：闽弟子。

魏畊（1614—1662），原名璧，字楚白，又名魏甗，归安（今浙江湖州）人。诸生。入清后，弃功名，迁湖州别鲜山，改名畊，字白衣，别号雪窦居士。今人多称记魏耕。曾组织义士抗清，兵败后，以结诗社秘密进行抗清活动，因告密被逮处死。著有《雪翁诗集》。

寄沈士柱二首

纵辔观广武，竖子成令名。烈烈感时运，慷慨堕长缨。朔风横地起，猛兽山中行。
海鹤警秋露，螳蛄连宵征。出门西向笑，归途还涕零。终年怀尺帛，斗粟常不盈。
生命不常固，天道不常亲。操刀拟不割，无以握丝纶。志士贵决机，盈缩在一人。
何须慕黄唐，揖让相逡巡。区区仁义言，岂足束其身。

——《雪翁诗集》卷一

天门山浮舟望金陵

朝辞茱萸浦，暮登天门山。天门三千丈，杳在白云间。白云望无极，茫茫江水碧。
江是锦江来，尚余濯锦色。拥棹溯江流，逶迤眺石头。日落凤凰台，缥缈鸤鹊楼。
雪明雉堞绚，蕙芳渚淑幽。还随鸥鹭转，清枫正修修。独酌对两峰，海月生孤洲。
缅怀古贤哲，耿耿使我忧。

——《雪翁诗集》卷二

473

舟月对天门山

举头江月上，恰好对天门。倚柂虾蟆跃，惊林鹊鸟翻。竹枝歌遏汉，砧杵客愁村。
不寐同商估，清风说故园。

——《雪翁诗集》卷七

晚登天门山望石头城

孤帆遥指岳阳楼，还到天门顶上头。遥望金陵秋色里，横江日落起沙鸥。

——《雪翁诗集》卷一三

宋琬(1614—1674)，字玉叔，号荔裳，山东莱阳人。顺治四年(1647)进士，官浙江
按察使。诗与施闰章齐名，人称"南施北宋"。著有《安雅堂集》。

翁玉于以萧尺木画册索题①

萧生画手称绝妙，风格远过文待诏。曾貌天问与九歌，荒唐隐怪皆殊肖。三闾大夫色憔悴，山鬼乘狸善窈窕。解衣盘礴余在旁，举杯向天发狂啸。翁侯酷爱少陵诗，惊人佳句常相随。手裂生绡三十幅，萧生一一丹青之。浣花草堂若在眼，剑门栈道横参差。罢榷归来无长物，独携此册还京师。长安公卿颇好事，书画宁复论真假。百镒始购宣窑杯，千金赝买铜台瓦。此图一出价必高，翁侯爱玩不肯舍。即今迁谪转萧瑟，欲归无舟陆无马。翁侯翁侯谁令尔爱杜陵翁，千年坎壈将无同。芦花采采雁南度，笠泽烟水秋濛濛。君归结庐在何处，余欲携琴学梁鸿。萧生夙有五湖志，何不招隐来江东。呜呼！何不招隐来江东，画君与余持竿垂钓秋风中。

——《安雅堂诗》

[注]①题目系修订者所改,原题:翁玉于年兄以萧尺木画杜子美诗册索题。

游蝶矶

别渚王姬馆，危矶帝妹祠。空山悲杜宇，深夜舞冯夷。赭岸如三峡，青峰接九疑。珮环风雨降，英爽遍云旗。

——《安雅堂诗》

遣怀

芜署最隘，拓小屋一间为书舍。

年来憔悴客江关，草草经营水石间。渐喜疏桐能受雨，尚怜新竹未成斑。官同社燕秋南北，门对江鸥日往还。归计只今余白发，移家终欲傍青山。

——《安雅堂诗》

发鸠兹①

才买蒲帆指秣陵，青山此日兴堪乘。饥来自笑空仓雀，归去真如脱鞴鹰。荻岸风多摇鹭影，江潮夜落见渔灯。芜城八月枚生笔，欲起观涛病未能。

——《安雅堂诗》

[注]①题目系修订者所改,原题:发鸠兹,陈伯玑欲偕至维扬,弗果,次采石为别。

立春日过赭山寺

杖策寒初减，登台望更清。大江烟外动，春鸟渚边鸣。日带孤帆去，云连古塔平。
浮生车马误，到此愧钟声。

——《安雅堂未刻稿》卷三

岁杪方尔止过芜湖官署

伏枕江头岁欲阑，张镫中霄列辛盘。微官翻受妻孥憎，老友真如兄弟欢。各有新愁
惊惨澹，为吟长句益悲酸。最怜同学飘零尽，嗟尔能方管幼安。

——《安雅堂未刻稿》卷三

同萧尺木等登范萝山①

片鸿何事又将还，杖策登临此日闲。病起尚能依白社，春来莫遣负青山。江城楼阁
寒烟外，古寺松杉晚照间。独有垂垂堤上柳，不知愁色为谁攀。

——《安雅堂诗集》补遗

[注]①题目系修订者所改，原题：方尔止招同萧尺木罗天成王翰明许铨臣登范萝山。

彭孙贻

彭孙贻(1615—1673)，字仲谋，一字羿仁，号茗斋，浙江海盐人。明崇祯十六年
(1643)以贡生首拔于两浙。明亡，杜门侍母，终身不仕。诗文书画皆精，著述甚丰。
有《茗斋诗文集》《茗斋杂记》《明朝纪事本末补编》等十余种。

雨泊鲁港

凌晨发芜关，沿洄泝赤岸。危樯青天迥，幽卉紫茸烂。风林秋槭槭，游子坐三叹。
大江从西来，乾坤划然断。洼缺日月亏，奔流吴楚乱。回飚入鲁港，江色暝痕判。
潜矶窥伏鼋，决雾腾山鹳。一雨太阴黑，屯云众山冠。漏舟若天穿，短衣湿至骭。
长年咒石尤，店火绝烟爨。悠悠西征客，含酸游浩瀚。河干摇落日，照水明环璨。

——《茗斋集》卷五

板子矶上有遗垒,乃是黄蜚诸军禦逆左时所筑

群山罅江门，四渎相摩荡。峥嵘版子矶，突兀非一状。舟经潬灂中，回惑失所向。
石脚咉怒流，瘦出龈腭上。晴阴变晦朔，风雨关衰王。其崖留戍址，云自靖南创。
当时罴虎士，勇烈冠诸将。幽花绣白石，莎草埋遗仗。故垒风萧萧，哀潮激悲壮。
客行逢早秋，添衣怯山瘴。清晖入远渚，暮色闻渔唱。沉吟俯落雁，扣舷独惆怅。

——《茗斋集》卷五

荻港阻风

舟行三十里，阻泊已累日。长风卷大地，二象气奔轶。东流激飞矢，汹汹势弥疾。
欹反巨鱼立，回皇万灵失。海涛聚凫毛，岸渚没马膝。我行陟高岸，倒竖毛发栗。
山河古今改，兴亡人代毕。长云摆龙尾，日脚暗如漆。孤蓬簸败叶，坚磑下潜窟。
舟子饥斧薪，仆人卧扪虱。排闷强裁诗，江猿吟瑟瑟。

——《茗斋集》卷五

江行杂诗十首之四①

476

芜关聊信宿，问俗访茅檐。榷政弘羊密，流民硕鼠添。长年论月忌，风角验星占。
仰卧看牛斗，江波涌暮蟾。

——《茗斋集》卷五

[注]①题目系修订者所改,原题:江行杂诗,渡扬子津过金陵西上溧浦,共十首。

螃蟹矶

郭索矶头石，霜螯嵌碧楞。夜分江月黑，石蟹上渔罾。

——《茗斋集》卷五

梅根

五月黄梅雨，江流尽日浑。谁持渡江楫，隔水唤桃根。

——《茗斋集》卷五

夜泊望梁山

天门中断两山空，一片孤帆落晚风。莫向秋江望明月，故乡千里月明中。

——《茗斋集》卷五

宿芜关闻夜哭

昏鸦定后草虫喧，一片羁心落晓猿。那更悲秋禁夜哭，月明明日是中元。

——《茗斋集》卷五

过梅根怀江东罗隐徵君

梅根衰草日纷纷，何处江东旧隐君。惟有水滨残烧里，数椽竹屋一溪云。

——《茗斋集》卷五

望荻港

青山如画水如烟，日落空江月未圆。东望故园知不远，白云只隔秣陵天。

——《茗斋集》卷五

477

夕泊板子矶

昔时风雨留题石，水落江痕长绿苔。多谢鸠兹湖上水，送人千里又东回。

——《茗斋集》卷五

龚鼎孳

龚鼎孳（1615—1673）字孝升，号芝麓，安徽合肥人。明崇祯进士，清礼部尚书。著有《定山堂集》。

送黄美中令芜阴二首

无双江夏士，低首遂鸣琴。楚泽芳何晚，柯亭赏至今。云中飞舄去，江上报花深。

金石千秋在，艰难保壮心。

直道峥嵘甚，悲歌此地安。看君辞北阙，留我壮南冠。江左兵戈近，春陵涕泪难。
脱骖诚古意，夫子慎饥寒。

——《定山堂诗集》卷五

舟过皖江风雨昼泊

帆逼晨光散，江声乍觉喧。阴雷沙岸动，急雨客心翻。春后蛟龙大，愁边凫雁昏。
青山云树好，何计豁天门。

——《定山堂诗集》卷十一

荻港

峰峦触眼青争到，波浪横江阔不愁。孤屿树阴浮岸堞，惊看荻港又移舟。

——《定山堂诗集》卷三十九

风迅将抵芜阴

阴风壮挟桅樯吼，白水春连草树昏。云壑汤胸思谢朓，客心偏共大江论。

——《定山堂诗集》卷三十九

上巳将过金陵

蟂矶一棹水云宽，采石晴峰涌翠盘。天气殊佳芳禊会，海风吹客到长干。

——《定山堂诗集》卷三十九

汤燕生（1616—1692），字玄翼，号岩夫，宁国太平（今安徽当涂）人。明诸生，清初流寓芜湖，教书自给。著有《商歌集》，未传。

市东桥吊烈女詹氏

有宋方中叶，铁骑蹴中原。江表无壁垒，寇盗蜂蚁屯。驱迫市里人，反接如孤豚。

弱女哀父兄，请命伏车辖。愿得备炊瀚，求贳父与昆。伺贼意首肯，急遣父兄奔。从容市东桥，毕命长川浑。饶江悯孝女，上虞喑贞魂。二娥狎风涛，父殁身不存。詹女有奇志，殉祸脱家门。芜湖城东祠，岁久岿然尊。行者肃冠舄，居者荐蘋蘩。有明旌孝烈，频降天语温。同时建炎帝，不返二圣辕。北望空挥涕，愧此贤孝昆。

——《萧汤二老遗诗合编》

萧尺木画兰

冒雪停霜韵早含，惊香悼色散余酣。燕妃梦里芬如积，蜀客琴中思未堪。念欲操壶临水岸，誓将毕赏就烟岚。高情散朗传疏叶，逸事犹夸郑所南。

——《萧汤二老遗诗合编》

访沈昆铜村居①

应无车马到闲庭，义故频过眼倍青。郡国碑留钩党籍，江天云卧少微星，经看损益因成语，论入兴亡未忍听。卜得南田归计好，菟裘吾意傍渔汀。

——《萧汤二老遗诗合编》

[注]①沈昆铜：名士柱，号惕庵，别字寄公，芜湖人。1659年逝世。

和萧尺木题杜苍略闭门种菜图

锄来菜甲到东屯，工部千年更有孙。淮水桔橰通废圃，钟山风雨护衡门。春盘藜藿娱亲老，秋架藤瓜待客论。此地中丞难枉驾，石桥西畔卧云根。

——《萧汤二老遗诗合编》

和朱西齅春日新堤书事

积雨初消赭岫新，土膏迎暖气初匀。惊心节候思遗老，散步郊堤见逸民。服慎谭经人已尽，邴原避地事成尘。梦华纪岁君能续，风物关情在早春。

——《萧汤二老遗诗合编》

过营灌轩赠陈香士

绕畦一径接闲园，柿叶临窗点墨痕。几树藤花明屋角，一壶山茗坐篱根。锄荒童引溪云灌，扫席君迎野叟言。立意欲逃尘市隐，把经闲自咏江源。

——《萧汤二老遗诗合编》

赭山怀古①

赤铸山头鸟不飞，上皇曾此易青衣。无多侍从争投甲，有限生灵但掩扉。五国城西
边月苦，景阳楼下夜钟微。伤心莫唱淋铃曲，未得生从蜀道归。

泪逐天风向北挥，山僧指点旧重围。素车东驻泉偏咽，代马南来草不肥。野老久知
今日事，先臣犹护昔年非。延秋门外王孙尽，司马元戎自锦衣。

呜咽江流绕故关，北辕不见有南迁。宫车梦想来阊阖，高庙歌思在里闉。涧夹青丝
环万骑，崖悬乌幔侍双鬟。亦知帝座倾危久，古井苔纹泪已斑。

直上孤峰似剑铓，鸿沟那复割秦疆。山花终古不成笑，陇月重来黯独伤。夜宿天低
金鹫寺，晨炊梦冷玉麟堂。青城山下无多地，白草黄泥御道荒。

——《清诗纪事初编》

[注]①黄钺《萧汤二老遗诗合编》仅编录一、二两首，题作《赭山》，且附注："此二篇从
《明诗综》钞出。"邓之诚《清诗纪事初编》于黄本录入此二首时，加有案语："此诗原题《赭山
怀古》。《明诗综》去'怀古'二字，并改字句之触忌者。今依《遗民诗》，尚有三、四两首。"故
依邓本完整所录，恢复原题。

江上吊黄靖南①

长风爽气散江沱，壮士空悲敕勒歌。明日那能留斛律，巴山无复见摩诃。矛头未许
天弧落，盾鼻曾因檄草磨。不有将军称后死，千秋遗恨汉山河。

——道光《繁昌县志》卷十七

[注]①黄靖南：明庐州总兵黄得功，1644年封靖南伯。清军南下后，黄得功率军在芜
湖荻港与清兵大战，因被敌箭射穿喉咙，遂拔刀自杀。

潘伯华

潘伯华，清人，生平不详。

赠陈香士

泽癯老人烟霞趣，山灵延向山中住。孤藤曳月夜听泉，短榻坐花春选树。胸中浩浩浑元气，几缕闲云想高寄。挥手弄作雷风吟，浸发书成擘窠字。芙蓉绕门一池水，脉脉青松浮影起。老人就看却一笑，照见泽癯影如此。

——民国《芜湖县志》卷五十八

曹尔堪

曹尔堪(1617—1679)，字子愿，号顾庵，浙江嘉兴人。清顺治九年(1652)进士，授编修。丁艰，起补侍读，升侍讲学士。著有《南溪词》。

满庭芳

丁未九日，芜湖赭山登高，有怀里中诸友。

铜狄迷烟，金茎泻露，壮怀今已无成。西风摇落，老大倍关情。回首蓬莱万里，青藜焰、只剩枯檠。千秋后，谁知我者，惟有曲先生。　　心惊。秋浪发，鲸吞鼍吼，水上横行。望蟂矶突兀，犀浦分明。遥忆茱萸插罢，都尝遍、香稻黄橙。孤踪在，江城客馆，醉卧月三更。

——《南溪词》

长相思·荻港农家

朝来晴，晚来晴。罩屋桑阴分外清。短檐鸠妇声。　　云须耕，雨须耕。新织蓑衣掩骭轻。《竹枝》歌太平。

——康熙《太平府志》卷三十九

施闰章

施闰章(1618—1683)，清诗人。字尚白，号愚山，晚号蠖斋，安徽宣城人。顺治六年(1649)进士，举博学鸿词，官至侍读。诗与宋琬齐名，曰"南施北宋"。著有《施愚山集》。

481

荻港谣

江口泊处，一夕，水涌丈余。有宋公卧官舫，梦神促曰："移船移船。"遽惊起，船缆已解。俄，岸崩如雷，它舟皆破溺矣。事在顺治丁酉十月十六日。

港中艇子不可宿，夜半蛟翻浪崩屋。港口颓垣不可居，蛟来触岸民为鱼。峨岢大艑落何许，鼍骇鲸奔作风雨。几人翻却横黄金，有客移船闻鬼语。

——《学余堂诗集》卷二

芜江除夕

远别忧思长，近阻忧思亟。客舟傍乡路，岁除仍旅食。灯火明江干，人声夜不息。劳劳日以老，滔滔去何极。儿当学人语，不得戏我侧。漂蓬怀故根，常愧归飞翼。

——《学余堂诗集》卷四

聂辑五明府晚宴籍山亭

482

清夜飞凫舃，华灯劝鹤觞。歌翻白苎曲，坐泛碧荷香。傲吏亲书卷，秋山入草堂。从来习池好，倒载兴难忘。

——《学余堂诗集》卷二十四

雨泊芜江

鸠兹烟水地，春尽重淹留。皎月何时见，孤帆永夜愁。涨江来楚蜀，寒雨动林丘。谢朓青山近，凄凄蔓草秋。

——《学余堂诗集》卷二十四

张来初吏部园林

平子归田早，于湖傍碧岑。栏花开竹外，浦树落庭阴。杖屦天门健，文章楚水深。相怜赠香草，别后故人心。

——《学余堂诗集》卷二十四

江口三昧庵①

日日旅愁新，寻幽及暮春。老僧留过客，芳草伴闲人。战舰征兵日，文园抱病身。
江山连杖屦，不厌往来频。

——《学余堂诗集》卷二十四

[注]①作者题注：时泊兵艘，僧皆闭门。

送何生伯还南陵

春谷城边路，三年梦渺茫，送君折杨柳，挥手见江乡。鱼鸟依人近，荷藕满县香。
尘缨良可濯，切莫负沧浪。

——《学余堂诗集》卷二十五

芜关团圞竟夕①

小泊聚江干，帆开泪未干。路长催老易，家近恨归难。长大看吾弟，浮沉付一官。
今宵浑不寐，倍觉夜漫漫。

——《学余堂诗集》卷二十七

483

[注]①题目系修订者所改，原题：叔父同舍弟阮迟予芜关团圞竟夕，次日予北发。

寄题龚野遗半亩园

小筑江城地，幽栖物外心。竹梧经手种，萝薜闭门深。云气凉依水，鹤声清满林。
惟应嵇阮辈，来往得相寻。

——《学余堂诗集》卷二十八

夜泊黄池

晚晴残雪后，远岸夕阳边。叶尽枫难辨，渔归网自悬。客舟寒趁月，茅屋夜含烟。
试觅幽人语，灯明恰未眠。

——《学余堂诗集》卷二十八

赠吴繁昌巢薇

吏隐独风流，山城拥上游。心闲官牍少，诗为客僧留。明月来天柱，长江入县楼。行车仙嶂接，望里是浮丘。

——《学余堂诗集》卷二十九

闻乱怀徐程叔久客芜江

世难重离索，羁栖各苦吟。沧江孤馆泪，白发倚闾心。雨涨山城动，峰连楚粤深。文章今可见，谁赏伯牙琴。

——《学余堂诗集》卷三十

送蔡玉及游湾沚

辞嚣出城郭，倚棹复溪湾。风笛荷花外，渔灯苇叶间。乡关行不远，书画老难闲。计日清秋好，重登何处山。

——《学余堂诗集》卷三十

484

泊三山峡守风

鲁明江在眼，白日限迷津。雪没前山尽，舟移浅港频。涛声驱暮节，天意老归人。借问君何事，残年滞客身。

——《学余堂诗集》卷三十一

三山峡梦叔父

幸未经时卧，病深筋力微。不堪衰鬓短，重望族人归。小阁风吹杖，孤舟雪满衣。无从问寝膳，魂绕故园飞。

——《学余堂诗集》卷三十一

归次芜江雪后得好月①

积雪皎如此，夜江生曙晖。多情添月满，清景一冬稀。渔火寒皆白，樯乌坐不飞。家人应伫望，只道客帆归。

——《学余堂诗集》卷三十一

[注]①作者题注:十二月十五。

雪后过于湖怀汤岩夫

江边半亩宅,高卧是山村。余雪掩蓬径,何人开竹门。多书成臂病,贳酒剩瓢存。隔岸不相见,孤舟谁共论。

——《学余堂诗集》卷三十一

蜈蚣渡雪冻滩浅舍舟夜抵黄池

孤舟难去住,落日若为情。棹响敲冰过,宵明踏雪行。荒原愁傍虎,野戍借防兵。问渡重频唤,垂堂念此生。

——《学余堂诗集》卷三十一

岁暮芜湖寻陈伯玑不值

君去章江音信稀,鸠兹深巷掩柴扉。独寻故里应垂泪,久住他乡不易归。忆母看回南浦雁,凭僧为煮北山薇。悬知抱膝愁吟处,五老峰前雨雪飞。

——《学余堂诗集》卷三十四

怀唐田卿榷关芜湖兼属讯陈伯玑

司农飞盖去江津,惜别残冬又早春。牛渚蟂矶时骋望,眠鸥浴鹭坐相亲。诗从湖海多清思,官近乡关狎故人。旅食肯怜词赋客,南州孺子岂长贫。

——《学余堂诗集》卷三十四

于湖罗绣铭宅留别

宛水芜江衣带分,流光十载一逢君。开怀草阁天门月,望远津亭楚泽云。高士墙东长避世,孤蓬天末独离群。凭传地下知音语,肠断临歧不忍闻①。

——《学余堂诗集》卷三十六

[注]①作者自注:绣铭言:张来初先辈疾革时云,江上文词后来尽属宣城矣。予不敢当也,存以志感。

485

答徐七程叔芜江见寄

落尽桃花尚客居，春风莫遣鬓毛疏。比邻高士能问径①，隔浦青山对读书。野岸芹泥香燕子，江洲芦笋胹豚鱼。偏舟共醉知何日，愁见停云覆草庐。

——《学余堂诗集》卷三十七

[注]①作者自注：谓汤岩夫。

将次荻港

雪满寒江向晚晴，舟随浅渚凿冰行。蒲苇远入水云色，凫雁群飞风雨声。潮送石头归棹急，矶回板子戍楼明。从来扼险成何事，废垒年年草自生。

——《学余堂诗集》卷三十七

寄伟长芜湖客舍

鸠兹烽火万家残，旅食僧庐百计难。宅倚旧山归未得，心期流水向谁弹。断云送雁衔芦远，哀蜇惊乌绕树寒。拙吏自嫌愁太甚，新诗寄尔避人看。

——《学余堂诗集》卷三十七

宗人次骐孔固至自芜湖

雨雪山城暗未开，江头何意片帆来。羁栖避俗书盈箧，真率论交酒数杯。家破尚留庑下客，时危谁惜郢中才。于湖文酒多朋旧，摇落离居尽可哀①。

——《学余堂诗集》卷三十七

[注]①作者自注：悼萧尺木，怀沈天士。

泊芜关怀金扬州长真

鼓枻行随渔父歌，离人永夕奈愁何。涛声直向石城去，月色遥连隋苑多。哀角霜天惊雁鹜，孤舟寒浦傍鼋鼍。平山堂畔知相待，风卷回潮生白波。

——《学余堂诗集》卷三十八

寓书汤处士未发汤书适至①

冬残惜别又春归，溪涨通潮到石扉。花落不知为客苦，书成却恨寄人稀。沧江生事随鼙鼓，白发心期见布衣。重仗东风相问讯，几多薇长赭山矶。

——《学余堂诗集》卷三十八

［注］①汤处士：即汤燕生。

何生伯示近诗兼约文澜亭野眺

不到朗陵三十年，旧时游好心茫然。穷交握手开双眼，见面论诗手一编。半世烟霞供烂漫，几人歌醉足缠绵。危亭纵目还能否，乱后溪山倍可怜。

——《学余堂诗集》卷三十九

南陵长至值雪

昼雾经旬暖复阴，良辰雨霰晚相侵。晴冬久望占年雪，倦客拼违行路心。谷水交流寒野寺，工山千仞失云岑。军麾人事催迟暮，多难微阳何处寻。

——《学余堂诗集》卷三十九

487

文澜亭和生伯

安贤古寺残钟在，百尺危亭复此杯。枫落槛前千树白，云移天际数峰来。孤城地合漳淮水，异代诗留李杜才。朋旧风烟闲不易，夕阳归骑漫相催。①

——《学余堂诗集》卷三十九

［注］①作者自注：亭在龙会桥上，漳淮二水交汇。杜牧之有"谢家池上安贤寺"，即此地。李太白游南陵亦有诗。

留别南陵屈明府君赐

频年书到宛陵城，良会疏梅带雪清。客病多惭投辖饮，官烦偏重絷驹情。论才物色空逢掖，算得安居过甲兵。雨后试听春谷水，潺湲时送夜琴声。

——《学余堂诗集》卷三十九

刘蕴庵进士归南陵省觐

浮云马首惜相违，客舍乡情似汝稀。南浦暂辞金阙去，北堂亲见彩衣归。文章价重还清峡，亭馆花深接翠微。鲍氏乘骢君旧业，莫因调膳恋渔矶。

——《学余堂诗集》卷四十

刘蕴菴舍人书至

关情千里意何如，雪夜灯前细作书。画省苦吟从寓直，台高极目怅离居。山园入梦家仍远，星使还乡计已疏。闻道北堂身转健，朝朝含笑进江鱼。

——《学余堂诗集》卷四十二

管嘉奎，安徽南陵人。

488

柏林寺

柏林古寺傍山开，古柏于今安在哉。过客马蹄通白鹤，遗碑鸟迹掩苍苔。钟分峻岭穿云度，僧汲寒塘戴月回。更喜荒斋岑寂后，香风时送梵音来。

——民国《南陵县志》卷四十二

朱前诒

朱前诒，字燕以，号轩山，无为州（今芜湖无为市）人。康熙举人。顺治十一年（1654）进士，授中书改任长沙令，后迁贵州麻哈刺史，擢顺天府治中，官至苍梧道，卒于任。

双溪

秋光八月好，爽气与晴偕。红叶翻阶砌，苍苔挂石崖。竹鸡惊晓梦，松鹤舞山斋。浊酒堪成醉，风流阮籍怀。

云思绕桂树，花梦渡仙桥。灼灼秋兰茂，飞飞塞雁遥。焚香消永日，得酒却寒飙。薄暮钟声发，登临兴自陶。

——嘉庆《无为州志》卷三十一

朱前诏

朱前诏，无为州（今芜湖无为市）人。顺治十七年（1660）进士，授推官。

过百万湖

野卉争芳眼欲迷，春风拂拂鹧鸪啼。桃花十里平沙路，杨柳孤村乱石溪。烟水远同天上下，渔舟轻逐浪高低。武陵路口堪忘世，闲狎江鸥共隐栖。

——嘉庆《无为州志》卷三十一

舟泊泥汊

腊尽扁舟渡远天，关河霜雪倍悽然。江声涛涌千帆下，岱色烟深万壑连。鸿雁遥从沙渚出，凫鸥闲傍野田眠。那堪岁晚犹行役，云树还歌谢朓篇。

——《钦定古今图书集成》卷八百二十六

吴闉启

吴闉启，字旦门，号盥斋。顺治十七年（1660）府贡，授山东文登县令。著有《旦门诗集》。

州志告成得十七韵①

江城今古水云天，冰雪清泠思悄然。蜗角蝇头争自适，市廛陵谷几更迁。贯鱼鲜折清溪柳，酿酒香倾玉沼泉。为谢仲谋春水险，何如老米墨池颠。时平文献征今日，世远风流溯昔年。幸有老成人在坐，闲搜当日事成编。琳琅掷地起幽魄，松柏吟风醒夜眠。一望楚吴征战处，千帆风雨去来船。牛羊夕下樵归晚，烟月春生客兴牵。绣水珠明开远照，平山芝发契前缘。风摇稻穗鸡豚美，雨放芦芽鲙鲭鲜。在野力耕常早起，入城完课各争先。采风欲振风人作，宝晋依稀晋代贤。伏腊高曾多世德，晓昏阡陌郁青烟。屡丰方庆农家饱，总角欢乘竹马翩。稍缓茧丝能卧理，紫芝千朵拥神仙。

——嘉庆《无为州志》卷三十一

[注]①作者题注：时壬子季冬。

登九卿山晓望①

晨起独立万仞巅，云山翻舞满江天。是云是山不能辨，少焉烟海露青莲。烟海茫茫千万顷，鲸鳌出没渡飞仙。云收雾卷归何处，江环青嶂山依然。坐倚危石因良久，如此奇胜君知否。往来山下已多年，不肯上山复谁咎。忆我大观登泰岱，云涌金轮真难绘。天公到处出新奇，不意遇之此山内。快哉长谣下春城，云中忽听读书声。东乌西兔复多情，一望山前春正深。

——嘉庆《无为州志》卷三十一

[注]①九卿山：距无为城南一百里，山有九峰。作者夹注："时儿辈读书山上。"

窦遴奇

490

窦遴奇（约1619—1683），字德迈，号松涛，直隶大名（今北京）人。清顺治三年（1646）进士，改户部主事，官至徽宁广德道。著有《倚雉堂集》。

送王山人归芜湖①

六月炎天道旁暍，唇干口燥暑气蒸。②王山人今日欲还家。长江鲜鳞肥可乂，蟂矶山边酒须赊。数幅净绢乌丝栏，解衣槃礴兴愈加。王山人芜湖与我有前因。商舻贾舶日中集，十余年来梦尚真。今日备员理刑狱，不如当年学算缗。予既才疏兴潦倒，子虽精艺叹食贫。王山人，忧当辍，清晨不久日已昳。晴曛不尽阴山雪，铸剑能消几许铁，我今行步已蹩躄，莫辞烹羊与炰鳖。子年六十我五十，老壮生死一关掜。

——《倚雉堂集》卷七

[注]①文前有小序，云：王山人惠予以子昂之马、林良之鹰，何以报之？日以歙山砚一方、君房墨数升。②作者自注：聆子绮谈，霏霏恍如清凉之散、玉壶之冰。

自芜湖回旌德途间偶成

画眉岭高高且远，羊肠栈道路百转。八月将尽汗流浆，自叹行役历艰险。阴崖忽然动秋风，攒峰列嶂亘不穷。涧水潺潺昼夜流，林木挂雨拖青虹。晚食匙翻新粳米，齳瓜抓枣味不同。人生能着几两屐，踪迹常似无根蓬。因思故里此时节，园扉画掩摘青菘。桐阴深处一局棋，开樽腊酿琥珀红。我欲归兮无羽翼，此事行道之人不能得。

——《倚雉堂集》卷七

寄赠芜阴吴处士

岂以儒冠误，又羞落第回。缘悭无狗监，运会有龙媒。北去双鱼少，南来一雁哀。公孙老始遇，不羡洛阳才。

——《倚雉堂集》卷八

芜湖道中述所见

山川不异类当年，揽辔适逢秋暮天。柳叶半黄风谡谡，芦根初刈水溅溅。翠禽哢语如莺啭，霜树摇红似火然。日晚鲁明江上岸，喧阗伐鼓泊楼船。

——《倚雉堂集》卷九

491

再过芜湖有感

鸠兹昔日泛楼船，屈指而今已十年。别后山川皆似旧，重来朋辈不如前。牙樯动处鱼吹浪，锦缆行来花吐妍。转盼乾坤成代谢，螺矶岩下草芊芊。

——《倚雉堂集》卷九

忆旧诗（四首录一）

昔日鸠江似画图，螺矶岩下酒频沽。中流箫鼓鸣仙鹢，绝域钱刀供内帑。岭树几重障岛屿，江风千里送艨艟。十年魂梦犹相忆，遮莫人呼旧酒徒。[①]

——《倚雉堂集》卷九

[注]①作者自注:右榷关。

重过螃矶

鸠兹昔榷关，来往螃矶口。撚指十余年，相逢如密友。

其二

江风直到暮，欲泊月模糊。舟子启扉告，前船达小姑。

——《倚雉堂集》卷十

三山矶

芒鞋偶一到，觌面亦巑岏。半臂浸江水，无人山意寒。

——《倚雉堂集》卷十

送德章弟还里（四首录其二）

青弋江边一水分，那堪连理叹离群。因思正月来旌日，握手先贤子路坟。

——《倚雉堂集》卷十一

492

吴　绮

吴绮（1619—1694），字园次，号丰南，又号绮园、听翁、红豆词人，江都（今江苏扬州）人。顺治十一年（1654）贡生，荐授弘文院中书舍人，升兵部主事，武选司员外郎，又任湖州知府。著有《林蕙堂全集》。

芜关观竞渡作竹枝词

青帘一片水中央，摇漾晴波映额黄。就里何人似桃叶，漫将团扇赚王郎。
木兰双桨逐时新，玉箸金盘馔锦鳞。坐上琵琶浑未解，可怜都是贩茶人。
丈鳞朱鬣怒如雷，欸乃齐声去复回。多少栏干人驻目，不知谁夺锦标来。
谁将歌吹说扬州，此地从来据上游。却笑小姑春态好，新妆闲扫按箜篌。

——《林蕙堂全集》卷二十二

张煌言

张煌言(1620—1664),字玄著,号苍水,鄞县(今属浙江)人。崇祯举人。明亡,于弘光元年(1645)起兵抗清,奉鲁王监国,据守浙东及舟山一带,官权兵部尚书。鲁王败灭后,又与荆襄十三家农民军联络抗清,并与郑成功相配合,亲率部队到芜湖,连下安徽二十余城,坚持抗清近二十年。后被清军俘获,不屈而死。著有《张苍水集》。

师次芜湖时余所遣前军已受降

元戎小队压江关,面缚长鲸敢逆颜。吴楚衣冠左衽后,萧梁城郭暮笳间。王师未必皆无战,胡马相传已不还。寄语壶浆休怨望,悬军端欲慰民艰。

——《张苍水诗文集》

姑孰既下诸邑相继来归①

干将一试已芒寒,赤县神州次第安。建业山川吴帝阙,皖城戈甲魏军坛。东来玉帛空胡虏,北望铜符尽汉官。犹忆高皇初定鼎,和阳草昧正艰难。

——《张苍水诗文集》

493

[注]①题目系修订者所改,原题:姑孰既下,和州、无为州及高淳、溧水、溧阳、建平、庐江、舒城、含山、巢县诸邑相继来归。

吴百朋

吴百朋(? —1670),字锦雯,浙江钱塘(今杭州)人。明崇祯十五年(1642)举人。入清,历官苏州推官、南和知县。著有《朴庵集》。

赠宋荔裳

相思五载何由见,屋梁落月疑君面。漫伤玄发忽成丝,无那华年去如箭。忆昔扁舟吴地游,登高作赋卑曹刘。联镳共入三天竺,把酒还登万岁楼。此时君才殊倜傥,中原屈指雄心壮。下走萧萧一蒯缑,依刘王粲腾高唱。桃叶渡头乌夜啼,飘零尽室在西溪。弹棋击筑座上满,玉台春酒山中携。江南江北各奔窜,别后书来长尺半。赠袍每念范雎贫,解骖思济越石难。世人白眼欺豪贤,黄金不多人不怜。君独慷慨命游侠,丹阳时觅孝廉船。梦日亭边花似霰，牛渚蠓矶澄匹练。元晖筑室爱青山，太白扬帆恣欢宴。春风杨柳已垂丝，青鞋布袜到鸠兹。还寻北海孙宾石，应为穷途识赵岐。

——《晚晴簃诗汇》卷二十二

魏际瑞

魏际瑞(1620—1677)，原名祥，字善伯，号伯子，宁都(今属江西)人。著有《伯子文集》。

天门山

天门分踞大江东，形胜南隅自古雄。直扼金陵千里势，横过采石一帆风。波吞狮尾春潮黑，月吐蛾眉衣晕红。最是昔人遗恨处，怒吴楼上祀关公[1]。

——《伯子文集》卷八

[注]①作者自注：山上有怒吴楼。

梁山祠

颠风白浪拜青旗，船泊西江日正西。独上梁山愁欲绝，背崖西向立多时。东梁自古对西梁，一水平流限两乡。我是夜郎李太白，北风三日住横江。

——《伯子文集》卷八

孙枝蔚

孙枝蔚(1620—1687)，字豹人，号溉堂，陕西三原人。世为大贾。举博学鸿词，授内阁中书。著有《溉堂集》。

寿萧尺木七十

饱看人事掩紫荆，曾见蓬莱海浅清。画里江山如故国，诗中琴酒即平生。洪崖在右浮丘左，烈士长歌老骥鸣。何似名贤多识字，白头高卧傲公卿[1]。

——《溉堂前集》卷八

[注]①作者自注：王阮亭曰："跌宕自喜绝去绳尺。"

494

梁清标(1620—1691),清书画鉴藏家。字玉立,号棠村、蕉林,河北正定县人。明崇祯十六年(1643)进士,官至户部尚书、保和殿大学士。著有《蕉林诗集》。

三山晚泊

荆扉荻岸拍前湾,翠色横江近可攀。万壑千岩看欲尽,青天句里见三山。

—— 《蕉林诗集》

风阻

三山细草傍舟生,望里春烟白下城。何事江豚吹浪起,东风不放半江晴。

—— 《蕉林诗集》

顾景星

顾景星(1621—1687),字赤方、号黄公,蕲州(今湖北)人。明末贡生,南明弘光朝时考授推官。入清后屡征不仕,康熙己未举博学鸿词。诗词文皆名于当时,著有《白茅堂集》。

十六芜湖雪

历头知小雪,六出已霏霏。稍洒桅幡湿,斜沿穗帐飞。遥青如荠树,戴白傍湖矶。故里思新垅,开尊泪满衣。

—— 《白茅堂集》卷十三

十七日鲁港遇风

夜雪晓无迹,北风天正寒。欹樯妨散上声帙,骇浪整危冠。天地全漂梗,生涯一钓竿。几时成利涉,江海报平安。

—— 《白茅堂集》卷十三

蟂矶

上有汉昭烈孙夫人庙，旧传夫人殉节处。

龙德当年配，蟂矶此日神。威仪思汉室，香火及夫人。赭岸斜阳出，青山过雨新。
何尝风景异，真使泪沾巾。

——《白茅堂集》卷十三

荻港吊古

血战经过后，苍茫吊六朝。大藩何犯顺，半壁忍宣骄。紫盖移牛婺，黄尘暗斗杓。
千秋形胜地，兵革几萧骚。

——《白茅堂集》卷十三

##

朱中楣（1621—?），女，本名懿则，字远山，江西庐陵（今吉安）人。明宗室朱议汶
女，兵部侍郎李远鼎妻，礼部尚书振裕母。著有《石园随草》等。

舟泊鸠兹

水涧春回接楚湘，学啼娇鸟未调簧。起来卷幔看山色，一抹青山带夕阳。

——《石园随草》

佟凤彩

佟凤彩（1622—1677），字高冈，汉军正蓝旗人。顺治十七年（1660）官河南巡抚。
谥勤僖。著有《栖友堂集》。

天门山

百战生还解佩刀，扁舟东去走江皋。鬼神护此千秋石，阊阖开当万里涛。白日行空
天马过，黑风吹浪海鱼高。扪萝直到云烟里，惆怅山灵笑二毛。

——《晚晴簃诗汇》卷三十二

黄生(1622—1696),原名琯,字扶孟,号白山,又号冷翁、莲花外史,安徽歙县人。明诸生。清初学者、诗人。著有《字诂》《一木堂诗稿》。

天门山

万里一江奔,东西辟两门。足知形势壮,遥拱帝王尊。地利元无改,天心或不存。茫茫阅今古,烟水共朝昏。

——《一木堂诗稿》卷六

高咏(1622—?),字阮怀,号遗山,安徽宣城人。康熙十八年(1679),举博学鸿辞科,授翰林院检讨。书画诗三绝,著有《遗山诗集》。

497

于湖行

赭山矶外万杨柳,轻舟晚泊春江口。中宵津吏促移船,隔岸长年乱招手。虬须县官骑马来,城门夜开出牛酒。冬冬鼍鼓逼江隈,红旗揩曳橹声催。初看兽舰乘潮至,疑是鲸鱼驾海来。长火千条燧象乱,悬灯九炬珠龙回。雕旌插羽翻回风,织金绣字正当中。王家贵主新开府,列校如星兵马雄。金笳晚吹霜月白,牙樯晓拂江花红。粤西五岭横天起,迢迢直逆长江水。荔子桃椰锦树悬,铜柱朱崖碧云里。水驿争看供帐新,荒城一望几千里。

——民国《芜湖县志》卷五十九

梅清(1623—1697),字渊公,一字润公,号瞿山,安徽宣城人。顺治十一年(1654)举人,考授内阁中书。以博雅负盛名,以诗词名江左,并为黄山画派巨子。著有《瞿山诗略》《天延阁删后诗》等。

芜江萧子尺木①

江上才名独有君，画师词客总难群。西庄自足王摩诘，坐客何忧郑广文。按卷近翻新律吕，开图长见旧烟云。春来小阮曾相问②，书到扁舟可一闻。

——《天延阁删后诗》卷五

[注]作者自注：①宛水距芜江不二百里，乃一别竟十余年，回首昔游，不胜怅望。②春间阁有从宛归，曾附一行相寄。

仙源汤子岩夫①

江畔栖迟二十春，柴扉开处好垂纶。一天静对频昂首，五岳长思久置身。问道生徒娱坐卧，摅情词赋恕荆榛。我穷大易时相忆，待尔分炉炼至真。

——《天延阁删后诗》卷五

[注]①作者题注：岩夫家仙源，寄居芜江。博学怀古，每有异好。近闻明于乾象，思欲一棹相晤，不可得也。

498

花烛诗寄子恭芜江

兰桡一夕玉溪回，百里遥传合卺杯。双翼扇迎云雨梦，七香车绕凤凰台。镜中鸾影珊珊舞，星下箫声隐隐催。为问梅花消息近，江干十月几枝开。

——《天延阁删后诗》卷五

北归将至芜阴先寄五弟一韵二首

尔别归扶病，余行远未还。家贫仍药裹，客久尚江关。雁返悬乡信，云飞恋故山。
河干泊孤舫，相对认愁颜。
念尔劳余梦，终宵计远还。望空失意客，喜剧到乡关。数问南来讯，回看北去山。
莫嗟行路苦，相见好开颜。

——《天延阁删后诗》卷七

工山①

巀嶭工山巅，际天峰独美。俯瞰东南隅，千岩列屐齿。大江汇其下，如带明秋水。

拱手忽长啸，空濛见九子。引翼下西麓，一泓响云底。云是古龙湫，飞涛洒千里。清风何泠泠，空谷断尘趾。我呼朗陵侯，何处应声起。

——《天延阁删后诗》卷十三

[注]①作者题注：际天峰西麓下有龙池。

同张公菊水登春谷城楼

客邸瞷城巅，登临背市廛。千山空宿雨，四野老秋烟。潦倒提壶醉，殷勤藉草眠。何年起台榭，收拾此林泉。

——《天延阁删后诗》卷十三

春谷何氏园林谯集二首①

籍山几年别，相忆到于今。野馆开芳谯，春波接柳阴。莺啼箫管急，花落酒杯深。仙令能高唱，如闻琴上音。
都是神仙侣，行吟向碧霄。酒酣寒渐薄，雨霁兴偏饶。归火分林杪，春星落涧腰。诗成复长啸，别思倚轻轺②。

公子玉堂客，为园春谷东。池波三面绿，花蕊四时红。桐月珠帘卷，荷风碧槛通。坐来松竹冷，如在浣溪中。
水气当新霁，回廊望转赊。高亭凌洞壑，倒影拂云霞。晓寺闻钟近，遥山隔树斜。那能常载酒，日日醉君家。

——《天延阁后集》卷六

[注]①文前有序，云：何瑟斋、何擒翘、王五清、万允成、汪自深诸公，招同屈锦山明府、孙如斋太史，即席限韵。②作者自注：明日如斋先别。

芜江感旧

谁歌谁舞最高楼，眼底纷华旧日愁。唯有悠悠一江水，多情不解向西流。

——《瞿山诗略》卷十

送蔡晓原之湾沚

倾尊言小别，咫尺亦相思。爱此碧流近，偏于野兴宜。半帆连赭岫，分涨接黄池。
江上新凉好，烽烟莫骤吹。

——《瞿山诗略》卷十六

繁昌魏朋三邮书索字画赋此奉答

晓雁一声呼，怀人思转孤。江乡悬接壤，云树渺平芜。能事曾何补，多情愧久逋。
拟将双棹鼓，洒墨向三湖。

——《瞿山诗略》卷二十四

汤岩夫芜江

梦中汤岩夫，乃在鸠兹隅。先生甘石隐，抱道谅不渝。横波寄清流，来自仙源区。
谁言失大志，异代称真儒。努力归黄海，寄我怀中书。十年鲸浪恶，江头断鲤鱼。

——《瞿山诗略》卷二十四

500

鸠江赠郭念海明府

我来何所见，江上有清风。似立飞云下，相从明月中。此心能复古，吾道竟还东。
息讼亭边过①，歌声听不穷。

——《瞿山诗略》卷三十二

[注]①作者自注：亭为明府构。

花果会集于湖壶天亭①

群公多逸兴，出郭问区湖。无计销三伏，还期倒百壶。盈盈歌共放，飒飒坐来苏。
花果家乡会，风流聚此都。
亭开鸠水末，栏接赭山巅。风景分图画，园林背市廛，箫吹波外柳，墨洒镜中天。
江上青峰暮，离怀渐淼然。

——《瞿山诗略》卷三十二

[注]①题目系修订者所改，原题：壬申六月十一日花果会，约同学诸君子集于湖壶天

馆水亭,即席限壶天二韵。

壶天亭醉歌

是日花果会

男儿生长老大各有谋,百年千载徒多忧。上有求贤若渴之,天子此生不遇将谁尤?踽踽一室苦憔悴,转眼青春俱白头。我来芜江四十日,江上孤吟诸子集。老友新知尽古欢,一唱一和多篇什。今年毒热异常年,言归难踏竟归船。无计沈酣效河朔,且摧花果游壶天。君不见、浓阴倒浸湖光里,碧烟苍翠生新绮。赭山赤铸连范罗,一亭正射群峰起。却忆何为构此亭?出郭销忧此其是。君不见、一人两人三人偕,人人都向画中来。杂坐分题齐染翰,微丝弱管行尊罍。有客孤音袅袅度新曲,争似十三十四帘内之金钗。流莺坐听啼不得,清风细细开襟怀。一杯一杯千百杯,炎威四座何有哉!茉莉花、来禽果,芰荷一日开千朵。荷叶团团吹作筒,酒倾香注喉难锁。噫吁嘻!四十年前盛萧沈,时移物换风流冷。当风酹酒更高呼,长啸一声发深省。诸子才华倍昔时,千古骚坛今再整。但愿行乐莫烦忧,但愿常酣莫常醒。

——《瞿山诗略》卷三十二

501

鸠兹看葛方夏画古名媛印章歌

君不见,区湖自昔称才薮,今日葛郎真妙手。脱颖曾经艺苑传,拈毫绝胜刀锥走。不须金石斗虬螭,直讶阴阳变蝌蚪。君不见,拂扇研朱弄紫霜,随意经营及女郎。千载佳人已黄土,一时姓字开红妆。太真以下莫愁止,屈指天然类学士。十八方。分明面面染桃花,呼起蛾眉曾不死。君不见,滥铜铁线切玉章,方员珪璧不寻常。疑分粉黛三千队,俨列金钗十二行。李斯在左曹喜右,何王老手差先后。观者啧啧群相购,购之不得群相妒。将谓红颜扇底藏,出入携归老瞿袖。

——《瞿山诗略》卷三十二

归舟留别芜江诸子

乘晓踏归舟,空江六月秋。风偏随路转,水故逆人流。想到黄花节,难忘白社游。云山与离别,老眼独悠悠。

——《瞿山诗略》卷三十二

赵吉士，字天羽，号恒天，安徽休宁人。清顺治年间举人，官知交城，擢户部给事中，旋补国子监学正。擅诗文，工于词。著有《万青阁全集》。

自南陵至新岭道中即事①

乡关渐近数归程，愁思远因内顾生。梦迳寒钟寻旧榻，泉经夜雨换新声。五更灯火催人去，十里霜华伴客行。晓发频迁村店路，一湾烟树小桥横。

竹柏参差出短垣，篮舆婉转渡烟村。乱云处处迷樵路，荒草丛丛闭墓门。小子三年疏菽水，野人一饭具鸡豚。新经残破无遗物，剩有溪流浸石根。

黯黯烟波接大荒，短蓑牛背笛声长。隔林溪响千山雨，近墅梅开十亩霜。何处高原封马鬣，几人歧路泣羊肠。行逢故老迎谯郡，为道当年旧酒狂。

荒陂驻马看寒梅，落日登临客转哀。云散幽汀山径出，钟沉晚浦寺门开。何来少妇当垆坐，止见儿童带犊回。战后人烟行处少，一天凉月照蒿莱。

赋成鹦鹉敢相夸，愁听渔阳鼓几挝。石路峻崎收马勒，溪流曲折到人家。已怜故国繁华尽，犹说荒田赋税加。最是高岑愁绝处，残阳古木集寒鸦。

旧时村舍半蒿蓬，曲水横陂一径通。隔岸穷猿啼碧树，疏篱小犬吠青骢。山光明灭浮云外，岛道纡回暮霭中。入夜风高增旅思，翻嫌明月起寒空。

晓欢茅舍澹烟横，涧水潜流杂雨声。名士垂绅趋幕府，健儿带甲笑儒生。幽寻是处停游屐，太息何人报耰耕。麦秀黍离愁过客，几时揽辔话澄清。

山峰逐马隔溪奔，断续禽声静客魂。夹路松杉开画障，避人鸡犬入花源。水痕渐减鱼梁落，云气平吞雪浪昏。闻道萑苻今已戢，行人犹自佩双鞬。

——《万青阁全集》卷三

[注]①题目系修订者所改，原题：自南陵至新岭凡三日，余坐篮舆，采臣策羸马，山川所历处成胜，漫赋纪事，时己亥阳月也。

舟发芜关泊横港

巴山雪酿江南水，江水滔滔南国纪。绿遍郊坰半楚天，鱼市花村偏丽绮。萧萧芦荻漾遥青，赤根长浸洪涛里。荡舟挽向峡口行，盘涡坼岸互啮齿。长夏溯流苦薰飙①，舣榜安能展汝技。予帆高挂饱长风，瞬息惊看百余里。江豚吹浪立江心，沃目浮天无底止。雷电响激总虚空，过眼茫茫何所恃。朝发鸠兹午铜陵，横港停桡暮山紫。

芜湖历代诗词

六代繁华烟草中，千百年来一弹指。

——《万青阁全集》卷三

[注]①原注：薰南风，飙西风。

醉赠芜湖张秩文

客至残阳落，芜关我旧游。霜横江上戍，寒到水边楼。未免千山外，宁无一日留。
相看须纵饮，明月正当头。

——《万青阁全集》卷三

于湖赠查幼安

渡江风景已非初，执手犹惊带甲余。青白无妨高士眼，丹黄且尽古人书。衣冠儿戏
谈优孟，出处龙分愧子鱼。同客于湖思识晚，漫漫雨雪拥村墟。

——《万青阁全集》卷三

王　钺

503

王钺(1623—1703)，字仲威、号任庵，诸城人。顺治十六年(1659)进士，官广东西
宁县知县。后辞职告归，专意著述讲学，以诗文终其年。著有《世德堂诗文集》等。

荻港

春树深荻港，春云薄野帆，枕山村是坞，映水湖为田。鹭宿前滩晓，花开别岫妍。
经过看未足，离思重凄然。

——《世德堂诗集》卷三

天门博望

两岸青山在，楚江依旧流。荒烟迷远道，凉雨洒孤舟。客梦频疑鹿，身闲愧以鸥。
少游曾诫我，欸段有良谋。

——《世德堂诗集》卷三

刘谦吉

刘谦吉（1623—1709），字讱庵，山阳（今江苏淮安市）人。康熙三年（1664）进士，官山东提学道。著有《雪作须眉诗抄》。

灵泽夫人祠二首

先主西还蜀一隅，犹羁香魄伴蘼芜。可怜昨日巴江雨，不肯连江夜入吴。
芳树迷离江月孤，永安宫晓梦来无。自从哀陨栾江日，可仗刀环吓丈夫。

——《雪作须眉诗抄》卷八

识舟亭四首

估客商船落日秋，吴江楚水两交流。十年踪迹浑难定，何处垂杨古渡头。
客计萧条酒一杯，黄昏无那独登台。高天极目孤帆影，落叶西风万里来。
明月江皋醉里闻，梅花一夜落纷纷。相逢也是思归客，愁杀樯乌滞白云。
芜江江上木兰催，日暮滩头人未回。昨日武昌鱼有信，相传已过九江来。

——《雪作须眉诗抄》卷八

504

毛奇龄

毛奇龄（1623—1713），原名甡，字齐于，又字大可，别号河右，又号西河，又有僧弥、初晴、晚晴、春庄诸号。浙江萧山人。康熙十八年（1679）应博学鸿词科，授翰林院检讨。著有《西河集》等。

登天门山望江

晨登天门巅，俯瞰大江渚。江渚浩浩环石根，细激岩花散成雨。岩花灼烁当水关，秋棠石隙青苔斑。盘旋曲磴越丛莽，峭壁直下波涛间。峨嵋山亭倚博望，与此东西屹相向。世人相视称天门，我来已据天门上。天门巉嵲朝日开，峨嵋窈窕烟霏回。小鬟十五共追陪，前凌缥缈超尘埃。青天万里泻空阔，欲上天门蹑天阙。凭将峰顶看浮云，不向波间捉明月。横江江馆千古愁，蟂矶牛渚思悠悠。振衣独上天门望，惟见长江不断流。

——《西河集》卷一百五十七

江水

江水滔滔下，浮云荡荡开。烟霏朝日起，沙动早潮来。舟落芜关远，帆纤瓜步回。山前空幕府，无复旧军台。

——《西河集》卷一百六十八

泊荻港

荡桨葭乡远，维舟荻港稀。蛟龙蟠水宿，乌鹊近樯飞。雨歇繁昌驿，烟横板子矶。当涂无旧土，歌咏欲谁归。

——《西河集》卷一百七十

何起曾榷使芜关

鸡舌香含粉署郎，司农官属日华傍。鸣呵初下神霄迥，挝鼓才闻吴会长。幕下和衡飞燕雀，关前清兴对沧浪。南行不厌袁宏放，恐有商船咏夕阳。

——《西河集》卷一百八十一

和芜关榷使君作

名曹峻誉重朝班，特简星车控九关。计国已成桓氏策，开门长对谢家山。千秋财赋农钱重，万里荆吴估舶闲。著得五千文未半，便看紫气满人间。

——《西河集》卷一百八十一

彭师度(1624—?)，字古晋，号省庐，华亭(今属上海松江)人。著有《彭省庐先生诗集》。

南陵道中

岂是观鱼地，还疑济北间。潜鳞吹碧浪，柳色映晴山。土室仍憔悴，渔舟自往还。江南花木尽，此景尚堪攀。

河流千里曲，入鲁变风烟。鲑菜供行馔。帆樯半客船，菱蒲堪采采，荷叶更田田。
风物差过旧，民情尚可怜。
舳舻多转饷，留赈沛天恩。雁户多中泽，鸠形尚几村。画船看使节，飞鸟惜离魂。
不见流移绘，行途泪更吞。
山色青未了，风高一棹过。中流官舫出，荒碛戍兵多。夜柁怜童稚，朝炊少稻禾。
不须哀岁俭，幸已避干戈。

——《彭省庐先生诗集》卷三

过繁昌旧县

镜里楼台出，江烟荡夕波。群山争倚伏，一塔自嵯峨。夜色迷晴树，村田暗绿莎。
和风吹麦浪，乐园此众多。

——《彭省庐先生诗集》卷三

鲁港道中和米紫来韵

一水明如镜，曾登木末亭。江鱼入馔白，山黛带云青。鸥鹭飞难逐，鸾皇啸足听。
剖甘应得宝，不畏客中萍。

——《彭省庐先生诗集》卷三

芜湖道中

寂寂秋江路，孤村一径开。鹭窥青草立，鸟噪夕阳来。陶穴芦为牖，江村树半苔。
挑篷人语乱，暝色客心催。
远望浮图耸，临江石壁孤。松涛喧鸟雀，荻影乱鸥凫。人语灯明灭，沙平岸有无。
倦余还酌酒，风起夜啼乌。
扬帆才日午，芦荻半江分。山远疑无树，江空但有云。矶回潮更急，舟过响犹闻。
老树横前路，栖迟日已曛。
秋色一江合，客心千里惊。高低看黛色，断续听涛声。僵树浮村岸，寒烟绕水平。
皖城知不远，遥见数峰横。

——《彭省庐先生诗集》卷三

薄暮舟次旧县和紫来韵

江水荡余晖，山僧掩寺扉。牧人几处返，鸥鸟数行飞。天远江烟静，舟孤雪浪围。

莼鲈虽可恋，不似季鹰归。

——《彭省庐先生诗集》卷三

魏　禧

魏禧（1624—1681），清初散文家。字叔子，一字冰叔，号裕斋，江西宁都人。明末贡生。明亡后绝意仕进，隐居宁都翠薇峰，出游江南，以文会友。著有《魏叔子集》。

赭山

江流千里尽黄尘，南望赭山白昼昏。烟草初逢八月暮，行人空忆五朝身。野蒲当日专秦政，深室何年见卫臣。翻羡洛阳行酒处，抱头犹哭故时君。

——《魏叔子诗集》卷七

芜湖塔题壁

万家灯火倚江东，赤县神州此大风，独上浮图高处望，令人空忆沈崑铜。

——《魏叔子诗集》卷八

晚宿荻浦

澄江如练晚霞溶，万井烟寒岭畔松。到岸舟同归树鸟，隔山风度出林钟。村帘火暗乡音杂，荻路花纷渔市通。漫唱沧浪消永夕，来朝江上数青峰。

——《太平府志》卷三十八

陈维崧

陈维崧（1625—1682），字其年，号迦陵，南直隶常州府宜兴县（今属江苏）人。清初诸生，康熙十八年（1679）举博学鸿词，授翰林院检讨。54岁时参与修纂《明史》。著作宏富，今人辑有《陈维崧集》。

汉宫春·送郝元公先生之任宛陵

秋色佳哉，剪绿帆半幅，与雁同飞。船头新旸似雪，津树霏微。后堂丝竹，记频年、屡解谈围。真豪迈，传经刘向，肯言心事终违。　　此去云山万叠，近天门牛渚，采石蟂矶。今朝临风酾酒，往事都非。江声千尺，推篷望，吟遍斜晖。偏相羡，敬亭山色，朝朝得上君衣。

——《迦陵词全集》

董元恺

　　董元恺(1625—1687)，字舜民，号子康，江苏武进(今常州市武进区)人。顺治十七年(1660)举人，次年因"奏销案"被黜，布衣终身。著有《苍梧集》。

满江红·登芜湖塔绝顶用辛稼轩韵

508

拾级而登，跨江表层霄突立。凭槛望烟帆沙鸟，连樯风急。霞映楼船百丈火，云横铁锁千寻壁。问何时天堑限江南，谁曾识。　　栏干外，衣沾湿。铃甂下，珠摇滴。向苍苍搔首，遥遥空碧。俯仰自悲身世事，奔驰空洒杨朱泣。拟过江也学贩缯人，同为客。①

——《苍梧词》卷七

[注]①作者自注：生洲日豪迈凌云之气勃勃纸上，酷似稼轩。

韩纯玉

　　韩纯玉(1625—1703)，字子蘧，别号蘧庐居士，归安(今属浙江省湖州市)人。不求仕进。工诗，著有《蘧庐诗》。

由安庆抵芜湖

信宿桐陂上，今朝破浪花。中流乘急溜，新涨失平沙。皖口江鱼贱，芜关酾酒赊。安帆五百里，浑是泛仙槎。

——《蘧庐诗》

过坂子矶吊黄大将军^①

中原板荡凌夷日，四镇同时拜列侯。惟有靖南堪一面，却令西顾守孤洲。萧萧废垒临江渚，黯黯边尘蔽石头。多少江南长乐老，画堂箫鼓自忘忧。

——《蘧庐诗》

[注]①作者题注：名得功。

蟂矶孙夫人庙

吴蜀纷争百战中，英雄儿女嫁英雄。至今一片矶头石，不许江流直向东。

——《蘧庐诗》

登东梁山

万古江流恣吐吞，楚天开处石为门。行人直向天门上，挹取银河当酒尊。^①

——《蘧庐诗》

509

[注]①作者自注：东西梁山两岸对峙，一名天门山。李太白旧游处，天门中断楚江开，即此地。

旧县晚步

茅屋疏篱近夕阳，居人说是旧繁昌。回龙山下堤边路，风景依稀似故乡。

——《蘧庐诗》

沙张白

沙张白（1626—1691），原名一卿，字介臣，号定峰，一作沙白，江苏江阴（属无锡市）人。明崇祯间诸生，康熙十一年（1672年）再试秋闱不第，遂闭门著书终老。渡江访其族弟于濡须淹留最久。著有《定峰乐府》。

濡须六咏

濡须坞①

濡须登登新筑坞，曹公余勇不复贾。吴下阿蒙力如虎，大事糊涂那足数。鲁公一短心良苦，唇亡齿寒倚车辅。白衣何用夜摇橹。②

[注]作者自注：①吕蒙所筑，以拒曹操，坞成，操不能争。②此美筑坞之功而淡讥其败蜀盟也。

蟂矶山①

蟂矶矻矻截江路，汉帝灵宫隔云雾。母后神灵涛水怒，西川心事江南墓。君不见、秦晋交欢缔两雄，临书落笔惊曹公。如何即位成都日，不册夫人正六宫。②

[注]作者自注：①上有庙，祀汉昭烈孙皇后，权之妹也，倪从庙记称夫人闻帝崩，登此山哀慕殒绝，遂葬焉，庙号灵泽。②曰汉帝、曰母后，字字春秋书法，一洗诸葛入寇之谬。称帝后应立孙后，尤为发前人所未发。

510

曹家山①

东关西关两隘口，曹家孙家画界守。虎战龙争四十年，此地终为孟德有。汉家丞相再出师，如龙如鬼生同时。一样遗踪须坞上，行人只拜武侯祠。

[注]①作者自注：魏武帝屯兵处。下有东西两关，吴魏各据其一相拒者四十年。上有武侯、魏武二祠，魏武祠今废。

芝山①

皇祐间，芝生山。臣孝标，献诸朝。此芝偶出人称瑞，何如稻孙岁复岁。我闻商山四皓日茹芝，当时天子知不知。

[注]①作者自注：皇祐间产芝三百五十本，州守茹孝标献诸朝，迁秩江州太守。州有稻孙楼，米元章建。

拜石亭①

昂然一片石，独立清池边。伛偻屈膝向石拜，为问米公颠不颠。君不见，宣和之末天下乱，艮岳嶙峋插霄汉。当时多少衣冠流，袍笏趋锵拜童贯。

[注]①作者自注：在州治，米元章袍笏拜石。

讲书楼①

文山死，叠山死，杵臼程婴共青史。宋社墟，元社墟，此楼尚存因讲书。生平讲书讲何事，噫嘻吁，赵家承旨不识字。

[注]①作者自注：谢叠山先生寓濡讲书于此。

——《定峰乐府》卷七

墨池

湛湛清流，群蛙争鸣。投砚止之，蛙噤无声。吁嗟乎！百家充栋蛙阁阁，安得四海之水皆化墨。

——嘉庆《无为州志》卷三十一

唐梦赉（1626—1698），字济武，号豹岩，山东淄川人。顺治六年（1649）进士，官检讨，以直言得罪放归，不再出仕，用心经世之学。著有《志壑堂诗集》《志壑堂文集》。

芜湖南下

维舟东下雾濛濛，乐事休乘破浪风。岂有游装怀陆贾，免教闭阁笑杨雄。齐梁故迹轻帆外，楚越分疆细雨中。指点江山浑不信，诉来叹煞老渔翁。
归帆一日抵金陵，尚记洄流去若登。篙最险时矶历历，船曾系处树层层。井栏好手棋初罢，雪浪闲眠梦未能。呼取如斋僧药酒，与甥斟酌尽三升。

——《志壑堂诗集》卷十一

蒋中和

蒋中和（1627—？），字本达，一字位公，晚号眉三子，江苏靖江人。顺治十二年（1655）进士，官兰阳知县，降沧州州判。著有《半农斋集》。

天门二首

两峰夹岸一江流，地绕吴山亦楚丘。山作居停江作客，不知何处割鸿沟。
共道源头似瓮流，流分九派下黄州。黄州春色横江满，忽报天门又过秋。

——《半农斋集》卷一

冷士嵋（1628—1710），字又湄，江苏丹徒人。明诸生。其诗刻意学杜，多为激壮
之音，著有《江泠阁诗集》。

泊芜湖关

昨暮辞乡今度关，川程常在水云间。帆樯半出吴洲树，客路多行楚国山。陇雁疏离
天外断，江猿愁切梦中还。无端更怕兵戈里，一夜秋风两鬓斑。

——《江泠阁诗集》卷八

512

茆荐馨

茆荐馨（1629—1681），字楚畹，号一峰，原籍浙江长兴，自五世祖华堂公始移居宣
城。康熙十八年（1679）进士。著有《应制诗赋》《燕游草》《梅溪文集》等。

斗园夏憩同方位斋诸友

葱郁春谷城，幽栖能卜筑。急雨瀑方池，梧叶凉书屋。主人高且贤，笔墨安窗腹。
良会此时难，吐辞须万斛。我从壁上观，蛟龙走尺幅。五斗酒共倾，莫便老松菊。

——民国《南陵县志》卷四十二

梁佩兰（1629—1705），字芝五，号药亭，晚号郁州，广东南海人。康熙二十七年
（1688）进士，授翰林院庶吉士。工诗，善书画，与屈大均、陈恭尹并称"岭南三大家"。

著有《六莹堂集》。

芜湖

水阔天无限，舟轻楫易孤。大江风不定，三日到芜湖。

——《六莹堂二集》卷八

题蝀矶庙

四壁蛟龙气，朱旗日降神。东吴无霸主，灵泽有夫人。

——《六莹堂二集》卷八

江行杂咏①

泥汊港里过新年，屈指初来戊戌前。一树桃花数行柳，照人颜色醉春烟。
一江流水两山分，帆入天门日正曛。月色下来衔断壁，雁声高去度寒云。
京口芜湖三百里，江行十日阻风涛。南船北去何容易，片席穿云鸟雀高。

——《六莹堂二集》卷八

[注]①《江行杂咏》计三十五首，记作者自扬州至九江沿途所见所闻，此处选取芜湖段之第十三、十四、十五三首。

朱彝尊

朱彝尊(1629—1709)，字锡鬯，号竹垞，秀水(今浙江省嘉兴市)人。康熙时举博学鸿词科，授检讨，曾参与编纂《明史》。"浙西词派"创始者。著有《曝书亭集》等。

送柯孝廉①之芜湖

刘蕡下第原风汉，王粲依人复远游。旧屐尚存寻赤铸，残书又抱去卢沟。春槽酒熟沙门店，夜栅樯平估客舟。倘得黄金休易散，归时须筑小丹丘。

——《曝书亭集》卷十四

[注]①柯孝廉：即柯维桢。

金菊对芙蓉·蟂矶吊孙夫人

去国青蛾，持刀红粉，一时人物江东。叹扁舟初返，望断蚕丛。当年记得辞乡日，更几曲、烟水濛濛。锦车别后，当涂龙战，若个英雄。　　遗庙贝阙珠宫。剩铢衣玉佩，梦雨灵风。甚三分鼎足，百尺艨艟。夕阳枫叶天无际，鸦翻处千叠云峰。门前系缆，沧州白发，闲杀渔翁。

——《曝书亭词集拾遗》

杨素蕴（1630—1689），字筠湄，一字退庵，陕西宜君人。顺治九年（1652）进士，历官安徽、湖北巡抚。著有《见山楼诗集》。

重九日暮泊舟三山登高望友人不至

九日登高处，披榛陟峻丘。樯临青草岸，江转白沙洲。风起荻花乱，月明枫树秋。孟嘉如在坐，何减异时游。

——《见山楼诗集》

屈大均

屈大均（1630—1696），初名绍隆，字翁山，又字介子，广东番禺人。与陈恭尹、梁佩兰并称"岭南三大家"。著有《翁山诗外》等。

芜湖述哀

一战芜湖丧六师，南朝宗社遂倾移。花当竟系降王组，细柳难张大将旗。马角不曾生大漠，龙髯谁为葬焉支。秦淮父老多哀慕，岁岁清明祭不迟。

——《翁山诗外》卷九

天门山

秣陵门户是天门，双崎天边紫翠屯。落日云连牛渚暝，中秋潮长小孤痕。①千年王

气从今起，万里江声至此吞。南北自来争采石，开平功业与谁论。^②

——《翁山诗外》卷九

[注]作者自注：①潮汛至大通而止，惟元夕中秋可达小孤。②采石有开平王庙。

蠛矶谒灵泽夫人庙

夫人孙权之妹，汉昭烈皇帝后也。昭烈崩问至，自沉蠛矶。

灵泽夫人死汉家，何殊二女殉重华。瑶姬一自辞巫峡，精卫千年恨海涯。国贼岂能
分历数，天威犹自振褒斜。永安哀诏惊闻日，飞泪应沾白帝花。
一逐长江下楚云，翠华望断泪沾裙。少康兴日因姚氏，帝乙归时是女君。花落锦城
先生忆，月明瑶瑟逐臣闻。徽称不愧同昭烈，终古蠛矶享紫芬。

——《翁山诗外》卷九

送人还姑孰

牛渚孤从天际浮，天门双夹大江流。开平古庙多松柏，归对风烟一片秋。

——《翁山诗外》卷十二

浮江作

浮玉天门上下标，长江至此一回潮。青山尽向金陵出，虎踞龙蟠为本朝。

——《翁山诗外》卷十三

天门

梁山博望两峰尊，万里长江此大门。不使南朝长有此，茫茫天堑复何言。
青山双挟大江飞，飞到松寥失翠微。北望天门南九子，长风不解送将归。

——《翁山诗外》卷十三

郑日奎

郑日奎（1631？—1673），字次公，号静庵，江西贵溪人。顺治十六年（1659）进士，授礼部主事，曾为四川乡试主考官。著有《郑静庵先生诗集》。

515

送姚冰壶年兄之任南陵

仙令分符出，翩翩墨绶新。晴岚开古驿，凉雨润轻尘。政简花能满，风清雉可驯。
朗陵旧隐地，一为访沉沦。
春谷汉时地，元之唐后身。相须正非偶，独往许谁伦。风雨何时梦，桑麻到处春。
烦君公暇日，一一付双鳞。

—— 《郑静庵先生诗集》卷四

李来泰（1631—1684），字仲章，号石台，江西临川人。顺治九年（1652）进士，官至
提督江南学政。康熙十八年（1679）召试博学鸿词，授侍讲，迁侍读。著有《莲龛集》。

阻风螃蟹矶戏柬同舟

闲云已怅入山迟，又被西风误一吹。却笑长年行郭索，只从江上困蟛蜞。波摇蟹眼
铛犹沸，浪转蚕筐迹尚疑。独夜危樯何寂寞，双螯丰酒且同持。

—— 《莲龛集》卷三

登凤凰山如松庵①

松巢百尺望萧森，断壁悬崖寄一岑。佛果如垂蕉叶露，天花长覆石萝阴。沧桑旧事
传龙蛰，梵呗余音引凤吟。自笑十年频裨襕，江津几度记幽寻。

—— 《莲龛集》卷三

[注]①题目系修订者所改，原题：登凤凰山如松庵，同朱遂初、徐仲光和壁间张黄岳
原韵。

荻港步月和徐仲光韵

露竹风蝉又几般，清光遥忆玉笙寒。渔歌忽向烟中出，鹤影偏宜水际看。村市晚帘
犹烂漫，江楼成火正平安。推篷且共菰芦语，莫遣闲心逐野干。

—— 《莲龛集》卷三

徐乾学（1631—1694），字原一，号健庵，江苏昆山人。康熙九年（1670）进士，授编修，累官至刑部侍郎。著有《憺园文集》。

芜湖二首

骋目亭皋草色萋，鳞鳞云气碧天低。江楼红树人烟暮，水驿秋风估舶齐。万壑分流鄣郡口，重关设险秣陵西。故人驹骑逢何逊，秉烛裁诗醉后题。

舣榜樯乌不住啼，波涛日夕啮荒堤。推篷远嶂来天马，隔舫高谈辨碧鸡。千里思家怜独客，频年忧旱惜穷黎。来朝风利过秋浦，却恨匆匆便解携。

——《憺园文集》卷六

彭孙遹（1631—1700），字骏生，号羡门，又号金粟山人，海盐（今属浙江嘉兴市）人。顺治十六年（1659）进士，召试博学鸿词科得第一名，历官吏部侍郎、翰林院学士。著有《松桂堂全集》。

云间送董苍水之繁昌

今我来茸城，往还君最熟。忽然取别客楼中，高驾风帆向姑孰。姑孰山川何秀丽，千岩万壑相亏蔽。荻港云繁锁驿亭，赭圻日落摇江裔。此地登临足快哉，此行经月却须回。到日正逢梅雨过，归时应见藕花开。我家秦驻小山旁，经年不归渺相望。因君更唱骊驹曲，使我低回欲断肠。

——《松桂堂全集》卷九

秋日过无为从叔园亭小饮次仲兄韵

何事穷登陟，园亭尽日宜。好山全入望，红叶半辞枝。海气生寒早，林阴欲暝迟。移床就秋色，珍簟坐弹棋。

细雨壶觞节，新霜稻蟹天。但倾花下酒，莫羡府中莲。弱水垂纶外，神山隐几前，东溟清可挹，醉即枕流眠。

薄曲成吾室，萧然坐拥书。新泥分幕燕，真乐问溪鱼。地僻便农事，家贫足野蔬。
墙头过升斗，不惜醉淳于。
秋潦空波迥，寒塘野水平。沙鸥眠几石，山蝶舞帘旌。二屦分成侣，终年懒入城。
兹因麋鹿性，弥欲谢簪缨。

——《松桂堂全集》卷十一

梁山

理楫方西上，秋风奈尔何。江邻牛渚近，山入故郛多。村径依沙转，渔榔绝水过。
行持三尺艇，归去狎沧波。

——《松桂堂全集》卷四十一

板子矶

荒矶相对出，尽日有风波。绿水流年促，青山旧垒多。故侯谁复问，行客几经过。
何事临江戍，东南久荷戈。

——《松桂堂全集》卷四十一

518

芜湖晓发

清江新霁后，一棹去夷犹。云木芜湖晓，风帆荻港秋。舟轻争过鸟，山狭束悬流。
闲对同行客，相依说旧游。

——《松桂堂全集》卷四十一

邱象随

　　邱象随（1631—1701），字季贞，号西轩，山阳人。康熙十八年（1679）召试博学鸿
词。授检讨，纂修《明史》。官至洗马。著有《西轩诗集》《西轩纪年集》等。

渡鲁明江①

混混无崖岸，中流别鲁明。萧条人不见，澎湃水空萦。自适常年意，谁期后世名。
翻怜陵谷事，呜咽听江声。

——《西轩诗集》

[注]①鲁明江:即漳港河。芜湖与繁昌二县分界河。因传唐处士鲁明居此,故名。

顾大申

顾大申,本名镛,字震雉,号见山,江苏华亭(今上海松江)人。顺治九年(1652)进士,授工部主事,兆岷道金事。著有《堪斋诗存》。

自采石抵鸠兹有怀江行诸友

犀浦沉沉称甲郡,谢公吟咏共迢遥。青山远映澄江岸,碧柳低垂白石桥。出谷莺声晴自啭,夹林花雾画全消。诸君桂楫知无恙,供奉祠前弄晚潮。

——《堪斋诗存》卷五

何一化

何一化,字生伯,号瑟斋,安徽南陵人。顺治十二年(1655)拔贡。著有《瑟斋诗集》。

登工山

工山封域镇,万丈郁蜿蜒。言偕旷达侣,千折跻其巅。茫茫扩方宇,峥嵘孤蹈天。遥对碧芙蓉,长江一带缠。百里蓄风气,冈峦散芊眠。引臂行翠微,窅霭招神仙。金支共翠盖,天际或迁延。黑云欻泱泱,下视如重渊。群峰若鸥鹭,出没亘后先。摇摇恐堕坠,扪汉不可缘。长风卷云尽,暮色愈娟娟。奇态出无穷,心目眩屡迁。松风吹碧落,肌骨化轻烟。

——民国《南陵县志》卷四十二

游水洞

天创奇险区,元气伏窈墨。石骨崚崚嶒,喷沫出剥蚀。屋壁叠鳞纹,揉杂丹青色。经营想鬼工,手迹尚可识。黝然窥嵱嵷,龙窟窅无极。心魂夺幽幻,逡巡留不得。归去炼神明,再履非常域。穿泾扪气机,摩崖饱绘饰。乃识造化心,终焉敢辞力。

——民国《南陵县志》卷四十二

七星桥

竹篱石径野人家，饭煮黄精蕨点茶。老叟不知春至久，空山笑指辛夷花。

——民国《南陵县志》卷四十二

##

　　释野蚕，字梦绿，号称老野，合肥人，本姓宋，名启祥。清代开封相国寺僧。本诸生，中岁学佛，工文字，写兰竹潇丽有致，诗清隽超逸，不作凡俗语。著有《梦绿诗钞》。

登三汊河口浮图

千寻如涌出烟汀，绝顶奇搜入杳冥。天到润州连海白，山从建业过江青。层层梯折疑穿洞，面面门开好摘星。欲与老僧论下界，六朝宫阙一浮萍。

——《晚晴簃诗汇》卷一百九十八

留别张锦溪老人

芦帘不下锦溪东，瘦绿肥红一万丛。种豆诗吟山色里，换鹅经写水声中。隐居绝似凌风鹤，过客还如踏雪鸿。明日一帆江上挂，相思千里暮云空。

——《晚晴簃诗汇》卷一百九十八

范淑钟

　　范淑钟，女，字秀林，安徽休宁人。

送夫子之鸠江

征鞍落叶打离披，忍泪临风饯一卮。夕照渐低人渐远，断鸿声里立多时。

——《安徽名媛诗词征略》卷二

殷德徽

殷德徽,女,安徽歙县人。知县钱抚棠继室。著有《清映堂诗稿》。

孙夫人

中原得鹿孰能先?吴蜀连和国运绵。失计紫髯甘事贼,伤心白帝竟宾天。有生岂慰恩勤志,一死真教节孝全。千载蝀矶遗恨在,云旗影里泣婵娟。

——《安徽名媛诗词征略》卷二

徐元文

徐元文(1634—1691),字公肃,号立斋,江南昆山(今属江苏)人。顺治十六年(1659)进士,官至文化殿大学士兼翰林院学士。著有《含经堂集》等。

521

渡青弋江①

来过青弋水,古渡一槎横。轻浅浮沙色,空澄漾午晴。人家波外静,津树望中明。甘冽曾何匹,泉经未得名。

——《含经堂集》卷五

[注]①作者题注:江在南陵。

阻风土桥①

江入铜官路,风惊势欲狂。萧萧靡岸荻,析析振村杨。波急渔空网,湍回客顿樯。津人惯涛险,一苇自能航。

——《含经堂集》卷五

[注]①作者题注:无为州。

繁昌江上

平波如掌宿霾收,泛泛轻凫伴客舟。荻港晴临桥影直,赭圻秋入树光稠。江留戍堡皆成胜，山得人家觉更幽。莫道此中灵药少，曾闻挹袖有浮丘①。

——《含经堂集》卷五

[注]①作者自注：县有浮丘山仙人浮丘公隐处。

蠡矶吊孙夫人

生违剑阁辞椒寝，死恋蠡矶掩翟衣。不葬吴山岂无意，千秋魂魄乐西归。

——《含经堂集》卷五

天门山

江容婉婉双眉列，天表峨峨雨阙浮。曾似山经神禹凿，特开关钥下洪流。

——《含经堂集》卷五

522 曹贞吉（1634—1698），字迪清，一字升六，号实庵，山东安丘人。康熙三年（1664）进士，官礼部郎中，以疾辞湖广学政归里。著有《珂雪集》等。

登赭山同石公六非释智灯

为爱赭山好，携僧绝顶游。千寻丹嶂合，一线大江流。塔影平分水，钟声半出楼。探幽迷杖履，隔浦问渔舟。

——《珂雪集》卷一

芜阴观竞渡五绝句

赤帜飞摇下碧空，棹歌一任往来风。三十二船如箭发，玉清名字列当中。①
千江如练迥无痕，彩鹢飞行捷似猿。两岸万人方鼓掌，朱旛已自过蠡门。
夹岸垂杨映碧湍，隔帘时见影珊珊。最怜子夜笙歌后，更与何人半面看。②
楼船箫鼓在中流，衣锦王孙乐未休。爆竹一声烟雾起，亲呼妖伎与缠头。
十三弱女发垂垂，薄雾轻绡金缕衣。贪看龙舟归去晚，不知失却翠蛾儿。③

——《珂雪集》卷一

[注]作者自注:①竹枝水调本色。②蕴藉处唐人之髓。③都写侧面最好。

金菊对芙蓉·和锡鬯蝀矶吊孙夫人

蜀国夫人,孙郎小妹,腰间龙雀刀环。叹东南人物,弱女登坛。锦帆摇曳江如练,
望瞿塘道路漫漫。永安龙去,蚕丛梦杳,红粉凋残。　　灵潭遗庙江干,有云车风
马,雾鬟烟鬟。怅西风白帝,鸾驭难还。千寻铁锁消沉后,家何在?两地悲酸。千
帆落照,渔歌唱晚,露白枫丹。

——《瑶华集》卷十一

王士禎(1634—1711),又名士正,字子真。一字贻上,号阮亭,又号渔洋山人,山
东新城(今桓台)人。顺治十二年(1655)进士,官至刑部尚书。论诗创"神韵说"。有
《池北偶谈》《香祖笔记》《渔洋山人精华录》等。

萧尺木楚辞图画歌

大江秋老歌《离骚》,江波瑟瑟风刁刁。怪石巃嵷压崩涛,猩猩啸雨悲猿猱。楚累
一去二千载,使我后死心劳忉。啮桑败盟西帝骄,商於六百横相要。武关一入不复
返,章华台殿生蓬蒿。江潭憔悴子兰怒,娥眉谣诼羌安逃。长楸龙门望不见,木兰
桂树栖鸥枭。骐骥不御愁蹢跳,菉葹蒥絮糅申椒。呵壁荒唐罢天问,沅湘西逝魂难
招。萧梁王孙笔倔傀,攀挈顾陆提僧繇。丹黮粉默写此本,墨花怒卷湘江潮。湘君
夫人降荒忽,国殇山鬼来萧飍。青风斑竹染啼血,灵风神雨纷飘摇。酒阑歌罢老蛟
泣,星辰迸落江天高。

——《渔洋山人精华录》卷一

濡须督①

濡须高会日,诸将在辕门。醉祖貂裘看,斑斑刀箭痕。

——《渔洋山人精华录》卷二

[注]①该诗系《咏史小乐府二十四首》之一。

三山矶

澄江日夕净，归鸟投前浦。明霞散沦漪，轻飔憺容与。南临春谷溪，北眺濡须坞。
何处是三山，沙头驻鸣橹。

——《渔洋山人精华录》卷四

采石太白楼观萧尺木画壁歌

落帆回牛渚，直上太白楼。锦袍乌帽太潇洒，回看四壁风飕飕。萧生何年画此雪色
壁，峰峦出没烟岚稠。元气淋漓真宰妒，江湖颒洞蛟龙愁。吴观越观上海日，苍烟
九点横齐州。祝融诸峰配朱鸟，潇湘洞庭放远游。峨眉雪照巫峡水，匡庐瀑下彭湖
流。须臾使我行万里，瞥如怒隼凌清秋。我生海隅近岱畎，西游曾上瞿塘舟。昨登
五老弄瀑布，却临三峡窥龙湫。七十二峰身未到，苍梧已略天南头。太白游踪遍四
海，晚爱青山采石聊淹留。丈夫当为黄鹄举，下视燕雀徒啁啾。

——《渔洋山人精华录》卷四

524

杂题萧尺木画册四首（录一）

平生酒态稀中散，目送飞鸿坐竹林。闲向梅花弹一曲，落花乱点碧流深。

——《渔洋山人精华录》卷五

荻港

荻港东来指赭圻，估帆停处一鸥飞。大江小汊纵横入，蓼岸藤湾远近围。胜地不留
逋客住，暮潮闲送夕阳归。黄公战处今残垒，凭眺休登板子矶。

——《渔洋山人精华录》卷十

板子矶

板子矶前路，风帆之字行。红花将翠篠，的的可怜生。①

——《渔洋山人精华录》卷十

[注]①作者自注："石上红花低照水，山头翠篠细含烟。"杨诚斋题板子矶诗句。

芜湖历代诗词

蝛矶灵泽夫人祠二首

白帝江声尚入吴，灵祠片石倚江孤。魂归若过刘郎浦，还记明珠步障无。
霸气江东久寂寥，永安宫殿莽萧萧。都将家国无穷恨，分付浔阳上下潮。

——《渔洋山人精华录》卷十

江行望识舟亭

鸠兹北面识舟亭，天际归帆望杳冥。松竹阴中孤塔白，楼台缺处数峰青。赭山人去生春草，江水潮回没旧汀。更忆于湖玩鞭迹，吴波不动客扬舲①。

——《渔洋山人精华录》卷十

[注]①作者自注:温飞卿《于湖曲》:"吴波不动楚天碧。"

天门山夜泊

万里孤舟泊，今过博望山。胜游非梦到，绝域此生还。列宿垂江阔，疏萤点鬓斑。宵分望明月，归思折刀环。

——《渔洋山人精华录》卷十

525

蛾眉亭

采石矶头百尺亭，下临天堑昼冥冥。天门中断楚江阔，日日蛾眉相对青。

——《渔洋山人精华录》卷十

天门山歌①

昨过蛾眉洲，今到蛾眉山。楚江东来似明镜，双眉日日相弯环。江水东流浸明月，月上山头更清发。若教写作十眉图，横云却月俱奇绝。太白昔日赋天门，谪仙风流今尚存。文漪摇曳绪飚起，落霞卷舒岚气昏。自笑一生湖海客，半载浮家仍泛宅。夜凉星斗正阑干，欲上山头呼太白。

——《南海集》卷下

[注]①作者题注:亦曰蛾眉山。

水调歌头·送家兄礼吉赴合肥

南国清明节，折柳送行人。汀洲满眼香草，斜日奈何春。西望清流关外，千里庐阳山色，碧玉竞嶙峋。明日摇鞭去，暮雨宿何村？　　濡须坞，肥水戍，几移军。紫髯①已远，八公草木怨咸秦。转眼兴亡六代，残劫依稀半局，凭吊足沾巾。莺老春归矣，莫怨又离群。

——《十五家词》卷二十八

[注]①作者自注：紫髯谓吴大帝。

宋荦(1634—1713)，字牧仲，号漫堂、西陂，河南商丘人。康熙间以大臣子入官，官至吏部尚书，加太子少师。著作颇富，有《西陂类稿》《绵津山人诗集》等。

板子矶望芜湖有感二首

526

云影悠悠浪影微，呢喃紫燕傍船飞。春风桃柳增人恨，又到江南板子矶。
乘风一棹向鸠兹，独倚船窗忆往时。多少故人零落尽，识舟亭上又题诗。①

[注]①作者自注：谓唐祖命、陈伯玑诸子。

——《西陂类稿》卷二

春夜泊舟芜湖饮识舟亭

岸帻空江上，登临有废亭。槛边看夜市，杯里落春星。故友浑凋谢，渔歌半杳冥。
凄其游子意，明发又扬舲。

——《西陂类稿》卷二

舟泊天门登梁山

水宿苦萦回，维舟步江浒。天门划然开，立峙雄千古。梁山岩壑幽，突兀若廊庑。
穿云一迳遥，林薄霭春煦。峰腰棠棣繁，碉侧朱樱妩。芬菲表杂花，采撷欣俦伍。
崚嶒殿阁悬，飞梯袤相拄。登临力屡疲，啸傲气还鼓。乘风凌绝巅，浩荡江天俯。

博望^①咫尺间，岚影晴吞吐。题诗忆谪仙，斯人邈难睹。日暮憺忘归，渔歌发烟浦。

[注]①作者自注：博望，山名。

——《西陂类稿》卷二

晚泊江上

芦叶萧萧响，东风暮未停。船多成小市，浪阔涌疏星。土俗从人问，江湖倚棹经。最怜明月照，千里乱山青。

——《西陂类稿》卷二

谪仙楼观萧尺木画壁歌

谪仙楼外长江流，谪仙楼内烟云浮。悬崖峭壁欲崩落，虬松怪树风飕飗。泉声山色宛然在，渔翁樵子纷遨游。细观始知是图画，扪壁惝恍凌沧洲。古来画手倾王侯，笔墨恒令神鬼愁。每入胜地亦挥洒，元气直向空墙流。呜呼，维摩真迹不可得，通泉群鹤无颜色。当今画壁数何人，鸠兹萧叟称奇特。前年挂帆牛渚来，登楼一望胸怀开。解衣盘礴使其气，倏忽四壁腾风雷。画出青莲游赏处，千年魂魄应来去。匡庐云海泰山松，华岳三峰点秋树。朦胧细景不知数，一一生成出毫素。杂花窈窕溪碉深，野水逶迤洲渚露。危桥坏磴荒村连，多少林峦莽回互。横涂乱抹总精神，河泊山灵不敢怒。我闻画苑有本源，北宋董巨品格尊。后来大痴与黄鹤，气韵超脱同法门。叟也涉笔非徒尔，黄王如在称弟昆。此画此楼并不朽，残山剩水奚足言。我家赐画旧满箱，年来卷轴多沦亡。每与名流讲绘事，辄思鸿宝为彷徨。今也见此心飞扬，众山皆响殊寻常。不用并州快刀剪秋水，但愿十日寝食坐卧留其旁。

——《西陂类稿》卷二

荻港避风二首

石尤风急舞江豚，怅望中流落照昏。远岫连云迷九子，惊涛卷雪下天门。烟生曲港轻帆集，潮打危矶废垒存。多少齐梁遗恨在，渔歌欸乃自沙村。
春风小市卖河豚，薄暮津亭水气昏。不住江涛崩荻岸，俄惊山月照松门。渔樵有侣游兵过，钟磬无声古庙存。明发扬舲更东下，杜鹃啼处几家村。

——《西陂类稿》卷四

送袁士旦还芜湖①

寒宵樽酒送将归，霜月胧胧照掩扉。明发江乡寻旧隐，一间茅屋傍蟆矶。
梅花香冷下风帘，对此翻将客思添。多少故人裁别赋，消魂今夜过江淹。

——《西陂类稿》卷六

[注]①题目系修订者所改，原题：席上送袁士旦还芜湖同朱悔人洪昉思赋二首。

钱柏龄，清华亭（今上海松江）人。

和宋荦荻港避风韵①

无边雪浪捲江豚，风际收帆日欲昏。夹岸人家喧水市，半山佛刹隐松门。鸠兹路隔
春云杳，板子矶高古戍存。明月舵楼闲对酒，数声社鼓起遥村。
人家篱落散鸡豚，板子矶头日已昏。一簇云沙明荻港。无边雪浪走天门。停桡野岸
轻烟合，吹角江楼古戍存。篷底瓦瓯堪独酌，朦胧斜月照孤村。

——《西陂类稿》卷四

[注]①二诗作为和韵，附于宋荦《西陂类稿》原作之后，无题，现诗题系修订者所加。

板子矶咏古

板子矶，荻梢舞。中有将军血箭痕，泪红洒入江流苦。将军化鹤夜归来，月淡烟荒
秋一坞。

——《繁昌文化丛书·文学卷》

梅磊，字杓司，号响山，安徽宣城人。二十岁即负有诗名，晚抑郁不遇，浪游山水。
著有《响山初稿》《七日稿》。

黄池晤陈伯玑即别

薄暮闻君至，沿途问客船。残虹明驿树，归鸟破江烟。立语殊无序，孤征极可怜。柳桥分手处，新月正娟娟。

——《晚晴簃诗汇》卷三十九

  刘 榛

刘榛(1635—1690)，字山蔚，号董园，河南商丘人。诸生。著有《董园诗》。

念奴娇·游识舟亭步周雪客韵

草茵花径。莫匆匆，踏破人间车马。触处风光争媚客，引惹胸怀潇洒。应接春山，凭陵烟水，一笠亭如画。倚栏收尽，棹歌多少咿哑。　　眼见今古销磨，长江不返，何论闲台榭。好景撩人偏爱惜，酒盏花筹齐下。哀雁横来，嫩莺低出。若逗兴亡话。有人能赋，定知含恨多者。

——《全清词抄》卷六

529

 田 雯

田雯(1635—1704)，字纶霞，号山姜子，山东德州人。康熙三年(1664)进士，授中书舍人，官至户部侍郎。著有《古欢堂集》。

登采石矶太白楼观萧尺木画壁歌

太白楼上江风寒，采石矶下波连山。长康不作僧繇死，何人攫弄秋毫端。力挽万牛啸两虎，袒衣跣扈青冥间。四壁四山拔地起，直从十指生烟峦。峨眉匡庐两对峙，西华东岱同跻攀。巨灵夸娥日月走，坤位乾窦神鬼盘。屋角雷雨势飞动，墙根涧壑声潺湲。牛渚白纻如蚁蛭，天光破碎沧溟宽。蓝陈萧恽称大手，前追董巨凌荆关。尺木老人更奇绝，身驾大海骑虬鸾。秋来放眼忘远涉，凭陵万里开心颜。寺径濛濛松杉雨，芦花漠漠鼍鼋滩。顾盼无人相娱赏，高呼波底青莲还。

——《古欢堂集》卷六

泊舟芜湖

蟂矶插江江水奔，老蟂截雾立江门。斜阳石壁鸠兹转，细雨帆竿鲁港昏。衔尾楼船沉铁锁，连宵渔火照枫村。津亭半夜寒潮上，旅思劳薪不可论。

——《古欢堂集》卷十一

熊赐履

熊赐履(1635—1709)，字敬修，又字青岳，别号愚斋，湖北孝感人。顺治十五年(1658)进士，官东阁大学士兼吏部尚书。著有《经义斋集》《澡修堂集》。

泊芜湖

鸠兹水邑荡青蘋，野市敲灯卖紫莼。才过蟂矶休鼓枻，老蛟偏噬汨罗人。

——《经义斋集》卷十八

月夜过荻港

菁荻凄清映晚津，波光连月净如银。分明此处闻渔唱，只见芦花不见人。

——《经义斋集》卷十八

吴邦治

吴邦治，生卒不详，字允康，号鹤关，歙县人。四方经商，长居汉口，乾隆初年与段寒香、彭念堂并称"汉上三老"。有《鹤关诗集》。

题萧尺木先生画卷

余胡乐乎居廛肆，双眼昏昏不识字。醉魂吟魄望林泉，好山不到扬州地。尺木先生古逸人，闭门为写山水真。万斛涟漪涤埃垢，笔端不受纤毫尘。廿尺鲛绡一千里，澹翠岩峦澈秋水。埤堄楼台霄汉中，红叶青松道途里。行者鹿鹿静者闲，冥鸿隐豹在其间。窗堆万卷手持笔，一生著作藏名山。名山之藏乃幽绝，不应龙求不石啮。

先生貌物兼貌心，一束丹青若冰雪。可惜东南此山川，眼中下士心拘牵。婚嫁毕来头白矣，何时一鼓沧浪舷。

——《鹤关诗集》

石绳綮，字竹侯，宿松人。道光癸卯举人，官内阁中书。有《借绿轩遗稿》。

太白楼观萧尺木画壁歌

杰阁枕江插天出，万流訇湃吞赤日。锦袍学士忽骑白龙去，一千年后冷煞仙人笔。满屋倏尔飞风沙，苍松赤石蟠龙蛇。生平梦游十洲三岛不得到，天风缥缈蓬莱槎。陡觉岱华匡庐峨眉起方寸，万峰突出天之涯。阴晴云日幻古壁，是谁笔底奇气凌烟霞。得无荆关绘飞瀑，不然道子嘉陵山水图一幅。那知腾掷造化割阴阳，竟有于湖画手萧尺木。呜呼萧君意气何壮哉，得毋抱此模山范水之雄才。狂呼谪仙借酒杯，胸中块垒一凭生面开。香炉瀑布，剑阁楼台，齐烟九点，玉女三台，一齐飞落毫端来。青莲老去山无色，谁与凿破扶舆灵气留遗墨。青天咫尺须弥存，虎啼猿啸峰崿峒。当年太白芒鞋踏破万山处，一一绘出天地仄。振衣千仞登江楼，四壁苍苍悬岩流。岚气湿裾光入杯，五岳震荡心夷犹。奇花异石逞光怪，奔崖绝壑声飕飕。吁嗟乎！男儿不得挂剑万里博封侯，也须东插泰山日观脚，西登太华落雁最高头。眉山风雪饱囊橐，匡之君兮骖鸾而来游。安能低眉俯首，徒将心血穷雕镂。忽尔山灵真面都从壁上出，墨华淋漓元气遒。江风浩浩生两腋，会须骑鲸仙子云中争唱酬。大叫画手尺木子，一聚仙楼同千秋。

——《借绿轩遗稿》

李嶟瑞，生卒不详，字苍存，又字簪斋，号后圃，江苏盱眙人。康熙四十年(1701)副贡生，五十一年(1712)知直隶定县，卒于任。著有《后圃编年稿》。

题萧尺木《凌歊台图》呈新城公

姑孰郭外黄山东，大江水流如白虹。高台竦峙百余尺，巍然直欲连层空。曲榭雕栏

531

已泯灭。旧基遗址犹穹窿，凌歊问筑自何代，寄奴当日真英雄。典午末造衍余线，彭城霸府虎豹丛。桓氏小儿就砧斧，兵威再鼓平关中。宋公功高九锡至，幄前徐傅争呼嵩。干戈暇时驻游跸，江山胜处开离宫。上流烟霭俄顷变，下陈歌舞三千充。姚家有女貌倾国，更衣擅宠愈当熊。宣明一言遽遣出，侍辇不少如花红。家无担石乃有此，而孙未可轻田翁。往迹距今二千载，追寻行殿应朦胧。脂箱粉盉久零落，断烟衰草常蒙茸。萧郎丹青信好手，濡毫写出荒寒风。石势欲飞逼马远，墨痕俱化惊关全。永初旧事不足道，披图但爱皴染工。设色正当叶始堕，维时似在秋将终。如此布置良不恶，烧灯频照疲奚童。题诗殊愧许丁卯，瑟缩那敢呈安丰。

——《后圃编年稿》卷十三

陆次云(约1636—?)，字云士，浙江钱塘(今杭州)人。官江阴知县。著有《澄江集》等。

题荆山石壁

寄语山灵听啸歌，连城再刖叹如何？人间碧眼应难遇，莫产琼瑶误卞和。

——《清诗别裁集》卷十五

顾 贞 观

顾贞观(1637—1714)，字华峰，号梁汾，江苏无锡人。康熙十一年(1672)举人，官秘书院典籍。著有《弹指词》。

朝中措·芜关有忆

蘅芜梦冷惜分襟，橘浦饷愁深。断雁西风当日，晓莺残月而今。　　临邛久客，茂陵多病，特地关心。天与一般才思，不成两处销沉。

——《弹指词》卷下

吴祖修（1638—1694），字慎思，江苏吴江人。著有《柳塘诗集》。

晚泊鲁港

小市千家集，沧江一棹来。乱云依晚树，纤月映深杯。旅梦随更短，乡心逐水回。题诗须到日，此地早相催。

——《柳塘诗集》卷二

方中发（1639—1731），字有怀，号鹿湖，桐城人。隐居白鹿山庄，五十年不履城市。中发与其父其义两代人皆为萧云从忘年之交。著有《白鹿山房文集》《白鹿山房诗集》。

533

萧尺木以先君子所赠玉佩见贻①

投我古玉佩，云是故交遗。裹以一幅绢，封识宛当时。中有蝇头书，即事系以辞。藏之十余岁，展玩光陆离。小子再拜受，涕泗已交颐。手泽痛先人，何意此得之。始知古道存，生死永不移。在昔缟纻谊，于今人琴悲。嗟嗟葛帔子，零落怜者谁。堂构且莫保，遑问故物为。赵璧一朝返，徒令万感滋。

——《白鹿山房诗集》卷一

[注]①题目系修订者所改，原题：萧尺木先生以先君子所赠玉佩见贻怆然有感。

鸠兹耿嗜梅索诗走笔漫赋

常到于湖客，此君殊不同。闲情兼众妙，洗眼遍群公。岳立高吟外，江飞泼墨中。尚思萧老在，指点见遗风。①

——《白鹿山房诗集》卷六

[注]①作者自注：谓尺木先生。

梅庚（1640—1722），字子长，号雪坪，晚年号听山翁。曾祖父是名家梅鼎祚，其父梅朗中是复社名士，书画诗文在当时被称为"三绝"。康熙二十年（1681）举人，因性狷介被黜离京，任浙江泰顺知县，虽很有惠政，但难改文人习性，五年后辞官归乡，潜心创作，著述颇丰，留下许多传世诗画经典。

题慕园①二首

但觉为园好，翻思辟地初。依城收野树，引水就阶除。客共烟中钓，儿翻架上书。落成才几日，花药已扶疏。

漫拟王官谷，新开绿野堂。陈情迟令伯，爱日过潘郎。地贵金为埒，天低石作梁。沧洲从暂卧，仙峤在陵阳。

——民国《南陵县志》卷四十二

[注]①慕园：南陵城内有古迹太子宫和慕园。

534

李振裕（1641—1707），字维饶，号醒斋，江西吉水人。康熙九年（1670年）进士，历官刑、工、户、礼四部尚书。著有《白石山房集》。

廿九日重过南陵公馆

春谷人家碧树交，幽深疑傍鹿城坳。重过孤馆闻鹃语，依旧空梁见燕巢。候逼荐樱争一日，蚕眠复茧剩三缫。来朝更向溪桥望，九子峰头识绛旓。

——《白石山房集》卷五

王式丹（1645—1718），字方若，号楼邨，清朝宝应（今属江苏扬州市）人。康熙四十二年（1703）状元，授修撰。参与编修《明史》《大清一统志》《皇舆图表》《渊鉴类函》，分校二十一史诸书。康熙五十二年（1713）罢官归，侨居扬州。宋荦刻《江左十五子诗选》,以式丹为首。著有《楼邨集》《四书直音》《灵豆录》。

萧尺木凌歊台图

高堂素壁云气生,葬苍一帧秋山明。矗空嵚崟势千丈,飞流树顶如闻声。借问此景从
何得,凌歊台畔青峥嵘。大江东去抱姑孰,天门竦立牛渚横。崇台拔地接星络,湘云
巴雪相逢迎。寄奴卖屦作天子,目营八极凭江城。燕秦电扫自豪喜,三千歌舞随霓旌。
至今英雄久灰灭,漠然山高而水清。钟山有客癖模仿,坐挥墨沈升斗倾。不为永初绘
巡幸,卧游自欲酬生平。桥头策杖者谁子,幅巾潇洒携秋英。毋乃义熙老处士,独依
松菊歌闲情。谢宅已荒桓井废,断碑苔蚀留空名。何当野立下幽听,慈姥夜夏琅玕鸣。
我来读画三叹息,万年之计徒屏营。凉宵对此且痛饮,西风飒飒灯荧荧。

——《楼邨集》

沈朝初(1649—1702),字洪生,号东田,江苏吴县人(一说"江南长洲人")。康熙十
八年(1679)进士,改庶吉士,授翰林院编修,官至侍读学士。著有《不遮山阁诗余》等。

送刘光禄蘧庵归养

之子中朝望,何为独去官。直声留琐闼,归兴寄层峦。致政恩犹渥,还家梦始安。
朗陵秋色早,三径足盘桓。

——民国《南陵县志》卷四十二

王三锡,安徽南陵人。生平不详。

宁乡解组留画朗陵山水

故里云山梦里牵,初衣得遂兴悠然。好寻篱畔黄花醉,更就松阴白石眠。落叶纷纷
飘晋水,飞鸿阵阵逐吴天。临岐为写陵阳景,别后遥应忆辋川。

——民国《南陵县志》卷四十二

郝一枢,字斗杓,号需庵,安徽繁昌人。顺治七年(1650)岁贡,任凤阳训导、滁州学正。性直、博学,著有《阅史随笔》。

马仁题壁

奇峰插天天欲破,山猿白昼香厨过。扪萝杖锡蹑幽岑,莫辨经声与树声。最喜玲珑悬石屋,趺跏小坐如龛佛。下有荒地贮古澜,墨花晴浴峰影寒。老僧指我莫深历,早起崖边见虎迹。

——道光《繁昌县志》卷十七

游石龙庵忆慧宗

古洞费招寻,林间白衲迎。冻茶虬干拙,温井蟹泉澄。是水皆溪落,无山不雪深。道人灵不昧,岩山共嶙峋。

——道光《繁昌县志》卷十七

韦一鹤,字羽仙,号惕庵,安徽芜湖人。顺治九年(1652)进士,授浙江丽水知县。兴学劝农,休息贫乏,为百姓敬重。著有《惕庵集》。

赭山僧舍

霜染枫林树树嘉,残阳野刹乱鸣鸦。有僧闭户能翻卷,对客烘炉解品茶。静里谈禅飞玉屑,闲中供佛采山花。同依胜地忘归去,趺坐蒲团欲当家。

——民国《芜湖县志》卷五十九

识舟亭送客

愁向寒河送客行,离亭一望水盈盈。别经两载双桥梦,重晤中秋百感生。弱柳何能维去鹢,月明空自忆流莺。春风若解来仙棹,预酿床头酒百罂。

——康熙《芜湖县志》卷十三

荆山放歌

春来草木有忻颜，奇思忽发在登扳。借我先生华藕宅，泛到欧湖侧畔山。去时逆流春水涨，欲杀其势不可憺。舟中狎客奏朱弦，岸上健儿牵锦缆。玉轴牙签次第开，茗椀数巡清风来。有客有客善谑浪，先生长啸若奔雷。同人相与泛清醑，下玩游鱼上飞鸟。此时放达泖一切，翻觉杯大天地小。须臾遂抵湖之滨，一山拱立如待人。乃共提壶著游屐，乃共扶筇探早春。松如虬兮石如虎，萧寺荒凉一僧古。藉草开樽忽送香，春气入梅梅先吐。问得土人借一枝，先生引梅叹昔痴。于今止见梅花发，不见当年卞子悲。酒阑舸返先生去，舟中我共美人语。昨年我不遇欧阳，我亦难忘抱璞虑。

——康熙《太平府志》卷三十八

登荆山

寒崖兀兀砥河滨，徒倚孤亭落叶纷。隔岸芦花笼淡月，数行雁字掠荒云。湖开万顷波光远，壁立千寻岚气分。何可胜游无纪事，酒阑索火诵碑文。

——康熙《太平府志》卷三十九

537

汤原清

汤原清，江苏宜兴人。顺治九年(1652)任南陵县教谕，十五年(1658)进士。著有《南陵志辨疑》。

春宴龙会桥

柳茁花秾山城路，棕鞋芰袂春郊步。迢迢深水跨彩虹，收拾西南波会聚。陡见文阑亭子边，红云万朵插青天。脱巾一啸落星斗，且吸长江千斛酒。

——民国《南陵县志》卷四十二

春晴偕友携琴樽憩藉山书院

皎好风光喜十分，凭高四望绿纷纭。无人院宇花开落，多景亭台树夕昕。嫩柳欲骄松柏翠，残梅将谢杏桃芬。闲情独寄平畴远，春思纷来敲席醺。一曲幽弦才罢弄，数声啼鸟正相闻。斜阳芳草迟归去，玉树临风自不群。

——民国《南陵县志》卷四十二

杜时举，字直卿，号觯庵，安徽芜湖人。清顺治十年（1653）贡生，授山东东昌知县，以不事上官，未二载引疾归。与里中周旭起等名士相唱和，时称"江上九子"。著有《觯庵集》。

与同社诸子集滴翠轩

景飈不尽入晴空，今古萧萧一望中，气接江城横左右，烟环浮白隐西东。吴宫花暗春谁醉，楚岳天高月未矇。莫谓禊修同上巳，兴来因欲效庾公。

——嘉庆《芜湖县志》卷二十三

张槽

张槽，字盖世，号范滨，山东长山人。进士，顺治十年（1653）任繁昌县令。

凤凰山房①

蹒履崎岖兰若森，萝衣草带护幽岑。片帆出没江头日，万屋参差山下阴。风过空阶闻荡语，云迷古树听禽吟。夜来不是僧敲钵，几认桃园梦里寻。

——道光《繁昌县志》卷十七

[注]①凤凰山房：位于繁昌荻港镇凤凰山，指山中僧舍。

李念慈，一名念兹，字屺瞻，号劬庵，陕西泾阳人。顺治十五年（1658）进士，官景陵知县。诗画皆擅。著有《谷口山房集》。

初春怀张苍水芜阴

别尔两旬成隔岁，相思终日望芜关。矶边舟泛青莲月，江上诗题谢朓山。时序易催双鬓改，登临好趁一身闲。凤凰台下梅垂发，须挂轻帆计日还。

——《谷口山房诗集》卷四

维舟荻港登山眺望①

今年重九又舟中，系缆寻山望不穷。荻岸秋花连港白，枫林寒叶待霜红。磊砢石引登高屐②，欹侧帆飞落帽风。仗节故人今到否？拟同樽酒酹陶公。

——《谷口山房诗集》卷三十一

[注]①题目系修订者所改，原题：丁卯九日，维舟荻港。登驿后小山眺望，迟杨中丞未到。②作者自注：山多怪石，岖嵚磊落。

539

周体观

周体观，字伯衡，河北遵化人。顺治六年(1649)进士，改庶吉士，官江西参议道。著有《晴鹤堂集》。

过繁昌四首

临食苦儿积，临力苦儿委。知道是尊官，侬老不得起。
四月劝农秧，五月劝农水。十月输官仓，千钱买糠粃。
采采秋莲花，莫使当侬户。秋花犹未残，子心一何苦。
不必问侬家，侬家但产茶。东邻儿女朴，为叶反嫌花。

——道光《繁昌县志》卷十七

如松庵①

结庐何必远，拳石自能幽。夜露飞寒石，林香散晚秋。望中云母叠，天际木兰舟。坐对夕阳没，唯闻江水流。

——道光《繁昌县志》卷一七

徐明弼

徐明弼,字子谐,号静庵,安徽芜湖人。顺治进士,官至陕西提学佥事。著有《吹畦堂集》。

识舟亭

虚亭接戍楼,山色望中收。钟度寒潮月,云移芳草洲。白波千里舫,红叶一江秋。灵泽如浮岛,依稀控上游。

——康熙《太平府志》卷三十九

登蛾矶

江空云净镜中流,香绕灵宫卜胜游。水纳月痕栖晓殿,风邀帆影住春楼。苍波日落急潮塞,翠壑烟开细草幽。屐齿不辞闲眺望,伤心吴蜀故国秋。

——康熙《太平府志》卷三十九

奚 自

奚自,字石公,安徽芜湖人。顺治年间布衣,颖敏嗜学,淡于名利,慕陶潜为人。储书万卷,日夕啸咏其间。著有《柳村存稿》。

雨过板桥寺

古寺隐松篁,藤萝覆短墙。地偏游骑少,僧懒讲台荒。细雨斜侵帽,微风暗袭裳。归心时切切,日夕下牛羊。

——民国《芜湖县志》卷五十九

癸酉悯旱

国本寄于农,所望在岁丰。频年苦螟蟘,南亩无完种。去秋幸稍稔,饥肠得暂充。

540

芜湖历代诗词

何期值今夏，蕴隆复虫虫。祝融司火令，焰焰烧天红。屏翳缩首避，旱魃肆其凶。玉女不敢笑，袖手向丰隆。相对意殊懒，谁与鞭睡龙，田畴尽龟圻。桔槔声斗讧。日夜无停轴，咿哑彻苍穹。嗟我农妇子，头焦鬓蓬松。筋力非不惜，生计赖田功。西成若无望，衣食何以供。饥寒不可忍，况复征租庸。昨闻贤县尹，躬自祷琳宫。上天非难格，感格在诚衷。我闻于古史，有唐颜鲁公，决岳雨立降，至今仰神通。天人如响应，此理讵凿空。

——民国《芜湖县志》卷五十九

会葬沈门三节妇,诗以纪之

一抔卜葬大江隈，为妥贞魂薤草莱。云气近连灵泽庙，潮声遥接雨花台①。泪凝湘竹沉烟冷，血染山桃带露开。最是年年寒食日，杜鹃声里不胜哀。

——民国《芜湖县志》卷五十九

[注]①作者自注：惕庵先生葬处。

陈允衡(？—1672)，字伯玑，号玉渊，江西南昌人，避乱寓居芜湖。杜门穷巷，以诗歌自娱。与王士禛、施闰章交最笃。著有《爱琴馆集》。

541

识舟亭和韵

孤屿何时结数椽，滕王黄鹤亦江边。东游词客千秋在，西望乡心万里悬。芳草不分吴楚地，落霞遥共雨晴天。凭栏向晚忘归去，渔火禅灯处处然。

——《太平府志》卷三十九

寓善利寺喜章蔼吉过访①

狂风孤寺如吹去，茜雨幽人肯一来。激楚偶谈前世事，飞腾莫滞济时才。穷经已入堂中室，作赋常登郭外台。问我飘零何自苦，深宵烧烛尽余杯。

——《爱琴馆集》

[注]①善利寺：在繁昌城东南一里，今无存。

张明象，字悬湛，号菁庵，安徽芜湖人。康熙元年(1662)岁贡生，博通经史，朕岁潜心《易》理，兼工诗赋。著有《九经晰义》等。

神山

翠拥芜山叠嶂开，仙踪幽梦昔风雷。霖飞涨逐蛇龙窟，剑铸芒腾虎豹才。落照江天看绣带，浮尊春日醉歌台。幽岑不厌人频过，花压前村任往来。

——康熙《芜湖县志》卷十三

喜中江塔落成①二首

江上芙蓉耸碧空，当天影掠水晶宫。龙雷不动千秋古，金石常标一柱雄。势合晴岚回地辅，光胜宝物见神功。帆樯客过从今望，共识题名上国同。

江上巍巍一柱雄，几年肇迹此乘功。地灵渭水回东北，物瑞诸天现郁葱。七级坐连神燕谷，千秋影压老蟆宫。杖藜来会观成日，高阁题诗客座风。

——康熙《芜湖县志》卷十三

注：①中江塔：位于芜湖市青弋江与长江汇合处东侧水岸，始建于明万历四十六年(1618)，未竣工。清康熙八年(1669)续建落成。今为"双江塔影"，芜湖十景之一。

汤圣清，字澄源，安徽芜湖人。康熙九年(1670)贡生。少聪慧，攻苦精进，为文下笔立就。著有《周易讲义》及诗文数百余篇。

人日登赭山

有尊最喜对江开，人日晴岚坐石苔。野火岂烧春至草，东风又绽雪中梅。狂歌近似东门况，浪迹偏无北郭才。远望重重山色淡，夕阳催起暮烟来。

——民国《芜湖县志》卷五十九

彭述古,字幼官。弱冠补弟子员。康熙十一年(1672)应郡邑聘,纂修县志。

观鲁明江因饮大王庙①

江天望日似玻璃,无那三春百舌啼。指点烟波争战后,凭陵睥睨夕阳西,远帆片影荒云乱,孤屿中流宿苇齐。虽是薄游须痛饮,灵风应满夜归旗。

——民国《芜湖县志》卷五十九

[注]①大王庙:位于鲁港,在鲁明江(即今漳河)入长江口处,曾有回龙寺。

荆山寺怀古

枫林染尽弄秋辉,孤岫苍苍冷上衣。风到灵旗仍瑟瑟,香栖静院自霏霏。曾来寒壁观潮古,不见残僧问偈归。一别流光尝作念,载骎几度倦鸿飞。

——康熙《芜湖县志》卷十三

543

汪楫,字舟次,号悔斋,安徽休宁人。康熙十八年(1679)召试博学鸿词,授检讨,历官福建布政使。著有《悔斋集》等。

赠别萧尺木二首

七十远为客,风流殊未衰。自将萧氏韵,高唱杜陵诗。世已轻词伯,人犹重画师。黄金买毫素,彷佛太平时。
扬州难结夏,六月上江船。烈日蒲帆外,清风野渡边。波平思学钓,税急悔求田。只惹妻孥怪,看囊无一钱。

——《晚晴簃诗汇》卷四十一

吴升东

吴升东,字巢薇,湖北黄冈人。康熙十年(1671)任繁昌县令。

金峨洞①

繁昌山势多奇绝,历览实能蔑一切。最爱城南二里余,仙人石洞空中结。劈开蹊径自天工,策杖行来多曲折。虎豹蛟龙争赋形,千山片片色如铁。无端峭壁直穿云,洞底幽深积古雪。老树盘根上下垂,高楼随补天之缺。有亭突起俯平畴,点点田家同蚁垤。牧唱樵歌断续声,因风入耳何曾辍。交加野鸟更留情,偏向檐前啭百舌。举杯痛饮任徘徊,为近神仙不忍别。试问神仙归未归,题诗洞口镌残碣。

——道光《繁昌县志》卷十七

[注]①金峨洞:位于繁昌峨山南,原名仙人洞。

如松庵和壁间韵二首

临江秋色倍萧森,壁立禅关距绝岑。烟火万家分下界,松篁一带散清阴。帆依夕照空留影,龙挟飞涛故作吟。偶尔到来诸想尽,不须世外别追寻。

苍松怪石自森森,无事登临对远岑。山气原来通水气,春阴似觉带秋阴。一声磬醒乡关梦,四壁诗添泽畔吟。好鸟窥人应有意,呼朋风雨费招寻。

——道光《繁昌县志》卷十七

峨桥道中

郊游为念切民依,取径溪桥薄暮归。瘏马踏开霜后叶,秋天寒透雨中衣。村多草树知田熟,山有茶苗胜蕨肥。回忆故园荒歉甚,当年温饱竟全非。

——道光《繁昌县志》卷十七

访百一翁许九成

浮丘山畔且停车,为访山翁百岁余。绕膝儿孙分几辈,从头治乱话当初。市廛许久何曾入,礼数由真总不疏。敬老天家恩自渥,敢辞粟帛继庭除。

——道光《繁昌县志》卷十七

板子矶

维舟巉石下，觅径陟山颠。城堞余今日，兵戈自昔年。直参天有树，俯视地惟渊。鹊起何由著，投林羡暮鸢。

——道光《繁昌县志》卷十七

钮 琇

　　钮琇(? —1704)，字玉樵，号书诚，江苏吴江县人。康熙十一年(1672)贡生，任河南项城等县知县。著有《临野堂诗集》等。

重五前二日芜湖观竞渡

群龙当午出风湍，木戏能开旅客颜。时记楚些新节物，地逢晋梦旧湖山。莲塘短棹鸳鸯拍，竹槛横萧玳瑁斑。两两画船归去后，独留江月向人闲。

——《临野堂集》卷八

545

南陵访王五清进士山居

松走涛声曲径通，故人家在万山中。一尊偶向今宵会，两鬓□□旧日同。芋粉成羹抄饭白，柏林落实罥灯红。尘劳益觉幽栖好，有约重来驻旅骢。

——《临野堂集》卷八

胡 会 恩

　　胡会恩，字孟纶，号苕山，浙江德清人。康熙十五年(1676)进士，官刑部尚书。著有《清芬堂存稿》。

天门山

绝壁东西峙，双峰踞上游。神工擘山骨，天意束江流。风落烟中艇，云横石角楼。奔涛纵此去，直下海门秋。

——《清芬堂存稿》卷二

唐允甲，字祖命，号耕坞，宣城人。清著名文士、书法家，其小楷《杜子美七言歌四首》，美国普林斯顿大学博物馆藏。著有《耕坞山人诗集》。

同肖尺木小曼沈昆铜泛欧湖

击楫狂歌思不穷，采芹酹酒奠欧公。江山姓字因人重，睇听风流自昔同。潋滟湖光分月白，参差枫树间花红。晚烟十里城东路，带得钟声度碧空。

——《太平三书》卷四

邓光远，字孔昭，号潜夫，安徽芜湖人。敦品力学，多才多艺，琴剑书画俱工，尤精于诗。著有《补心集》。

546

鸠兹湖亭远眺即席和韵

湖心亭里望中迷，帘卷春风燕子泥。尺幅绽红萧寺嵌，一堆眠绿乱莺啼。水惟不竞形俱鉴，山欲飞来烟满堤。恍在武陵最幽处，开樽共坐六桥西。

——民国《芜湖县志》卷五十九

刘 楷

刘楷，字子端，号蓬庵，安徽南陵人。康熙十八年（1679）进士，授中书科中书舍人兼侍讲，担任时为太子的雍正帝老师，仕至光禄寺卿。著有《慕园集》《俯察要览》等。

灵山杂兴二首

别山三十年，苦忆山中静。云深鸟不知，天外一声磬。
众山束一溪，溪流绕山外。时有问津人，桃源闻犬吠。

——民国《南陵县志》卷四十二

陈大章(1660—1727),字仲夔,号雨山,湖北黄冈人。康熙二十七年(1688)进士。工诗古文,著有《玉照亭诗钞》。

芜湖夜泊

高岸潮痕阔,严城戍鼓通。断烟含宿雨,红树乱西风。贾客排樯密,津人权算雄。数钱沽酒罢,无计逐冥鸿。

——民国《芜湖县志》卷五十九

丁佩玉,字雪石,昆阳(今云南昆明市)人。康熙三十五年(1696)举人。著有《一槎寄草》。

547

芜湖晚望

江燕撩人至,双飞似旧知。如何春去日,不是客归时。水逐船头转,云随帆脚低。短吟浑未尽,怅望复迟迟。

——《晚晴簃诗汇》卷五十四

丘稼穗,字秀瑞,号宝亭,上杭人。康熙四十一年(1702)举人,官归善县知县。著有《东山草堂文集》。

天门山

两山对峙一江流,望入天门万壑幽。曲磴斜通云际寺,层岩高傍树中楼。濛濛烟雨回青嶂,点点帆樯泛碧洲。遥指谪仙吟眺处,飞艑竟日倚峰头。

——《东山草堂诗集》卷四

袁启旭

　　袁启旭（1693年前后在世），字士旦，号中江，安徽宣城人。师从王士禛。著有《中江纪年诗集》。

玩鞭亭怀古

邮亭一笠俯平田，往事空传七宝鞭。犀甲楼船沉晓梦，龙媒官道锁寒烟。英雄已落真人后，父老能谈典午前。江左君臣总流水，杜鹃风雨泣年年。

——《晚晴簃诗汇》卷五十三

次青弋江访友不值

青弋江头一叶舟，山光云影共沉浮。门前多是桃花水，未到春深不肯流。

——《宁国府志》卷二五

548

芜湖归哭唐戚尔先生二首

二老吾师表，风流世所闻。十年歌啸共，小别死生分。
川岳消灵气，衣冠逐断云。飘飘双白叟，天上不离群。

——《中江诗集》卷一

送人归里

鲁明江上柳丝肥，灵泽矶边北雁飞。春雨春风愁不住，客中偏是送将归。

——《中江诗集》卷一

八月九日移家芜湖二首

河西风物好，十笏草堂偏。去国遗桑柘，栽花阅岁年。瓮因新汲制，榻自旧移穿。
不尽柴门柳，依依缩别船。
岂是离乡易，艰难愧老亲。提携书卷重，丧乱橐装贫。天地常为客，风云敢傍人。
江头有磐石，朝暮稳垂纶。

——《中江诗集》卷一

放歌赠沈天士

丁家庄前溪水流，赤铸山下寒云秋。邀君酒楼劝君饮，听我作歌歌莫忧。伊昔风流全盛日，君家双戟凌云出。侍御声华既罕俦，公子才名复第一。南社群推二沈贤，俊厨顾及相比肩。东阁留宾罗玉膳，西堂养士拥金钱。文茵翠幕氍毹暖，侍女香奏瑶管白。鹤因朱霞酬唱高，雕轮华毂门庭满。海天一夕遍沙尘，暗淡长空白日昏。秦廷难洒孤臣泪，楚客空招帝子魂。江头夜夜双龙吼，奇谋未遂悲身首。月明水岛啸寒鸥，柴市凄凉余广柳。甲第朱门一旦休，鹡鸰原上朔风愁。箪瓢谁进芦中饭，萝薜虚悬海上洲。以此飘零不得意，十日行吟九日醉。破巢风雨任悲鸣，复壁荆榛谁省视。我来怀古向江村，江天搔首坐黄昏。铜驼泪尽人谁在，金谷园荒雨闭门。逢君慷慨相倾泻，皂帽无愁弄权斗。长头大鼻老诸生，犹是当年织帘者。坡陀陵谷总难平，万事云烟过眼轻。槿花朝发暮还落，玉兔昨没今犹生。伤心不见金陵道，六朝佳丽埋荒草。巍峨留得景芳坟，千古忠魂共相保[1]。眼前潦倒尽人豪，谁识腰间双宝刀，语罢临风三叹息，长江万里水滔滔。

——《中江诗集》卷一

［注］[1]作者自注：惕庵先生葬雨花台。

春谷道中

渐觉碧峰近，春原路不赊。桃花停客骑，桑树见人家。谷鸟和烟出，江帆背日斜。金峨有仙洞，窈窕入明霞。

——《中江诗集》卷一

九日登识舟亭

孤亭遥对众山开，亭下江声入槛回。万壑清霜疏草木，千家寒雾出楼台。鱼龙气在苍云绕，鸿雁风高铁马哀。满目疮痍无尽泪，短箫横笛且停杯。

——《中江诗集》卷一

南陵饮文澜亭同何生伯作[1]

天半危亭出，凭虚俯乱泉。群山牧夕照，一艇下寒烟。岛影杯中失，钟声树杪悬。谢池风景在，小杜去何年。

——《中江诗集》卷一

[注]①作者题注：亭跨龙会桥，其高数仞。在南陵县之北，郭牧之诗：谢家池上安贤寺，即其地也。

泛舟登荆山限韵同倪轶凡卜丙文

放眼湖天二月时，平畴如海柳如丝。烟深南国花千里，春到东山酒一卮。士女香风娇蛱蝶，书生荒原锁棠梨。斜阳欲下来时路，几处河亭唱竹枝。

——《中江诗集》卷一

长江

挂席长江上，江流入混茫。炎天飞白雪，晓日破洪荒。阅历迷人代，喧豗失雨旸。漫夸天堑险，往事几沧桑。

——《中江诗集》卷一

舟次旧县

550

布帆迢递溯安澜，碧石清江倚棹看。一塔含烟松叶暗，孤舟过雨荻苗寒。风吹古寺闻禽语，日落平沙影钓竿。万里征程才咫尺，乡关回首思漫漫。

——《中江诗集》卷一

沈天士假寓萝山精舍①

小院深松带女萝，招携不厌此婆娑。晴云袅袅时吹杖，山鸟嘤嘤自放歌。竹里茶烟高士榻，花间潮汛大江波。仙游兹会翻如梦，好向沧浪狎钓蓑。

——《中江诗集》卷二

[注]①题目系修订者所改，原题：沈天士假寓萝山精舍，储岳灵携具招同汤岩夫、徐程叔、卜丙文、舍弟汉公就谈竟日，同限萝字。

同内子泛舟夜泊峨桥

千峰乱烟树，一叶下山溪。不尽白云色，时闻鸟夜啼。星光傍儿女，人语散凫鹥。差生频年客，孤琴只自携。

——《中江诗集》卷二

方望子将适都门过鸠兹话别次天士韵

相赏何须丝竹音，江山无恙故人心。投沙野鹜争求食，蹈海神龙好自吟。长铗哪堪嗟白首，高台休拟筑黄金。看余一舸寒潮上，醉入芦花月满襟。

——《中江诗集》卷二

繁昌道中

赤足女郎摘茨回，蓬头儿子跨牛来。行人指点金鹅道，驼背残阳细雨催。

——《中江诗集》卷二

宿鲁明江望蟂矶

烟浪层层殿影摇，霜天明月静中宵。英风不散夫人庙，一片灵旗卷暮潮。

——《中江诗集》卷二

551

清弋江晓发

新粉墙头月已西，孤篷昨夜宿山溪。多年不到清江路，又听深林百舌啼。

——《中江诗集》卷四

登赭山寻滴翠轩旧址①

二月江城暖渐回，梅花傍郭几枝开。缘山路入疏林近，访古人从废寺来。渡水残钟烟易合，寻巢新燕语多猜。苍茫翠色连平楚，遗迹凄凉付劫灰。

——《中江诗集》卷四

［注］①题目系修订者所改，原题：二月三日，同倪轶凡登赭山，寻滴翠轩旧址，即黄山谷读书处。

息讼亭五十韵①

郭侯起关中，系出汾阳裔。妙年抽藻翰，声誉动幽蓟。跌荡樗社傍，啸傲终南际。诏举亲民司，公也应天吏。剖符得区湖，是为上游地。江流贯荆扬，官道朔南暨。

峨艑辐辏齐，巨贾络绎至。其民多陆梁，其士切忸怩②。土瘠人则稠，外腴而中悴。
前贤尚兰丝，颇至兴轮沸。我候飞鸟来，戴星夜无寐。弗自润脂膏，偏能决老智。
崔瑗神明宰，蒋琬社稷器。不数一县花，讵值百里寄。公余耽讽咏，劈笺写新制。
居然组绶荣，亦带烟霞气。山川入奇怀，老笔绝纤丽。多士待取裁，桃李争荣遂。
往昔芜俗漓，黠悍及凋弊。两造梦异同，谁能质虞芮。一自神君临，顿令百妖避。
电扫讼庭烦，威行济以惠。官路冒孤亭，申申历明誓。单笔绝爱书，丰碑记绿字。
刑清奸窟空，化洽桁杨弃。履方太邱行，绩美中牟异。本朝尚循良，盘错别吏治。
果具卓鲁风，甄援以不次。吴公治梁溪③，黎庶鲜瘯瘰。政化平如水，宾从粉如织。
出忘案牍劳，入晰风雅义。宋公判齐安④，一一行无事。书画恣摩挲，鼎彝亲位置。
若闻民痌瘝，夜思朝决视。以此切天眷，超擢历高位。一开豫章府，一总两粤制。
遂令海宇间，翘首望鞭辔。侯也吴宋流，足使声华继。讴歌满江介，清风涤城肆。
行当践台弦，岂仅外台贵。贱子甫倦游，归钓中江濞。朝搴陌上英，暮纫林间蕙。
秋露何光华，春波自明媚。那成白雪谣，遂结青云契。时清陇亩安，气洽缟纻缔。
野雉何悠悠，江禽亦喈喈。父老含哺吟，儿童竹马戏。千秋众兹城，获有召棠蔽。
敢希九里润，实藉万间庇。置身弦歌中，耕凿以卒岁。

——《中江诗集》卷四

[注]①题目系修订者所改，原题：郭念海明府治芜一年，声绩茂著，构息讼亭于县治之旁。于其落成，诗以诵之，得五十韵。修订附记：郭念海，字孝思，陕西长安人，监生。康熙二十九（1690）知县事，洁己爱民，兴立义学，著有《莅芜政略》。在任三载去，百姓卧辙攀辕，建生祠于北门外，兼立去思碑。②作者自注：时制切史忸怩小利。③作者自注：前两广总制吴公兴祚起家，无锡县令。④作者自注：今江西抚军宋荦起家黄州别驾。

花朝游金峨洞①

仙洞云深小径通，山村回薄隐芳丛。嫩红沾湿桃花雨，新绿低迷燕子风。浊酒清歌尘世外，孤亭野寺夕阳中。眼前亲串欢娱地，景物真疑太古同。

——《中江诗集》卷四

[注]①题目系修订者所改，原题：花朝游金峨洞，许子载酒，同王内兄郝亲家。

中分村望马人山

马首见诸峰，作意媚烟景。苍茫岚翠中，时漏碧空影。

——《中江诗集》卷四

宿马人寺

禅关围古树，石气夜苍凉。明月下山径，疏钟开竹房。身心皈法界，灯火静空王。梦觉诸天寂，风吹松叶香。

——《中江诗集》卷四

登马人山①

五峰攒簇互嵯峨，策杖探奇此一过。日落下山闻虎豹，人登绝壁揽藤萝。云中老树千头少，天外长江一线多。高处倘能容结宇，纱窗直可接明河。

——《中江诗集》卷四

[注]①作者题注:即五峰山。

郝达三园居①

城隅开小径，竹色隐山庄。云卧弹琴馆，花鸣读易床。高言疏礼法，密坐洽壶觞。妍娅过从地，忘形春昼长。

——《中江诗集》卷四

553

[注]①郝达三园居:在繁昌境内。

留别卢鲲浪①明府

脱略忘予拙，风流识宰贤。看花春迟坐，留客晚鸣铉。分手又新夏。论心自旧年。渐非汉司马，恭敬谬为先。

——《中江诗集》卷四

[注]①卢鲲浪:卢化,字鲲浪,福建永定人,康熙年间任繁昌知县。

留别郝王二戚昆季①

归路即征路，别君如别家。盘餐深地主，形影渐天涯。晓月啼山鸟，东风吹柳花。最伤送行处，同立小桥斜。

——《中江诗集》卷四

送纪明府赴芜湖任

吴波迢递动江城, 仙令翩翩拥旆旌。万里春潮多估舶, 四时烟郭有农耕。秦床日暖花铃护, 厅事人稀鹤径清。家在东皋劳阅讹, 儿童终日闭柴荆。

—— 《中江诗集》卷四

送沈员外榷关芜湖

频年蠲赈出朝端, 关市讥深力未宽。吴楚烟波愁估客, 津梁风雨望郎官。燕山雁度星轺远, 灵泽蜺鸣水驿寒, 江畔茅堂洲畔月, 漫凭旌节报平安。

—— 《中江诗集》卷四

颜尧揆

颜尧揆,字孝叔,福建永春人。拔贡,康熙六年(1667)知无为州。任期筑李家祠至王家渡堤八百八十丈,次年大水,田庐无恙,和、含、巢邑皆赖焉。州民勒石曰"颜公坝"。

初晴步墨池

散衙偶尔步林塘, 水满孤亭似客航。竹忽出栏无约束, 鹤思冲汉独昂藏。墙倾久雨篱能补, 桥湿初晴屐自将。绿柳四围眠复起, 欣然人在水中央。

—— 嘉庆《无为州志》卷三十一

泥汊道中

水国清波处处塘, 倩谁图画武陵庄。人依曲径编芦箔, 犊饮前溪过草堂。社酒浮香偕少长, 菜畦连幕尽青黄。捕鱼不识时秦晋, 鸡犬桃花老此乡。

—— 嘉庆《无为州志》卷三十一

赵国柱

赵国柱,字匡侯,芜湖人。康熙年间诸生。著有《倚楼集》。

秋晚舟过荻港

幽兴殊未已,扬帆趁夕曛。茅檐多傍水,野寺半栖云。雁去沙还静,矶横浪自分。何缘渔父笛,袅袅逐人闻。

——《皖雅初集》卷二十七

吴　宽

吴宽,字敬五,号青遇。康熙间附贡,晚年授广西贺县令。著有《青遇堂诗集》。

芙蓉岭

税驾寻幽胜,牵衣到石堂。晴峦当丽日,杰阁俯幽篁。僧老容偏粹,禽新语自芳。同人耽静悟,坐卧寄清狂。

——嘉庆《无为州志》卷三十一

555

啸泉

百尺空潭上,泠泠照素心。山灵留异迹,旅客澹孤吟。日下秋容静,霜清碧影深。划然长啸处,众壑起幽阴。

——嘉庆《无为州志》卷三十一

何大观

何大观,生卒年不详,字尔光,号秋涛。康熙九年(1670)岁贡。著有《绀园诗集》。

上洪峡双石

嗟彼巨灵斧，斫石石双悬。譬如乐斗士，贾勇奋两拳。若使配奇状，当在华岱巅。
若使矜廉隅，宜落虎邱边。磊落屹立老风烟，绣苔剥藓自年年。细泉绕石趾，怪树
生石前。树不题壁，泉不留船。游人未必到，石不受人怜。石乎！当勉旃。

——嘉庆《无为州志》卷三十一

南山纪游

　　登罗山之次日，土人为予言南山之奇谚，有语："慈云为门，九卿为府，慈云为禽，
九卿为虎。"

　　早起戒盥沐，努力劝童竖。山中烟岚日日生，山巅白云何缕缕。朝暾不及升，土人
指为雨。未几成滂沱，飞沫挟风舞。镇日关门对田父，涛声并枕三更怒。雨声涛声
不能分，或曰洗山游可补。诘朝晴霁，旭辉方吐，约以辰际行，抵山日亭午。山楂
悬，橡栗俯，采葛采蕨类园圃。十步一息，五步一拄，游侣后先，童子翼主。东望
洋子，江帆可数。西眺黄白之二湖，森焉无津。而客妄指，以为湖中之楼橹。从巅
下数级，平铺得百武。竹叶萧森，茶花媚妩。庵曰静云，僧可四五。借僧榻以短
梦，情油油而栩栩。俄焉黑云渡江，霏烟成堵。辍我茗战，乱我谈麈。仓卒归来，
雨溅石浒。一上一下风景异，晴山雨山俱可取。土人迎予，为子劳苦。

——嘉庆《无为州志》卷三十一

白云寺有感

多少游人此处凭，千年石磴暗楸藤。先生每到成三叹，古佛犹然只一灯。猢吠白云
春满寺，莺啼红树昼眠僧。终南巧作长安路，去住何尝隔几层。

——嘉庆《无为州志》卷三十一

汤士琬

　　汤士琬，生卒年不详，字文玉。康熙十一年（1672）贡生。以诗著名。

过子房庵

助汉归来不受封，小庵数尺矗孤峰。洞边白石堆黄石，岭上青松即赤松。楚水东流犹带憾，韩山西峙岂无踪。雄心千载谁消却，凉夜月明烟里钟。

——嘉庆《无为州志》卷三十一

汤士珊，生卒年不详，字子将，号眉山。康熙十一年（1672）贡生。著有《山水清音集》。

芙蓉岭

群峰翠立拂松楸，岭路斜登渐入幽。瓢笠有僧依趸定，笋舆如鸟触云流。竹阴数里连山店，瀑响层崖冷石楼。此标似游图画里，客心何境不涵秋。

——嘉庆《无为州志》卷三十一

557

谢升，生卒年不详，字位级，安徽南陵人。康熙年间举人，五十六年（1717）任无为州学正，修举学规，振兴士气，颇有声誉。

工山小庵有怀何孝子①

石磴蟠云曲径通，茅庵一点翠微中。若非有晋高人在，安得兹山维岳同。碧落灵泉朝浥雨，幽岩老木夜嘶风。千秋不朽伦常地，尘世纷华转瞬空。

——民国《南陵县志》卷四十二

[注]①工山：在南陵境内。何孝子：即何琦，字万伦，晋人。曾做郡主簿、泾县令等。侍母至孝。

夜过芙蓉岭

仆马啼饥日已曛，归心何事逐人群。鼓钟晚寺声犹滴，灯火危峰势欲焚。寒鸟夜呼千树月，幽篁闲锁一亭云。几番阅历山容旧，今夕重开面目纹。

——嘉庆《无为州志》卷三十二

赵东旭，生卒年不详，宛平（今属北京）人。康熙十五年（1676），由中书任无为江防府同知。

游水云庵

春气正初酣，轻寒散碧潭。为寻山色好，来憩水云庵。鸟语间关奏，花容宛转含。宦游吾倦矣，弥勒可同龛。

——嘉庆《无为州志》卷三十二

558

齐宏，生卒年不详，字士猷，号畊六。康熙二十六年（1687）举人，任崇明县教谕。乐道安贫，致仕归，囊橐萧然。

北园寻菊

独缘城址到秋丛，小径三三人望同。溪畔吹香香自别，霜前流韵韵偏工。赏倾名士尊浮绿，吟引诗人烛刻红。多少繁英容易落，却输老圃耐寒风。

——嘉庆《无为州志》卷三十二

丁国珮，康熙四十六年（1707）岁贡，授霍邱县训导。

山居遣怀因过南苏寺

匡床静对只书函，慵起三竿颇耐憨。梦破不寻蕉覆鹿，身藏已似茧成蚕。闲情自许陶元亮，清语羞同殷仲堪。忆昔焚膏留榻处，漫探萧寺遇山南。

——嘉庆《无为州志》卷三十二

王高植，生卒年不详。康熙三十七年(1698)府贡。

泥汊口闲望

闲游江市外，独立驿楼边。沙嘴收鱼网，滩头聚米船。风翻虚碧浪，云散蔚蓝天。怅望危矶畔，英雄事渺然。①

——嘉庆《无为州志》卷三十二

[注]①作者自注：回澜矶有黄靖南侯故垒。

559

李璋，生卒年不详，奉天(今属辽宁省)人。康熙三十三年(1694)，由监生知无为州。余不详。

同胡治书王蒙斋游芙蓉山

分竹守江州，弥节迈王路。天风豁苍翠，游屐不嫌屡。二客澹宕人，延赏鲜俗虑。明发促严程，寻云入松坞。日晡憩丛林，危巘经几度。屏颜历古道，逼仄窘前步。坐依蒲衲禅，卧听风筝语。轻身出天地，遂令群山俯。圆魄出层巅，混漾蟾光吐。自笑簿书烦，多为官守误。安得炼形神，常得天风御。

——嘉庆《无为州志》卷三十一

王履同

王履同，生卒年不详，字荕来。康熙三年（1664）进士，授司理，未仕而卒。好苦吟，有郊岛长吉风。

白鹤观晴晓

细鸟喧残雨，朦胧欲曙窗。湿莺愁几日，到枕语双双。

——嘉庆《无为州志》卷三十一

朱启隆

朱启隆，生卒年不详，山阴（今浙江绍兴）人。康熙十一年（1672），由贡监任无为州同。

巡江偶题

轻舟摇曳水连天，此日临风倍慨然。茅屋几家朝雾里，孤洲数点夕阳边。微躯愧乏涓埃报，薄宦期将谨洁先。却喜民安无所事，满江灯火照渔船。

——嘉庆《无为州志》卷三十一

郑相如

郑相如，字汉林，号愿廷，又号南亭，安徽泾县人。康熙五十九年（1720）副贡，曾受聘纂修《江南通志》。著有《虹玉堂文集》《诗集》。

泾舟竹枝词

年来湾沚买粮多，划子关梢载几何。只怕家乡连日霁，滩干难上幕山河。①
芜湖锁巷泊罗匡，客上长街货未装。闻说家山溪涨发，关南关北渺茫茫。②
三山门外门山船，金榜千章卸几朝。好趁北风江面过，一天收口上浮桥。
山中货物繁如雨，装得船满愁日暮。莫去江关狗子多，连宵摇出红兰埠。

——《历代竹枝词》乙编

[注]作者自注:①《纪风七绝》录此首注曰:泾舟小曰"划子",稍大曰"关梢"。山河水浅,故舟只宜小者。②《纪风七绝》录此首,末句为"急寻水手打新挈"。注曰:船大者曰"罗匡",趁水大可行。遇滩不能独上,必众船协力,名曰"打封手"。

沙伟业

沙伟业,字孚殷,号镜亭。康熙间举人,授池州训导。著有《怀新集》。

偶游万寿庵①见牡丹盛开集句

紫马骄嘶踏软沙,春风无日不山家。似嫌甲第施朱戟,不道空门有艳花。妙色尽从枝上发,天香那许世人夸。金鞭留当谁家酒,且可逍遥玩物华。②

——嘉庆《无为州志》卷三十二

[注]①万寿庵:在无为城北门外。②所集诗句八作者依次为:刘涣、朱日藩、刘克庄、黄姬水、杨廉夫、虞集、雍陶、刘基。

561

邓世熹

邓世熹,字东旸,号月川,安徽芜湖人。其性敦朴,家故贫,一介不苟取。雍正四年(1726)乡举,曾两充山东乡试同考官。

题潘白华自在园①

日坐少尘事,小园幽兴长。叩门无吏到,问字有人忙。好鸟鸣深树,梅花出矮墙。焚香披一卷,自号是羲皇。

——民国《芜湖县志》卷五十九

[注]①潘白华:名岵,字孝廉,号白华,芜湖人。清康熙五十九年(1720)岁贡。性孝友,教品力学,为士林推重。

张大法

张大法,字延平,号誉亭。雍乾间含山人。

秋抄登四合山望东西梁山

空翠夕阳画远岑，荻芦历乱江中深。渔舟个个点秋浦，幽鸟飞飞入暮林。吴楚界分地轴险，东西峙立天门森。青莲昔有登临句，今日惬余山水心。

——《皖雅初集》卷三十八

卢夺锦，生卒年不详。雍正间例贡，以子惟慈赠征仕郎、盐运经历。

墨池怀米公遗迹

晋帖纷奇宝，斋藏抵万金。石峰看磊落，烟浪亿凭临。缺月依寒水，疏林宿暮禽。部蛙喧鼓吹，遗碣古苔侵。

——嘉庆《无为州志》卷三十二

562

卢之玫，生卒年不详，字东玉，号二存。雍正元年（1723）恩贡。家贫耕砚，清况自如。晚授山阳训导，未赴任卒。工诗文，精书法。

登稻孙楼①

清秋和煦宛春温，闲上城楼望隰原。接岸蓼花红结子，中田禾穗绿生孙。额悬三字风流远，碣宝千年翰墨尊。谁道米家一颠老，乐民之乐见深恩。

——嘉庆《无为州志》卷三十二

[注]①稻孙楼：在无为城西大安门。

宋祐，生卒年不详，字履祺，号慎斋。雍正元年（1723）举人。曾官四川内江知县、浙江台州府、陕西汉中知府、湖南长沙府等,为官清廉正直,吏民不扰。归里后,结诗文社以自娱。

九华楼晚眺

纵目南楼快取携,遥天九子望中迷。秋声淅沥风生树,水色苍凉月到溪。碧落空中双塔迥,残阳尽处一星低。登临顿觉情思远,良宰风流旧品题。

——嘉庆《无为州志》卷三十二

张延祺

张延祺,生卒年不详,字吉士。雍正十年(1732)举于乡,屡上春官,未第而卒。工古文词。

北山道中

春雨初晴暖不禁,消闲策蹇入山林。水因穿石投溪缓,鸟为成巢择树深。负米僧归云外寺,采薪人卧涧边阴。无穷野色留吟眺,寄傲烟霞有素心。

——嘉庆《无为州志》卷三十二

蒋如荃

蒋如荃,生卒年不详,字苏荪。雍正十年(1732)乡举,不乐仕臣,设教于家。嗜读书,制艺称工。著有《揖翠山房稿》。

泥汊即事

春色满柴门,寻芳载酒尊。雨檐穿燕子,江网蹙河豚。柳色前朝寺,桃花隔浦村。晚烟横岫隐,新月照黄昏。

——嘉庆《无为州志》卷三十二

金玉式

金玉式,生卒年不详,阳湖岁贡。雍正十一年(1733)任无为州训导。

九日尊经阁登高

阁高十丈雾冥冥,九日掀髯倚曲棂。红雨亭藏烟树暗,紫芝山接菜畦青。忽惊眼底秋将老,敢说官中我独醒。昨夜酒痕犹未浣,诗成何处索银瓶。

————嘉庆《无为州志》卷三十二

[注]①作者自注:红雨亭在墨池,范公新构。

翁是平

翁是平,生卒年不详,江苏常熟人。雍正十一年(1733)知无为州,擅长为政,惠爱及民,颇著臣绩。工吟咏书画。

564

署斋即事和范菊町刺史原韵

久雨初晴后,时来百舌音。酣眠消白昼,欲去少黄金。踏月临溪水,参禅问道林。惭为旧令尹,无可告知心。

————嘉庆《无为州志》卷三十二

卢见曾

卢见曾(1690—1768),字澹园,又字抱孙,号雅雨,又号道悦子,山东德州人。康熙六十年(1721)进士,历官洪雅知县、滦州知州,永平知府,长芦、两淮盐运使。著有《雅雨堂诗文集》。

寄朱草衣山人

腥羶柱自诳交游,倒屣逢迎苦未休。惟有三山高咏客,孤筇终不指扬州。①

————《雅雨堂诗遗集》卷下

[注]①作者自注:草衣句。

 朱竑

朱竑,字淯同,号敬斋。康熙间附贡,官沭阳县教谕,署县事。善书法。著有《启秀轩集》。

芝山夜坐

独坐会心处,山斋兴味长。帘疏香出阁,花隙月窥廊。叶落疑飘雨,蛰鸣欲坠霜。检书消夜永,薄醉复呼觞。

——嘉庆《无为州志》卷三十二

 朱端

朱端,字庄伯,号容庵。康熙间附贡,官来安教授,升苏州府教授。负性潇洒,潜心诗学。著有《寸知斋集》。

565

北郭春游

绿阴一路引郊行,啄尽残花燕子鸣。野水上桥春涨急,白云笼树午烟轻。山间鸟惯争晴唤,陇畔农多趁晓耕。放鸭钓鱼俱有约,悔将衰鬓绊微名。

——嘉庆《无为州志》卷三十二

 屈升瀛

屈升瀛,字君赐,四川人。康熙年间任南陵知县。

龙池祷雨①

禾与民同生,一雨均当泽。无禾是无民,久旱怀愁绝。吁嗟举大雩,徒然牲璧竭。夙闻龙池灵,泓然工山脊。云气一缕生,甘霖遍阡陌。千层跻危崖,深碧生寒冽。

传道通江湖，信是神龙窟。匍匐携士民，倾注冀倏忽。厚泽龙岂悭，凉德吏有责。
黑云随我归，庶解倒悬厄。

——民国《南陵县志》卷四十二

[注]①龙池：在南陵县工山。

张纯，字吾未，康熙时桐城布衣。精于篆刻，尤工刻竹。遂自号苦竹山人。著《苦
竹山房诗稿》。

芜湖识舟亭

东邻酿酒西邻香，挥金买醉徒倾囊。厩中老骥尚伏枥，匣内宝剑空许长。胸中有气
吐不得，提剑出门步江侧。秋山木脱秋水清，巍巍孤亭正堪陟。凭栏却忆乱离时，
不觉涔涔泪沾臆。裘冕忽看青衣荣，将军裹尸徒马革。昔时如此今太平，珠帘夹路
闻歌声。游人不暇究往事，残碑断碣谁支撑。长啸一声楚天暮，风起涛翻老蛟怒。
干将三尺知我心，遥举一觞酹君墓。①

——《皖雅初集》卷三

[注]①作者自注：墓，黄靖南墓也。

王辂，康熙间增贡，官松江府教授。

游水云庵①

高秋登眺启僧扉，山色离奇映落晖。衰柳疏宜红树补，暮霞残带白云飞。天空鸿雁
留书迹，风细陂塘曳水衣。一种闲情披豁处，飞觞待月夜忘归。

——嘉庆《无为州志》卷三十二

[注]①水云庵：在无为城东门外。

徐必泰，号冠山，安徽当涂人。康熙二十九年（1690）举人，曾官浙江桐乡知县。著有《冠山文集》。

天门山

太古以前生气浑，六丁凿出二梁痕。遥衔海色乾坤大，中泻江涛昼夜奔。隐跃龙鱼翻石壁，依稀间阖蠹山根。客舟相向多惊眼，一片孤帆势欲吞。

——《当涂古今吟》

金以成

金以成，字素存，号补山，会稽人。康熙五十年（1711）进士，改庶吉士，授编修，历官兖州知府。著有《补山诗存》。

567

长江和友人韵

岷峨一注湿天根，禹力疏排信有神。水气升腾朝日月，滩痕明灭认冬春。蟂矶北望山如绣，牛渚东来泻作银。多少帆樯争利涉，凭君指点斗闲频。

——《晚晴簃诗汇》卷六十

陈以刚

陈以刚，字长荃，号烛门，安徽天长人。康熙五十一年（1712）进士，青田、嘉善县知县。著有《烛门诗集》等。

过南陵宿紫岩书屋

绿树临官道，春城雉堞间。潮分中港月，云重郎陵山。旧雨频年别，高谭竟日扳。须眉留我辈，一破客中颜。

——《南陵县志》卷四十二

潘　岵

潘岵，字孝瞻，号白华，芜湖人。康熙五十九年（1720）岁贡生，贫而力学。著有《独笑轩诗集》。

登识舟亭

心目此暂豁，入冬登眺初。寒山易高洁，古木自萧疏。忽尔抱遐想，悠然观太虚。兹怀不可说，相对白云娱。

——《皖雅初集》卷二十七

登识舟亭

崇台晓色澹秋晖，沙浦枫村望里围。山在雾中人独坐，水连天处雁孤飞。千帆影入吴云乱，万井烟迷楚树微。尽日狂吟心境豁，夕阳峰外见僧归。

——《皖雅初集》卷二十七

归自白溪舟过欧湖即事

秋树秋风湖上山，一湖秋水放船还。游鱼戏掷波光里，野鹭闲飞草色间。田妇踏歌行蓼岸，舟人樵爨倚芦湾。斜阳新月寒松外，遥辨荆扉是闭关。

——《皖雅初集》卷二十七

 陈　荩

陈荩，字玉文，江苏吴江人。康熙三十六年（1697）进士，官桐庐知县。著有《雪川诗稿》。

发南陵

一路寒泉送客程，离亭回首隔山城。秋从黄叶声中老，人向青山缺处行。几片闲云供画本，一林落日待诗成。来时记得留题处，尚有残尊慰客情。

——《清诗别裁集》卷十八

孙琮（1692年前后在世），字执升，号寒巢，浙江嘉善人。工诗，颇有警句。著有《山晓阁诗》。

赭山滴翠轩晚眺

鸠兹古名邑，设关大江旁。关吏检行李，嗔我诗一囊。投宿厌旅店，禅寺寻吉祥。
地实处要冲，僧亦无闲房。散步得赭山，负郭遥低昂。未尽三四里，市尘已相忘。
境无佳山水，居然称夜郎。小轩构突兀，景旷堪徜徉。远见江淮帆，烟中影微茫。
忽起故乡感，孤雁横斜阳。

——《山晓阁诗》卷四

宿平坑村庄

繁昌山色佳，相接南陵界。岩泉新雨后，树杪落千派。争赴三山矶，一往势澎湃。
江神不我告，我心已先戒。取径不由城，岭路少险隘。烟林得得来，驴背人如画。
返照下平坑，溪犬吠村寨。主翁隐者流，茅堂洁扫洒。留客夜开罇，松月助清话。
天明辞翁行，题诗偿酒债。

——《山晓阁诗》卷四

569

芜湖识舟亭

欲揽鸠兹胜，危亭问识舟。客帆收夕照，云树涌江流。鹰落关城晚，风生芦荻秋。
新林今夜梦，还在板桥头。

——《山晓阁诗》卷八

玩鞭亭

红日环城梦亦奇，军中五骑出城追。六龙已护真人去，七宝犹留老妪持。珍物相忘
传玩久，逆谋应悔到来迟。只今惟有空亭在，世远无从借一窥。

——《山晓阁诗》卷十一

刘余清

刘余清,字不疑,别号瀼溪,安庆怀宁籍潜山人。明崇祯间,举贤良方正,未就。清顺治十四年以岁贡官芜湖训导,在任三年,引疾归。著有《梅花集》《越游集》等。

识舟亭

黄菊篱边竹杖扶,冠童偕咏集高梧。凉衣薄水秋晴雨,闹浦归船客楚吴。长短句多诗壁旧,去来人尽酒亭孤。苍烟市带江沙白,狂眺纵横天画图。

——《太平府志》卷三十九

宿赭山僧房

堂开晚磬小山空,冷宦闲来看槿红。香钵供禅逃郭北,敝裘游艺集江东。长幡动急风花落,宿鸟飞移月树丛。方丈一房僧借榻,篁松拥塔雾濛濛。

——《太平府志》卷三十九

570

荆山

斜日看云闲倚放,鸟归群避晚烟炊。花枝一径双眸醒,石佛千层百手垂。家住好山松傍屋,尘挥高榭月归池。槎浮浅水沿溪曲,地僻幽寻独赏奇。

——《太平府志》卷三十九

螺矶

城南隔水驾高楼,小棹孤游浪白头。晴港入帆千树晚,冷风飘叶一江秋。鸣螺夜杂悬钟怨,梦鹤寒栖暗殿愁。生死异时当恨绝,情伤在竹泪痕留。

——《太平府志》卷三十九

葛 绥

葛绥,字福履。顺治七年(1650)贡,历任山西阳曲县知县,陕西庆阳府同知。

游白马洞

结伴寻幽去，岩巉怯步前。敛心思邃府，觅径蹑危巅。俯穴窥无始，凭虚悟太玄。
嵌空岚影灭，凿岫玉膏涓。秉烛如游夜，燃犀已彻泉。凡胎仍渺过，仙鼠竟长年。
辗转疑穿胁，俳徊欲问天。三辰乏景曜，万窍少鲜妍。云峤原无路，星潭别有渊。
巨灵如复辟，光亦趁羲鞭。

——康熙《芜湖县志》卷十三

梦日亭怀古

豹声初震气何横，日焰湖边漾水惊。老骥只缘时逼促，长鲸宁独晋纷更。芭蕉旧梦
难摇绿，杨柳空庭可再生。吊古莫悲前代事，丈夫依击唾壶鸣。

——康熙《芜湖县志》卷十三

路过罗汉寺

遥望松林曦影过，凉飔习习萃云萝。人依古刹禅扉静，磴列长廊坐客多。飞鸟暂栖
回落照，游鱼渐出咽清波。闲行玩物徐归市，欲扫尘缘向老陀。

——民国《芜湖县志》卷五十九

571

梁材，安徽南陵人。

灵山寺

万峰回合此中攒，怪石清流逐径盘。杯渡不知何处去，空留古刹作游观。

——民国《南陵县志》卷四十二

登白马山

频年有意觅仙踪，今始凭虚陟远峰。老竹数竿攒怪石，苍松几树下虬龙。阴阴古庙
人应少，寂寂山扉花自浓。长啸不禁天欲暮，且教沽酒宕踈胸。

——康熙《芜湖县志》卷十三

何天骏

何天骏,安徽南陵人,顺治年间进士。

渔舫

拥翠西南入画多,闲园摧盏且高歌。无他花树留尘眼,坐爱长松挂薜萝。

——民国《南陵县志》卷四十二

刘宏基

刘宏基,安徽南陵人,顺治时举人。

香山寺兼眺来青亭

寺径沿蹊曲,陂回看塔斜。扳梯缆挂铁,踏磴石生霞。槛转青来远,亭开秀若赊。望中城郭是,幽动忽长嗟。

——民国《南陵县志》卷四十二

秦　汉

秦汉,安徽南陵人,顺治时举人。

射的山①

双峰悬碧落,崔崒崔镇金方。拔地莲无蒂,开云剑有芒。雨旸来社赛,元白卜年康。终古何人射,凌虚鹄翼张。

——民国《南陵县志》卷四十二

[注]①射的山:即今安徽南陵县西北三十里笔架山。

陈玉琪,武进(今常州市辖区)进士。

九日登倚剑台

去年蹀屐敬亭隈,今日携尊倚剑台。丹嶂倍宜秋里看,黄花恰向客中开。关心诗赋逢人寄,回首家乡望使来。后会不知何处是,漫漫风雨更相催。

——民国《南陵县志》卷四十二

屈升瀛,字君赐,号锦山,通江县涪阳镇人。清顺治乙未进士,历贡士、庶常、翰林,官任安徽南陵知县、云南安宁知州、福建汀州太守。著有《松筠居》《昆明集》等。

登望华楼

公余倚官阁,九子入双扉。满县荷香集,沿城云气飞。酒坊仙迹杳,松馆夕阳微。何处秋声起,空阶独鹤归。

——民国《南陵县志》卷四十二

573

王 震

王震,生平不详。

避暑俞汝谐斗园

梧深云欲冷,亭静暑如秋。有客清于水,无风晚亦飕。月痕描枕淡,花气扑帏幽。一梦羲皇上,浑忘大火流。

——民国《南陵县志》卷四十二

范希曾，安徽南陵人，康熙十四年副贡，官颍上教谕。

望华楼赠屈明府①

西搴黄鹤顶，东俯凤凰台。宿雾四天卷，华峰九子开。槛凭云满袖，手摘斗为杯。坐抚丝桐静，弦歌下里来。

——民国《南陵县志》卷四十二

[注]①屈明府：即屈升瀛，时任南陵知县。

吴屯侯，字符奇，嘉定人。明季武举，入清为诸生。有《西亭诗》

吴门送汾阳刘明府往宣州旧治

宦迹君何滞，他乡且作归。兵荒征路险，贫病别人稀。晚驿兼云宿，秋帆带叶飞。南陵旧山色，应待谢元晖。

——民国《南陵县志》卷四十二

王　肇

王肇，字纪修，清代人。姿禀过人，殚力于古，学问赅博，为海内诸名哲推重。素以廉隅自励，不肯以捷径弋科名。卒年四十九。著《游燕前后集》《居巢管窥录》《过秦草》等。

荆山读书

半榻容疏懒，林深望欲迷。石撑千载骨，花发四时姿。幽意云生幕，冰心月在池。此中无限趣，歌咏总相宜。
虚窗含万绿，草树发幽芳。竹笋穿苔径，藤萝护石床。炉烟萦净几，松火沸茶铛。

不用维摩说，真修自有方。

——民国《芜湖县志》卷五十九

缪大中，康熙元年恩贡。

神山李卫公庙

郭外寻幽几竹丛，巍巍古殿隐山中。凌烟阁志匡王略，喜雨亭传润物功。日暮苍云迟过客，水流白石掠飞鸿。至今唐史千余载，赢得人间说卫公。

——民国《芜湖县志》卷五十九

罗世绣

罗世绣，字绣铭，号璨珂，御史万爵长子，以故博通群籍。

识舟亭友人招饮

亭主筵江槛，篮舆遣载过。汲流赏蜀雪，怀古话吴波。草树春姿老，云霞夕赏多。饮酣贪此日，非但恋笙歌。

——《太平府志》卷三十九

能仁寺禅房楸树[1]

木王何幸此中存，劫外长依化佛尊。迟日著花光出院，隔江飞影幻投村。种分秦地奔牛族，寿半辽城化鹤魂。相顾谁怜生意在，伤心人偶托空门。

——康熙《芜湖县志》卷十三

[注]①能仁寺：为南唐寺院，在城东高城坂。宋政和元年(1111)住持和尚元昌将承天院改名东能仁寺，并迁寺于东门(今胜利电影院旧址)，与吉祥寺、普济寺、广济寺，号称芜湖四大名寺。

李卫公祠

赤铸山前仆射祠，雌龙曾此授军持。狞童他日符良将，羁客中霄挹雨师。为问精灵终古在，忍看膏泽一方迟。良苗满眼成焦土，合是乘云注水时。

——康熙《芜湖县志》卷十三

梦日亭

梦日亭边草覆坡，兴来扶策一婆娑。坐依古树吹红雪，望入空江湛绿波。游伴未嫌身早劣，花光如怨客边过。若为呼得邻翁出，浊酒还凭激短歌。

——嘉庆《芜湖县志》卷二十三

螺矶纪游

鲁明江外滦汇口，矶戴灵宫宫十畝。潜螺负石受磨笄，绰约真妃骑蚴蟉。生前风烈类贤昆，嫔向公安汉帝孙。东归无路赴磋跌，沉渊此地栖贞魂。贞魂缥缈经千载，勑闪朱旗承上帝。康郎山北帅阴兵，濠泗真人充拱卫。我生之初二百年，报功作庙王师旋。黄冠庙令司珍赐，宝带龙衣设俨然。我侬家在江城住，西飞不及长天鹙。瓣香几得谒灵宫，六十行年三唤渡。近代词人换昔时，情如辽鹤怨归迟。织儿已覆兴亡业，寂寞鲛宫北斗旗。鱼肥酒暖天风起，日脚斜明半江水。急楫遥将鹊岸投，残杯迥指鎏江酾。环佩珊珊月夜归，凭谁长踞白真妃。舟青倩画长廊壁，貌取康郎解战图。

——康熙《太平府志》卷三十八

螺矶志感

望帝春残带血啼，临风吊古一含凄。埋幽暗锁吴宫恨，飞梦空劳蜀道迷。松柏成阴如拥翠，鱼龙负石为磨笄。冰心自有澄清处，莫向妆楼觅旧题。

——康熙《太平府志》卷三十九

李 相

李相，别号五溪居士、石泉主人。著有《读画辑略》。

576

登赭山观风鸢有感①

立饮岚巅吊汉宫，沙陀隐帝戏轻风。遥疑练马吴门白，约似花笺蜀纸红。羽盖插峰攀古木，游丝牵日挂孤桐。升沉俄顷凭虚客，说与愚儿遇会同。

——康熙《芜湖县志》卷十三

[注]①题目系修订者所改，原题：春日同胡蒲塘、邢三湖招饮，登赭山观风鸢有感。

方 逢 时

方逢时，生平不详。

咏识舟亭

江流澹晴晖，落日动秋色。归人念征途，濡滞屡晨夕。仙郎香云兴，东山迟嘉客。陟巘罗尊罍，展席藉萝薜。回峰凝暮紫，澄波映空碧。欢宴惬心赏，胜览穷楚越。抉眦蓬岛微，荡漾阔胸臆。二仪涵混茫，万有尽毫末。长啸凌洪濛，幽探极冥默。信美不可留，咏言寄苍壁。

——民国《芜湖县志》卷五十九

陆 纶

陆纶，字历才，号渔乡，浙江平湖（今嘉兴市辖县级市）人。先以恩贡授四川夹江知县。康熙五十六年（1717）中乡试，授内阁中书，转典籍。出为广西梧州同知，补梧州知府。乾隆甲辰（1784），芜湖任上以中书职重修《芜湖县志》。著有《莞尔词》。

适亭赋应王观察恕堂

结构何通明，亭开藉萧爽。遥峰昈若迎，轻云动回往。鉴迹怀素依，蕴致获新赏。过鸟疾窥林，鸣弦度空响。游目任飘摇，直寻中有路。无以形逆驰，庶几神与遇。星影澹垂檐，池光远交树。来往亦风流，微吟屡回步。

——民国《芜湖县志》卷五十九

577

金志章

金志章(1735年前后在世)，初名士奇，浙江钱塘(今杭州)人。雍正元年(1723)举人，官内阁中书，迁侍读。工诗，著有《江声草堂诗集》。

蛾眉山

黛色横天半，蛾眉两点秋。年年江水上，只替峭帆愁。

——《江声草堂诗集》卷四

东梁山夜泊

依约寒星傍水流，潮声隐隐撼轻舟。天门不锁还乡梦，一夜潺湲送客愁。

——《江声草堂诗集》卷四

濡须口

红叶藏三寺，青山控两关。寒江通禹凿，春水送曹还。戍古连云暗，城荒偃月环。
雄图想吴魏，临眺散襟颜。
暖翠千峰列，清流百曲澄。山长通北固，江远对吴陵。园竹家家笋，溪渔处处罾。
开春风日好，吟啸画船凭。

——《江声草堂诗集》卷四

娥媚亭

天门中断郁嵯峨，秀色遥分翠雨螺。吟入春阴思渺渺，望穷云水影罗罗。烟闲自觉孤帆远，风暖时闻候雁过。千里楚山凝黛碧，倚栏相对奈愁何。

——《江声草堂诗集》卷四

阻风三山矶同人闲步至三华寺

览胜天教滞水滨，意行沙路净无尘。松花半落飘轻粉，梦浪初生委细鳞。云态山心聊自遣，粥鱼茶板澹相亲。石尤莫恨迟归去，驻屐时时一问津。

——《江声草堂诗集》卷四

登板子矶

红花翠筱两依依，乘兴闲登正落晖。万叠云山空战垒①，一江春浪旧渔矶。天围楚甸人烟渺，地隔吴关客思微。且自振衣凌绝顶，啸声惊起鹤群飞。

——《江声草堂诗集》卷四

[注]①作者自注：明靖南侯黄得功筑垒山顶守江以拒左兵。

识舟亭

消尽春烟霁色开，孤亭晓上独徘徊。凭栏西望楚江阔，一片远帆天际来。

——《江声草堂诗集》卷四

帅念祖

帅念祖（1729年前后在世），字宗德，号兰皋，江西奉新人。雍正元年（1723）进士，后翰林院编修，官至陕西布政使。著有《树人堂诗》。

荻港

山楼水市束平桥，小港分江路一条。石气接云斜度雨，芦烟压岸暗通潮。思如摇柳风难定，梦忽惊秋酒易消。惆怅长途念行役，不堪凉管弄清宵。

——《树人堂诗》

邓世杰

邓世杰，生卒年不详，字亮臣，号瀚心，安徽芜湖人。雍正二年（1724）进士，授礼部主客司主政。

赭山访滴翠轩故址

曾说涪公此读书，轩留赤铸肯成墟。长江烟雨开图画，有宋文章归草庐。过客尽迷青藓路，山僧早占白云居。而今碣石皆前辈，一一寻香问太虚。

——民国《芜湖县志》卷五十九

黄　铬

黄铬,生卒年不详,字乘殷,浙江会稽人。雍正间武进士。著有《锦水诗集》。

留别芜湖旧友

于湖久住忽思家,胜侣分飞雁影斜。惜别一尊将进酒,含情两朵未开花。残年南陌无芳迹,旧录东京有梦华。不待登程始惆怅,锦屏风外即天涯。

——《晚晴簃诗汇》卷六十八

张养重

张养重,字斗瞻,号虞山,别号椰冠道人,淮安府山阳(今属淮安)人。崇祯十六年(1643)诸生。入清不仕,与乡人阎修龄、靳应升共同发起并主持具有复明意蕴的诗社"望社",先后长达二十余年,是淮安清初诗坛魁首,时称"张山阳"。著有《古调堂集》。

板子矶

荻港东边板子矶,秋高日见雨霏霏。荒城草长埋金镞,废垒沙深卧铁衣。山上群鸦迎客舞,江边孤雁背人飞。晚来风起波涛阔,疑是将军战马归。

——《遗民诗》卷三

徐　釚

徐釚(1636—1708),字电发,号虹亭,江苏吴江人。监生。康熙十八年(1679)召试博学鸿词,授检讨。著有《南州草堂集》。

三山阻风①

离肠扰扰托征鸿,坐对三山细雨中。西望漳江通楚豫,东来建业隐艨艟。春回野草茸茸碧,月黑渔灯黯黯红。不分愁心蓬迹转,横波无奈石尤风。

——《南州草堂集》卷二

［注］①作者题注："繁昌县界。"

芜湖晚泊

恻恻春寒叫杜鹃，怜余独上楚江船。愁中易醉他乡酒，梦里难寻故国天。灯火微茫喧市语，舳舻杳霭接江烟。长年又报三更雨，坐起披衣一惘然。

——《南州草堂集》卷二

蜈矶①

滩危波激矶中立，直接岷嶓万里潮。不见老蛟盘石穴，只凭飞燕点兰桡。轩窗河伯通珠阙，廉箔鲛人出绛绡。千载空传灵泽庙，徘徊巨浪锦江遥。

——《南州草堂集》卷二

［注］①作者题注："祖传矶南有石穴，广丈余，为老蛟所居，其深叵测。"又，尾注："矶南有灵泽夫人庙，即吴大帝妹，蜀先主妃也。"

581

张英（1637—1708），字敦复，号东圃，安徽桐城人。康熙六年（1667）进士，官至文华殿大学士兼礼部尚书。著有《存诚堂诗集》。

泊荻港

十日扁舟上，家山滞望中。为怜乡国路，不恨石尤风。鸥泛秋江白，霞烧晚树红。从兹姜被意，竟夕与谁同。

——《文端集》卷十六

江上

客子扬帆京洛游，分携正值芰荷秋。千岩石色天门屋，万树松声采石楼。碧水自环青雀舫，朱栏常近白鸥洲。谢家况有临风句，良夜扣舷歌未休。

——《文端集》卷十六

吴世基

吴世基，字念祖，号定林，安徽无为人。康熙十二年(1673)进士，授内阁中书。著有《亦薪诗文集》《历游记》。

墨池怀米公二首

风流旷代米襄阳，宝晋犹留翰墨香。稻既生孙名可喜，石堪呼丈拜何妨。蛙惊押字都无语，蝗未移文尽远飏。莫怪生来成洁癖，正因洁处有余芳。

寂寞南宫数百年，空留石丈卧寒泉。朝梳苔发芝山雨，秋湿罗衣宝藏烟。应笑衣冠腰尽折，可知袍笏拜非颠。使君今古推同调，琴鹤闲来对石眠。

——《无为文史资料》第一辑

白云山谒子房遗像

子房追随赤帝风云起，蹑足附耳随鞭弭。功成长伴赤松去，曾留遗像云山里。瞻君之像凛星辰，谁道君颜若女子。汉臣多败君独全，韩彭萧曹罪及己。千载于今吊古人，惆怅空山情不已。老僧烹茗对秋风，秋满空山世外踪。岩前白露坠黄叶，岭外明湖插碧峰。留侯之传人皆读，留侯之迹人几逢。老僧笑指遗踪在，满目青松尽赤松。

——嘉庆《无为州志》卷三十一

毛公山石壁①

濡须襟带江之侧，西望名山峰崒崔。山有洞兮屯烟云，旧传旁是毛公宅。毛公至性高古今，青史犹芬捧檄心。为亲屈兮非为名，至今石壁清风生。我时跻陟防遗迹，四面平湖连山碧。水帘石蹬列洞旁，翠竹苍虬疑手植。毛公当日此栖迟，洞云高卧绝尘缁。可知世外餐霞趣，即在桥头捧檄时。相传石上镌诗律，此事从疑未必。苔藓纹深何处寻，空有云山相拱揖。君不见，山花山鸟自千年，尽是天然诗百篇。我来登眺怀前贤，凌空长啸青峰巅。

——嘉庆《无为州志》卷三十一

[注]①作者题注：即毛义所居。其云"毛苌居此"，壁刻毛诗，误。

梁延年,字九如,辽东人。康熙十二年(1673)任繁昌知县,主修县志。

繁昌十景十首

峨溪匹练

横江孤鹤下沧洲,雨艇烟蓑向晚收。月白千村砧杵动,谁家练影入溪流。

覆釜晴岚

霭霭晴光晓渐分,西山爽气倍氤氲。赭圻风月今何在,留得朝来一片云。

红花晚照

空山壁立对斜晖,影落寒江鸟乱飞。此处白云岩岫好,采樵人唱夕阳归。

浮丘丹井

杖锡飞来不记年,空遗丹井冽清泉。道人一滴能消渴,方信浮山即洞天。

马人石壁

峰回九子凿天工,巊嶐争奇斗碧空。记得马人鸣吼夜,旌旗喇喇动秋风。

龙华丹桂

天香一种自西来,移向龙华石上栽。长伴松筠闲岁月,不教金谷斗花开。

隐静禅林

频伽青鸟宿孤峰,洞口猿啼午夜钟。杯渡千年人去远,至今犹说六朝松。

三山秋月

三峰拥出月华新,江阁清光冷白蘋。处处楼台欣入望,空明不照汉时人。

荻浦归帆

风雨澄江旅梦清,樯帆到此罢孤征。无边芦荻催行晚,肠断天南数雁数声。

鹊屿江光

反循矶畔草萋萋,乱石横江水欲西。极目烟波图画里,孤帆一片白云低。

——道光《繁昌县志》卷十七

583

周斯盛

周斯盛（1637—？），字屺公，浙江鄞县人。顺治十八年（1661）进士，官即墨县知县。著有《证山堂集》。

荻港

水曲饶清深，山椒列庐井。白石隐参差，青松亦森整。客怀易浩荡，步屧得幽境。
细苇出渔舟，长桥亘虹影。伫立杳霭间，心期物外领。微雨忽然过，疏疏沐清冷。

—— 《证山堂集》卷一

天门山

直下江流急，中分山色奔。东南缠地脉，今古作天门。晓日轻帆远，春风细草温。
茫茫吴楚意，并与客愁论。

—— 《证山堂集》卷五

584

蠛矶

古庙临危石，灵风若涌幢。魂犹依汉帝，地只过吴艭。杜宇声难听，潜蛟气未降。
空余三峡水，春尽下岷江。

—— 《证山堂集》卷五

李 符

李符（1639—1689），原名符远，字分虎，号耕客，又号桃乡，浙江嘉兴秀水人。著有《香草居集》。

夜行船①

荻岸通舟沟样，窄避大江，横天风色。画桨徐开，蒲帆叠起，不怕浪高千尺。
便作芦中人也，得愿毕生，钓鱼而食，遮莫相呼，掉头不应，只读楚骚周易。

—— 《香草居集》卷六

芜湖历代诗词

[注]①作者题注:由鲁港至三山夹,从芦苇行二十里。

莺啼序·芜湖舟次值内子忌辰感述

十一年前正此,日惨深伉俪。命归棹,人在天涯,如泉清泪难制。荡桨孤,城烟树外,凝眸何处家乡是。把酒卮,遥酹旧恨,欲填胸次。

博士寒门,奉尝华胄,中表原兄妹。忆桃夭、癸巳青春,成童便作秦赘。似高林,翡翠双栖,比清池,芙蓉并蒂。夜鸣机,佐读遗编,挑灯相对。　　平生负汝,割肉归遗未得,但田园秉耒。才挽鹿,家乡寝疾难瘳,返魂无计。宝镜沉辉,瑶琴绝响,那堪更悼重泉逝。有一女双男折其二,眼看翠袖,只因曾侍山妻,兰室坐桃根视。赖伊作伴,拥髻凄凉,能话当年事。话到回肠欲断,我便哀吟,岂惟孙楚,情文交至?楼中骑凤,江边留佩,生生世世为夫妇,恐他生,未遂今生志。一尊且醉殊乡,料得今宵,人来梦里。

——《香草居集》卷六

汪懋麟(1640—1688),字季角,号蛟门,江苏江都人。康熙六年(1667)进士,授内阁中书,并以刑部主事入史馆纂修官。著述甚富,著有《百尺梧桐阁集》等。

送陈幼木之南陵兼简刘子端

木落霜寒雁影清,陵阳山下送君行。刘郎家在南陵县,春谷城头月正明。

——《百尺梧桐阁集》卷二

陈炳(1645—1725),字虎纹,江苏常州人。著有《阳山诗集》。

晚至芜湖

游禽归已尽,夕照雨余新。风景非乡里,沧波愁旅人。江船依戍火,关月照残春。

闻道今征税，方将及钓纶。

——《阳山诗集》

自芜湖关放舟至荻港驿^①

日午始放船，关吏乃谬误。商旅苦横征，天高何处诉。来往似彳亍，留滞人含怒。
帆开衔尾行，过此如脱兔。我棹亦泝洄，泛泛若鸥鹭。俄顷风稍正，先后乱驰骛。
黄帽气扬扬，语笑无他顾。一瞬阴云生，忽然漫天雾。冲飚舵后来，挟雨若倾注。
高浪簸吾舟，仓卒令人怖。拜舞欣豪猪，迎涛不尽数。恐恐遭覆溺，舵师失举措。
嗟哉同舟人，性命轻毛羽。叹息左右船，亦各愁颠仆。借使关尚键，或可免斯惧。
须臾滂沱歇，盲风亦稍住。不为鱼龙食，皇天眷爱故。荻港近在眼，丛丛市声聚。
惊定心怦怦，系缆日云暮。

——《阳山诗集》

[注]①题目系修订者所改,原题:自芜湖关放舟至荻港驿,中途风雨,舟几覆溺,记之以诗。

天门山

尽日狂飙楚水头，荻丛闲系木兰舟。雪飞白浪翻江去，云冒青山送客愁。世路嵚崎
惭计拙，文章蹭蹬笑身谋。自怜襟抱违时俗，亦逐凫鹥事远游。

——《阳山诗集》

##

潘耒(1646—1708),字次耕,又字稼堂,江苏吴江人。以布衣召试博学鸿词,授翰林院检讨。著有《遂初堂诗文集》等。

芜湖关

款关何所有，天地一轻舠。津吏应相笑，渔翁故自豪。购书填客箧，载酒压江涛^①。
乡梦从今远，看云首重搔。

——《遂初堂诗集》卷七

[注]①作者自注:市上买书数种,水阳酒百瓶。

586

蛟矶孙夫人祠

仲谋真虎子，阿妹亦英流。嫁与刘郎去，能令魏武愁。恩乖缘两帝，魄毅自千秋。借使生儿在，还如后主不。

——《遂初堂诗集》卷七

荻港

百丈缘芦荻，孤舟傍渚汀。夜风豚拜浪，晓雨晕藏星。为客知农候，论都识地形。赭圻回望好，遮断冶山青。

——《遂初堂诗集》卷七

天门山

潜江挟万流，直下飞电速。天意欲少留，故遣双峰束。削成肖天门，涌出横地轴。狞如虎牙张，矫若龙鳞蹙。我行远见之，瑰奇骇心目。维舟思暂游，迫此暮景促。鼓勇一褰裳，上上西山麓。磴道屡盘回，梯空出岩腹。崖危劣通人，壁窄不受屋。攀登及层巅，周览冈峦复。惊涛上溅衣，崩云下承足。恍如控奔鲸，戏就沧溟浴。海内多佳山，宁能遍游瞩。到眼不可孤，日入当秉烛。

——《遂初堂诗集》卷七

587

魏麐征

魏麐征(1646—1710)，榜名麟，字苍石，江苏溧阳人。康熙六年(1667)进士，官至邵武知府。著有《石屋诗钞》。

送友人南归(录一)

怀人秋色里，落日半帆悬。缥缈黄池道，苍凉白露天。客来喧米市，僧渡问渔船。爱向长堤望，霜林晚欲然。

——《石屋诗钞》

胡庆豫(1648—?),字雍来,号东坪,浙江平湖人。岁贡生。著有《东坪诗集》。

东梁山阻风

突兀东梁山,江边耸翠鬟。狂风吹白浪,小艇泊清湾。夜雨愁中急,朝云岭上还。微吟兼斗酒,我兴未全删。

——《东坪诗集》卷五

高孝本(1649—1726后),字大立,号青华,浙江嘉兴人。康熙三十年(1691)进士,官安徽绩溪知县。著有《固哉叟诗钞》。

过南陵县始见九华

宣城以西碧萦绕,晴螺万叠浮林杪。朝来策马过春谷,眼底群峰忽觉小。数峰天际高并天,决眦不得穷其巅。欲往从之隔烟雾,神光离合心茫然。山行渐近奇渐发,棱棱寒玉露瘦骨。鸿濛以来谁雕镌,如簪如笏争突兀。此山秀绝江以东,星坛玉洞应难穷。千岩猿鸟自相接,众壑阴晴了不同。拾遗旧隐锁春树,子明丹灶蔓秋露。青鸾白鹤不可见,溪花洞草犹如故。西风初起雁初飞,已辨芒鞋踏翠微。九十九峰从此去,一峰一日不思归。

——《固哉叟诗钞》卷一

易 宏

易宏(1650—1722),字渭远,号秋河,广东新会人。少负才名,得两广总制吴留村赏识招入幕。后游五岳。晚年居端州法轮寺以著述自娱,遂卒寺中。著有《云华阁诗略》。

舟泊芜湖

　　月夜，闻江上吟云："野月吊魂夜夜愁，霜轮寂静远天秋。谁怜独照孤臣泪，洒向寒涛万里流。"吟罢悄然无人，盖鬼作也。感赋一绝以吊之。

南朝事业已全非，战罢当年染血衣。千古不消亡国恨，江涛长挟旅魂飞。

——《晚晴簃诗汇》卷三十三

查慎行

　　查慎行(1650—1727)，原名嗣琏，字悔余，又字夏重，号初白，浙江海宁人。康熙四十二年(1703)进士，官编修。著有《敬业堂诗集》。

晓出荻港

鞍马习人劳，舟航令人惰。所苦风涛争，孤篷坐掀簸。般师喜出险，拍手笑相贺。轻生涉江湖，缅维神力荷。诘朝风日美，百里悠扬过。云峰石门奇，天势江浮大。望穷树攒荠，机静鱼趁柁。琉璃千万顷，一叶点不破。倒影白日深，蛟龙镜中卧。江豚忽掉尾，散作鳞个个。豁然辟诗境，远景开淡沲。

589

——《敬业堂诗集》卷一

晓发梁山

一钩残月露仍衔，薄雾蒙蒙著布帆。行过天门天未晓，风来东北路西南。

——《敬业堂诗集》卷一

芜湖关

昨日出龙江，今晨抵芜湖。顺风满帆幅，过关快须臾。关吏责报税，截江大声呼。舟子不敢前，捩柁转辘轳。余笑谓关吏，奇货我则无。联吟三寸管，压浪百卷书。船头两巾箱，船尾一酒壶。此外更何物，随身长髯奴。吏前不我信，倒箧倾筐□。弃捐无一可，相顾仍睢盱。买酒例索钱，回身若责逋。有货官尽征，无货吏横诛。有无两不免，何以慰长途？

——《敬业堂诗集》卷一

登芜湖浮图①

落帽家山记几巡，弟兄南北各伤神。茱萸明日重阳酒，五处登高各一人。

——《敬业堂诗集》卷四

[注]①芜湖浮图:指赭山广济寺内白塔,原名广济寺塔,又名赭山塔,初建于宋治平二年(1065)。五层砖石结构,是赭山和芜湖市的标志性建筑。"赭塔晴岚"历来被列为芜湖八景、十景之首。

渡芜湖关

两桨前头水势宽，晓风吹得敝裘寒。渐空杼轴怜民困，老阅波涛信路难。此去罟师聊作伴，从来泷吏必嘲官①。箧中一卷弹筝集，忍对江山制泪看②。

——《敬业堂诗集》卷十四

[注]作者自注:①时官舫为津吏所阻。②自此西上皆己未夏秋间与先兄韬荒同游地也。弹筝集,兄纪游篇名。

荻港人家杏花

轻舠细雨江村路，过眼东风见杏花。略似小车逢绮陌，不知红艳属谁家?

——《敬业堂诗集》卷十四

天门山

北望采石矶，南望芜湖关。苍茫裕溪口，豁达天门山。长江万里来，近海势逾宽。到此一约束，帖然成安澜。秋空扫浓绿，两道蛾眉弯①。弦月带众星，尽归吞吐间。乱帆不自整，散落鸥凫滩。浮云本无程，日暮相与还。我行何处泊，前路方漫漫。

——《敬业堂诗集》卷十六

[注]①作者自注:亦名蛾眉山。

南陵早发

林深叶密晓冥冥，旭日初衔雾未醒。小店门开惟土灶，一庵僧闭但茅亭。秧从布谷声中绿，山向画眉啼处青。独与野樵争路入，偶逢钓叟觉鱼腥。

——《敬业堂诗集》卷二十一

渡青弋江

一曲清江抱白沙，牧之佳句旧曾夸。乍离古渡船如叶，初换春衫客忆家。远处人烟连竹色，晴来村店忽杨花。乱山青过陵阳路，遥指云头辨九华。

——《敬业堂诗集》卷二十一

饮刘蘧庵光禄慕园二首①

恬澹知君性，中年早罢官。自耽泉石趣，转觉世途难。为我开花径，携樽就药栏。肯幸杨柳月，深坐到更阑。

此来吾有幸，别圃得春光。地主留花待，诗情被酒狂。款门烦两使，爱客到诸郎。千里能相就，何须置郑庄。

——《敬业堂诗集》卷二十一

[注]①刘蘧庵：即刘楷，安徽南陵人，清康熙进士，仕至光禄寺卿。

591

蓦山溪·天门山①

晓江写镜，两道蛾眉展。别浦翠生烟，与染就，黛螺深浅。三竿日上，宿雾欲消时，风力软，远帆移，百里看犹见。　　当年太白，杰句曾传遍。气象吐长虹，最好是，天门中断。眼前光景，同此一经过，问作者，更谁与，俯仰才何限。

——《敬业堂诗集》卷四十九

[注]①作者题注：又名蛾眉山。

浪淘沙·繁昌旧县

略彴傍苍葭，酒斾天斜，县南风色野人家。黄石堆墙茅当瓦，还占平沙。　　烟外晓程赊，去去天涯。严城何处不吹笳，恰似废池乔木畔，一一啼鸦。

——《敬业堂诗集》卷四十九

李孚青

　　李孚青（1664—1715），字丹壑，安徽合肥人。康熙十八年（1679）进士，官翰林院编修。著有《野香亭集》《盘隐山樵集》《道旁散人集》等。

黄洛河

渔子舟为屋，孤篷养妇儿。雨来遮箬笠，潮长放鸬鹚。水上情偏击，城中事不知。故令行者羡，甫里是吾师。

——嘉庆《无为州志》卷三十一

钓鱼台①

小市临山下，荒台出树中。流人行夜月，荡子走秋风。芦苇一汀隔，芙蓉双桨通。浮邱今不见，河水自西东。

——嘉庆《无为州志》卷三十一

　　[注]①钓鱼台：在今裕溪口。

稻孙楼

拜石人何在？孤城气逼秋。郊原禾黍尽，愁上稻孙楼。

——嘉庆《无为州志》卷三十一

偃月城

雉堞何年筑？辛勤此用兵。至今濡坞水，犹作夹城声。

——嘉庆《无为州志》卷三十一

谢举安

　　谢举安，字又石，号襄山。康熙三十九年（1700）进士，授湖南长沙令。莅政廉明，勤求治理，兴利除弊殆尽，以疾终。著有《襄山诗集》。

泥汊口

群山倚落日，巉崿亚低高。江影浸窈窕，暝曼秋无嚣。闭门居人寂，呵闻关吏豪。
此地非津要，何年设尔曹。场圃潴深水，铚艾停作劳。去农逐刀锥，网罟或一舠。
密榷如茧丝，朘剥到吹毛。凶年助天虐，卖犊恐买刀。无补关算缗，徒恣啮人饕。
为暴圣人世，无乃可汰淘。帝阍达卑听，海滏流天膏。微吟资博采，勿哂寒虫号。

——嘉庆《无为州志》卷三十二

宝晋斋

米公生平书绝伦，风樯阵马动八垠。拔俗自具超迈趣，师承更见渊源真。自从古文
生二篆，八分生隶势相因。汉有中郎乃造极，元帝茂猗扬芳尘。晋室去古亦未远，
高曾规矩犹能遵。当时作者况不苟，椎胸呕血求梁津。家鸡野鹜互相竞，跳龙卧虎
尤入神。奈何沿流及后代，先民古法尽汩陈。河洛龟龙既荡析，笔阵意匠复漂沦。
无骨不免春蚓诮，多肉只取墨猪嗔。叉手并脚无佳处，蹴张雄壮焉足珍。米公辨古
得真赏，独奉晋代谨持循。荟萃钟张及王谢，羊桓杜庾兼陶甄。摹临不惜费万纸，
钩勒永为鎚青珉。天球赤刀同拱璧，绣缛金镝韬龙鳞。筑室官斋贮妙迹，署曰宝晋
碑嶙峋。吾闻江表第一手，兰亭真本已荒屯。昭陵玉碗何年出，物聚所好归斯人。
志专用一守希世，一笑俗学等刍银。呜呼，永宁复壁金玉散，衾轴道路委流尘。岂
如元章宝真物，流膜翰墨及千春。至今濡须城边发光怪，白虹瑞斋高轮囷。

——嘉庆《无为州志》卷三十二

重建时薰楼和李使君韵

飞甍杰阁崿重闉，伐木鸠工结构新。绮陌风吹虞帝操，江乡人说宋公春。海天清迥
规南服，玉宇高寒望北辰。啸傲定知明月兴，欢颜大庇舞衢民。

——嘉庆《无为州志》卷三十二

吴观周

　　吴观周，字季来，号声庵。康熙四十七年(1708)举人，授中书。负性古朴，持家谨
严，闭户读书，不干外事。

593

铁山即景

拾级登台尽自便，不须寻去远山巅。林泉景物如云外，烟火人家在眼前。老树当门留硕果，横塘底事忽平田①。一尊感慨斜阳后，冰魄如梭已上悬。

——嘉庆《无为州志》卷三十二

[注]①作者自注：时池塘多改为田。

佟世思

佟世思(1651—1693)，一说(1649—1691)，字俨若、又字葭沚，退庵，汉军正蓝旗(一作辽阳)人。任广西临贺、思恩县令。著有《与梅堂遗集》。

过荻港哭洪云举夫子

青青凤凰山，蹑屦蚕丛破。来寻有道碑，担簦哭李贺。浅土二十年，子孙将冻饿。夜雨鸲鸪来，日夕牛羊过。下有长眠人，清风不复作。

——《与梅堂遗集》卷二

芜阴晚泊

秋气变官柳，荒城杳霭间。寺门孤艇住，江埠几人闲。鸿雁寻汀草，牛羊下暮山。茫茫乡路远，何日好风还。

——《与梅堂遗集》卷六

蟂矶庙

屹然如砥柱，一带古墙红。水面秋钟亮，矶头殿宇空。荻摇两岸雪，船定满江风。莫问鹃号处，巴山烟雨中。

——《与梅堂遗集》卷六

天门山

百战生还解佩刀，扁舟东去走江皋。鬼神护此千秋石，阊阖开当万里涛。白日行空

594

芜湖历代诗词

天马过，黑风吹浪海鱼高。扪萝直到云端里，惆怅山灵笑二毛。

——《与梅堂遗集》卷九

识舟亭

江光如练到疏桺，雨后山明万里青。一自秋风悲宋玉，何人再上识舟亭①。

——《与梅堂遗集》卷十

［注］①作者自注：宋荔裳先生曾大会宾客于此。

　

田霡（1652—1730），字子益，号乐园，又号香城居士，山东德州人。康熙二十五年（1686）拔贡生，官堂邑教谕。著有《鬲津草堂诗》。

梁山

双峰莫讶布衣尊，夜鼓扁舟水气昏。不问何人司启闭，直携明月下天门。

——《鬲津草堂诗·南游稿》

595

蟂矶

危矶风过展灵旗，云是东吴帝妹祠。到此胡由身便殒，当年惟有老蟂知。

——《鬲津草堂诗·南游稿》

客芜湖登识舟亭①

遥望归舟莫浪猜，山亭有伴且徘徊。几枝柔橹云中出，送得冰花蜀水来。

——《鬲津草堂诗·南游稿》

［注］①题目系修订者所改，原题：客芜湖，冒雪同于心山、司马潘孝瞻、朱草衣登识舟亭。

题朱草衣织屦图

织屦曾留隐士名，羡君能继昔人情。一双倘赠香城叟，穿向荒陵古寺行。

——《扊扅草堂诗·南游稿》

朱草衣过访

正愁小草费推敲，时正谋刻拙集。谁款柴门语渐高。有客可称名下士，老年忽又得新交。

——《扊扅草堂诗·乃了集》

王材任

王材任（1652—1739），字子重、澹人，号西涧，湖广黄冈人。康熙十八年（1679）进士，官佥都御史。著有《西涧诗钞》。

鲁港夜泊

沙岸维舟近柳条，坐看浅水忽生潮。江湖夜静逾空阔，星斗风来欲动摇。月下望乡双泪落，天涯多病一身遥。鸡豚社饮应难与，独倚船窗尽酒瓢。

——《清诗别裁集》卷十三

王时宪

王时宪（1655—1717），字若千，号禊亭，江苏太仓人。康熙四十八年（1709）进士，改翰林院庶吉士。工诗。著有《性影集》。

芜湖阻关

已返江南路，淹留第一关。故园梅似雪，可放及时还。

——《性影集》卷七

自金陵至芜湖道中杂诗十首①

秋气正萧条，芦花覆短桡。鸡鸣天欲曙，渔子早迎潮。
月黑大江横，听残长短更。鲤鱼风信急，涛怒不曾平。
凌晨烟渺莽，独客意先往。征棹渡江流，三三复两两。
江上多苍岑，平畴未及半。白浪如雪飞，牛眠碧草岸。
采石瞰长江，山险江逾阔。跂望挹月亭，岚光翠如泼。
嵯峨牛渚山，回望烟云丛。赏咏有遗迹，千载思高风。
讹传落帽处，龙山山色净。笑学杜少陵，一冠倩人正。
博望与梁山，山势颇崒嵂。隔江遥对峙，苍然状非一。
蟂矶俨在目，风雨乱山岩，不惊老蛟睡，安稳挂蒲帆。
塔影撑霄汉，鸠兹城在前。未曾游梦日，离此意悬悬。

——《性影集》卷七

[注]①题目系修订者所改，原题为：自金陵至芜湖道中杂诗十首，用潮平两岸阔，风正一帆悬为韵。

鲁港夜泊二首

芜湖城外夜雨，鲁港驿前晓晴。已散满船云影，尚余一枕涛声。
荒鸡喔喔墙宇，野鸟飞飞水湾。此处五更卷雾，明朝一路看山。

——《性影集》卷七

三山

荻花洲畔望烟鬟，风利篙师尽日闲。矶下不须逢老叟，布帆无恙过三山。

——《性影集》卷七

清沙洲晚泊

清沙洲夹大江流，物外田园草木幽。遥对翠屏千万叠，不知何处是浮丘。

——《性影集》卷七

板子矶

山外长江江上山，一卷怪石落清湾。涛声树影两相得，应在金焦伯仲间。

——《性影集》卷七

雨中过荻港

叠叠烟岚疑路断，悠悠荻港见船通。独怜春谷多奇胜，风雨凄凉打短篷。

——《性影集》卷七

汤右曾（1656—1722），字西崖，浙江仁和（今杭州）人。康熙二十七年（1688）进士，官至吏部侍郎，后因事罢官。工诗，为浙江诗派中坚。著有《怀清堂集》。

除夕泊芜湖

一年腊尽可怜宵，桦烛椒盘总寂寥。荏苒岁时淹旅宿，青红儿女又明朝。玉堂故事书春帖，茆屋丰年望斗勺。闲与村翁话畴昔，渐看灯火上江桥。

——《怀清堂集》卷七

元日登梁山绝顶

看山万里行未足，蜡屐复此凌天门。五丁凿开岩谷走，两戒截出江流奔。垂天之鹏羽翩奋，横海有鲸鬐鬣翻。东西屹立如有意，吴头楚尾为藩垣。辛盘上日帆落早，白沙一道清江村。欹斜得路蹑飞鞚，下看落日如朝暾。疏林木叶寒不脱，已变凛冽回春温。琳房金碧插天汉，举手似可星辰扪。谢公青山纷在眼，渐与夕照岚阴昏。扁舟径欲下牛渚，怪魅不数鱼与鼋。十年以来逢此日，仗下广乐陈临轩。享王鞻鞻殿廷舞，缨绥簪履华星繁。归对妻孥日已旰，人事请谒犹烦喧。山中清净今何有？道人与我皆忘言。水底潜鳞适浩荡，云边逸翮辞笼樊。一年回首风雹过，又与桃李书朱幡。惜哉花开我已去，酌酒且满屠苏尊。

——《怀清堂集》卷七

宋至（1656—1726），字山言，号方庵，河南商丘人。康熙时翰林院编修。擅楷、行体。著有《纬萧草堂诗》。

荻港避风步大人韵

人家篱落散鸡豚，板子矶头日已昏。一簇云沙明荻港，无边雪浪走天门。停桡野岸轻烟合，吹角江楼古戍存。篷底瓦瓯堪独酌，朦胧斜月照孤村。

——《纬萧草堂诗》卷一

舟次芜湖有怀虞部先叔父

野鸭格格横江飞，波光浴日金星微。蒲帆饱张疾于箭，晚炊才罢来鸠兹。忆昔叔父此视榷，为政风流人争推。菊秋曾随连夜饮，醉后往往敲僧扉。旧游如梦不可得，凌虚酬唱真堪思。含悽独坐当日暮，樯灯渔火明蟂矶。

——《纬萧草堂诗》卷一

599

泊舟荻港登凤凰山如松庵

小山何突兀，初地俯江流。一径看松入，空堂过雨幽。扁舟环港口，残垒峙矶头。
天半褰衣处，身轻似白鸥。
闻说山来虎，林深未敢行。棕榈浑掩映，兰蕙自萧清。水向天门阔，峰衔夕照明。
闲吟携衲子，风物总关情。

——《纬萧草堂诗》卷二

归舟杂诗（十五录三）

识舟亭子俯江城，喝月飞觞往日情。十载重来如一梦，庚申小字认题名。
灵泽夫人有废祠，萧萧风雨下鸬鹚。门前白帝澄江水，卷送愁肠无尽时。
柳剪春丝荻长牙，溪分燕尾浪淘沙。水村画本行行见，何事江南不住家。

——《纬萧草堂诗》卷二

王心敬(1656—1730),清理学家。字尔缉,号丰川,学者称丰川先生,陕西户县人。曾被聘为黔、粤、吴、楚等地书院总讲习。著述颇丰,有《易说》《丰川续集》等。

芜湖阻风见燕子剪江

盲风特地起,移棹向江沱。颠狂小燕子,故故犯江波。

——《丰川续集》卷三十二

芜湖夜泊①

风色如同动地,浪头直欲滔天。涉险今凭忠信,此宵依旧安眠。

——《丰川续集》卷三十二

[注]①作者题注:是日大风,几于覆舟。

600

自三湾发舟假寐片时而舟已渡江

三湾宫殿与云齐,柳浪风烟望转迷。一梦华胥鸥鸟唤,不知已到大江西。

——《丰川续集》卷三十二

日西望旧县镇①

江流一望浩无涯,日晚风微路尚赊。一曲清歌落照逝,芦花随意拂窗纱。

——《丰川续集》卷三十二

[注]①题目系修订者所改,原题:日西望旧县镇尚远,而以风清浪平,舟行自如。

过凤凰山①

三乘归净土,一柱砥江阳。为问山中衲,何时栖凤凰。

——《丰川续集》卷三十二

[注]①作者题注:山在江心。

舟泊荻港

荻港还留滞，选阴且系舠。南风昼不转，西望目徒辽。待月林间石，乘风柳下桥。悠然闻梵诵，归路欲忘遥。

——《丰川续集》卷三十二

岂谓阻风湍[1]

岂谓阻风湍，相将日又闲。居人临水次，绀殿耸峰巅。明月随舟影，清风入画栏。却忘非瀚海，疑是泛三山。

——《丰川续集》卷三十二

[注]①题目系修订者所改，原题：是晚乘小艇，归自桥头港，经过寺观，居人皆依山临水。维时皓月横空，清风入舫，顾而乐之。想蓬莱方丈，或当有此况味，非得阻风，何克际此？人生风波小阻，未必尽不幸也，达人正须味无味之味耳。复歌一律。

舟中闻观音堂梵音

碧阁松篁护白云，天光水色杳难分。梵音不逐长风去，却送客舟枕上闻。

——《丰川续集》卷三十二

舟发荻港见渔翁操轻舟出入芦湾

风顺洲同帆逝，日晴波共天流。爱煞芦花湾里，渔翁掉弄轻舟。

——《丰川续集》卷三十二

舟泊繁昌午夜闻有铜笛声

万里江光片月明，孤舟泊处暑难胜。何人夜半吹铜笛，动我华阳无限情。[1]

——《丰川续集》卷三十四

[注]①作者自注：范文正公游华阳谷，夜半闻笛声。公曰：此吹笛生三鼓始就，必高士也。无从觅而致之耳。

蔡 坔

蔡坔，字甘泉，江南江宁人。康熙庚辰进士，官瓯宁知县。

蟂矶孙夫人庙

魂伤巴蜀雪消时，岁岁东风哭子规。近水芳春花易落，沉沙终古石难移。悲衔白帝生睽隔，恨切苍梧死别离。环佩不归清夜杳，月明无主照荒祠。

——《清诗别裁集》卷十九

陈鹏年

陈鹏年（1663—1723），字北溟，湖南湘潭人。康熙三十年（1691）进士，官河道总督、兼任漕运总督。为官清廉，民称陈青天。著有《陈恪勤集》等。

荻港登山作

尽日篷窗客况闲，渡旁停棹便跻攀。千盘鸟道苍葭外，几处鱼罾返照间。天入浮丘云里树，路分繁浦镜中山。萍踪我自同鸥没，又宿芦花水一湾。

——《蒿庐集》卷二

管 棆

管棆（1663—？），本姓杨，字宇文，号吹万，江苏武进（今常州）人。官至刑部郎中。著有《据梧诗集》。

天门山二首

片叶浮空际，寒潮没旧痕。江流通月窟，雪浪走天门。一镜明秋练，双峰锁石根。海风来万里，莽莽日中昏。
楚江春水明若空，袅袅万里来长风。天门中锁两崖断，乘槎疑向银河通。征帆历历数上下，山色渺渺迷西东。恍如明镜初出匣，照见眉黛横两峰。晓云染就碧螺色，暮雨碾成秦汉铜。昔年谪仙李太白，扁舟此地还晨夕。两岸孤舟吟杰句，千年勒向空山石。布帆别酒梦初醒，一夜还成楚江客。乘风碧浪倚青山，把酒江天问明月。

——《据梧诗集》卷十一

橹港舟次

春江万顷依空濛，冰绡半幅千玲珑。征帆远随暮鸿落，列岫澹被晴云烘。荻芽抽白柳摇碧，罟师连岸排罾罾。一村两村绿水际，千树万树缃桃丛。水边上下燕泥湿，屋角烂漫花光红。渔郎踏舟杳然去，曲港回渚何处通。三春花好翻作客，此景每遇他乡中。人生何必祈作达，江鱼饱食贪天功。柳腰桃颊争入眼，江南春卷真惠崇。船头有书船尾酒，开帆好趁桃花风。

——《据梧诗集》卷十一

郭港即事

尽日移舟共钓徒，鱼蛮踏浪不输租。擘笺拈韵澹生活，北苑巨然真画图。岸雨濛濛芦叶短，轻帆历历浪花粗。兹游我自快清绝，一缕落霞沙乌孤。

——《据梧诗集》卷十一

603

荻港

斜日衔山积翠移，波光岚影净人衣。一声沙乌傍汀叫，尺半江鱼触网肥。风柳露桃花绰约，蓼湾荻港水周围。长年旅况偏经眼，又上江头板子矶。

——《据梧诗集》卷十一

紫沙洲晚眺

放眼清江客思催，浮云次第隔江开。全吴霸业销沉尽，三楚风涛浩荡来。明月还从故乡至，潮声每向此间回。旅怀已觉羁栖甚，远戍时传画角哀。

——《据梧诗集》卷十一

汪修武，生卒年不详。字圣昭，江都籍歙县人，康熙诸生，著《双瞻园诗集》。

过芜阴访彻公叔祖不遇

泽畔相寻正落晖，高人犹自掩荆扉。飘零书剑身何适，耕读乡园愿已违。梦日亭空霜叶乱，鲁明江冷塞鸿飞。寻盟山水他年约，拟向湖头问翠微。

——《皖雅初集》卷十三

汤懋纲，字维三，号奕园，安徽巢县人。官刑部郎中。著有《奕园集》。

过旧县

茫茫江上波，江畔更如何。孤塔插烟小，乱山堆翠多。寒风消楚酒，春思入吴歌。罨画村边晚，渔人雨一蓑。

——道光《繁昌县志》卷十七

604

汤懋统（？—1735），字建三，号青坪，安徽巢县人。诸生，官广西迁江知县。著有《青坪集》。

登板子矶

波心岛屿势巃嵸，吴楚都归眺望中。两界沙黄秋草碧，半江帆走夕阳红。上游飞将余军垒，退院残僧剩梵宫。试看白鸥惊起处，数声渔笛怆西风。

——道光《繁昌县志》卷十七

杜诏（1666—1736），字紫纶，号云川，学者称半楼先生，江苏无锡人。康熙四十四年（1705）至祖南巡，献迎銮词十三章，召试称旨，特命供职内迁。钦赐进士，改翰林院庶吉士。工于诗，尤善填词。著有《云川阁集》。

登识舟亭

小小鸠兹邑，人烟杂数州。一帆初到客，半月未归舟。亭向江心峙，城连水气浮。嚣尘愁满目，心事独盟鸥。

——《云川阁集》卷四

蟂矶灵泽夫人庙

灵泽犹灵气，荒矶片石开，孙郎余霸业，小妹亦雄才。蜀道如天远，銮江为母来。杜鹃啼不住，望帝寸心灰。

——《云川阁集》卷四

泊天门山下

日落楚江晚，逢山未及登。潮回声荡潏，峰压势崚嶒。系缆孤村树，掀篷远屿灯。狂吟思太白，长夜梦青绫。

——《云川阁集》卷四

605

天门山歌

青山冥冥波活活，两岸迷漫云一抹。我欲唤云天不开，何由直上天门来。天门高崒嵂，峨峨峙双阙。罗列众星辰，吞吐两日月。错落吴津扄楚滨，冯夸鼓浪鲸长鳞。鸿龙掉尾虎豹蹲，绿章上奏无由申。蛾眉愁绝谪仙死，雾鬟烟鬓竟何似。冷落宫袍踏泥滓，天外飘萧一游子。

——《云川阁集》卷四

晓过天门山

摇曳孤帆去，青山叠浪纹。截开吴地尽，夹立楚江分。风色淹残月，岚光上晓云。氤氲浓黛抹，一幅李将军。

——《云川阁集》卷四

太白楼题萧尺木画壁

世间词客笑纷然，落笔谁教句欲仙。只许萧郎图满壁，不劳脂粉浣青莲。

——《云川阁集》卷四

顾嗣立

顾嗣立（1669—1722），字侠君，又字闾丘，江苏长州（今江苏苏州）人。康熙五十一年（1712）赐进士，以散馆授知县。著有《秀野集》《闾丘集》《桂林集》等。

荻港见月

夜风吹荻洲，落帆村港白。雨后晴已佳，况见此明月。晚霞半空飞，云气细于发。红黄吐蜃宫，纷披布木末。水天一望空，烂烂白银阙。飕飕莫江鸣，瘦影凉入骨。寒烟幕赭圻，光照疏星没。

——《桂林集》卷八

板子矶

梢梢丛翠长，片片乱红稀。风雨阑珊后，休登板子矶。

——《桂林集》卷八

芜湖

飞卿一曲至今吟，七宝鞭无迹可寻。莫道僻书容易读，于湖何代改湖阴。

——《桂林集》卷八

初八夜泊芜湖关有感二首

蕉衫凉月下，葵扇晚风前。漠漠双飞鸟，纤纤八上弦。帐稀蚊入枕，衾润蚕侵毡。夏夜休言短，无眠亦似年。

津吏缘何事，当关有底忙。轻舟无长物，短发剩愁肠。竹里三间屋，松阴八尺床。兰溪珍簟稳，早趁北窗凉。

——《桂林集》卷八

登识舟亭

小亭四敞赭山横，天际江流指掌平。波动远帆千点没，日斜孤塔半边明。寥寥野寺僧孤立，盎盎疏畦人耦耕。最是晚风吹客鬓，凭栏南望不胜情。

——《桂林集》卷八

蛟矶灵泽夫人祠

仲谋岂是景升辈，元德差强孟德流。梦雨灵风千古恨，平分一半与孙刘。

——《桂林集》卷八

天门山

天门中开势千丈，劈雳一声巨灵掌。凿穿秀骨化浮岚，截断洪流作奇响。月明南接浔阳潮，雨过东飞石城桨。草中卧虎气腾趩，渊底痴龙肉倔强。江南形胜甲寰区，天然关隘尤无两。我从于湖此地过，喜见闾阎横清波。扁舟借风疾于鸟，空箜一泻如投梭。左顾右盼泊不得，游思早已飞岩阿。粤山临水多林立，簪攒剑簇空嵯峨。争如长江俯空阔，盘回磴道缘坡陀。铜柱并耸入星汉，石梁双跨潜鼋鼍。姑孰人家云里宅，秣陵山色船头碧。扣舷小海唱吴歌，采石矶边邀太白。醉眼回看尚趁人，两点青羸送行客。

——《桂林集》卷八

倪国琏

　　倪国琏（？—1743），字子珍、西昆，号称畴，一作穗畴，仁和（今杭州）人。雍正八年（1730）进士，官给事中。工诗，善画。著有《春及堂诗集》。

天门山

龙门中擘河流奔，岧峣对峙海浪吞。今来又见二梁险，江波横锁开天门。岷涛东来正浩浩，万里一碧浮乾坤。鲸鳞怒张束天堑，惊湍洄洑盘山根。西连牛渚九流注，下有秘怪乘鼋鼍。阴沉水府畏犀照，朱衣赤帻难具论。谪仙负奇夜拨棹，月晒宫锦持金尊。放歌西望楚江豁，孤帆一片苍烟昏。纵横巨笔铭山石，无德匪亲诚至言。

峰头但看石城废，岂有战气留荒屯。我偕诗叟溯流上，乘风忽过如飞骞。去家千里一回眺，沙清树碧飘心魂。

——《春及堂诗集》卷十二

何绍源

何绍源，安徽南陵人，乾隆甲子年(1744)举人。

鹊江怀古

江头草树绿参差，鹊岸曾经百万师。击柝赭圻完内缮，飞艟贵口策前麾。矶巉乍讶霜戈列，浪激犹疑画角吹。四海于今烽焰静，瑞云千里望无涯。

——《皖雅初集》卷二十二

张 湄

张湄(1748年前后在世)，字鹭洲，号南漪，又号柳渔，浙江钱塘(今杭州)人。雍正十一年(1733)进士，授编修。任台湾御史兼理学政，后任巡漕、云南御史。著有《柳渔诗钞》。

蝺矶

水冷潜蝺落月昏，斑斑藓石杂涎痕。夜潮远隔刘郎浦，愁煞江东列女魂。

——《柳渔诗钞》卷十

泊荻港

江霭苍苍过雨初，维舟断港夜何如。数星澹照寒潮落，十角孤吹水驿虚。烟火舵楼游子饭，荻芦村舍钓人居。赭圻西去川逾阔，无那闲愁对故墟。

——《柳渔诗钞》卷十

608

过繁昌旧县即目

旭景穿篷窗，天东绮霞亘。群峰别阴晴，黛色非一靓。丰茸山凹树，远芥浮曲磴。
僧衣千万晦，白鹭立畦径。秧针出水齐，弥望绿且净。时有驱犊儿，讴吟互相应。
空江晓无风，片片帆席定。塔影倒中流，沧波若镜莹。不知何处寺，飞来一声磬。
荒烟起茆茨，云边鸡犬剩。泱泱春縠水，吴楚遍名胜。古意满当前，恨无诗笔称。

——《柳渔诗钞》卷十

池阳道中（录一）

天门中豁戍旗飘，北望濡须一水遥。不断江风吹五两，紫沙洲畔荻萧萧。

——《柳渔诗钞》卷十

邵长蘅

　　邵长蘅（1673—1704），一名衡，字子湘，号青门山人，毗陵（今江苏常州）人。工诗、古文辞及音韵学。以布衣终。著有《古今韵略》《青门集》。

芜湖道中雾

宿雾霾寒日，肩舆问晓途。衣沾细雨湿，仆语隔烟呼。浦口低云树，湖村人有无。
鸠兹江路近，早晚理轻舻。

——《青门麓稿》卷四

芜湖放船

日斜轻浪稳，放棹下蝶矶。晴指三山近，风看五两微。天浮远江去，鹭背夕霞飞。
薄暮闻沙雁，春风正北归。

——《青门麓稿》卷四

旦发三山向铜陵

飍飍劲晨飚，漫漫渫朝雾。微雨三山来，江云漠阴沍。铜陵缅洄沿，赭圻气昏错。

掠波白鸟亟，吹浪江豚怒。溟溟烟树迷，浑浑天水去。安知混漾中，不与蛟龙遇。
涉险神亦安，波涛吾已屡。

——道光《繁昌县志》卷十七

李 绂

李绂(1673—1750)，字巨来，号穆堂，江西临川人。康熙十八年(1679)进士，授翰林编修，历任直隶总督，礼、吏、工、兵部侍郎等职。著有《穆堂别稿》。

望三山

三山见复隐，螺髻露微茫。信是青天外，烟云接大荒。

——《穆堂别稿》卷二

鲤鱼套守风①

停舟闲看鱼鹰猎，枉渚潆洄大江夹。微风不动云不兴，转怪澄淳波可狎。繁昌诸山青崽崽，清秋千里烟霏开。江山临眺岂不乐，简书程急如风雷。十年归梦思乡里，宦海风波相伏倚。信知天系不可解，无田不归如江水。流光倏歘十二支，鬓须白尽风尘姿。平生三已还四仕，岳嘲陇笑猿鹤疑。板舆南北经游遍，耄耋惊心云际电。九重恩许急觐省，风不助子空怅恋。朝阳红到夕阳红，秋阴翻作春光融。世间顺逆听造化，天地为炉人为铜。

——《穆堂别稿》卷二

[注]①题目系修订者所改，原题：鲤鱼套守风，次己亥燕支夹阻风韵。套在荻港上十里。

张大有

张大有(1675—1730)，字书登，号慕莘，陕西合阳县人。康熙三十三年(1694)进士，选庶吉士，授翰林院编修。历任奉天府、顺天府尹，都察院左佥都御史，太常寺卿，大理寺卿，左副都御史。迁为工部尚书，历礼部、兵部尚书职。著有《绿槐堂文集》《漕政简明书》《黄门诗选》。

610

识舟亭看红树

何处西风不萧瑟，长林一抹缀红霞。几番啼月未成血，才自经霜便作花。碎剪琼笺题御苑，忙传雁字到天涯。夕阳树杪怜秋老，故亲敫鲜斗晚华。

——康熙《太平府志》卷三十九

方世举(1675—1759)，字扶南，号息翁，安徽桐城人。曾因戴名世《南山集》案牵连，与从弟贞观同去边疆，雍正元年(1723)放归，居扬州，从事著述。工诗，著有《春及堂诗钞》。

登板子矶

一握苔矶筑女墙，南朝司马作金汤。衣冠不惜空钩党，兵甲惟防起晋阳。事去长江围故垒，人来秋叶下僧房。赭山日落芜湖冷，犹记将军旧姓黄。

——《春及堂》初集

潘果(1676—?)，字师仲，江苏无锡人。雍正癸卯进士，官辰州同知。

蠵矶孙夫人庙

江神踏浪朝灵宫，灵宫夫人下幽穹。女官掼甲拥前后，宝刀烂若银芙蓉。阿兄虎视霸南国，玉颜小妹饶家风。天教帝子作之偶，明珠斗帐藏真龙。赤壁战后老瞒惧，不敢南下驰艨艟。如何婚姻失前好，忍教与国连兵戎。臣服魏廷亦豚犬，仲谋那足称英雄？蜀帝复仇猇亭败，永安遗诏苍黄中。夫人有家归不得，九嶷梦断寻无踪。蠵矶自沉灵魄在，于今遗庙留江东。庙中传芭女巫舞，报赛神鼓声冬冬。江流有尽恨无尽，疑有泪竹斑斑红。

——《清诗别裁集》卷二十七

朱卉（1678—1757），字草衣，初名灏，字凌江，安徽芜湖人。幼家贫，不仕。性喜吟咏，著有《朱草衣遗诗》。

过芜湖

芜湖城近大江滨，先世菟裘记最真。重过故乡空一望，白云亲舍已无人。

——《滴翠诗丛》第十期

蟂矶孙夫人庙

碧瓦瑶窗水殿存，连天烟浪绿侵门。啼残蜀帝余鹃血，望断王孙见草痕。幕卷轻云春入梦，旆飘细雨夜归魂。荪荃荐罢扁舟去，往事茫茫不易论。

——民国《芜湖县志》卷五十九

612

高凤翰

高凤翰（1683—1748），字西园，号南村，又号南阜，晚署南阜左手，山东胶州（一作济宁人）。官安徽绩溪知县。著有《南阜诗集》。

芜湖舟中同李啸村分赋得痕字

凌晨一棹出天门，小泊岩关雾尚昏。芳树灵祠金粉画[1]，酒旗渔舍水云村。箬帆绿重春江雨，沙岸黄添野涨痕。且尽眼前好风物，向来踪迹不须论。

——《南阜诗集》卷四

[注]①作者自注：隔岸为孙夫人祠。

王文清（1688—1779），字廷鉴，号九溪，湖南宁乡人。曾任宗人府主事、兵州府教授、岳麓书院山长。著有《锄经馀草》。

舟泊荻港同张月槎侍御登高晚眺

此身轻于舟，飞到荻花渡。渡头横高冈，一线羊肠路。多少浪游人，踟蹰不肯赴。
王郎张侍御，同挟济胜具。落木正萧萧，红叶犹在树。小石如犬眠，大者狮子怒。
古树乌鹊巢，飞飞杂鸥鹭。披衣扪萝上，虹霓人气吐。南望长江来，百川尽东注。
水气寒烟波，晚起横江雾。参差芦荻中，星星灯火露。童子无能从，老夫犹勇步。
俯视尘寰中，已在云深处。

——《锄经余草》卷九

徐璋(1694—1755后)，字瑶园，一作瑶圃，江苏娄县(今上海松江)人。为肖像画
家沈韶弟子，乾隆元年(1736)由织造图拉荐入画院。

白马山

爱尔洞山清且幽，仙翁曾此恣遨游。青山翠巘还堪挹，白马奔腾不可留。鹤背长箫
吹碧落，云闲孤犬吠清秋。何时得造烟霞境，定拟题诗刻石头。

——《太平三书》卷四

613

桑调元(1695—1771)，字伊佐，号弢甫，浙江钱塘(今杭州)人。雍正十一年
(1733)进士，官工部主事，后因疾归。主讲濂溪书院。工诗，亦精性理之学。著有《衡
山集》。

荻港

寒港弥漫动远涯，萧萧败荻影横斜。同云万里天将雪，积水千盘客泛槎。想像孤军
屯虎豹，寂寥往事化虫沙。遥怜星殒梅花岭，五丈原头并叹嗟。

——《衡山集》卷五

芜湖

南指孤帆疾若飞，芜湖绿岸辟郊扉。家僮贪买新筥酒，行子思添故箧衣。米价关心论贵贱，土风到眼习轻肥。老蟆岁久无留影，还向沙头问旧矶。

——《衡山集》卷五

芜湖夜大雷雨歌叠韵

荒江风雨又一奇，春天巨浪喧空陂。神兵钑铮戛镔铁，龙宫砑磕敲晶璃。涨如海穴神鳅入，觺觺百怪蹳跎集。邻船告闻大缆断，樯倾舳仄吁何及。篷窗四面扃不开，盆翻冲泻黄篾埃。巨灵併力作气势，萍翳驱驾飞廉来。长年三老忧莫测，吴商越估涕频拭。如椽之炬顷刻灰，指掌不见天墨黑。嵯峨列舰高如山，铁锚轻宕江中间。狂沙乱奔蟆矶庙，危岸摇动芜湖关。我心默定涵元珠，翻波一任鱼龙趋。明看碧淑红亭在，万态惶惑归空无。吟游不知老将至，覆境平陂信天意。江行奈此惊险何，讵若陆海风涛多。

——《衡山集》卷五

614

陈景元

陈景元（约1696—?），号石闾，汉军镶红旗人。著有《石闾集》。

天门

巨灵巨斧从天开，梁山东西争崔嵬。千寻斗壁肆吞喝，一道中流如箭来。长风逆折珍珠碎，斜日倒影龙蛇坠。冯夷怒鞭白马驰，控弦反射天门外。楚尾吴头一望兮，飞鸦落叶鸣纷纷。吴江直下趋吴会，楚火连空烧楚云。升高测天天欲低，凭流视人人不齐。白发依然无定向，此身归路恐多迷。暝色青苍自远逼，凉飔肃肃朱光匿。山鬼欲来江水寒，孤客无言长太息。

——《陈石闾诗》卷九

沈 心

沈心（约1697—?），初名廷机，字房仲，号松皋，仁和（今杭州）人。雍正年间诸生。

著有《孤石山房诗集》。

芜湖

识舟亭在望，安稳此浮家。帆影移岚翠，钟声落浪花。千家岩邑聚，一路石滩斜。
关吏烦相问，残书供笑哗。

——《孤石山房诗集》卷五

无为道中

渔庄蟹舍半沉沦，苦雨孤篷倍怆神。鹢首冲波如上峡，柳根凝雾欲迷津。夏珪图画
从游赏，米芾风流付劫尘。入境飞蝗禾不损，后来几辈仰前人。

——《孤石山房诗集》卷五

夜泊牛门洲

鼓枻天门山，系缆牛门洲。黄帽力已竭，波逆风更遒。日行二十里，薄暮傍戍楼。
绕汀住渔父，暂与为匹俦。晒网夕阳岸，林外多田畴。瞻彼几舳舻，下水帆高抽。
涛喷鹢首雪，鸣铙惊鼍湫。习坎行有尚，入路难自由。人生贵安命，等是不系舟。
安得骑日月，凌虚恣遨游。旷览入纮表，超脱鱼龙愁。

——《孤石山房诗集》卷五

灵泽夫人庙

怪石棱棱倚半空，灵旗常飐大江风。浮云影远当高座，明月情多照故宫。自赴银涛
魂不返，可因珠幰怨无穷。湘妃千里遥相望，杜宇频啼苦竹丛。

——《孤石山房诗集》卷五

板子矶

客怀鸥共远，秋气大江先。薄醉舷频叩，初凉扇已捐。神祠临断岸，战舰忆当年，
梗泛殊非意，中宵乡梦牵。

——《孤石山房诗集》卷五

荻港

推篷应接似山阴，一曲苍江翠岫深。绝境渔樵偏易占，何时杖笠恣相寻。鹭烟鸥雨回清梦，溪月林花托素襟。自笑故乡山未住，云霞异地苦关心。

—— 《孤石山房诗集》卷五

刘大櫆(1698—1779)，字才甫，一字耕南，号海峰，安徽桐城人。副贡，官黟县教谕。与方苞、姚鼐齐名，是桐城派重要作家之一。著有《海峰诗集》。

楚江送客

楚天宾雁起汀洲，江水无情自北流。一曲骊歌山月小，白萍花落晚风秋。

—— 《海峰诗集》今体卷一

616

发铜陵

大江风急峭帆喧，帆影江声万马奔。朝发铜陵未朝饭，两山如画过天门。

—— 《海峰诗集》今体卷一

登东梁山绝顶

凭高一望暮云奔，烟树苍茫落照昏。俯视江流如蜥蜴，趺行蠕动下天门。

—— 《海峰诗集》今体卷一

天门山

终古岷江水，东奔向沃焦。流来南国恨，散作海门潮。相对蛾眉晚，回看灌口遥。不知津渡日，曾见鬼神朝。

—— 《海峰诗集》今体卷六

芜湖历代诗词

天门山

僧家耽宴寂，精舍厌厘蟻。梵响浮林杪，经香溢殿帷。云生趺坐处，月照独行时。欲究楞伽义，先签二百疑。

——《海峰诗集》今体卷六

和人过天门山

万里岷江去不回，双峰夹岸表崔嵬。山川流峙今还古，吴楚东南合更开。三月流光唯碧草，六朝遗迹有寒灰。莫言虎踞龙蟠地，会见降旛蔽日来。

——《海峰诗集》今体卷六

蠔矶

三国亡来久，夫人庙独存。河山经百战，事业少中原。惨澹南朝地，飘零蜀帝魂。只今祠树上，晨夕野鸦喧。

——《海峰诗集》今体卷六

617

吴　凤

吴凤（1699—1769），字元辉，福建平和人。任台湾嘉义通事，长达四十八年。为官清廉，仁心勤政。死后百姓尊为"阿里山神"，并建有"阿里山忠王祠"。

神山

丹崖百丈削芙蓉，上有高祠祀卫公。金剑久悬光射斗，铁衣长挂冷含风。及时甘雨垂恩泽，应俟商霖助化工。秀毓山川文物盛，载歌良耜答年丰。

吴敬梓

吴敬梓（1701—1754），字敏轩，号粒民，晚号文木老人，安徽全椒人。雍正十三年（1735），举应博学鸿词科，不赴。后移家金陵，晚居扬州。所作以长篇小说《儒林外史》著称，书中多处以芜湖景物和人物作为原始素材加以艺术创造。另有《文木山房集》。

金缕曲

七月初五，朱草衣五十初度

织屦堂中客，困风尘，如流岁序，行年五十。南越北燕游倦矣，白下凿坏为室。似巢父，一枝栖息。昨夜桐风惊短梦，把园林万绿都萧瑟。秋士感，壮心迫。　　苟卿正遇游齐日。叹胸中，著书千卷，沈埋弃掷。尚有及时一杯酒，身后之名何益。张季鹰，斯言堪述。天意也怜吾辈在，且休忧尘世无相识。长寿考，比金石。

——《文木山房集》卷四

燕山亭

芜湖雨夜，过朱草衣旧宅

川后停波，屏翳送寒，摇荡澄江青雾。桥外数椽，藓蚀苔殷，映带柳塘花坞。燕子归来，知认否、当年谁主？无语。衔落蕊迎风，缭垣低度。　　惆怅孤客凄清，听瑟瑟萧萧，夜窗声苦。梁市阮厨，烛擒香销，知他故人何处？他日相逢，难说尽、别离情绪。思汝，同听者，半宵春雨。

——《文木山房集》卷四

减字木兰花

识舟亭阻风，喜遇朱乃吾、王道士昆霞

卸帆窗下，一带江城浑似画。羽客凭阑，指点行舟杳霭间。　　故人白首，鲜赠青铜沽浊酒。话别匆匆，万里连樯返照红。

——《文木山房集》卷四

姚　范

姚范（1702—1771），字南青，号姜坞，安徽桐城人。乾隆七年（1742）进士，改庶吉士，授编修。著有《援鹑堂集》。

晓发荻港

萧寺晨钟歇，残星犹向曙。凉风吹我襟，萧条橹声去。沙禽拍浪飞，渔夫烟中语。回首数峰青，不见泊舟处。

——《晚晴簃诗汇》卷七十七

吴颖芳

吴颖芳（1702—1781），字西林，自号树虚，浙江仁和（今杭州）人。精六书音乐，能诗善文。著有《临江乡人诗集》。

萧尺木画竹

画又高展秋襁褓，磊落长身一区玉。天风吹我过衡湘，仿佛青岩白沙曲。名手宋文元仲圭，古劲笔力挽与齐。即今画欠铁钩锁，茎弩叶钝俗不医。良朝客满东轩外，起立如墙开眼界。梢长便欲破屋椽，室小檐低不容挂。枝枝叶叶竹意中，无枝叶处皆清风。汤瓶火急作蟹语，瞪视大幛空复空。细想似有百怪助，妙在无意非人工。南溪上品潇湘种，愁绝烟林什伯丛。

——《晚晴簃诗汇》卷七十八

金甡

金甡（1702—1782），字雨叔，号海住，浙江仁和（今杭州）人。乾隆七年（1742）状元，官至礼部侍郎。著有《静廉斋诗集》。

识舟亭①

旅泊凭高一散愁，孤亭遥控大江流。吴波不动老蛟卧，吹笛何人倚柁楼。

——《静廉斋诗集》卷一

[注]①作者题注：北望蠡矶。

中江塔

斜缘蜗角上青冥，万舸千艘水上萍。目送征帆天际去，不须重向识舟亭。

——《静廉斋诗集》卷一

帅家相

　　帅家相(约1705—?)，字伯子，号卓山，江西奉新人。乾隆二年(1737)进士，官至浔州知府。工诗，著有《卓山诗集》。

芜湖赠别曾令①

留滞始一晤，亦知会面难。敢轻离别心，行役自不殚。稍稍申款曲，劳劳致盘桓。
有如浮萍合，聚散从无端。回瞰俯大江，落日烟水寒。清飔一徐动，舟楫依微澜。
逝将从此隔，执手生长叹。猥走务骈拇，委身斗危湍。不知冯夷宅，下有灵蠵蟠。
贝阙如可蹈，矢心求所安。无资照燃犀，不得穷谲观。倾堕薄馀事，正怜江海宽。
宁知托吾子，再拜聆加餐。苦为风水虑，蛟虺慎与干。然疑甫间作，顾盼重辛酸。
至谊今几人，吾宁甘弃拼。风波倦契阔，矧复追古欢。去去畴与道，喟然摧肺肝。

——《卓山诗集》卷五

　　[注]①作者题注：尚增。

天门山

建标吴楚划，东指六朝烟。客至多怀古，舟行忽在天。江流疲战伐，山色丽诗篇。
为问孤帆影，何时驻日边。

——《卓山诗集》卷七

南陵县雨行至晚甫霁抵宣城

淖泥滑砥道，十步九摧挫。仆夫仰天噗，吾岂安行坐。稍瞻菜麦荣，复听鸧鹒和。
一雨滋神膏，五风实仁播。太和被人寰，于物念深荷。煦孑非吾儒，贤人识其大。
隔岁忧黎元，及今悯穷饿。何能□区区，督促任疲瘝。前遵讯五松，草树识婆
娑。　□李耀裾缨，新杨媚辕轲。断云间晴霭，却望青天□。隐隐辨江城，驱驱薄

溅洹。骖从各欢呼，耐可没双髁。向使从便安，谁为振颓隋。宣州江谢邑，风雅代织作。辉映佳山川。忻兹涤尘堁。

——《卓山诗集》卷八

澛港守风

亦有西飞燕，低垂忽不前。榜人争怨蒲，估容费迁延。淹速犹吾道，江山觉共怜。水村无碍著，随分滞风烟。

——《卓山诗集》卷九

旧县

旧县何年改，经行亦怆神。废兴关井邑，生聚思民人。斥壤耕犁少，荒墙水鹤驯。连闻蠲复诏，匝地喜歌豳。

——《卓山诗集》卷九

芜湖江口送七弟骏别之巢邑

621

清江湛夷犹，白日无蹉跎。于迈各有适，溯洄起高歌。高歌亦如何，会少离苦多。相见逾十年，相睽更江沱。鸠兹望南谯，宿雾纷林柯。况我复西赴，长帆走湘舸。咫尺便万里，岂惟间山河。黄鹄东西翔，上与高云摩。男儿有职役，未分栖岩阿。少壮各异时，所思驻羲娥。汝登金庭山，为我穷嵯峨。分手重分手，流连激颓波。

——《卓山诗集》卷十五

登东梁山望远写怀

东观领吴会，西眺穷楚蜀。意倾无时休，情旷合有触，徙击辨鲲鹏，虚徐引鸾鹜。长飔下天关，逆籁起潜谷。井络驰动摇，元黄相沐浴。上有征云愁，下见飞蓬速。白日无蹉跎，江山惟瑟缩。皓首辞故乡，登临此幽独。当歌拟一放，俯仰烦衷曲。墨子甘旅人，嗣宗讵须哭。

——《卓山诗集》卷十六

舣梁山麓下

舣舟倚绝壁，断岸何凄其。堠火暗明灭，江天筋暮吹。平原苇萧绝，鸟雀中夜悲。

礼礼见积素，霜明野人居。空村寂鸡犬，独户闻机丝。好乐不可荒，斯人乃多疲。游子伤岁晏，艰辛欲何辞。君看翔南雁，中泽劳哀思。

——《卓山诗集》卷十六

王又曾（1706—1762），字受铭，号谷原，浙江秀水人。乾隆十九年（1754）进士，官刑部主事。著有《丁辛老屋集》。

芜湖

白雁黄云落照横，江山无恙慰经行。潮头暗啮王敦墓，岚气晴飞谢尚城。画鹢宫袍虚古月，宝鞭骏马只残营。酒酣不尽兴亡感，忍听当年咏史声。

——《晚晴簃诗汇》卷八十五

蔡瑶，安徽宣城人，宣城画派主要人物。

白衣庵

细路绕清涧，平畴散绿秧。脱冠携道侣，看竹到僧房。幽阁黄鹂语，新瓷紫笋香。溪风正亭午，小坐一单凉。

——民国《南陵县志》卷四十二

灵山寺小阁

山僧能解住山趣，小阁疏窗倚涧开。一夜流泉高枕听，梦疑仙液过峰来。

——民国《南陵县志》卷四十二

王行仁，安徽南陵人。

倚剑台

倚剑台边多古松，藉山塘种水芙蓉，纳凉闲步长隄上，城北城南处处钟。

——民国《南陵县志》卷四十二

刘应湛，安徽南陵人，清代名臣刘楷第四子。

玉带桥

阛阓东西一水分，飞虹千尺锁溪云。晓风杨柳人闲立，绕郭黄鹂百啭闻。

——民国《南陵县志》卷四十二

刘焘，安徽南陵人，清代名臣刘楷第七子。

623

同诸子步月玉带桥

秋高夜静明河直，络纬萧萧声乍息。一镜横空绝片云，金波潋滟光如拭。乘兴欢呼结伴游，石梁散步城东北，为爱佳名自昔传，翻惊胜地疑初识。花竹数重亭榭深，夹岸露华含彩色。平沙宿雁影微茫，点就辋川图半幅。归来人语隔窗纱，徙倚还欣绕庭侧。

——民国《南陵县志》卷四十二

紫岩书屋落成

隙地丰泉石，都山漫兴成。数峰当户秀，一鉴入帘清。桐引春云曙，荷翻夏日明。老亲杖履适，指点笑沧瀛。

——民国《南陵县志》卷四十二

刘 沛

刘沛,安徽南陵人,与刘焘等人同修第五部《南陵县志》(雍正版)。

慕园即景

小窗清漏永,曙色幂空林。相对樽同泛,时还鸟伴吟。文章期见性,俯仰欲忘心。
丽泽偕朋好,钟期自赏音。

——民国《南陵县志》卷四十二

翟 湘

翟湘,安徽泾县人,岁贡。

过朗陵赠汪湘人明府

624

莲幕烧残蜡泪红,远从天际问归鸿。云山访戴初移棹①,桑梓依刘又转篷。百里甘
棠传惠政,一帆冬日快长风。阮生正有穷途泣,喜接旌旗道路中。
朗陵士庶我乡邻,来暮兴歌夙愿伸。岸柳喜含时雨意,江梅遥动故园春。可能广厦
遮寒士,便借青山作部民②,潭水桃花依样好,深情终古一汪伦。

——民国《南陵县志》卷四十二

[注]作者自注:①时访颜博洲刺史于义安;②朗陵漕仓设在鸠兹。

陶 瀚

陶瀚,字崑谋,安徽南陵人。诸生。著有《春谷诗草》。

纪灾

宣歙万山丛,我陵群流赴。戊子五月中,旬日雨如注。陵谷遍蛟宫,庐舍没泥污。
禾稼正盈畴,波臣尽卷去。藜藿计全无,哀嗷谁与哺。斗米鬻儿女,骨肉不相顾。
岂无良司牧,赤手空噢咻。分恤仗义民,口粥春回响。无何疫疠侵,累累尸骸露。

刺史进飞章，常平蠲夙贮。沟壑起饿夫，近远恩膏布。过此望屡丰，螟螣复为蠹。
籴谷卖新丝，百计延朝暮。刚到十年来，蛟螭搅旧路。戊戌六月杪，黍实离离布。
村酒荐新粢，比间订欢豫。皇天降鞠凶，轰雷心胆怖。昏夜复居巢，漂没仍如故。
攀木作猿猱，啼嘶惨不住。可怜白浪中，骈首充鱼鱐。死者亦何辜，棺骼泛如鹜。
吁嗟此横灾，何故频年遇。居常贱五谷，骄侈天谴怒。筹荒须俭勤，耕九三年裕。
丁宁梓里人，弥灾惟省惧。

——民国《南陵县志》卷四十二

方于珣，安徽南陵人。生平不详。

文庙告成纪事

圣迈礼逾崇，俎豆虔秩事。追恩及先代，文物增严邃。足知垂教端，根源数仞地。
夙夜仰殿庭，譬工则居肆。恢拓敢辞劳，鼎新顺众志。阴阴桃李蹊，穆穆宫墙闳。
蔚为学道宗，弦诵宣和气。泮水日澄清，栝柏日竦翠。似闻康成舍，书带还生庇。
共瞻文在兹，千秋故未坠。

——民国《南陵县志》卷四十二

陶　性

陶性，安徽南陵人。生平不详。

香由寺

南国知名寺，危楼半欲摧。松鼯缘碧树，巢鹊下苍苔。一水喧虹影，千秋静远埃。
老僧开历日，移得竹枝栽。

——民国《南陵县志》卷四十二

刘文峙

刘文峙，安徽南陵人。生平不详。

文庙重建告成纪事

宫墙重缔构，趋事敢徘徊。松自徂来得，柏从新甫来。云旍时陟降，霄汉仰昭回。幸际崇文日，应多济世才。

——民国《南陵县志》卷四十二

刘携，安徽南陵人，清代名臣刘楷的孙子。

山口①

晓岫收残雨，冲泥问酒家。古藤穿怪石，一径落闲花。山抱村烟转，溪寻野约斜。南邻多旧伴，相就话桑麻。

——民国《南陵县志》卷四十二

626

[注]①山口：指南陵花山至象山的一处山口，村名即山口村，民国时期的南陵中学老校址即在附近。

徐燕，安徽南陵人。

柏林庵访丁削山不遇

为爱鸟声幽，不辞般若游。频寻樵子径，转向碧峰头。云锁僧房静，门荒衰草稠。所思曾不见，空对古松楸。

——民国《南陵县志》卷四十二

黄江起，安徽南陵人。

游白云山

山泉远落白云坞，细石疏林夹溪路。追寻泉脉到峰头，峰头白云共来去。豹儿巅上衔夕晖，狮子冈边空翠微。一抹霞连荻江水，千岩鸿逐秋雨飞。我欲因之乘云上，白鹤仙人归不归。

——民国《南陵县志》卷四十二

詹天挺，安徽宣城人。

灵山古龙井

一泓深莫测，古绿苔封。霖雨三农望，时来起蛰龙。

——民国《南陵县志》卷四十二

627

灵山谢岩

谢公著屐后，谁复继幽寻。偶就岩前酌，藤花落满林。

——民国《南陵县志》卷四十二

戴元升，安徽南陵人。

西溪步入萧家紫

策蹇城西路，溪光未易描。紫岚飞远瀑，鱼浦锁平桥。新涨朝来雨，晴添夜半潮。卖花声最艳[1]，胜地识春饶。

——民国《南陵县志》卷四十二

［注］[1]作者自注：居人种花有名。

刘　幹

刘幹,安徽南陵人。

归自峨岭有寄

萍踪才一月,柳色已三春。茅店狂呼酒,轻凉倦卧茵。闲游寻地主,得句忆诗宾。
寄语南山好,相逢即近邻。

——民国《南陵县志》卷四十二

杨大鹏

杨大鹏,怀宁人,郎中。

送陶熙文大尹归南陵

几载长安踏软尘,曾从车马识芳邻。闲依琴鹤心如水,静挹芝兰气有春。五柳光风
怀好友,四知清夜对前人。黄花莫负秋容淡,诗就还教酒入唇。

——民国《南陵县志》卷四十二

沈善贞

沈善贞,宣城人,诸生。

青弋道中

野渡接平沙,篮舆一径斜。村墟萦竹坞,渚寺挂藤花。半菽嗟农事,虚舟玩物华。
故人今把臂,清梦稳苍葭。

——民国《南陵县志》卷四十二

王中孚,安徽南陵人。

泮井

文庙引河流为泮池,当巽位有泉穴。乾隆乙未旱,河涸,循泉脉而浚之。其水清泠甘洁,日可供数万人饮。戊戌复大旱,居民赖之。师台顾感其没于泥沙,今实有济,题曰"泮井"。以纪其事。

吾陵有古井,泮池涵清影。托地非不灵,下隐泥沙冷。神斧长绠添,养民叶泰占。
通塞关世运,地德宁独廉。佥识天泉孕,香满甘而净。忠信自有常,真可苏民命。
剧爱广文师,感慨系以诗。诗成井不朽,坤维显奇施。琼浆挹取走,银汉烛南斗。
用舍各因时,岂曰遁藏久。吁嗟洌寒开,否极应泰来。井渫用之兆,允矣升瀛台。

——民国《南陵县志》卷四十二

629

汪焘,字春明,安徽歙县人。

题南陵李贞女传后

郁郁孤生桐,引蔓延兔丝。盈盈李氏女,许字叶家儿。儿女各十岁,恩义何由知。
十一学刺绣,十二学画眉。画眉虽不长,深闺人见稀。岂知赋命薄,十三叶儿萎。
洗我眉间黛,脱我绣罗衣。寸心已先死,徒存骨与肌。阿母劝加餐,所食惟藿薇。
邱嫂致衣履,所服惟纻绤。舅父问甥女,年少何苦为。贞女拜舅父,涕泣前致词:
婚姻一以订,髧髦为我仪。岂不念父母,九泉誓相随。死叶不死李,大义当来归。
归时年十八,六载星霜移。入门谒姑舅,易衰拜邱坻。女节亦已尽,女病忽已危。
恨销地下从,合厝方山陲。上栖比翼鸟,下结连理枝。邻里重叹息,行人为歔欷。
黄鹄誓相守,孔雀东南飞。从一固当死,未从何所依。卓哉李贞女,只手提天维。
采茶刺伤手,食梅酸沁脾。梅酸而茶苦,孰知女心悲。

——民国《南陵县志》卷四十二

许全治，歙县人。

夜过南陵道中有怀谢希斋广文

午夜南陵道，霜飞月正中。马蹄惊树影，墙角转山风。已近故人宅，翻嫌去路匆。
十年魂梦里，今复感秋蓬。

——民国《南陵县志》卷四十二

方士琯，歙县人。

雷雨行南陵道中

630

天气凝寒候，闻雷瑞也无。溪喧山水涨，林动野风呼。泥路滑如腻，棉衣湿到肤。
烟浓茅屋暖，安坐羡田夫。

——民国《南陵县志》卷四十二

张思教

张思教，歙县人。

南陵早发

野店虽投宿，嘈嘈夜不安。未明先起视，坐久勉加餐。霁月当前照，晨星背后看。
山河烟雾露，曙色动秋寒。

——民国《南陵县志》卷四十二

吴光璧，安徽贵池人。训导。

南陵道中

山到南陵骨更强，连朝细雨郁苍茫。云生壁上青天窄，江走林端白练长。晓露湿衣秋草碧，晚风吹鬓稻花香。笋舆镇日浑忘倦，不信人间有亢阳。

——民国《南陵县志》卷四十二

周庠，江苏东台人。

南陵道中

白云方出山，复被山围住。须臾化作烟，弥漫失前路。僧从何处来，满身染苍素。遥闻流水声，知有一重渡。

——民国《南陵县志》卷四十二

郑尚岳，歙县人。

晓发清弋江

云水苍茫里，扁舟一叶过。半江沈月影，双桨打烟波。残梦随流远，离愁傍晓多。推篷望风色，今日定如何。

——民国《南陵县志》卷四十二

吴学洙，安徽泾县人，举人。

晚抵弋江

山近行廊晚翠滋，眼中村落渐参差。年荒野店关门早，水浅孤舟上濑迟。枫岸鸦归秋色里，柴门犬吠夕阳时。板桥杨柳今何在，过客犹吟杜牧诗。

——民国《南陵县志》卷四十二

朱珤，安徽泾县人，生平不详。

弋江晚泊

632

木叶下江皋，西风势尚豪。苍然来暮色，此景倍萧骚。冻雀依人懦，闲鸥笑我劳。岑寥山午午，转让赤滩高。

——民国《南陵县志》卷四十二

张开士，浙江钱塘（今杭州）人。进士，乾隆年间任铜陵、南陵知县，宿州知府。

将之宿州留别南陵

六年侜偬去桐乡，春谷三秋别绪长。江北江南同过客，好山好水系吟肠。殷勤祖饯劳诸子，事业留遗愧彼苍。回首漳淮芹藻绿，遥知秀发在宫墙。

——《南陵县志》卷四十二

徐以泰,字陶尊,浙江德清人。国子监生,乾隆三十二年(1767)官阳曲县知县。工诗,著有《绿杉野屋集》。

荻港雨泊

树里人家湿,炊烟晚不飞。呼儿驱犊小,放鸟捕鱼肥。水满迷芦界,风清恋絮衣。稍看争渡女,荷叶盖头归。

——《绿杉野屋集》卷四

洪銮,字步宸,号阮溪,安徽芜湖人。乾隆二十八年(1763)进士,任博山知县,擢东平州。著有《悔绮堂诗集》。

633

将之姑孰留别分得识舟亭

酒醒江头催柁鼓,离亭花落不堪数。客衣寒恋故山云,孤舟夜泊前湾雨。莫言此别最魂销,亭外垂柳绿万条。计日归闻采莲曲,与君同荡木兰桡。

——民国《芜湖县志》卷五十九

九日濡江城南楼放歌

九月木脱山色高,芙蓉霜冷凄江皋。江山萧瑟太孤寂,纷纷战斗空孙曹。旅伴登高正重九,狂歌且尽茱萸酒。酒酣走上城南楼,大江秋气落吾手。风飘飘兮吹我衣,菊之黄矣胡不归? 故园最苦无兄弟,只望白云深处飞。

——《悔绮堂诗集》

吴湘,字衡湘,别字素轩,山东沾化(今为滨州市辖区)人。乾隆二十二年(1757)

进士,曾任御史、吏科掌印给事中等职。

蟂矶

遡流浮小艇,空里见楼台。龙母何年宅,夫人昔日哀。图荆终失计,为汉岂凡才。
浩渺情无极,江山豁目开。

——康熙《蟂矶山志》卷上

彭灿,生平不详。

蟂矶

闻说蟂矶胜,披图识卧游。江心浮碧椀,空里见蜃楼。灵泽应钟秀,神山定匹俦。
狂澜俱到海,砥柱立中流。

——康熙《蟂矶山志》卷上

634

周纲,生平不详。

蟂矶

秋暮泛孤艇,秋风腥浪吹。神栖灵古庙,扁旧起遗思。龙去江空水,鸟飞月满枝。
濯缨亭下坐,归咏夕阳迟。

——康熙《蟂矶山志》卷上

朱统鑰,生平不详。

蟂矶

江声鸣万里，蟂石起何年。山出轻烟外，楼高宿霭边。吴宫不可望，汉史尚相传。感慨千秋意，临风一惘然。

——康熙《蟂矶山志》卷上

张　镛

　　张镛，字金声，一字经笙，江苏吴县人。监生，乾隆三十二年(1767)任知县。著有《思诚堂集》。

太白楼观萧尺木画壁

尺木老人年八十，太白楼头留绝笔。挥霍十指生烟峦，董巨荆关咸气夺。落帆直上牛渚矶，惊看壁上排嵚巇。四山拔地出天阙，乾窦坤位无乖离。天门日观陡而壮，峨岷积素殊其状。回鹰峰高巫峡长，香炉瀑布遥相望。镇高岳耸西与东，齐州九点青蒙蒙。峰峦向背觉明晦，江湖颎洞疑奔湊。羲和策驭走屋底，雷雨喧豗清画里。洞壑淙淙槛际来，元气淋漓妒真宰。我生由来好探奇，往往名山欲问之。瞿塘岱畎万里隔，足茧终年或未窥。兹从一室纵相列，眼底峰峰昭若揭。夺造化兮泣鬼神，观止此矣我心折。天光澹沱日气清，凭栏四望暮霭平。同行顾盼无人赏，欲觅青莲共跨鲸。

——《晚晴簃诗汇》卷一百一十五

谢登隽

　　谢登隽，字椒，号易堂，又号梅农，安徽祁门人，居芜湖。乾隆三十六年(1771)举人，官宜昌府同知、贵州府知府。肆力于诗文词，精鉴古画。著有《退滋堂诗文集》。

萧尺木画赵子固濯座图

天水两王孙，艺事并超绝。彝斋孤竹怀，竞爽失松雪。清风起画图，顽懦争气节。轩几云气流，丛篁韵骚屑。大都承旨来，座岂为君设。先生古冠巾，客去眦且裂。

督奴汲清泉，被濯惟恐蠖。吁嗟枝叶亲，此举或过烈。忘耻而事仇，大义在所灭。
夙摹吴兴书，翠墨珍勿亵。丹青能尔为，急弃羞并列。胤点彼何人，慨然意前哲。

——民国《芜湖县志》卷五十九

雨霁喜湖滨一带水阁茸成

风絮才收雨脚横，湖波潋滟试新晴。入梅天近山如滴，界画檐披日乍明。方褥隐囊
随宴坐，绿蕉红药亚帘旌。小园庾信殊萧静，词赋何缘独擅名。

——民国《芜湖县志》卷五十九

晓过南陵東邑宰陈雪村

郎陵城西夜雨足，溪声夹路鸣哀玉。山烟一楼曙鸡啼，初日寒郊泼浓绿。连畦高下
村径纡，丰年乐事无一无。儿童抱书赴冬学，翁媪卖浆开地垆。催租投牒迹如扫，
百里皆甘菜根饱。长官旧是灌园翁，露甲烟苗书上考。

——民国《南陵县志》卷四十二

636

葛舒英，字方夏，号菊餐，芜湖人，工画善诗。曾与汤岩夫、沈五盐（士柱胞弟）、倪
轶凡、潘白华等芜湖名画家，应黄山派巨子宣城梅清邀约，集于湖壶天阁饮酒赋诗，即
史上有名的康熙三十一年（1692）"花果会"。

读书神山

莎径香寮刻意求，白云深锁一窗幽。循墙但见松环屋，入窟真如水泛舟。细细涛声
山籁起，纤纤日影隙光浮。不闻钟磬心先静，尚有尘氛到得不。

——民国《芜湖县志》卷五十九

张其宿，字朗先，清代人，生平不详。

寒壁

峥嵘千寻湖上濒，土花石藓笔难皴。波凌玉女裳为梦，月照山魈甲似银。为觅旧题苔尽掩，欲镌新句石知鳌。扪萝攀葛巅难陟，雁影峰头羽化人。

——《太平府志》卷三十九

吴燫文（1706—1769），字璞存，山阴（今浙江绍兴）人。雍正贡生。著有《朴庭诗稿》。

芜湖

一望平芜外，微茫见巨湖。鱼虾喧晚市，鸡犬壮东吴。乡语他方异，关门老客孤。船梢谁弄笛，江上落梅无。

——《朴庭诗稿》卷四

637

蟂矶灵泽夫人祠

万里风烟隔，刘郎奈若何。执戈心迹苦，看剑泪痕多。远道通巴蜀，轻身类汨罗。浔阳潮上下，迎送听巫歌。

——《朴庭诗稿》卷四

螃蟹矶

莫笑临江片石孤，横行直欲过东吴。萧萧芦荻盈盈月，一蟹还如一蟹无。

——《朴庭诗稿》卷四

江昱（1706—1775），字宾谷，一字松泉，江苏仪征人。诸生。嗜金石文字，又通声音训诂之学。著有《松泉诗集》《梅鹤词》等。

初度日舟次芜湖作

每到今朝百感随，片帆谁想泊江湄。半生草草原无定，巨浪长风又一奇。
清湘寿岳一身经，渐是人闲老客星。不用长筵列笙乐，棹讴渔唱满烟汀。

——《松泉诗集》卷六

张于湖题名凿寘合江亭①

水落烝湘似带环，崩崖金薤出潺湲。姓名纵寓高深际，位置宁容清浊间。翰墨南轩
依素侣，风云后洞拥仙班。邦君题字飘零久，安得蛟龙与送还②。

——《松泉诗集》卷六

[注]①题目系修订者所改，原题：石鼓西溪之滨，有坠石，乃宋张于湖题名凿置合江亭，纪之以诗。②作者自注：于湖人称紫府仙，与南轩为友，邦君本韩诗，谓唐太守齐映。

钱　载

钱载（1708—1793），字坤一，又字根苑，号箨石，又号瓠尊、万松居士，浙江秀水（今嘉兴）人。乾隆十七年（1752）进士，累官至礼部左侍郎。著有《箨石斋诗文集》。

题韦舍人①翠螺读书图

松径盘盘上，江光面面来。舍人云卧稳，曾此漆编开。牛渚千秋月，黄金百尺台。
漫言居不易，辄有梦频回。

——《箨石斋诗集》卷十八

[注]①作者题注：谦恒。

题韦编修①秋林讲易图二首

翰林重入老经师，学使曾传讲易时。万里黔州蒙简擢，诸生鲁国怅追随。操瓢岁月
非难得，开府功名不易为。一片大明湖好在，为君披豁始题诗。②
君是前游我后游，一林秋过几年秋。桥南孺子缨斯濯，岸北庄生芥以舟。③趵突泉
声尝出郭，礌华山色又登楼。相看自笑何知易，高柳寒鸦也白头。

——《箨石斋诗集》卷四十

[注]①作者题注:谦恒。②作者自注:大明湖种藕人划水面区分芦界,泛舟暮直小港中,见芦不见藕花,余在济南竟未尝为之诗。③作者自注:使院北向濯缨桥在四照楼前,西则坳芥舟也。历城山在楼南,碏华在楼北,今图中所见半余未及诗者。

蝶矶词①

肃肃回风江上秋,苍梧未解此离忧。情忘儿女家初造,礼绝婚姻孰是雠。白帝城遥云色暮,永安宫在月华流。天心欲定三分鼎,特假参差作好逑。

——《莃石斋诗集》卷四十

[注]①作者为焦仲卿妻刘氏作后复感成二首,此其一,另一是《沈园词》。

##

爱新觉罗·弘历(1711—1799),清高宗乾隆帝,1736—1795在位。擅书画,兼长诗文。著有《御制诗集》。

石丈亭

岳立真堪称丈人,莓苔烟雨渍龙鳞。元章磬折何妨癖,奚事当年白简陈。

——《御制诗二集》卷四十八

题萧云从山水长卷

四库呈览《离骚图》,始识云从其人也。群称国初善画人,二王恽黄①伯仲者。二王恽黄手迹多,石渠所藏屡吟把。萧则石渠无一藏,侍臣因献其所写②。堪备宝笈之遗阙,事属文房敦儒雅。展观长卷四丈余,观之不厌意弗舍。崇山复岭绕回溪,古寺烟村接书社。士农工贾莫不具,飞潜动植乃咸若。运以神而法以古,丽弗伤艳富如寡。快哉名下果无虚,图末识语嘉诚泻。德寿曾赏晞古图③,自怜作此终田野④。岂知一百余年后,果入石渠珍弗假。是老人愿竟天从,剪烛长歌题笔洒。

——《御制诗四集》卷八十七

[注]①二王恽黄:清代著名画家王翚、王原祁、恽寿平、黄鼎。②作者自注:萧云从,芜湖人,国初时工画山水。昨四库馆进其所著《离骚图》,检《石渠》所藏,向无云从迹。侍郎曹文埴因进所藏《山水长卷》,笔墨高简洁净,颇合古法。③作者自注:萧云从自识云:"河

639

阳李晞古年近八十，多喜作长图大障。至为高宗所眷爱，爰题其卷曰：'李唐可比唐李思训。'余草野中人，无缘献纳，虽衰老犹不肯多让古人，于是极力经营，勉为此卷，藏之以俟知我。"其言颇见诚恳。今百余年后，卷入《石渠》，竞符其愿，岂非翰墨有缘耶？④作者自注：二句隐括云从自识语。

题补萧云从离骚全图八韵

画史老田野，披怜长卷情。①不缘四库辑，那得此人名。六法道由寓，三闾迹以呈。因之为手绘，足见用心精。岁久惜佚阙。西清命补成。共图得百五②，若史表幽贞。姓屈性无屈，名平鸣不平。迁云可以汲，披阅凛王明。

—— 《御制诗四集》卷八十九

[注]作者自注：①四库全书馆进呈萧云从所著《离骚图》，始知其善画。侍郎曹文埴因进所藏萧云从《山水长卷》，末自识云：河阳李晞古作大障为高宗所眷爱，余草野中人无缘献纳，虽衰老犹极力勉为此卷，藏之以俟知我。云云。词颇诚恳，曾为题句。②云从踵李公麟《九歌》为《离骚图》，颇合古人左图右书之意，但今书止存《卜居》《渔父》合绘一图，《九歌》《九图》《天问》五十四图，其余或原本未画。或旧有今阙。因命南书房翰休等逐一考订，令门应兆补绘九十一图，合之原书六十四图，共一百五十五图，俾臻完善。

640

萧云从关山行旅长卷

几点萧萧树，疏皱淡淡山。由来以意胜，无不寓神间。秋景宜寥廓，客人自往还。粗中具工细①，识语破天悭。

—— 《御制诗五集》卷二十六

[注]①作者自注：见云从自识语。

裘日修

裘日修（1712—1773），字叔度，一字曼士，号诺皋，江西新建人。乾隆四年（1739）进士，官工、刑、礼三部尚书，晚年封太子少傅。著有《裘文达公诗集》等。

观灯词①

神祠枕江滨，居人列阛阓。佳节临上元，清时多乐事。玲珑照千灯，连骈陈百戏。

渡水扬锦标，长坛分赤帜。滥奏北里竽，竞进偃师技。所见种种殊，善幻骇众视。
或尊如长官，或威如将帅。或庄如菩萨，或丑如鬼魅。或为战斗形，刀戟森可畏。
或为歌舞妆，低徊逞姿媚。或为原上游，士子纷队队。或为田间获，壶浆杂童稚。
水行为楼船，陆走为车骑。或洞为城闉，或聚为市肆。形摹极生成，刻画均动植。
俗尚夸新奇，杂沓难悉志。余巧犹可人，翦彩斗精致。游衍驾海龙，驰骤凌风骥。
鱼虾鼓长鬐，禽鸟扇弱翅。莲枝含轻红，柳条拖暗翠。吹嘘间百花，点染呈四季。
低者婉欲垂，高者斜不坠。亭亭各成行，熠熠俨相对。游观尽忘疲，异态非一类。
缘流树旌幢，达旦喧歌吹。宁惜费不赀，云是丰登瑞。

——《裴文达公诗集三》卷一

[注]①作者题注：荻港作。

李　御

李御（1712—约1796），字琴夫，号萝村，江苏镇江人。乾隆时监生。其诗有天然
美。著有《八松庵十三吟草》。

晓行天门山

地绝天门耸，山盘涧户开。石衔残月落，树拥晓云回。振策穿云瀑，看碑拭古苔。
崔嵬伤陟彼，谁与酌金罍。

——《晚晴簃诗汇》卷一百一十一

任端书（约1712—？），字念斋，江苏溧阳人。乾隆二年（1737）探花，授翰林院编
修。著有《南屏山人集》。

芜湖

姑孰南朝郡，当涂几战争。山川公瑾老，今古谪仙名。水自齐安下，城连建业平。
荒江翻白日，犹似照军营。

——《南屏山人集》卷五

韦谦恒

　　韦谦恒(1715—1792),字慎旃,号约轩,又号木翁,安徽芜湖人。乾隆二十八年(1763)一甲三名进士,授编修、翰林院侍读学士,后升布政使司护理巡抚印,国子监祭酒、补鸿胪寺少卿。著有《传经堂诗钞》。

题程上舍芜湖怀古诗后

见说鸠兹一舸轻,舵楼得句气纵横。灵风暮卷夫人庙,残照秋连阿黑营。壁垒半荒余画角,江流如旧绕孤城。无端又触羁人梦,不尽怀乡望古情。

——《传经堂诗钞》卷一

荻港

荻港停孤棹,霏霏入暮寒。不知春雪到,犹作荻花看。

——《传经堂诗钞》卷一

鲁明江夜泊

鲁明江上春水生,朝朝桴鼓无停声。我来舣舟日向晚,持杯独坐空月明。忽听乡音愁脉脉,到家已近心弥迫。故园十里不能归,今宵犹是天涯客。

——《传经堂诗钞》卷一

抵家

枨触乡心日几回,今朝得见故园梅。人随鸿雁声中返,舟自鼋鼍窟里来。风雪漫嗟曾破浪,莺花且喜共衔杯。试看儿女牵衣舞,哪不灯前笑口开。

——《传经堂诗钞》卷一

鲥鱼

江南四月瓜蔓水,银鳞泼剌随风起。千丝细网横江张,鲥鱼恰上樱桃市。我爱嘉鱼味独殊,烹鲜酌酒频欢呼。玉脍金斋何足数,季鹰空说松江鲈。忽忆炎天曾入贡,迢遥驿骑相飞送。先皇举箸念民劳,特诏罟师停采供。至今歌颂几曾忘,草野犹余泪数行。荐熟无由升寝庙，斫鲙登盘不敢尝。

——《传经堂诗钞》卷一

萧尺木画壁歌

壁在太白楼下，画泰岱、华岳、峨眉、匡庐四山，皆谪仙生平所游历。渔洋山人讹华为衡，盖踵《旷园杂志》之误也。

平生爱山水，思为五岳游。无如向平之愿不得了，兀坐一室徒啁啾。迩来挂席向采石，摄衣直登太白楼。太白楼下何所有，但见丹崖翠嶂空中浮。顿使白昼云烟生满屋，对此恐有长蛟出没哀猿愁。近看却是壁上画，老笔幻出人间秋。日观飘渺插天际，秦松汉柏纷龙蚪。玉女洗头盆宛在，巨灵仙掌痕犹留。匡庐奇秀甲天下，石门瀑布争飞流。大峨小峨两山峙，积雪倒映瞿唐舟。麻皮斧劈皴法异，荆关巨手谁能侔。谪仙平生拄杖处，一一都向四壁收。锦袍乌帽骑鲸客，夜深放怫来吟讴。若非画师腕底有丘壑，青山白纻安足供优游。我来坐卧已一载，胸襟披豁开双眸。东西二岳在怀袖，暮登香炉朝眉州。譬如列子御风去，一日能使万里周。呜呼人生游踪不能遍江海，也须向此栖息数寒暑，聊以消胸中之烦忧。

——《传经堂诗钞》卷二

643

故乡杂咏 并序

余自幼随冷宦，依依苜蓿之盘。长踏芳洲，采采蕙兰之草。以故半生踪迹，多在他邦。遂令十亩田园，翻成传舍，虽燕归堂上，或为累月淹留，而莺老花间，未得三年久住。偶因秋气，倍触乡心。忆往日之登临，山川宛在，想曩时之觞咏，烟景宁非。爰成小律以抒怀，用托五言而寄意。

赤铸山

干将铸剑处，山气尚氤氲。窣堵凌霄见，蒲牢带月闻。揩筇曾极目，看尽楚天云。

范萝山

出郊频载酒，多在范萝阴。帆影夕阳淡，人烟秋树深。无穷诗思在，月上更幽寻。

蟂矶

灵祠依片石，不尽水迢迢，环珮声何在，鱼龙气独骄。忆从风雨夜，一枕听寒潮。

滴翠轩

涪翁不可见，犹有读书堂。碧树留余荫，苍苔得古香。徘徊每终日，山翠湿衣裳。

出世庵

蒲庵刚十笏，钟磬有清音。忽到无人境，真生出世心。旧时幽梦在，残腊记微吟[①]。

崇仙院

探梅何处好，第一是崇仙。深院销残雪，寒香幂晚烟。不知湖水畔，谁醉早春天。

宜园

湖上堪吟眺，宜园景最宽。山为屏障列，人作画图看。记得春愁满，风前一倚阑。

吸川阁

最忆嬉春日，前村觅酒家。云开孤阁出，风漾一帘斜。好景凭谁画，妖娆有杏花。

——《传经堂诗钞》卷二

[注]①作者自注：辛酉除日同亡友施淡吟文学于此赋诗。

归里

嗟我乃旅人，东西事行役。经年不遄归，乡心日夜积。幸得解辔衔，重游旧井陌。
弟兄共存问，执手讯踪迹。琐语岂厌详，烦忧忽已释。始知天伦乐，千金未能易。
忆昔趋庭闱，长枕梦酣适。奈何乔木凋，治生竟无策。饥驱向四方，飘零讵足惜。
所悲同气人，形骸每相隔。行者诚劳劳，居者亦脉脉。安得二顷田，兼之五亩宅，
出入长与偕，耕读任所择。

——《传经堂诗钞》卷二

识舟亭晚眺

危亭突兀枕寒流，乡国登临落木秋。城郭参差烟树接，江山平远画栏收。一声风笛
闻新曲，几处霜砧起暮愁。翻忆频年作游子，有人长此盼归舟。

——《传经堂诗钞》卷二

灵泽夫人祠二首

东吴霸业竟全荒，赢得红颜有瓣香。归妹当年真下策，寒潮终古恨周郎。

永安宫阙草萋萋，蜀道魂归路已迷。最是春风听不得，年年犹有杜鹃啼。

——《传经堂诗钞》卷二

荆山[①]

荆山片璧苦难撄，三献空增抱璞愁。只要楚王知是玉，卞和元不为封侯。

——《传经堂诗钞》卷三

[注]①众多方志古籍误将卞和得玉之荆山说成芜湖的荆山。鉴于传说甚广，仍选录备查。

烟墩湖晓行

湖田三百顷，空阔少人行。月带残星动，秋连远树平。眠沙鸥影定，踏水马蹄横。渐喜前村近，微闻喔喔声。

——《传经堂诗钞》卷三

雪后寄里中同调二十韵

时拟辑鸠兹诗存

狂飙昨夜摧枫杉，风定忽失青山巉。空明万里尽冰雪，唯有诗人工雕镵。回首故园踞江上，寒涛汩汩排征帆。袁安僵卧子陵钓，何不归去同吟詀。吾乡风雅国初最，萧沈气象真岩岩[①]。两家兄弟总奇特，力使大道榛芜芟。骚人哀怨有遗则，肯如梁燕徒呢喃。继者吾家老县尹[②]，澹泊之味超酸咸，平生纵意在山水。落笔往往镌嶅碞。俪蘅[③]柯月[④]并温丽，孝廉[⑤]接踵能发凡。后来王[⑥]奚[⑦]颇拔俗，每得佳句收锦函。白华先生[⑧]调独古，洞壑毕具兼空嵌。我友曼郎[⑨]用心苦，三十早已春华衔。可怜玉树埋土中，夜或梦见犹喃喃。一百余年略可数，云烟过眼如奔驂。落落数子精气在，谁其守之藏深岩。近时作者更林立，屏除郑卫追云咸。走也有志任裒辑，僭逾安敢辞讥谗。愿凭枣木布海内，俾知蕞尔风沨沨。炙研作歌指欲裂，璆琳速藉飞奴缄。

——《传经堂诗钞》卷三

[注]作者自注：①萧尺木云从，小曼云倩，沈昆铜士柱，五盐士尊。②先从高祖羽仙公一鹤，以进士知丽水县事，著《惕庵集》。③施河采天骅。④施次骐天骝。⑤葛方夏舒英。⑥北畴墅。⑦公石自。⑧潘孝蟾岵。⑨施淡吟长春。

小西湖寻秋至三昧庵题壁

岸草汀花剧可怜，一湖秋水碧于天。故乡小别常千里，禅榻重过又十年。帆影暗移江渚外，钟声斜度夕阳边。从今策马东华去，回首烟波思渺然。

——《传经堂诗钞》卷三

铁画歌　并序

　　汤鹏字天池，吾邑人。少攻铁，与画室邻，日窥其泼墨势。画师叱之。鹏发愤，因锻铁为山水障。寒汀孤屿，生趣宛然。传至日下可直数十缗。然性颇放，不受促迫，故卒以技穷云。梁山舟为作长歌，因与钱择石、谢金圃、吴杉亭、陈宝所和之。

荆关一去倪黄死，无人能写真山水。谁从铁冶施神工，万里居然生尺咫。匠心独出无古初，扬锤柳下乐何如。肯作两钱锥补履，直叫六法归洪炉。想见解衣任槃礴，烟树天然谢雕凿。百炼化为绕指柔，始信人间兔毫弱。当年作贡来梁州，越人枉解求纯钩。讵识乌金写生态，寒松怪石皴清秋。唐宋画手纷于叶，素丝转眼飞蝴蝶[1]。何似铮铮不坏身，安用金题与玉躞。独怜奇技坐天穷，江天日暮酒钱空。不见程郑与曹邴，冶铸竟至千人僮。胡为鼓鞴营邱壑，空聚六州铸大错。夜阑莫更弹哀弦，窃恐蕤宾一片跃。

——《传经堂诗钞》卷四

[注]①作者自注：苏诗："素丝断续不忍看，已作蝴蝶飞联翩。"

清明寄诸兄弟

一百六日春过半，二十五年人未归。杨柳忽惊风习习，松楸空有梦依依。独听紫禁莺频啭，遥忆乌衣燕正飞。出郭定知拜先垄，酒浆新荐鲚鱼肥[1]。

——《传经堂诗钞》卷十

[注]①作者自注：吾邑二月鲚鱼初上，故墓祭必用以荐新。

书宋人与先深道先生倡和诗册后　并序

　　先生讳许字深道，宋时自江西迁芜湖，颜所居曰"寄傲轩"，曰"独乐堂"。隐居不仕，与一时贤士大夫游，题咏赠答往往散见他集。惜屡经兵燹，先生遗文竟不复存。兹从宋人集中录其酬赠诸作,汇为一册贻之来者,庶先生之高风亮节可以想见一斑。即次东坡题寄傲轩韵,敬书其后。

栖遁闻我祖,秋风鬓未秃。避难来江干,逃名寄茅屋。结交多贤豪,闭门谢流俗。
非惠亦非夷,何荣更何辱。弹指数百年,羲驭不停毂。每见赠答篇,清芬映川渎。
钞入巾箱中,逦迤想初六。遗书叹无存,高风梦已足。庶几什袭藏,聊为子孙蓄。
古墓犹岿然,年年奠醽醁。忆昔吏部公,亲手植林木。何日归上塚,樱桃正新熟。①

——《传经堂诗钞》卷十

[注]①作者自注:按《一统志》称:韦某宅注云:墓久湮。至康熙年间,县署南半里余有隙地,或欲营造往往有异,遂寝。先曾组吏部公得之亦将构别业,及掘地数尺得古碑,题曰"朱独乐居士韦深道先生墓"。乃就其处培高塚,且建独乐祠,为飨祀所。

梅 冲

梅冲,字抱村,一字抱荪。清代宣城人,生平不详。

芜湖遇顺风

江行已三日,不迟亦不快。知我将他行,乃示神通大。一声天乐鸣波中,高浪挟我凌长空。不知两岸孰鞭叱,一齐倒走如飞龙。洲渚玲珑树疏密,层层遮抱如相恤。好峰十里早揖迎,转瞬已嗟交臂失。中流抚掌同笑歌,天公今日赐太多。我谢天公赐不领,误我好景当如何?

——《随园诗话·补遗》卷五

刘京军

刘京军,清人,生平不详。

江巡

天门劈作两无头,楚水中分夹一洲。砥柱安澜风已尽,千江鼓棹自优游。

——乾隆元年梁山石刻

阮辉莹,生卒年不详,清时越南使者。

登天门山

西梁山下又维舟，弱水蓬瀛忆旧游。遥指南天飞鸟外，白云深处是驩州。

——乾隆元年梁山石刻

许传壬,清人,生平不详。

历阳竹枝词（四首选一）

裕溪溪水绕南流[1]，源接巢湖浪逐鸥。却怪渔家年少妇，背人打桨若含羞。

——《历代竹枝词》庚编

[注]①原注:裕溪为渔船聚集之所,在州南。

袁　枚

袁枚(1716—1798),字子才,号简斋,随园老人,浙江钱塘(今杭州)人。乾隆四年
(1739)进士,曾任江宁等地知县。辞官后,侨居江宁,筑园林于小仓山。著有《小仓山
房集》等。

孙夫人庙

刀光如雪洞房秋，信有人间作婿愁。烛影摇红郎半醉，合欢床上梦荆州。

——《小仓山房诗集》卷二

朱草衣寒灯课女图

墙角春深一楼雨，老燕雌雏作低语。草衣山人四壁空，绕膝呻吟惟一女。贫家赠女无奁资，只有一本周南诗。女郎咿唔未上口，海棠花下亲教之。不愿女儿通九经，入宫天子呼先生。只愿女儿粗识字，酒谱茶经相夫子。阿母坟边春草绿，阿翁吟苦家无粟。恰恐春华委逝波，为儿常买三条烛。读罢残鸡膈膊鸣，茅屋一丸织女星。

——《小仓山房诗集》卷九

宿陵阳镇宁家①

建武有遗民，陵阳住水滨。不曾知魏晋，那复羡朱陈。一姓同输课，千昆自结邻。欣欣鸡黍意，云外共迎宾。

——《小仓山房诗集》卷二十九

[注]①题目系修订者所改，原题为：陵阳镇有宁氏者族八千人，云自光武时卜居，至今未曾他徙，余宿其家作诗赠之。

南陵道上喜晤宣州太守① 有序

公讳述，曾字敦夫是予，己未年居停主人也，其时公才七岁。尊人牧堂太史延余，权记室事。余释褐馆选，俱主其家。今太史久亡，而敦夫亦两鬓苍然矣。旅次相逢，感而有赠。

五马相逢路狭斜，卅年前记住公家。同听学舍三更雨，看折琼林一树花。浮世光阴真逝水，故乡亲友类抟沙。不禁揩眼风前忍，七岁郎君鬓也华。

——《小仓山房诗集》卷二十九

[注]①题目系修订者所改，原题：南陵道上喜晤宣州太守孙公别后却寄。

芜湖阻风六日喜故人毕至

芜湖贤士多相识，拟到芜湖留一日。何图舟阻石尤风，六日舟停行不得。故人闻信纷纷来，争携鲁酒谈齐谐。赭山亭边倚槛坐，蟂矶庙里剪波回。阻风领得嬉游趣，翻怕风来吹我去。但愿前途再阻风，都像留人在此处。梅岑弟子情更浓，朝朝闲话来舟中。祝风留我风不答，偷卷长帆当投辖。

——《小仓山房诗集》卷三十

次日风顺

六日帆不张，一朝风忽利。真如暴贵儿，得权大逞势。舟子船头眠浪花，老夫篷底笑哑哑。封姨此情恰不领，我是离家非到家。

——《小仓山房诗集》卷三十

舟行十五里至澝冈①

楼上金灯月下烟，六宵情话已缠绵。挂帆又送先生馔，香遍春江浪一天。

——《小仓山房诗集》卷三十

[注]①澝冈：即澝港。题目系编修订者所改，原题：舟行十五里至澝冈，梅岑馈肴烝遣人剪江而至。

荻港灯下闻笛

荻港灯残夜色深，一枝风笛远惝惝。分明九曲长江水，都作回波上客心。
如诉如啼水一涯，江风何处落梅花。此声只可衰翁听，业已萧萧两鬓华。

——《小仓山房诗集》卷三十

吊施曼郎 并序

芜湖秀才施曼郎有卫玠之称，工诗爱洁，读余春柳诗，屡寄声道意，病不果来，死后，其友秦碉泉索诗以吊。

江南才子泪如丝，来说琼林损一枝。金谷未窥潘岳貌，秋坟已唱鲍家诗。梅花爱好春风去，黄卷无灵白骨知。惆怅山松歌薤露，不同欢笑只同悲。

——民国《芜湖县志》卷五十九

程晋芳

程晋芳（1718—1784），初名廷璜，字鱼门，号蕺园，安徽歙县人。乾隆三十六年（1771）进士，由内阁中书改授吏部主事，迁员外郎，被举荐纂修四库全书。著有《蕺园诗》。

挽朱草衣

熟记前闻爱品诗，吟成五字重当时。席间怀饵遗娇女，道上看碑吊古祠。暮柳渐疏人别后，冷云难定鹤归期。江淮逸老于今少，三叹因君泪染颐。

——《勉行堂诗集》卷十

送家晴江兄游皖

惊涛走江东，怒气不可遏。划然开天门，青入两崖阔。帆平出远树，如栉理秋发。晓红浴沧日，夜碧涌圆月。于兹为壮游，鼓楫叩吟钵。前登太白楼，遂礼谢公碣。山形何逶迤，龙卧影曲折。方舟向绿岸，草色引行袜。虽怀故乡思，即事纷可悦。孤亭纵奇观，万象入微睫。荆楚余霸气，川岩恣蟠结。神怡忘力疲，景寂增兴烈。笑覆皖公杯，高峰丹叶脱。

——《勉行堂诗集》卷十

秦本衔，生卒年不详，字凤书，号介庵。乾隆三十六年(1771)经魁，授国子监学正。文名于世。

登观音阁

杰阁嶙峋拾级登，凌空舒眺远江澄。长杨绕岸谁盘马，短艇横溪自晒罾。渡口微风波活活，城头残照塔层层。梵声听罢心神旷，一片苍烟槛外凝。

——嘉庆《无为州志》卷三十三

吴芳培，字云樵，安徽泾县人。乾隆进士，官至兵部左侍郎。著有《云樵诗集》。

过奎湖拜盛此公墓题绝句^①

其一

采石曾经太白坟，异人题柱有鸿文。先生醉卧何尝死，此语移来持赠君。

其二

男儿或似可怜虫，阿母何因况味同。卅载课儿心血尽，慈帏辛苦倍丸熊。

其三

诗人曙后一星孤，飞絮吟成弱柳枯。化鹤飞鸣依乃父，孤山呼子有林逋。

其四

班班春雨绿荑柔，渺渺荒魂鬼亦啾。想见中郎弦下泪，至今湖水咽寒流。

其五

步兵白眼犹多事，痴绝何妨木石顽。始识先生非瞽目，懒开眸子看尘寰。

其六

桃花红锦斗缤纷，遗恨多于垅上云。万古荒丘只埋骨，不埋诗稿不埋文。

其七

碑文六字当离骚，月涌惊湍风怒号。莫道丰碑荣处士，平生笔冢比坟高。

其八

暮雨寒亭野竹芳，此公高节此君长。布衣自古传名少，端为南丰买瓣香。

——民国《南陵县志》卷四十二

[注]①奎湖：又名奎潭湖，在南陵县城北。盛此公：即盛于斯，字此公，南陵县人。

金兆燕（1718—1789），字钟越，号棕亭，安徽全椒人。乾隆三十一年（1766）进士，任国子监博士，后改扬州教授。著有《棕亭诗钞》。

宛陵道中

清弋江边路，篮舆此重经。野航鸣急橹，山乌落修翎。春草桓彝墓，晴烟谢朓亭。蹰躇意何限，空翠晚冥冥。

——《棕亭诗钞》卷三

发南陵

渐见梅花发，春风客路长。驿楼何处问，春谷故城荒。古洞飞晴雨，寒流带晓霜。莫登高爽榭，临眺总苍茫。

——《棕亭诗钞》卷三

吴 烺

吴烺（1719—1770?），字荀叔，号杉亭，安徽全椒人。敬梓子。乾隆时，以迎銮献诗被召试行在，赐举人。授内阁中书，官终宁武府同知，署府篆。著有《杉亭集》。

653

梦日亭

巴滇骏马到湖阴，昼梦惊残日欲沉。东晋强藩真跋扈，南朝往事发微吟。阑干不少春花压，营垒曾经帝座临。我向空亭闲眺览，吴波碧映楚山深。

——《杉亭集》诗四

蝶矶灵泽夫人祠

湘汉东流雪浪新，荒矶祠庙枕江滨。衔鱼水鸟下庭榭，打鼓村巫陈渚蘋。建业梦回津树晓，锦官魂断栈云春。如何小沛屯兵日，只向生绡泣玉人。

——《杉亭集》诗四

铁画歌和梁侍读山舟

鸠兹铁工汤天池，锻铁作画无不为。味初斋中见小幅，草早趯趯蟠花枝。坐间韦郎为余说[①]，此枝天池擅奇绝。昔日欧湖老画史[②]，茅屋与汤切邻里。闭门泼墨皴染工，万里烟云浮素纸。天池暇日常往观，负手却立生长叹。主人咄咄咤怪事，匠心已入秋毫端。临来凿石炭，鼓鞲吹洪炉。一水一石供点缀，山亭涧壑相扶流。忽然心思诣神妙，不写山川写花鸟。活火能飞比翼禽，金丹铸就长生草。尤工兰竹称逸品，水国江荭攒碎锦。断芦折苇何离披，只在扬锤细端审。豪家范以青丝障，银烛高烧画堂上。七宝琉璃未足珍，巧工厂缓都应让。交游落魄多博徒，得钱聊可偿挎蒱。似兹杰作世亦少，死后声名传上都。坐客闻言生百感，绝艺由来遭坎壈。君不见采石矶前太白楼，画壁云山空黯淡③。

——《杉亭集》诗六

[注]作者自注：①韦约轩。②萧尺木。③太白楼壁萧尺木画。

叶观国

叶观国（1720—1792），字家光，号毅庵，晚号存吾，福建闽县（今福州市）人。乾隆十六年（1751）进士，官翰林院侍读学士，詹事府少詹事、入直南书房。著有《绿筠书屋诗钞》。

654

玩鞭亭咏古

武昌作公心未已，牙旗南拂于湖水。辕门白昼玉帐垂，卧枥老骥僵不起。醒惊绕城赤日鲜，追骑苍黄飞控弦。马矢如冰去已远，空玩道傍七宝鞭。白龙鱼服古为戒，英主雄姿意有在。唾壶击碎徒尔为，南桁燃脐众心快。奈何奸回跋扈辙相循，有人墓下徘徊称可人。

——《绿筠书屋诗钞》卷十五

采石太白楼萧尺木画壁①

谪仙非谪乃其游②，远自岷峨来中州。琼箫吹彻月轮秋，徂徕侧畔时淹留。天门晓上窥瀛洲，西登落雁扪斗牛。向天搔首风飕飗，餐霞几载香炉头。石梁下瞰千尺流，晚来采石卜菟裘。旧游回首随风沤，骑鲸去久存高楼。萧翁绘事顾陆俦，四图扫壁良有由。钩罗奇诡娱灵修，其余琐细安足收。我欲从翁买菜求，为写天姥堂之陬。绝胜梦底骏鸾辀，翁如可作然我不。

——《绿筠书屋诗钞》卷十五

[注]①作者题注：峨眉、泰岱、华山、匡庐四图。②作者自注：用坡公句。

雨宿永丰寺①口占三绝句

云堂一宿意欣然，不寐还同人定禅。②赴陇新流闲决决，含滋枯颖想芊芊。
官人祷雨为农民，更有征人意祷频。惭愧道旁为好语，带将甘澍在双轮③。
避炎狡狯事宵征，倦仆装回各惮行。天雨恰如人意好，投船群息和雷鸣。

——《绿筠书屋诗钞》卷十五

[注]作者自注：①南陵县界。②襆被已前行。③廿六廿七两日到青阳、南陵县城皆遇大雨。

张九钺

张九钺（1721—1803），字度西，号紫岘，湖南湘潭人。乾隆二十七年（1762）举人，历任峡江、南昌等知县。后归里，主昭潭书院。工诗文，著有《陶园诗文集》。

天门山

遥山含变态，一转一回看。日坼长江稳，天深万古寒。壁光流鸟出，潮响带钟残。
时见巉岩里，飞旗卷戍竿。

——《紫岘山人诗集》卷三

蟂矶灵泽夫人祠

鸠兹犹是汉山川，庙乐何殊蜀国弦。步障明珠来嫁日，黄陵斑竹殉身年。东归已分填精卫，西望终能拜杜鹃。向晚灵旗飞掫掫，天风剑佩想魂旋。

——《紫岘山人诗集》卷六

荆山

良璧遭卞和，扬扬白虹气。怀之献君王，恐为玉人忌。孤贞难自明，求知反成累。
何如藏荆山，完璞归天地。

——《紫岘山人诗集》卷二十

天门山阻风

天门辟吴楚，峰势争雄雄。大江中排之，諑荡多怒风。秀石蒸夏云，彩画嬉鬼工。
洪清互撞击，流膏泻紫红。昔登谪仙楼，落日横长空。化为双峨眉，不洗青濛濛。
美人众谣诼，洒泪辞深宫。空余旧锦袍，飘零老江东。我无运租船，长歌依芦丛。
晚翠寂不言，叹息今无穷。

——《紫岘山人诗集》卷二十

望天门山

行行指天门，巉崒何壮哉。谁驱鸿濛风，吹破浑沌胎。汝海云涌入，扶桑日穿来。
劈峡悬白虹，扬旗走霆雷。龙鳞动层叠，虎牙伤摧颓。恍疑黄帝轮，两扇迎之开。
登临虽云快，远望胜乃该。百怪起我胸，惜无谪仙才。更闻中秋夕，僧寮众徘徊。
月为青铜镜，阙作菱花台。倘可乞姮娥，相招一衔杯。

——《紫岘山人诗集》卷二十二

656

王鸣盛

王鸣盛（1722—1797），一作（1732—1797），字凤喈，号西庄，一作西沚，一号礼堂。
嘉定（今属上海）人。乾隆十九年（1754）榜眼，官至礼部侍郎。著有《西庄始存稿》等。

天门

白浪天门断，千崖杳莫攀。登舻一长啸，遥见谢公山。我欲浮湘去，行吟楚泽间。
今宵对明月，把酒慰离颜。

——《西庄始存稿》卷六

江行杂诗六首（录四）

三山隐见蔽高岑，采石横江天堑阴。正是客心凄断处，谁家长笛起龙吟。
雁渚枫林趣放舟，吴津博望锁洪流。行人指点红霞外，谢朓青山李白楼。
云际蛾眉叠翠屏，楚江浩渺浪花青。乱删两岸天门断，叶叶风帆破杳冥。
蠡矶西去返秦矶，荻港才过又赭圻。齐听榜人竹枝曲，沙明水碧雨霏霏。

——《西庄始存稿》卷六

雨泊江岸登天门绝顶

我从南楚浮归舻，中流浩荡乘长风。布帆高挂似飞鸟，飘翩直指天门东。插江翠壁相对出，遥见突兀青濛濛。削成疑是巨灵掌，移置定出夸娥功。须臾云起飞雨集，白头怒浪掀孤篷。舟师相呼入浦溆，系缆急傍菰芦丛。兴来便携九节杖，思纵远目开心胸。潺潺绝涧蹋乱石，层层仄磴攀枯松。振衣千仞发长啸，惊起雕鹗盘高空。峻嶒两崖势忽断，岷涛万里流当中。始知楚关此天险，屹立一锁洪波冲。是时阴霞散晚霁，江光隐见磨青铜。欲从牛渚呼谪仙，更向青山怀谢公。东望石头互亏蔽，迢迢天阙排龙嵷。兴亡六代付逝水，人寰刺促悲安穷。终当挹取玉浆饮，上吸倒景骑飞龙。

——《西庄始存稿》卷七

汤鹏铁画丛兰属赋①

赤堇山破若耶涸，寒光溶溶冶不跃。崔徐董巨各惊却，钟筐巧忽移凫削。何人后出启灵钥，鸠兹一生妙摹拓。有时众皱堆垠垮，三茅九华随染掠。兴来放手叠跗萼，乱坼栏花抽砒药。我初闻之喜盘礴，忽见君家挂斋阁。铁汁钩来墨花错，何异所翁仲姬作。洞庭浔阳芳杜若，烟轻露重微波弱。湘娥愁春步绰约，灵均欲下魂漠漠。韦偃画松势挥霍，曾将屈铁拟其略。铁耶笔耶此无著，幻形互换忘糟粕。云烟过眼多寂寞，此画传之定不铄。杨梅斜街古藤络，主人不出瘦如鹤。幽兰猗猗石凿凿，广平之心花曰诺。客来无愁浣馎饦，只防缸酒横遭攫。

——《西庄始存稿》卷十一

[注]①题目系修订者所改,原题:芜湖人汤鹏镕铁作画,山水花木无不酷肖,梁山舟家有丛兰一架,属赋。

梁同书(1723—1815),清书法家。字元颖,号山舟,浙江钱塘(今杭州)人,乾隆举人,官至翰林院侍讲。著有《频罗庵遗集》。

送孟岑假归芜湖

软红何日息尘机,看子朝衣换芰衣。萧十岂因郎省久,阮生端为步兵归。山头筑室邀空翠①，江上然犀照断矶。便有秋园留不得，霜鸿只爱向南飞。

——《频罗庵遗集》卷一

[注]①作者自注：芜湖赭山有滴翠轩，黄涪翁读书处也。

铁画 并序

芜湖铁工汤鹏，字天池，锻铁作草虫花竹及山水屏障，精妙不减图画。山水大幅非积岁月不能成，其流传者不过径尺小景。以木范之若琉璃屏状，或合四面以成一灯，亦名铁灯。每幅数金，一时争购之。炉锤之巧，前代所未有也。汤亡十余年，其法不传，今间有效之者，已如张铜黄锡之失其真矣。

石炭千年鬼釜截，阳炉夜锻飞星裂。谁教幻作绕指柔，巧夺江南钩鑢笔。花枝婀娜花璁珑，并州快剪生春风。荄丛蓼穗各有态，络丝细卷金须重。云匡扣束垂虚壁，茧纸新糊烂银白。装成面面光青荧，桦烬兰烟铺不得。豪家一笑倾金赏，曲屏十二珊网奇。前身定是郭铁子，近代那数缑冶师。采绘易化丹青改，此画铮铮长不毁。可惜扬锤柳下人，不见模山与范水。

——《频罗庵遗集》卷一

658

后铁画歌

君不见芜湖有汤鹏，一生不晓画家画，但能驱使铁汁镂铁英。从来顽物出神妙，妙处只在炉锤精。阴阳造化一大冶，山川草木同流型。鼋脂烧汞现火树，鸾血胶缀成金茎。意匠直欲貌水墨，人间不许夸丹青。呜呼！胡不铸鼎图写神奸形，又胡不鼓剑去斩蛟龙腥。却穷岁月事摹绘，百炼要与九朽争。传闻锻灶邻画室，画师激之意不平。闭门落想敲铿铮，妙技一出千缣轻。至今画手排浮萍，铁画独有汤鹏名。仙人化去神龙迎，三十六冶皆不灵。此技亦可喻至学，研穿铁杵吾儒砠。我今顽钝不受点，乃欲白战辄共诗人鸣。举似铁君足一笑，且与它日好事供讥评。

——《频罗庵遗集》卷一

蒋士铨（1725—1785），字心余，一字苕生，号清容，晚号定甫，别署离垢居士，江西南昌人。乾隆二十二年（1757）进士，改庶吉士，授翰林院编修。精通绘画、书法、戏曲等，著有《忠雅堂集校笺》等。

萧尺木画壁

萧生昔画楼下壁，左岱右华峰历历。匡庐峨眉更相对，墙坼泥倾青尚滴。太白平生五岳游，高吟踏遍名山秋。灵踪几度息堂户，面壁定注仙人眸。萧生明经不求仕，画本雕镌传好事。心师子美一诗翁，画赠青莲老居士。虎头何处写沧洲，过客争题太白楼。纷纷牙慧难终读，不见崔郎在上头。

——《忠雅堂诗集》

荻港守风登凤凰^①山

一角幽居岩，半岭瑞石洞。愚公负之来，江力不能动。平生登陟兴，所值防少纵。石尤知我深，择地巧相弄。携见试跻攀，不省腰脚重。一笑离扁舟，醯鸡出深瓮。兹山名凤凰，南向展双翮。右臂林虑排，左臂巉岩积。牛羊杂狮虎，游牧相偃息。向背矜盘挐，起伏争辟易。以石作毛羽，片片皆斧劈。襜褕梳长翎，抖擞交短翼。只疑铁围城，不许树穿隙。窦纳趾二分，罅藏客五尺。竟作乘鸾人，失笑手加额。蹑脊跨西岭，乔林立相倚。老枫欲化人，万木各生死。枫根百炼刚，山骨避触抵。撑突土莫容，拔地各腾起。或伸石鼎脚，或掉乌犍尾。横如竹行鞭，曲比蛇赴水。枯藤缠佛身，薜荔缚山鬼。筋脉本倔强，气力自终始。何必餐桐花，山头有枫子。返睇丛篁深，戛然度清磬。翠掩如松庵，僧老方入定。江涛自掀天，不入诸佛听。墙东种菜翁，唤之弗我应。掉头板子矶，落手如堕甑。遥想黄左军，蛮触争负胜。曳履辞香龛，彳亍下樵径。箫声出红楼，疑有仙人凭。

——《忠雅堂诗集》

［注］①凰：《忠雅堂诗集》手稿为"皇"。

鲁港

塘涂无功透渡宜，偏安谁道木能支。徒劳玉斧参差画，日见鸿沟次第移。燕雀堂中争负土，君臣湖上且衔卮。三军司命长城重，多谢闲人为督师。
乌啼楚幕失襄阳，那有横江铁锁长。蟋蟀分笼停死斗，貔貅连舻待平章。飞驰檄裹浮云重，倒指戈延夕照黄。何必回心汪立信，寇莱公亦费商量。

——《忠雅堂诗集》

繁昌旧县

湿云垂地隐帘波，水气寒开一镜磨。晓岸芦花闻雁少，江楼秋雨闭门多。人耕废郭亲鸡犬，山对晨妆学黛螺。满眼长条攀不得，绿杨阴底落蓬过。

——《忠雅堂诗集》

赵翼（1727—1814），字云崧，一字耘松，号瓯北，江苏阳湖（今常州）人。乾隆进士，官至贵西兵备道。著有《瓯北诗抄》《瓯北诗话》。

荻港道中

夹港重沙路几湾，舫斋趺坐画帘间。水平风细舟行缓，看尽江南雨后山。

——《瓯北集》卷二十

蜌矶灵泽夫人庙

危矶俯插沧江水，一片贞魂招不起。相传鱼服凶问来，玉骨冰肌此中死。夫人生长吴宫中，刚猛绰有诸兄风。侍婢执刀婿懔懔，几笑大耳非英雄。归宁手自抱阿斗，亦见异母恩勤厚。独疑章武建号时，何不迎回册佳偶？伉俪殊无故剑情，刘瑁寡妻翻作后。得非房闱余威在，犹恐变故生肘腋①。我读蜀志搜异闻，沉渊轶事无明文。要知夫人性英烈，自有一死留清芬。猇亭师败闻应悸，况堪更洒崩城泪。生不能归蜀道难，此水犹从巴峡至。或者游魂可逆流，欲问永安宫里事。杜鹃啼罢血纷纷，白帝城高国土分。一样望夫身殉处，可怜悲更甚湘君。空江烟雨迷离合，还似苍梧日暮云。

——《瓯北集》卷二十

[注]①作者自注：武侯云：主公在公安，近虑孙夫人变生肘腋。

芜湖铁画歌

画家写生尚没骨，专以柔媚矜技绝。是谁巧匠能翻新，不用胭脂转用铁。坚镔入煅无礓砂，钳出炉焰红于虾。阴阳之炭文武火，恍疑地窖烘唐花。梅根崛奇松节硬，故宜镰锷摹槎枒。其余或拗风枝飐，或抽露叶垂横斜。或鱼鱼游燕燕舞，当空鳞爪

芜湖历代诗词

纷盘挐。衬以素縠影浮动，映以绛蜡光交加。灯之屏之挂虚室，使我四壁生妍华。何哉顽铁本粗丑，乃令作绘替丹黝。得非点铁指、嚼铁口，否则卷舒铁钩手。炼得铮铮一寸刚，化为绕指软如柳。广平不以劲直称，魏征转因妩媚取。揉坚挼锐出丽藻，笑他磨杵为针砚成臼。铸鼎象物古所珍，未有此法传后人。我闻画竹须用玉钩锁，画山最要丁头皴。想是良工于此得妙悟，遂以铁笔来传神。丹青无光卷轴掩，论价贵值双乌银。从来一技精能名可拡，沈锡张铜李昭扇。以铁作画尤未闻，特为艺苑开生面。何不镌取工姓名，流传应过千年绢。

——《瓯北集》卷二十

朱　筠

朱筠（1729—1781），字美叔，号竹君，又号笥河，顺天大兴（今北京市）人。乾隆十九年（1754）进士，改庶吉士，授编修，官翰林学士。善诗，尤好金石文字。著有《笥河诗文集》。

芜湖童子试感且惜之二绝句①

芟除艾椴几重重，结得同心兰气浓。泽草芳多终日采，不知昨梦落芙蓉。
罗袜凌波影若留，分明当面水仙游。无端交甫狐疑甚，玉佩双双不可求。

——《笥河诗集》卷九

　　［注］①题目系修订者所改，原题：壬辰二月十五日发芜湖童子试，案折号退检，落卷取诗赋而遗者有二，知为两江生也，感且惜之，作二绝句。

渡石硊河

石硊河流两县中，鸠兹春谷古来同。鲁明仲宅波仍照，张孝祥游车未通。忽落千川田顶浍，频添一抹岭间峰。肩人薄板徐徐上，入耳松喧万壑风。

——《笥河诗集》卷九

题奇树庵壁

澹澹空云不动飔，春深渐觉雨来时。人惊奇树庵边入，路记芜湖水外移。绿合四山铜甋古，翠摇千个玉篸欹。此间纸帐如堪借，莫信前头有驿期。

——《笥河诗集》卷九

过玩鞭亭

七宝亭余斜日边，往时处仲垒新坚。艳姬平视从头断，村姝争观梦已旋。枣塞鼻何能作贼，石棱眼不见斯鞭。可儿相羡真成笑，几碎壶中恶兽涎。

雨脚云沈不挂丝，古城半角未颓时。何人白昼收鼍斩，此地黄须立马嘶。阿弟差胜一爵酒，他年浪费八叉诗。苏黄遗墨模糊尽，谁读承天寺石碑。

——《笴河诗集》卷九

过赭山用张孝祥踏雪过广济院韵

竟日行不雨，妙景不即晴。舆暗山若近，降降复升升。塞眸山矗前，丹阳名所成。巅趾视丹丹，忽悟山别青。上有鲁直书，不数李阳冰。名流各擅场，曰唐及宋平。颇闻吉祥院，逃剑心悬旌。此去古松下，似有山灵迎。李徐逸事在，欲访暮迫灯。孤塔不可见，荧荧识舟亭。一顾高峰过，滴翠轩或倾。莫连赤鳞光，扪之惊列星。

——《笴河诗集》卷九

662

登南陵尊经阁眺工山诸峰

薛碑扪楹左，大德旁题留①。登阁俯前轩，浮屠矗云浮。故唐崇敬寺，明代学始修。窗西试一窥，连峰张射侯。工山乃最高，金鹅飞半休。势蟠七十里，天际悬龙湫。其庙曰广惠，所祠晋何侯。古之孝而隐，灵迹神栖幽。桓公登山界，长叹不可求。万伦亦有言，非有尺寸猷。荧然莫恃怙，不若不仕优。竞辞以车徵，自誓衡门俦。其语良足感，高节兹山伴。我胡奉简书，三千违井邱。十五恃失后，四十何怙忧。岵屺陟累嘘，来作江南游。青青暮春草，行客前登楼。上冢士与女，提挈醑复羞。独我职有役，不奠土一抔。北望蓬蓬云，山庄渡芦沟。于嗟予伯仲，洁具清溪流。再拜致告毕，无恙瞻松楸。岂知南向忆，我行南陵陬。延首太行道，季也舆呼驺。挈阔各在心，节候况触眸。人羁长年别，日照空中愁。诗成寄予季，同发茱萸讴。

——《笴河诗集》卷九

[注]①作者自注：成宗绍旨旁有细书。

观芜湖县学碑

入馆出问碑，县学循墙阘。旧读南宫本，今始即石览。徽庙崇宁元，三舍旧制勘。

讲议司误立，诏下州县憺。林修行颇力，黄裳记无儳。人重米老书，楷之万口喈。
面瘦中神丰，黄黄瞿昙颡。又若龙头舌，舌舔头頷頷。黄演畴好之，集字万历錾。
较大字差小，重醖恐味醰。升堂阳冰篆，公主道争担。倔强用书谦，观之思再三。
我家文公书，八字状窾窾。文章本诗礼，厥训妙澹澹。爰历金马门，双石覆岩礴。
元大德卢挚，厥诗当门暗。亭宇小此大，不米书俯瞰。与玩鞭亭石，亦以两夸譧。
乡贤祠壁窥，二石牢系缆。绍兴与至元，藏穴伤口唅。我来比金摸，至宝竟珠探。
始知物聚好，唐宋元得暂。徙倚读欬识，日影逃欲暗。从行窃相笑，夫夫何儳僋。
我癖笑胡为，此地索觞滥。行行拓工致，笑嘱关中淡[1]。

——《笥河诗集》卷九

[注]①作者自注：淡君如水，大荔人，其乡多拓工，故戏及之。

后湖阴曲

芜湖水出当涂北，水南曰阴今县域。湖阴曲作温钟馗，血鲜日压敦营危。往事模糊
搦成梦，黄须人来白狗送。七宝鞭一失余亭，路旁卖食妪可惊。淅沥雨打落日斜，
下舆摩壁碑聱牙。苍藓黝涂黯点画，阔笔深痕苏老迹。汝州团练元丰年，亲手跋者
黄庭坚。承天沙门蕴淛划，蒋枢密以亭名冠。玩鞭亭名始于斯，笑彼逝矣梦日非。
宋人杰杨涛王又祥正郭，灵畅诸篇元泰定。太平总管吾节夫，记之石脚三层书。词
人讽一六义有，闻者足戒犹忠厚。苦心真得离骚心，世间群诟丽以淫。付与一段白
石骨，消灭湖风与湖月。石字在石人人过，诗者书者尔奈何。

——《笥河诗集》卷九

于湖曲和张文潜

黄庭坚以温庭筠湖阴曲为戒，强臣之不得千纪。张耒改史断句，作于湖曲，亦言开
王气而分上流。其旨并合六义，独于明帝之易，寇未之及也。爰和耒诗而广之。

干将精飞烧山赤，鱼肠后逆又鸣笛。何物老枭马作蹄，走而飞来荆州嘶。天门兵气
寒江壁，日出丹阳压冰释。亭边天子黄须颜，江底神师赤帻魄。萧萧湖水风自起，
巴滇马莫饮湖水。天教白犬即啮之，白龙轻游谬千里。泞止小驷讥春秋，轩辕昔日
迷铜头。有征无战王者训，玉壶盗酒嘻庸流。

——《笥河诗集》卷九

石盆三小松芜湖馆中作

石山戴松千尺揭，人行山根仰短发。松一二寸植小盆，位置拳石崒崒。盆如大地石在山，渐渐土上砠牢安。砠间松起与砠等，欹林侧势参差肩。松底绿苔生满地，砠下为坡径细细。蚍蜉定化人来游，竹轿芥舟相次第。溉松舟移曝轿举，来憩松间日亭午。南柯之梦倘可成，松里微涛好记取。我今拙于大胡为，喜松恈势小益奇。却忆西山戒坛住，塔院松上天两枝。顾其儁伟下酹酒，思缩盆中理或有。传舍对此今恍然，大小之间孰是否。

——《笥河诗集》卷九

燕洞山

十里问路曰燕洞，县二十里白马祠。祠倚燕洞山之脚，洞冬燕百千蛰斯。路人说讹古有语，刘宋以上祠神师。官为禁绝燕飞散，乌衣紫帻灵无知。此与片脯石人似，风俗通义著训辞。或云燕頷利用将，三世为将生不滋。或云帷幕燕神附，主人者改巢则危。屈伸往复有天运，人之所喜旋成悲。燕乎尔燕莫飞动，向千百今靡孑遗。山石凿凿洞窈窈，过客币绝王长饥。但余鼠粒落松径，不见牛饼歌柳枝。石硙村边越境去，木居士偶留题诗。

——《笥河诗集》卷九

旧县

赭圻山下落，旧县梁所治。昔晋桓宣武，筑城山之鼻。哀帝诏且止，温军自为备。颇同莽据杓，或殊卓归郿。侧闻篝士嚣，鸟惊啼山四。中夜万马声，萧萧踏营至。江涛助空哗，鸟战成不寐。紫石眼蝟须，当之亦心悸。河上人溃虚，幕边鸟立恣。到今故垒风，若答江叹喟。我从大龙下，波敛忽得肆。金城柳何堪，夹岸叶在地。

——《笥河诗集》卷十一

吴省钦

　　吴省钦(1729—1803)，字冲之，号白华，江苏南汇人。乾隆二十八年(1763)进士，改庶吉士，官至左都御史。著有《白华草堂诗钞》。

664

天门山

天门断楚天，娟娟秀江表。如见谪仙人，蛾眉青未了。

——《白华前稿》卷二十六

板子矶

蝉鸣楚云霁，返照在市屋。杳杳涉江人，行歌饮青犊。

——《白华前稿》卷二十七

李文藻(1730—1778)，字素伯，晚号南涧，山东益都(今青州)人。乾隆二十六年(1761)进士，官至广西桂林府同知。为山东知名的藏书家、金石学家及文学家。著有《岭南诗集》。

荻港八用前韵

竹树丛丛色，人烟户户声。舟过紫沙渚，云接赭圻城。月上诸峰近，潮来一港明。
芜湖才百里，莫遣怒涛生。

——《岭南诗集（六）》桂林集卷二

荻港见杏花二首

几载不相见，水村春乍酣。一枝红杏色，人已到江南。
江村二月破，微雨杏花天。却忆岭南路，春风开木棉。

——《岭南诗集（六）》桂林集卷二

板子矶守风寄平仲

舍陆挂帆烟水闲，浮家半为游名山。匡庐二胜已入手，彭泽小姑堪解颜。归梦先登
大云顶，轻装未过芜湖关。昨朝江汉见飞雪，似是故人迎我还。

——《岭南诗集（六）》桂林集卷二

王文治

王文治(1730—1802),字禹卿,号梦楼,江苏丹徒(今镇江)人。乾隆二十五年(1760)探花,官翰林侍读,出任云南临安知府。著有《梦楼诗集》。

芜湖晓发次答①

君诗霭霭晓云空,五载相思此暂逢。谈艺拟倾湖上酒,开帆刚听寺门钟。文章能使交情厚,山水都消宦兴浓。报语江头真吏隐,春风归棹愿过从。

——《梦楼诗集》卷十九

[注]①题目系修订者所改,原题:芜湖晓发,孙司马春浦以诗见寄,用余舟泊樊口,旧韵行至枞阳次答一章。

板子矶

板子矶头江水清,荻花港畔炊烟轻。斜阳已逐暮云敛,犹向蒲帆转处明。

——《梦楼诗集》卷十九

繁昌旧县

经旬宿江渚,过此爱清空。山翠横天外,烟村落镜中。绿阴深似雨,白鸟远翻风。却望维舟处,星星渔火红。

——《梦楼诗集》卷十九

两来风

江中来往皆可张帆,俗谓之两来风。戏成一绝。

逆忧顺喜众心同,但顺吾心恐不公。吾欲归时人欲往,愿天常送两来风。

——《梦楼诗集》卷十九

灵泽夫人祠歌

张莒亭观察重葺此祠,同人相与赋诗,余遂有此作。

皖江东下舟如箭，突兀蟂矶早迎面。夕阳仍是古江山，朝曦乍起新宫殿。侍女如云刀槊持，阿监护卫森威仪。夫人明妆照江水，有似深宫初嫁时。当时戎马纷驱驰，力争智取靡不为。降书终出紫髯客，失路谁怜大耳儿。垂老无端为赘婿，婚媾分明藏谲计。夫人进退成两难，青史何能达微意。布衣昆季殊常伦，报仇白帝弗顾身。东行孝直岂能阻，北伐武侯且缓伸。为吴为蜀空猜卜，民到于今心始服。万里应招杜宇魂，一声难效苍梧哭。我来拜奠椒浆绿，神弦竞奏迎神曲。笑杀菰芦遣女戎，转惜楼桑无艳福。三分筹策定隆中，五将飞腾战伐功。蜀汉千秋数人物，江天还有女英雄。

——《梦楼诗集》卷十九

芜湖解缆有作

到处勾留为索书，凌晨解缆似逃逋。安能江水俱成墨，题遍天公大画图。

——《梦楼诗集》卷十九

顾光旭

顾光旭（1731—1797），字华阳，号清沙，又号响泉，江苏无锡人。乾隆十七年（1752）进士，官甘肃凉庄道。著有《梁溪诗钞》。

蟂矶庙

朝行蟂矶畔，雾雾倏已沉。回风激颓波，中有烈女心。萧萧枫叶赤，湛湛江水深。昔者孙刘战，夫人义难任。一死两不负，流声满江浔。雌蜺澹寒日，雄剑鸣霜林。不测神灵意，但闻龙昼吟。龙吟复虎啸，环佩渺遗音。西南望白帝，万里结层阴。

——《响泉集》卷十二

长歌行①

我不恋淮南之丛桂，亦不忆江东之莼鲈。秋风挂席八千里，醉中已过宫亭湖。湖边大孤复小孤，为我分风直下浮当涂，排空径向天门呼，天门中断开三吴。斜日欲没飞樯乌，布帆欲落当门枢。谪仙人去一瞬耳，前舟不待吾登舻。人亦有言，失之东隅，收之桑榆。种林七十亩，种桑八百株。男儿生无所成老将至，但饮美酒酣呼卢。五侯七贵尽黄土，石家豪富倾绿珠。吾岂若是小丈夫，五自六博一掷百万争拇

蒱。有茶一壶,有香一炉,有碧桂壁弦非无。如此亦足以乐矣。太和一室全真吾,
叩枻长歌见新月,二更月堕空寒芦。平波不动霜气白,渔父鼾睡烟模糊。归去来兮
田园将芜。双亲两华发看予,抱孙膝下为含哺。一奏云门曲再弹,凤将雏二泉水碧
菰。川菰湖上白云如白凫,天门荡荡指衡宇,山鸟山花吾友于,贻财子孙益其愚,
范蠡货殖非吾徒。

——《响泉集》卷十二

[注]①作者题注:夜泊天门山作。

朱珪(1731—1806),字石君,号南厓,晚号盘陀老人,顺天大兴(今北京市)人。乾
隆十三年(1748)进士,官至体仁阁大学士,晋太傅。著有《知足斋诗集》。

喜黄左田得举

紫气龙身见有时,果然牛斗望先知。真欣吉语闻张籍,翻感清音忆子期。左田得先
见赏于先竹君兄。鸾路千篇曾献赋,鸿都三礼好书碑。左田尤长于六书。相逢握手
巡檐笑,赠尔先春第一枝。

——《知足斋诗集》卷七

芜湖顺孙邱允中遗照卷①

孝居德行中,罔极呼有昊。邱君少而孤,干父意承考。使祖忘其忧,有孙宛在抱。
吮疡不解衣,孺慕至终老。遗言必跪读,泪眦濡不燥。庸行无险肤,至性人倾倒。
论定无间言,旌淑闾以表。顺孙复有孙,阐扬逾世宝。开卷我怃然,手迹先兄草。
缀词后廿年,明发感风蠹。

——《知足斋诗集》卷十三

[注]①作者题注:邱名尊圣。

沈业富(1732—1807),字既堂,又字方谷,江苏高邮人。乾隆十九年(1754)进士,

668

授编修。曾任江西、山西乡试副考官。三十年,出知安徽太平府,在任十六年。有《味灯书屋诗集》。

邱处士孝行诗

余治太平久,愧无善政。然所与民要者,惟在敦本。今春邱生锡祉持其祖行状及图,请题于余,余视所述,则正与余所以道民者合。呜呼!奖一所以劝百,此之不旌,其何能教?爰诗以系之。

芜湖濒江,百货所出。物丰则侈,恐怠于实。朅来邱生,祖德是述。祖行诚完,孝友克率。鳏且怀亲,义不背没。匪诗匪书,曰笃曰壹。余闻筦尔,此诚民质。各宁尔亲,器风其讫。厥类不偷,谁勤法律。我莅兹土,寒暑屡越。攘攘我民,其亲其昵。奖此故老,可喻百室。生也此行,余怀洋溢。归语尔宗,敦行唯一。

——民国《芜湖县志》卷五十九

姚鼐(1732—1815),字姬传,一字梦谷,安徽桐城人。乾隆进士,官刑部郎中,记名御史,历主江宁、扬州书院几四十年。为桐城派重要作家,著有《惜抱轩全集》。

669

过天门山

鼓楫凌惊波,连山缺东隅。飘摇天门上,千里见全吴。钟阜何盘盘,列城带江湖。风高黄云动,日落青天孤。不见昭明宫,罗绮为榛芜。草白风萧萧,枯树上啼乌。所以豪杰士,竹帛奋良图。良图亦焉在,树立才须臾。悲风与流水,万古一归墟。不如和扣舷,高歌称钓徒。

——《惜抱轩诗集》卷一

舟中望板子矶①

黄山天半卅六峰,包含云海蟠奇松。忽乘风雾走江岸,横入江心如卧龙。风清雾霁水摇碧,远见初日穿玲珑。烟鬟俯仰久未定,玉圭角立谁为宗。十年前再入春谷,每下篮舆揸短筇。枫丹照眼秋锦乱,茶香薰鼻春焙浓。山中犹未识山好,正坐一障藏千重。轻舠兀坐忽昂首,有似故人天际逢。凋零绿鬓尘埃后,借问青山好忆侬。

——《惜抱轩诗集》卷三

[注]①题目系修订者所改,原题:舟中望板子矶以南山势甚奇,因题长句。

江上竹枝词(录一)

芜湖山露小于船,池口铜陵山接连。那得青山江岸尽,止应西上到青天。

——《惜抱轩诗集》卷六

天门山

万里江流断,双崖地脉通。冥冥浮积气,漠漠送长风。沧海孤帆远,神州落照中。人生如鸟迹,独上俯鸿蒙。

——《惜抱轩诗集》卷六

南陵送渭川

楚泽横千里,登高望不分。山城正风雪,江路忽逢君。岁晏梅初坼,长宵酒易醺。只愁明发去,空水与寒云。

——《惜抱轩诗集》卷六

泥汊阻风

泥汊绝岸菰芦风,吹逐白云如转蓬。兀兹小舟未可下,杳然垒嶂何当通。一夜寒溪闻落木,万里长江同拍空。怀抱须向碧天尽,起借渔郎沽酒筒。

——《惜抱轩诗集》卷八

天门

草绿濡须口,天青博望门。云山开四面,波浪急东奔。地有千秋感,人伤垂老魂。频年逐帆影,几处认潮痕。

——《惜抱轩诗集》卷九

过芜湖

不见春江际,安知路所经。远随烟外席,时逗岸边亭。鹊尾云弥白,鸠兹山渐青。

670

更投前港宿，雨势复溟溟。

四合山阻风

柳枝摇不息，久立望空津。帆势遥投戍，涛声故近人。云光开岸晚，草色淡溪春。
安得知言者，披襟志一申。

天门阻风

乱山蟠野合，双嶂矗云开。地拥江声出，天横雨势来。轻蓑渔故往，挑菜市都回。
老子惟高枕，东西任击豗。

东梁山僧舍

津涛行复滞，峡嶂路还缘。石壁凌江阁，风林隔浦舡。鹘盘崖树侧，屯出浪花巅。
往迹无俦伴，春阴弥悄然。

671

阻风三山矶因游三华庵①

青山缘曲径，绀宇带修林。江影高轩覆，花光小阁深。峰巅横落照，门外淡春阴。
不厌风潮阻，频为净院寻。
胜国传遗老，开山托巨矶。三衣藏服冔，一钵寄餐微。名姓尘寰灭，波涛过客稀。
只听松竹韵，三叹出岩扉。

[注]①题目系修订者所改，原题：嘉庆丁巳三月十六日，阻风于繁昌三山矶，因游三华庵，庵为僧山若建。山若传为明人进士，楚人，不知其姓名，国变后为僧，塔在庵左侧。

三华庵牡丹颇盛①

岩松坞竹俯江皋，小槛凭墟散郁陶。南障近围春谷县，东风遥送广陵涛。堂无钟梵从僧懒，径有苔踪记客劳。冷落国香聊与慰，午晴扶向石台高。

——《惜抱轩诗集》卷十

[注]①题目系修订者所改，原题为：阻风三山夹，因偕陈硕士及儿侄游三华庵，庵内牡丹颇盛，而僧不知惜也。

蝀矶灵泽夫人画像

婿维大耳紫髯兄，蝀首帷中与论兵。英气不随兴废尽，危矶时蹙怒涛声。
中兴天子得成家，抚镜佳儿祀丽华。原庙一颓霜露冷，不如蘋藻奠江涯。

——《惜抱轩诗集》卷十

翁方纲

翁方纲（1733—1818），字正三，号覃溪，又号苏斋，直隶大兴（今属北京市）人。乾隆十七年（1752）进士，累官至内阁学士。毕生研究经学，精于鉴赏，擅长考证。论诗创"肌理说"。著有《复初斋诗集》。

672

萧尺木楚辞图歌

杜老曾见天皇图，五云太甲同歌呼。苍梧冥冥帝子渚，楚宫泯灭知有无。又闻右军访汉画，五帝以前疑可摹。西蜀讲堂一堵壁，未知蓝本谁操觚。屈子辞本观画得，先王庙想临湘湖。琦玮僪侳古贤圣，仰瞻愤懑生嗟吁。阴风惨淡木叶下，陵陆变见川原纡。冯翼惟象何以识，泪作西海眼可枯。九辩九歌皆古乐，飞龙弭节来笙竽。当时无人写此本，日暮惆怅雷雨俱。徒使柳子臆作对，蓬首虎齿爰处都。二千年后忽落笔，无闷道人何感乎。雷硠摇撼五岳手，一丝一发情踟蹰。羽人丹邱寐旸谷，兰皋江水招神巫。叔师景纯未注处，神采浮动穷锱铢。峰青树绿罢歌舞，倘有真见非模糊。莫其龙眠道园说，太乙炁始参丹炉。

——《复初斋诗集》卷十二

萧尺木画册为伊墨卿题

楚词之画壮年作，采石壁图七十余。此册戊申春仲写，七十三叟区湖居。想与采石迹不远，苍然老韵凌冲虚。山川旷莽气疏瘦，神理惚恍超几蘧。匡庐峨嵋岂怪伟，得之寸尺泉林庐。此叟胸中有万古，意于何境凭舟车。何为深求杜陵意，苦作傅会音均书。不及翛翛墨痕著，犹追冯翼像识初。采石之壁渐粉剥，而此赙锦光疏疏。墨卿下直偶买得，不减萧字摹庭除。中间二客对语立，是谁访古聊襟裾。正值秋盦寄图至，可补嵩少寻碑砍。故觅苏斋荒率句，淡味不厌千百咀。郭髯青山定好在，摩诘小簇今何如。

——《复初斋诗集》卷五十一

陆 锡 熊

陆锡熊（1734—1792），字健男，号耳山，上海人。乾隆二十六年（1761）进士，为《四库全书》总纂官，累迁副都御史。著有《篁村诗钞》等。

芜湖元夕铁画灯①

一片玲珑绕指柔，裁云剪月巧雕镂。六如试转灯光偈，百炼知从铁汉楼。曾入洪炉宁怕火，放来直干不为钩。广平未碍梅花赋，共守心期照白头。

——《篁村集》卷十一

[注] ① 题目系修订者所改，原题：芜湖元夕，点市中所蓄铁画灯，以诗咏之。

673

青弋江

前行阻一溪，溪水何涣涣。云是青弋江，极目因眺玩。叆叆云拥树，崩奔水侵岸。危枝栖野鹊，颓壁叫沙鹳。妆明女独浣，风定渔相唤。栋宇似雁行，舸舰如鱼贯。烟迷近岬献平，雾卷高峰乱。岚光挟水气，欲浸遥天烂。揽景因澄怀，九垓期汗漫。既秉上皇心，复契丹砂散。愿随王子乔，接引上霄汉。

——民国《南陵县志》卷四十二

管 干 珍

管干珍（1734—1798），字阳复，号松崖，江苏武进人。乾隆三十一年（1766）进士，官至漕运总督。著有《松崖集》。

题芜湖胡氏山房

日夕山水碧，冷然秋更清。微风湖面至，初月竹梢生。排雁银筝柱，跳鱼玉尺声。不愁归路晚，村火似星明。

——《随园诗话·补遗》卷一

圆照寺古梅

圆照寺中古梅树，根如虬蟠色铁铸。雷火劈破斧倒垂，黑蛟多年鳞甲蠹。千枝万枝蠹当中，左旋右旋忽拏空。苔皮积雨猫眼绿，虫枝亚日虾须红。青山我踏秋云入，僧房无人古香湿。蓬莱宫中绿萼华，天寒自卷珠帘立。世人观梅争及春，不如花落留梅真。桂芳菊绽梅无色，尔亦天涯冷落人。

——嘉庆《芜湖县志》卷二十二

秋日一房山即事

674

日夕山水碧，冷然秋更清。微风酒外至，初月竹间生。排雁银筝柱，跳鱼玉尺声。不愁归路晚，村火助星明。

——民国《芜湖县志》卷五十九

李调元（1734—1803），字美堂，号雨村，别署蠢翁，四川绵州（今绵阳）人。乾隆二十八年（1763）进士，授通水兵备道。后遭诬陷，遣戍伊犁。晚年潜心著述，著有《童山诗集》等。

天门山

大禹神功费剖锩，巨灵劈破势犹连。双崖拔地两边断，一水穿天万派悬。日影晓岚云外合，风翻寒影浪中圆。何当乘兴披烟雾，直跨峰峦学地仙。

——《童山诗集》卷五

登芜湖城

极目江天客思长，城头风景最堪望。一江白浪鸣秋雨，两岸青山话夕阳。出网鲜鲫馋美味，衔芦过雁落声长。天涯估客谁云乐，日坐楼船数去樯。

——《童山诗集》卷五

彭绍升

彭绍升（1740—1796），字允初，号尺木，江苏长洲（今苏州）人。乾隆二十六年（1761）进士。研理学，亦治经史，中岁耽禅悦，皈心佛门。著有《观河集》。

蝶矶孙夫人庙

玉佩云旗下碧穹，寒矶日落冷青枫。贞心不梦荒山雨，浊浪常流古庙风。降表忽闻传邺下，义师谁见定关中。苍茫家国无穷泪，洒向空江怨吕蒙。

——《晚晴簃诗汇》卷八十八

王汝璧

王汝璧（1741—1806），字镇之，四川铜梁人。乾隆三十一年（1766）进士，授吏部主事，累迁郎中，后擢山东按察使、江苏布政使、安徽巡抚、兵部侍郎等。著有《铜梁山人诗集》。

宿湾沚

十日山中行，石气袭毛髓。但使农情安，便觉山灵喜。凌晨别宣州，山光随马尾。往复相遮留，行客未遑已。出山爱平畴，耕牛如磨蚁。荞豆花茸茸，溪水光弥弥。晚种得重穋，滞穗欢妇子。独子心憧憧，乐此更忧彼。夜来山雨滋，麰麦良可恃。浃路歌皇仁，鸟鹊声亦美。西风振乔林，日落冷烟紫。新月来相迎，宛在水中沚。

——《铜梁山人诗集》卷二十四

和州渡江

遥山往复送征轮，一苇凌波静不喧。万里奔腾来井络，两崖巉屃束天门。当时人物风流尽，如此江山胜概存。莫笑英雄无好手，只今古垒有荒屯。

——《铜梁山人诗集》卷二十四

祝德麟（1742—1797），清诗人。字止堂，号芷塘，浙江海宁人。乾隆二十八年（1763）进士，改庶吉士，授编修，官至御史。著有《悦亲楼诗钞》。

铁画灯歌

屈刀引镜神仙技，芜湖铁工能办此。折枝花鸟没骨山，意之所到随游戏。粗疑水墨李营邱，细似金碧赵千里。嵌空四面出玲珑，衬以文绫兼素纸。高烧翠蜡彻红粟，黑暗朱明相表里。铁之为物本无情，光焰一穿皆旖旎。雨叶风枝活写生，层峦叠嶂纷凝紫。是何匠巧太狡狯，结撰得非鬼所使。乃知小道有足观，鄙浅亦通微妙理。当其得手锤凿时，造化在心柔绕指。目中无铁胸有竹，铁与我化忘所以。汉宫金釭不足数，碧山银槎差堪拟。人心尚巧稀古风，然向华筵亦不同。独怜铁具坚贞性，何故难逃锻炼中。

——《悦亲楼集》卷十一

吴翌凤

吴翌凤（1742—1819），初名凤鸣，字伊仲，江苏长洲（今苏州）人。诸生。博雅工诗文。著有《与稽斋丛稿》。

芜江夜雨

疏疏芦荻风，吹送连江雨。孤篷坐清宵，篝镫耿无语。呜呜驿楼角，沉沉关城鼓。非关听萧瑟，亦自伤羁旅。故园秋正中，凉意已在户。蒹烛有余闲，胡为去乡土。

——《与稽斋丛稿》卷七

邓石如(1743？—1805)，原名琰，字顽伯，号完白山人，安徽怀宁人。浪迹江湖，不入仕途。著有《完白山人诗存》。

题黄左田《九日登高合作卷》

崖壑千层笔底收，君公高会兴悠悠。图成合自频回首，满纸风飙凝古秋。
赭皋年来久寝牵，登高几度踞层颠。他时我若逢斯会，添个阿农山石边。

——《壹斋集·附录杂评》

秦瀛(1743—1821)，字凌沧，一字小岘，号遂庵，江苏无锡人。乾隆三十九(1774)举人，官刑部侍郎。著有《小岘山人诗文集》。

677

荻港

萧萧荻港渚烟昏，浪打危矶啮石根。落日万山趋建业，沧江九派划天门。劫残骠骑前朝垒，血化沙虫旧日魂。见说靖南曾转战，渔樵指点水边村。

——《小岘山人诗文集》卷二

赵良霨(1744—1817)，字肃徵，号肖岩，安徽泾县人。乾隆三十六年(1771)举人，六十年(1795)获会试第三名，廷试授中书。嘉庆三年(1798)任广东主考官。以老引疾乞归后，留意经传百家，勤于考据，掌教书院，从学者甚众，曾任《旌德县志》总修。著有《肖岩文钞》《肖岩诗钞》等。

舟泊芜湖

赤铸山头落日横，云帆叶叶下江城。寒潮直卷蟂矶没，夜火遥连牛渚生。客路逢秋初听雁，狂歌捉月想骑鲸。文章谢李高名在，望断烟波万古情。

——《肖岩诗钞》卷一

四褐山阻风因游山中古寺

风帆片片落轻鸥，四褐山前阻石尤。茅屋数家成野市，危峰一径折江流。舟同仙侣乘清兴，杖拄禅房悔远游。回首故园何处是，烟波无尽际天浮。

——《肖岩诗钞》卷六

顺风至荻港

华阳三日系轻舟，吹面风来是石邮。忽见樯头旗脚转，万重山已失舒州。

——《肖岩诗钞》卷十

泊荻港

清江万里拍天浮，小港分将一勺流。潮汐恰能随候至，帆樯多为避风收。暮烟人语趋津市，夜月乌啼上戍楼。板子矶头燐火乱，直教怀古剧生愁。

——《肖岩诗钞》卷十

食鲥鱼

巨口鲈鱼缩项鳊，众鱼孰占此鱼先。未能结网临渊羡，忽见登盘出水鲜。细骨漫愁成箭镞，银鳞且喜作花钿。奇珍不入天厨贡，驿骑休吟大复篇。

——《肖岩诗钞》卷十

洪亮吉

　　洪亮吉（1746—1809），字君直，一字稚存，号北江，江苏阳湖（今常州）人。乾隆进士，授编修。嘉庆时，以批评朝政，遣伊犁，不久赦还，改号更生居士。多次经过芜湖，均有诗作。著有《洪亮吉集》等。

荻港舟次①

卅里吴兴道，沉沉云水铺。仁烹新韲韭，犹有未芟芦。近诩神仙宅，争趋里俗儒。社公殊寂寞，灯火塞他途。

——《洪亮吉集·更生斋集诗续集》卷一

[注]①作者题注:近构吕仙祠香火颇盛。

夜泊湾沚

我共鳞兼翼，从风百里驰。川程鱼不识，天路鸟能知。舟楫势逾猛，飞潜力不支。夜来商共宿，应傍水仙祠。

——《洪亮吉集·更生斋集诗续集》卷二

过黄池遇友人下水舟

一船张两帆，我船偏逆浪。但愿三朝不落帆，送君直过黄天荡。

——《洪亮吉集·更生斋诗续集》卷二

679

芜湖与友人别

抗手不得下，持尔一杯酒。挂席十里行，酒杯犹在手。北风吹酒酒色寒，酒面泪落红阑干。江鱼张鬐欲迎客，红泪茫茫落鱼额。

——《洪亮吉集·更生斋诗续集》卷三

舟泊黄池

敬亭山下雨，迢递到黄池。路暗谁人识，衾寒独客知。出林秋气重，拍枕漏声迟。正欲回残梦，凉蟾逗一丝。

——《洪亮吉集·更生斋诗续集》卷七

泊三山值大风

三更东南风，忽复转西北，吹得稜稜树头直。枝枝叶叶风已删，老干不与巢相关。宵分独鹤往复还，白月白飞丹顶丹。蒲牢身从五更吼，一寸严霜雪同厚。西梁山北起皂雕，作势欲拍浔阳潮。

芜湖喜晤张太守祥云①

暂移五马驻雄关，意外相逢递往还。同辈渐如秋后叶，异书高比屋头山。人传海上鱼龙横②，我共江干鸥鹭闲。阔别十年重握手，喜君青鬓不曾班。

[注]①作者题注：时摄道事。②作者自注：时洋匪在宝山嘉定一带滋事。

游芜湖城东看黄梅作①

后湖三百顷，烟雾忽微茫。寺作前山界，堤真夹水塘。瓜分留寓县②，果熟荐空王。坐久还成雨，黄梅发古香。

[注]①题目系修订者所改，原题：消寒第二集，陈孝廉懿本招游芜湖城东，沿后湖堤至三昧庵，看黄梅作。②作者自注：东晋时改芜湖，立裴垣定陵逡道三侨县。

自东梁山移舟至西梁山泊①

东梁山上云，欲作西梁雪。移此江南舟，过江看落日。江干三尺雾，又向江南结。三更迎面雨，隐此当头月。已有曙鹊声，愁霖苦难歇。

[注]①题目系修订者所改，原题：十五日晚，自东梁山移舟至西梁山泊，晨起阻雨。

晓过东梁山

历阳洲上夜灯虚，一晌天光出雨余。峰顶黑遮三楚雁，涛声青截九江鱼，多年事作华胥梦，百战场成退士居。只要北风连日峭，看完浮玉看匡庐。

芜湖过亡友故居

落日下穷巷，炊烟无几家。伤心问行客，屈指数归鸦。阁上书仍满，门前水尚斜。可知魂已断，无梦向天涯。

——《洪亮吉集·更生斋诗续集》卷九

十月初一日经铜陵县郭外

前宵泊蟂矶，日昨驻鹊岸。百里烟树中，濛濛水云乱。帆樯雾中出，挂席倏见半。十月稻蟹空，浴波只留箵。宁知葭菼下，复有大鱼窜。林开三百户，历历起晨炊。一响鹳井移，先冲雁行断。

——《洪亮吉集·更生斋诗续集》卷九

南陵道中

卅里南陵路，蓝舆古道闲。怒云生怪树，浓绿斗层山。麦气松杉入，禅心鸟雀娴。还因去程忽，未及访玄关。

——《洪亮吉集·附鲒轩诗》卷二

681

途行遇雨因止白马山

不信龙山雨，还随辙迹东。怒雷奔白马，急景乱残红。天意成嘉谷，农心契晚风。匆匆驻征骑，与饭芰荷中。

——《洪亮吉集·附鲒轩诗》卷三

于湖曲

　　《晋书》："明帝微行，至于湖，阴察王敦营垒。"于湖，县名，属丹阳郡。《乐府》误作《湖阴曲》，《温尉集》亦然，今正之。

一言不合收斩鼍，利剑入座光新磨。虬须心悬祖龙坐，拔剑指天云欲破。营门不日兀不开，妖梦岂识真龙来。原头天低日轮黑，日在幺么梦中赤。将军大呼蜂目突，十万奔鲸耸皮骨。豺声一出众已惊，怒叱百马追龙行。君不见，西飞黄尘东掣电，赤日上天龙入殿。

——《洪亮吉集·附鲒轩诗》卷八

蟂矶夫人像为方廉使昂赋

庙门斜对石矶开，一日灵潮两度来。好属锦鳞三十六，刘郎浦口寄书回。
识力居然轶辈群，卷中依约说三分。二乔莫更夸夫婿，天下英雄只使君。
一舸翩翩下武昌，归宁以后史难详。惠陵松柏如南指，尚认江东作婿乡。
越罗犹认嫁时衣，花草吴宫事已非。只有杜鹃啼血夜，江声如哭撼危矶。
吴头楚尾路迢迢，家国多年恨未销。咫尺望夫山上石，一般心事付江潮。
一赋惊鸿谤议腾，寓言词客本难凭。洛川终古留遗恨，不及江波彻底澄。

——《洪北江诗文集》卷十九

谢泳(1746—1810)，初名仁泳，字锦江，一字近姜，号潜斋，安徽繁昌人。廪贡生，任贵池教谕。著有《习经堂诗稿》。

游三华禅院二首①

682

家在澄江接远汀，好山不断隔江青。藏云小阁闲曾到，护寺疏篱旧屡经。绝壁依松声谡谡，修廊荫竹影亭亭。清游偕从来嘉客，未信开山石果灵。
归舟指点暮烟斜，新障淋淳逸兴赊。画石不须劳十日，见山争共识三华。疏林红叶穿云径，浅渚黄芦渡水涯。鸿爪雪泥聊复尔，寺僧留作胜游夸。

——道光《繁昌县志》卷十七

[注]①题目系编选者所加，原题：同金叶山、周最峰、黄左田、王子卿游三华禅院二首，分韵得青、斜字。

吴锡麒

吴锡麒(1746—1818)，字圣征，号谷人，浙江钱塘(今杭州)人。乾隆四十年(1775)进士，授翰林院编修，官国子监祭酒。后主讲扬州书院。著有《有正味斋集》。

壶中天

雨后过荻港，芦风四起，萧寥无人。唯见枫叶晒晴，冷红可念。

片云移去，早帆外高挂，斜阳天半。可惜芦中人不见，谁共渡头渔饭。鸟下烟青，鱼跳浪白，十里枫林远。红衣如画，隔溪闲伫秋晚。　　偏是羁旅苍茫，听风听水，使我清游倦。野草离披虫语合，也为天涯微叹。怨蝶魂归，啼鹃泪在，乍醒繁华眼。夜深月黑，暗泉还咽根畔。

——《有正味斋词集》卷二

孙云鹤，女，字兰友，又字品仙，浙江仁和（今杭州）人。四川观察使孙春岩之女，与其姊孙云凤（字碧梧）同为随园女弟子，据此可认定1790年前后在世。著有《听雨楼词》《春草间房》《侣桧轩》。

芜湖

683

江乡极目客心孤，又听春风唤鹧鸪。正是莺花好时节，一帆烟雨过芜湖。

——《百度百科·孙云鹤》

陈　梅

陈梅，福建长乐人。乾隆三十七年（1772）举人，知南陵县事。

留别邑绅士二首

铜章叠绾愧予迂，春谷还经两载逾。三异未能臻雅化，四知徒自凛冰壶。支床寒怯风侵榻，伏枕愁深月在梧。几度踟蹰难报称，敢云卧理仿名儒。
百里琴声暂辍弹，许多心事未能安。缁衣昔咏追踪切，美锦今知学制难。岂有郇膏流赤子，何期棠爱及微官。临歧驻马频回首，极目云山晓露漙。

——民国《南陵县志》卷四十二

冯敏昌(1747—1806),字伯求,号鱼山,钦州人。乾隆四十三年(1778)进士,改庶吉士。授编修,改刑部主事。著有《小罗浮草堂诗钞》。

萧尺木楚辞歌图

诗人无媒安问天,画手欲并前人肩。谁云画史胸次狭,有此人物神鬼仙。潇湘洞庭渺风烟,苍梧北渚云连绵。屈子神游向何处,飘荡恍惚凌风船。天阊不开吁可怜,鸾凰蛟龙相后先。湘君夫人环佩捐,云之君兮下翩翩。幽丛山鬼媚余笑,坐使狸豹工攀牵。猿狄悲哀草木泣,雷雨错绝枫篁颠。呜呼重华不可作,汤禹只敬尤其愆。王佐霸功几遭遇,孤臣孽子多迍遭。不闻逞鼎铸饕餮,共说猰貐私彭钱。女娲炼石补不尽,缺限首在磨兜坚。搔首问之不得对,无端第写愁诗篇。古来作者俱精专,妙手须附词人传。略如蝉嫣有苗裔,鬼才贮锦仙青莲。我昔长江浩洄沿,太白楼高矶势偏。匡庐峨眉接云气,云台日观森钩缠。谁呵四壁吐墨沈,不食七日愁笞鞭。画成长嗟果绝笔,事过感激难为缘。再游京国今几年,萧斋寄寂来骚笺。读罢想象得真契,使我坐叹心茫然。昔画何减吴道元,今图何谢李龙眠。谁能御气出天地,披发往逐烦尤蠋。

——《晚晴簃诗汇》卷一百一

赵怀玉

赵怀玉(1747—1823),字亿孙,一字味辛,号牧庵、映川、栖园,江苏武进(今常州)人。乾隆四十五年(1780)召试,赐举人,授内阁中书,官至宛州知府。著有《亦有生斋集》。

三女叔嬝将归芜湖诗以示之

太阴在柔兆,送汝辞京师,朔雪压黄尘,五更上车驰。九载一归宁,沧热又再移。有婿为冷官,苜蓿聊充饥。有子已十龄,携之以自随。去甫抱褓褓,今能读书诗。方欣久团聚,胡忽言别离。欲留不可得,尊章赖扶持。片帆趁朔风,双桨分流澌。感兹穷冬别,同昔冲寒时。女去亦云乐,所苦贫难医。万事岂能足,庶几俭补之。吾衷倦仕宦,游兴差不疲。行当登采石,省汝於湖湄。

——《亦有生斋集》诗卷二十一

684

荻洲夜泊

此地荻花稠，今来泊荻洲。最宜初近夜，可惜不逢秋。江势浮天远，灯光出树幽。
倚舷贪坐久，寒月乍当头。

——《亦有生斋集》诗卷三十一

蜈矶夫人祠二首

谁向荒矶筑此宫，夫人真是女英雄。两行分洒君亲泪，漾入江流西复东。
山峡窥吴悔已迟，永安遗命枉猜疑。何如巾帼灵风在，千古行人酹一卮。

——《亦有生斋集》诗卷三十一

舟次芜湖见三女叔嬺感赋

左家有女适江滨，相见舲窗泪满巾。一病我如重在世，八年汝是未亡人。冰霜已历
终酬节，昏嫁方来且耐贫。倘欲归宁待初度①，流光好盼再逢春。

——《亦有生斋集》诗卷三十一

685

[注]①作者自注:丙子三月予七十初度。

芜湖为风雪所阻泊舟八日而发

舟行凡廿日，半月皆阻风。七日皖口北，八日于湖东。晓睡忽瑟缩，欲作寒号虫。
推篷一起视，飞雪已满空。银沙岸难辨，白屋户可封。我病尤畏冷，凛若撄戈锋。
天心胡弗慈，阨之于既穷。滕六与巽二，并力交相攻。所幸此停泊，犹胜荒野中。
有女嫁江干，兆昔符乘龙①。良人已早殁，黾勉携孤童。膝下今成行，旨蓄可御冬。
我来馈酒食，馔以嘉鱼充。时或过其居，十笏无尘蒙。有儿解波磔②，有女能箴缝。
连朝悦情话，促坐倾离悰。雪停风未转，舟子行惺忪。烟波一相隔，亲懿怅莫从，
岂必归路驶，徒使羁愁重。

——《亦有生斋集》诗卷三十一

[注]作者自注:①女夫龙辅,大名观察舜琴子也。②外孙长庚颇能学书。

刘大绅

刘大绅（1747—1828），字寄庵，云南宁州（今华宁）人。乾隆三十六年（1771）进士，官山东新城知县，擢武定府同知。告归后掌教五华书院。著有《寄庵诗文集》。

上黄左田宫赞用江字韵

屹然禹鼎谁能扛，诗家笔力移朽桩。一时万牛尽回首，蛟龙不敢沈船窗。公之姓字早入耳，今年衔命齐鲁邦。鸾凤蹁跹下丹穴，云霞旖旎过晴江。才子文章神仙骨，不徒气体矜高庞。锁闱衡文有余暇，夜深小院闻仙尨。烛烬香销月色正，秋风拂拂吹兰茳。但觉高歌入帝座，不知碎影明天杠。晚近士人习险怪。星辰蚕蚁言多哤。若无明珠出大海，安能震动来千艭。老眼不迷日五色，青袍白纻都心降。壁上旁观只袖手，名场有此神常憃。世间岂少师弟子，韩愈陆贽难得双。拥被脱肩尽闲事，撞钟伐跋听铮摐。

——《寄庵诗文钞·诗钞》卷七

张云璈

张云璈（1747—1829），字仲雅，号复丁老人，浙江海宁人。本姓陈，入继钱塘张姓。乾隆三十五年（1770）举人，官湘潭知县。著有《简松草堂诗集》。

雨泊鲁港

急雨催征棹，江村得暂过。岸危临水动，山远入秋多。小市繁金屐，闲门住碧罗。自惭漂泊意，野老易高歌。

——《简松草堂诗集》卷十七

三山港

傍渚成村小，临流结屋牢。官微稀政事①，江狭静风涛。返照红霞断，连山碧树高。乡心正撩乱，长觉梦魂劳。

——《简松草堂诗集》卷十七

[注]作者自注：①此地有三山司。

荻港

驿路山寒里^①，人家水气中。到门残雪白，隔岸夕阳红。断塔依冈转，危楼入戍空。去年帆影地，又趁一江风。

——《简松草堂诗集》卷十九

[注]作者自注:①此地为繁昌水驿。

回龙阁

寺门高阁暮霞平，俯瞰长江万里横。空外聋虫升夜气，天边宣鹤下寒声。风波谁唱公无渡，香火还祈佛有情。记我征帆前度过，一般孤塔望中明。

——《简松草堂诗集》卷十九

祀灶日泊旧县^①

爆竹声繁不耐眠，孤篷乡思镇相牵。几回客里忘佳节^②，一夕天涯感小年。迎岁底烦倾柏叶，卜归应是费金钱。江风倘与征人便，犹及黄羊未祀前。

——《简松草堂诗集》卷十九

[注]①旧县在今繁昌新港镇境内。题目系修订者所改,原题:祀灶日泊旧县,舟中多楚伧。楚俗以是日为小年,竞市酒食,为迎年之需。予征途迟滞,恐不及岁内至扬,惘然赋此。②作者自注:予不在家度岁者已四次矣。

蟂矶夫人庙

蛾眉遗恨满江东，交到孙刘竟不终。异国婚姻原寇敌，同时夫婿尽英雄。传虚蜀志心难慰，祠冷吴天貌已空。可惜输他姜氏智，未能谋遣晋文公。

——《简松草堂诗集》卷十九

汪学金(1748—1804),字敬箴,号杏江,晚号静庼,江苏镇洋(一作太仓)人。乾隆四十六年(1781)进士,授翰林院编修,擢中允,后升侍读、充文渊阁校理、日讲起居注官,升左庶子。著有《静厓诗初稿》《静厓诗后稿》。

咏芜湖工制铁柳

别具锤炉妙，真成枝节森。谁知望秋质，亦有岁寒心。
一幅灵和景，萧疏意不群。阳关第三叠，吹出铁龙君。
依依原物态，落落亦天工。笑他灞陵岸，飘荡任春风。
百炼为绕指，此理岂或昧。取诸古人中，魏公真妩媚。

——《静厓诗初稿》卷五

黄池

开吴由让败由争，堪笑黄池长晋盟。茶火三军夸敌国，烟波一沼笑倾城。竞忘邻衅
能甘耻，不悟天亡是祸盈。只有灵胥遗恨在，沿江难遣怒潮平。

——《静厓诗后稿》卷四

晚至芜湖与宋悦研观察话旧

偶借南州一榻眠，春帆初卸落霞边。山灵待我来为客，关尹逢君望若仙。碧杜相思
千里外，紫薇同对十年前。丹台别话三生约，只在清苔小洞天。

——《静厓诗后稿》卷四

叠前韵简同年程澂江仪曹①

朝衫卸后足朝眠，扪腹谈经傲老边。烟笠过江来作伴，霓裳同日记登仙。远携眷属
青山外，满列生徒绛帐前。笑我枯禅徒缚律，羡君慧业自生天。

——《静厓诗后稿》卷四

[注]①题目系修订者所改,原题:叠前韵简同年程澂江仪曹,时主讲中江书院。

借宿南陵僧房题壁间水墨兰竹

竹堪为友因坚节，兰不依人自抱芳。与我同龛成一宿，清缘常托白毫光。

——《静厓诗后稿》卷四

蠔矶夫人庙

依然女侍佩刀弓，飒爽神威肃閟宫。帝子千秋存义烈，使君一世匹英雄。独凭正气幽灵慑，合表精禋显号崇①。毕竟二乔难媲美，枉将国色擅江东。

——《静厓诗后稿》卷四

[注]①作者自注：时石君师议欲疏请褒封。

登赭山晚望①

一月江城记往还，肯教对面惜缘悭。重茵藉草聊跞足，夹镜窥花忽破颜。谷鸟也知三月好，山僧不及两人闲。扶筇更踏青螺顶，指点风帆万顷间。

——《静厓诗后稿》卷四

[注]①题目系修订者所改，原题：重之芜湖，程澂江同年招游诸园，小憩三昧庵，登赭山晚望。

689

荻港晚泊有怀章德瓶

此心别与水云谐，湾上渔樵信宿偕。谷鸟阴晴喧寂境，溪花旦晚卷舒怀。当头素月亲纨扇，对面青山负笋鞋。若有多情沈东老，留题未必道缘乖。

——《静厓诗后稿》卷五

荻港吊黄靖南侯

国势存亡际，天心胜负中。满朝急私斗，一镇效孤忠。击楫情何极，降帆事已终。百年留战血，点点荻花红。

——《静厓诗后稿》卷十

雨中至芜湖行馆①

三秋赋契阔，感此风雨晨。关门有仙尹，执手逢故人。爱君尘劳内，落拓存天真。薄游记畴昔，春甸弄暄新。送我九华顶，妙相瞻能仁。愿以大慈力，宏护末劫醇。刹那酬对缘，无著与天亲。自笑武陵渔，重觅桃花津。飘然孤鹤踪，信宿云水邻。

挂帆自兹去，江波荡星辰。

[注]①题目系修订者所改，原题：雨中至芜湖行馆，简宋悦研观察，仍用前韵。

题王子卿①观察图

一阴从姤来，渐长历豚否。圣人有危词，于观独殊旨。五阳处中正，巽顺天下理。
全体乃大艮，万物所受止。是曰观在上，卦德取诸此。苟失时与位，过此则剥矣。
譬如一身中，心君实卓尔。渊默照群动，百骸喻其指。目者心之机，凝神在返视。
修性务存省，修命凛顾諟。匪直退纷华，庶几进深美。所以观吾生，无咎为君子。
观斋利用观，请自观心始。

——《静厓诗后稿》卷十一

[注]①王子卿：王泽（1759—1842），芜湖人，官江西赣南道台。

黄 景 仁

690

黄景仁（1749—1783），字仲则，又字汉镛，号鹿菲子，江苏武进（今常州）人。乾隆
四十一年（1776）召试二等，武英殿书签。例得主簿。后授县丞，未补官而卒。著有
《两当轩集》。

荻港舟次遇徐逊斋太守罢官归滇南

浮云变态何须臾，此翁今作溪上客。见山一笑神已往，随处题诗兴成癖。意外相逢
山水闲，惊定成欢话畴昔。畴昔五马来江东，停麾问俗何雍雍。黄州竹楼卧苏轼，
新安炼溪钓任公。①仆也骑驴看山至，一榻陈蕃荷高谊。雅吹投壶兴有余，风前时
露烟霞气。纷纷宾从厌粱肉，公也斋居饱饘粥。一鱼不受清已极，五袴得歌乐亦
足。今朝襆被归去来，佗傺妻孥散僮仆。片帆晓拂菰蒲开，只影夜抱鱼龙宿。我闻
碧鸡山与金马连，名胜秀出西南天。公也茅屋居其间，数顷尚有桑麻田。著书岁月
且未艾，翁自乐此何忧焉。只有贱子感填臆，短歌饮气别不得。风波一失万里长，
落落行藏谁其商。更语东山且休卧，汉廷早晚起循良。

——《两当轩集》卷二

[注]①作者自注：公先佐黄州，后守新安。

灵泽夫人祠

空江落日黯祠门，仿佛云裳涕泪痕。一恸无由恩已绝，两家多故事难言。千秋杜宇休啼血，万里苍梧合断魂。终古湘灵有祠庙，流传真伪更谁论。

——《两当轩集》卷二

天门山

我登南梁山，下瞰岷江流。大江天险限南北，兹作巨镇当上游。熊蹲狮伏势绝陡，急洑盘涡此闲走。初疑鳌窟忽掀翻，倒插双螺碍星斗。梁山博望二而一，导江忽劈巨灵手。两崖屹立成千秋，却笑龙门只培塿。嵌空怪石何嵸巃，万丈起自蛟龙宫。阴厓破碎浪花蹴，绝顶的鱳霞光烘。浔阳九派浩东去，径须一束缓其怒。从此滔滔入海流，此是江山不平处。江山锁钥当吴头，上流有事兹咽喉。谁知设险固无益，兴亡过眼谁能留？寄奴宫殿今何在，王浚楼船万古愁。

——《两当轩集》卷二

691

梁山夜泊

寂寞溪山百战经，平沙无际暮云停。天门夜色莽摇动，巫峡江流欻杳冥。戍重鸠兹通楚塞，镇严姑熟望新亭。隔滩芦管休鸣咽，恐有潜蟉带雨听。

——《两当轩集》卷三

别顾文子之繁昌

枫林如醉雁成群，小叠行装向夕曛。讵有西江能润我，不堪南浦又辞君。分驰晏岁多残客，回首重城只断云。迟尔春来官阁里，梅花消息早相闻。

——《两当轩集》卷四

湖阴

多时欲作湖阴行，此日湖阴行始果。天寒岁晚野不晖，日暮途穷马时堕。似闻人语不见人，转过林梢见灯火。是时人畜同时饥，入村沽酒村民疑。比邻环集叩来路，话久方知宿程误。官严不敢留生客，更欲披星向前去。我告村翁容小留，忍待月出东山头。

——《两当轩集》卷四

将至芜湖忆文子容甫

向晓离亭举客杯，青山一路送人来。际天无树知江近，极浦有帆和雨开。吊古空滩余战舰，悲秋斜日上层台。故人回首重城外，为报离肠已九回。

——《两当轩集》卷四

春谷道中

朔风吹客度长林，浩荡川原雪气阴。一涧红花①寒淅沥，双峰隐玉②晚萧森。人因地瘠多饥色，鸟为天空有去心。日暮那堪途更远，马嘶犹似助悲吟。

——《两当轩集》卷四

[注]作者自注：①涧名。②峰名。

发芜湖

才煮鸠兹市上鱼，微哦依旧上肩舆。偶看芳草思名马，每见青山想异书。古戍按图三户后，荒祠披版六朝余。野情更畏劳踪迫，安得前峰便结庐。
平冈复叠树萧森，转眼长云度岭阴。诗思折于盘礴路，劳人多似集田禽。地曾经战常难垦，山不知名反耐寻。旧说芜蒌多产处，斜阳蔓草自然深。

——《两当轩集》卷四

南陵道中

又作轻装发，惊心逝者川。残春辞马首，旧路落愁边。县古飞花里，程遥去鸟前。还看道旁柳，手植已吹棉。

——《两当轩集》卷四

江上晓行

蟂矶俯蟂穴，晓作十里雾。我行忽入之，茫茫失归路。胶舟识浮沙，闻臭辨芳杜。岂无日轮照，仓卒不可度。江妃惨娉婷，汉女愁延伫。相望迷漫间，何由蹑灵步。

——《两当轩集》卷五

渡青弋江

群山如接髻,青青渡陵阳。山平水界途,一苇兹用航。锦石灿沙屑,晴洲郁兰芳。
甫聆棹讴响,劳躅渺已忘。马目眩水色,客鬓愁波光。人马一时渡,去路如川长。

——《两当轩集》卷六

王作梅,安徽南陵人。清乾隆十五年(1750)副榜岁贡。

马仁石壁

迭岫献开千嶂,岧峣顾盼雄。峰标天匠迥,景刻地灵钟。蟠固葆元化,嶙峋逼太
空。蜿蜒纷若抱,淑气酿寰中。

——南陵《小岭王氏宗谱》

693

许兆椿

许兆椿(1747—1814),字茂堂,号秋岩,湖北云梦人。乾隆三十七年(1772)进士,
初任翰林编修,后任松江知府,累官至工部侍郎,刑部侍郎。著有《秋水阁诗集》。

午发繁昌晚抵大通始泊

西风卷浪白于霰,系缆连朝傍江县。长年夜语出舱立,渐喜高桅旗脚转。开头挼舵
凌清晨,颓岸流沙苦相恋①。春潮送客腾轻舟,五两飘摇入晴甸。回帆挝鼓真有神,
蟞如矫鹄乘秋荐。依微远树排空青,峭削危矶激回漩。水光天影浩莫极,入眼奔腾
留余眩。荻港西上望铜陵,怀烟春岫吐葱蒨。我行两月不千里,顺流估舶篙师羡。
崇朝得势辞泥沙,飞扬直与云争便。风涛滚滚破浪来,前舸参差翻后殿。村墟向晚
波亦平,连樯相次帆力倦。高吟却忆谢玄晖,馀霞散绮江澄练。

——《秋水阁诗集》卷二

[注]①作者自注:舟溷浅故云。

孙 梅

孙梅,字春圃,浙江乌程(今吴兴)人。进士。曾任内阁中书太平司马,乾隆四十八年(1783)任芜湖县丞。

题邱顺孙孝行册

鸠江顺孙曰邱子,少孤鞠育于王父。怡怡养志至终天,致哀致思绵岁序。承欢家庭既翕和,饬躬履蹈遵规矩。训词提耳有唯趋,手泽惟新无坠绪。共传长者式乡闾,不矜奇行刲肝股。此心恻恻要于仁,一息不属他何补。君为孙顺殁有孙,能述祖德备扬举。吁天特疏恩予旌,隐德幽光显门户。我闻古来孝子行,诗史所载不胜数。子孝孙顺天性同,令伯陈情何罕睹。西山日短寸草微,体父尽心心更苦。敬瞻遗貌鬓眉庞,孺慕恂恂愉婉聚。更征轶事窃自悲,我亦弱龄失所怙。丹铅训导荷祖慈①,勖以青云勉继武。读书立身慎勿忽,属纩遗言犹记取。少时浪迹走四方,壮岁出身縻禄糈。行年五十鄙无闻,仰止前徽叹修阻。顾瞻乡陇阙岁时,空抱遗编屡摩抚。苍苍者天茫茫土,我愧邱君忝吾祖。

——民国《芜湖县志》卷五十九

694

[注]①作者自注:梅幼时,最蒙先大父遮常公钟爱。

顾 浩

顾浩,浙江会稽人。乾隆五十九年(1794)知无为州。

杏花泉①

老圃开生面,清泉出墨池。不因疏浚力,安得涌流时。细眼多于藕,浮花瑞若芝。根源仙杏共,应以杏名之。
漫说文明兆②,偏余乐事多。酒新篘竹叶,茶好试松萝。繘井思苏鲋,蒙泉想有莪。从今池水活,日日看盈科。

——嘉庆《无为州志》卷三十三

[注]①作者题注:墨池南偏杏树下,浚池得泉,因名之曰:杏花泉。诗以志之,时嘉庆三年九月二十四日也。②作者自注:客有为余言:此是文明之兆。

奏建黄丝滩月堤咨封三公山矾厂①

保障江山西复东②,无边风浪尽包容。丝滩改建金堤固,矾厂难翻铁案封。万姓安居秋水畔,三公稳坐晓云峰。恩叨大府咨谋远,博采舆情上九重。

——嘉庆《无为州志》卷三十三

[注]①题目系修订者所改,原题:奏建黄丝滩月堤,咨封三公山矾厂,半载经营,颇劳心力,诗以记之。②作者自注:三公山在州西,黄丝滩在东。

米公祠

瓣香人共敬,应数此邦中。老更文章著,颠原政事通。英光存庙貌,图像绘神工。仰止清风拂,高攀槛外桐。

——嘉庆《无为州志》卷三十三

灵芝石①

不采芝山顶,来从洛水滨。如云含穴巧,呈瑞得天真。光透三更月,名留万古春。遭逢良有以,几度卧江津。

——嘉庆《无为州志》卷三十三

695

[注]①作者题注:丁卯冬黄洛河得此石。

石丈歌

可是岐王开画石,风雨飞来人不识。尘封苔锁几千秋,磊落庭除偏自得。米公仰异拜轩前,石丈称奇后世传。老莲健笔作图画,锦袍象笏长新鲜。几度沧桑陵谷变,图中轩中参差见。谁是真兮谁是赝,令人心目常疑眩。图中之石妙在透,轩中之石取其皱。两石各自得天真,究于石丈名不副。旁有一石太瘦生,卓立如人古貌清。不知何代被摧折,肩背隆然头角倾。我来太息摩挲久,为寻炼石补天手。顿觉神全太璞完,疏桐高荫频回首。从来遇合本难期,人物相遭亦有时。但得此心真许可,何论当日是耶非。

——嘉庆《无为州志》卷三十三

朱辂

朱辂,字质中,一字景山,号鹿田。乾隆间诸生。著有《鹿田偶存集》。

游马人山

繁昌西南罗诸峰,拔地削出青芙蓉。马仁尤美乃其一,昔犹耳食今躬逢。到来馋眼不暇给,望之如火燔高空。主人连骑邀胜赏,不须扶病愁疏慵。一瓢山半给莲社,翀霄遁迹于其中。洗砚清泉一泓在,墨花飞浪腾蛟龙。转身鼓勇欲造顶,奈何窄径方蒙茸。共相指示名与状,千态万象焉能穷。高者韬玉荫嘉谷,云有宝光常熊熊。大者龙首昂起立,爪牙鳞甲摩苍穹。更有如来露真像,岩前特铸香炉供。穿云漏月见孔窍,岬含岈峷崒森玲珑。双桂有根插天表,揽之不尽心神通。中藏石屋致非一,大都天设非人工。马仁何义疑马人,人马气类宜相从。人乎胡不事服食,马乎胡不驰霜风。胡为偃仰在巅际,餐霞饮露无春冬。当年穆满骋八骏,得无至此留奇踪。他如石势并险怪,呈伎献巧凌戟濛。如彼笋节苗出土,如彼莲萼浮清濛;如彼犬虎骇兽禽,如彼怒鲸吞霓虹。又如行军拥牙纛,前矛剑戟争鏦鏦。因笑天公何好事,下遣丁甲陈武功。干戈队里驱猛兽,狰狞不数昆阳雄。主人为言此特概,况复转侧多纤浓。似此幻态岂凡境,栖真安得辞高冲。为仰昔人已仙去,斜阳杳霭支秋筇。登临不怕足力倦,烟峦苦未储心胸。聊得此间真境象,灵妙不肯随山聋。同人把臂下山宿,一任白云封重重。

——道光《繁昌县志》卷十五

倪良耀

倪良耀,字廉舫,号淡园,安徽望江人。嘉庆时,官至江苏布政使。著有《香修仙馆诗集》。

过灵泽夫人祠

夫人遗庙此江涯,玉座灵旗故故斜。日暮椒浆行客奠,江风开遍白蘋花。黯淡愁云大泽横,永安宫远未分明。年年巴蜀来春水,流到江东是恨声。

——《皖雅初集》卷十

696

宋　镕

宋镕（1749—1825），字亦陶，又字奕岩，号悦研，元和（今江苏苏州）人。乾隆三十七年（1772）进士，官刑部侍郎。工诗画。著有《耕砚田斋笔记》。

留别中江书院肄业诸生

匏系十三载，临岐重惘然。何功及兹土，惜别到诸贤。簿领催科拙，江城梦雨悬。
闲鸥管迎送，新涨碧无边。
讲院兴才地，联翩每慰情。吾儒先德行，人世重科名。上巳一尊酒，春风万里程。
朝天从此去，回睇赭山横。

——民国《芜湖县志》卷五十九

禳患诗

我因勘水患，乃作禳患诗。禳法非有法，听我宣此辞。芜湖本水乡，利美兼陂池。
关门百货集，近市争刀锥。比岁书大有，香秔雪翻题。华宴江阁迥，清歌山月低。
甪姑盛祠赛，龙船张水嬉。贫富遂相跃，礼教或少衰。甲子月建午，夏至一阴滋。
黄梅雨初熟，青塍秧恰齐。幡然云气合，北风何凄其。倾盆四日雨，平地三尺泥。
官衙棹舟入，闾巷结筏移。鸡豚散汀渚，蛙黾跳房帷。溉釜苔藓没，巧妇难任炊。
城居尚飘摇，江村更仳离。茅屋惊破坏，仓皇如铤麇。强者蹶复趋，弱者牵且追。
重跰聚冢阜，仰面啼垢鬤。急令施饼粟，嗟何拯溺饥。漂零及瘵槯，骼骴填沧漪。
圩埠且决溃，阡陌但渺弥。朝听御田祖，夕睇舞冰夷。蟱蟱亦何辜，悲怛摧肝脾。
齐心祷群庙，稍见漾晨曦。外水高内水，车戽乏术施。转瞬夏徂秋，萧瑟凉风吹。
鸿嗷遍中泽，稻粱将何依。江南诸郡县，一隅三可推。借问乘轩者，刍牧谁职司。
乃既食君禄，宁不惜民疲。仓无秅秅积，社鲜困廪遗。疫疠犹间作，珠桂难久支。
因兹重省惧，讵敢兴怨咨。静思感应理，天道远可知。政舛俗亦偷，灾眚实召之。
是非亟忏悔，曷由济颠危。普愿风有位，夙夜励素丝。宽刑薄税敛，戒幽独勿欺。
复愿此邦人，疾病相扶持。敦族惠桑梓，见善必勇为。官民交怵惕，禳法法在斯。
斯非只徼福，而福常相随。圣人廑宵旰，大吏劳诹谘。鞫谋钦攸叙，怙冒垂无私。
积潦涸可待，晚种补弗迟。南薰奏泠泠，西郊晒巏嶷。以谷我士女，小康汔可期。
信哉众善力，足荷皇天慈。转灾便为福，回心毋复疑。如是有不验，矢言指沧湄。
大千无量苦，我甘永劫罹。

——民国《芜湖县志》卷五十九

黄 钺

　　黄钺（1750—1841），字左田，号左君，井西居士，安徽芜湖人。先世于宋末由徽州迁当涂，清顺治初年再迁芜湖，黄钺生于芜湖西门桥外升平桥。乾隆进士，历官礼部尚书、太子少保、户部尚书、军机大臣。工诗文，善书画、精于鉴赏。著有《壹斋集》。

秋日同人游荆山泛欧湖①

一

振策陵西山，目扩心愈远。淡云流素天，清露湿秋坂。稍稍竹枝交，团团松盖偃。曲曲苔磴高，行行游足蹇。灵宫穴岩栖，藤萝互牵挽。山僧亦山农，种艺粗足饭。压肩新稻香，欣然刈熟返。因惭不耕食，学稼悔已晚。

二

云根下百尺，清驶何悠悠。言弃赤藤杖，同上沙棠舟。笭箵挂舵尾，茶铛置船头。偶适兴来意，非关归去休。钟声度林樾，村烟散平畴。岂不旦昔念，怀兹今古忧。中流随所之，采蘋还自由。伊会去已遥，宿鸟何处投。扣舷发清啸，古木悲高秋。

三

望望南山下，荦确多古迹。耆然争开张，大书勒寒壁②。清泉洒飞雨，余字没入石。惜哉五百年，虚牝黄金掷。叹息起投篙，水浅不盈尺。回帆碍菰芦，到岸易撑刺。山月一何明，湖波一何激。顾我二三子，眷彼山水役。

——《壹斋集》诗集卷一

　　[注]①题目系修订者所改，原题：秋日同人游荆山，泛欧湖，用昌黎《南溪始泛》韵。②作者自注：石壁勒"寒壁"二大字，为元欧阳圭斋令芜湖时所书。修订者注：此处为黄钺误，应为明侍御骆骎曾所书。

乘月过古香精舍访萧琴客不遇

秋风吹明月，清光罗幽林。泠然下寒露，不觉滋兰襟。堤高湖水缩，叶落溪桥深。短篱足黄花，入门多清阴。真侣俱茶果，趺坐同酌斟。炉烟出云房，古壁悬素琴。孤云何处飞，苔砌空行吟。抚景送征雁，遥忆山水音。

——《壹斋集》诗集卷一

八月十四日夜河堤看月①

佳月同游厌俗喧，却来清话立河埝。市灯大上人争聚②，贾船空寒客早眠。落叶舞风团峭坂，淡云写影入清涟。从知良会无逾此，何必红楼醉管弦。

——《壹斋集》诗集卷一

[注]①题目系修订者所改，原题：八月十四日夜，同邵友园兄弟、施孝廉道光、家兄棠河堤看月。②作者自注：芜湖中秋前后六日，满市张灯。

立冬日登范萝山①

良辰际元英，平山澹晴旭。佳游集清朝，人影散林麓。繁霜一夜新，红紫冒村谷。坐涧说妍光，缘崖揽遐瞩。芳途不知迷，野蝶导前躅。白云生客衣，寒竹寺门绿。微飙振修竿，摵摵扫山屋。谁欤抱冲襟，一徇此幽独。

——《壹斋集》诗集卷二

[注]①题目系修订者所改，原题：立冬日，登范萝山，玩枫叶，憩古香精舍。

一房山课画①

一房山色翠模糊，佳客相邀六七俱。得地丛篁句过母，掠波双燕午将雏。茶篮酒榼担徐至，文史笙竽各有娱。此会西园应不减，龙眠逝矣倩谁图。

——《壹斋集》诗集卷二

[注]①作者题注：一房山，湖上水榭也。

镜湖画舫①

映窗淡写一枝横，窠石丛篁太瘦生。底事今年抛却汝，无人香满屋三楹。

——《壹斋集》诗集卷二

[注]①诗题系修订者所加，该诗系《忆梅和梅农，效白石道人雪中六解体》之六，诗后有作者自注：镜湖画舫。

怀乡口号(二首录一)

空濛云水雨偏奇，三面湖亭课画宜。人比沙鸥闲较甚，那能不忆邵僧弥。①

——《壹斋集》诗集卷三

[注]①作者自注:谓友园。

同人招集三昧庵消夏病不果赴

不到精蓝近十旬，眼前风景记来真。当门山学佛头翠，绕屋树如鼠尾皴。已分与僧同过夏，却怜因病久抛春。诸君莫笑游情减，新与维摩作后身。

——《壹斋集》诗集卷四

遥忆芜湖县五首

一

700

遥忆芜湖县，风光画颇能。月明城早钥，岁俭市无灯。旧雨吟情减，新春米价增。湖亭三两处，尚有醉人曾?

二

遥忆芜湖县，清贫几个能。闭门多纵博，负债且张灯。裙屐人人羡，弦歌日日增。子钱虽过母，偿尽又何曾?

三

遥忆芜湖县，繁华往日能。鱼龙大街戏，菡萏小家灯。虚耗沿门照，浮圆计口增。踏歌寻谜社，不寐记吾曾?

四

遥忆芜湖县，寒家百不能。炉无通夜火，室有照愁灯。妇叹病谁唁，儿长衣欲增。远人肠日转，事事在心曾?

五

遥忆芜湖县，遄归病未能。天风吹入骨，窗月耿如灯。草阁诗仍满，蕉林叶定增。不知钗拔尽，拈卖到书曾?

——《壹斋集》诗集卷五

汤鹏铁画歌 有引

钱塘梁侍讲同书作《汤鹏前后铁画歌》，一时属和者甚众，顾传闻有异辞。鹏字天池，钺乡人，幼闻先大父言其事甚详，初赁屋于先曾祖，贫甚，技亦不奇，有道士乞火于炉，炉灭，诘之，曰："月余未锻也。"道士击其灶，曰："今可矣"，径去。后觉心手有异，随物赋形，无不如意，第惜山水未能也，往诣萧尺木，求其稿，今所见萧画也。辄举所闻，别作一诗。

清泠水入中江流，以水淬铁铁可柔。千门扬锤声不休，百炼精镂过梁州。①材美工聚物有尤，汤鹏之技古莫俦。始者顽钝贾不售，锻灶冷落虚如丘。星精下瞩神光麻，遂令炉鞴盘蛟虬。攻金竟类攻皮鞣，赋形肖物皆我由。柳嘶蚕蛰芦蜻蜓，以两钳当毫双钩。更思山水堪卧游，法无从得心烦忧。萧君隐德如沈周，寄情诗画娱清修。汤亟造请遂所求，皴为减笔林不稠。寒山古寺宜深秋，间有衰柳维扁舟。请看真本铁笔道，果与萧画无别不？我家有屋临庄馗，汤久赁之缗未酬。岁终往往以画投，灯屏烛檠多藏收。不关豪夺与攻偷，比年捻卖靡有留。儿时大父辨细优，我敬听之不敢诹。太史作歌为阐幽，笔力直可回万牛。盘空硬语雷同羞，謏闻岂是供旁搜，继声聊作鸣虫啾。

——《壹斋集》诗集卷七

[注]①作者自注：芜湖水出宣、歙，体重流驶，于淬钢宜，业者甚众，皆取水于石桥港。盖东则溪流方缓，西则江潮渐杀。

追悼戴寅光①

五载不相见，一名行即殂。倚闾伤老父，归榇少遗孤。江雨题诗处，桑乾录别图。②黄山云似海，何处奠生刍。

——《壹斋集》诗集卷七

[注]①题目系修订者所改，原题：听如皋顾君诵戴寅光同年泊舟芜湖访钺不遇诗，凄然追悼。②作者自注：戴诗有云："鸠江疏雨歇，小泊赭山西。言访故人去，苍然秋苇齐。"庚子秋，钺曾写《桑乾录别图》送归休宁。

题陈默斋留春小舫①

于湖居士张孝祥，嗜酒好句清而狂。捐田百亩汇为沼，圜种杨柳分成行。烟云变幻

701

鸥鹭乐，帘幌荡漾芙蕖香。当年圌堂"归去来"，只今遗址无何乡。此邦文献不足考，繄我浅陋安能详。状元坊后不半里，有湖径圆曰陶塘。张时治宅既兹地，此水何忽归柴桑。杲卿图经邈难得，于湖诗集多遗亡。剩有渔父三十二②，年年租税输官藏。以兹游舫不得入，篙楫恐与罾网妨。贤侯令子今安国，爱玩一片玻璃光。开轩筑馆妙结构，舫中留得春堂堂。百城坐拥照不夜，六时行啸罗群芳。历年七百互宾主，坐我图画披潇湘。忆昔年时好游宴，阑入酒肆倾壶觞。赭山浓翠晚欲滴，醉踏堤树行踉跄。有时放歌白日匿，永夜读画红灯将。少年种种胜意气，叹息鬓发行将苍。愿君抚景事铅椠，点窜《羽猎》凌《长杨》。他年廷对擢第一，湖山草木皆辉煌。濡毫为尔志流寓，后有陈亮前惟张。

——《壹斋集》诗集卷七

[注]①作者题注：在芜湖城西陶塘北。陈，山阴人，明府圣修仲子。②作者自注：塘畜鱼凡三十二户。

于湖竹枝词

一

升平桥畔状元坊，曾寓于湖张孝祥。一自归来堂没后，顿教风月属陶塘。①

[注]①作者自注：《四朝闻见录》："张，乌江人，寓居芜湖，捐己田百亩汇而为池。环种芙蕖杨柳，圌堂曰'归去来'。"升平桥，即升仙桥，在城西。张中绍兴甲戌状元，故宅在焉。陶塘在其坊后半里，当即"归来"遗址。张旧有祠久废，乾隆庚戌，余请陈明府圣修重祀来佛亭旁。

二

山如螺髻水如油，踏罢青春又踏秋。嫌杀渔郎太村俗，风光如此不容舟。①

[注]①作者自注：塘以蓄鱼，故无游舫。陈明府曾买二舟，余得纵棹。今明府逝，而此风又歇绝矣。

三

龙家园废柳垂阴，学圃堂开面碧浔。妾似金朋花性急，郎如莱服莫㴰心。①

[注]①作者自注：龙家园在陶塘西，学圃草堂在其东。俗呼金凤花为金朋，萝卜之空心者为㴰心。《说文》："古文凤本作朋。"《尔雅》："㴰，虚也。"《方言》云："㴰之言空也。"土音最近古。

四

酒人散尽坐犹痴，读画堂深夜课诗。莫怪重来双鬓白，赤阑卧柳已孙枝。①

[注]①作者自注：读画园旧名左园，右邻酒肆，在陶塘南。

五

绕屋江梅未肯红，雪花如掌扑帘枕。愚公若许移寒壁，乞与山房障北风。①

[注]①作者自注：一角山房旧名桂园，今为马千之宅。寒壁在欧湖，即大荆山，去城东南十五里，湖亭皆向北，故云。

六

平芜一望连天水，峭壁千寻宿暮云。想像朱园遗构处，粉垣草阁照斜曛。①

[注]①作者自注：平芜、峭壁、草阁、粉垣，皆萧尺木《重过荆山朱家园》句。详诗意，园当在今寒壁下，询土人，亦不知。

七

飞锅来覆塔尖穿，风铎无声不计年。汉瓦秦当收拾尽，何人藏弄赤乌砖。①

[注]①作者自注：赭山普济寺塔顶毁，有飞锅来覆之，至今犹在。塔砖间有堕者，乃赤乌二年造。

八

平轩遥瞰一湖开，闻说涪翁守郡来。当日到官才九日，未应便起读书台。①

[注]①作者自注：赭山有滴翠轩，相传为涪翁读书处。李之仪跋山谷二词："鲁直请无为、当涂，而得当涂，犹蹭蹬一年方到官，既到九日而罢，又数日乃去。"

九

濛濛湿翠滴檐楹，北寺轩因老桧名。自摘青山诗句好，山光树色欠分明。①

[注]①作者自注：郭功父《青山集》有《芜阴北寺桧轩》诗："青幢碧盖俨天成，湿翠濛濛滴画楹。"盖咏桧也。后人因以滴翠名轩，今讹为涪翁读书处，似指山翠欲滴，不复知有老桧为功父所咏矣。北寺，今赭山广济寺。

十

野老堂前春尚寒，闵园篱外雪初残。输他铁佛拈花笑，让与如云万众看。①

[注]①作者自注：戴园在陶塘北，旧为闵园。野老草堂在城北，县人韩铸宅。圆照寺

俗呼铁佛寺,有梅甚古,花时游者不绝。

十一

湖上贞魂骨未尘,湖边游女日如云。娇憨似解当时事,笑问谁家节妇坟。①

[注]①作者自注:明沈士柱死,三妇同日殉节,坟在沈家坳,陈明府重修之。

十二

韭黄芹碧蒌蒿短,甘荠和泥称足斤。底事羹材徵不到,莼丝一任绿如云。①

[注]①作者自注:莼为芜湖土产,而人无识者。

十三

酹酒三巡令拥骖,长街七里看春牛。娇儿鹁角红于火,闹攘攘花簪满头。①

[注]①作者自注:每岁迎春,必于吉祥寺桥暂驻,官为酹酒,然后启行。曹石仓诗:芜湖七里长。剪绒为人,谓之闹攘攘花,盖犹人胜遗制。

十四

僧店浓香酒不篘,麦砘谁饭听经牛。吉祥寺里花应笑,未见坡仙拄杖游。①

[注]①作者自注:国朝朱昆田诗:"吉祥寺酒开缸面,爱杀浓香煮药苗。"山谷《芜湖县吉祥禅院记》:有屠者故凶忍,于是坊欲解牛,三夕不能奏刀。已而牛见梦,送我吉祥禅院,至今以麦砘。萧尺木画《太平四十景》,取东坡《吉祥寺看花》诗意图之,盖牵合耳。

十五

短碣亲题篆籀工,严家山后翠重重。画工欲辨萧真本,记取坟前几树松。①

[注]①作者自注:萧尺木先坟在严家山,碑甚古雅,坟上松酷似其画。

十六

乌饭香时将浴佛,黄梅熟后正眠蚕。看花试上留春舫,载酒须过三昧庵。①

[注]①作者自注:青精饭俗谓乌饭。留春舫,陈明府别业,在陶塘南。三昧庵,今为永靓禅林,在范萝山东麓,称三昧者,以国初三昧和尚得名也。

十七

吏部园林何处寻,春来芳草遍江浔。那知三昧庵前路,曾泊孤帆永夜吟。①

[注]①作者自注:《施愚山诗集》有《张来初吏部园林诗》:"平子归田早,于湖傍碧岑。"又《江口三昧庵》诗注:"时泊兵艘,僧皆闭门。"又《雨泊芜江》诗:"皎月何时见,孤帆永夜

愁。"今吏部园林不知何处,三昧庵门外皆膏腴之田,去江已数里矣。

十八

蕡紫樱朱麦已秋, 玫瑰香遍小娘头。生憎镜槛花狼藉, 半入蜂糖半入油。①

　　[注]①作者自注:嫁女周岁,必于四月朔送玫瑰花及枕簟之属,谓之送夏。新妇通呼为小娘。

十九

风卷松涛入梦醒, 卧游曾对赭山亭。分明天水明于练, 一幅汤鹏铁画屏。①

　　[注]①作者自注:铁山在赭山西,上多松。一览亭在赭山顶。汤鹏字天池,锻铁为画,山水虫鱼毕肖。

二十

重午龙舟江上逢, 李牛何事不相容。劝郎移近河南住, 妾是青龙郎赤龙。①

　　[注]①作者自注:重五竞渡,青龙属河南,红龙属河北,相遇必抵死角胜,虽婚姻不相让也。

二十一

菡萏歌犹楚些遗, 停桡打鼓故迟迟。古今乐府题都解, 却少人笺竞渡辞。①

　　[注]①作者自注:端午竞渡龙舟,打鼓唱歌,词只四句,每二句间以俚曲,歌词讹替,殊不可解。末有"菡萏花儿夭夭"句,盖乐府"几令吾妃呼狶"之类。

二十二

中江柱下江水深, 积福阁上僧悲吟。一枝红烛照天半, 惊起普陀观世音。①

　　[注]①作者自注:余儿时,曾见汪和尚者,居积福阁,冬夏着一破衲。中江塔毁,先一日,汪望而呼曰"好枝蜡烛",闻者不解,翼日始验其言。有谒普陀者,道逢一僧谓曰:"尔归自见菩萨,何必来此。"其人果归,比登岸见汪,遂皈依焉。

二十三

清风楼畔葬淳风, 旧说荒唐不可从。博得盲人求利市, 年年团拜墓门中。①

　　[注]①作者自注:唐李淳风墓在驿矶清风楼侧,事见《志》。今群盲以清明日连袂团拜,以当墓中者为利市。

二十四

居仁远在白沙藏，深道依然表道旁。可慨周村置守冢，至今扃秘失周郎。①

[注]①作者自注：陶居仁事见《宋史·忠义传》，而《志》列之宦迹，殊失体例。墓在白沙圩。韦深道墓在今县治前。《吴志》："周瑜还江陵，于巴丘病卒，丧当还吴，权迎之于芜湖。"今城西鱼市街民家，墙围古冢，相传为瑜墓。有窃视者，中为隧道，链悬其棺。旧志载瑜墓在城北周村铺，置守冢户。是时，城尚在咸保圩，此地正当西北，且与韦墓近，意此时北邙地也，则墓实在此矣。

二十五

春波叠叠拍城隈，廿亩平湖一鉴开。试问花津桥下水，几时曾载酒船来。①

[注]①作者自注：西湖池在城北，广二十亩。花津桥通河达江，今并淤废。

二十六

早稻初齐晚稻生，喜听遮了一声鸣。今年不怕圩田破，占得分龙一日晴。①

[注]①作者自注：农家听蝉鸣为江潮平定之候。又谚云："遮了叫，割早稻。"五月廿日分龙，是日宜晴。

二十七

东承天院有苏书，三馆曾搜蔡所储。七百年来方丈改，不知何处是精庐。①

[注]①作者自注：《东坡题跋》：元丰五年，轼谪居黄州。芜湖东承天院僧蕴湘，因通直郎刘君谊，以书请书《湖阴曲》。七年六月廿三日舟过芜湖，乃书以遗湘，使刻之砚笺。高宗渡江，书籍散失，洪玉父少监建言：芜湖僧有蔡京所寄书籍，因取之以实三馆。东承天院，即今东能仁寺。

二十八

冥濛春雨暮连朝，怅望河流一箭遥。不解清泠何处辨，夜来山水破浮桥。①

[注]①作者自注：《前汉书·地理志》宛陵注："彭泽在西南，清水西北至芜湖入江。"又，泾注"韦昭云：泾水出芜湖。"徐锴《说文系传》云："按《汉书》，丹阳、宛陵有清水至芜湖入江。又，应泠水出丹阳、宛陵。然则清、泠同也。"浮桥在县南门外，宣、歙山水骤至，则开以杀其势。

二十九

啖茹何堪煮蕨头，网船祭网出新洲。今年上市河豚贱，不用先生典裤求。①

[注]①作者自注:买鱼得鳡,不如啖茹,盖鱼之不美者。今渔人辄蓄此种,名曰幞头,以头大如人戴幞也,渔船俗谓网船,初网河豚及鲥鱼之属,皆祭网而出。新洲在褐山。

三十

闺中乞巧辄先期,沿自南唐内宴时。却恐来朝鹊桥断,痴心更比女牛痴。①

[注]①作者自注:陆放翁《入蜀记》:"京口人用七月六日为七夕,盖南唐重七夕,而常以帝子镇京口,六日辄先乞巧,翼日驰入建康赴内宴。"芜湖去京口不远,亦沿此俗。

三十一

水饭淋漓钟磬喧,盂兰会散法师还。此中定有揶揄者,不结人缘结鬼缘。①

[注]①作者自注:中元以水饭、纸钱焚奠水次,谓之结鬼缘。

三十二

尽拓经楼看佛灯,烛龙冉冉照山升。笑他僧俗忙如蚁,谁解烟霞伴老僧。①

[注]①作者自注:七月晦日,俗传地藏王诞日,向赭山烧香者百十为群,夜则人持一灯,鱼贯而上,望之若烛龙然。"老僧相伴有烟霞",金地藏句。

三十三

灯船戏罢平安戏,豪竹哀丝处处催。忙杀花间惊蛱蝶,一年强半绕歌台。①

注]①作者自注:上元龙灯,端午竞渡,罢则演剧赛神,至秋又跨街为台,以报秋社,谓之平安戏。

三十四

烧罢天香几日曾,一层彩又一层灯。游人踏月垂涎甚,出甑新香卖粽菱。①

[注]①作者自注:自六月至七月,分社点灯,谓之烧天香,又谓之平安香。中秋前后七日,则结彩张灯,以祝万寿,谓之万寿灯。菱之绿者曰粽菱,至是以甑蒸卖。元微之诗"绿粽新菱实",俗称盖所本也。

三十五

人影衣香走月明,碧天如洗晚风清。谁怜没柄团团扇,曾照诗人送客行。①

[注]①作者自注:中秋,妇女互相往还,谓之"走月"。唐李贞白《咏月》诗:"当涂当涂见,芜湖芜湖见。八月十五夜,一似没柄扇。"元贡师泰《玩斋集》有《分题得芜湖月送宋显夫山南金宪》诗,今《志》作《舟过芜湖》,大误。

三十六

纵偷为戏莫相嗤,瓜压茅檐豆绕篱。生子居然南有兆,可知女亦是蛾眉。[1]

[注]①作者自注:中秋,妇女如郊原篱落间,随意摸索,得南瓜宜男,得扁豆生女,谓之摸秋。白扁豆谓之蛾眉豆。《松漠纪闻》:"金最严治盗,惟正月十六日,纵偷一日,以为戏。"

三十七

丛篁古木自成村,粥版钟鱼静不喧。闻得木樨香也未,徘徊无处觅庵门。[1]

[注]①作者自注:卉木庵在赭山南,以竹树为墙,有老桂二株。

三十八

爬矶紫蟹入帘肥,啄粟黄鸡上树飞。小赭山前看刈了,大丁桥下运租归。[1]

[注]①作者自注:江蟹上驿矶,爪为之秃,谓之爬矶蟹,最肥美。小赭山在赭山西北,大丁桥在城北七里。

三十九

报道浇矶水不浇,夫人遗恨溢江潮。何缘道士传妖妄,宝帐珠帘媚老蟂。[1]

[注]①作者自注:《入蜀记》:"蟂矶在大江中,政和中赐名宁渊观。旧说蟂矶有蟂能害人,方郡县奏乞观额时,恶其名,又改曰浇,以矶在水中常为水沃也。"今北已近岸,不在江中矣。余儿时闻道士妄传孙夫人灵异,好事者争以镜奁床帏奉之。一日,道士晨起拂被,有大蛇腾去,自后灵异遂绝。

四十

蟂矶下院宁渊观,门对中江万里潮。谁是梅仙泊舟处,浦鱼洲鹊观头桥。[1]

[注]①作者自注:梅都观《离芜湖至观头桥》诗:"江口泊来久,菰蒲长旧苗。争雏洲鹊斗,遗子浦鱼跳。"陆放翁《入蜀记》:蟂矶,政和中赐额宁渊观。以隔大江故,置下院于近邑,今濒河宁渊观是也。观桥反在观后,去江二里许矣。

四十一

矶头祠宇焕苍崖,楹帖相传句最佳。一自梅梁承赐额,不须金字觅诗牌。[1]

[注]①作者自注:蟂矶祀灵泽夫人,有集唐楹帖云:"思亲泪落吴江冷,望帝魂归蜀道难。"为世所称,嘉庆元年,巡抚朱石君师请于朝,得赐"英灵惠济"四字额,悬于庙。《亭林集·蟂矶》诗[二]:"高皇事业山河在,留得奎章墨未枯。"自注:"庙中有高皇帝御制诗金字牌一扇。"今不知遗失何处矣。

四十二

岩夫名附《明诗综》，尺木诗因画不传。谁识《谷音》柯退子，鲁明江上有遗篇。①

[注]①作者自注：汤燕生，号岩夫，太平县人，流寓芜湖，有《商歌集》，今不传。萧所著有《易存》《杜律细》，皆收入《四库全书存目》，诗集数卷向藏芜湖沈氏子，今不知所在。《谷音》，瑞阳柯茂谦著，有《鲁港》诗，退子其字也。

四十三

吴姬水调改新腔，西舫东船月满窗。我昨维舟鲁港驿，但沽雪酒酹寒江。①

[注]①作者自注：萨雁门《过鲁港驿和贯酸斋题壁》诗："吴姬水调新腔改，马上郎君好风采。"李孝光《十六日宿芜湖县》诗："东船西舫无人语，可惜窗中明月光。"雪酒，鲁港酒名，盖取雪水合酿，故名。

四十四

石硊河通鲁港河，宛陵人趁夜航多。分明事出《桓彝传》，不合疑他字画讹。①

[注]①作者自注：《晋书·桓彝传》："彝为宣城内史，苏峻之乱，彝遣将军朱绰讨贼，别帅于芜湖，彝寻出石硊。"《类篇》石部有硊文注："石硊，江名，在宛陵西。"按，今芜湖县南三十五里有石硊河，源出南陵，通鲁港河出江，徽、宁人多自此趁夜航船。是时，峻由历阳陷姑熟，彝遣将帅芜湖，已由宣城出石硊，则据上游也。至今人呼石硊，悉与桓传合。国朝田山薑《古欢堂诗集》有《由石石贵抵黄溢》诗，硊作石贵。王光禄鸣盛《廿一史商榷》："按，《晋书》注'硊'一作'头'，元板又作'跪'，皆不知《类篇》有'硊'文，而《晋书》未尝误也。"

四十五

梅筑园邻梦日亭，城根无复旧柴荆。栽花种药知何处，虎帐龙媒属老兵。①

[注]①作者自注：梦日亭在城东，今为芜采营火药局。萧尺木《移居》诗叙云："畴昔小筑于东皋，则迩王处仲梦日亭也，甲申后为镇兵是据，遂毁精舍为围栖。至丁亥秋，始得携儿子担书笥，葺秽葺垣，略蔽风雨而家焉。""老病风前犹种药，伤心雨后亦栽花"，《移居》句也。梅筑，尺木园名。《梅磵诗话》："《题梦日亭》诗：虎帐觉来惊日堕，龙媒嘶去逐星流。"

四十六

殉城共说王经历，杀贼偏闻周广文。更有浮桥葛文学，不知何处哭孤坟。①

[注]①作者自注：王如春，字开熙，石人渡人，为时名彦，任金华府经历。乙酉城陷，郡守贰皆逃去，公收诸印朝衣缢城上。周泗，字孔来，南乡凤翎圩人，任泾县教官。乙酉城陷，手刃十数人，殁于明伦堂，十日后犹坚持利刃不释，即葬于泾。葛文学天裔，字仍氏。乙酉冬，衣冠投浮桥下，曰："吾将从灵均游矣，若此骨复得，则居心不净。"一说逆水而上为

渔人所救,隐庐山为僧。皆见《萧尺木诗集》中。

四十七

平拖大小褐山青,松竹阴中八角亭。好轴吴装横看子,阿谁依样画图经。①

[注]①作者自注:《入蜀记》:"便风过大小褐山。"今讹四合山。"松竹阴中孤塔白,楼台缺处数峰青",渔洋山人《江行望识舟亭》句。识舟亭俗呼八角亭。《四朝闻见录》:《芜湖图经》,韩杲卿所撰。

四十八

三春桃柳九秋莲,消受风恬月澹天。我昨肩舆堤上过,风流谁继长官贤?①

[注]①作者自注:陶塘堤径圆几十里,向为水啮,至躐树根而行。陈明府募工筑之,种以桃柳芙蕖。

四十九

桑枣园丁游白下,叶山樵者滞明湖。何人再拓一弓地,画社重邀九友俱。①

[注]①作者自注:桑枣园丁,邵士燮自号。叶山樵者,金铎自号。镜湖画社今归陈明府别业,曩与邵士燮友园、士钤东田、士铠铁君、士昆剑门、施道光杲亭、金铎振之、程澂静江、马隽千之、何櫄云浦暨余兄裳补之课画于此。今东田、杲亭下世,而余九人者又聚散不常,殊可叹也。

五十

鞍背船唇远近游,几时真个闭门休。卜邻王翰如同愿,水阁三间亦易求。①

[注]①作者自注:王翰谓王泽子卿也,与余比邻居,皆苦湫溢。

——《壹斋集》诗集卷七

癸丑九日泛舟游荆山寻寒壁①

一

朋簪快合并,登临惬幽好。山灵意良厚,九日晴应祷。拿舟溯长河,秋水阔容漕。虽无夹岸花,尚有柳阴帱。只墟未遽迎,双桨已先造。舍舟径登山,飞鸟为前导。秋热头尚科,不怕风吹帽。

二

山僻径亦荒,招提藏石罅。最后倚嵌空,因岩广半架。野人昧像教,物怪恣变化。

牛鬼杂蛇神，剜凿吁可怕。仆诧游境奇，僧怪客来乍。饮我茶一杯，意态颇不暇。
从容问寒壁，指点夕阳下。距庵五里遥，归舟恐及夜。

三

出门更登山，荦确不可步。始信深雍靴，远愧青芒屦。蹒跚尽其颠，湖波熨缯素。
悔未泛其中，惜为舟子误。循途下云根，堕于苍耳屡。几回退转心，半为同游住。

四

行行傍湖壖，石与牛羊乱。野老为聚观，村犬骋雄悍。颇怪此水乡，何来几风汉。
面壁壁无言，安用交口赞。殷勤指摩崖，波磔已漫漶。人生等浮云，微风即吹散。
后会知谁健，良时不可玩。不见欧阳公，名与石同烂。

五

徘徊竟归舟，河干已落日。病余腰脚软，渐欲亲椰栗。是游须为图，端赖右丞笔。②
题诗继竹林，作者数亦七。风月倏催人，送我归壶室。闭目更卧游，勿令清景失。

——《壹斋集》诗集卷九

[注]①题目系修订者所改,原题:癸丑九日,偕萧春园、汪杏川、葛冬村、马千之、王子卿、家兄补之泛舟游荆山,寻欧阳圭斋所题"寒壁"。修订者注:此处为黄钺误,可参阅前注。②作者自注:"谓子卿。"

711

刀 鱼

谁遣瓜刀掷水滨，寒光霍霍发硎新。看花买醉尝鲜客，贯柳携归上冢人。①偶与河豚同入市，却先石首饯残春。②饮而不食肥如许，始信脂膏不庇身。

——《壹斋集》诗集卷十

[注]作者自注:①清明上冢,必具此鱼。②《江赋》:"鲮鳛顺时而往还。"《尔雅翼》谓:"皆以三月、八月出。"今江乡鳁最先出,石首则于四五月始自镇江贩至。

于湖听雨图

千金难买此平湖，一雨能令裸壤苏。更请诸君携枕簟，重来画里听跳珠。

——《壹斋集》诗集卷十一

六月八日绕城观荷花归而书此

晓风吹我乡梦回，檐鹊为语荷花开。披衣盥漱出北郭，沿缘直往城南来。翠蘸十顷卷绿浪，花如白鸥没浩荡。但有清阴碧树垂，绝无水榭风亭傍。我为荷花一往还，涤除尘雾胸怀宽。数枝拗得胆瓶插，聊作崇仙院外看①。

——《壹斋集》诗集卷十二

[注]①作者自注：陶塘荷花以崇仙院门外为胜。

夏日湖上杂忆（十首录五）

芳草缘堤五里长，乱蝉声里送斜阳。垂杨垂柳阴如幄，不隔荷花种种香。
小阁疏棂面面开，湖波澹荡复潆洄。生憎泗水村童劣，时作耕牛浮鼻来。
自支竹伞款柴荆，难得湖山雨后晴。却费主人供菜把，梅花树下摘蔓菁。
绿镜无风柳不摇，楼台倒影鉴秋毫。游鱼也说人间乐，裂水时跳数尺高。
一无所得画书诗，三不如人曲酒棋。只合此间铺枕簟，卧看山水避炎曦。

——《壹斋集》诗集卷十二

晓发无为

晓起占旗脚，东风又打头。五年寻故道，三日滞行舟。白露犹余暑，黄云幸有秋。谁怜月如水，终夜涌河流。

——《壹斋集》诗集卷十三

即席偶成

卷帘赭山入座，落日红霞满窗。静听水亭拍浪，宛乘风船去江。醇醪十盏五盏，健鲫一双两双。归路城门欲阖，山寺烟钟已撞。

——《壹斋集》诗集卷十三

自一角山房步至三昧庵①

朝光晃眼雾才苏，溪鹭鸡鹉泛满湖。碧宇倒含波面活，青蛙软藉草根枯。几人扶杖平桥外，一幅寒林萧寺图。知否乡园行乐地，廿年我却未曾孤。

——《壹斋集》诗集卷十三

[注]①题目系修订者所改,原题:廿四日消寒第五集,与子卿、补之兄自一角山房步至三昧庵。

生白酒①

短水标新望,开生索价廉。宵长聊借暖,户小不嫌甜。醉喜颜能驻,斟愁手易黏。清空杯一色,斜照月如镰。②

—— 《壹斋集》诗集卷十三

[注]①此类题材作品甚多,因篇幅所限,未能一一选录。②作者自注:芜湖酒店,每冬月必以红纸揭其望,曰"短水生酒",江淮则书某日"开生"。

岁暮十咏① 有序

石湖采田家语,得岁暮十事,各赋一诗,以识土风。钺家芜湖五世矣,闲取岁暮可咏者亦得十事,非欲争胜前贤,盖略寓劝讽之意云尔。

扫尘

才交三九未四九,街头已卖扫尘帚。温楼燠室垂流苏,何处飞尘到窗牖。可怜贫家太逼仄,烟薰屋梁如漆黑。蒙首反面扫益多,年年无奈飞尘何。我为吉语君试听,明年扫尘定应胜。西风吹倒庾元规,只上琵琶不生甋。

糊窗

初冬糊窗纸易破,小儿弄笔墨重涴。扫却烟煤复再糊,明月白映三更初。一炉活火红似玉,生酒甘酸腌菜熟。微吟忆昨归来路,村店更深投宿处。圭窦新糊满屋春,荧荧灯火寒可亲。模糊颠倒若有字,村学生摹上大人。

蒸年饭

爨婢溜淅灶下忙,浮浮深甑丰年香。欲熟未熟长腰长,摊之风地冰雪光。除夕奉先众始尝,食至谷日为吉祥。大家百斛犹不足,小家升斗珍如玉。百斛升斗奚足论,但愿积谷高于门。大家小家风雪里,岁岁不愁年饭米。

发檄

猪头烂熟夜未央,铜盘燃烛炉炷香。斗米插秤悬镜光,芳尊桂酒三献觞。朱衣绿缘金龙骧,发檄道士来伏章。上自通明殿上之玉皇,下自田头庙里之五猖。云车风马杂沓纷回翔,都来飨此嘉荐芳。主人拜祷道士起,前导双锣鸣不已。口呼手击百鬼

713

逃，遍素庖厨及床笫。少安须臾开财门，磔鸡沥血淋酒尊。搋金爆竹燃火盆，一家喜气烘朝暾。索室驱疫周礼存，以发橄名何无根。取此义岂通鬼神，土风久远谁堪论。

烧年纸

火盆张王中堂皇，腷膊膊膊柏子香。三牲酒醴肥甘芳，笼灯列炬纷两行。主人跪前子妇后，暗祝无声各在口。南走交广北幽燕，利市三倍多得钱。大儿科第若摘髭，小儿力田多逢年。更愿主妻贤不妒，买妾兼得百束布。区区牲醴办亦易，准拟明年拜神赐。彻筵焚帛奠酒浆，纸灰飞舞檐风狂。一声爆竹神已送，主人醉饱酣入梦。

安乐菜

五辛盘昔供新春，易名安乐除夕陈。胡芦菔红腐干白，细剉芹笋千丝匀。屑姜糁盐错杂炒，亦有人家呼八宝。今年安乐胜去年，明年更比今年好。猪羊浊腻鸡鱼腥，老夫爱此风味清。寻常咄嗟亦可办，况专节物称嘉名。灯前儿女炙争嗫，馋叉谁向陶盘内。人生安乐慎勿忘，愿尔年年啖此菜。

压岁钱

华堂贴地铺氍毹，育红炫眼群儿趋。辞年压岁钱互送，青铜锵锵衣襟重。硐童灶妾纷满前，纸包三寸糊且坚。得钱商榷作何用，却祟新年博场哄。南邻有客昔奢华，当头今少重茅遮。筑台避债不可避，那有余钱儿压岁。

接灶

在昔汴京传故事，醉司命当腊廿四。如何有送却无迎，吾乡除夕此礼行。分岁酒阑来接灶，净扫庖厨爇纸爆。城中总总十万家，何人可答明神劳。脆饧粉饵香且甘，骑旌放佛灵归龛。善降百祥不善殃，馋口底畏三彭三。

封门

除夕之夜三更才，满城爆竹轰春雷。家家封门向门拜，炷香烧纸临官街。此门一闭万事了，坐待明年明日晓。亲知问遗绝不通，一年利市君毋扰。东家索逋方谩骂，虽有双扉封未暇。旁人借问骂者谁，昨日绮罗纨袴儿。百金买笑千金掷，如水年华去不惜。父母叹恨妻孥愁，今夜归来归不得。债家出门儿入门，父母切齿声且吞。草草关门偷睡去，明年负债还如故。

赠鼠嫁

守岁儿女聚深夜，插花饼饵赠鼠嫁。高抛床顶祝鼠知，今日狸奴且休怕。河间姹女工数钱，汝齿窣窣惊我眠。得非有女在汝穴，安得此声略无别。世人嫁女重钱刀，白玉条脱金步摇。倾困倒廪不称意，卖却良田换珠翠。儿今赠嫁何太廉，区区得不畏鼠嫌。儿云赠嫁何足数，要祈生女尝如鼠。

——《壹斋集》诗集卷十三

[注]①题目系修订者所改，原题：岁暮十咏，效范石湖腊月村田乐府体。

效香山何处春先到五首①

何处春先到，江干八角亭。霜空征雁度，帆下旅人醒。扬子千堆雪，匡庐九叠屏。
归舟此时泊，风浪幸平宁。
何处春先到，山巅一览亭。五更烟未泮，万瓦梦谁醒。湖拭青铜镜，江横素纸屏。
寺僧寒未起，檐铎语丁宁。
何处春先到，城东梦日亭。鞭春门夜启，送喜鹊朝醒。属吏趋衙鼓，歌筵拥肉屏。
那知寒到膝，皂帽正如宁。
何处春先到，吴波旧有亭。胜游当日事，买醉几人醒。想像存诗卷，描摹上画屏。
如何一池水，曾浣阮怀宁。
何处春先到，溪山好处亭。客如鸥鸟狎，狂似次公醒。听雪依长槛，题诗刻短屏。
辛盘簇生菜，百福一壶宁。

——《壹斋集》诗集卷十三

[注]①题目系修订者所改，原题：立春日消寒七集，效香山"何处春先到"五首。

往六安渡江入裕溪口

十年惯作三春别，千里频为独客行。宿雨放晴堤树绿，南风径渡浪花轻。非贪安稳
劳纡曲，曾为闲游受恶惊。多谢江神拭明镜，垂怜应亦鉴微情。

——《壹斋集》诗集卷十四

九莲洞①

朋游三华山，路访九莲洞。山楼势嵌空，风磴陡躦躦。古佛身半苔，老僧衲全缝。
旁龛窈窕姿，珠冠耸金凤。云为张祖姑，时有芘荐贡。洞门宽容人，夏簟凉可梦。
其深造未能，有几榻是供②。息憊养腰脚，偷窥笑仆从。惜哉江流远，不得栏槛弄。
汀洲互掩重，风帆乱飞送。行当壮观叠，暖觉衣裳重。辉辉阳气浮，去去步姑纵。

——《壹斋集》诗集卷十四

[注]①作者题注：在繁昌，一名张矶山。②作者自注：洞中有石几石榻，今不可入。

舟过杨家沙游三华山^①

一

招客游皖城，挐丹缆江岸。南风忽见留，吹客不令散。已申洲渚言，复动岩壑玩。三华翠扑人，一苇江共乱。孤危髻高撑，娟若童未冠。霜林抱经楼，斑驳锦衣烂。入门韵清璆，修竹不可算。徘徊玩壁画，令我忆可粲。^②

二

斋厨炊午烟，山僧设食案。对兹秀可餐，既饱行且叹。吾生行有涯，开岁百年半。买山苦无资，周何欲难断。思学愚公愚，真成漫郎漫。斜阳遽催归，好景形屡换。合并近颇难，兹游足佳观。回舟语叶山，吹灯写行看。

——《壹斋集》诗集卷十四

[注]①三华山:在芜湖市三山区境内,即三山。题目系修订者所改,原题:十月廿四日,舟过杨家沙,谢潜斋导游三华山,同人绘图分韵,钺得冠半二字。②作者自注:寺僧含光能诗画,今灵石亭尚存墨竹。

己未除夕守岁准提庵^①（四首录一）

移灯细拨火炉开，佳茗清甘胜酸醅。四海竞传虚席诏，诸君谁是出群才？兵消喜见天颜溢，雪霁春从地角回。说与于湖诗酒伴，放怀好共醉江梅。

——《壹斋集》诗集卷十四

[注]①题目系修订者所改,原题:己未除夕,与王孝廉泽、吴驾部兆橝守岁准提庵,次孝廉旧梦轩韵四首。

五日忆昔游

荆山大小排青螺，欧湖一碧明镜磨。游船客舫弃不顾，孤此十顷琉璃波。去年端阳泛舟入，云水空蒙拍天湿。苔花绣壁翠模糊，鸥鹭惊人雪飘集。笔床茶灶置船头，赋诗作画扬清讴。两山之间搁篙橹，与波不竞相夷犹。仙凫化去题名剥，五百年来无此乐。想象红亭枕水心，参差碧浪排山脚^①。归途灯火河桥暮，咫尺珠帘隔烟雾。脆管哀丝惝恍来，翠眉蝉鬓依稀遇。由来喧静不相干，照眼花枝转眼残。已分心肠如木石，不将蚁聚换沙抟。一从隔岁来京辇，红尘日踏东华软。下直闲房记昨游，惊心节物怀难遣。蹉跎五十鬓须苍，剩有湖山梦不忘。却笑韩公爱高爵，不教张籍守江乡。

[注]①作者自注:国初尚有朱氏园,见《萧尺木诗集》。

读画(录一)

尺木前身老画师,家山一一貌幽姿。可怜乱后荒唐甚,但对梅花画楚词。①

——《壹斋集》诗集卷十五

[注]①作者自注:萧尺木初生时,其父梦郭忠恕曰:"吾当为尔子。"萧画有《太平四十景》《离骚图》,所居曰梅筑,在今芜湖县东门内。

四月十九日作(录一)

晶晶欧湖一镜开,梦回寒壁剧堪哀。①须知解组陶彭泽,不为折腰归去来。

——《壹斋集》诗集卷二十

[注]①作者自注:大兄晚爱欧湖、寒壁,因以为号。岁癸亥曾寄小像,命作《寒壁图》。陶渊明以妹丧去官,作《归去来辞》。

鲥鱼

鲥鱼四月美绝伦,荻洲网出光如银。头鱼入市竞豪夺①,千钱一尾充厨珍。滋味非微人厌若,爱护亦自矜霜鳞。误游渔罟欲速朽,义不受辱如成仁。略伤骨髓稍龃龉,要令馋吻姑逡巡。端阳已过论价贱,被絮自典拼家贫。大愈忍臭吃石首,况求即得非猩唇。天工特许擅节物,海若岁递来江滨。供人口腹乐乡土,乃尔弃置趋风尘。龙祠鳗值牛羊贵,保德鲤重开河真。②黄花下市肋鱼上,腥风压担来天津。频年颇下何曾箸,乃梦犹曳荒江纶。譬如冠盖贵游聚,何似裙屐乡人亲。往时山堂曾远致,油浸差胜糟鲜新。③二十年事偶怅触,三千里寄夫何人。他时倘情介象钓,更请兼致于湖莼。④

——《壹斋集》诗集卷二十四

[注]作者自注:①渔人以初得者为头鱼,索价最贵。②襄陵龙子祠下鳗,最肥美,一尾值钱三四千。石花鱼,土人以河冰初开得者为开河鱼,为最佳,寻常市者多伪。③往在紫阳书院,家人以油浸鲥鱼见寄,经七日而味不变。④芜湖土产莼,识者甚少。

717

过莒州二绝句①（录一）

道经莒子城边过，假馆于湖旧尹家。犹有灯檠墙角立，河阳曾照昔年花。②

——《壹斋集》诗集卷二十五

[注]①题目系修订者所改，原题：过莒州，宿故芜湖县令张君肇扬家，留二绝句。②作者自注：听事有铁灯檠二，芜湖汤天池所制也。

陶中丞澍勘灾芜湖赋诗寄示次韵奉答①

中丞遗我书一纸，开缄读书蹶然起。写出哀鸿中泽声，落我此身江县里。江县茫茫无计旋，流亡满眼图谁传。虔州老友乞身退，独抱寒骨参梅仙。餐花索句忧无年，怀人不归心黯然。蹉跎久被梅花笑，信宿兼悭主客缘。中丞荣戴临江静，破灶深怜爨烟冷。荒政经营赖富公，愧我司农但空领。嘘枯吹生非公难，明年麦饭定堪扬。轩车倘过经行处，花发江城春不寒。

——《壹斋集》诗集卷二十八

718

[注]①题目系修订者所改，原题：陶中丞澍勘灾芜湖，王太守泽以看花怀人图索题，中丞赋诗寄示，次韵奉答。

追念昔游赭山生生园和临江净寺①

生生园里山茶树，树本轮囷中梁柱。儿时大父携往观，今并园基不知处。临江净寺花亦妙，宝珠如火光四照。试院联吟曾几时②，惜为江潮没泥淖。揭来京辇买唐花，频年时复见山茶。老本缩将供几案，温房深护避风沙。妖红几朵开能久，岁尾年头谁与偶。借得山梅一瓣香，消我严寒几杯酒。一回相对一伤神，那能不忆江南春。五十年前花在眼，可怜已属梦中身。

——《壹斋集》诗集卷二十八

[注]①题目系修订者所改，原题：盆中山茶盛开，因忆芜湖赭山下生生园一树最古，余儿时犹及见之，今园基人并不能指其处。临江净寺亦有一株高丈余，后为江水所浸没，今不见五十年矣。追念昔游，感赋此篇。②作者自注：管松厓师为中江山长，曾以"净寺山茶歌"命题，余诗最为激赏。

饮希右园二首①

一

谁捐百亩屋旁田，一夕为湖七百年。在昔园林穷胜事，于今花月说来缘。空教香火留祠宇，可惜烟波少钓船。赖有羲之恣陶写，时将丝竹水云边。

二

意气由来胶漆投，神明不隔荷天留。逢场傀儡看何碍，负郭田园老不谋。白玉可怜空抵鹊，黄尘差幸未污鸥。春来江县花如海，或命巾车或棹舟。

——《壹斋集》诗集卷三十

[注]①希右园：原址在今镜湖柳春园，为王泽归乡所建，今不存。作者饮希右园诗作再三次韵，此二首分别录自六次前韵、七次前韵。题目系修订者所改，原题皆很长，不再一一注明。

晦日圆照寺看梅次前韵

将明未明觑窗纸，苦恨家童呼不起。揽衣春气渐和柔，猛忆梅花萧寺里。我徂京师卅载旋，行年已过老而传，访旧凋残绝流辈，丈人行只推梅仙。梅仙知老不知年，湖波漾碧山苍然。看花又到怀人处，杯酒重欢有宿缘。孤根蟠屈禅堂静，曲径无人石苔冷。繁枝密蕊恣横斜，不受东风自管领。芳辰彦会古所难，莫教到手等沙抟。来朝试访平山树，知阅人间几岁寒①。

——《壹斋集》诗集卷三十

[注]①作者自注：闻县南平山口有古梅一株，相传为南唐时树。

平山口古梅①

南郊有古梅，万牛挽不动。孤高畏人知，义不辱玩弄。韶华近千年，饱历冰雪冻。甄藻自子将，香名一朝哄。岂惟惊樵牧，亦且枉车从。山寒花简疏，天阔枝艰纵。坐使铁佛惭，不敢相伯仲。我闻山木生，菁华地灵贡。或因种者传，致增后人重。丰山杜默花，春禽至今哢。醉翁滁州植，屡入诗人讽。叹惜根已枯，抚摩有余痛。惟兹弃荒野，苔绣土深雍。石湖谱未经，师雄所不梦。相传自南唐，罔识谁者种。近城十里遥，肩舆谢鞭鞚。乡人争聚观，我与梅花共。安得广平心，一吐扬雄凤。伐竹缚茅亭，好事属许洞。②花时倘再来，更载一酒瓮。

——《壹斋集》诗集卷三十

九月三日与子卿登赭山

与我作足亦良苦,重跻名山青可数。南穷江汉北乌桓,西抵云朔东齐鲁。黄山雁宕分寸跻,五老烟岚云曾睹。家山一篑日在眼,倒影明湖弄眉妩。似怪归来未一登,遥睇嫣然意微忤。秋晴与客约携壶,腰脚潜商幸我与。故人索居步每怯,是日牵连勇可贾。不休不杖竟造颠,大笑山亭掌同拊。可知勇怯本无常,志果先定气能辅。几家别墅枕湖堧,何处征帆送江浦。设色真成鹊华秋,相将便是神仙侣。会须濯足在山泉,一洗东华卅年土。天风吹动塔铃语,不拟两翁健如许。

——《壹斋集》诗集卷三十

至白马山顶寻紫燕白马诸洞①

720

一

老绿焜黄杂树斑,蠿头几点露屏颜。此间寸寸皆秋色,略似痴翁浅绛山。

二

白马奔腾紫燕飞,仙人何处负芩归。唯余鸭脚参云上,高荫空山四十围。

三

漫学王蒙细笔皴,山灵面目尽非真。洞门一闯仙凡隔,真个萧郎是路人。②

四

野语荒唐太不经,聚观妇孺暗相惊。山神似报先生至,夜半虚堂鼓自鸣。③

——《壹斋集》诗集卷三十

骏生观察招游白马山看桃花

菜花黄欲流，麦垄绿无浪。春泥蘱槎泽可耕，山雾冥濛苏未畅。草薰风暖趁人闲，忍雨待游荷天相。去年山石行荦确，一峰沙碛粗堪状。今年远近蒸红霞，数幅生绡退之障。肩舆犯晓赴嘉招，酒榼茶铛向花傍。步入华林七百株，坐我扶风绛纱帐。荛童樵叟争聚观，折损花枝看如忘。为诵君家《红荨篇》，惜少尊前雪儿唱。花光酒气两氤氲，顿使衰翁颜再壮。归来夜枕听淋浪，幸及芳时不惆怅。

——《壹斋集》诗集卷三十一

以诗代疏募修于湖先生祠

有宋张于湖，此地昔流寓。筑堂"归去来"，不审今何处。荒祠屋半间，惟便乞儿住。木主我所书，略无香一炷。东邻叫颜彪，西舍浇陆羽。逼迫粪秽间，神兮得无怒。湖山公所开，乃得此佳趣。家家饰亭台，处处植花树。奈何昧自来，弃置公不顾。可怜紫府仙，不若田头塑。豚蹄报虽微，犹得走翁妪。谁欤酿私钱，我为作诗疏。

——《壹斋集》诗集卷三十一

题《独笑轩》诗册后 并序

邵子谦示我残书一册，曰《独笑轩》，不知何人所作，中有与查二瞻、汤岩夫、梅耦长诸人唱酬之什，盖康熙年间诸生也。又有《招同诸子集闵园》诗及《读画轩记》，记云："左子维北，名孝廉也。筑别墅于镜湖，名读画轩。适岩夫至，请为篆额。"今湖上休宁陈氏废园，人呼为左园，盖即维北所筑读画轩。额三十年前尚悬其中，屋久倾圮，湖水啮园址已过半矣。闵园在湖西北，余戴舅氏买此园时尚称闵园，后归芜湖陈氏。今楼台池馆埽地已尽。外有《庵罗园咏白莲》《竹栖庵看梅》《锄园赏桂》诸诗，玩其辞意，似皆在湖上，今并不知其处。忆马千之所居一角山房，向为张氏桂园。余儿时见老桂数十本，中一亭，扁曰"秋芳"。千之居时尚在，今为茶肆，未知存否？岂锄园即桂园，名因花掩耶？恐更阅岁时，游者不知缘起，证以兹编，作八绝句纪之。

一

卧柳折腰仍出水，木瓜髡顶尚开花。人来径到虚堂坐，邻有村醪不用赊。[1]

[注]①作者自注：园东为移封馆酒肆，即今非园。六十年前读画轩，已为游人燕集之地，惟一老妪司其门户耳。

二

增下残高走百工,蜃楼变灭旋随风。最怜树幄花茵地,都在鸥眠鹭宿中。①

[注]①作者自注:乾隆年间,曾大加修葺,陈氏族人不睦,垂成而罢,池馆尽沦于湖。

三

非关名恐同惊坐,不道人犹记太冲。可惜萧斋无李约,却令玉箸失斯翁。①

[注]①作者自注:两园先后皆归陈氏,虽非一家,似称陈园为当。独读画轩至今犹呼左园。岩夫最精篆籀,此扁惜不知所在。

四

竹树环溪当绕墙,楼台高出水中央。于今零落行人叹,不必羊昙也自伤。

五

断桥无板假山颓,六十年前我再来。尚有牡丹移未尽,隔堤犹见几枝开。

六

主人不到动经年,荒草丛中剩一轩。不有残编为左证,谁知此是闵家园。①

[注]①作者自注:园中凡戴、陈所建楼台,今尽倾圮,惟中存闵氏一轩耳。

七

庵罗莲与竹栖梅,更赏锄园老桂开。自是园名被花掩,"秋芳"曾署小亭来。

八

先生亦是可怜人,五十儒冠尚误身。游迹分明名姓灭,欲浇酒问主林神。①

[注]①作者自注:集中有《五十自寿八十韵》诗,述其潦倒场屋,盖老于诸生者。

——《壹斋集》诗集卷三十一

骏生观察移祀于湖先生于赭山之滴翠轩

公昔借马游赭山,对雪分韵凌屏颜。一览亭高最空旷,扁舟遥认沧江湾①。兹山与公素相委,置公此坐公应喜。参差竹树似当年,咫尺江山来万里。谢公词翰今玄晖,倜傥何减张紫微。登山移主荐脯酒,顿令岩壑生光辉。炷香再拜长太息,和战纷纷谋孔亟。公言自治还应人,谁是同心为戮力②。况时宿将已无人,淮南河北多嚣氛。长城先自坏道济,细柳旋失真将军。谓公两持为公惜,直是深文非史笔。即令抗论与浚同，难救符离师失律。荒祠再徙山之阴，明湖百亩鉴公心。早是轩前苍桧死，免教按剑扣霜镡③。

——《壹斋集》诗集卷三十一

［注］作者自注：①《于湖集》有《赭山分韵得成叶》五言二首，又《一览亭诗》："沙尾是我船，烟波更空旷。"②史言公对孝宗、张汤二相，当同心戮力，以副恢复之志。且靖康以来，和战两言，遗无穷祸覆，当先自治以应人，此岂两持者。③宋季处士胡褒者，愤秦桧之奸，题其堂曰"六桧"。盖以隐戮也。见《篁墩文集》，"滴翠轩在宋为桧轩。"

登滴翠轩①

高奉文昌座，光芒逼斗躔。拜从诸子后，曾识使君贤。劝学谁为继，叨荣我独偏。阅人成两世，那怪发皤然。

——《壹斋集》诗集卷三十一

［注］①中江书院：遗址在弋江南岸蔡庙巷，今不存。题目系修订者依民国版《县志》所改，原题：黔西李大司马世杰任安徽巡道时，于芜湖创立中江书院，并塑文昌像于赭山滴翠轩，招肄业诸生祀之，余与其末，此乾隆三十三年戊子四月事也。越六十年，道光戊子五月既望，载登斯轩，追溯往迹，同祀诸君无一存者，独余在耳，慨然有作。

镜湖以南诸池馆各有主名

一

茶亭通湖堤，空洞本无物。惟一老比丘，尝参壁间佛。①

［注］①作者自注：来佛亭，因湖浮一砖，上有佛像，嵌置茶亭而名，时有老比丘尼洪姓住持其中。

二

临水仅一椽，权舆胡居士。中有善画人，我曾观于是。①

［注］①作者自注：澹人居，在来佛亭东，歙胡蔚林所置，扬州吴云善画，曾寓其内。

三

东偏屋稍宽，开窗山对赭。后来马千之，曾此开画社。①

［注］①作者自注：一山房，亦名"小西湖"，在澹人居东，亦胡氏屋，后马千之隽居之，易名"镜湖画社"。

四

名为陆羽轩，实则长春园。为问主人谁，石丈知不言。①

[注]①作者自注：长春园，不知谁氏园，先为酒肆，后为陆羽轩茶社，有石笋高丈余，今尚在希右园。

五

叶山小林屋，洪氏之遗筑。当时芙蓉花，犹照湖波绿。①

[注]①作者自注：洪园，金叶山铎居此，号"小林屋"，金，西湖庭山人，故有此号。

六

兹园富池馆，绕以桂之树。荒寒付钦山，山房我更①署。②

[注]作者自注：①平。②桂园，本张氏园，数易其主，疑即锄园故址。马千之自一房山移居于此。余榜其斋曰"一角山房"，用马远故事也。

七

草堂屋三楹，开门面蔬圃。别去几何时，亭台遽如许。①

[注]①作者自注：学圃草堂，金叶山兄弟读书处，今为洞庭山人公寓，拓为数十楹矣。

八

贤尹爱湖山，合并十之九。小舫曰"留春"，我为置杯酒。①

[注]①作者自注：留春小舫，芜湖故尹陈圣修自澹人居至洪园合并为一，中筑留春小舫，以时觞咏。

九

右军乐会稽，右丞家辋川。置君二右间，可以终残年。①

[注]①作者自注：希右园，陈尹去任久之，园归王子卿，名曰希右，意欲希踪右军，誓墓不出耳。余谓一右字似不能该右军，不若兼摩诘为备。

十

先生背湖坐，郁郁四十年。昨朝移赭山，始见湖中天。①

[注]①作者自注：张于湖祠，在来佛亭东，即澹人居故址，割其南半以祀先生，今移赭山滴翠轩矣。

[注]诗题系修订者所改,原题:余既为左园、陈园溯其缘起,纪之以诗,因念沿湖以南六十年前池馆各有主名,改易分合,遂迷其踪,询之居人,多不能举其名,爰即向所亲历者各为一诗,以告来者。

次韵再登滴翠轩①

翦落琅玕首重回,轩楹呈露翠屏隈。不辞再蜡登山屐,相与同梯曲磴苔。远岫隔江兼浪涌,征帆随鸟扑檐来。镜湖本是公家物,七百年来揽照才。②

—— 《壹斋集》诗集卷三十一

[注]①作者题注:轩前为丛竹所蔽,移祀于湖先生,命僧斫去。江山在望,顿还旧观。②作者自注:陶塘亦号镜湖,即于湖先生捐己田百亩所成者。

除夕迎春词（录二）

挑芹剪韭趁时鲜,翻饼来朝共咬春。省事天工定相笑,贺春人是贺年人。
微霰连番似撒盐,笑他滕六亦何廉。开正要贮陂塘水,莫惜春膏一尺添。

—— 《壹斋集》诗集卷三十一

繁昌云声阁观竞渡①

湘东酃渌旧知名,风送江帆束带迎。逃暑正思河朔饮,开尊真似建康清。休夸竹叶过脐美,欲妒榴花照眼明。合泛蒲觞听楚些,武陵招屈有遗声。②

—— 《壹斋集》诗集卷三十二

[注]①题目系修订者所改,原题:繁昌令张星焕遗湘醽四尊,五月二日与子卿云声阁观竞渡饮之。②作者自注:刘梦得《竞渡曲》自注:"竞渡始于武陵,举楫相和,呼云何在,斯招屈之义。"今江乡打鼓唱歌,里辞讹替,虽不可解,而发声成些,犹有余音。

子卿馈石首鱼三头（录一）

秋化春来不自珍,一帆京口送江滨。金虀玉饭无人识,辜负于湖雉尾莼。①

—— 《壹斋集》诗集卷三十二

[注]①作者自注:石首鳞色黄如金,和莼菜作羹,谓之金虀玉饭,见《尔雅翼》。莼为芜湖特产,无人采食,故云。

凉蓬子词 并序

凉蓬子者，秦淮船名也。乾隆年间，遇重五时，溯江而上至芜湖，辄百十只。游人争雇，以观竞渡。岁甲辰，葛冬村遄具舟邀邵未斋先生尹甫外兄，余及子卿与焉，作诗六首，诸君皆属和，稿久佚。道光己丑五日，子卿翻旧筐得之，装以示余，相距四十六年矣。爰删去二首，稍加点窜，存示后人，俾知缘起焉。

贴水轻于叶落才，绿杨风动便吹开。阑干半是颜家活，为语虚舟漫触来。①
不施篙橹不安窗，惯系秦淮水阁桩。闻说于湖方竞渡，溯潮争到鲁明江。
就里船头号走舱，藤棚漆板略相当。华灯照水笙歌沸，不枉人呼小建康。②
分明谢舅为开先，我昔髫髦侍几筵。一样江天好风景，憨嬉曾不似当年。③

——《壹斋集》诗集卷三十二

[注]作者自注：①南宋临安颜家苍髹器物不坚实，时呼为颜子生活。舟舰皆髹漆，倚于舷外，故云。②走舱、藤棚、漆板皆船名。芜湖俗有小南京之称。③侍御舅戴孟岑先生，曾买两舟来芜湖，铖时方十余岁，即陪侍焉。

识误二首①

地志荒唐不足论，当时我亦昧朝昏。到头八十三年耳，那得牟家七代孙。
赭山塔误赤乌年，寒壁摩崖骆氏镌。一例粗疏凭耳食，悔从古老谬流传。②

[注]①题目系修订者从民国版《芜湖县志》所改，原题：宋牟子才《太白脱靴》《山谷返棹》二图，石刻在太平府学尊经阁下。据《宋史》本传，牟作郡时写力士脱靴之状，为之赞而刻诸石，属有拓本遗宋臣，宋臣怒，泣诉于帝，已，降两官。《志》谓子才七世孙元太平路经历景阳刻。今《返棹图》有元至元戊寅湖州路归安县尹子才孙应复跋云："先祖存斋先生忤阉宦董宋臣，以集英殿修撰出守姑孰，作《返棹》《脱靴》二图以寓意，宋臣益怒，乃罢郡去。"又云："今八十三年矣，不肖孙承行省命监海漕，敬莫祠下，摩挲石刻，瞻拜而去。"按元至元戊寅为顺帝六年，上溯八十三年，为宋理宗宝祐四年，与史正合。《脱靴图》仅有明成化施奇、本朝康熙寇明允二跋，并未言及重刻者为谁，其为原刻无疑，不知《志》所据为子才七世孙景阳刻。嘉庆壬申，余在京师作此图诗，亦据《志》注为景阳刻，承讹袭谬，未暇深考。顷友人拓赠二纸，始知其谬，愧报无已，爰记以诗，并及向所闻赭山塔、荆山寒壁摩崖之误，以志吾荒陋焉。②作者自注：赭山塔向传为赤乌二年造，盖因城隍庙误也。近日修塔得顶上石刻，始知为北宋初建。荆山摩崖"寒壁"二字，乃明侍御骆公刻，见曾表游记，向亦误为欧阳圭斋，盖又因欧湖误也，故老传闻不足凭信如此。

——《壹斋集》诗集卷三十三

食鲴鱼戏效仇山村体（录一）

风定扁舟两桨飞，雨余新水一江肥。银鳞网出心先碎，便为鲴鱼也合归。

——《壹斋集》诗集卷三十三

游荆山寻寒壁①

忆初访寒壁，太岁在癸丑。厥后凡再游，重五复重九②。摩崖名已泐，不复知谁某。讹替诬欧阳，眯目但信口。今年雨多水不缩，挐舟直抵荆山麓。朱氏园林迹有无，宽闲惟便骅骝牧③。是日岩光照午晴，"寒壁"二字犹分明。岁月漫漶姓名蚀，略存马足偏旁形。承讹袭谬三十载，沙壅滩高湖亦改。当时游者六七人，惟剩龙钟两人在④。嗟吁乎！地志浅陋不足观，谁复知有芜湖山。此湖此山若出口，一笑摩崖真等闲。⑤

——《壹斋集》诗集卷三十三

[注]①题目系修订者所改，原题：庚寅九月六日，子卿太守招同唐季观、邵小璘暨儿子初民、富民游荆山寻寒壁，"寒壁"为明御史骆骎曾题，年月、姓名皆剥蚀，惟马字偏旁约略可辨，传欧阳圭斋书者，妄也。②作者自注（其后皆作者自注）：嘉庆己未、道光丁亥。③荆山下，国初有朱孝廉读书处。沿湖一带，为江宁将军牧马厂。④予与子卿。⑤《太平御览》《宣城图经》云："芜湖山在县西南，山因湖以名之。汉末于湖侧置芜湖县。"按，唐及宋初，县属宣州，旧城在今城东北，故云县西南，今县东南湖上更无他山。《御览》所云芜湖山当即今荆山旧名，《志》失考耳。

走笔奉答子卿①

好是丝哀竹亦豪，湖天空阔调弥高。翠园远扫山横黛，绿镜平沉水没篙。坡老验时惟看菊，刘郎窘步为题糕。②蟹肥鱼美村醪酽，不负余年恣老饕。
寂寞湖湄碧玉岩，苔花藤蔓涩难芟。诗篇自我流传误，姓字凭谁为补劖。新月娟娟映前浦，微风缓缓送归帆。路人莫诮疏狂甚，老子兹游本不凡。

[注]①题目系编选者所加，原题：子卿追和钱丁亥九日泛欧湖游荆山诗韵，走笔奉答。②作者自注："'菊花开时乃重九，凉天佳月即中秋'，坡公语也。"

——《壹斋集》诗集卷三十三

漫兴

自叹桑榆晚，人夸桃李荣。同时三县尹，一郡五门生。①教士先敦行，勤民在劝耕。
老人百无事，倒枕梦魂清。

——《壹斋集》诗集卷三十三

[注]①作者自注：学使鄂复亭繁昌令，张掖垣太平府教授，张桂山庚辰进士、芜湖令，图晓山丙子举人，当涂赵春山壬午举人，皆予典试所取士。

病中闻湖上牡丹大放（录一）

林风湖月重低回，怯上篮舆得得来。寄语于湖老居士，桧轩稍缓数年陪①。

——《壹斋集》诗集卷三十四

[注]①作者自注：时方修葺滴翠轩、于湖祠。

芜湖县凤林圩筑圩立亭有庆作诗二首①

一

有圩县东南，长堤绕虹霓。湖水啮其址，佩带深众溪。厥土惟下下，尽寸分高低。
中有万顷田，争此一线堤。譬若孤立士，辄为人排挤。七年两遭决，补东复罅西。
泽农苦淫霖，出入愁登跻。仓囷鲜盖藏，道穰无豚蹄。回思癸庚秋，大浸天可稽。
蓬茅幻海市，孺稚如凫鹥。狃恰聚断堤，如登青云梯。饥蛇挂树死，穷鱼胶于泥。
千人幕一天，孰判户与闺。所幸昏垫中，犹得妇子携。凄其夜深静，寂不闻犬鸡。
竟欲叩龙宫，恨无分水犀。此生免鱼鳖，没世甘蒿藜。至今一追忆，痛如麝割脐。

二

望君如望岁，奚止旱云霓。翩然下武昌，涉江如涉溪。朝归暮即田，抵掌茅屋低。
饥寒岂不恤，火急先筑堤。同井颇异志，流言反倾挤。毅然一意行，眇不睹东西。
危墙浴雨立，败埂杖策跻。坐使三千丈，如砥驰风蹄。一心成大功，厥德不可稽。
招邀值令节，丝管惊浮鹥。有亭翼然高，副土为阶梯。良田碧千顷，无地容涂泥。
农夫辍耒耜，红女离幽闺。倾村来聚观，壶榼为缓携。欢声塞两耳，不暇听午鸡。
竞渡嬉双龙，刻石迟三犀。待我祝嘏归，再杖观稼藜。坡公有成言，勤修毋噬脐。

——《壹斋集》诗集卷三十四

[注]①题目系修订者所改,原题:芜湖县东南凤林圩有田十万亩,滨天成湖,堤长二千七百余丈。道光癸未、庚寅,堤凡再决,农民不堪其苦。辛卯孟陬,许上舍仁归自汉阳,督圩丁筑之,四阅月而功竣,立亭其上,榜曰"有庆"。五月四日,买舟邀同王太守泽、倪明经燮宴饮以落之,用东坡《两桥》诗韵作诗二首,一以悯农民频年湖决之苦,一以美许君不惑人言为善有终也。

道光辛卯夏五大水哀之愧之①

猛雨五日夜,耳不闻霆霓。我时徂京师,滞留于姑溪。不知江水高,但觉青山低。王尊非不勇,有身填无堤。雨师既不仁,阳侯又反挤。建瓴湖南北,把注江东西。所幸淮黄壖,弭楫犹可跻。燕齐大有秋,安稳驰轮蹄。行行至修门,祝赧两月稽。秋风送征雁,归舟逐凫鹥。延缘验涨痕,才落一枂梯。村市荡成墟,庙佛淋为泥。石衣挂高树,浮鱼潜空闺。是中有妇子,耒耜春曾携。可怜随波臣,拍浮如连鸡。附身且无棺,安有瓜遗犀。生者迫饥寒,又复僵蓬藜。天乎可奈何,振救已噬脐。

——《壹斋集》诗集卷三十四

[注]①题目系修订者所改,原题:道光辛卯夏五大水,发自贵州,泛滥湖南北、江西、江南,滨江田庐尽没,死者无算。冬十月归自京师,即所见述为此诗,仍用东坡《两桥》韵。盖芜湖圩堤筑成,曾用此韵作诗相庆,水至堤坏才二十余日。哀流民之无生,愧振救之乏术,天实为之,谓之何哉。

于湖祠从祀六君诗 并序

道光八年岁在戊子,孟夏移祀于湖先生于滴翠轩。因念国初萧、汤二老暨乾隆年间吴、洪、陈、谢四君,节义文章久为乡里钦企,而皆抱伯道之痛,有不祀之嗟。爰制六主奉以从祀,询之乡人,佥以为宜。复恐后生未尽悉其生平,述其大略,咏以五言,俾有所考焉。

萧明经云从

尺木老入本朝隐居穷巷(今萧家巷即其故居),图骚画壁以终余年,不期末艺获邀天鉴,云从老骨死且不朽。

萧眘①居青杨,殁犹氏其巷。小筑傍能仁,②剩听烟钟撞。图骚板已蠹,画壁色余绛。遗卷荷天题,长歌悯愚蠢。老愿死竟酬,精灵感应降。③

[注]①眘:古同慎。今本多作萧慎。②作者自注:有园名梅筑,近能仁寺,久废。③作

者自注：恭本高宗圣制。

汤秀才燕生

　　岩夫，明诸生，太平县人，流寓芜湖。工诗，通六书，精篆籀，有《商歌集》不传，传者《明诗踪》《赭山》二首。然简翰留遗颇多佳什，惜竹垞翁未之见也。

结庐在黄山，于湖来教授。善篆通六书，不落斯冰后。《商歌》出金石，遗编渺难购。我时拾得之，往往录其副。不独《赭山》诗，怀古意深厚。两地寂无人，千秋谁俎豆？

吴中书志鸿

　　双溪，休宁诸生，家芜湖。乾隆辛未纯庙南巡，召试献赋诸生，授内阁中书舍人。学问赅博，诗文颖敏，旁通篆隶。卒于官，无子，有二女。

召试授中书，实自公等始。惜膺此异数，官不数年死。平生千万篇，散佚无人理。仅存《钟馗图》，一赋诵乡里。公本吾父执，轶事闻稚齿。和易多艺能，躯干颇奇伟。得名同温岐，即以此赋拟。又闻少祈梦，梦入灵光岿，中悬笔一枝，旁立二女子。身后梦果符，伤哉诚可唏！

洪知州銮

　　阮溪负不羁之才，喜诙谐，早成进士，官东平州知州，有惠政，死之日民皆流涕，著《悔绮》《省吾》二集。有子而夭，全真宫道士某，其族孙也，劝继其后，不从。

滑稽固自雄，调排却非福。后生不自知，渐习寝成俗。君负能吏才，东平号良牧。涂判而市推，电扫不留狱。乡人过其州，亲见州民哭。但恨族孙愚，恋此黄冠服。

陈孝廉春华

　　实甫兄弟并擅才誉，君尤博学多闻，工书能画，诗文绮丽，惜无专集。籍江宁，中乾隆丙午举人。曾祖、祖父皆官于朝，有江左名士之风。然一门群从，无一有子者，悲夫！

灼灼夭桃花，光华并秾丽。胡为叶蓁蓁，而无一实缀。木主寄孤庵，林立尘土翳。岁时谁炷香，安问鱼菽祭。门生见之悲，掘土为埋瘗。天道不可知，究婴何罪戾。魂兮倘归来，对此定流涕。

谢太守登崈

　　梅农天资既高，学力亦至，屡入礼闱，不得进士第，其命也耶！以国子助教出为宜昌同知，军功迁本郡太守，摄黄州事，卒于任。有《退滋堂集》八卷，侄孙崧梓而行之。无子，以侄某为后。

谢公居比邻，落落知音寡。风雨时过从，谈深烛为炧。京官居多暇，出每借车马。顾我考所业，不惮顷筐写。一从参楚军，宦辙隔分野。羽檄纷交驰，书卷常在把。天胡靳其年，不令归里社。洪陈君交亲，奚止一日雅。招邀来山堂，为我进一斝。

——《壹斋集》诗集卷三十四

食黄鱼

我家中江滨，有鱼多且旨。寻常价亦廉，咄嗟付刀匕。众中黄鱼溯江上，四五月间偶入市。两年不复餍若鱼，正坐连书夏大水。今春雪甚网罟寒，何意脆骨重登盘。游不择时为所得，停杯辍箸增长叹。鱼兮鱼兮泥沙蟠，勿纵大壑兴狂澜。阳侯奉职鲸波息，我甘忍馋不尔食。

——《壹斋集》诗集卷三十五

二月五日独游圆照寺

社过春寒燕未飞，雨余湖涨水平堤。庵门僧老自锄菜，花径人稀独杖藜。挂壁几年诗好在，映阶明月酒曾携。湿云又罨前村树，怅惘篮舆兴尽归。

——《壹斋集》诗集卷三十五

731

文孝祠

　　芜湖西门外升平桥东有文孝祠，祀梁昭明太子，俗称文孝皇帝。按《北周书·萧詧传》：江陵平，太祖立詧为梁王，居江陵，资以一州之地，詧乃称皇帝于其国，追尊父统为昭明皇帝。詧传位子岿，岿薨，谥孝文皇帝。《直斋书录解题》：《昭明太子事实》二卷，知池州赵彦博编。昭明庙食于池，颇著灵响。元祐始赐额曰"文孝"。是昭明庙食于池，庙额曰"文孝"，非其谥。其孙岿谥孝文皇帝，非文孝。今芜湖文孝祠塑像衮冕，俗遂称为文孝皇帝，致使祖孙混淆，谥额不别。昭明于池有遗爱，祠之固宜。芜湖非其封邑，志称明邑人陶勋建，岂因其灵爽而邀福耶？第称文孝祠可，称文孝皇帝不可，诗以晓之。

萧詧窃帝号，附庸已可怜。自娱而尊亲，于礼亦宜然。昭明仍旧谥，未改前星前。文孝乃祠额，赐自元祐年。偶符其孙谥，遂令相牵连。冠以皇帝称，不孝孰甚焉。芜湖旧有祠，近在城西偏。大都效池俗，邀福以致虔。逼处漱隘中，襟坐栖一椽。

罔知神为谁，一例无香烟。屠儿日当门，霍霍纷嚣阗。①有举莫敢废，曷不奉主迁。祀典姑缓修，正名斯其先。

——《壹斋集》诗集卷三十五

[注]①作者自注：祠中杂祀龙神火神，与昭明并坐，又有屠者日鼓刀于门。

仙霞述滨江农夫救圩之状衍为此诗

癸巳六月江水涨，堤高一丈水一丈。是时五谷已邻熟，农夫对之唯痛哭。何当恶风吹倒山，两日两夜江欲翻。①农夫上圩立便堕，以身捍堤背江坐。牛衣蒙顶人并人，白浪如山压头过。死心努力勿少惰，君不闻当涂昨日官圩破。②

——《壹斋集》诗集卷三十五

[注]作者自注：①六月十一、十二两日，夜大风，飞瓦拔木不止。②六月廿四日事。

芜湖东南沿江诸圩悉破诗以哀之①

一

732

筑堤山覆箦，决堰水奔梭。忍夺如云稼，全抛大海波。谁为司浩渺，我欲斫蛟鼍②。莫道天难问，无人向壁呵。

二

天乎毋乃酷，暴殄属谁愆。资力三时竭，江湖一夕连。周官有荒政，禹甸少闲田。无计囊沙塞，空愁雨脚悬。

三

畚锸弃无用，流离身未知。栖心犹稻陇，转眼失茅茨。黑蜮助为虐，阳侯太不慈。十年三大水，民病岂能支。

四

县小无程郑，频饥富亦贫。骄悭久成俗，任恤属何人。不入萑苻泽，终归鱼鳖邻。救荒推彦国，急为拯吾民。

——《壹斋集》诗集卷三十五

[注]①题目系修订者所改，原题：芜湖东南沿江六圩暨麻浦、凤林二圩田可十余万亩，自道光癸未以来，屡遭异涨，重以淫雨，圩堤不胜冲激，辄被荡决，众乃集议通力合作，率圩丁自春徂秋，穷日夜与水争地，费金钱米谷无算，卒不可保。癸巳七月十八至二十三日，江

水汹涌,诸圩悉破,稻已坚好,可炊而食,一夕付之洪流。忍哉忍哉,天降灾祸,非人力所能胜也。诗以哀之,寄云汀制军。②堤决时,见有物为患。

划盆歌①

岷山至海门, 万里江流漾, 胡为不能容, 泄此稽天涨。翻涌郡县灾, 浩汗田庐荡。
芜湖一弹丸, 正与中江傍。厥田为下下, 连岁决堤障。余波及三门②, 浸淫入城闉。
市肆通波涛, 居民偏奔放。高门半楼居, 贫家物无长。架阁支户扇, 漂浮失瓶盎。
沉灶蛙竞鸣, 漏床蚊满帐。不蠲无地除, 酝酿水为汪。③谁为易米茗, 孰与致酰酱。
千金得一壶, 划盆功足当。宽容两三人, 圆如百石甏。岂无舴艋舟, 门巷隘而妨;
岂无竹木桴, 滞钝行不畅。宛转惟盆宜, 载送一夫壮。出入取数钱, 东西随所向。
惟怜推盆人, 日夕浸浊浪。忍饥事大难, 苦身以自养。沙虫虽啮人, 幸非食心恙。
灭顶亦可虞, 暂免鱼腹葬。罔顾冷雨淋, 两足冻且僵。归家已无家, 安得热汤汤。
回视盆中人, 何啻坐天上。吁嗟神禹氏, 四载创心匠。蠢蠢盆渡民, 制器巧不让。
但恐受病深, 开春多死丧。祈天卷秋涛, 赦兹民无妄。明年劳此盆, 专听菱歌唱。

——《壹斋集》诗集卷三十五

[注]①题目系修订者所改,原题:乡农制木盆,圆如百石瓮,深尺有奇,名曰划盆。春罱泥,秋采菱,胥是物也。频年江水漫溢,城市用以渡人,出入甚便,而推盆人日夕裸露于水,又甚苦,故作是诗。②南北西三门皆进水,惟东门无之。③汪:乌浪切,水臭也。

登朱氏三层楼时积潦甫退①

拾级近能胜脚力, 登高远久怯肩舆。一弹指顷重阳到, 再续游踪四载余。②荒县临江成泽国, 虚棍出树俨巢居。潢污行潦看都退, 目送哀鸿意暂舒。

——《壹斋集》诗集卷三十五

[注]①题目系修订者所改,原题:九日,子卿招同仙霞、曹生、小璘登朱氏三层楼,时积潦甫退。②庚寅曾登此楼。

大雪

一夕①雪三尺, 平明扫不开。填门已无路, 贺正更谁来。往岁未曾见, 余年第一回。
压枝琼树折, 戴石玉山颓。奥窔光芒射, 阶除迫塞堆。麦稀仍苦冻, 田涝恐罹灾。
但有尘生甑, 毋烦羽掠灰。②村村鸡唱寂, 历历雁声哀。小惠诚难遍③, 洪恩普易该。怨咨民曷敢，鼓舞盼春台。

[注]作者自注：①正月二日夜。②见《癸辛杂识》。③私捐赈银仅万三千有奇，终于城中贫民无济。

平山口南唐古梅①

古梅如定僧，幻怪眩弗动。阳侯犯之三，曳兵不敢弄。②今年雪复饕，没髁三尺冻。
和风几日吹，异事四山哄。不知于何时，东皇领傔从。囊取万蝶飞，恣意枝头纵。
八年我再来，二月春又仲。欧湖绿未波，荆山翠遥贡。斫枯姿更妍，骤暖香弥重。
惟惜邻树薪，不闻鸟声哢。③衰龄续胜游，忆昔发感讽。许子兴最豪，春郊饮方痛。
对花貌花真，索题戒稽雍。一卷冰雪文，五载罗浮梦。④

[注]①题目系修订者所改，原题：平山口南唐古梅今年作花独盛，许小琴招同子卿、兰泉、仙霞、曹生赏之，距丁亥已八年矣，仍次坡公韵，甲午二月十六日。②其后皆作者自注：道光三年、十一年、十三年大水，去山仅里许。③年饥，山树尽被盗伐，幸梅在耳。④小琴携画卷之京之楚之广东，题者甚众。

丰备义仓上梁①

喜听儿郎伟，还思妇子同。成城缘众志，图匮在年丰。芜旷地新辟，曈昽日正东。
所祈歌乃积，其比复其崇。

[注]①题目系修订者所改，原题：频年岁歉，任恤难周，谋诸邑之有田好义者十四家，计亩纳谷，岁得六百余石，请于有司买旧丞废署，创建丰备义仓十二座，道光甲午五月七日卯时上梁，诗志其事。修订补记：作者另作《丰备义仓记》，倍加详细。

赠黄秀才洲①

洲为明景泰进士、侍御让公十二世孙。让先以言事被谪，后复为门达所构戍边，晚复冠带家居。县令刘宪建清风楼，邱琼山作记以美之。其孙裔绍洛，万历中举，孝子，郡守邓一芝为文大书"孝子乡"三字于石，碑在驿矶②，而县志失载，又误列孝子于国朝。余既辨正之，复约同人葺清风楼，以祀侍御、孝子焉。

同姓由来古所敦，况兼忠孝萃宗门。清风楼迥怀先哲，乡失碑存待后昆。器识即今须自励，文章于道未为尊。读书东观儒生事，莫负吾家孝子孙。

——《壹斋集》诗集卷三十七

[注]①黄秀才洲：即黄生洲，明侍御黄让裔孙，乡塾课艺，文甚佳。作者于诗末添注："洲与余同出江夏。"②驿矶：即今日芜湖弋矶山。

良田怀新急待甘泽①

前年雨急如伏弩，更挟颠风猛于虎。荡决江堤田变湖，岂料今年御田祖。今年麦熟秧亦栽，三月甘霖未沾土。神山绝顶有灵湫，百余年来人弗侮。步祷斋心令尹贤，三更直达蛟龙府。清风泛洒随中途，惜哉不绝才如缕。已蒙神力昨护持，幸不为鱼终赖禹。今兹敢望翻天瓢，但乞鳞鬐稍吞吐。楼起欣看四海云，沛然伫贺三时雨。②芃芃万井遂嘉生，一夕霆硠鼓声怒。

——《壹斋集》诗集卷三十七

[注]①题目系修订者所改，原题：良苗怀新，急待甘泽，大令蒋君兆鸿步祷神山，乞水灵湫，归途即有霡洒。日来旱燥弥甚，忆东坡在徐置虎头潭中以致雷雨，因次其《起伏龙行》韵作诗以助祷，冀龙之哀怜云尔。道光乙未六月二日。②《荆楚岁时记》：六月必有三时雨，田家以为甘泽，邑里相贺。

735

拜谒蝼矶灵泽夫人庙①

日者蝼矶去，江明古观开②。碑名惟我在，庙貌历年颓。崇节承天锡，维风冀后来。及秋禾稼熟，匠作莫迟回。

——《壹斋集》诗集卷三十七

[注]①题目系修订者所改，原题：嘉庆二年丁巳，芜湖绅士龙士彩等以蝼矶灵泽夫人素著灵异，合词呈请安徽巡抚朱文正公奏乞封号。疏入报可旋准，礼部咨奉旨敕封徽号曰"崇节惠利"，扁额曰"英灵惠济"。越今道光十六年丙申已四十年。五月二日，拜谒祠下，上雨旁风，渐有不蔽之势。陈请十二人，今惟钺在，义当言于有司，谋重新之。②作者自注：宋为宁渊观。

劳公祠观萧尺木画壁①

太白祠前萧公所画壁，风帆上下人人能见之。百余年来题咏凡几辈，至今犹诵绵津山人诗。岂知芜湖亦有画一堵，近在城北二里劳公祠。口传亦是尺木手所作，我生八十七岁今始知。觏颧两目欲瞎恐不见，急邀许子同往观勿迟。入门先叩画壁在何所，山僧导我殿后趋连莎。墙纵八尺其横亦如之，四松矗立翠叶交纷披。划然五丁擘开两青壁，中有白龙掉尾从天垂。玐玐玎玎不知几千尺，凉雨洒面谡谡松风吹。笔踪健拔墨法亦苍润，想见当日解衣盘礴时。细观两旁涂暨有缺啮，疑由坼裂题识靡所遗。劳公掀然一笑君何痴，此与太白祠前虽小弱，幸未剥蚀冷僻藏于斯。韦偃已逝少陵不复起，世间诗画纷纷徒尔为。劝君收视返听且面壁，一任云烟过眼神毋驰。

——《壹斋集》诗集卷三十七

[注]①题目系修订者所改，原题："道光丙申夏五廿二日，与许小琴劳公祠观萧尺木画壁，口占九言长歌记之。"原题且注："劳公名永嘉，浙崇德人，万历二十九年辛丑进士，三十年任芜湖县，去而民祀之。"

灵泽夫人庙工竣诗以落之二首①

兹山实孤所，战鸟自桓公。宋有宁渊观，时为羽士宫。夫人传轶事，大节殉江东。有举莫敢废，褒封两代崇。②
太守来何莫，崇祠不日成。颂声起商旅，神听亦和平。矶水分吴蜀，江风管送迎。灵麻何以答，椒糈致精诚。

736

[注]①题目系修订者所改，原题：昨谒灵泽夫人庙，叹其倾圮，言于摄芜湖关道、宁国太守宋君国经出金修之。阅五月工竣，诗以落之。作者并附言：按《方舆纪胜》：战鸟山在芜湖县西南五里大江中，旧名孤所山。相传，桓温镇姑孰时，常屯兵于此。夜中闻宿鸟惊啼，温疑为官兵至，故名。今芜湖大江西南别无他山，则所指当即蟂矶。然则浇矶旧名孤所，至晋时为战鸟。浇之名，疑起于唐宋间。放翁《入蜀记》：浇矶有道士结庐其上，政和中赐名宁渊观。旧说，蟂矶有蟂能害人。方郡县奏乞观额时恶其名，因曰矶在水中，水常沃石，故曰浇矶。孙夫人事不载于史，辨者众矣。而捍灾御患则祀之，故老传闻必有所自，又安知史臣尊蜀黜吴，所载失实耶？附议于此。②作者自注：《亭林集·蟂矶》："高皇事业山河在，留得奎章墨未枯。"原注："庙中有高皇帝御制诗金字牌一扇。"今不知遗失何处矣，惟神座上有洪武宝诰，似非其旧。

——《壹斋集》诗集卷三十七

圆照僧至

为报山僧至，梅花开也无。今年风雪少，向北几枝枯。近岁日无事，何时云满湖。盲翁久不出，乘兴或携壶。

——《壹斋集》诗集卷三十七

五月十二日喜雨

晴鸠声欢雨鸠苦，喜见朝霞光照户。插禾刈麦村村忙，丁男不足充妇女。忽传山南有遗蝗，县官下乡募夫捕。分身无术计安出，额塌泥沙吁田祖。龙公雨酸然泣如缕，悲悯三农不忍睹。遣散原畴数百人，大沛滂沱三日雨。聊补严冬积雪飞，一洗蜎蠓靡入土。县官入城农饭午，冒水新秧高尺许。猎猎临风翠交舞，我歌短歌乐未央，计日稻花香欲吐。

——《壹斋集》诗集卷三十八

喜钓上乡风仍在 ①

烟水菰芦罢钓竿，咄嗟而办便登盘。分明旧日先生馔，五十年来又饱餐。
青鲇巨鲤互骈罗，入市腥风掩鼻过。何以纤鳞三四尾，半篮秋水养青荷。②
手调盐醋作羹汤，贫贱夫妻老不忘。滋味须知无厚薄，但从清苦得来长。③

——《壹斋集》诗集卷三十八

[注]①题目系修订者所改，原题为：夏秋午后，有篮鱼入市者，谓之"钓上"，此芜湖旧俗也。晚饭得鲜鲫二尾，询即钓上所得，喜之乡风仍在，为赋三绝。②其后皆为作者自注：乾隆甲辰咏鲫鱼句。③钱家食必先室邵夫人手制。

737

三昧庵看天竹圆照寺探梅因题其壁

足音阒寂径生苔，弥勒山门笑口开。剩有此翁情不薄，一年一度到庵来。
肩舆曲屈转山隈，问询梅花尚未开。可惜琴聪仙化去，不教树下共徘徊。①

——《壹斋集》诗集卷三十八

[注]①作者自注：琴聪谓梅根，三昧庵诗僧也，亦能琴。

陶塘 ①

几家池馆亦萧疏，曾拟陶塘似鉴湖。枉说荷花三十里，风潭百顷一支无。

——《壹斋集》诗集卷三十九

[注]①该诗系《荷花六解，效姜白石体》之六。

九月五日登赭山桧轩

轩堂接霄汉，梧竹亦清幽。山谷携家往，于湖借马游。斯人难再得，高咏足千秋。
何日云间鹤，翩然此暂留。

——《壹斋集》诗集卷三十九

陈园旧感①

指点缘堤竹树空，游踪历历有谁同。主林神见应长叹，昔日何甥今老翁。②
打桨平湖泛绿波，月明行处有笙歌。楼台何处人何在，四十八年一刹那。③

——《壹斋集》诗集卷三十九

[注]作者自注：①戊戌九月十六日。②园旧属戴氏，余舅家也。③乾隆辛亥，陈明府
岸亭自金陵买二舟，曾泛此湖。

陈园新葺成咏四首①

池台曲曲树丛丛，七十年来在眼中。忽睹重楼出霜晓，又将幻影现东风。
一番花木一番新，能见荣枯有几人。忆坐亭边杨柳下，于今剩有水粼粼。
夹水修修竹万竿，也宜长夏也宜寒。当时妒煞游人眼，亏蔽林花不许看。
看到子孙今五世，重来觞咏历三朝。小园自有兰成赋，中隐能无楚客招。

——《壹斋集》诗集卷三十九

[注]①陈园：遗址在芜湖镜湖岸，早废。题目系修订者所改，原题：陈园新葺，十二月
望日过之，率尔成咏。

题何溅生画

乾隆乙卯冬，余将入都，溅生饯于马千之一角山房，且索余画，志别为吹洞箫以侑
之。自是不见者十数年，病且死，属友人致声曰：为我题布衣何憶之墓。余哀其志，书
以付之。画今流传于顾可亭处，请余鉴定题四十字于左方。

思远终身洁，刘歆到老鳏。丹青心所寄，丝竹妙能娴。遗属俾题碣，交情剩画山。
如闻洞箫咽，那禁涕痕潸。

——《壹斋集》卷三十三

咏蟂矶二首

曾为帝室非凡配，生抱孤愤死亦雄。霜骨藏真瀛海地，玉颜浮霭水晶宫。鱼龙下避潜蟂老，楼阁遥瞻结蜃工。英爽凭凌能泽物，甘霖时祷著神功。

晓风仙驭入琳宫，顿觉尘烦一洗空。石藓坐来衣染翠，天花雨后榻留红。谁怜白发归王粲，欲付金丹问葛洪。三岛十洲何处是，楼台缥缈水云中。

——康熙《蟂矶山志》卷下

施道光，字杲亭，号愚卿。清代芜湖藏书家。乾隆戊子（1768）举人，拣选知县，然奉母至孝。诗书画皆工，著《海桐书屋集》，佚失。画《戊戌登高合图》（与黄钺等人合作），现存广东省博物馆。

还家

北风吹雨雪，游子返故土。入门四壁立，日午尚悬釜。可怜堂上人，白发已如许。仓皇闻儿来，喜极转悲楚。不说饥寒情，俱劳风雪苦。长跪向高堂，欲说半吞吐。恐伤慈母心，低头泪如雨。

——民国《芜湖县志》卷五十

739

范兆龙

范兆龙，字仰山，号荔裳，芜湖人。乾隆癸酉（1753）举人，官蒙城训导。

蟂矶怀古

风雨凄凉白帝秋，灵祠孤枕楚江头。鼎湖髯堕三生泪，鲛室香埋万古愁。遗恨英雄甘帝魏，伤心环珮尚依刘。千秋正气输巾帼，生子何须羡仲谋。

——《皖雅初集》卷二十七

张曾敏

　　张曾敏,字逊述,号兔门,安徽桐城人。清乾隆三十六年(1771)由廪膳生授南陵县教谕,后升山西灵石知县、四川屏山知县。著有《读书所见录》。

游千堆山①

追寻胜迹吕南来,乘兴还登九浦台。片月如水寒万壑,轻云似絮散千堆。老松萧瑟栖闲鹤,野岸权枒缀古梅。惟有骚人招手过,奚囊拾得好诗回。

　　　　　　　　　　　　　　　　　　——民国《南陵县志》卷四十二

　　[注]①千堆山:在南陵县东南十五里,据现代发掘考证为商周时期的土墩墓群。

周德隆

　　周德隆,字最峰,安徽芜湖人。清乾嘉间在世。廪贡生,官广德州训导。

740

游三华山寺二首①

闻说三华好,呼船共渡江。寺穿红树入,钟在碧云撞。登阁山堪对,遮檐桂作双。
何当秋八月,重此倚轩窗。
为爱倪黄手,淋漓写翠岩。江声腾楮墨,山色聚松杉。履向林中曳,楼从树杪嵌。
同舟多韵事,不羡米家帆。

　　　　　　　　　　　　　　　　　　——道光《繁昌县志》卷十七

　　[注]①题目系修订者所改,原题:偕王子卿金叶山黄左田谢潜斋游三华山寺二首分韵得岩江字。

张　瑶

　　张瑶,女,字秀芝,江苏吴县人,其父为清代著名学者张玉毂(1721—1780)。

吊刘芝

天涯老泪不常倾，痛入芜波出至情。千里斯文真骨肉，十年江国旧门生。经纶未遂云程志，孝友空留月旦评。喜有春元好兄弟，嶷孤头角看峥嵘。

——民国《芜湖县志》卷五十九

左辅（1751—1833），字仲甫，一字蘅友，号杏庄，江苏阳湖（今常州）人。清乾隆五十八年（1793）进士，曾任南陵县令、湖南巡抚。著有《念宛斋诗集》。

吉祥寺

古径萦回入竹林，老僧家住碧山岑。上方欹枕闻清籁，隙地移床坐绿阴。征客眼嫌浮世窄，故人情比大江深。凭高不尽登临兴，复步危楼数百寻。

——民国《芜湖县志》卷五十九

甲寅十一月自皖归南陵途中遇雪口占

正是红梅报腊初，晓风吹雪满肩舆。缁尘喜为征裘浣，山色知缘俗吏疏。万井耕桑怀蔀屋，两湖烟树忆蒿庐。且教赢得丰年兆，袖拂琼华乐有余。

——民国《南陵县志》卷四十二

法式善（1753—1813），姓伍尧氏，原名运昌，字开文，号时帆、梧门，蒙古正黄旗人。乾隆四十五年（1780）进士，官翰林垂四十年，乾隆帝盛赞其才，赐名"法式善"，满语"奋勉有为"之意。著有《存素堂诗集》《梧门诗话》等。

宝晋斋砚山歌和覃溪先生

娲皇炼余两片石，神物乃受神人鞭。襄阳米老获双璧，留贻溯自南唐年。至宝无独必有偶，交辉互映非偶然。一庵初葺一山去，五十五峰何有焉。香花夜放甘露寺，片云青失虹月船。妆藏秘府不可见，兹砚几逐星霜迁。其一复归薛道祖，哦诗叹息颠复颠。江南秋色出层碧，笔想安得精神全。古藤书屋共欣赏，诗传世上石亦传。是一是二未深辨，山耶砚耶徒拘牵。致令观者起疑窦，明珠鱼目同媸妍。覃溪学士慎考核，砚山山砚工言诠。以米名斋志向往，对石洒墨情缠绵。移来秀石置几席，层岩雨过春娟娟。明星一点鸲鹆眼，空水欲滴蟾蜍涎。夜深剪烛翠明灭，天晴涤墨波洄漩。此身直拟到海岳，天风浩浩吹寒烟。千言一洗竹垞误，百年重和渔洋篇。世倘好事更搜索，九华壶岭谋珠联。老人空洞忽笑语，吾将下拜吾斋前。

——《存素堂诗初集录存》卷二

题黄左田钺画三江婪尾图

附原记：钺与赵莒溪□荣、朱仰山嗣韩同为乾隆戊申科举人。莒溪名在浙江榜尾，仰山江西榜尾，钺江南榜尾。莒溪与钺又同年庚戌进士。仰山亦以嘉庆己未通籍。庚申夏莒溪将往吴，仰山亦请假，钺方以荐来京师，而二君者遽别去，爱写婪尾三朵，以志离索之感，莒溪其藏之。

清秘述旧闻，搜罗苦未遍。榜首一一详，余颇阙记传。岂知江上花，婪尾九春绚。天姿富贵成，本性深稳见。空阑寂无人，芳气闷深院。无言随桃李，攀条荷清眷。从此风尘中，不复伤微贱。相期葆岁寒，晚节各研炼。我固赏奇人，佳话听不倦。移榻碧梧底，趁凉续残卷。

——《存素堂诗初集录存》卷九

唐仲冕

唐仲冕(1753—1827)，字六枳，号陶山，湖南善化(今长沙)人。清乾隆五十八年(1793)进士，历任多地知县、知府，官至福建按察使、陕西布政使。著有《陶山诗录》《岱览》等。

鸠江舟中示钺二首录一①

客舫逢初度，乡关隔半生。何尝怀远志，只为逐浮名。七袞悬车事，三湘展墓情。老怜黄犊重，闲羡白鸥轻。川路心先到，山居计未成。蓬窗风日暖，黄酒且先倾。

——《陶山诗录》卷二十七

[注]①题目系修订者所改,原题:七十三初度,鸠江舟中示筏,用工部宗武生日又示宗武二首韵。

重阳日繁浦守风三首①

恶说南风长系缆,且从东浦漫登台。帘悬白堕津楼引,曲赛乌盐梵宇开。布袜老怜行自得,曙袍人讶客何来。重阳令节兼佳日,莫任长江后浪催。

昨日逢生日,从儿酌寿杯。何期朋旧遇,相对老怀开。②年到杖朝近,舟经驾海回。属渠邗上住,隔岁我还来。

送友分江路,逢渔问水源。三山光在望,九井迹犹存。种菊谋篱落,簪萸梦里门。鹤轮云送影,鸿印雪留痕。糕想诸孙饵,醪知上客樽。独吟惟子和,诗律更谁论。

——《陶山诗录》卷二十七

[注]①题目系修订者所改,原题:重阳日,繁浦守风,用工部九日三首韵。②作者自注:文水武兰圃,廷选,谪官粤东,以疾告归,别将廿年,相遇于此,故云。

李赓芸(1754—1817),字生甫,号郏斋,江南嘉定(今上海郊县)人。清乾隆五十五年(1790)进士,累官嘉兴、汀州、漳州府。著有《潜研堂全书》。

送同年黄左君户部钺假归芜湖(二首录一)

都是江湖席帽人,一朝忽现宰官身。妄思弱水能偷度,不信神山竟隔尘。①石有香含差免俗,腰因米折且娱亲。须知同作韩门士,此后修名各自珍。

——《稻香吟馆诗薰》卷二

[注]①作者自注:廷试余第五,君第九,分省引见,余冠江苏,君冠安徽,旁人皆以馆选相拟。

板子矶吊明季黄将军得功

黄将军舞铁鞭,鞭花罩身血乱溅。得胜归营卸锦鞯,血膏鞭与手掌连。当时威名相埒宁南左,十万貔貅上流坐。声言就食下南京,跋扈将军测诚叵。讹言早怖小朝廷,亟檄黄侯驾飞舸。获港江连板子矶,一枝鞭抵千寻锁。乌虖此时有明位已闰,王师势如破竹进。南京城坏审板矶，犹仗将军支一阵。可怜运去人心离，帐下偏裨甘进刃。将军以死殉孱王，毅魄应偕阁部香。试看西风吹故垒，怒涛如雪打艅艎。

——《稻香吟馆诗薰》卷二

赠别黄钺①

同被徵书至，输君内直荣。班联虽画省，声价俨登瀛。地接三霄迥，星占五纬明。②身依温室树，耳听上林莺。禹贡便蕃锡，尧文次第赓。清谈霏玉屑，高掌望金茎。指顾影三绶，推敲赋两京。嘉肴千里脯，珍馔五侯鲭。东观人争妒，西窗客未盈。图书频鉴别，冠盖罕逢迎。高足王摩诘，③知心范巨卿。④过从还扫榻，晤语比班荆。雁足焚膏锭，龙头煮茗枪。垂帘香篆永，染翰墨云生。波自澄千顷，书将拥百城。免教嗟短褐，未敢照长檠。异地怀朋友，同年若弟兄。向人都落落，持已共硁硁。记自龟溪别，⑤常虚鲤素烹。天涯簪莫盍，人海盖重倾。小住还匆促，长途又启行。歌骊方在路，逐雁好分程。良夜孤明月，清秋快久晴。来朝潞河水，击汰动离情。

——《稻香吟馆诗薰》卷三

[注]①题目系修订者所改，原题：赠别同年黄主事壹斋钺，时以荐供奉内廷。②其后皆作者自注：同直之数。③子卿孝廉。④鸿胪叔度先生。⑤君曾访余于德清。

744

赠别王孝廉观察泽

王郎擅三绝，两度游长安。昔来肄胄监，今来试春官。侍射仲舒策，看弹贡禹冠。亭亭女床树，卓立青云端。琼瑶作枝叶，枝上常栖鸾。千仞烟霄迥，天风振羽翰。我昔携席帽，与君敦古欢。送我出牵丝，麝煤染素纨。十年弃巾箱，不许俗士观。别离又南行，听鼓去应官。明年西湖畔，矫首望蓬峦。

——《稻香吟馆诗薰》卷三

凌廷堪(1755—1809)，字仲子，又字次仲，安徽歙县人。乾隆五十五年(1790)进士，授知县、宁国府学教授，主讲敬亭、紫阳二书院。著有《校礼堂文集》。

泊芜湖

城郭标形势，孤悬泽国边。暮云吴苑树，寒雨楚江船。寂莫渔垂钓，喧呼吏索钱。
上游兴废系，细数六朝年。

——《校礼堂诗集》卷三

张睢阳庙①

华清舞妖狐，昭陵趋石马。哀哀老哥舒，痛哭潼关下。两都已不守，唐室若崩瓦。
伟哉真源君，奋臂捍中夏。至今江淮间，歆祀遍郊野。我行过宣州，崇祀焕丹赭。
人间瞻须眉，英风起尊罍。傍配许太守，比肩坐高厦。睢阳洎偃师，两地碧血洒。
事后互谤伤，疑案惑聋哑。子弟尚不信，况乃悠悠者。悲来荐溪毛，再拜泪盈把。

——《校礼堂诗集》卷三

[注]①作者自注:在湾沚镇。

芜湖怀古

猰貐厉齿中原中，渡江五马一马龙。皇天不留祖士雅，马遂与王共天下。拥兵上游
无不为，忍呼嗣主为鲜卑。戴渊周顗懦夫耳，刘越石客真可儿。日光压营红溅溅，
梦中惊呼何太急。雨昏故垒老骥嘶，潮落空江古鼋泣。传观道上七宝鞭，往事回首
逾千年。可怜助教不解事，误把湖阴题作篇。呜呼！阿兄何愚弟何狡，首施观望心
了了。事成共汝享富贵，不成门户犹能保。后来苏峻夸骁雄，德望亦解推此公。直
绍中庸胡伯始，不须故节觅安东。

——《校礼堂诗集》卷七

板子矶

晓起推篷望，前临板子矶。将军留战垒，开士构禅扉。出水崖千仞，当风柳十围。
昔年经过地，山色尚依稀。

——《校礼堂诗集》卷七

泊繁昌

小艇徐依小港边，落帆刚值浪掀天。遥知鼓棹争先客，多少中流未泊船。

——《校礼堂诗集》卷十二

[注]①题目系修订者所改,原题:泊繁昌旧县,舟甫系,风浪大作,戏成小诗。

吕　荣

吕荣(1755—1842),字幼心,号悝园,阳湖(今常州)人。乾隆四十二年(1777)举人,官至东防同知。

启明庵探梅①

共有寻梅兴,相携步野坰。逢人问花信,度岭印禅扃。一树萼初绿,半窗山欲青。老僧差不俗,随意坐谈经。

——民国《芜湖县志》卷五十九

[注]①启明庵,在古芜湖县东杏花村,明光泽王题寓乐禅林,清光绪十年重建,今废。诗题系修订者所改,原题:初春偕何亦山杨叠云两广文启明庵探梅。

过赭山即事

马前拉杂拜且走,马后叫号声似吼。不知谁家小儿女,纷纷行乞赭山口。自言去年洪水漂,乡村汩没人遁逃。爷娘兄弟远求食,零丁飘泊遗我曹。我未携钱空怆恻,告之不信请益力。我言囊有古书帖,当时购之钱累百。尔持转售当得半,均分聊可济朝夕。群儿笑答焉用斯,故纸那足当羹糜。凶荒谁复理兹事,持以向人空见訾。我闻语塞如有失,立马彷徨计安出。仆人适至出饼十,十人分之各取一。欢欣跳跃旋共尝,又逐来人语悽切。

——嘉庆《芜湖县志》

陈圣修，字岸亭，浙江山阴（今绍兴）人，寄籍广西平乐。由举人历任湖南江西知县，乾隆五十至五十七年调任芜湖知县。乾隆五十六年（1791）撰写的"留春园碑记"尚存。著有《益善堂文集》《诗集》《审驳成案》等。

琴余别馆杂咏十二首（录二）

从来休沐地，多傍水云乡。远岫排檐立，名花到晚香。鱼劳吹浪急，鸟倦选林忙。余亦苦行役，江湖兴味长。

座有琴书乐，门临水石闲。花繁时入户，篱断不遮山。野鹤矶边立，闲云天外还。静中推物理，独自掩柴关。

——民国《芜湖县志》卷五十九

朱福田，生卒不详，清道士，字乐原，号岳云，江宁（今南京市辖区）人。工山水墨菊。有《岳云诗钞》。

十一月十五日夜鸠江桃唐①堤上独步

桃唐烟水正迷离，几处亭台入画时。岸上谁家夜吹笛，一轮明月照鸠兹。

——《晚晴簃诗汇》卷一百九十四

［注］①桃唐：即陶塘。

李　实

李实，字世名，号充之，广东新会（今江门市辖区）人。乾隆六十年（1795）进士，官惠州教授。著有《锄月轩诗钞》。

泊芜湖关①

津吏遥迎客子船，舣舟亭下晚晴天。斜阳未落先浮月，远水初平欲化烟。江路每怀青草过，旅情常向白云悬。夜寒更柝声声起，听到关情一黯然。

——《晚晴簃诗汇》卷一百零九

[注]①一说作者系明四川合州人李实(1413—1485)。

石韫玉

石韫玉(1756—1837)，字执如，号琢堂，晚号独学老人，江苏吴县(今江苏省苏州市)人。乾隆五十五年(1790)一甲一名进士，授翰林院修撰。历官四川重庆府知府，山东按察使。著有《独学庐诗文集》。

夜渡芜湖关

孤舟载明月，秋夜渡芜湖。客梦犹怀楚，归心已入吴。悬灯关吏散，击楫榜人呼。三岁江南北，浮踪逐雁凫。

——《独学庐初稿》卷三

王　泽

王泽(1759—1842)，字润生，号子卿，晚号观斋，安徽芜湖人。嘉庆六年(1801)进士，授编修、官武英殿提调、体仁阁直阁、国史馆协修，后任署理江西赣南道。与黄钺谊兼师生与姻戚，人称"芜湖二老"。著有《观斋集》。

湖上新葺小园杂诗十首

本为童子钓游地，也是中年诗酒场。劳我以生须逸我，湖山依旧好徜徉。①

[注]①作者自注(其后每一首诗末皆有自注)：园为长春园，陆羽轩旧基，兼有一房山镜湖画社地，后归邑侯陈岸亭明府，名留春园，遂成官廨。久荒。

归去来堂久已无，一间茅屋祀于湖。后生获践前贤迹，整理荒园当旧庐。

[注]张于湖先生旧居,有归去来堂,并有祠祀,久废。乾隆庚戌,左田夫子请陈邑侯并主祀于园之西。今复题扁设供于园之前厅,悬"归去来堂"额。

承恩记厕玉堂仙,侍宴赓歌甲子年。家有赐书珍弆在,一楼敬谨奉宸编。

[注]堂后有楼,以赐书额之。

不识吴波亭所在,临流阁榜字题新。他年疏傅安车返,好与斯亭作主人。

[注]吴波亭为邑名胜,不知原在何处。今就水阁题名,以复旧观。左田夫子曾刻"吴波亭长"小印。

记拈天水王孙句,题作溪山好处亭。今日三间方在告,飞书先报老仙听。

[注]溪山好处亭,左田夫子取松雪诗句题马千之宅额也。今亦无存,新构三楹,恰当湖山正面,因代夫子补书此额。

观壹精庐邸寓同,时时清梦到山中。乐天已作卧云客,准拟诗歌侍晋公。

[注]泽前寄居左田夫子邸寓,夫子以"观壹精庐"题其楣。今就西厅题此所。以待夫子归也。

古藤卧地半枯槁,瘦柏欹墙时动摇。不啻风尘苦憔悴,而今始得任逍遥。

[注]古藤作架,扶之瘦柏,拆屋出之,始可见赏。

一枝石笋孤无倚,乱石纵横垒几堆。绝似小罗浮旧馆,第三十七洞天开。

[注]小罗浮仙馆,亦予京师旧居,有云台先生书额。今垒石为洞,即以此榜之。

种桃种柳插篱笆,移竹移桐点缀嘉。多谢故人饶逸兴,浮槎湖上送梅花。

[注]许耕余文学自平山口移老梅一株,由湖上渡水送来。

水阁安排笔砚初,书窗浣壁自怡愉。赠来楹帖真惭愧,那得风流比石湖。

[注]观白同年书石湖居士范成大鉴曲诗人陆务观联,仙霞明经书有"石湖老仙峻望是,香山居士后身联"。各见赠。

——民国《芜湖县志》卷五十九

集古香精舍

又别梅花十二年,归来正是熟梅天。上人邀我坐高阁,佳客对山挥古弦。①萧散脱巾真出世,婆娑抚树小参禅。我心与佛同无住,展卷怀人复怅然。

——民国《芜湖县志》卷五十九

[注]①作者自注:陶铁崖、邵兰泉、倪仙霞俱善琴,各弹数操。

九日六如阁登高

东风吹我到西庵，无际浓云雨意含。佳节最宜酬酩酊，老人颇觉爱瞿昙。山中木落梵音出，江上波澄雁影涵。高阁一年曾未到，登临筋力幸犹堪。

——民国《芜湖县志》卷五十九

游三华山寺二首①

江山青空送离别，青天以外三华列。老我尘劳江上舟，应有山灵笑人拙。浮云六载八往还，秀色今朝初揽撷。落叶满衣山满楼，共对石头说生灭。

清景一失那可寻，江波急剪为樵临。绿筇径出黄叶林，岚光浓淡峰晴阴。装成一幅行看子，随处卧游情与深。流传后有好事者，记取姓氏黄谢周王金。

——道光《繁昌县志》卷十七

[注]①题目系修订者所改,原题:偕黄左田、金叶山、周最峰、谢潜斋游三华山寺二首,分韵得列阴字。附刻待采。

白马山纪游①

犯晓南郊卅里来，竹扰兜子上云隈。家山亦有痴翁画，翻惜衰年到此纔。

崎岖荦确到岩阿，杂树丹黄着色多。喜有老僧供茗椀，明年秋好傥重过②。

石穴居然号洞天，前人传却以疑传。③身游万里经游远，不觉攀萝一粲然。

郇公到处有行厨④，藉草飞觞兴不辜。醉后莫愁清景失，夕阳红树满归途。

——《观斋集》

[注]作者自注:①九月十七日顾生润民约陪官保夫子、在轩水部、小田仪部、小琴少尹及予六人。②石人山集贤庵。③白马洞天,芜湖胜境,到此方知山有石穴,围六七尺许,出入甚难。④顾生借庖。

赵文楷

　　赵文楷(1760—1808),字逸书,号介山,安徽太湖人。赵朴初先生之太高祖。乾隆五十二年(1787)举人,后一甲一名进士及第,由翰林院修撰,仕至山西雁平兵备道。清嘉庆五年(1800)曾出使琉球(日本)。著有《石柏山房诗存》。

晓发芜湖风瘴大作未亭午即抵采石

西梁山下浪重重，茅屋人家半水中。晓雾四围双峡口，孤帆一片大江东。乘风宗子今谁是，捉月诗人未许同。直过青山到牛渚，依然云净日曈昽。

—《石柏山房诗存》卷一

舟次芜湖重送思传叔父之维扬

入世浮萍无定踪，他乡惜别意重重。愿将尺鲤南来信，好与归鸿北去逢。晓日舟中姑斟酒，西风江上秣陵钟。天涯雨雪艰难遍，太息吾家阮仲容。①

—《石柏山房诗存》卷一

[注]①作者自注:谓克斋侄时飘泊西秦。

繁昌旅舍

旅舍无人尽日长，一肩书担一琴囊。厨空蔬笋烦僧馈，岁歉山林备盗攘。萧寺午风来燕雀，荒城春草见牛羊。江南自昔繁华地，不道阳山在近乡。

—《石柏山房诗存》卷一

游繁昌慈云寺

山色岚光拥四围，偶来竹里叩禅扉。依岩结屋楼高下，隔树栖云影瘦肥。千里关山劳鹤胫，十年尘梦伴鹑衣。炉烟细袅诸天静，闲煞山僧老翠微。

—《石柏山房诗存》卷一

赠繁昌广文吕御堂兆龙山阳人四首录二

田来才薮属山阳，绛帐春开讲学堂。官职不嫌秦博士，科名原是汉贤良。终期黄绢题金马，暂拥青毡得瘦羊。怪底山城饶紫气，文星夜夜彻光芒。
又掉南陵一叶舟，浪游幸得识荆州。诸生不问皆邹鲁，父老争能说贾刘。漫道广文官最冷，可知经义泽长留。相逢徐订秦淮约，肯向邮亭一晤不?

—《石柏山房诗存》卷一

赠繁昌尉宋萼楼

讼庭人散静无哗，伴我清谈礼数加。东野几曾轻簿尉，广平端不愧才华。松间哦韵消长昼，花里携琴放晚衙。吏隐兼称从古少，羡君官府亦烟霞。

——《石柏山房诗存》卷一

赭山一览亭有怀潘筑岩

楚天回首路漫漫，尽日幽忧集百端。一别故园空怅望，独来歧路历艰难。日沉大壑千山黑，江转孤城五月寒。潘令闲居应有忆，无人为我报平安。

——《石柏山房诗存》卷一

登赤铸山①

赤铸山头云不开，赤铸山下闻殷雷。火轮飞出驱苦雾，天地净洗无尘埃。干将一去四千载，雄剑入水雌鸣哀。至今山石皆烂赤，童然剸为无莓苔。我来寓此山下寺，几欲寻言山上台。重阴积日忽开霁，蜡屐忍复重徘徊。蚁旋猿附乃得上，怳然此身出八垓。江水东流入沧海，鸠兹纍尔如浮杯。惊涛浊浪苦不定，帆樯出没纷崩颓。谁能为我铸长剑，断取蛟蜃歼黄能。川平如掌净如练，扁舟直入沧浪隈。他乡流滞古所叹，壮岁胡乃双鬓摧。江东无田归不得，孟尝平原安在哉。夕阳欲落复不落，群羊蹢躅穿荒莱。野田青燐乱如火，饥殍白骨看成堆。②我今不知其所往，暝色远至横相催。欲呼涪翁与共语，夜深傥有魂归来。③

——《石柏山房诗存》卷一

　　[注]作者自注：①即赭山相传为干将铸剑处。②时方凶馑故云。③山曾读书，山中有诗。

舟次芜湖

击楫中流破醉颜，轻帆一叶渺茫间。天清急柝闻孤枕，月黑飞星入故山。世路漫弹长剑铗，客心多绕大刀环。抱关不用询名姓，我与游僧只一般。

——《石柏山房诗存》卷一

孙原湘

孙原湘(1760—1829),字子潇,号心青,江苏昭文(今常熟)人。嘉庆十年(1805)进士,改庶吉士,充武英殿协修。著有《天真阁集》。

湾沚七夕①

秋桐阴瘦日初斜,碧玉湾头小系槎。红藕香清风一市,绿蒲声碎路三叉。行携眷属原多累,作到神仙尚有家。云际双星翻笑我,朝朝双影照天涯。

——《天真阁集》卷二十三

[注]①作者自注:是日立秋。

蟂矶灵泽夫人祠

漫认鸳鸯是两雄,银刀如雪洞房中。能驯夫婿蛟龙气,未脱诸兄狮虎风。赵姊无家恩已绝,湘妃有国梦难通。此心可照江流水,羞并怀嬴入晋宫。

——《天真阁集》卷二十九

曾 燠

曾燠(1760—1831),字庶蕃,号宾谷,江西南城人。乾隆四十六年(1781)进士,官至贵州巡抚。著有《赏雨茅屋诗集》。

蟂矶灵泽夫人祠

英雄意气那能平,儿女区区事易轻。赤狄未闻归季隗,晋文终竟纳怀嬴。临江一片渐台石,望帝千春杜宇声。地下相从谁最近,惠陵遥瞩不胜情。

——《赏雨茅屋诗集》卷三

荻港大风

我舟缆定时复掀,邻舟左右相轻轩。舟中之人声乱喧,昨系垂杨今拔根。涨深没过前沙痕，亟加长缆牵高原。高原试上风吹裤，冷气直欲排春温。山木尽亚烟霄昏，雪花滚滚江倒翻。荡荡势将隘乾坤，板子一矶吐复吞。有如波心拜风豚，又如出没蛟与鼋。江神此际朝天门，冯夷击鼓扬旌旛。蟂矶牛渚百怪奔，凭藉风威以自尊。窈愁坼岸崩山村。不然黄公旧精魂，怒气为此如伍员。

——《赏雨茅屋诗集》卷十二

夜泊天门山①

月下天门来，峰头片云脱。恍见金银台，乘查予直达。大江平若镜，吴楚分林末。渚怪深不惊，沙禽静无聒。有怀谪仙人，才气天地阔。山水本无情，挥毫使之活。脚踏万里流，明月竟手掇。倾江作绿醅，始足解其渴。故人同逸兴，矫迈不可夺。蚤晚到扬州，相思一披豁。

——《赏雨茅屋诗集》卷十二

[注]①题目系修订者所改,原题:夜泊天门山,用太白江上寄元六林宗韵,寄怀吴谷人丈乐莲裳。

天门山又大风

前日获港风，祷神惠然肯。神殆恐我骄，反风复相警。我于天地间，微与矶虿等。暮年况更事，事事发深省。颇知有生来，顺逆无定境。祸福机相乘，得丧观宜并。豪气久已除，壮心亦已冷。宁当小得意，而敢恃恩幸。天门诀荡荡，夜色星辰静。狂飚忽然兴，江波翻倒景。明晨视日色，浑被浮云屏。溟涨何汤汤，前林已没顶。牛马不能辨，蛟鼍方更骋。吴楚不足云，势将荡鸿滓。天门发动摇，石破在俄顷。不知帝命乎，抑出神私逞。帝座如震惊，神亦宜有眚。行人且实繁，非我独艰梗。所愿风波平，江天复清迥。人人得安渡，皆感神力拯。我便辞此官，厺买一渔艇。溪涧随所适，沿绿于藻荇。朝南暮北风，不向仙人请。

——《赏雨茅屋诗集》卷十二

刘嗣绾

刘嗣绾(1762—1820),字醇甫,又字简之,号芙初,江苏阳湖(今常州)人。嘉庆十三年(1808)会试第一,廷试改翰林庶吉士,授编修。其诗及骈文,少作多明艳,中年则以沈博排奡胜,晚更清道骏迈,以快历之笔,达幽隐之思。著有《尚䌐堂集》。

蝼矶

铁锁千寻壮，危矶一片孤。不知矶下浪，恨蜀恨东吴。

雪浪涌帆樯，推篷一望乡。乡心潮并落，不肯上浔阳。

——《尚纲堂诗集》卷十三

江行竹枝词

龙王庙口水无涯，水上灵旗一路斜。过客停船送神毕，船头对对舞神鸦。

前网初收后网沉，绿杨风起水鳞鳞。渔人家住针鱼觜，一寸鱼儿不上唇。

老鸦矶畔老鸦飞，山鹧坡前山鹧啼。只有女郎祠下路，年年不见女郎归。

石尤风急过芜关，郎遇狂风郎不还。愿得郎船行不去，朝朝夜夜磨盘山。

荻港人家江上楼，门前江水绿于油。舟行莫宿港中去，恐有荻花飞上头。

大姑弯弯眉黛齐，小姑鬟子绿云低。伊家姊妹一帆送，吹到大江西更西。

——《尚纲堂诗集》卷十三

抵芜湖

船头尽日雨催诗，几许闲愁付柳枝。剪得半江风色好，四山如画到鸠兹。

湖乡别酒不曾醒，又上浮槎作客星。一线长江天际绿，有人指点识舟亭。

——《尚纲堂诗集》卷二十四

蝼矶灵泽夫人庙

一死更无地，潮生终古吞。灵蝼空饮血，杜宇未归魂。君国生前别，江天战后昏。

夫人留庙号，正统到今尊。

——《尚纲堂诗集》卷二十四

湖上晚步

湖水连天绿上楼，湖亭惆怅忆清游。踏青过了无多日，办得清鞿又踏秋。①

山房云磬不分层，我亦飘然出世僧。闲立上方看下界，满湖心里绿荷灯。②

——《尚纲堂诗集》卷二十五

[注]作者自注：①芜湖人士以秋日出游为踏秋。②是夕孟兰会甚盛。

中元夜陶塘归作

万点河灯夜出游，繁星岁月满荒洲。人天不隔三千界，佛鬼平分一半秋。碧树连宵传古曲，红墙特地送新愁。严城不设金吾禁，多事鸡人促晓筹。

——《尚纲堂诗集》卷二十五

晚憩赭山滴翠轩

涪翁读书处，滴翠满轩楹。江远全浮树，山低半入城。石幢延月色，云磬下秋声。仿佛金焦寺，鱼灯隔浦明。

——《尚纲堂诗集》卷二十五

野望

烧痕红不了，都作断霞流。野水自成渡，乱峰争入楼。乌啼孤角晚，雁叫一绳秋。莫唱《湖阴曲》，神灯夜出游。

——《尚纲堂诗集》卷二十五

756

摸秋词

鸠兹风俗，女伴於秋夜出游，各于瓜田间摘瓜归，为宜男兆，名曰摸秋。

秋瓜满田夜出游，家家女儿来摸秋。门前一碧秋如洗，瓜田争纳美人履。一瓜摘得牵蔓迟，女儿得瓜如得儿。抱瓜深深恐瓜堕，眼见瓜圆瓜易破。瓜甜瓜苦妾心尝，记妾瓜期初嫁郎。回身语郎行且止，朝来黑白看瓜子。

——《尚纲堂诗集》卷二十九

钱孟钿

钱孟钿（1765—1820），女，字冠之，号浣青，江苏武进人。尚书钱维城女，巡道崔龙见妻。著有《浣青诗草》《鸣秋合籁集》。

读史偶成

读史弗穷理，泥古辞易谬。炎汉四百年，尺土皆封堠。胡云当涂高，正统反相授。
堂堂司马公，乃书亮入寇。朱三亦继唐，此弊孰为救。青史不足凭，挂一乃万漏。
悲风蟆矶岸，空江泻寒溜。望帝魂不归，喊痕寄猿狖。嗟无两舟米，不得纪蜀后。①

——《浣青诗草》

[注]①作者自注：《三国志·后妃传》缺蟆矶夫人。陈寿索丁仪米两船，仪靳之，遂不为
其父立传，故云。

徐昌基，元和（今江苏吴县）人。清嘉庆之前人，生平不详。

登濡城有作

戍楼清啸楚云宽，征雁声中独倚栏。江自天门分水入，山如剑阁上城看。曹公战垒
秋风破，米老书斋夕照寒。怀古不须多感慨，沧桑梦冷钓鱼竿。

——嘉庆《无为州志》卷三十二

757

蒋熊飞，清嘉庆之前人，生平不详。

裕溪晚泊

偶上故人舫，同看白下花。橹摇江月碎，岸曳酒旗斜。渔火吹芦叶，村肴煮荻芽。
滩头成晚泊，纵步踏晴沙。

——嘉庆《无为州志》卷三十二

金之鹏，字北鲲，号木田，安徽无为人。清嘉庆之前人，生平不详。著有《梅花书屋诗集》。

蠡矶谒灵泽夫人庙

一瓣香焚圣母炉，三分往事为踟蹰。不将铁甲搜铜雀，空遣苍头问赤乌。孤屿月明终忆汉，灵旗风满不归吴。门前万里巴江水，流尽当年恨也无。

——嘉庆《无为州志》卷三十二

张家窑

张家窑，何凄凄，霜风倒吹白日低。松楸凛冽声肃肃，狐狸窥人鸱鸮哭。有酒痛饮歌号陶，昔人未葬金垂腰。君不见，张家窑，寒烟衰草空萧条。

——嘉庆《无为州志》卷三十二

758

李如梓，滁阳（今安徽滁州）人。生平不详。

濡须雨夜

强宿已难寐，如何更雨声。骤来心欲捣，长滴泪同倾。黠鼠叹无奈，残灯黯不明。家人闻淅沥，谓我滞江城。

——嘉庆《无为州志》卷三十一

（刘　寅）

刘寅，字敬存，号计亭，清嘉庆前文人。著有《踵息轩诗集》。

蠔矶庙

仲谋拜表曹瞒笑，惭愧夫人义烈多。此土莫言非死所，江南原是汉山河。

————嘉庆《无为州志》卷三十二

严可均

严可均（1762—1843），字景文，号铁桥，乌程（今浙江吴兴）人。清文献学家、藏书家。嘉庆五年（1800）举人，授建德县教谕。著有《说文声类》《铁桥漫稿》。

蠔矶灵泽夫人祠行

平明发帮射蛟浦，半日浔阳江上风。蠔矶居然到我眼，倚江片石青茸茸。明珠步障入想像，村巫社鼓声丁冬。灵旗恍惚宰木古，神鸦衔过山花浓。猗昔炎精遭丧乱，乃兄虎据江之东。掎角刘宗烧赤鼻，欲仗归妹驯蛟龙。家国大事两决裂，夷陵营火通天红。狐子裘来蜀锦碎，非巾帼手能弥缝。夫人具挟丈夫气，慷慨一死明其衷。江神踏浪佩环湿，英娥窈窕心相从。泪落凄其甘露寺，魂归怅望永安宫。白帝江声五千里，愁云苦雾何终穷。

————《铁桥漫稿》卷一

759

刘鸿翱

刘鸿翱（1779—1849），字次伯，山东潍县人。嘉庆十四年（1809）进士，官至福建巡抚。著有《绿野斋前后合集》。

差次芜湖谒灵泽夫人祠

鲛室龙宫葬玉凫，汉家王气日西徂。峡云直去犹通蜀，江水横流不向吴。精卫何年填巨壑，湘灵终古怨苍梧。永安宫在蚕丛外，万里关山得到无。

————《晚晴簃诗汇》

张问陶

张问陶（1764—1814），字仲冶，号船山，遂宁（今四川遂宁市）人。乾隆五十五年（1790）进士，官莱州知府。著有《船山诗草》。

鸠兹道中夜行

客梦浑无际，推蓬浩渺间。鸥贪云水福，犀露鬼神顽。月影经冬瘦，江流入夜闲。吟情何处是，谢朓有青山。

——《船山诗草》卷二

题黄钺玩月卷子①

画意诗情绝潇洒，旧时风月一清新。但凭好景留今日，未必虚怀让古人。世外心交多冷趣，闲中墨戏总天真。乱头粗服偏神似，肯仿林宗垫雨巾。

——《船山诗草补遗》卷五

760

[注]①题目系修订者所改，原题：题黄左田钺同年为吴子华仿石田翁全庆堂玩月卷子。左田与城东肖生、子华用石田元韵联句题后，亦步元韵。

欧阳辂

欧阳辂（1767—1841），原名绍洛，字念祖，号磵东，湖南新化（一作善化）人。乾隆五十九年（1794）举人。著有《磵东诗钞》。

宿南陵

洞门之气掩余晖，风叶萧萧乱打扉。破屋夜凉知雨过，空林鸦噪有僧归。苦淹人事真无那，便息交游未觉非。寂寂南亭山色里，卧听清梵欲忘机。

——《晚晴簃诗汇》

叶绍本(1767—1841),字立人,一字仁甫、号筠潭,归安(今属浙江湖州市)人。嘉庆六年(1801)进士,改庶吉士,授翰林院编修。历官福建学政、山西布政使、降鸿胪寺卿。著有《白鹤山房诗钞》。

左田三和拙作四叠前韵奉柬

君官虽荣心饮蔗,竹箪暑风咏高榭。兴来著手便成春,洒去霜毫浑染夏。随风珠玉落九天,挂腹缥细罗万架。自在华严涌现多,倒流峡水翻腾乍。十汤十决锐且雄,三出三入整以暇。左文廿八莫书斌,籀字九千应补欤。骈词遮莫近俳优,吏课何当输给舍。途长骏足骋弥奇,风利螺帆挂谁卸。箧启真藏智慧珠,花开信有文章柘。古调千秋孰颉颃,高材一代谁凌跨。擘笺那厌钵频敲,倒屣何嫌门屡迓。闲写应联皂渚盟,传钞定贵鸡林价。任教还往侍童疲,不畏俾倪从骑马。弭兵有术将行成,制胜无谋思出嫁。伎俩宁同狡狯看,生活奚须冷淡诧。云龙东野任相随,海蜃立之难自罢。一樽且复中圣贤,杯盘莫哂邻家借。

——《白鹤山房诗钞》卷七

761

子卿出守江南寄之以诗

清名台省重,此日绾鱼符。江左雄系地,淮阳德望孚。民多乐耕稼,俗每困征输。财赋东南剧,无令膏血枯。
甲科同岁射,密醴喻平生。酒盏倾怀饮,诗牌击钵赓。比邻鹅鸭闹,接轸鹭鹓行。此日歧南北,何时会合成。

——《白鹤山房诗钞》卷八

景 燮

景燮,字阆仙,江苏昭文(今常熟)人。嘉庆三年(1798)举人,嘉庆二十三年(1818)任繁昌知县。

游马仁山

天公一夕画兴发，霄汉无人给笔札。信手拈将石乱排，意匠玲珑势飘忽。女娲炼石石本灵，况复大力驱五丁。果然造物物凭造，意之所向胥呈形。兹山旧以马人名，唐时石马曾妖鸣。后改今名为马仁，诸峰统摄若比邻。一峰号韬玉，隐约腾辉静函璞。一峰号龙首，仰视青天大张口。一峰号观音，浓蟠螺髻短插簪。一峰号罗汉，枯坐终朝对香案。一峰号漏月，团圞昼现银蟾窟。一峰号双桂，离矗云端几千岁。又有双猫石，两耳崚嶒尾摇兀。又有毗芦峰，宛似毗芦帽，此皆历历有名号。其实无名之峰甚奇妙，不屑肖物物亦莫能肖，惜无攀援之力弗克一一身亲到。但见或如庑、或如户、或如笋出土。或如戈矛牙矗森难数，或如凌空峭壁旁无柱。奇景入我目，余想萦心曲。既有天然好标格，何不人工更装束。譬若绝世佳人姿，饰以珠钿被裳服。秀栽岩缺几株松，广植坡前万杆竹。山腰建一亭，山脚疏双瀑，点缀层层意酣足。事非甚难宜可为，近处人家待相勖。功成上表奏天公，臣补繁阳图一幅。

——道光《繁昌县志》卷十七

三山寺巨梅赞

三山寺中梅一株，不知何代初被春风嘘。其下深埋绝壑底，其上高出岑楼之巅而有余。横枝离披干倔强，自如神龙攫物怒爪舒。约略冷蕊几千万，自顶至踵密复疏。当风乍放两三朵，庄周化蝶栩栩还蘧蘧。修竹掩映互环绕，颇似低头拜梅梅不扶。是何妩媚而倨傲，对之辄欲思海虞。海虞梅数招真治，崇祯三载传非诬。彼固修整此夭矫，以小视大还应输。忆彼我更为此幸，幸梅托根幽处离尘区。空山岁月任偃蹇，不受束缚才得完真躯。独讶梅之奇特为日亦已久，何以不逢赏识寂寂无声誉。呜呼！不逢赏识寂寂无声誉，或者表彰原待余。

——道光《繁昌县志》卷十七

陶维熊

陶维熊，字太古，安徽芜湖人。考授州同，晚结莲社，与诸僧相往还。著有《容膝斋集》。

过荆山山庄

云气时离合，残荷剩远香。山高僧寺掩，风冷雁途忙。农熟新刍酒，花开古苑墙。

归来秋色暮，明月已铺床。

赭山怀古

赭壁曾经山谷①居，长江环绕木萧疏。一亭荒址今犹在，未卜何人更读书。

[注]①山谷：指黄庭坚。

##

施长春，字淡吟，安徽芜湖人。清廪生。著有《淡吟遗草》。

塔塘

波流几曲碧溁洄，面面柴门对水开。夹岸尽将杨柳种，满塘多取芰荷栽。翠笼春影
垂鞭过，香送斜阳打桨回。不为侬家崇让宅，若教频向此间来。①

[注]①作者自注：予外家居此。

题韦丈拙斋宜园别墅

苏州本是逍遥裔，韦曲新成缥缈居。十笏恰围西郭后，一窗剧爱上楼初。坐当月上
宵难寐，看到云生画不如。过客漫言壶峤事，此间已署小方诸。

##

王骏，字神驹，号中垣，安徽芜湖人。以贡生授司训。著有《春柳草堂诗稿》《滴翠
轩选艺》。

春日偕友登一览亭旧址①

散步出城郭，沙堤风日妍。麦苗摇细雨，蝶翅漾晴烟。一览空高下，分行失后先。遥看丛郁处，孤塔倚峰悬。

——民国《芜湖县志》卷五十九

[注]①一览亭：即赭山亭，在赭山。宋淳祐间邑人张应南始建，明嘉靖间重修。清光绪时拆废，后又重建。

秋晚登城怀古

野连吴楚烽烟扫，疏花犹剩残阳抱。乘兴登临最上头，放眸直送秋光老。城隅斜对王敦亭，几度年华梦未醒。晋帝旌旗东去后，只今荒冢绕流萤。

——民国《芜湖县志》卷五十九

764

彭兆荪(1768—1821)，字甘亭，一字湘涵，镇洋人。道光三年(1823)举孝廉方正。著有《小谟觞馆诗集》。

蛾眉山①

长江作明镜，旁照双烟鬟。婷态抱幽意，倦姿无媚颜。夜分风露重，洗出青弯环。列宿耿垂地，薄云犹恋山。金膏水碧气，窈窕冲瀜间。乌帽谪仙去，坐令秋月闲。倘余弄珠侣，来听波潺湲。

——《小谟觞馆诗续集》卷二

[注]①作者自注：即天门山。

蟂矶灵泽夫人祠十二韵

片石灵祠在，三分霸业残。卷旗风猎猎，摇佩玉珊珊。势已成吴蜀，攸空相蹶韩。吉仪乖反马，倦侣毕乘鸾。金椀刀光歇，明珠步障寒。卦虚归妹卜，山作望夫看。婚媾仇雠启，君亲去住难。绸缪恩断绝，家国事辛酸。魄定侪精卫，宫长恋永安。

芜湖历代诗词

湘娥情怅惘，杜宇泪芄兰。溪女羞蘋白，荆巫荐荔丹。刘郎浦边月，应照水回澜。

——《小谟觞馆诗续集》卷二

板子矶

地傍鸠兹墓，黄公逝不还。弩台留草劲，兵气化云闲。白鸟沧波外，红花翠筱间。开平残垒接，余感满三山。

——《小谟觞馆诗续集》卷二

李兆洛(1769—1784)，字申耆，晚号养一老人，阳湖(今江苏常州)人。嘉庆十年(1805)进士，曾任凤台县知县，后主讲江阴书院，通音韵、史地、历算之学。著有《养一斋集》。

南陵同陈芸晖闲眺

故园别去几经年，日日思归枉自牵。柳已搓黄波已绿，云山东望一凄然。
牓题犹记曲江公，轩槛空余想像中。剩有百年乔木在，可能管领旧春风。
皮癞条剥苦槎枒，铁骨凭将阅岁华。底事欲开偏缓缓，自嫌身是路旁花。
只为寻花不自疑，便穿苔径倚花枝。何如坡老黄州日，拄杖敲门看竹时。

——《养一斋诗集》卷五

小乔墓二首

寻常草木借余香，故垒东边墓未荒。多少才人嫁厮养，古来能得几周郎。
梅花一树傍幽姿，尚有词人寄梦思。铜雀倾来歌舞歇，左马謇姐阿谁知。

——民国《南陵县志》卷四十二

孙尔准(1770—1832)，字平叔，号戒庵，江苏金匮(今无锡)人。嘉庆十年(1805)进士，授翰林院编修，累官福建汀州知府，福建、广东布政使，安徽、福建巡抚等职。著有《泰云堂诗集》。

芜湖僧寺偕侯贞友看牡丹

此会非前料，招提共倚栏。才奇真实少，花艳欲开难。选胜惊春晚，偷闲惜暂欢。明朝又歧路，衰鬓互相看。

——《泰云堂诗集》卷十一

查 揆

　　查揆（1770—1834），又名初揆，字伯揆，号梅史，浙江海宁人。嘉庆九年（1804）举人，官至顺天蓟州知州。著有《篔谷文集》。

阻风泊荻港

苍茫即前路，趹荡怯风信。之字作侧抢，掠影转轻迅。楚萍东复西，宋鹢退为进。翩如鸿雁行，绕若鹳鹅阵。斜飞掔江练，瞥走荡水镜。胡旋眩地轴，禹步斡斗柄。初犹蓬根飞，渐觉猋势劲。天声雷震鲁，云气豕涉晋。卸帆俨避雠，倚楫尚观衅。喧哜慰荒寒，栖泊示静镇。眉舞呼酒船，色饥艳神馂。孤衾厌乡梦，残烛堕宵烬。事固有迟速，理本兼逆顺。百年无风涛，奇福盖亦仅。

——《篔谷诗钞》卷十七

迟朱悔斋

咫尺游鳞尺素通，稻孙楼近米南宫。鬓丝别有成潘岳，家具移来似葛洪。半世相期儒又侠，一篷无赖雨兼风。江湖载酒寻常事，醉倒鸠兹我欲东。

——《篔谷诗钞》卷十七

螺矶灵泽夫人庙

呜咽嘉陵水，迢遥白帝城。容刀原自古，故剑转无情。绣障三生影，灵旗小队兵。湘娥余怨慕，弹作杜鹃声。

——《篔谷诗钞》卷十七

繁昌旧县

县废无城郭，人烟小市阛。林移一枝塔，云近满窗山。野菜论钱贱，樯乌掠食还。
故人尊酒约，今夕话江关。

——《笕谷诗钞》卷十七

板子矶吊黄忠桓

百战谁从壁上观，迎銮地近阵云盘。石头已许防苏峻，戏下何由忌曲端。四镇虫沙
虚北府，六朝罗绮亦南冠。剧怜一觉扬州梦，只作陈徐派水看。
铁锁沈江断未妨，英雄草泽谶彭亡。上游肯信恒宣武，一旅空存夏少康。车下怒龟
才埶式，穴中首鼠斗偏狂。子婴缚作降王长，故垒萧条胜夕阳。

——《笕谷诗钞》卷十七

梁山矶

痴云懵不醒，三日无朝暾。不知何风色，但见江水浑。自从鸠兹来，积气排纷缊。
两崖若犄角，凿空旁无垠。临流各雄长，势欲东吴吞。西厓校逼迫，陡绝谁能扪。
此时方水落，上有百丈痕。千樯侧翅过，尺寸凄心魂。孤危面目鬶，奇顽颠顶髡。
花宫独缥缈，钟磬飘云根。慧力藉狮象，妖蔾销鲲鲲。时平一尉候，险阻何足论。
春波映大旗，画角吹营门。①

——《笕谷诗钞》卷十七

[注]①作者自注:游兵营驻此防江。

陈文述

陈文述(1771—1843)，字隽甫，号云伯、退庵，浙江杭州人。嘉庆五年(1800)举
人，官昭文、全椒、繁昌等知县。著有《颐道堂诗选》。

芜湖晓发

晨霞晃澄江，霁色漾明暑。沙头喧估舶，津鼓催行早。此地古鸠兹，吴楚有城堡。
山色郁苍苍，江声流浩浩。对面蟂矶祠，金碧丽蓬岛。归魂招白帝，艰难悲蜀道。

中流望翠巘，白云闲亦好。轻舟互来往，各趁长风饱。乃知江海宽，不见帆樯扰。望望天门山，双蛾淡初扫。

——《颐道堂诗选》卷七

铁画歌

画乃芜湖锻工汤鹏所作。汤与画师萧尺木邻，暇辄往观，萧呵之，汤发愤曰："尔谓我不能画耶！"乃锻铁以作山水屏障，惟肖世因谓之：铁画□鹏字天池。

铁画铁画谁所作，汤生家近鸠兹郭。生来腕底有灵锤，驱使烟云出锋锷。生家昔仿画师作，画师激之生也怒。收束精神入杳冥，幻出花枝与云树。画家使笔如使铁，生也使铁如使笔。铁耶画耶两不知，百炼功深神妙出。我思技之至者能通神，飞卫射虱如车轮。越女剑术郢匠斤。绝技何必师前人。铁能作画自兹始，一艺成名足传矣。君不见、文章之道亦如此。

——《颐道堂诗选》卷七

蝲矶庙灵泽夫人祠

768

青山如黛晚苍苍，玉殿深松隐夕阳。蜀道无家悲望帝，湘宫有泪泣娥皇。秋潮江水旌旗远，夜月虚堂剑佩凉。欲问永安何处是，峨岷西接暮云长。

——《颐道堂诗选》卷七

天门山用黄仲则韵

山连采石出，江抱金陵流。谪仙去后一千载，我来汗漫乘风游。两崖一束江势陡，怒涛似挟神龙走。龙性不驯江有声，块垒难消酒一斗。彩云白帝遥相望，诗境今朝落我手。绿荫风卷疑深秋，松柏所产非培塿。陡然一峰起嵷巃，云中应有仙人宫。流泉缥缈飞雨下，绝壁紫翠朝霞烘。送江入海向东去，此地人言巨灵怒。太华擘后又天门，千古江山奇绝处。惊雷卷雪喷船头，长吟珠玉生歌喉。可惜风利不得泊，不然扪萝绝顶来勾留。搔首青天发长啸，浩荡一洗胸中愁。

——《颐道堂诗选》卷七

板矶是黄得功屯兵拒左良玉处

山势欲起稜，江声有余怒。忠桓昔移镇，营屯于此驻。宁南下艘艒，举动太轻遽。

骑虎势已成，卧罴猛当路。撤彼防淮兵，增此沿江戍。左师幸已燔，北兵竟飞渡。
宰相白衣遁，帝子青骡去。将军死殉国，落日愁云暮。凭吊古战场，指点屯兵处。
残局殿六朝，兴废关天数。黯黯芜湖城，郁郁金陵树。

——《颐道堂诗选》卷七

江上望蛾眉山书寄

桩台日日玩蛾眉，又挂轻帆远别离。惆怅楚天明镜里，蓬窗遥对碧参差。

——《颐道堂诗选》卷二十四

芜湖夜泊怀王子卿

金龟同贳酒，以我比青莲。今昔鸠兹郭，重停采石船。波平江路永，夜静月华鲜。
羡尔躬耕好，城南数顷田。

——《颐道堂诗选》卷二十四

陆继辂

769

　　陆继辂（1772—1834），字祁孙，一字修平，江苏阳湖（今常州）人。嘉庆五年（1800）举人，官合肥县训导，江西贵溪知县。著有《崇百药斋文集》。

蟂矶夫人祠

余火翻资敌，沈渊岂殉名。文偏良史阙，恨未暮潮平。忆昔宁亲急，微伤去国轻。
何图椒寝建，不暇鞠衣迎。古道蚕业远，讹言鹤唳惊。家门惭九锡，兵法误连营。
忠节兼臣妾，恩仇付舅甥。重滋湘竹色，忍听杜鹃声。为感黄陵庙，兴怀白帝城。
流虹虚子贵，梦月兆辰嬴。讵泄谋桑语，都忘就木盟。神伤蒋侯妹，骨谢汉家茔。
正统名原在，偏安势竟成。兴旺前代事，伉俪百年情。眉影遥山蹙，刀光夕照横。
搴兰遗下女，心薄罽尘生。

——《崇百药斋三集》卷一

荻港午泊

扬帆未觉快，曳牵易生怨。习知谋食艰，岂敢诉劳倦。我暂得驱策，事当寓惩劝。

奈何赤日下，安坐视流汗。招之使登舟，姑留尔力半，系缆绿阴中，鼾声满江岸。

——《崇百药斋三集》卷一

江岸赋寒柳

道是春残岁亦残，青门一别又江干。年荒幸保苍皮在，我意还将翠黛看。尽有钓人叨蔽影，不须梁燕见禁寒。忽忽略说隋堤事，渐欲添薪到画栏。

司李悲秋旧有诗，秋光正尔系人思。即今江岸停舟处，已后官斋刻烛时。相赏定无前度客，如君即是后凋姿。此间大好稽康锻①，试辍松枝铸柳枝。

——《崇百药斋三集》卷八

[注]①作者自注：谓汤天池铁画。

吴荣光

吴荣光（1773—1843），字殿坦，一字伯荣，号荷屋，晚号石云山人，广东南海（今广州）人。嘉庆四年（1799）进士，官至湖广总督。著有《石云山人诗集》等。

770

螟矶夫人祠

大江西接蜀川奔，怅望君王几度恩。弓剑夜归桑盖影，珮环朝拜杜鹃魂。刘郎浦在云先冷，白帝城遥日已昏。此水滔滔家与国，谁从啼血认潮痕。

——《石云山人诗集》卷十二

题黄钺忆壶图①

归人写归云，本得山水态。空使未归人，前望若茫昧。矫矫老尚书，身名绰能退。重来为君画，忆壶壶宛在。前身双井踪，妙手大痴配。君壶亦寄耳，岂必新安埭。但得墨因缘，聊寄诗感慨。南浦日夜流，西山纬缋黛。一并入澄虚，与君供澹对。君是蓬瀛仙，勿念绮黄辈。及此日月长，相期霖雨逮。出当为远志，时乎不可再。人生一盛衰，吾道有明晦。我今披此图，老矣怀禄悔。何时归去来，负我故山末。

——《石云山人诗集》卷十九

[注]①题目系修订者所改，原题：黄左田尚书为徐廉峰编修宝善作忆壶图，廉峰索题。

梁章钜

梁章钜(1775—1849),字闳中,又字茝林,晚号退庵,长乐县(今福州市长乐区)人。曾任广西、江苏巡抚等职。清代第一个向朝廷提出以"收香港为首务"的督抚。晚年从事诗文著作,乃楹联学开山之祖。著有《退庵诗存》《楹联丛话》等。

蟂矶孙夫人庙

忆过石首路,艳说绣林铺。瞥指红墙畔,依然白浪麤。雌雄陈迹杳,家国夕阳孤。只有长江水,滔滔总到吴。

——《退庵诗存》卷十

包世臣

包世臣(1775—1855),字慎伯,晚号倦翁、小倦游阁外史,安吴(今安徽泾县)人。北宋名臣包拯二十九世孙。嘉庆十三年(1808)举人,曾官江西新喻知县,因劾去官。著有《小倦游阁集》等。

阻风登鹊起矶

鹊起截江起,走势欲横渡。回澜卷日寒,气没阴陵树。轻策扣苔根,曲径穿云路。翘首摩残塔,蜷身眺层雾。铿锵石鲸鸣,出没豚鱼怒。老僧赤足来,坐我说无住。形胜在必争,穴借长鲸固。指顾瓦砾开,炮马凌虚驻。俯仰感今昔,兴衰等钩注。漫愁长风阻,转滋浮生惧。

——《小倦游阁集》卷三

纪芜湖事

芜湖县宝塔湾居民注某,年十八岁,其父于孩提赎之育婴堂,抚为子。嘉庆八年六月二日,某从无藉博游,父谕之不从,督过之,某遂踞灶拳碎两釜。母拽臂止之,遂批母成伤。少顷,某晕绝于地,两股热如火炙。既苏,股肉垒起成文,左股曰"不罣不欠",右股曰"十五日雷打不孝"。父母惧甚,延道士于雷祖殿忏求,爇香不燃。某自炽炭热之,竟不燃。某自知不赦,初八日夜缢于厕,然竟夕绳绝,卒不得死。余适至芜湖,悉其事。

夫父母之爱其子也，凶逆如是，而欲贳其命；天威之无爽也，凶人捐生，而不改其法。夫卷阿歌翔翔之羽，而庭氏、射鸟氏，职详周官，然则牛羊在牧，必有败群，在牧人能斥去其恶者而已。钦亮天工，幽明一致，保甲湮废，吏不事事，以致人道沦绝，欲鬼不神，其可得乎？是故神道设教，非诬民也。阊阖九重，呼吸遂通，天高听卑，良可惧矣。说者谓雷为戾气之积，物相值则有伤。呜呼！使是说而信也，不亦渎侮天鉴而便于怙恶者乎？余故据见闻所亲，笔载之以信将来，且以明天心不讳用刑，而顺天者昌之，不必在纵恶也。

上帝非任刑，殛恶著成宪。阳故设斧钺，幽复信雷电。辅此孚佑仁，革彼不类面。
所以契圣心，每闻则必变。自古云神诛，常发人不见。良由恶既见，早已登明谴。
陈殷师正贤，读法州党遍。教耻加明刑，大憝即屏远。无如身教衰，徒取心事辨。
误读在宽书，阴鸷惑本愿。藉辞扰狱市，矢意从末减。渐令游闲多，极致伦常舛。
于此鬼不神，从恶益肆慢。于此天默诛，人犹疑虚幻。谆谆命如斯，赫赫德不显。
乃能格凶逆，就死无悔怨。恶积固灭身，武贞亦止遁。若人虽不道，其始犹可谏。
孝弟讲庠塾，骄纵过童屰。其有违教令，鞭朴即递荐。折抑其杰骜，振作其忌惮。
鸮有颂食怀，草不图滋蔓。岂遂累莘莘？至上达汗漫。亮非赋性恶，职竟由习惯。
初闻极愤怒，旋思转悲叹。且复愁神力，无方亦有限。焉能田冯冯？下与人为难。
教先有父兄，刑齐则州县。一恶可得罚，火烈终难犯。不善善之资，别慝树风范。
毋伪为仁厚，以苟避谤讪。其去害马者，实为骐骝便。不见雷示威，亮工恃雄断。

——《小倦游阁集》卷三

772

太白楼观萧尺木画壁①

绝巘开云蹬，苍茫辨越秦。扪萝逢翠发，应是遗书人。②
匹练飞云叠，银河落玉京。餐霞人不见，谁为紫烟生。
高掌擎丹谷，玄精运石台。茅龙漫相促，迟尔玉莲开。
底事猿声激，蛾眉片月高。绿烟摇荡处，万里照宫袍。

——《管情三义》卷四

[注]①题目系修订者所改，原题：太白楼观萧尺木画壁应侍御学使教。②诗四首，每首皆有作者自注，分别为：泰岱、匡庐、华岳、峨眉。

吴门逆旅四怀诗（录一）

赞善黄左田

皖上群訾好辨时，此心耿耿只君知。如何待诏文征仲，终被人称老画师。

——《管情三义》卷六

胡承珙

胡承珙(1776—1832)，字景孟，号墨庄，安徽泾县人。嘉庆十年(1805)进士，官至补台湾兵备道。归里后，闭门著书，有《求是堂诗集》等。

铁佛寺看梅

坡陀回合处，迤逦到禅台。古佛无人问，繁花自在开。江天清气入，钟磬夕阳催。小泊能留滞，携壶傥再来。

——《求是堂诗集》卷五

旧县山中

停骖呼舟子，悠悠清川曲。隔水见陂陀，迤逦入深谷。谷口多人家，秋树霭犹绿。连车如入衔，替戾声相绩。一径修蛇纡，乱石巨鳌伏。两轮忽高低，敲铿困马足。及此历块危，敢夸注坡速。土囊洩其口，黄尘眯人目。来镳或相逢，往轸得毋踾。世路多崎岖，似此未为蹙。入险心已悸，况怀慈帏属。何必家千金，垂堂戒屡渎。二顷如可谋，终焉息尘躅。

——《求是堂诗集》卷五

大风登赭山望江亭

东风吹绿一江水，波面纹如酒鳞起。山根历乱飞白茅，春寒尚勒梅花梢。连日寻春醉不醒，一路看江到山顶。岂知断渡风忽颠，江南江北无行船。波心恶浪白于鹭，潜吼如闻老蛟怒。惊沙百尺漫空飞，天门苍苍隐烟雾。回看宿鸟投深林，落日离心满乡树。敝裘不敌天风寒，何事抛家傍行路。云涛东下广陵城，明日峭帆从此去。

——《求是堂诗集》卷五

雪夜舟中

倚枕不成眠，寒生积雪边。溪流春谷水，人语夜航船。鸟鹊惊啼曙，星辰冻满天。七年前过客，鸿爪意茫然。

——《求是堂诗集》卷八

晚泊西河

落日隐山冈，长川黯将暮。野旷春风寒，微阴接高树。犬吠水边村，人归沙上渡。前舟犹未停，月黑迷滩路。惟闻欸乃声，隐隐堕烟雾。半响一灯明，遥知泊舟处。

——《求是堂诗集》卷八

南陵过大姐家

青丝系马绿杨低，阿姊欢迎见转凄。百里乡音随地改，七年儿女与肩齐。①藤萝日暖花连屋，鹅鸭晨喧水漫堤。苦向樽前问身事，浮萍踪迹易东西。

——《求是堂诗集》卷八

[注]①作者自注：予不到姊家七年矣。

晚泊清弋江

疏林系缆欲黄昏，暮雨潇潇江上村。鸿爪又添新雪印，蜂窠难认旧篙痕。安心有法凭书卷，学道无功累梦魂。赢得峭寒禁永夜，竹炉灰细火犹温。

——民国《南陵县志》卷四十二

张澍（1776—1847），字寿谷、时霖，号介侯，甘肃武威人。嘉庆四年（1799）进士，曾任贵州、四川、江西等地知县。著有《养素堂诗集》等。

舟至荻港已夜乘风又行

江波陵浩荡，风气微清凄。客子如归鸟，枝多不肯栖。星高光替月，灯暗火吹藜。帆影摇空际，渔歌入曲溪。腹饥将酒就，路远借诗题。何处孤鸿响，惊回梦欲迷。

——《养素堂诗集》卷二十一

过芜湖舟泊太阳河

夕阳衔遥嶂，中流见太阳。落帆天漠漠，拍岸水茫茫。微月悬林际，清风掠鬓旁。

舻舳聊四顾，何处是伊凉。

吾生何况瘁，萍泛意茫然。不肯买山隐，何由抱月眠。游鱼潭是府，老鹤芝为田。而我劳劳甚，烦忧日夜煎。

——《养素堂诗集》卷二十一

清水河道中

水复山环路又弯，鸟声清脆柳箫闲。也知逸兴山川助，何以研经尽闭关。

——《养素堂诗集》卷二十一

蝼矶吊灵泽夫人

归去屏陵剩旧城，刘郎免得暗心惊。如何龙驭三秋谢，也见蝼矶一死轻。惨澹灵风依蜀栈，汹漂逝水冷吴盟。泉台若遇皇思面，不恨阿娘恨乃兄。

——《养素堂诗集》卷二十二

宁贵，奉天(今辽宁沈阳)镶白旗人。举人，嘉庆八年(1803)知无为州事。

濡须坞

古往屯兵地，今来适乐郊。舟车方入境，鱼米早充庖。湖水清如接，江云静欲交。太平无一事，此屋羡居巢。

——嘉庆《无为州志》卷三十三

米公祠

米芾知军亦偶然，至今祠宇有香烟。来当过化存神后，感触观风问俗前。余事尚留山石在，古人翻借墨池传。临湖多少贤州牧，最爱襄阳一老颠。

——嘉庆《无为州志》卷三十三

宝晋斋

敝居曾说在丹徒，宝晋原知此地殊。前辈宦游成故里，小斋名目类行厨。但经藏帖从吾好，时或濡毫亦自娱。太息流风千载下，残碑犹许认模糊。

——嘉庆《无为州志》卷三十三

墨池

谁凿方池廨宇西，南宫墨沈若神栖。临湖胜迹前贤似，^①洗砚遗规到处携。鱼戏争吞应不谬，蛙鸣禁约岂无稽。监观聊当贪泉饮，一勺当清共品题。

——嘉庆《无为州志》卷三十三

[注]①作者自注：王右军先有墨池。

稻孙楼

百尺高楼阅燠寒，顾名思义最宜看。催科但觉输将易，履亩方知稼穑难。公祖凭栏秋兴远，稻孙满地夏畦宽。谁怜布种分秧者，煞费经营力欲殚。

——嘉庆《无为州志》卷三十三

九华楼

渺渺大江空，青青九子通。虽非千里外，不尽一楼中。暇日探南郭，临风忆米公。佛光遥在望，助我祝年丰。

——嘉庆《无为州志》卷三十三

黄本骐

　　黄本骐(1777—?)，字伯良，湖南宁乡人。嘉庆十三年(1808)举人，官城步训导。其砥砺学行，有名江、湘间。著有《三十六湾草庐稿》。

天门山

　　舟行姑孰江中，波涛万态，汹涌无涯，骇魄荡心，烟云诡谲。忽焉两峰对出，横锁

776

江流，榜人指为天门山。以形势论之，信天险天堑也。昔魏文帝过广陵江叹曰：天之所以限南北。余於兹山亦云，天之所以限吴楚。

天门屹立巨灵开，中涌长江滚滚来。一线波涛吞日月，两峰苍翠隐风雷。堑分吴楚雄图出，险控金焦峻势回。狂扣船舷歌慷慨，孤帆真欲近蓬莱。

——《三十六湾草庐稿》卷一

陶澍（1778—1839），字子霖，号云汀，湖南安化人。嘉庆七年（1802）进士，授翰林院编修，后升御史，先后调任山西、四川、福建、安徽等省布政使和巡抚。道光十年（1830）任两江总督，后加太子少保。道光帝曾亲书"印心石屋"匾赐之。著有《陶文毅公全集》。

索黄左田先生画漕河祷冰第二图

先生作诗如作画，晴空霹雳蛟龙挂。先生作画如作诗，墨波倒湧天风吹。我交先生非一日，箧里可无先生笔。昨来亲谒先生门，雄编遗我青瑶琨①。清光顿豁九里雾，诗耶画耶神理存。回想往岁持使节，漕艘不行天欲雪。□□驰祷云中君，一夜湖冰俱瓦裂。

——《陶文毅公全集》卷五十五

[注]①作者自注：承赠新刻集。

题看梅怀人图①

尚书昔判中书纸，挑灯每夕闻钟起。先生清梦到江南，忽忆尚书古梅里。瘦干铜蟠根铁旋，几枝萧寺神为传。题诗补画极韵事，前身并是花中仙。仙人别花经几年，图中花色犹依然。一龛记同老弥勒，栴檀薝蔔皆前缘。先生今归此习静，尚书官高门故冷。悬知廊庙念江湖，未必云山妨簿领。江乡此日诚艰难，泽鸿乱叫无羽抟。聊凭驿使写楚恻，五月落花吹更寒。

——《陶文毅公全集》卷五十六

[注]①题目系修订者所改，原题：次韵题王子卿先生泽《看梅怀人图》，兼简黄左田尚书钺。

777

汤贻汾

汤贻汾(1778—1853),字若仪,又字雨生,晚号粥翁,江苏武进(今常州)人。世袭云骑尉,擢温州镇副总兵,因病不赴,寓金陵。著有《琴隐园诗词集》。

题萧尺木山水 并引

故广灵令杜某家物。某子孙占籍广灵,竹航宰其邑,偶以己画易得,而弗善也。以贻予。纸本浮薄,又莫或珍护,幸而为拭案覆瓿所遗耳。昔渔洋题所画楚词,比之顾陆僧繇。荔裳题其杜陵诗意图,谓风格远过文氏。而太白楼画壁,几与安乐寺大同殿共争千古。笔法渴而自润,简而弥至,又拙涩处转似不习乎此者,而其长乃愈不可及,是安可与外人道也?

为谁写照乐逍遥,瀑侧林边杖一条。漫把沧洲评顾陆,吾斋从此欲名萧。
幸离寒具亦由天,蠹箧苔墙二百年。有几诗人是知己,平生只赠李青莲。
珍重还贻协律诗①,可怜同调不同时。后来我亦苍翁耳,玉轴金奁自觉痴②。

——《琴隐园诗集》卷十四

[注]作者自注:①香山有赠协律郎萧悦画竹诗。②款赠苍翁杜令祖也。

夏思恬

夏思恬(1779—?),原名思沺,字涵波,号少岳,钟鸣(今安徽铜陵钟鸣镇)人。道光十四年(1834)举人,曾游历北京、辽宁等地,做过宗室塾师。咸丰二年(1852)南归,任芜湖训导。同治二年(1863)襄办团练。著有《少岳文稿》《少岳诗稿》等。

天门山

天门山势迥奇绝,壁立长江五千尺。东曰博望西蛾眉,万水朝宗争一阙。白头浪起银山高,鼋鼍怒踏江豚抛。帆樯到此心懔懔,直指中流抱柁稳。风横水北石脚顽,一触船头立齑粉。此地经过万千回,守风常寄水云隈。阴阳变幻有灵气,神语仙踪混茫际。有时霁爽无纤尘,活翠屏风对相峙。终古南都属上游,建旄吹角大江流。东方盗贼肆猖獗,闻说艨艟逼石头。

——《少岳诗稿》稿本

鸠江晚景

苍茫秋色遍乡邦，晚景分明接大江。卷地风吹沙作雪，系船人借柳为桩。蓼花近水萧疏映，芦叶经霜次第降。古戍云荒楼角起，空林日薄寺钟撞。纷栖老树鸦千点，并立回汀鹭一双。茅屋烟痕多问竹，酒家帘影正当窗。惊看鸿雁来天末，争卖鲈鱼聚钓矼。楚尾吴头两相际，寒涛东下总淙淙。

——《少嵒诗稿》稿本

赭山亭晚望

赭山亭上望无穷，浩渺江流混远空。日短帆樯争泊岸，霜干芦荻惯鸣风。儒生曾定焚舟策，板子犹成御敌功。正是征兵防堵急，旌旗猎猎影翻红。

——《少嵒诗稿》稿本

贼陷芜湖①

孤山失险隘，贼势不能遏。艨艟逼皖城，城破只一刻。沿江郡与县，所过辄毁裂。顺流下鸠兹，帆蔽江面窄。狼豕突无前，戈矛耀如雪。生灵胡可论，烈焰万家赤。逃命窜山陬，道途半颠蹶。心骇百难顾，吞声各呜咽。余亦避难身，日暮走未歇。

——《少嵒诗稿》稿本

779

[注]①原注：该诗作于咸丰癸丑年(1853)。

宣州收复后贼奔芜湖其党又聚

宣州贼溃败，收复有天幸。兵粮既兼足，攻战必取胜。残喘奔鸠江，惊顾心不定。乘势挺长戈，穷蹙尽死命。大帅独持重，不妄下军令。筑垒先自防，中宵笳鼓竞。幕府有深谋，鄙人枉忧愤。

——《少嵒诗稿》稿本

姚 莹

姚莹(1785—1853)，字石甫，号明叔，晚号展和，安徽桐城人。嘉庆十三年(1808)进士，曾任台湾道和广西、湖南按察使等。著有《中复堂全集》。

芜湖夜泊

何人吹笛彩云端，烟月芜湖正渺漫。潮落江声千里静，梦回霄露五更寒。长河忽向南天没，故园遥从北斗看。凭问归期复几日，玉梅花发满阑干。

——《后湘诗集》卷六

张祥河

张祥河(1785—1862)，原名公璠，字元卿，号诗舲，又号法华山人，娄县(今上海松江)人。嘉庆二十五年(1820)进士，官工部尚书。著有《小重山房诗词全集》。

观历年手画岁朝图赋呈二首①

连番贺岁画图间，肯把桃符俗例删。柏叶椒华都在眼，丝鸡蜡燕一开颜。归心萝薜垂垂旧，诗境蓬莱得得闲。六法全家真特绝，故应老寿拜衡山。

问梅题竹自年年，春在先生杖履边。大雪一天将进酒，新诗百叠小游仙。常时点笔还嗤俗，此后拈花欲叩禅。我爱井眉数间屋，石栏要与古藤傅。

——《小重山房诗词全集》诗舲诗录卷二

[注]①题目系修订者所改，原题：己卯正月三日，过黄左田师井西书屋，观历年手画岁朝图，赋呈二首。

左田师命作饯书图①

万卷丹黄兀相向，一夕书城开祖帐。平生出处书与俱，欲归书为公前驱。手持杯酒送汝去，仍到涪翁读书处。有田不归江水如，无田差幸有素书。桓谭之富埒猗顿，壮我行色惟五车。海内经师想丰采，寄语诸生老夫待。学负名山恋故山，观空宦海超云海。诘衙门外闻骊驹，进门弟子命作图。百家何啻具肴馔，一笑岂必缘莼鲈。猎猎寒风动江驿，黄叶将飞随赤舄，公有知心脉望仙，不谓公痴谓公癖。

——《小重山房诗词全集》诗舲诗录卷四

[注]①题目系修订者所改，原题：左田师将乞假归当涂，以书万卷先行，命祥河作饯书图。

虞美人·法源寺東王子卿丈曹玉水

寻幽重访招提境，我与僧俱静。画阑环护翠重重，打破春阴花外一声钟。　　芳飓
无力缠莎碧，怕见韩陵石。韶华容易去堂堂，真悔来迟开过紫丁香。①

　　　　　　　　　　　　　　　　　——《小重山房诗词全集》诗馀词录卷一

　　[注]①作者自注:苏灵芝宝塔颂采师伦舍利塔记二碑尚存。

陈用光

　　陈用光(1786—1835),字硕士,一字实思,江西新城(今属赣州)人。嘉庆六年
(1801)进士,官至礼部左侍郎,提福建、浙江学政。工古文辞,著有《太乙舟文集》。

游三华庵

逆风三山夹,维舟一日住。薄晴始披襟,余滑犹涩步。委迤村路赊,淡沱春光暮。
塍危树更欹,径转山忽露。萧然禅扉寂,果协幽居趣。乔柯出楼瓦,丛竹拂窗雾。
花态欲依人,涛声时撼树。遗老迹尚留,灵石光如故。境闲意偶清,事往神犹慕。
日色隐崦嵫,徘徊未能去。

　　　　　　　　　　　　　　　　　　　　　——《太乙舟诗集》卷二

781

梅曾亮

　　梅曾亮(1786—1856),字伯言,江苏上元(今南京)人。道光二年(1822)进士,官
户部郎中,归后主讲扬州书院。工诗文,为桐城派重要作家之一。著有《柏枧山房
全集》。

黄池守风

听水听风镇日眠,童奴默坐对长年。开帆打鼓一惊看,却是来船非去船。

　　　　　　　　　　　　　　　　　　　　　——《柏枧山房诗集》卷四

九月招饮陶塘园^①

名绩黄楼著，家园绿野开。忘年商近律，话旧缓深杯。隔窗山先到，穿篱水暗来。
一廛休自惜，居处尚蓬莱。

——《柏枧山房诗集》卷四

[注]①题目系修订者所改,原题:九月,偕明叔赴安庆过芜湖,王子卿丈招饮陶塘园。

赠朱丹木之任无为州^①

舒侯说子世无有，能以神君兼众母。高言入座森动魄，尽扫常谈等刍狗。示我报神
新庙碑，词严义深石可寿。谓神除蝗吏除暴，使苗无灾民不莠。神勤其官吏敢惰，
以此自誓心语口。我闲法立民知恩，吏威已轻民易狃。惜哉古有生杀权，酷吏反以
资毒手。后贤岂无活国计，法律裹身如械杻，如君所为诚极难，报最今知几被肘。
纵辔即看迮万里，新恩且试一州守。米颠逸事置勿道，一石何须辨妍丑。

——《柏枧山房诗集》卷六

[注]①作者题注:己亥。

寿王子卿丈八十

黄楼高咏接苏篇，老福天教胜古贤。同是一廛香案吏，早归三径地行仙。贞元朝士
稀同辈，洛社英游让大年。万首诗成休定集，他时抑或有新编。

——《柏枧山房诗集》卷六

吴清鹏(1786—?),字程九,号笏庵,浙江钱塘(今杭州)人。嘉庆二十二年(1817)
进士,由翰林院编修官至顺天府丞。著有《笏庵诗》。

哭左田师

梁木缺嘉荫，哲人多云亡。自闻大庾公，^①前年返帝乡。夫子又舍去，负手逍遥行。
国史名臣录，里碑大儒坊。公皆已无愧，小子何由详。尚忆青门饯，归去绿墅庄。

岂惟苍生念,朝廷亦相望。会公奏书上,帝欣览其章。手诏赐批答,珍药出上方。他人荷存问,谊只君臣常。公独得未有,欵欵若友生。上言久契阔,江湖阻且长。下言善颐养,知不藉扶将。②此皆帝恳挚,恩意甚濊汪。亦由公忠勤,眷念故难忘。前年公九十,帝又遣诸郎。赍赐与多物,宠数不可量。③呜呼公逝日,天容惨无光。途人皆雨泣,朝士咸悲伤。鹏也老弟子,能不催肝肠。回首食笋轩,春盘荐蔬尝。夏为池上酌,坐倚荷风凉。此乐不可再,望绝青山阳。况又值多病,不能会北邙。短幅寄远泪,一洒邱坟旁。

——《笏庵诗》卷九

[注]作者自注:①谓相国戴师。②上批公折后有"江湖契阔,道阻且长"及"知卿善自颐养,原不藉参苓之力"等语。③上遣公子归赐寿。

黄 钺

黄钺(1787—?),字谷生,号香铁,河南镇平(今属南阳市)人。嘉庆二十四年(1819)举人,官翰林院待诏。著有《读白华草堂诗集》。

蟂矶夫人祠

江畔灵均不可寻,那堪灵泽望江浔。销魂水调苍梧引,搅梦涛声白帝砧。闻道蜀鹃皆怨魄,岂知精卫亦冤禽。寒潮落日祠门暗,回首东吴恨转深。

——《读白华草堂诗初集》卷一

江行杂诗(录一)

九折怒涛奔,排山势欲吞。双蛾开地戒,一鸟下天门。白昼鼋鼍涌,晴空日月翻。兴亡慨前事,设险竟空论。

——《读白华草堂诗初集》卷二

发芜湖

梦回帆鼓促扬舲,烟雨拦江去不停。我是行人归未得,天涯愁望识舟亭。

——《读白华草堂诗初集》卷二

高学濂

高学濂,生卒年不详,字孔受,号希之,安徽无为人(今属芜湖市)。嘉庆十二年(1807)举人,官资州知州。著有《希斋诗存》。

芜湖来佛亭访任松生即赠

冒雨来湖上,寻君此一过。水声当枕起,山色到门多。旅食近无恙,飘萍终奈何。有家归未得,空叹鬓毛皤。

——《希斋诗存》

舟中望家山

乱山环绕荻洲连,总是依依故国天。云滞征帆思作雨,树迷望眼欲成烟。此行可为苍生出,有梦难离白发前。一曲阳关齐下泪,举家送上渡头船。

——《希斋诗存》

784

题墨池图赠别姜听珂

古来墨池名有三,草元亭圮无处探。右军墨池南丰记,迩时疑信已相参。惟有兹池足佳况,波光云影何溶漾。阅尽沧桑世几更,七百余年尚无恙。乃知胜地以人传,繁华过眼空云烟。卓哉功德垂不朽,风流为政非徒然。我闻米老知军日,宝晋斋中森古迹。临池笑看墨淋漓,大书两字镌之石。恩流浩浩流江乡,真诚所格驱飞蝗。想见实心兼实力,鬼神默默同扶将。是时北宋方无事,从容直可弹琴治。一砚能平两部蛙,千秋独擅十弓地。到今犹自说神明,往事重提空复情。指点当年挥墨处,溯洄依旧水盈盈。听珂使君今循吏,忠孝家声称哲嗣。①高风远溯米襄阳,池上逍遥寄所寄。旌旗两载住临湖,夏雨春风无处无。望断白云空有泪,片帆遥指古姑苏。归装但载石几笏,如此宦囊殊不俗。留得甘棠树万枝,换取墨池图一幅。

——《希斋诗存》

[注]①作者自注:使君以恩荫通判徽州调署无为。

双溪打鱼歌

渔人结网芝山麓，当门一片溪光绿。破板编成当小舠，烟波自诩生涯足。朝结网，暮取鱼，朝朝暮暮乐有余。踏波高唱青天月，摇动溪云时卷舒。停午提篮争入市，卖鱼沽酒心欢喜。醉到垂杨深树中，人生快意那有此。笑他金紫重当途，衣冠日日梏其躯。争如有鱼有酒终天年，浮名浮利胡为乎？

——《希斋诗存》

月夜双溪纳凉

皓月到中天，波平塔影圆。渔歌宜入夜，湖气欲成烟。信有幽人在，真无俗累牵。此间堪结屋，我拟住西偏。

——《希斋诗存》

接家书知黄丝滩江堤又溃感成一律

泽国原来是水乡，那堪连岁付汪洋。哀鸿莫觅尘羹味，害马犹甘栈豆香。计挽流离无大力，默全老弱有前章。①一官差足谋衣食，薄俸聊分润饿肠。

——《希斋诗存》

[注]①作者自注：前岁坝溃，家弟与大儿设厂卖粥，几三月金尽乃止。盖不敢居施之名，亦恐饿者不食嗟来也。

沈学渊

沈学渊(1789—1833)，字梦塘，号兰卿，上海宝山人。嘉庆十五年(1810)举人。著有《桂留山房诗集》。

濡须会①

卿来前，平虏将军惊四筵。卿且坐，诸君高会请祖裸。十有二处刀箭伤，一一抚之涕沾裳。剜我心头肉，医君眼前疮。青缣张盖濡须口，劝君更尽一杯酒。臣泰拜手重稽首。拜手稽首前致词：臣死且不避，卮酒安足辞。

——《桂留山房诗集》卷三

785

徐宝善

徐宝善(1790—1838),字廉峰,安徽歙县(今属黄山市)人。嘉庆二十五年(1820)进士,改庶吉士,授翰林院编修,历官御史。著有《壶园诗钞》。

舟次鸠江张大肇昌约游陶塘

南风吹我来鸠江,乃是故人云水乡。故人者谁元真子,一见导我游陶塘。琳官梵宇二三里,鼠姑花开散春绮。同行迤逦之湖边,长堤一道横中间。啼鸦垂柳转萧瑟,湖光摇荡含空烟。曷不湖心起亭榭,宛宛虹桥绿波跨。画舫笙歌夜月迷,银河倒入金屏泻。更筑长干十四楼,美人如花楼上头。修眉盛鬓晓妆靓,娇态不识春风愁。碧桃红杏几千树,好鸟能歌亦能舞。赭山塔影悬中流,遥指涪翁读书处。如此湖山烟景开,举觞我亦醉千回。掉头今且别君去,好趁春潮问瓜步。

——《壶园诗外集》卷三

圆照寺古梅歌 有序

寺在芜湖西城外里许,白梅一树,花时如雪。孤根盘拗,古意盎然。根径可尺,中歧两干,上亭亭如盖,真数百年物也。舟过鸠江特往观焉。

鸠兹城西有古梅,传是金源旧时物。我来三月春已暮,特扣禅关访灵窟。入门绿叶覆满庭,虬根积藓蟠古青。径登高阁倚阑畔,枝尚亭亭出檐半。僧言春寒始作花,疑到玉真妃子家。月明十里暗香送,一白如雪银云冻。钿车绣鞯倾城游,畸客还倾翠涛瓮。笑问客来何太迟,俛而不答心坐驰。我欲因之梦罗浮,羊城迢迢南海头。逋仙一千载,愁绝孤山几株在。方知此花此地俱修来,对花何必看花开。南风底事吹人速,长啸空江弄横玉。

——《壶园诗外集》卷三

题张大肇昌晚香图小影

人生自古重晚节,敢撷春华忘秋实。彭泽东篱傲酒杯,魏公老圃投吟笔。鸠江先生逸者流,珊珊身抱九仙骨。学书学剑不称意,胸积千年古冰雪。养亲负米百里外,犹恨子职晨昏缺。我闻事亲在守身，君品秋月澄潭彻。斯图之意吾所喻，独立荒寒表孤绝。浮荣肯作萧艾敷，老干欲与松柏屹。亦知富贵无百年，白云苍狗一时物。而我有田不归去，蜗涎未免髯坡咥。誓当高蹈南山南，散发共眠三径月。

——《壶园诗外集》卷四

送当涂夫子予告归芜湖

去年公作饯书图，饯书人尚留皇都。今年饯公为公喜，梦逐鸠江二千里。君恩卅载保始终，古来荣遇谁如公。东门祖帐两贤傅，知足知止将毋同。裴公绿野开觞咏，放意机衡谢朝请。不识江湖忧国心，旁观但羡林园胜。潞公归洛真神仙，公少潞公才一年，惠养老臣到林下，岁入犹给司农钱。忆昔系榜鸠江边，清辉阁下沽酒眠。谢家青山尚无恙，径拟筑台螺峰巅。况公游钓寻初服，白纻松风听不足。虽无半亩文通田，犹有数间元亮屋。[注]①江南春色天下无，梅花破腊清而癯。幅巾萧萧老尚书，看花不须藜杖扶。常年门盈问字车，此去花前与谁俱。令我烟梦思孤蒲，春风一櫂归来乎。

——《壶园诗外集》卷四

[注]①作者自注：公乞归第三疏中语。

道芜湖喜重谒黄左田师即志别二十二韵

至人蜕轩冕，蘧庐不三宿。归鸿未惊弦，[注]①此岂蜩鷃觉。东都祖公行，魂梦鸠江逐。闻公腰脚健，诗酒恣欢谑。舒州杓百觚，辋川画千轴。斋移孙绰松，径莳陶潜菊。妇孺知姓名，江淮动草木。不材栎社树，顾乔匠石斫。大道壹成毁，覃思罄纯粺。亳真牧羊受，卵试越鸡伏。达萌仁风仁，振槁肃霜肃。甘署阳城考，何损士气足。椟玉倘弗沽，沧浪行可濯。悠悠辨六气，洋洋昶五曲。龙蛇信信屈，奚待臧蔡卜。突梯如脂韦，敢遗天民僇。兹焉峨觚棱，藜火眷天禄。言载元亭酒，重聆后堂乐。见公颐屡解，别公额频蹙。师恩何日报，冈极均顾复。愿守履冰戒，瞻前踆孔卓。明发云树遥，依依赭山麓。

——《壶园诗外集》卷五

[注]①作者自注："归飞鸿喜未惊弦"。

酬左田师

铃语颠风折柂牙，鸠江江上舣浮槎。人来绿野寻裴令，门对青山说谢家。好是忘机弃轩冕，漫从遗世傲烟霞。兹游合负平生冠，赢得新诗笼碧纱。

——《壶园诗外集》卷五

黄左田师以祝嘏入都越四月归芜湖送别①

江上颠风塔铃语，三日鸠江舣烟舻。从公啸歌绿野堂，谢家青山正当户。今年拜公宣南坊，兕觥万寿荷宠光。大椿雅集画图障，②酒国累月飞千觞。皂雕风急黄云起，归煮莼羹淅苽米。谁识江湖忧患深，惆怅旋辕二千里。雪花八月天山西，安得都护田渠黎。波涛南望坼吴楚，万井荡析靡孑遗。我辞乡国已三载，愿借云帆济沧海。乞公却作故园图，梦里西山青不改。③风流每忆谢将军，即今高咏公能闻。朝来祖帐东门外，牛渚何年望暮云。

——《壶园诗钞选》卷七

[注]①题目系修订者所改，原题：黄左田师以祝嘏入都，越四月归芜湖送别。②以下皆作者自注：公寓颜曰大椿，招门下士时会集绘像。③师为作忆壶园图。

左朝第，字筐叔，又字伟安，号复庵，安徽桐城人。嘉庆十五年（1810）举人，主讲中州书院。著有《诗经纬》及诗文集。

芜湖怀古

辕门鹿角卫宫闱，击鼓鸣笳惨落晖。百战尚思争地险，孤军能不畏天威。江南士女知花马，水底鱼龙护葛衣。闻道将军有遗镞，招降亲见大鳇飞。

徐　荣

徐荣（1792—1855），原名鉴，字铁孙（一作铁生），辽宁辽东人。道光十六年（1836）进士，历任浙江临安知县、绍兴知府。与太平军战，阵亡。著有《怀古田舍诗节钞》。

芜湖怀虞雍公

雍公昔犒皖，北寇方南臻。两军失所统，汹如驱市人。部署片言决，壁垒一旦新。
气吞赤白马，力鼓左右甄。戈船与下濑，大举清虏尘。自从南渡来，画江徂逡巡。
一朝露版上，千秋京观陈。古来几英雄，仓卒施经纶。张公入睢阳，伯纪守汴滨。
皆非训练士，操纵何其神。穰苴斩壮贾，孙武诛宫嫔。尚须藉军威，知匪儒生伦。
当时喻蟹箸，谦德寄笑频。想见山海襟，中藏浩无垠。我来吊战地，野水浮青燐。
望古发长谣，壮气增嶙峋。

—— 《怀古田舍诗节钞》卷一

黄爵滋

黄爵滋（1793—1853），字德成，号树斋，江西宜黄（今属抚州市）人。道光三年（1823）进士，改庶吉士，授翰林院编修。历官监察御史、大理寺少卿刑部侍郎等。著有《仙屏书屋初集》。

芜湖周仿迁户部茂洋

几载青山沈日月，一时上谷曾风云。如何精悍眉间色，梦里徒教一见君。

—— 《仙屏书屋初集·诗录》卷十一

祁寯藻

祁寯藻（1793—1866），字叔颖，后改实甫，号春圃，晚号观斋，山西寿阳人。嘉庆十九年（1814）进士，改庶吉士，授翰林院编修。历官兵部、户部和礼部尚书等。著有《馤觚亭集》。

纳凉崇效寺重展青松红杏画卷 ①

一官冷若楞枷僧，手板谒人病未能。焚柴天气苦炎热，深夜露坐清晨兴。雨余蛙蛤吠陂水，门外禾黍扶田塍。客来謷我过竹院，如脱火伞衣霜缯。问字几人破岑寂，纳凉半日除歊烝。只愁酒律遭佛戒，枯肠芒角时腾陵。看花却忆去年事，空堂听履声登登。鼠姑万朵香烂漫，文梓双干阴清澄。重寻古寺钱残暑，低葵疏蓼秋花凝。惟有青松与红杏，摩挲画卷情难胜。倚树老人捻须笑，龛中岁月传千镫。吾侪衣钵今有托，藉湜幸免韩门憎。壮游山水我更羡，②秀语寒饿人将惩。阇黎有意工阅客，展卷苦道题名曾。

——《缦龁亭集》卷三

[注]①题目系修订者所改，原题：庚辰六月晦立秋，刘青园师陆招偕何玉民、田季高陪左田师纳凉崇效寺，重展青松红杏画卷，次左田师韵。②玉民将有木兰之行。

观满城风雨近重阳句诗卷次韵四首①

满城风雨近重阳，偏喜秋晴日照堂。地辟新居初拜赐，家封旧酿许同尝。移来砌竹仍含翠，懒到篱花未肯黄。一笑钉盘荐嘉果，芳名认得绿衣郎。

满城风雨近重阳，忆昔分牋坐北堂。一幅名图重展玩，十年宦味更亲尝。逢人漫说簪花艳，有手惟应擘蟹黄。何幸盛筵东阁预，年年此会伴诸郎。

满城风雨近重阳，今岁轻寒未入堂。②射策从人锦标夺，题诗愧我枣糕尝。雁边天远霜初白，江上秋深叶未黄。闻说高台方戏马，敦弓新试羽林郎。

满城风雨近重阳，潇洒居然绿野堂。公退放怀诗更好，秋来开口笑何尝。③出门便觉飞尘浣，归路犹余夕照黄。回首烟波十刹海，钓竿真欲借渔郎。

——《缦龁亭集》卷三

[注]①题目系修订者所改，原题：九日，壹斋夫子招同张诗舲、刘青园、何玉民、田季高集十刹海赐第，观吴文定宽足潘邠老满城风雨近重阳句诗卷，次韵四首。②作者自注：王修己九日诗："寒气初入堂。"③作者自注：公退清闲如致仕，酒馀欢适似还乡。公听事联语也。

题一斋师饯书图（录一）

全家此去付扁舟，寄语儿时旧钓游。不用缩春①春早驻，湖山深处有书楼。

——《缦龁亭集》卷十

[注]①作者自注：公旧居楼名。

题王子卿前辈泽希右园图

客从于湖来，为说湖上宅。袖中出秋水，一泻三千尺。青山写眉黛，远岸横如帻。偃蹇不入城，为君照几席。疏林淡斜日，高下露屋脊。湖亭最潇洒，寸寸阑干碧。

两翁①坐无语，翛焉笔初掷。不知身入画，但见天水白。张公旧祠堂，落叶无行迹。岂谓柴桑里，复有归来客。诛茅更辟径，架竹重书额。兴来赋小诗，酬唱永晨夕。忆昔虔州道，为我貌行役。折花寄野馆，缄句驰烟驿。②雪泥有聚散，裘葛凡六易。涪翁复高蹈，两载湖山隔。因兹见手翰，细认树与石。离怀不可写，愧兹乌玉璧。③

——《缦龢亭集》卷十四

[注]作者自注：①佚斋师与子卿先生。②壬午秋，余奉使岭南，先生守赣州，为写梅岭探春图，复以邮简寄诗于南昌道上。③先生与佚斋师各惠佳墨。

食笋斋十咏（录一）

竹径

斋南竹三丛，当涂夫子手植，遂以名斋。东南隅两丛，西北墙下一丛，皆余所补也。春夏雨足，笋迸地而出，交柯乱叶。款吾扉者，披翠而乃入焉。

南笋笑北竹，谓是黄琅玕。柯叶信不改，青翠终交攒。岂无时草木，爱此经岁寒。

——《缦龢亭集》卷十四

791

食笋斋南竹三丛纪①

幽斋长对碧玲珑，辟径难忘手植功。已喜清阴连舍北，更留隙地补墙东。今年雨足宜新笋，他日图成寄退翁。料得于湖垂钓处，诗饶翻欲笑文同。

——《缦龢亭集》卷十五

[注]①题目系修订者所改，原题：食笋斋南竹三丛，左田师手植也。去年东一丛渐凋落，补之。今年六月，复于墙东南隙地补两丛焉。因纪以诗。

壹斋师寄图三卷命题

问道图

公年八十八，目昏，犹为乡塾师，诲人不倦，戏作是图。

古之卿大夫，致仕为塾师。达尊爵齿德，三者实兼资。兴贤简不帅，风化之所基。王道观于乡，众学乃不歧。①大人济万物，进退皆有为。后贤亦勇退，退则无所施。番番黄发老，徒领宫观祠。书院差近古，又以利禄縻。黄金礼游士，蒲轮延国耆。前席未暇暖，后者彻皋比。坐见书币奔，化为田舍赀。绛帐纷云烟，恍忽不可窥。

夐夐执经徒，伥伥何所之。中夜求诸幽，孰为豁其知。先生但静坐，炳烛光如曦。
羔雁不敢渎，天下钦风仪。悬车十余年，闾里无群嬉。纳之左右塾，导以九达逵。
口讲复指画，犹云目力疲。百年且就见，神明安有衰。侧闻轩辕氏，不遗空同咨。
大道非察察，金鉴乃在兹。

我与我周旋图

公夐生平小像，自十七至八十四岁，共九像，合装一卷。

把卷垂竿自在身，求诗问法总天真。观河面皱须臾事，数尽恒沙几辈人。[2]
曾荷天题在御屏，灵光落落驻丹青。江湖剩有严陵老，知是云台第几星。[3]
九老图成似解嘲，无端黄发笑垂髫。升平桥畔谁相识，只有仙人王子乔。[4]
早悟禅床四大空，聊将踪迹托飞鸿。不须团扇家家画，万树梅花一放翁。

饯书图

公诗序云：道光乙酉冬，将乞休，先期载书南归，作饯书图。丙申之夏，两目忽
盲，束书不观者累月，因作书饯图。昔者，我为主，书为客，今者，书为主，我为客
矣。谚所谓瞎说耳。然亦讽夫有书不读及不瞎而不读书者。

非人磨墨墨磨人，坡老此言谁与伦。达人妙喻无不可，曰我饯书书饯我。忆昔我公
饯书归，归心早逐车尘飞。贱子作文侍公燕，谓公直以书自饯。公之出处书与俱，
何为主客分区区。世人读书读以目，公独胸有光明烛。年来存神要默识，偶以此图
为游戏。日昨遗我尺素书，上有骊珠四百字。元精炯炯贯当中，挥毫落纸犹如风。
乃知返观有微意，意在炳烛发群矇。我公今年年九十，龙章凤藻恩波及。长恩长恩
亦有荣，[5]琼裾玉佩来相迎。金鉴千秋作眉寿，牙签万轴还眼明。愿公惜取仇书力，
但写青山好颜色。山中松烟剧易得，不信世有磨人墨。

——《缦龣亭集》卷二十五

[注]作者自注：①仪礼，乡饮酒礼。郑注：古者年七十而致仕，老于乡里，大夫名曰父
师，士名曰少师，而教学焉。又见王制学记注。②公有观河图，乃十七岁七十岁两像合轴。
③卷中有玉澜堂锡宴老臣画像。④谓子卿先生，升平桥公所居也。⑤书神名长恩，画作神
像冠佩持爵状。

题芜湖邵未斋蚓唱余音集[1]

无双江夏属黄童，受学谁知有渡翁。老忆书声楼翠里，[2]重披诗卷钓竿中。古桐挂
壁余音在，新茧挑灯细字工。[3]何幸题名容牍尾，瓣香心事两家同。

——《缦龣亭集》卷二十六

[注]①题目系修订者所改,原题:题芜湖邵未斋先生廷任蚓唱余音集,次佚斋师韵。②其后皆为作者自注:俯翠楼,佚斋师幼从先生课诵地。③顷从君孙小璘处见遗札六种,道德孝经小楷尤精绝。

张之纯

张之纯,字尔常,一字二敞,号痴山。光绪庚子(1900)恩贡,安徽直隶州州判。著有《叔苴吟》《听鼓闲吟》等。

癸丑九月六十自慨四首(其四)

偶逐风尘作宦游,皖山皖水几春秋。感时凭吊忠宣墓,乘醉狂吟太白楼。才纵不高曾倚马①,性原喜静等浮鸥。素旗飘飖归来后,怕看增添海屋筹。

—— 《江上诗钞》

[注]①作者自注:毓少岑学士督学安徽时由太平府使署遣驿马递诗至芜湖赭山索和。

芜关元旦口占二绝①

我留皖国子归吴,客里情怀分外孤。不识椒花新颂献,举杯忆及旅人无。
万千爆烛破清寥,积雪皑皑冻木萧。闲立临江亭上望,听人评论拜年潮。②

—— 《江上诗钞》

[注]①题目系修订者所改,原题:芜关元旦,用渔洋蟂矶灵泽夫人祠韵,口占二绝,寄怀恂斋。②作者自注:土人云今岁拜年潮甚小。

黄富民

黄富民(1795—1867),字小田,号萍叟。原籍当涂(今属安徽马鞍山市),先世八代居住芜湖。清礼部尚书黄钺之季子。以拔贡历官礼部郎中,后省亲回籍不复出。工书善画。其子谨编他的诗词为《礼部遗集》行于世。

征和二章以应长江筹远图诗①

寒竿一屏曳，高轩两广文。开缄讽新咏，拥鼻吐奇芬。言治觉今罕，用心同古云。
敬恭桑与梓，何以畲忠勤。
下隰苦昏垫，高贤策远图。我田敦稼穑，彼泽靖萑苻。卖剑众符化，献珠人识涂。
书生惟作颂，扶杖乐桑榆。

———《礼部遗集》避弋小草卷上

[注]①题目系修订者所改，原题：芜湖学师吴戴两广文见过，以李蔼如方伯本仁长江
筹远图诗征和二章以应。

纪水灾

道光己酉夏，我归自吴淞。江水注东坝，如走巨海中。人民化鱼鳖，圩田卧蛟龙。
有城但雉堞，有岸惟高峰。舟航树杪系，鸡犬屋上逢。狂流已浸天，猛雨犹悬洪。
河港尽沉没，波路迷西东。张帆何所之，遮眼苦雾蒙。微茫辨村树，举櫂遥相从。
我舟既无依，我身又焉容。咄咄真怪事，惊倒百岁翁。
艰难抵芜湖，登岸已无岸。城门闭不得，一任百川灌。改乘舴艋舟，雨脚垂不断。
乘舟竟入市，人如凫鸭乱。经行曲巷中，阒寂半逃窜。小屋余破椽，大屋仅高闳。
出游裁两月，眼底沧桑换。宛转达东门，地未沉者半。①问家犹有家，入门惟一叹。
连年苦大水，我居才及门。去年虽入户，犹得松菊存。今年数尺高，那许分寸论。
厅事逮寝室，尽纳河流浑。中庭鱼畅游，几案蛙怒蹲。窗棂挂荇藻，檐楹上苔痕。
瓶盎尽漂失，井灶虚饔飧。好花昨手栽，颠倒浮其根。迁居安得地，卜筑安得村。
去留两不可，何处著足跟。

———《礼部遗集》避弋小草卷上

[注]①作者自注：四城惟东门内无水。

传闻贼又据芜湖

空余老屋寄江濆，又聚腥膻鸟兽群。挂壁一琴定遭爨，凿楹万卷者番焚。①何辜戴
粒营营蚁，②难扫满天扰扰蚊。最忆白头好兄弟，夜来哀雁不堪闻。

———《礼部遗集》避弋小草卷上

[注]作者自注：①琴犹先祖光禄公所遗，藏书两次未毁，今恐难免矣。②江乡正秋获。

忆吾乡湖上啜茗处偶吟一律^①

茶香湖上路，人坐水边楼。静对云山话，相持雪色瓯。看花人似蚁，闲泛我如鸥。
今日海滨水，腥咸蜃气浮。

——《礼部遗集》避弋小草卷上

[注]①题目系修订者所改，原题:酒楼入诗者多矣，故昔人相问，君诗中有几酒楼，而
从未言及茶楼者。偶读宋戴复古诗有舣舟杨柳下，一笑上茶楼句，因忆吾乡湖上啜茗处，
偶吟一律。

忆查园

在芜湖陶塘，予与家兄辈日游于此。

到熟园林便当家，^①无端抛汝向天涯。门关一径定生草，秋老四时慵种花。^②蛾翠只
余山色冷，鸥闲不见酒人哗。却来海上夸游迹，赢得山名也属查。^③

——《礼部遗集》避弋小草卷上

[注]作者自注:①予旧题查园句。②园丁极爱种花,四时俱备。③重九游查山。

795

李星沅

李星沅(1797—1851),字子湘,号石梧,湖南湘阴人。道光十二年(1832)进士,官
江西布政使,升任两江总督。工诗书。著有《李文恭公遗集》。

芜湖感旧

东坝曾经处，匆匆廿五年。袁亭供蜡屐，灯酒杂歌弦。桂管书难到，函关尹易仙。
旧游余塔影，清夜峙江天。

——《李文恭公遗集·诗集》卷四

荻港晓发

荻港渺何处，微茫宿雾蒸。风声低鹿角，星点散渔灯。翠展山千束，青浮塔几层。

渐闻人语近，前渡是铜陵。

——《李文恭公遗集·诗集》卷四

芜湖

玻璃千顷浴飞凫，裙绌参差绿有无。几树垂杨春唤起，东风明日过芜湖。

——《李文恭公遗集·诗集》卷七

刘逢禄

刘逢禄（1776—1829），字申受，号申甫，又号思误居士，江苏武进人。嘉庆十九年（1814）进士，官礼部主事。常州学派奠基人。著有《刘礼部集》。

泊舟鸠兹吉祥寺

危樯列重围，星火蒸元颜。浮图耸候楼，风云结严关。圣代无暴客，殊恩收惰顽。此等辄假威，桥豪计深骹。文算已登册，饭食亦早完。系令耗日费，不给清放单。苛商益病民，惟博奴颜欢。遂令善良法，翻为行旅患。尧民本驯扰，束缚如愿奸。奸宄或横行，掉臂脱缠牵。弊吏必尚廉，要言重周官。

——《刘礼部集》卷十一

张际亮

张际亮（1799—1843），榜名亨输，字亨甫，号松寥山人，华胥大夫，福建建宁（今属三明市）人。道光十五年（1835）举人。著有《思伯子堂诗集》。

蟂矶孙夫人庙

恍惚刀环拥翠旗，千年遗恨泣蛟螭。湘江有路从虞后，杞国无文谥叔姬。岁暮烟波寒鹢首，夕阳山色送蛾眉。殷勤手采霜蘋荐，矶畔灵风飒飒吹。

——《思伯子堂诗集》卷二

自京口至皖江舟中杂咏（录一）

姑孰江空树有乌，乱帆叶叶下芜湖。白羊一队黄沙上，绝好秋风出塞图。

——《思伯子堂诗集》卷二

守风芜湖十六夜见月口号

朔风起西北，塞雁满云端。吹遍长江月，东南天地寒。千樯帆正隐，万树叶俱残。
画角孤城外，流光逼岁阑。

——《思伯子堂诗集》卷二十一

风雪

风雪冷鸠兹，寒空去鸟迟。云来黄海外，月满白门时。暝色愁江动，乡心逼夜知。
孤帆滞三宿，岁晚负归期。

——《思伯子堂诗集》卷二十一

芜湖别雪椒观察五十韵

慕道悔不坚，虚名恨太蚤，致谤匪无由，冉冉恐将老。平生旧亲爱，几人送怀抱。
辱公于我厚，忘分屡倾倒。别来述所闻，忠告而善道。顾余虽贱愚，岂敢自弃暴。
古闻刚则折，干莫未为宝。江河万里流，孺子狎潢潦。兰艾忌同生，邢尹必相媚。
知几愧明哲，往事重懊恼。大府采文献，使者荐张镐。马卿特雍容，兔园半赢耄。
谈笑有猜疑，倾轧无朋好。骂坐传灌夫，书空谓殷浩。曾参能杀人，不疑乃为盗。
遂使师门知，始终已难保。死去复谁明，悲来只自悼。诗人恶青蝇，骚人感芳草。
众人何是非，爱憎随臆造。道涂互听说，琐屑如里媪。忆昔北游燕，群畏南方獠。
过情耻声闻，尚志颇孤傲。当时两巨公，文战树雄纛。自许韩昌黎，网罗遍郊岛。
余本山野性，不解媚奥灶。无实貌敬恭，去之迹如扫。谣诼倏纷腾，摧抑转高蹈。
作书绝巨源，致死任王导。几成洛蜀党，不为牛李报。至今多侧目，何年息群噪。
方公宦京华，怜我每覆冒。归嫌哗流言，久欲与奔告。乍逢群舒地，雨雪相慰劳。
壮气吐虹霓，敝裘对旌旄。狂奴态犹故，范叔寒始燠。醉歌扬去帆，水冥天颢颢。
蟂矶北风恶，五日困寒隩。水散蹴长空，飞驰万骑到。孤篷缩首坐，闭塞卵在抱。
公来更授餐，微婉申诚诰。登舟送远行，再三若论讨。仁者春满胸，吹嘘长枯槁。
不材惭薄植，培覆信苍昊。悠悠当世情，变幻不可考。但看诋毁私，于吾竟何恑。

生存炙手势，身没等浮涝。固知金石贞，不畏铄火燥。公怀自恺恻，余意岂桀骜。
僧孺庇杜牧，洒泣忧心捣。终当戒伤春，且复慎投缟。

——《思伯子堂诗集》卷二十一

林昌彝(1803—1876)，字蕙常，号茶叟，福建侯官(今福州)人。道光十九年
(1839)举人。后因进呈《三礼通释》，赐教授。在建宁、邵武执教，晚年讲学于海门书
院。著有《衣讔山房诗集》。

过梁山

江楼钟急破寒烟，一叶扁舟落楚天。长剑切云飞雁外，短篷卧雨乱山前。飘零杜曲
怀朋辈，贫贱王章感岁年。建业神京天下丽，西风白下几归船。

——《衣讔山房诗集》卷五

798

刘开兆，字肇启，一字静观，号芸庵，安徽南陵人。乾隆年间布衣。著有《芸庵诗集》。

青弋江棹歌(录四)

渔浦人家湾复湾，辋川绘出景幽闲。周遭碧树一溪水，披豁晴窗四面山。
杜牧风流步屟遥，柳绿婀娜小蛮腰。而今憔悴江潭上，不见青青柳拂桥。
水色潇潇凤色秋，鸬鹚艒子漾中流。纬萧河上人多少，可得骊珠一颗收。
丹枫落照余千点，白鹤衔鱼起一双。呼得玉潭居士出，试将横幅写秋江。

——民国《南陵县志》卷四十二

消夏杂诗①

　　余幼随先君子在浙，于乡土山川道里未经阅历，乙未归里，足迹所经，不及十分之
二三。今不出户庭者几二十年矣。昔之所经，渐亦忘之。兹有幽忧之疾，溽暑困人，无
可释闷。适闻通济桥圮，有询建自何年者。翻阅邑《志》，知山川古迹悉仍古春谷地，

芜湖历代诗词

《志》载今有分隶他邑者，条晰注明，足见昔贤考订之详。迄今年久，废兴不一，不揣谫劣，爰就睹闻所及，记忆未忘者，各系一诗。至风会物产，因时而变，方言里俗，用各不同。《志》所未载，无从稽考，补缀俚语，聊当俳谐，以希大雅君子订正，或续或和，庶免孤陋寡闻之诮云尔。丙辰夏东溪刘开兆。

青阳桥下水漫漫，七百余里路已残。败艑一双争鹢渡，不知水底黑蛟蟠。

> 青阳桥在城东，宋元祐初建，今蛟水冲圮，下有深潭。渡人者不善理戢，覆溺堪虞。

涉趣偶然同靖节，会心原不在濠梁。息机自是安眠好，一抚庭柯一怆伤。

> 涉园为先观察公晚年憩息之所。今留数椽，一塘一石，老树数株而已。公有"信宿停眠安静好"之句。

龙潭湾水泻清湍，渔浦人家把钓竿。不解辋川何自至，绘成十字画图看。

> 王右丞诗："渔浦南陵郭，人家春谷溪"。渔浦即今龙潭湾。

频岁鱼盐货益奇，下流陂障患难治。拂桥老柳都髡尽，好句犹传杜牧之。

> 弋江下流漳陵港泄水之地，被他邑豪民筑堤遏水为患。杜有"青弋江村柳拂桥"之句。

云木千章夏景饶，籍山亭阁几时销。如今培塿无松柏，曳杖捼抄过市桥。

> 籍山在城内。前邑侯沈公尧中植松千株，构石阁于上。今废。市桥即籍山桥。

溪流曲曲涨晴沙，叠鼓鸣笳傍水涯。恰喜射堂人散后，安贤寺外看桃花。

> 安贤寺即今开化寺，在演武场右。寺僧就废地种桃数十株。

鹊岸临江江水深，水经何处问桑钦。句吴一败荆蛮后，故垒萧萧不可寻。

> 今繁昌县古春谷地有鹊岸。《左传杜注》庐江舒县有鹊岸渚，不知何是。昔《水经注》未考载。

野水纵横流古渡，渡头争说黄公墓。墓前宰木尚葱葱，一如蔽芾甘棠树。

> 黄公覆，三国时为春谷长，有葬衣冠处，今名"黄墓渡"。

蔓草萦烟屺古台，溢塘野水绕城隈。时清买犊惟耕种，更有何人倚剑来。

> 倚剑台在城西北隅，近香由寺，其址尚存。

点缀缁林亦颇宜，禅灯断续有宗支。若论荐福开山力，合祀南来作祖师。

> 邑中诸刹皆废，惟香由寺修葺一新。此寺旧名"荐福禅林"。

初地粗安一龛佛，性水无方随瀹沸。是谁凿破蛟龙窟，一勺之多难济物。

> 香由寺佛龛前忽有水涌出成泉，此前岁事也。

一枝雁塔尚穹隆，倒影斋沧半璧中。不是星桥金内翰，百年犹属梵王宫。

> 黉宫轮奂聿新，而雁塔欹斜，岌岌可危。昔年迁建此地，皆金内翰相度之力。

黄金布地亦何哉，废寺空将檀施开。剩有清清阿耨水，照他弥勒坐蒿莱。

> 崇教寺年久破败，闻有募金而未修理者，竟废为荒地，门前大塘是吾家故物。

披絮晴云薄翠微，三层楼上望依稀。渗金山色斜阳里，似有金鹅闪闪飞。

> 楼在日新园，先伯祖溥原公构。今废。鹅岭距城南二十里。相传昔有金鹅飞至。

桥横玉带水通舟，渔父沧浪鼓枻游。两岸颇饶林木趣，惜无人筑小菀裘。

> 玉带桥为城北胜景，今两岸尽成隙地。

狮子桥边杨柳风，醴泉亭外芰荷红。晚凉庪马城阴去，逐浪浮鸥水窦通。

> 醴泉亭至狮子桥，柳陌菱塘，野景可玩。前侯郇公永春建南北水关，以资通池。

丹黄枫叶何家漾，苍翠松林海子沟。牧笛樵歌声杳杳，浴凫飞鹭晚悠悠。

> 杜工部句。何家漾近南门。海子沟在东乡。

小淮河口尽烧砖，不及甘罗城甓坚。烽火已销千载后，至今墩迹尚依然。

> 甘罗城或云甘卓城，不知何据，至今犹存甃甓。烽火墩，相传古昔建城于此。

九十九曲奎潭湖，湖光潋滟七星铺。闲寻驾部诗中景，还有荷花十里无。

> 奎潭地近芜湖水乡。明兵部员外张公贞有《十里荷花》诗。

诗人影语渺难论，零落旗亭画壁痕。赖有司农题碣在，问津人说小桃源。

> 乡先辈盛此公居小桃源。曾外祖周栎园公未遇时订交白下。公任江安粮道，时盛已殁，访其遗稿刻《休庵影语》一书，并砻石题墓。

梅花峰冷木萧萧，时有幽人去采樵。白石粼粼疑韫玉，不逢斤斧自嶕峣。

> 梅花山如梅五瓣。白山石色如玉。俱在七都内。

故人化去不胜悲，尘世津梁我亦疲。依旧新罗松下路，相逢谷口忆前期。

> 隐静寺今隶繁昌。昔至其地，住持道松相留信宿。今化去，可伤。"他日南陵下，相期谷口逢。"李太白《隐静山诗》。

元功遭遇今千古，宿草荒山丘垄深。天与党人名不朽，摩崖一本抵千金。

> 宋学士徐勣墓在城西内翰山。国朝梁都廉仪武，官粤西贵县，得《元祐党籍碑》，拓归。此碑毁后，天下无复存者。桂林以摩崖特完。学士名次第三十六人。

山路崎岖阻胜游，吴山楚甸两悠悠。苏州刺史留佳句，果是春深草木稠。

前过灵山寺,访曾王父读书处不得。因问灵岩寺路径。山僧不知,怅然有怀。

昔闻晋代何孝子,辟谷练容铅汞腾。丹井红光今寂寂,苍崖碧藓尚层层。

郎陵峰近灵山寺,上有晋孝子郎陵公何琦炼丹井。

丫髻羕羕烟翠清,晓夅时听涌潮声。操蛇神去山林杏,犹有嘶风石马鸣。

马仁山在县西北,与丫头山近。上有人马状。昔人闻马鸣,遂夷其首。石潮山有泉涌如潮。

八稜敲得石如镕,工字峰尖秀气钟。欲问樵童觅樵径,回头却被白云封。

工字山有八角小石,樵人时或敲得,然不多有。山耸削极高。昔至其下,路险不能登。

山凹雾散日初衔,簇簇莲华点点巉。缥缈云巢何处是,御风疑到碧桃岩。

吕山在孔村铺,山顶有凹。天晴日朗,登其巅望见九华。

鼠姑花开谷雨酣,一丛深色压精蓝。南泉梦断无由见,只见吕山天竺庵。

吕山庵中有紫牡丹一株,可冠一邑。

出山泉水响琮琤,慨想驱车揽辔行。近日南阳无宝鉴,一溪彻底也难清。

澄清桥在县南,距城三十里。前邑侯宋公廷佐建。

苍苍五鬣属铜官,六代梅根冶亦完。惆怅吟魂招不得,只余山色一痕看。

李太白《于五松山赠南陵常赞府》。五松山即铜官山,今隶铜陵县。庾子山赋:南陵以梅根作冶,今地隶青阳县。

难禁畏日蟪蛄声,辘辘征轮去不停。试看长安官道柳,绿阴阴接短长亭。

陵邑南至青阳,北至芜湖,驿路百馀里,道旁无树可蔽。夏日行旅,颇以为苦。

猪水东西溪堰平,一航石碗往来轻。客星辰照滨东坶,滩路湾湾晚饭行。

东溪堰即鼎丰桥下大坝,曾王父造成。西溪堰在后港桥,滨东坶亦曰"崩土坶"。夜航船由此至石碗七十里。

蹇驴得得水溅溅,积雪侵莎略彴连。记得年时河渚路,万条寒玉一溪烟。

李昌谷句。西溪积雪,在后港桥一带,野径墟烟,与武林西溪仿佛,但少万树梅花耳。

二水交萦龙会桥,石梁一道锁溪腰。百年甲第虚延伫,不见文澜赤鲤跳。

龙会桥在城北。谚云:"造成龙会桥,进士满街跑。"自康熙戊戌后,进士绝响。文澜亭在桥上,水中有石鱼。其谚语载邑《志》。

学堂规画仿文翁,虚设皋比拥寓公。若使膏油能继晷,雍雍都讲尽儒风。

籍山书院久废,今重建将十年矣。膏火未设,掌教生徒无人,竟成往来公寓。

801

陈荡湖宽双鹄游，林塘塔影漾中流。晚风吹过青泥港，猎猎菰蒲冷似秋。

　　陈荡湖在西北乡五六里。有双鹄来游。村民误认为鹤。影塔塘、青泥港俱在城北三里许，颇饶蒲苇。

钟塘菱芡陨如麻，梁浦芙蓉烂若霞。不及芦碕好烟景，蒹葭深处有人家。

　　钟塘在东南乡。有渔者施药致龙起，菱芡随雨而陨。居民怖焉。梁浦在县东北四十里，多芙蓉菱藕。芦塘，昔先浣溪公钓隐处，茔墓在焉。

曲生入坐好流连，清浊须分圣与贤。底事谪仙仙迹去，酒坊闲冷一千年。

　　吾乡无佳酿。新酒坊，相传李太白寓饮之所。

迎富由来风俗同，芳春七日预治聋。何须上戊元辰夜，看遍丛祠灯火红。

　　《道经》以二月初八为芳春节。俗以二月初二日祀社公，歌吹彻夜不休，是日蜀有迎富会。

尽教路鬼善揶揄，明庶风尖清夜徂。不是高明由尔瞰，房椷锵器一些无。

　　春分夜，人家喧喊掷器物，名曰"赶野猫"，实驱鬼也。

龙焰蚖脂点点腾，闹蛾才过又重兴。南人不习巫医术，全仗平安两字灯。

　　近日乡人禳病及牛豕瘟，辄兴龙灯。各庙进香前卓"平安神灯"四字，以别于上元龙灯也。

漳滨被禊水拖蓝，荠菜花开三月三。无奈欲留春不放，香霏九里上菁簪。

　　俚语："三月三，荠菜花儿赛牡丹。"是日妇女无不戴此。九里香，春尽作花。《本草》《群芳谱》不见其名。欲留春，千瓣栀子也。

困人天气是炎氛，瘦骭腰肢束练裙。麦穗垂垂才上鬓，又簪楝叶满乌云。

　　立夏戴雀麦，五月朔戴楝叶，云一夏常健，可免腰痛。

未闻邀福向仙乡，雾阁云窗况渺茫。世上神仙多狡狯，浪言东海变耕桑。

　　城东有仙姑庙，不知何据，香火甚盛。近日各乡争祀神姑以祈田稻，更属不经。

渊渊钲鼓竞龙舟，蒲酒醺人逐队游。不挂一丝齐踏浪，十三重赛寿亭侯。

　　端午竞渡，漳溪两岸游人如蚁。五月十三日关帝诞辰又赛龙舟，名曰"划十三"。

稻花香满午阴中，四野良畴报赛同。一纸赫蹏摇垄上，家家割肉祀田公。

　　六月六日田家以酒肉祀田公，插纸旗于垄上。

黑汗翻浆杨塌头，场堆百货胜何楼。黄麻布是泾民卖，白菜种从旧府收。

　　六月廿八日，城东杨塌各贩云集买卖田器，名"扁担会"。贩麻布必泾县人。菜种必插

"旧王府"标子。

六月食新吁可怪，籽粒拈来米似珠。市上屠儿贾三倍，何曾一箸有新秫。

> 六月内，城乡择日食新，勺米分文，其实谷未登场，新陈莫辨。是日肉价顿涨。

鼓腹何嫌五饭多，桔槔声动啜茶歌。微禽也解催耕作，辛苦家家叫插禾。

> 莳秧日，农人必五餐，车水必姜茶。有《莳田歌》《车水歌》。家家插禾，催耕鸟也。

雨来日出熟梅天，只望湖田大有年。忽见石和尚蠢起，障羞馌妇欲言旋。

> 雨后日出，禾苗易槁，或见青磷必曰"阴火"。村人呐喊逐之。愚夫甚至凿石物为制，名曰"石和尚"。

高下畲田费火耕，西山烧石压肩赪。夜归扶老三叉路，未许人持一炬行。

> 通邑沃田石灰取之西乡山内，络绎不绝。五月后，田边夜行者禁止持火。羸老有颠扑之患。

获稻东屯负笈旋，儿童散学各欣然。明年我作村夫子，尽劝东家买秫田。

> 吾乡收获时，有"放稻学"之说。

碌碡场连选佛场，道人收米逐时忙。徙薪曲突何须计，乞取杨枝拜马郎。

> 收获毕，城乡竞接观音。家各置米一升供养大士。三日后，首事者刮锅底灰置水中，以压火灾。收米付僧道，犹有向善之意。

解释狼饕恶孽凶，华山佛山镇神通。消魂猛忆刀花树，可便回心十地中。

> 七月尽，城中举华山会，供养地藏王菩萨以祈冥福，在官者极盛。

不见钟陵甲帐陈，那知牛渚韵清新。纷纷胜会刑牲去，俗杀南邻北里人。

> 中秋节，市中人祀五猖神，无不刑牲者，名"大圣会"。

戏索缘橦事偶然，近来处处目犍连。却因忏罪翻添罪，坠履遗钿亦可怜。

> 演大目连戏必三日夜，有盘彩竿木等技。妇女往观放抬。生事者往往有之。戏索，见曹植《宴乐赋》。

岁事峥嵘那得闲，更新钱旧各千般。更看淅米兼溲粉，蒸过年团切饭山。

> 馈岁古有其礼，吾乡必用年团。除日蒸饭，留为新年之餐。先切饭山祀神供祖。通邑皆然。

闹钱新样费雕镂，雪色欢团滚作球。爆竹声声喧不住，乳鸦啼上玉皇楼。

> 除日，门首必挂"闹钱"，以五色纸或绸绫雕刻为之。吾乡有三多之说：欢团多、爆竹多、乌鸦多。玉皇楼近吾宅不过数十步。

茅司徒庙早迎春，几日东风细草熏。寂寂落灯门巷冷，踏青不到小乔坟。

庙在东郊、其神名未考。吾乡元夕后市肆阗然,人不出门。小乔墓在香由寺西偏。

枉将鱼服作龙神,讵有龙神入盎中。未解春秋繁露法,无端赤日打西风。

> 岁旱祷雨,俗令渔人取鳝鳝畜之,曰"捉龙"。若不应,则异西峰寺土神入坛曝晒鞭打,名曰"打西风"。

贸迁无术肯安居,除却耕渔一事无。收拾拂纱弓线去,秋来緪絮过淳湖。

> 吾民鲜通贸易,出门不过高淳等处。弹絮为生,拂纱棍弓线所必携者。

巷无录事风犹古,邑少勾廊俗尚淳。莫为樊川诗句误,客程休觅凭楼人。

> 有以小杜诗"谁家红袖凭江楼"相质者。吾意陵俗无楼居,且不近水,难实指其地,姑以此答之。

女壮由来胜丈夫,且休蚕织但收租。寄言闺阁黄花子,莫厌孱夫秋落苏。

> 地不宜蚕,妇女鲜习其事,而有临庄收租者,颇胜男子。俗呼闺女为"黄花子",男子不健者曰"秋茄子"。

谷贱伤农赋役兼,倾囊质库债频添。相看亦有怃离者,只有年来出境严。

> 吾陵瘠贫,赖谷粟流通易钱使用。近禁邻邑贩稻,民间颇形窘迫。

几曾偎暖牡丹鞋,寒傍牛衣大可哀。禁得三冬冰簟冷,盛家酦酒七都煤。

> 盛广泰烧酒驰名,七都煤亦夥。贫者无被絮,长年卧簟,惟此疗饥御寒而已。

不是优昙现即空,风胎雨鬃任天公。奈何一觉维蛇梦,便付无边业海中。

> 近闻乡人多溺女。一恶习也。

婚嫁如今喜论财,男争行下妇争赔。要知九十其仪外,朝节安排办两回。

> 近俗娶妇者行礼外,必朝节两回,仍须衣饰等物,以故贫者艰于婚配。

红定鸾书礼必周,麻糍饼饵与猳修。殷勤挑过辞家担,又点茶汤送上头。

> 问名纳彩等礼必需麻糍猪饼,且较量大小丰啬。临娶时,又有"辞家担","上头茶",女家责备必周。

诸母丁宁只为贫,抱持出阁泪沾巾。蜡灯不照鸳鸯瓦,罗袜休沾一点尘。

> 嫁女者必抱持上轿,女鞋不得沾尘。又云,必夜深不可见瓦沟白,非此恐贫母家。

撕悬蓬矢镜开奁,髻女添妆启轿帘。传袋好扶新妇稳,轻移莲步看纤纤。

> 新轿后悬一筛,插三矢一镜。妇入门,俟童女添妆挽出轿,足不履地,用袋互传入房,哄叫"传代"。

弥月先将绣褓催，也无坏副也无灾。漫劳廋得慈云履，平浪侯前祷祀来。

新妇弥月，母家有催生之礼，怀孕者必赴晏公庙许愿，或向观音堂窃鞋一只，云必生男。

堕地何须贤与豪，聪明愚鲁任儿曹。一经未卜传家学，百日先期食禄糕。

里俗生子百日蒸糕馈送，名"百日糕"。《岁时记》：民间九日以片糕搭小儿头上祝曰：百事皆高。又以小鹿置糕上，号"食禄糕"。

服食书无葛粉汤，析醒解渴有新方。区区水障消摩后，饱食南洪冲里姜。

山居者采葛为粉，颇能醒酒除热。俗有出水障方。置箸碗中，水浇之，视箸倒于何方。以卜受惊起病之处。不论寒热，无不食姜。姜以南洪冲产者为佳。

农家风物剧堪怜，水上胡麻色味鲜。却羡曹村霜信早，菽如银杏讶匀圆。

秋深有水物如莲须，炒食颇香，名"水脂麻"。曹村产大豆，名"白果豆"。

石冈山头桂花香，画眉觜上菊花黄。丫枫担好挑来卖，种向篱根也不妨。

石冈山即板场岭，地宜种桂。画眉觜人善艺菊。扁担以丫枫树为轻健。

消梨冷透胜枇杷，夏果几同异味夸。三伏火云人渴杀，伤心望断板桥瓜。

吴中下里曲：消梨应郎心上冷。板桥西瓜产江宁。贩者多以东坝瓜混充。前亡室思此不得。今弟昆久患热症，亦索此不得而殒。

草侵陂塘水满渠，秋风扁豆正开初。钓丝不及芫花毒，星在空潭罾亦虚。

《北户录》：秋采鱼子著草上悬烟中，春浸池塘旬日，号"鱼种"。畜养一年，可供口腹。钓鱼者云：扁豆花开，塘鱼上钓。近年毒鱼者众，故鱼也鲜少。

远来鲥鮆与鮸鳇，荻港鸠江皖水长。一样黄鱼好风味，贩鲜争不到山乡。

近来贩江鱼者亦常至此，惟冰鲜黄鱼不来。

如画溪山格里家，阳坡阴地产灵芽。不应闲著樵青手，谷雨过时采饭茶。

大小格里皆产茶，必过谷雨始采焙，贩卖，率皆大叶，名曰"饭茶"。

佳辰百五集长山，岁岁看他野祭还。可是青山无买处，忍教白骨委榛菅。

吾乡有数世不葬者。清明日必往长山义冢地嬉游，不知何意。

周聖才营暖土坚，绮钱未社挂新阡。全凭斧吏明明在，下烛幽宫到九泉。

坡公句："不知黄土暖"。俗说新坟不过社，挂纸钱必用五色，有探坟之说，子孙空乏，每归咎于葬地不佳，虽祖坟亦思发掘。

昨年洪水卷蓬茅，近日於菟气颇骁。但说焚山射猛虎，未闻入水斩长蛟。

《月令》有伐蛟之典。今夏去年两被蛟水之害，虎患亦多。猎人捕虎，必烧山林，利在薪木，甚至虎逸而坟墓为其所坏者有之。

戙桥拨子入城中，浊浪滔滔尽向东。不用囊沙穿窦窖，黉宫宛在水精宫。

吾陵东北二乡低下，此乡消水处为人壅塞。每当溪涨时，环城常遭其害。而学宫在城中平衍之处，受害尤甚。"戙桥拨子"，即夜航小船也。向不通舟，今随水入城，民赖以济。

山乡亦是水云乡，雁户频来也不妨。春谷只愁生谷少，终年阙给少良方。

近年淮扬各处流民络绎乞化，稍不满意即强讨吵骂，甚至令妇女入室搜索，殊不成事。

吾家掠紫巷中央，只隔琳宫一短墙。夏日丹房消暑好，白荷花满叶家塘。

吾家掠紫巷，乡民讹为"骡子巷"。叶家塘在承天观右。

百雉城东即我祠，源分豕韦是东溪。子衿若肯依家塾，平步青云自有梯。

吾家宗祠在城东，是为东溪刘氏。光禄公苦费经营，曾立义学。后有不遵家塾者，竟废。

岩石依然紫气氤，雨株桂树已凌云。主人不是晦堂老，鼻观香来却未闻。

吾家紫岩书屋双桂历有年所，其下双石乃先朝旧物。余病疟后鼻塞不闻木樨香。

古观荒凉剩败垣，降仙桥外晚钟昏。石栏干坏残碑没，无复纯阳印指存。

806

承天观外降仙桥，相传吕纯阳度牧德清处。桥上石栏有纯阳印指。今阑已无存。

高台已倾曲池平，依水园荒蛙乱鸣。墙角豆花篱外槿，居人半作废田耕。

佩长公依水园旧迹尚存。

乌株园里乌株稀，鹭鸶原上鹭鸶飞。年年败扫邀天幸，幸不霏霏雨湿衣。

乌株园，鹭鸶原，皆先茔。吾家两处祭扫，忌雨。近年无有不晴者。

园额犹存慨慕中，文章留别古今同。遂三堂外书声起，莫页花开龙爪红。

固古谣语。"慕园"题额乃京江张文贞手迹。曾王父选历科程墨藏板于中。遂三堂，今为寝堂，有读书其中者。园内龙爪花犹盛。

画粥空寮本食贫，义庄瞻族效希文。但教农服先畴在，休惹持符捉税人。

曾王父以寒士起家，通籍后措置义田犹虞不足，属望后人效法范氏。今田价数倍于前，吏胥经收契税亦数倍于正税，且朝售田而暮签差，临门索扰，置产者恒惴惴焉。

为问双羊万树春，何如园外暗香闻。一枝素艳临寒水，绝似清癯李少云。

梅花是处皆有，以日新园水边为佳。

旧游如梦绕钱江，镇日文楸坐北窗。忆得东山曾赌墅，不逢姑妇也心降。

家先叔连成弈品颇高,曩在浙江盐署曾著两局。"如旧游",署中湖舫名也。

麻鞋踏破带星奔,温序招回万里魂。旧业好收榆阁在,父书一帙守清门。

堂侄行先跋涉数千里扶亲丧归里,闭门读书。"收榆阁",其山居署名也。

坤维灵气萃闺中,不数婴儿出北宫。重念脔肢和药进,痛深风木鲜民穷。

余姊行二,守贞不字,力养而终。第五妹刲股疗亲。吾父殁而妹旋殒。皆男子所难能者。

畋渔百氏穴经史,大农山人理窟深。欲访遗编垂奕祀,草堂绿影已销沉。

孝廉汪师退先生著有《绿影草堂集》《毛诗集解》诸书。今遗稿不可得矣。

山郭野桥风景似,拟从故里问云林。六朝明月惟诗在,只有张乔七字吟。

唐诗人张乔避乱居九华,其先吾南陵人也,"故里接云林"即其诗句。

疏帘长日摊筑簟,宿火残灯拥竹炉。老去心情无俚甚,看儿敲石作挎蒱。

竹簟、竹火炉以青弋江制者为佳。市儿好挎蒱之戏,每磨瓦石为之,名曰"跌子"。

——《芸庵诗集》

[注]①计一百首,每首皆有作者尾注,为阅读方便,另起一行仍附其后。

807

刘　阮

刘阮,安徽南陵人。

渔浦

桃源谁信在人间,灵境周遭碧水环。入径烟云随杖转,生新邱壑引心闲。辋川秀句垂千古,渔浦幽寻隐一湾。风景自今增胜概,竹坪花坞共追攀。

——民国《南陵县志》卷四十二

##

淡如水,字莲洲,号霞山,陕西大荔县人。举人,乾隆三十六年(1771)知芜湖县。

玩鞭亭怀古

楚山苍翠暗前津，惆怅新亭作赋人。赤日已衰徒骇梦，宝鞭何赋仅逃身。雨荒城角诗全失，秋冷湖阴曲又湮。十卷元经遗此恨，枉将犀甲付强臣。

——乾隆《芜湖县志》

古传诗

古传诗，字兴之，号儦伲，安徽繁昌（今属芜湖市繁昌区）人。清嘉庆五年（1800）岁贡生。著有《儦伲诗稿》。

晚游三华禅庵

鸡犬无声清梵稀，到门寂寂闭双扉。松花满地落如雨，山月出林僧未归。

——道光《繁昌县志》卷十七

浮山二首①

曾作浮山梦里歌，者番独往快如何。秋山最是夕阳好，古径无如黄叶多。僧懒逢迎常避客，人当险隘独攀萝。赏心幽绝寰区内，迟到天台只自诃。
山深林密锁烟霞，处处天然信不差。古洞初来如入瓮，秋泉直泻更飞花。岩悬秋树丹黄色，石作僧房四五家。未识仙人住何处，欲从溪内觅胡麻。

——道光《繁昌县志》卷十七

注：①浮山：又名浮丘山、隐玉山，在繁昌城东十五里。传说周灵王时，仙人浮丘公炼丹隐于此。

浮山即事四首

策蹇湖干夕照翻，移清渐引近仙源。乱泉声里几间屋，初到浮山第一村。
峰峦如画出幽栖，一路看山日欲西。碧树岩边秋叶落，流泉直送到前溪。
麋鹿偕游猿亦陪，引人已到列仙台。山中道士邀同卧，夜半月明孤鹤来。
山灵笑我太缘悭，几日来游又早还。何似白云飞不去，一年常得住深山。

——道光《繁昌县志》卷十七

鲍桂星,字双五,号觉生,安徽歙县(今属黄山市)人。清嘉庆四年(1799)进士,累官工部右侍郎。师从姚鼐。

南陵道中二首

一畦相间一陂塘,圆璧方圭互短长。不信秋来天不雨,荞花雪白豆花黄。
青天卷映暮霞红,霞外烟峦翠霭笼。帧出江南秋一幅,不知身在画图中。

——民国《南陵县志》卷四十二

钱保,清人,生平不详。

汤天池铁画歌

天池运铁如运笔,铸就丹青巧难匹。蓛宾一跃阴阳通,造化为炉百怪出。荆关已去倪黄陈,庐山面目忘其真。匠心乃超笔墨外,后无继者前无人。丹灶芒寒腾列缺,灼若洪炉点绛雪。百炼钢为绕指柔,腕底鲛龙竞盘折。山水作障悬堂中,嵇康好锻难为工。列风淫雨不足避,金气夜与元冥通。咄哉技老人亦老,铁蚀苔衣世谁宝。零星残稿遗人间,一片神工没荒草。天池耽画画真奇,我为天池更进辞。何如散尽九州铁,不铸当无错铸时。

——《梅庵诗钞》卷二

809

黄文晹

黄文晹,秋平,陕西甘泉(今属延安市)人。嘉庆七年(1802)刊印《扫垢山房诗钞》。

舟过天门山

帝遣名山镇上游，芙蓉两朵古今浮。阳台路近云生态，杜宇江连水渐愁。行雨忽来催入暮，楚风大抵好悲秋。布帆正压新霜重，一夜芦花尽白头。

——《扫垢山房诗钞》卷二

##

德元，镶白旗人。生平不详。

抵临湖

征帆八月抵襄安，近郭人家画里看。米老四朝官阁在，稻孙万顷野田宽。地连淮甸秋山瘦，形枕江流暮雨寒。此日趋庭无个事，墨池深处试濡翰。

——嘉庆《无为州志》卷三十三

濡须坞怀古

闻道奸雄乱世才，油船曾渡大江隈。三千无复全师返，又遣浮桥七万来。天堑长江接石头，当年立坞遏洪流。阿蒙亦是英雄将，不独佳儿孙仲谋。

——嘉庆《无为州志》卷三十三

##

鲁逢年，字兰友，号书农，清当涂（今属安徽）人。著有《采石山房集》。

天门怀古

秋高天气爽，登眺谐凤心。叶疏山骨瘦，水碧溪光沉。夹岸奔猊骥，何年分双岑。疑是巨灵擘，磊落多奇嵚。逶迤蹑雁齿，响踏惊幽禽。古树若虹走，虚崖生寒阴。天风起寥廓，白云紫衣襟。历历沙上路，隐隐烟中林。苍茫入望眼，元气含古今。昔人既已远，惆怅生登临。忆昔李供奉，酒酣兴难禁。天门两卷石，于时供豪吟。

山水有显晦，不与俗氛侵。雁荡亦人世，云树翳且森。造物岂不惜，怀奇待搜寻。

——《当涂古今吟》

杨 彝

杨彝,清人,生平不详。

奎楼纪瑞

时乾隆己巳九月十五日，新建奎楼，喜得杏花一枝，因赋。

奎楼高耸插天中，学校宏开碧汉通。秋色暖争春色丽，桂花香引杏花红。圣朝应下求贤诏，太史群推养士功。佳木向荣知献瑞，儒林挥翰乐胥同。

——嘉庆《无为州志》卷三十二

吴克澍

吴克澍,清人,生平不详。

和奎楼纪瑞

岑楼高耸入云中，奎壁辉联景运通。十里待嘶芳草绿，一枝先映画梁红。花争霜叶东皇令，秋夺春荣大块功。从此瀛洲人竞步，紫芝灵异得毋同。

——嘉庆《无为州志》卷三十二

任之琦

任之琦,清人,安徽阜阳人,生平不详。

临湖怀古

濡须偃月至今存，当日徒然志外吞。①魏将灭吴先灭魏，孙家生子不生孙。东西关迥云犹阵，黄白湖寒水自昏。独慨夫人归蜀后，江东结好事难论。

——嘉庆《无为州志》卷三十三

米公祠

池波掩映树扶疏,祠宇兴怀落照余。泼墨曾邀天子眷,居官惟宝晋人书。千秋想像颠谁似,一拜流传石介知。我亦烟霞成痼疾,经过胜迹每踟蹰。

——嘉庆《无为州志》卷三十三

吴诒沅,清人,安徽桐城人,生平不详。

临湖览古

三分汉鼎角雄才,形胜东南亦壮哉。万里江从吴地尽,二关门对楚天开。孙郎有子将军出,孟德无君司马来。①立坞筑城劳底事,濡须终古浪声哀。

稻孙万井雨初收,凭吊南宫此宦游。当日先生颠似我,至今石丈瘦于秋。题残墓碣苔犹裹,声断池蛙水不流。独上城楼摹画本,九华天外看云浮。

——嘉庆《无为州志》卷三十三

[注]①作者自注:时曹仁官司马。

登红雨亭远望①

孤亭壁立耸嵯峨,篱落西风菊未莎。六十年来风雨少,两三人内白头多。②屏山带水皆图画,利薮名场亦逝波。自笑中书垂老秃,凭阑犹许一高歌。

——嘉庆《无为州志》卷三十三

[注]①题目系修订者所改,原题:同张聘皋潘介舟陈毓斋登红雨亭远望。②作者自注:时聘皋年六十,介舟五旬,予亦五十有九。

墨池步月

如此寒潭水,松烟湛欲流。飞来一轮月,散作满池秋。天迥星芒小,亭空树影浮。

米颠不可作，怅望板桥头。

——嘉庆《无为州志》卷三十三

无为州城登眺

秋气来三坞，江声下七矶。天门划吴楚，地势控淮淝。一雁向空没，孤云何处归。苍茫登眺意，落日照征衣。

——嘉庆《无为州志》卷三十三

拜石轩

袍笏风流渺，庭轩俯仰清。四朝留此石，一拜有先生。孤介见奇骨，老颠垂大名。到今墨池上，特立缅峥嵘。

——嘉庆《无为州志》卷三十三

梅光颐，清安徽宣城人。生平不详。

扁担会①

春谷人家重朴素，国风为诵唐魏诗。心臧惟有土物爱，纯艺黍稷仓千斯。即此日中一为市，奇技淫巧原无之。席地纷陈遍郊野，一一无非耕织资。土产由来多竹箭，百物半取霜筠为。喧阗人声朝及夕，颇是盛事毋相嗤。恶俗赛会侈游冶，士女杂沓儿童随。我叹举国若狂耳，惟此会堪千古垂。

——民国《南陵县志》卷四十二

　　[注]①题目系修订者所改，原题：南陵每岁六月廿八日，乡民聚集城东门，日用需物毕具，交易而退，名曰扁担会，诗以纪之。

王家符

王家符，清人，生卒年不详，字悬鱼，号菊谈。

纪事

甲申六月初，江潮涨伏汛。城趾水数尺，腴田成巨浸。奉命勤抚字，沿户细核讯。
在册八十万，男女鱼贯进。偶逢老叟来，蓬松霜两鬓。欲前身翻却，一步一呻吟。
自言洪涛倾，举家惟余命。爨断甑生尘，虾鱼共游泳。匍匐就君恩，渴极思沾润。
顷之一少年，扬目视懵懵。为问何为尔，漂没双亲榇。饿死事还小，终天恨莫竟。
旁顾偶语者，一媪一婷娉。媪言年七十，三日未食饮。老翁卧古刹，儿女适多疢。
婷娉前致词，未语泪珠迸。我本贫家女，儿夫痛薄行。临难宰别县，数月绝音信。
姑嫜老难行，含羞乞余馂。自幼长深闺，出门不识径。但愿橐砧归，甘苦死以殉。
喃喃各致词，闻者为舌硬。数人已知彼，万姓知有甚。殷勤谢男妇，莫漫愁途殣。
转眼春风和，还汝生计定。

——嘉庆《无为州志》卷三十二

会鳌，清人，生卒年不详，字翰英，号文鱼。试辄冠其曹，文名以振。著有《龙光诗选》。

814

送董念庵师赴京时与同人会尊经阁①

领袖儒林几岁华，铸颜曾睹笔头花。文章险跻曹刘步，风雅高排屈宋衙。鹿洞箴铭
原爱鼎，②龙门声价胜笼纱。金闺正是求贤渴，策对天人事未赊。

——嘉庆《无为州志》卷三十二

[注]①尊经阁：在无为学宫内。②作者自注：铎濡时，尝刊朱子《白鹿洞条约》遍赐诸生。

董以宁

董以宁，字文友，武进(今属江苏)人。明末诸生，与邹祗谟(1627—1670)齐名，时
称"邹董"。著有《正谊堂集》《蓉度词》。

游天门山

砥柱中流势并开，层峦双峙叹奇哉。龙腾巨浪摇苍翠，鸟渡长江自往回。作镇东西

千峰险，平临吴楚片帆来。名贤胜地相辉映，紫气氤氲照酒杯。

——《当涂古今吟》

##

汪洋，清人，生平不详。

毛公洞阻雨

嶙峋峭壁削山腰，古洞空明射碧霄。碑藓细磨文字碎，石床小憩雨风骄。增人逸兴从相阻，何日晴游再见招。欲向毛公问消息，飞泉聒耳响清寥。

——嘉庆《无为州志》卷三十二

##

吴名鳌，字作鼎，号步林，无为人。乾隆三十二年(1767)副贡。著有《酌影草堂诗集》《庐阳名胜便览》。

秋日登稻孙楼

西楼千古倚城垣，一望秋光遍隰原。远树烟笼孤塔影，曲池水暗小桥痕。红幡到处酬田祖，绿绮依阡长稻孙。况值循良深雨露，欢声腾沸满山村。

——嘉庆《无为州志》卷三十二

稻孙楼

西楼秋日快登临，无限秋光绕禁门。远树烟笼孤塔影，曲池水暗小桥痕。红幡处处酬田祖，绿绮阡阡长稻孙。况是茅檐多雨露，欢声高下听山村。

——《无为文史资料》第一辑

宝晋斋

晋代衣冠慨渺然，斋称宝晋尚流传。光腾不让龙蛇窟，采焕争如书画船。独惜遗珍迷蔓草，但余古迹卧寒烟。临风凭吊情何极，墨妙谁人继此颠。

墨池蛙鼓

池翻墨沸漾虚亭，亭畔蛙传鼓吹声。丝竹果谐宁尔禁，官私无为竟何鸣。闹成侠吏愁千古，催断公庭梦六更。神化几人同米老，从他投砚不须惊。

——《古今山水名胜诗词》

偃月城怀古

坞传偃月嶂河滨，重镇曾闻此战争。曹魏多军空破垒，孙吴有子但荒城。关分两峡烟犹锁，水接平湖春正生。雄踞漫言当日事，开襟且对午风轻。

——《合肥晚报》2021年12月17日第二版

泊东关

忽发寻秋兴，扁舟泊濡东。峡分三路水，关锁两淮风。爽气清寒夜，轻云淡碧空。太平真景在，何处觅英雄。

——《搜韵》

顾诒禄

顾诒禄，长州（今江苏苏州）人。清贡生。以古文辞名于世，著有《瑷堂诗话》。

天门山

身到天门里，双峰劈地开。千盘吴水去，一派楚江来。古木寒逾碧，晴云晚作堆。泊舟依博望，长啸谷风回。

——《当涂古今吟》

王丹庆

王丹庆，生卒年不详，字扶常，号融峰。乾隆二十八年（1763）恩贡，授教习，缘累归罢。

墨池怀古

须江有墨池，乃在公署侧。咫尺宝晋斋，疏凿颇奇特。在昔米南宫，书画恣寝食。
举砚投鸣蛙，池水倏成墨。当时亦偶而，千古犹太息。世俗贵耳闻，徒以皮相测。
王臣高不事，何以称官职。良宰殊不然，百度自整饬。惠政播黎民，黎民皆食德。
案牍稍从容，挥洒有余力。琐琐临池者，古来盖千亿。谁复如米颠，遗迹光铭勒。

——嘉庆《无为州志》卷三十二

吴元桂

　　吴元桂，生卒年不详，字秋岩，号紫山。壮岁历游三巴、溯两浙、入都门，诗卷益富。归里后，纂修州乘，著述等身。乾隆二十七年（1762）由布衣举乡饮介宾，乾隆六年版《无为州志》主修。著有《振华斋诗集》等。

817

芝山春晓

芝岑春晓色苍苍，曳杖孤吟破晓凉。芳树逗晴禽语谇，飞花挹露草痕香。烟霄才放
朱楼影，海旭初生古塔光。百本紫芝应再出，山川灵秀肯消亡。

——嘉庆《无为州志》卷三十二

北郭晴游

放步闲游放眼看，青郊漠漠水潺潺。晴飘杨柳千家雪，秀簇芙蓉一带山。春色送来
红寺外，岚光飞到白蘋湾。望中吴魏争雄处，终古东西壮两关。

——嘉庆《无为州志》卷三十二

谒两尚书薛公墓①

荆榛满目草纷纭，来谒尚书日已曛。四面丰碑他姓冢，两抔荒土二公坟。摧残翁仲
田间迹，剥落龙章石上纹。功烈在人禋祀杳，不堪风雨泣狐麇。

——嘉庆《无为州志》卷三十二

　　［注］①两尚书薛公墓：即明代工部尚书薛祥、兵部尚书薛远，两墓均在无为西城外五里。

题南山古松①

建业争传六代踪，青齐千古说秦封。谁知荒邑空山里，久卧江淮第一松。

——嘉庆《无为州志》卷三十二

[注]①作者自注：松在九卿山麓，奇怪不可言，乡人呼为画松。

稻孙楼

名贤往迹半荒邱，胜占芝城尚此楼。米老一时题片额，稻孙两字播千秋。几番禾稷消灰尽，多少桑田赴海流。独借登临掇晚眺，夕阳红遍乱山头。

——《无为文史资料》第一辑

丁田树，安徽怀宁人。清时官御史。生平不详。

818

紫沙洲晚泊①

行行百馀里，系艇向平沙。已觉云头起，争看日脚斜。荒汀多网户，小市半渔家。野宿今宵始，前途望正赊。

——道光《繁昌县志》卷十七

[注]①紫沙洲：位于长江繁昌与铜陵交界处。

季国时

季国时，乾隆十年(1745)恩贡，生平不详。

登毛公山顶

硉兀高峰翠接天，扪萝披棘直跻巅。湖光泼眼堪盈掬，石势拿空可拍肩。隔岭梵宫窥隐隐，匿岩花萼静娟娟。云深何处寻仙窟，古洞招邀径窅然。

——嘉庆《无为州志》卷三十二

赵宽，清人，生平不详。

游双泉寺和同人韵

世外寻幽一径偏，禅关指在小桥边。霜烘柏叶欲烧寺，风送秋声将上天。客座裁诗分片纸，僧厨瀹茗试双泉。相携游屐好收拾，会探西岩巨石巅。

——嘉庆《无为州志》卷三十二

姚汝颂，号啸岑，清和州（今安徽和县）人。岁贡生。著有《渔邱诗稿》。

天门

万古此门户，寒云漠漠封。两眉开日月，一线走蛟龙。吴楚中峰断，江山此地重。孤帆人不见，天际一声钟。

——《当涂古今吟》

王安修

王安修，初名文治，字后村，安徽歙县人。清诸生。著有《后村诗集》《吴越游草》。

前明黄将军歌

金陵王气归何许？渡江一马化为鼠。无愁日日醉深宫，跋扈人人开幕府。忠勇争推黄虎山，①百战威名震吴楚。蟂矶授命鬼神惊，虎山虎山真如虎。缅维江夏多奇人，更有新安伯修甫。早掇巍科恩遇深，皇帝曰予有御侮。拜官几日国旋亡，勤王有志人共睹。建牙京口望中兴，生不逢时将奚补。靳王一去江空流，波光惨淡悲桴鼓。权臣在朝功鲜成，长使英雄泪如雨。栋折榱崩大厦倾，空怜腐木相撑拄。崎岖万里早见机，蕴义怀贞思远举。衡山何必非西山，托钵采薇亦独苦。一弹指顷见沧桑，猿鹤沙虫何足数。掀髯一啸洞庭波，啸罢凄然怀故主。回首龙髯杳莫攀，关心马鬣劳区处。由来忠孝贯儒释，佛法无多谁领取？古人殉国各有道，或死或生何龃龉。虎山死与方景齐，伯修生与雪庵伍。生死不同同自靖，两黄将军并千古。君不见、石铸愁云暗江渚，青衣肉袒面如土，花马何心争拜舞。呜呼，两黄将军并千古。

——《晚晴簃诗汇》卷六十三

[注]①作者自注：黄得功，字虎山。

耿遇房，乾隆二十一年(1756)恩贡。生平不详。

江寺读书苦雨

市远尘嚣隔，专城倚化城。禅关喧伏雨，秋枕落江声。欲遣诗祛闷，还呼酒作兵。句成身倦卧，蓼坎夜钟鸣。

——嘉庆《无为州志》卷三十二

820

李旭，字旦初，初名庚，字西有，晚号秃渔。清人。少入都，适武英殿纂修《古今图书集成》，曾官州同知、州刺史，历署仪征。著有《半隐堂诗集》。

壬戌秋闻吴秋岩纂订州志赋此寄之

古书不知数，几经垂不朽。秦火不能烧，鬼神阴护守。只缘真宰寄，遂与大造久。天地此运行，帝王此荷负。迨后各著书，文藻尚十九。屈宋擅于前，韩苏振于后。中间枚马辈，镛鼓争大扣。诗教汉魏间，继周近敦厚。李杜忽挺生，千古少匹偶。韩卢出奇师，欲尽脱窠臼。外此多彪将，亦足扫尘垢。他则风月多，世道关何有。于今有用书，郡县志为首。国史续龙门，异代纪好丑。邑乘佐兰台，鸿才仗掘剖。作书分乡国，下笔同冈阜。善则荣华衮，恶岂脱桎杻。尤惧假疑似，碔砆乱琼玖。翻教埋真奇，彝樽等瓦缶。褒无遗怨仇，贬难私甥舅。得勿讳尊亲，亦必慎可否。不使真魂泣，无令灵鬼忸。忆昔在石渠，千志罗左右。遐搜海内事，尽入图书薮。① 中惟二三志，足称大笔手。史虽下于经，所重别苗莠。政治在笔墨，劝惩在男妇。

芜湖历代诗词

旧志阅我州，记载多拘纽。数十年间事，湮没同覆瓿。踵讹与传疑，考证难遗叟。
此举闻属君，欢忻动远友。君前搜遗诗，精英生腕肘。②今复事纂修，采访自不苟。
阐扬君子心，赞叹里人口。伟人传缙绅，潜德光畎亩。人苦鬼翻乐，身死年转寿。
搜诗犹末事，此责重元后。殷勤为寄语，一信凛功咎。

——嘉庆《无为州志》卷三十二

[注]作者自注：①昔纂修内廷，集天下郡县志，采其事入《古今图书集成》。②谓曾辑
《濡须诗志》梓行。

钱永道

　　钱永道，清人，生平不详。

泥汊江上漫兴

江上风光值快晴，旷然耳目一时清。划天峰扫淋漓墨，拍岸涛翻霹雳声。白鹭一行
烟树杳，翠畴千亩夕阳平。狂游堪补云门兴，合向亭皋问曲生。

——嘉庆《无为州志》卷三十二

821

沈　迈

　　沈迈，生卒年不详，字辞怿，号洞泉。诸生。家贫，笔耕为业。著有《卧雪堂
诗集》。

秋江晚眺

野客新秋饶逸兴，晚村孤望送斜晖。风轻潭静鱼堪数，云散天空鸟独飞。别浦霞光
频泼眼，隔江山翠欲沾衣。乐郊砧杵沿门剧，丰岁鸡豚特地肥。一带黄芦围古刹，
谁家红蓼黯柴扉。眼边幽意增惆怅，水际诗情妙指挥。况值慵夫方少事，得随闲鸟
共忘机。初尝邻曲新筥酒，高坐渔人旧钓矶。半载尘襟教涤尽，一宵佳趣拟知希。
徘徊已上藤萝月，携取清光缓步归。

——嘉庆《无为州志》卷三十二

许承谟,清人,生平不详。

东溪夜泛

斜倚篷窗月正华,秋光渺渺望无涯。风翻细浪催兰桨,香带流萤出藕花。欸乃歌声渔子浦,依稀灯火酒人家。清宵好景难虚度,买醉溪头兴颇赊。

——嘉庆《无为州志》卷三十二

吴伦,清人,生平不详。

过芙蓉岭

822

高低扪石磴,夹路野藤遮。崖矗参天树,庵蟠匝径花。泉流通药圃,云断隔人家。为恋汤休话,因循到日斜。

——嘉庆《无为州志》卷三十二

陈文泉

陈文泉,号琴谷,清代繁昌人,著有《琴谷诗稿》。

早发鲁明江①

泱潒水东流,清风送客舟。江天云气晓,关塞雁声秋。芦白怀新序,枫黄忆旧游。伊人渺何处,远眺思悠悠。

——道光《繁昌县志》卷三十四

[注]①鲁明江:即漳河,由澛港入长江。

澄港河

底事惊飙怒不平，雄涛起立势如争。金鳌脊上三山舞，铁骑声中万鼓轰。使客孤舟先欲港，水军高枕罢催程。身逢险阻心逾定，独爱云霄砥柱擎。

——道光《繁昌县志》卷

董子帷，清人，生平不详。

舟次柳林渡①

万行春柳拂云齐，为落轻帆古渡西。沽酒店依流水岸，待船人坐夕阳堤。双柑未袖怜莺语，一楂谁携送马蹄。小泊移时方解缆，掀篷犹望翠烟迷。

——嘉庆《无为州志》卷三十二

[注]①柳林渡：在无为城东南二十里。作者自注"即吴山人渡"。

823

王梦鲸，清人，生平不详。

江皋仲春

却扫双扉昼亦支，江皋已是仲春时。波摇斜日穿帘疾，风勒残花到地迟。时序推迁愁里忽，物情琐细静中知。衰颓每事趋平淡，可仅文章不炫奇。

——嘉庆《无为州志》卷三十二

张延镶，清人，生卒年不详，字青霞。壮弃举业，究心诗文书法。

雪后神塘河道中①

琼霙瑟缩化泥沙，曲港桥危取道斜。驴瘦背能胜病客，村荒梅解炫新花。遥峰影断颓云度，老木声干饿雀哗。高咏江干怜冷落，空涎小市曲盈车。

——嘉庆《无为州志》卷三十二

[注]①神塘河：在无为城东二十里。

郭维清，清人，生卒年不详，字云九，号林塘。

救坝

长堤如垒捍江潮，汹涌冯夷夏倍骄。有尽泥沙咸则壤，无多民力废时徭。近居南北同隳突，远役东西辄叫嚣。万弩计穷谁御暴，五花终日走天瓢。

——嘉庆《无为州志》卷三十二

824

吴之联，清人，生卒年不详，字一蜚，号柳村。著有《柳村诗集》。

南山道中

碧山无数耸崚嶒，策蹇科原兴可乘。野菊依崖金簇簇，丹枫蟠谷锦层层。长溪蟹壮争编箔，曲涧鱼肥亦下罾。逐路奚囊留好句，低回一任暮烟凝。

——嘉庆《无为州志》卷三十二

卢之范

卢之范，生卒年不详，字讚士，号访翁。清朝由恩贡任青阳教谕，以病致仕。

读书横山僧舍

长日垂帘一院阴，柴门不扫任花侵。山中顿绝争名梦，松下能清学道心。落第杜羔情久淡，书空殷浩感徒深。夕阳每向高天望，怕见归鸦绕故林。

——嘉庆《无为州志》卷三十二

朱晋玙

朱晋玙，清人，生卒年不详，字东玉，号毅斋。

岩台寺

已觉灵崖异，尤耽古刹幽。竹凉侵客坐，花气入空楼。树老偏宜夏，荷残别作秋。耳边山鸟众，愁听是钩辀。

——嘉庆《无为州志》卷三十二

常廷璧

常廷璧，生卒年不详，河南陈留人。乾隆六年（1741）知无为州。

石丈

拜石成遗事，山高与水长。亭亭风月下，千古忆襄阳。
生无孤洁癖，再拜亦徒劳。但得南宫意，何须定折腰。
吁嗟米老去，寂寞少知音。不敢效袍笏，恐悲石丈心。
一拜留芳迹，盛名天下传。殷勤问石丈，谁继米家颠。

——嘉庆《无为州志》卷三十二

高述猷

高述猷，生卒年不详。清朝监生，曾任盱眙县训导。

过青冈寺

闻到招提好，来游今始曾。半龛依古佛，一榻坐孤僧。贝叶经成蠹，莲花社欲冰。却嘲难闭目，公案竟何凭。

——嘉庆《无为州志》卷三十二

金铎，清人，生平不详。

游三华山二首①

山中一片石，门外几株松。借问谁安置，当年黄一峰。
殿阁拥归云，山楼纳残日。为语后来人，石栏曾点笔。

——道光《繁昌县志》卷二十一

826

[注]①题目系修订者所改,原题:偕黄左田、谢潜斋、周最峰、王子卿游三华山二首,分韵得松日字。

刘廷苍

刘廷苍,字汉年,号随庵。生平不详。少失怙,事母至孝。

城南逸墅

沙平容犊卧，村僻少人行。篱落山花绽，江滨春草生。云归迷柳色，日暮起樵声。
自分投闲地，翛然远市城。

——嘉庆《无为州志》卷三十二

王高诞

王高诞,清人,生平不详。

过西山古寺

一径入林人迹杳，荒凉古寺枕崔嵬。壁撑颓宇穿藤蔓，阶卧残碑没草莱。浅水溪头双鸟下，斜阳山脚一僧来。松阴盘翠宽闲地，藉草长吟破绿苔。

——嘉庆《无为州志》卷三十二

吴　晟

吴晟，字敬感，号藏庵。清朝补诸生，老得副车以终。著有《藏庵诗集》。

稻孙楼春望

寻春径转芝山麓，雉堞危楼堪送目。昔传贤守额流芳，今见郊原雨初足。片石剥尽青藓斑，清池无复黑蛟蟠。数椽古瓦窜苍鼠，留得棠阴护碧阑。谁道公颠殊落落，属意农民恩最渥。凭高却喜稻生孙，嘉惠何殊春有脚。座上风流不可攀，望中水绕村弯环。数峰浓霭点烟树，依稀妙墨传人间。春光淡泊西城隩，琴尊想像人如玉。川平获罢是何时，刺水一痕秧正绿。

——嘉庆《无为州志》卷三十二

沈可一，生卒年不详，字次公，号籧洲。清朝诸生。著有《籧洲诗集》。

东村水氏楼头作

水氏楼边水满坡，暄妍尽日喜阳和。桃花门巷红如许，杨柳人家绿最多。几处春风飞燕剪，有时朝雨掷鱼梭。闲闲此地栖迟客，悔未曾披十亩蓑。

——嘉庆《无为州志》卷三十二

谢朝觐

谢朝觐，清人，生卒年不详，字非外，号鹤樵。著有《东墅小草》。

东墅遣兴

托迹人间一水湄，萧然无伴转相宜。江天阔处生成画，春草深来自在诗。每逐孤云行易远，闲看凉月坐常迟。俗尘抛却余幽趣，空谷寒泉味自怡。

——嘉庆《无为州志》卷三十二

朱瑞昌，生卒年不详，字仪仁，号庆南。清朝廪生。著有《珠树堂集》。

早发泥汊口

朝来箫管送楼船，放棹空明水接天。三尺豚吹江浪起，一群鸥傍野田眠。山开黛色才经雨，树转晴光不染烟。应是片帆还惜别，乡关行处好留连。

——嘉庆《无为州志》卷三十二

828

何天复，字月骖，号淡庵。清朝诸生。著有《淡庵诗集》。

延福寺山居

浮华过眼等云烟，我爱幽居乐自然。竹暗数行分净土，雨凉一夜换秋天。身闲肯爽寻僧约，酒熟须浇种秫田。真趣此中能不厌，何妨人笑懒蚕眠。

——嘉庆《无为州志》卷三十二

何鸣，字云友。清朝补诸生。著有《耦庄草》。

雨中游南山①

同人休惜雨侵毡，雨里看山最可怜。泉响不分樵牧唱，洞深惟觉晦明偏。僧斋竹里疑无路，茅屋崖藏忽上烟。谁道桃源隔人世，此中止少一渔船。

——嘉庆《无为州志》卷三十二

[注]①作者自注：自斗鸡石至赔子岭。

蔡梅，字鹤招，生平不详。

登楚泽楼①

水白峰青瑟瑟秋，断云孤鹤恣闲游。生平采隐凭双屐，何日拈吟不上楼。四野无端霜露冷，大江不尽古今流。凭高极目飞鸟外，几点烽烟起暮愁。

——嘉庆《无为州志》卷三十二

829

[注]①楚泽楼：即明远楼，位于无为城东门楚泽门上，下临百万湖，系米芾建。

魏康孙

魏康孙，字绍闻，安徽繁昌人。清进士，曾官宣平知县。著有《遗安堂诗》。

偕友人登峨山桃坞①

多病倦登临，索居鲜欢趣。闭门万山中，蜡屐屡却步。今晨微雨歇，天风净氛雾。领兹景物佳，况值素心聚。取径远市寰，后先略礼数。曲折度麦畦，榛莽入恐误。当日种桃人，曾此筑红坞。我来花未开，流水自来去。野卉不知名，参差引前路。

——道光《繁昌县志》卷十七

[注]①峨山：在繁昌城南。

耿苇舟，清人，生平不详。

游白云庵赠僧

清凉小院一溪围，瓢笠萧然昼掩扉。直向元机求面目，不同浮世作须眉。落花阵阵飘红雨，疏磬声声响暮晖。物外逍遥谈不尽，野人到此亦忘归。

——嘉庆《无为州志》卷三十一

耿兰舟，清人，生平不详。

蕊珠洞

十载蕊珠梦，今番得纵观。危崖疑鸟道，垂乳亚龙蟠。地透天风聚，山空云气宽。
长年人不到，五月水生寒。

——嘉庆《无为州志》卷三十一

刘　铨

刘铨，清人，生平不详。

慈云寺与僧夜坐

心与尘缘迥不通，慈云古刹寄行踪。共君清影秋山月，伴我幽怀五夜钟。几处野烟横旧路，一天疏雨落遥峰。癯僧参破蒲团久，胜地生涯最后逢。

——嘉庆《无为州志》卷三十一

刘光寀

刘光寀,字同之,清人。少举优行,耿介端方。

东郭溪庄坐雨

邻郭湖亭迥,清幽气复沉。犊还随草湿,燕冷共云暗。泥破笋新出,池清荷自深。空阶闻滴沥,独酌遣春阴。

——嘉庆《无为州志》卷三十一

钱若愚

钱若愚,字智叟,号柴子,清人。著有《野墅吟》。

汉江野墅自述

不负鸥盟蚤拂衣,卜居惟傍钓鱼矶。林泉自可争今古,时事何须问是非。道子画令能事毕,广陵调合赏音稀。夜阑每出觇牛斗,漫说荒江有少微。

——嘉庆《无为州志》卷三十一

831

刘　昕

刘昕,字望午,号含昱。清江浦诸生,寄居濡城。著有《定同诗草》。

芝山客舍柬友人读书江干

芝山人已爱停骖,远浦还思寄尺函。随我枯藤曾冀北,怀君好梦已江南。灯分雪夜心如一,座列梅花友共三。遥忆故人闲况味,书窗杯尽即棋谈。

——嘉庆《无为州志》卷三十一

余思复

余思复,生卒年不详,字不远。清福建将乐人,留滞濡须。著有《吴游草》。

濡城写望

远水绿杨翻觉绿,夕阳红树转添红。无为城上几回望,不信吾身在画中。

——嘉庆《无为州志》卷三十一

别无为州

七月十八出江行,半醒半醉别离情。醉看山月团团上,醒觉江潮汩汩生。

——嘉庆《无为州志》卷三十一

张应象

张应象,山东人,清进士。

客寓准提庵书壁①

剑削芙蓉磴几盘,上方依旧碧云端。风生夜阁涛声壮,月涌晴窗塔影寒。雁阵高低天外尽,村烟浓淡雨中看。廿年湖海空华发,羞对维摩说宰官。

——嘉庆《无为州志》卷三十一

[注]①准提庵:在无为城西孔家山。

程　兼

程兼,清人,生平不详。

红花山投宿①

欲陟三梁日已斜,且停拄杖宿红花。峰头晚照移青嶂,岭外晴岚覆紫霞。堰户三农初筑土，成衣纺妇半摇车。入村讶我行藏异，说是僧家又俗家。

——道光《繁昌县志》卷十七

注：①红花山：在繁昌城西十四里，又名红花尖、荷花尖。

李 捷

李捷，字泳士，号郁山。清朝诸生。著有《东游草》。

东河舟行对月

明月荡清波，云英腾碧宇。光彩入扁舟，晶莹照肺腑。如饮玉壶冰，凛洌摧腥腐。
山岚郁苍苍，林烟净脓脓。草虫冷秋根，渔灯动孤浦。危坐待夜阑，何人授软语。
日出人境改，茫然堕尘土。

——嘉庆《无为州志》卷三十一

杨永泰，生卒年不详，字循吉，号止庵。清朝郡诸生。著有《粤游草》《燕吟集》。

风抄阳山感赋

北风号雪黯长天，袱被空山岁欲迁。身似冻云沾远岫，心同衰柳结寒烟。闲中作计
寻僧语，梦里忘忧藉酒眠。从此只须耽寂寞，羞将老朽趁新年。

——嘉庆《无为州志》卷三十一

谢邦光，清人，生平不详。

登罗山

随意徜徉入翠微，风尘杂逻自知非。何尝预定登临约，竟得怡情山水归。万斛泉声

喧野竹，一鞭岚气湿征衣。此行莫讶饥驱瘦，才检诗囊料已肥。

——嘉庆《无为州志》卷三十一

##

卢综显，字右文，号恒斋。清朝名诸生。著有《听鱼山诗集》。

稻孙楼

独步晴光兴自幽，稻孙楼上豁双眸。远山白雪消犹在，古路丹枫落未休。茅屋几家闲晒网，板桥余水静横舟。登临却忆风流守，两字芳题百世留。

——嘉庆《无为州志》卷三十一

##

赵献，字方叔。著有《芝山鸟集》。

834

东溪

兴乘鼓棹来东溪，当空月小山高低。游鳞拨剌暗寻穴，宿鸟钩辀时一啼。笑指虹气在斗北，目送云林过峰西。蓬头长年要扫去，只道前路桃花迷。

——嘉庆《无为州志》卷三十一

##

许懋堇，浙江宁海人。清朝监生。

南陵口号三首

漳水拖蓝①清弋②清，工山削翠③敬亭平。子明自昔称仙令④，杯渡浮杯破浪行⑤。

[注]作者自注：①③南陵十景之一。②江名。④汉窦子明为南陵宰，后隐居山中仙去。⑤梁高僧无名，尝浮杯渡江于此。

朗陵侯庙工山旁[①]，谪仙子祠新酒坊[②]。游人指点鹅公凸[③]，旧事犹传石碌场[④]。

[注]作者自注：①晋朗陵侯何琦隐居山中仙去。②五松山下有新酒坊，建太白祠。③鹅公凸即箬帽之馀，下临石潭，潭有蛰龙腾跃，祷雨最验。④唐废，繁昌为石碌场。按石碌即石绿，详《本草》空青注。

香由寺内晚钟鸣，玉带桥前新月生。最爱人家多面水，凭栏时听棹歌声。

——民国《南陵县志》卷四十二

##

朱智，清人，字子固，号北樵。著有《北樵集》。

蕊珠洞

境胜接不暇，游侪勇堪贾。巉径盘雪冰，幽岩敞仙户。俨认松乔居，遥望三珠树。
荆榛泚攀跻，兴深忘险阻。健者获先登，语笑闻悬圃。余孱援掖入，宽然讶堂庑。
石窦透天光，崖壁搏寒乳。旁探迥难测，冥奥惮深取。陟岭雾蒙晨，出山日亭午。
偕游导野僧，疗饥赖田父。终觊仍羽人，采服生毛羽。

——嘉庆《无为州志》卷三十一

835

##

杨乾，清人，生平不详。

朝喜山古东庵

石炊升午烟，云影动相及。清阁歆高区，鸿蒙古气入。孤峰俯儿孙，旷目寒江急。
夕阳峦山影，余绮不受絷。三千大千界，诸佛闻叹息。念子热中人，肌骨成冷疾。
闻说无生妙，志优苦不立。乃兹临高远，良久百端集。

——嘉庆《无为州志》卷三十一

谢凤毛

谢凤毛,字殊有。清朝郡诸生,历任州牧。著有《蝇吊轩集》。

道经文孝祠驻辔展谒

曾从前史挹清风,俨雅今瞻庙一弓。香火乱余僧未绝,诗文劫后世犹崇。枫头滴露
凫分绿,蓼尾摇秋院掠红。惆怅六朝禾黍地,问谁无恙夕阳中。

——嘉庆《无为州志》卷三十一

吴敏文

吴敏文,字虞升,号远翁。清时初任镶黄正红旗教习,后以军功授陕西醴泉令,厘
奸剔弊,下士恤民,疾卒于官。著有《花玛诗集》。

铁山池亭对月

独上兰塘跋履行,四围秋水夜盈盈。露溥丛桂香应湿,风过残荷叶有声。隔座鱼波
云影滑,出篱虫语道心清。一尊酒向中宵尽,自觉轻寒半臂生。

——嘉庆《无为州志》卷三十一

于觉世

于觉世,山东人,清巢县令。

六月过芙蓉

枯藤翠竹覆禅关,佛阁僧庐半倚山。烈火炎尘随客去,云归风定一僧闲。

——嘉庆《无为州志》卷三十一

周命佐,清人,字赞甫,号武夷。著有《周武夷集》。

秋过古城庵

年光老却不须愁,赢得秋山共晚游。旧事已随飘瓦去,新闲聊向茗铛留。破棺枕寺穿饥鼠,落叶摇风上梵楼。何用攒眉虚命驾,夕阳人醉白沙头。

——嘉庆《无为州志》卷三十一

陈上善

陈上善,字元水,号盘谷老人,吴门(今江苏苏州)人。清诗词、古文、书法名家,曾官中书及县令,鼎革后,晦其迹久客濡须。

游南溪观米公书章吉老墓碑

南溪云物久思游,有客相携上小舟。只为米颠碑一片,遂令章老墓千秋。香风不断稻花散,暑气欲消松叶稠。对此累累须痛饮,当筵哪用促觥筹。[1]

——嘉庆《无为州志》卷三十一

[注]①作者自注:墓碑距河岸数武。

罗捧日

罗捧日,清人,生平不详。

漕上秋兴

魏武南侵此路通,千艘过尽月明中。锦帆已去江波阔,春水还生壁垒空。晚渡人喧双岸艇,夕阳风乱两河钟。山川不逐市朝改,看遍兴衰事颇同。

——嘉庆《无为州志》卷三十一

孙煌先

孙煌先，清人，生平不详。

北山道中

秋气深今夜，凉飚动树巅。野蛮十里驿，山月五更天。僧老眠钟冷，樵贫趁市先。荒桥迟马迹，客意满山川。

——嘉庆《无为州志》卷三十一

陈景运

陈景运，字熙升。清诸生，居家孝友。著有《樵余吟》。

登西山佛寺

丹梯直上气氤氲，秋色凭临迥不群。红树影斑千涧水，黄花香暖半山云。座当榛莽僧同悟，路入苍茫客自分。见说会心何处远，忘言相对日斜曛。

——嘉庆《无为州志》卷三十一

陈廷乐

陈廷乐，字子韶，号樵遹。清诸生。

白云寺

谷口田家历乱耕，僧扉闲掩读书声。白云有梦常骑鹤，芳树多情独听莺。洞水出如迎客笑，岚烟飞不碍人行。元晖早订名山约，何必青鞋待宦成。

——嘉庆《无为州志》卷三十一

初过双泉寺

青山谁似武陵春，聊向双泉学问津。到寺忽惊畴昔梦，前身疑是住山人。危崖石洞供禅悟，古木泉声净俗尘。谁谓巢由山不买，饮牛应作力耕民。

——嘉庆《无为州志》卷三十一

杨文泰，清人，生平不详。

白云寺观雪

寒鸥风冷起樯牙，片片鹅毛洒曲车。却讶白云连地轴，翻疑玉女散天花。青帘倾罄征途客，红盎烧残处士家。笑我裘凋金亦尽，百钱空忆画头叉。

——嘉庆《无为州志》卷三十一

839

林若俊，字振夫。清廪生入太学，后隐居东野。

宿般若寺

古寺藏山曲，冲寒晚独过。路干残雪少，冰解乱流多。听法亲猊座，留题在竹窠。夜瞻晴色好，天际万星罗。

——嘉庆《无为州志》卷三十一

吴尔恺，清人，生平不详。

蕊珠洞

披险情弥剧，偕游兴共长。山腰冰迳仄，洞口石泉香。仙奕还余蹬，幽眠剩有床。先人题咏处，难觅向苔荒。

——嘉庆《无为州志》卷三十一

吴尔康，清人，字义人。著有《葜溪诗集》。

蕊珠洞

牵跼涧路滑，扪石怵奔峭。梭层翳乱藤，残雪逼幽照。径迷趣更奇，石门鼓欢眺。仙岩集灵异，鬼斧凿众妙。壁立洪涛翻，乳积清猿倒。阴路满沙砾，杂遝恣谈笑。谽谺传宏响，纷如鸾鹤啸。堂高俨栖居，嵌窦隐丹灶。白日丽中窗，天风落古调。身世百忧攒，逼仄蚯蚓窍。因知方瞳翁，肤色桃花少。徘弄蕊珠泉，放浪歌云峤。归证向来误，兹焉岂虚造。

——嘉庆《无为州志》卷三十一

葜溪

小艇泂沿两岸青，林扉犹带晓烟屏。清光坐怯蒲葵扇，远色看移水墨屏。懒性畏人同夏日，素怀问友但晨星。双荷欲载渔歌去，惆怅菰蒲杜若汀。

——嘉庆《无为州志》卷三十一

曹国祚，生卒年不详，字忠王，别号万松居士。清诸生。

宿祖师岩

路入桃源径，天开贝叶山。瀑随飞鸟下，云伴野僧还。壑远竹风静，林空花雨闲。

何时抛俗累，常此快跻攀。

吴世隆，清人，生平不详。

贾公墓

凄风生野径，天色欲黄昏。下马侍郎墓，看碑贾氏村。藓纹迷断碣，霜笋倚残痕。[1]
旧事能传说，知公几叶孙。

[注]①作者自注：碑上有公遗像。

陆品，清人，字居一，号土岩。著有《放言集》。

841

芝山别野

敝庐亦自静，犹恨在江城。石臼春云晚，霜砧捣夜晴。懒虽从老得，悲岂为秋生。
月上贫家照，微吟相伴清。

侯坤，字蹻石，号竹愚。清选贡授两广盐经厅，历署广州粮捕分府、潮州盐运分
司。著有《水中梅影诗集》。

铁山吟

山以产铁得铁名，兹山何年铁铸成？地上隐约小部娄，地底莫测疑有神。男妇祷祠

山之侧，所求必应通其诚。吁嗟乎！铁山在城不在野，往来过者常忘形。无泉无石谁挹取，无草无木不知春。游人坐卧了无处，鸟无栖托少禽声。夜半树隙照明月，天阴雨湿生幽云。一池碧水浸孤影，十亩稻花来远馨。乃知他山有用多戕贼，孰若铁山万古全天真。

——嘉庆《无为州志》卷三十三

后祺，字咸吉，号寿山，又号可可道人。清诸生。

墨池雅集①

晋人书法宋人珍，笔如龙跃与蛟腾。一自丰碑蠹宝藏，蛟龙踪迹何处寻？那知走入墨池里，幻作老蛟烟雾起。何年雷雨作波涛，化成铁干枝连理。夜深明月照孤芳，老梅倒影入池塘。纵横斜曲龙蛇动，爥如笔阵挥襄阳。噫吁嘻！襄阳旧址今已非，七百年来不可追。往来守土如传舍，经营修葺复伊谁？唯公豪迈世莫偶，新构亭台杂花柳。书画舫中古迹多，千载宝光真不朽。公之经纶振风雷，手握钧陶铸群材。高怀罗致绮筵开，少长咸集脱形骸。唱酬济济鸾笺错，浩歌雄翰云烟落。我公笔墨亦蛟龙，争羡风流今海岳。

——嘉庆《无为州志》卷三十三

[注]①作者自注：和州刺史原韵。

吴元复，清人，字见天，号石耕。

乙巳奇旱

祷雨坛高法有神，奔雷掣电雨来频。须臾云散悬红日，点滴何曾湿路尘。低圩空使半年勤，稿草成丛郁似茵。捋取稗黄权救馁，可怜今岁不尝新。

——嘉庆《无为州志》卷三十三

夏应铨,字衡玉,号雪亭。乾隆二十七年(1762)举于乡,以母孀不乐仕进。主芝山书院。著有《春秋标旨》等。

墨池怀古

风流旷代推南宫,偶举砚石投池中。蛙惊字押声便息,池间寂寂归神功。至今米老复何在?廓舍之间斋已空。群蛙鼓吹不敢作,清波潋滟生微风。聚山阁上岚光萃,稻孙楼外青霭笼。石丈屹然犹特立,书余宝藏势浑雄。舟载画兮檄移蠡,颠仙异迹数难终。况对斯池极幽胜,闲翻墨沈横桥东。我来亭畔如见公,墨池两字高碣垂无穷。

——嘉庆《无为州志》卷三十三

赵均,字平垣,广东顺德人。嘉庆十三年(1808)副榜。尝流寓当涂采石矶。著有《自鸣轩吟草》。

天门山

大江流滚滚,蓄势劈天门。一线涛声壮,双螺黛色浑。风高豚拜浪,烟起柳围村。为爱青莲句,藤萝带月扪。

——《皖雅初集》卷二十六

吕之兰,清人,生平不详。

过浮邱钓台

乱石丛中钜石平,长河下瞰水泉清。尘寰偶尔留踪迹,仙籍遥应注姓名。晓日客船依岸过，春风野草傍台生。千秋万岁严陵濑，两地游人无限情。

——嘉庆《无为州志》卷三十三

过双泉寺

我行过崇冈，村回疑径绝。迤逦更寻途，通幽得禅悦。古寺创何年，有明表丰碣。
入门势萧疏，十围树分列。乃为叩重关，香台尤杌陧。金碧已凋残，天人纷漫灭。
宝塔尚森沉，终古依巉崄。萝荜老巉岩，与山成旋折。何处问禅宗，青天正瀿沱。
冥坐秋气深，红泉风外泄。

——嘉庆《无为州志》卷三十三

方性丰，清人，安徽桐城人，生平不详。

墨池谒米公祠

844

草长池荒墨渖干，板桥放眼思无端。稻惟尚稚将孙唤，石有何尊作丈看。此老颠原
非痼疾，当年性本是孤寒。崇祠谒罢循墙久，想见风流世所难。

——嘉庆《无为州志》卷三十三

徐芳，清晚期安徽南陵人。生平不详。

重修簧塘书院

一

先人经济著岩廊，解组归田筑讲堂。因地命名垂奕祀，扶衰设教化陵阳。遗规历久
咏禾黍，恩诏重新赋翼将。享祀犹然如昔日，为思祖德追弥光。

二

书院由来为影堂，干戈叠遇渐荒凉。方悲祖制成灰烬，幸荷纶音新栋梁。兴复依然

仍故址，妥先犹是奉蒸尝。若非硕德垂青史，那得芳徽久益彰。

——民国《南陵县志》卷四十二

张荣芝

张荣芝，安徽南陵人。

题簧塘徐氏谱牒

缵承祖德歙山齐，凤下梧冈择地栖。丹桂森森开玉粒，香兰叶叶长春畦。负奇经济瞻山斗，名世文章焕璧奎。重爱诗书延旧泽，家声从此振陵西。

——民国《南陵县志》卷四十二

吴梅阁

吴梅阁，女，清道光年间无为人。同邑谢鹤樵室。著有《梅阁诗草》。

845

忆江南

于湖好，鸿爪印江南。菊部秋伶年十五，桃潭春水月初三，春梦我同甘。

——《梅阁诗草》

王成璐

王成璐，字佩湘，号廉普，湖北江夏（今武昌）人。嘉庆二十三年（1818）贡生，道光六年（1826）任南陵知县。著有《佩湘诗草》。

郎陵杂咏

草偃庆风行，熙皞太古情。乡邻皆重义，妇女不轻生。水坝连云筑，①山田带月耕。②遗金谁肯拾，稳睡短长更。

[注]作者自注：①东北皆圩田。②西南多山。

小邑屯龙虎，周郎旧领军。①泉淘仙客酒，②香透美人坟。③大孝山中著，④奇枝塔顶芬。⑤纂修完邑志，⑥万古有香闻。

[注]作者自注：①周郎曾为邑长。②太白酒坊。③小乔墓。④晋何孝子住工山。⑤塔顶有老柏。⑥前令刘石臣修志。

版籍分都甲，①烟树十万村。九区通驿马，一县界莲花。②艇小飞鹅脖，③堤长错犬牙。④双标悬四野，⑤祠宇集错鸦。

[注]作者自注：①六都各分某都某图。②城内有七十莲花塘。③溪河行小船名曰鹅脖。④圩田最多。⑤各建宗祠。

草卉衣冠古，人家行石安。厉坛涂鬼面，①佳节献欢团。②傀儡逢场戏，③鱼蔬便客餐。遥遥城市路，到老不知官。

[注]作者自注：①祭厉时群涂鬼面以赛。②每节以米作丸分食，名欢团。③每演木偶剧。

食俭无多品，家家酿酒泉。①香茎收水国，②泥豆摘星躔。③切玉贪青笋，④炊珠啖白莲。⑤羔羊充市脯，⑥到处列腥膻。

[注]作者自注：①各酿醇醪。②产水草甚香脆，名水芝麻。③产大豆子，名泥豆。④出春笋。⑤出白莲子。⑥市肆售羊脯。

846

——民国《南陵县志》卷四十二

携酒集刘园双松阁①

飞阁绿云起，双松古缀髯。荒云眠石榻，野鸟入湘帘。花月清樽满，风霜短鬓添。故园三径在，底事道途淹。

——民国《南陵县志》卷四十二

[注]①刘园：位于南陵城东，为明清时代私家园林，名慕园。此园第一代主人为明朝名臣刘有源。清末已成废园。

惠民桥晚泛

沿城通浅溜，一棹下云根。笑接东山友，波翻北海樽。红桥交曲港，绿树隐荒村。点缀残霞外，新诗落笔痕。

——民国《南陵县志》卷四十二

晚步千佛寺

信步游春谷，琳宫枕夕曛。秃馀千古树，堆破一楼云。佛座香灯暗，僧家礼数勤。联吟归路晚，铃语趁风闻。

——民国《南陵县志》卷四十二

香由寺

古木与山齐，香由废寺西。梵音僧饭过，云气石楼低。寸土埋春艳①，残碑觅旧题。夕阳风掠处，一陈乱鸦啼。

——民国《南陵县志》卷四十二

[注]作者自注：①寺侧有小乔墓。

香由寺夜集①

挈手偕嵇阮，相将绕曲滨。秋山寒露骨，夜月静窥人。醉态狂谁减，诗情瘦逼真。蒲圃如可借，暂憩卧云身。

——民国《南陵县志》卷四十二

847

[注]①题目系修订者所改，原题：偕刘曰坚董柳塘吴石似香由寺夜集。

大工山

保障环春谷，绵延一道长。山深晴作雨，水近暖生凉。大孝乾坤著①，高吟草木香。仙茶和露煮，道是养生方。

——民国《南陵县志》卷四十二

[注]作者自注：①有晋何孝子庙。

宿何家湾

树影挂斜晖，前村驻翠微。天空孤月皎，岭复乱云飞。臼杵占丰稔，盘餐拜德威。鸡鸣催策马，野老尚依依。

——民国《南陵县志》卷四十二

塔顶柏

邑黉宫侧有塔，上生柏树，大可合围，古干轮囷真奇观也。

一塔冲霄出，龙枝百尺盘。子从天上落，叶向雾中抟。拔地餐风雨，凌空舞凤鸾。吴刚如借斧，伐取爇沈檀。

——民国《南陵县志》卷四十二

捐修名宦乡贤二祠

屋漏原无愧，苍天鉴视中。宫墙随左右①，栋宇架西东。俎豆衣冠地，诗书礼乐风。流传千万古，文献拜诸公。

——民国《南陵县志》卷四十二

[注]作者自注：①神主暂置黉宫侧。

848

张星焕

张星焕，字厚培，号披垣，湖南善化人，嘉庆进士，改翰林院庶吉士。道光二年（1822）任繁昌知县。著有《味斯轩诗草》。

游三华山寺次周最峰韵二首

小阁藏云径，空亭倚翠岩。渔歌来淑浦，樵唱出松杉。修几梅花到，灵常巨石嵌。忽怜归去路，山面忆湘帆。

三峰天外落，古寺逼澄江。山色六朝剩，钟声长夜撞。翻经风细细，听法树双双。有客亭边坐，茶烟扬碧窗。

——道光《繁昌县志》卷十七

游三华山寺次黄左田尚书韵二首

少小客江南，行舟舣鹊岸。高首望三山，绮色余霞散。过客偶行径，那得频登玩。纵许梦游仙，亦与乱山乱。何期去复来，永此巨鳌冠。入山手斧柯，岂为观棋烂。法说宰官身，大愿恒沙算。识我有山灵，默默心神粲。

芜湖历代诗词

相度绕川原，诸山列屏案。文峰特高撑，令我增羡叹。士居民之先，学与教相半。往哲虽已徂，风流讵云断。结构贵谨严，铺张忌散漫。镇定石根深，变化云容换。伟抱本夙期，遨游企蓬观。高山共仰瞻，诗向纱笼看。

——道光《繁昌县志》卷十七

游三华山寺步金叶山韵二首

朗公犹有橘，杯渡尚余松。借问此灵石，何年卓碧峰。

倒影照江波，高撑绘云日。谁能参天工，扛此凌霄笔。

——道光《繁昌县志》卷十七

游三华山寺次王子卿太守韵二首

此山迥与众山别，偶尔登临风御列。携手同伴半日闲，卧游翻笑频年拙。云霞滃涌足底生，星斗历落怀中撷。俯瞰江流信步归，夕阳欲下灯明灭。

上有九华几探寻，下有金焦几登临。到此恍若旧相识，三年信宿经晴阴。惊人有句何处问，搔首青天情更深。安得同游追曩哲，咳唾珠玉词缕金。

——道光《繁昌县志》卷十八

游三华山寺次谢潜斋学博韵二首

江流芷岸复兰汀，一路山痕不了青。忽睹三峰形岂嵦，争传五老昔行经。画图羽化归何处[①]，诗酒朋来忆此亭。安得黄筌写生手，同游重与绘山灵。

胜地寻幽竹径斜，白驹空谷已心遐。修篁万个暝烟路，丹桂双株湿露华。斗柄高悬云以外[②]，蒹葭遥溯水之涯[③]。好诗灵石应能颂，头点生公那足夸。

——道光《繁昌县志》卷五十

[注]作者自注：①金叶山先生绘有图，为朱石君相国携去。②黄左田先生任尚书。③谓谢潜斋学博。

谢崧

谢崧（嘉庆道光年间在世），字骏生，安徽祁门人。由词林历任云南迤西兵备道。告归，寓芜湖，置别业镜湖堤上，曰“人海归航”。

移祀张于湖于桧轩

自注：此戊子岁五月十八日，移祀张于湖先生于桧轩，即今滴翠轩东。左田、子卿两先生旧作也。阅四年，邑人赵竹轩葺而新之。崧病不能作记，录此以记其原委焉。又王泽记：道光辛卯五月初九日，祀文昌帝君于滴翠轩。是日，会者宫保左田先生暨王子卿、黄在轩、劳兰渚、邓竹帆、沈秋畲、顾可亭、谢予成，祀毕宴饮，以落之者赵竹轩。

张公古谈传轩鹤，复有文孙相继作。①大廷献策气凌云，宗尚程门言谔谔。格天高阁凶方张，老牛舐犊天无光。②高宗此事独不受，桧制三头拔置何轩昂。③是时张汤④水火成门户，议和议战纷无主。先生两可费调停，与人家国虚何补。归来父子使者车⑤，父老纵观空里闾。自开别墅缘调鹤，喜舍良田为种鱼。⑥词翰风流七百载，归去来堂已何在？夜雨空祠古木寒，春风茶社芳篱改。我今移祀赭山之桧轩，轩前万竹交柯动叶堪寻源。况有二黄共香火⑦，云车来往灵旗掀。尚书太守闲无事，篮舆出郭欢然至。谢家群从⑧复追陪，同荐溪毛杂蕉荔。酒酣道古穷千秋，纵数王宋黄商⑨伦。湘舲⑩老去今莲史⑪，何减乌江射策人⑫。

——民国《芜湖县志》卷五十九

850

[注]作者自注：①先生为张文昌裔孙。②谓秦埙。③唐张又新进士状头、宏词敕头、京兆解头，谓之张三头先生。亦于绍兴中，贤书里选皆第一，廷试时高宗亲擢第一。人品迥乎不同，科名偶尔符合，故借用之。④张浚、汤思退。⑤公之父祁。⑥今之陶塘乃先生舍田百亩所凿。⑦祠之中楹记黄涪翁暨黄靖南。⑧舍弟涤生。⑨王曾、宋庠、黄观、商辂。⑩钱学士榮。⑪陈太守继昌。⑫七人皆三元。

甘士伟，清代人，生平不详。

南湖休夏

豆棚新缚已过墙，小摘烹来供客尝。底事难逢开口笑，能吟甘作忍饥方。打柴稚子冲炎出，借米邻翁计日偿。乞食可知陶处士，闭门松竹趣偏长。

——民国《芜湖县志》卷五十九

宋树谷，清代人，生平不详。

玩鞭亭

玩鞭亭畔小盘桓，破寺僧残昼掩关。茅屋数村烟霭里，青山一角有无间。风过麦垄初成浪，帆转江流恰似环。欲问饼家遗事古，只余春燕又飞还。

——民国《芜湖县志》卷五十九

春饮一房山

风扇微和日渐迟，水窗帘卷集心知。恰当峰影最佳处，未要春华极盛时。沙外鸥眠闲似客，竹间禽语妙于诗。流连酒盏归途晚，赢得新蟾照鬓丝。

——民国《芜湖县志》卷五十九

851

朱衡，清代人，生平不详。

荆山寺千佛石壁歌

昆吾之刀巨灵掌，剖开万仞青芙蓉。搜剔苔藓出生面，庄严法像罗天宫。牟尼金身拥丈六，莲台络绎吹香风。文殊普贤髻螺绾，吼狮怒象腾高空。鱼篮白衣落伽顶，潮音日射天门红。暹罗老衲貌奇古，伽蓝列坐分西东。诸天廿四盛剑佩，应真五百殊颜容。冕旒赫弈秉圭璧，阎浮老子膺王封。头形者牛面者马，横戈持稍相追从。我来此间一瞻眺，顿广目力开心胸。嵚崎顽石莫可斧，乃能曲折雕玲珑。有唐崇佛兴寺刹，抟泥塑像夸神工。试以此壁静持较，惠之技术犹儿童。谁欤凿者不可考，令我访古心忡忡。达摩渡江去文字，七叶禅学贻南宗。石工故使姓名逸，西来大意将无同。华严法界莫殚述，索壁一一追遗踪。荆山流览自足擅千古，何必置身灵竺飞来峰。

——民国《芜湖县志》卷五十九

吕泗洲

吕泗洲,清代人,生平不详。

久雨芜阴寻唐祖命徐程叔两先生

无端淫雨蔽江天,夏到春残日黯然。垂钓渔翁山畔笠,负薪樵子市中船。苦思老友鸣桡出,共对孤琴破浪眠。赤铸旗亭拼一醉,漫言斥堠有烽烟。

——民国《芜湖县志》卷五十九

闵　思

闵思,清代人,生平不详。

芜江归棹

852

征鸿飞已倦,久客亦知还。秋水连天碧,江干叶渐斑。渔歌喧荻浦,僧声度松关。寂历乡心切,涛声梦寐间。

——民国《芜湖县志》卷五十九

阴德显

阴德显,生平不详。

荆山夜坐

岑居聊破寂,午夜检残经。落叶疑飞雨,疏林喜缀星。毡分衣壁冷,灯隐杖藜青。翻悟名根苦,跌跏得性灵。

——《太平府志》卷三十九

宁熙朝,字双梧,号柑堂,湖北潜江人。嘉庆二十一年(1816)举人。著有《江南游草》等。

荻港

帆与鸟争飞,日行五百里。用风不可竭,快意县须止。来日岂无风,再行未晚耳。荻港山色佳,人家枕流水。忽惊幽谷人,绝胜苎萝美。地僻况家微,重聘焉到此。我亦待嫁身,自嫁素有鄙。展转五更头,又报顺风起。

——《晚晴簃诗汇》

谢元淮(1792—1874),字钧绪、默卿,嘉庆二十一年(1816),任太湖东山巡检,协办海运,后奉派到两淮主持盐务。著有《碎金词谱》等。

853

花朝泊芜湖荻港

爱此花朝节,来登荻港山。浪高鸥自稳,林密鸟知还。落日红千嶂,垂杨绿一湾。漫游过楚尾,烟水无时闲。

——《养默山房稿》卷三

王寿庭

王寿庭(约1805—1850),字养初,江苏吴县人。著有《吟碧山馆词》。

满江红·螺矶灵泽夫人庙迎神词

笙鹤遥天,盼一朵、飞下彩云。声呜咽、暮潮千载,常伴琼魂。雁外青山连夏口,猿边红树隔夔门。料往来、家国恨难忘,眉暗颦。　　神弦奏,芳藻陈;降霓旌,驻飚轮。听蜀鹃啼处,泪落清樽。大小乔非奇女子,英雄婿是左将军。拥宝刀、犹想汉时妆,飘绣裙。

——《吟碧山馆词》

黄燮清（1805—1864），原名宪清，字韵珊，浙江海盐人。道光举人，以实录馆誊录候补湖北知县，因病未赴。咸丰时，就官宜都县，调住松滋。著有《倚晴楼诗集》。

舟次芜湖冯少山许子仁邀游陈氏园

门外东风飞水禽，长堤如带界湖心。临湖尽种垂杨柳，三面波光写绿阴。
蒙蒙烟草净无尘，贴贴新荷剪未匀。一色阑干红倚水，夕阳如待卷帘人。

——《倚晴楼诗集》

华长卿（1805—1881），原名长懋，字枚宗，天津人。道光十一年（1831）举人。任开原训导，后奉旨加国子监学正学录衔。著有《梅庄诗钞》。

854

于湖道中

苇花萧瑟映菰蒲，补网渔家入画图。莫笑书生枵腹惯，饱看山色到当涂。
夕涨腥风冷钓丝，荻花滩觜晒鸬鹚。朱颜掩映渔家女，红到斜阳欲堕时。
江乡风景真如画，红树青山碧水流。一片凫鹭飞乍起，蓼花菱叶不胜秋。
水田漠漠认姑溪，打稻声中唱午鸡。一带绿桎浓似染，野鸥飞过断桥西。

——《梅庄诗钞》卷九

江行即目

博望山边古战场，时平收起旧刀枪。晚来燐火含青血，犹自高飞过历阳。
依旧屯军却月城，蛾眉山压大江横。楼船早已归沧海，犹在峰头乱扎营。
不挂轻帆荡短桡，天门对峙束江潮。西风一阵吹秋雨，唤渡先过普济桥。
寿春残卒喜藏弓，短后征衣边幅红。闲约山僧共村妪，倒骑赑屃话秋风。

——《梅庄诗钞》卷九

舟行口占

大江风卷浪花粗，卧听千军万马呼。一觉华胥犹未醒，舟师已报到芜湖。

——《梅庄诗钞》卷九

芜湖晓发

江云吹不断，天半出朝暾。山让老僧踞，营留残卒屯。水田围作障，木筏聚成村。回指层台路，吟诗吊许浑。

——《梅庄诗钞》卷九

舟中薄暮遣怀

朝发采石矶，暮宿濡须坞。云际认征帆，山腰界古树。滔滔大江水，日夜向东注。西下巴蜀雪，南隔衡阳鹜。奔腾数万里，直达沧溟去。海上三神山，蓬瀛在何处。扶桑浴红日，横江零白露。悬崖石洞间，云有仙人墓。神仙不好名，亦被浮生误。我今来江上，岁月等闲度。乡书问断鸿，空囊之泉布。苦吟呕心血，愧少惊人句。乱后学躬耕，时平讲征戍。远游惟仗剑，孤棹入烟雾。一雁西南飞，振翮斜阳渡。

——《梅庄诗钞》卷九

855

过无为州有怀米元章

九华楼瞰万山晴，宝晋斋留死后名。我见石头还下拜，岂徒低首谢宣城。君家父子画通神，泼墨烟云幅幅新。名胜又教名士夺，襄阳不输孟山人。

——《梅庄诗钞》卷九

晚泊繁昌旧县

远岭白云起，疏林红叶飘。隔溪闻吠犬，仄径见归樵。秋澹天逾静，江清路转遥。阻风行不得，废堞傍山腰。

——《梅庄诗钞》卷九

濡须坞阻风

又触封姨怒，惊涛百万军。倒吹江嘴树，横扫岭头云。昏色迟鸦点，余音送雁群。濡须渺何处，地据鼎三分。

——《梅庄诗钞》卷九

芜湖夜泊

夜泊鸠兹岸，西风吹败芦。人声杂吴楚，月色满江湖。徽国祠堂壮，龙神庙貌殊。剧怜贤令尹，忠魄问遗孤。①

——《梅庄诗钞》卷九

[注]作者自注:①崇阳明府师公旧船。

能仁寺观覆水梅①

南郊春色问僧家，修竹当门小径斜。剥啄一声飞鸟散，诗人来看古梅花。蟠根错节一千春，依旧浓香万朵新。我见此花应下拜，对花如对六朝人。

——《梅庄诗钞》卷十

[注]作者题注:①癸卯。

856

姚文燮,生平不详。

春野亭晚眺

石上携僧话夕曛，弥空诗思触愁分。青开谷口先衔月，白束山腰欲切云。帆影渐低深柳下，钟声齐向老松闻。何人领取苍茫意，早闭城闉市火纷。

——道光《繁昌县志》

游马仁漏月峰

元铁片云薄，千寻一窦悬。全身秋半出，素面镜中圆。期定霜娥信，巧疑娲后偏。年年良会少，不独鹊桥边。

——道光《繁昌县志》

张文虎

张文虎（1808—1885），字孟彪，又字啸山，号天目山樵，江苏南汇（今属上海）人。贡生。著有《舒艺室诗存》。

天门山

壮绝金陵第一关，十年攻守二梁山。而今掷在烟波里，闲看千艘日往还。

——《舒艺室诗存》卷五

857

芜湖怀小田

严关此地重江防，一宿维舟古塔旁。悍卒游民遍街市，无人知是郑公乡。

——《舒艺室诗存》卷五

荻港

一港兼关市，临江水驿便。急流回石脚，高阁枕山颠。瓦砾屯兵后，帆樯落日边。[①]盗风虽未息，喜已盛人烟。

——《舒艺室诗存》卷五

［注］①作者自注：待欧阳晓岑船不至。

贝青乔

贝青乔（1810—1863），字子木，号无咎、木居士，江苏吴县（今属苏州市）人。诸生。鸦片战争时，参与收复宁波、镇海、定海征战，曾深入宁波城探听敌情。著有《咄咄吟》《半行庵诗存稿》。

东西二梁山

两崖夹江起，对峙竦云木。岷江万里流，奔腾此一束。涛头不肯降，终古莽冲剥。
余怒复东走，鱼龙浩相逐。我舟驾潮上，闯入一帆速。箭激防巉矶，轮旋避回洑。
舵尾雪山高，倒影浴红旭。霞绮湿不收，下亘海门绿。远势延濡须，近岸抗姑孰。
南北天所限，六代互蛮触。高筑却月城，雌雄空谁属。几辈锦袍人，吊古酹芳酘。
严飚飒孤蒋，酸霜惊雁鹜。朗吟度天门，朝烟净如沐。

——《半行庵诗存稿》卷三

芜湖夜泊

道出鸠兹市，轻帆带暝收。星飞云送响，城动岸随流。银箭三更静，铜琶一曲秋。
燃犀谁复照，鬼怪尔何愁。

——《半行庵诗存稿》卷三

荻港月夜

宵征不藉风帆利，有月当空皓无际。水天混合两生明，万顷沧波一萍寄。四山如睡
云气沈，冰轮涌出江中心。恍惚骊珠夜光吐，群鳞浴浪翻彩金。此时尘翳无著处，
掠舟只有鹤飞渡。广寒宫阙杳莫攀，梦随江妃踏波去。

——《半行庵诗存稿》卷五

芜湖游邓园遇石岩英因赠

劳燕忽相值，东西如有期。见时忘姓字，揖罢认鬓眉。花木寓公舍，弦匏耆宿帷。
十年重一面，他日忆鸠兹。

——《半行庵诗存稿》卷五

螺矶孙夫人祠

片石江干奠绣罃，依稀步障旧珠明。恸余灵泽归无妹，借去荆州馆有甥。身殉难消
家国恨，师婚早误蜀吴盟。刘郎浦下东流水，直到祠门不肯平。

——《半行庵诗存稿》卷五

天门山风阻

戛戛拽满帆，驾焉下江浒。快兹顺水流，中溜忽危阻。飓母来海溟，搅空赫斯怒。
虓虓驱春雷，摆荡渊客府。震起渴睡龙，倒喂一江雨。眩目掣金蛇，熛光射楼橹。
同侣晕满船，狼藉纷呕吐。呼佛乱群声，膜掌频拜俯。险难我惯经，谈笑屡镇抚。
幸生得至今，何畏箕伯侮。三日浪甫平，新潮涨尺五。

——《半行庵诗存稿》卷五

曾国藩

　　曾国藩(1811—1872)，字涤生，号伯涵，又号求阙斋主人，湖南湘乡人。道光十八年(1838)进士，曾任兵部尚书、两江总督、直隶总督等职。著有《曾文正公诗文集》等。

沅弟克复巢县等城赋诗四首①(录二)

濡须坞里涨春波，三月莺啼气正和。一骑云飞新报捷，汉家收复旧山河。
碧血家家百草腥，荒郊五夜泣坤灵。将军一扫陵阳道，便有游人说踏青。

——《曾文正公诗集》卷四

859

[注]①题目系修订者所改，原题：壬戌四月沅弟克复巢县、和州、含山等城赋诗四首。

沅甫弟四十一初度(录一)

濡须已过历阳来，无数金汤一蒉开。提挈湖湘良子弟，随风直薄雨花台。

——《曾文正公诗集》卷四

周诒蘩

　　周诒蘩(1816—?)，女，字茹馨，湘潭人。姊诒端，文襄左侯夫人。著有《静一斋诗草》《静一斋诗余》。蘩与姊并传诗学于母，左宗棠曾合刻其词为《慈云阁诗钞》。

凤凰台上忆吹箫·孙夫人

龙战天池，凤占皇族，豫州来卧东床。讶合欢帘内，剑影如霜。天下英雄入谷，丝幕下、仔细评量。花丛里，心倾季女，胆怯刘郎。相将。　　两心自得，鸳梦警干戈。巧促行装。翼此身终托，山海情长。不道阿兄谋拙，舟一叶、生断柔肠。蟂矶水、从教酿成，万古凄凉。

——《慈云阁诗钞》

李昭庆（1835—1872），字子明，号幼荃，李鸿章弟，安徽合肥人。曾任盐运使、光禄大夫、太常寺卿，赠一品封典。著有《从戎日记》《小琅环馆试贴诗》等。

过无为州晤友别后却寄①

经生天禄有光辉，骨相谁令食肉飞。邺下文章空几辈，顺昌旗帜震余威。桃花漫问玄都观，芍药争开金带围。早晚除书下丹陛，那从贤达遂初衣。
骑省闲居鹤唁悲，北堂余慕废莪诗。泷冈阡表欧阳子，家庙碑铭郭敬之。出处能全忠孝志，遭逢何幸圣明时。西陲经略资韩范，会起平泉拥节麾。
公瑾论交两世深，每从人海忆浮沉。利名恬淡关天性，言笑矜持见道心。甘托成都潜卖药，懒同彭泽试鸣琴。十年冷抱梅花卧，合证前身处士林。
片帆西上皖公城，腊鼓频催岁序更。残雪望中岩岫近，野鸥眠处岸沙平。几家茅屋摇灯影，一夜风涛撼枕声。归梦不随诗句稳，已听喔喔曙鸡鸣。

——《晚晴簃诗汇》卷一百五十一

[注]①题目系修订者所改，原题：过无为州，晤刘仲良、潘琴轩两方伯，周沐三大令，别后却寄。

方守彝（1847—1924），字伦叔，号贲初，居桐城。清诸生。著有《网旧闻斋调刁集》。

泛小舟至藕香居饮茶①

犯晓陶塘棹，人来破碧烟。凫低翻水去，荷小受萍牵。茅屋栏杆曲，花甃谷雨前。谁家万杨柳，无限舞腰妍。

——《网旧闻斋调刁集》卷七

[注]①题目系修订者所改，原题：芜湖偕叔节、鲁生泛小舟，至藕香居饮茶。

访赭山滴翠轩①

此黄文节公昔游地，桐庐袁太常昶观察池太时茸轩书牓，叙列由来，手笔犹在也。轩中原奉文节公木主，右室二以憩慕游之客。迩者轩左佛寺僧乃移主供佛像，名之曰"戒堂"，于右室设联床，宿行脚沙弥。仆与叔节戒僧还旧规，谒今摄观察使贵阳郭君重光，乞督饬之，郭君欣然引任。旋皖检所得成都杜少陵草堂内文节石像拓本寄郭，请刻石置轩中壁，因系以诗。是为己酉三月二十二日。

深竹缘坡立，轩藏无一山。模糊传故事，嘲笑破僧顽。②不见涪翁作，当为使者还。清芬与高节，留种在人间。

——《网旧闻斋调刁集》卷七

861

[注]①题目系修订者所改，原题：偕仲勉、叔节、鲁生、泽臣、受益访赭山滴翠轩，有叙。②作者自注：或以文节游此求见于诗为疑，轩为文节建而中供佛像。僧指旁壁黄左曰"先生像为文节"。

涪翁像已刻石即日置轩中①

拗折涪中水，巉深蜀地山。诵诗得性情，旷代感疏顽。云过何心系，风流望古还。从今慰饥凤，竹实满林间。

——《网旧闻斋调刁集》卷七

[注]①题目系修订者所改，原题：得郭观察书，涪翁像已刻石，即日置轩中，自和前韵寄题。

自芜湖返皖雨中望远①

烟雨涵群岭，家山警客心。嵯峨陈梦杳，苍秀野云深。草树青山宅，风波白鸟音。

微茫扶槛过，幽感托清吟。②

[注]①题目系修订者所改，原题：自芜湖返皖，轮舟过王家溇前江口，雨中望函山、周山、青山、枞阳、黄华一带，皆二十年前经行之处也。②作者自注：何文端故宅在青山之麓，钱田间先生故宅亦相去不远，往年曾过之。

由鸠兹入巢湖出游长句①

老雁相呼江上游，霜天红树照高秋。去寻虞仲三河岸，直放巢湖九月舟。远岭长云围浩渺，疏钟孤塔表中流。我来百折弯环水②，明日离肠恐与侔③。

[注]①题目系修订者所改，原题：九月十四日偕槃君出游，由鸠兹入巢湖，视虞婿仲仁、女幼兰于三河榷局，信宿将别，写此长句。②作者自注：由江入湖，中间河道九十里，回环曲折，与丁沽相似。③作者自注：姥山在巢湖中央，山顶一塔，其阴古寺。

得慎思长句有书敦和①

862

横鹤黄州去不留，眼前几辈又千秋。名诗姚合吟当赋，载酒鸠兹客入舟。白发②中流江似练，红栏箫管水明楼③。从来风月无今古，昨夜樨香我梦游。

[注]①题目系修订者所改，原题：皖上中秋后一日，得慎思《芜湖七月既望偕同人泛舟》长句，有书敦和。②作者自注：谓仲勉。③作者自注：芜湖有陶塘，笙歌最胜。

追寄慎思郑子谊二君①

江南青浅麦初芽，携手高楼坐酒家。游子离思湘水远，诗人梦绕赭山斜。尊前绿鬓年来换，霜后丹枫寒正赊。别去西南两愁绝，孤吟寂寞对篱花。

[注]①题目系修订者所改，原题：慎思将返芜湖，郑子谊将返长沙，两人者皆先后别去，咸索予诗，追寄二君。

次韵答慎思芜湖见寄

积雨孤城雅雀静，满闻兵动①向谁何？起看白发白难数，持较愁云愁孰多？洞里秦人成暴客，水边虎迹乱横波。与君何处同茅屋？醉倚青松弄碧萝。

——《网旧闻斋调习集》卷十六

[注]①兵动：该诗作于戊午年初，作者曾言："时楚地战争方剧，皖亦戒严。"

戴钧衡

戴钧衡(1814—1855)，字存庄，号蓉洲，安徽桐城人。道光二十九年(1849)举人。曾于同里建桐乡书院，亲主书院教政，成绩斐然。著有《味经山馆诗文钞》。

鲁港万寿宫

刻桷雕楹物象新，巍然宫殿碍星辰。沿江饿殍无人恤，十万黄金祀水神。

——《味经山馆诗钞》卷五

863

芜湖关晚泊

江阔天光净，城敧堞影扶。鱼灯临水大，海月照船孤。近岸无完室，沿途有饿夫。独闻关上吏，尊酒日欢呼。

——《味经山馆诗钞》卷五

天门山阻风

已愁鲁港连宵雨，又泊天门两日船。云气压山昏似墨，涛声滚岸白如绵。潮归渔户新营宅，岁歉荒村半断烟。父老含愁相对语，余生犹望太平年。

——《味经山馆诗钞》卷五

荻港复呼舟早发

旅馆鸡鸣漏未终，谯楼犹闪一灯红。傍山亭阁疑天上，浸水星辰转地中。策马为艰前去路①，呼舟快趁晓来风。平居厌说江波险，两月偏教五挂篷。

——《味经山馆诗钞》卷五

[注]①作者自注：闻一路河堤冲溃不可行。

周寿昌

周寿昌（1814—1884），字应甫，一字荇农，湖南长沙人。道光二十五年（1845）进士，由翰林院编修累迁内阁学士兼礼部侍郎。归居京都，以著述为事，有《思益堂集》。

芜湖道中即目

隔溪春护好林邱，隐约莺声出画楼。万树桃花斗颜色，夕阳红过小桥头。

——《思益堂集·诗钞》卷一

方濬颐

方濬颐（1815—1889），字子箴，号梦园，安徽定远（今属滁州市）人。道光二十四年（1844）进士，官至四川按察使。著有《二知轩诗钞》。

夜泊荻港枕上作歌

江头画角声呜呜，黑云乱飞天模糊。尖风入窗蜡泪枯，童仆酣眠形影孤。中宵不寐起长吁，随波逐流胡为乎。南游不敢过小姑，巨浸愁绝鄱阳湖。回帆楚尾径入吴，频年燕市车马驱。那期又作烟波徒，扁舟贴水伴雁凫。中央折抢避盘洰，倏东倏西左右趋。四体簸扬心辘轳，此身飘泊五石瓠。浪花涌起雪片麤，胆悸卧床足不跌。舟子摇手戒勿呼，波涛虽险犹坦途。蒭江捩柁如奔逋，石尤难与人龃龉。凌晨解缆至日晡，百四十里忽已逾。荻港青山列画图，斜阳照冷洲边芦。江乡暑气浑欲无，枕上作歌自唱于，梦醒犹记捻吟须。

——《二知轩诗钞》卷五

舟次芜湖

塔影横江泛艇过，词人应唱定风波。蝟矶穴闭千樯集，鸠港潮平匹练拖。野草碧浮沙岸阔，夕阳红到赭山多。明朝更拟支筇访，滴翠轩中景若何。

——《二知轩诗钞》卷五

鸠兹泛舟书所见

出门才逢三月三，江行又到五月五。鸠兹习俗好水嬉，岸头观者乃如堵。露体跣足划瓜皮，白板不作鳞之而。神龙约略具首尾，鼓声冬冬凫车驰。迎风喷浪急如箭，只今儿童博观怃。呜呼，世间万事类如斯，千闻原不如一见。

游人荡桨去复来，我舟欲返仍迟徊。忽闻歌声出水面，江城吹落五月梅。梅花笛配红牙拍，甫调丝竹又金石。楼台度曲果何人，云是此间关吏宅。江湖锁钥权在官，官苟无吏盘诘难。侵渔坐致厚资拥，优游方幸法网宽，日日笙歌绕画栏。

两人对面肩一竿，一人盘旋竿之上。忽上忽下贾神勇，骨软身轻胆尤放。初疑升木猱，继若挂树蛇。最后数人此牵而彼挽，兔起鹘落相交加。吾知其巧真与绳伎等，履险如夷江上艇。具兹筋力奈何废耕作，天下游民梦梦唤不醒。

人患不自知其丑，傅粉调脂半嫫母。若非举手弄银笙，反疑错认章台柳。买笑何殊乞食儿，朝云暮雨鬓欲丝。江心有镜莫轻过，须防照出真妍媸。我以为媸人谓妍，情之所钟信必坚。君不见满山桃李游人赏，埋没幽兰榛莽边。

——《二知轩诗钞》卷五

865

江中望山后歌

鸠江东去二十里，水面倒插青芙蓉。画家渲染所不到，棱棱纤草铺蒙茸。山顶孤亭卓然立，山坳古刹围葱茏。后山迤左有兰若，长蒿似竹门径封。冈峦起伏若相顾，低处萦带三两峰。再行廿里更奇辟，巉岩对峙洪涛春。一如猛虎昂头欲伸爪，建寺足以摧其凶。一如狮子踞莲座，拳毛帖耳石骨瘦不壅。东山太狰狞，巨浪愁相冲。西山复黝然，当春无笑容。其余螺黛并苍古，长江关键无非灵秀之所钟。四十里内一览岂能尽，颇思舍舟登岸贾勇支短筇。中流风利不得泊，篷窗空有游兴浓。试即诸山一一辨，谁某顿令磊块消吾胸。四合地与七矶近，牛渚以外昼夜何汹汹。天门博望今昔忽殊状，蛾眉当日曾驻仙人踪。未知却月之城尚在否，时平寰海无烟烽。川后效灵百邪遁，底用犀照惊蟠龙。呜呼，宣城太白去今数千载，江山胜地我来直等萍水相遭逢。依依但见云际树，渺渺不闻林外钟。古人可作吾能从，江上渔翁应笑侬。

——《二知轩诗钞》卷五

潘慎生

潘慎生,字子督,安徽怀宁人。道光二十九年(1849)举人。著有《征息斋遗诗》。

晓发芜湖

残笛鸠兹路,银河耿未收。江帆凉近月,夜水白枕楼。树出天门晓,湖生海国秋。乡园西望近,归梦满吴头。

—— 《晚晴簃诗汇》

薛时雨

薛时雨(1818—1885),字慰农,晚号桑根老农,安徽全椒人。咸丰三年(1853)进士,曾任杭州知府,代行布政使、按察使两司事。著有《藤香馆诗钞》《藤香馆词》。

疏影·自二坝渡江至芜湖舟中赏雪

彤云密结,看玉龙战罢,纷蜕鳞甲。狡狯天公,何去何来,神通直恁奇绝。江山一片光明界,应涤尽、人间尘劫。便寓言、瑶岛琼楼,何似水天澄澈。　　有客扁舟独倚,中流恣眺览,万象空阔。画景诗情,无限愁肠,对此料应消灭。倏然我欲凌风去,盼不到、高寒宫阙。也只合、横笛孤吟,心迹自盟江雪。

—— 《藤香馆词》

满江红·蟂矶怀古

吴蜀山河,到今日、一般焦土。空赢得、危矶孤耸,浪淘千古。白帝几曾归御辇,赤乌枉自分疆宇。笑仲谋、那便是英雄,豚儿伍。　　寒潮咽,愁如诉;灵旗飐,神如睹。想宝刀金玦,美人英武。玉貌不争甘后宠,贞魂只共湘妃语。痛千秋、江水各分流,刘郎浦。

—— 《藤香馆词》

江神子·繁昌芜湖道中山景明媚目不给赏

大江影里洗螺鬟。度云关，爱烟峦。今夕维舟，只在夕阳湾。醉饮谪仙楼上酒，邀李白，访青山。　　浓皴淡抹有无间。路弯弯，水潺潺。柔橹声中，看过又重看。一幅将军金碧画，人不住，惜缘悭。

——《藤香馆词》

金缕曲·濡须口

潮打濡须口。问英雄、分争事业，一江风吼。在昔阿瞒东下日，列队油船势骤。闻鼓吹、不闻刁斗。豚犬儿郎君见惯，到江东知有孙郎否。谈笑顷，摄狂寇。　　东南此地真枢纽。到而今、春来野坞，尚余梅柳。十万红巾谁阶厉，偃月城孤不守。幸一骑、云飞功奏。净扫欃枪兵不用，渐麦苗菜甲沿溪秀。沘水上、踏青久。①

——《藤香馆词》

[注]①作者自注：一骑云飞新报捷，汉家收取旧山河。将军一扫陵阳道，便有游人约踏青。皆今湘乡爵相濡须志捷诗。

867

满江红·天门山

门户谁开，划南北、片帆中驶。费多少、神工鬼斧，辟成灵异。却月城坚山是壁，擎天柱稳波如砥。笑尹邢、终古斗眉峰。双蛾翠。①　　横铁锁，曾何济；②蜂螫毒，今休矣。剩临江积黛，远浮天际。大小孤连西上路，金焦险厄东来地。检吟囊、强半赋名山，山灵喜。

——《藤香馆词》

[注]作者自注：①一名蛾眉山。②粤贼踞东西梁山时，以铁锁横截江面。

周　闲

周闲(1820—1875)，字小园，号存伯，又号范湖居士，浙江秀水(今嘉兴)人。道光末，以军功得六品衔，官江苏新阳知县。著有《范湖草堂词》。

踏莎行·芜湖怀古

乌帽人来，驴鞭春共，镇淮门外芜烟重。满天细雨黯成尘，一川飞絮昏于梦。
十里平冈，六朝废陇，佛霾城下寒潮动。黄旗青盖看都休，乱鸦白日犹相送。

——《范湖草堂词》

姚斌，字子廉，汉军旗人。同治四年(1865)进士，官漳浦知县。著有《木瘿庵诗存》。

芜湖舟中

虽无祖生志，慷慨且登舟。山色朝昏异，涛声日夜流。灵风殊恍惚，沙鸟自夷犹。
落日宿何处，萧萧芦荻秋。

——《晚晴簃诗汇》

胡凤丹

胡凤丹(1823—1890)，字枫江，又字齐飞，号月樵，浙江永康人。同治五年
(1866)，受湖广总督李翰章之邀，创办崇文书局，任书局督校。著有《退补斋诗存》等。

舟过芜湖怀鄂中同人

海峤日初上，侵晓来芜城。不见秋色绿，但闻澎湃声。江水随我飞，青山挟我行。
揽胜惬幽抱，名利无重轻。况际深秋节，猎猎西风鸣。眷怀同舟侣，难忘车笠盟。
故人隔千里，梦寐时交萦。独坐悄无语，惟有鸥鹭迎。遥看城外山，脉脉皆含情。

——《退补斋诗存》二编卷一

许惠，字慧轩，安徽桐城人。同治七年(1868)署无为学官。著有《择雅堂集》。

板子矶

板子矶边江水深，青风摇落气萧森。霜华暗染劳人鬓，帆影孤悬独客心。风定寺明煨芋火，月斜港断捣衣砧。浮生片刻清凉境，试向中流鼓素琴。

——《晚晴簃诗汇》

王尚辰（1826—1902），字北垣，号谦斋，安徽合肥人。同治贡生，以军劳授翰林典籍，晋五品衔。著有《谦斋诗集》。

荻港吊黄靖南

橹声摇梦断，问境到繁昌。江市人烟聚，山祠草木荒。时危乘暗主，事去殉残疆。咫尺巢湖水，英魂识故乡。

——《谦斋诗集》

王诒寿

王诒寿（1830—1881），字眉叔，一字眉子，浙江山阴（今绍兴）人。廪贡生，候选金华县训导。著有《笙月词》。

念奴娇·鸠兹江楼远眺

临风倚剑，耆悲吟、惊起鱼龙酣睡。放眼乾坤多少恨，消得尊前一醉。莽莽颓云，滔滔怒浪，不尽英雄泪。江山如此，伯符志业难遂。　　遥想边徼妖氛，征西羽檄，大合貔貅队。落日黄沙鏖战地，白骨又添新鬼。时粤滋事，官军屡战不利。万里提戈，千金买马，拟刷焉支垒。凭阑搔首，一行秋雁飞坠。

——《笙月词》

鹧鸪天·自鸠江至宛陵①

一路轻烟护短帆，几丛疏树点溪湾。斜阳渲出罗罗水，细雨妆成蒻蒻山。　　云意懒，橹声闲，柁楼鸥语送微寒。水荭花瘦秋难静，风起蜻蜓随钓竿。

溪畔谁惊白鹭群，野翁支杖看溪云。十家秋柳成村落，五尺残荷掩寺门。　　茅屋外，稻畦分，田娘渔妇尽红裙。花档一角书楼小，散髫儿童读鲁论。

——《笙月词》

[注]①题目系修订者所改，原题：自鸠江至宛陵二百里，水木明瑟，墟落清旷，写以二解。

张之洞

　　张之洞（1837—1909），字孝达，号香涛、壶公，直隶南皮（今属河北）人。清末洋务派首领。同治进士，曾任翰林院侍讲学士、内阁学士等职。后由山西巡抚升任两广总督，又调任军机大臣，掌管学部。著有《张文襄公全集》。

870

过芜湖赠袁兵备昶

为政有道道有根，佳人读书袁使君。九流擩哜仍摆落，收拾并入不二门。罗城于公三间屋，民隐不隔当关阍。东头图书西筦库，中有湛寂心君尊。我镇金陵强一载，蒋山萝薜何曾扪。老牛困鞭思脱纼，经义就子同寻温。春云压江雨意远，泥淖洗鞿胥徒奔。南望赭山隔烟雾，北瞰于湖新波浑。燕语亦足抵游览，刍饭滂沛倾深樽。谈诗看画紬篆刻，十不尽一晡侵昏。过江名士均在坐，此会此乐悦心魂。胡为欲理严濑钓，儒效未竭安酬恩。黄山幸在君管内，来游何日常思存。宾从豪盛自诧王元美，东道殷勤还望汪道昆。

——《张文襄公诗集》卷四

过芜湖吊袁沤簃四首

七国连兵径叩关，知君却敌补青天。千秋人痛晁家令，能为君王策万全。①
民言吴守治无双，士道文翁教此邦。白叟青衿各私祭，年年万泪咽中江。②
凫雁江湖老不材，百年世事不胜哀。盖公堂下青青树，曾见传杯读画来。③
江西魔派不堪吟，北宋清奇是雅音。双井半山君一手，伤哉斜日广陵琴。

——《张文襄公诗集》卷四

[注]作者自注:①帝王之道,必出万全。晁错言兵事书中语。②士民祠之于中江书院。③芜湖道署中,沤簃用宋人芜湖故事,作避舍盖公堂。丙申二月,余还武昌过芜湖,沤簃留余及幕僚宾客,谈谑竟日。

张孝祥①

射策高科命意差,金盃劝酒颤宫花。斜阳烟柳伤心后,仅得词场一作家。

—— 《张文襄公诗集》卷四

[注]①该诗系《读史四首》之一。

曾纪泽

　　曾纪泽(1839—1890),字劼刚,湖南湘乡(今属湘潭市代管县级市)人。曾国藩长子,承袭一等勇毅侯,补太常寺少卿,转大理寺。清著名外交家,出使英、法、俄大臣。著有《归朴斋诗钞》。

舟过荻港有感

夜御飞轮涉激湍,白云何处问刘安。乱飘木叶商飚急,忽浸窗棂素魄寒。唱些招魂烟水渺,期君入梦海天宽。长鲸永逝无消息,万象苍茫孰一抟。

—— 《归朴斋诗钞》戊集下

王咏霓

　　王咏霓(1839—1916),原名王仙骥,字子常,号六潭,浙江黄岩(今台州市椒江区)人。光绪六年(1880)进士,官刑部主事、签分河南司行走。曾任安徽凤阳、太平州、池州知府,安徽大学堂总教习等,亦任驻法、德、意等多国公使随员。著有《涵雅堂文集》。

南陵道中赠邑侯宗文宿刺史

其一

一鞭遥指大荆山,千佛摩崖晻霭间。不管欧阳湖水绿,自临石硊照烟鬟。

其二

扁舟夕沂小淮河，黄墓渡头载月过。寄语郎陵贤令尹，离情谁似石溪多。

——民国《南陵县志》卷四十二

章 型

章型，字敬安，诒燕子。同治丁卯(1867)年举人。著有《寄瓠诗草》等。

刀鱼

赤壁当年遇好风，沈枪折戟水流红。至今幻作银刀状，不在江东便汉东。

——《寄瓠诗草》卷

周保璋

周保璋(1844—约1900)，生平不详。

祝英台近·过蟏矶孙夫人庙

碧江空，荒岸冷，晨气带烟雾。凄紧灵风，吹起庙前树。分明万里归心，千秋遗恨，都付与、晓鸦声苦。　　旧吴土，试问大帝英雄，今日在何许？片后贞魂，兰菊自终古。更怜六代繁华，一江流水，消灭了、红颜无数。

——《镜湄长短句》

许景澄

许景澄(1845—1900)，原名癸身，字竹筠，浙江嘉兴人。同治七年(1868)进士，改庶吉士，授编修。官至总理各国事务衙门大臣，兼任京师大学堂总教习。著有《许文肃公遗诗》。

柬袁硖秋同年时初授芜湖关道

十年台妙最知名，今日欣看直指行。天下军输缗箕重，大江锁钥雅歌清。徙戎深念烦江统，谕蜀风流羡马卿。缄取相思驰万里，汉家帛雁正南征。

——《晚晴簃诗汇》

袁 昶

　　袁昶（1846—1900），字爽秋，号沤簃，浙江桐庐人。光绪进士，任徽宁池太广分巡道道员，驻芜湖。后任总理衙门大臣、太常寺卿。八国联军进犯大沽，朝议和战，因与徐用仪、许景澄等反对围攻使馆、忤慈禧太后等，被杀。著有《于湖小集》等。

和友人夜出至湖堤小桥上望月

水南郁森沈，灌木秋气敛。微茫辨远岫，薄烟霏冉冉。搴携清夜游，佳气欲泛剡。潭馨荷盖残，村火松明闪。裴回略彴上，璧月吐复掩。墢云合鳞皴，凫灯射星点。奔泉注江阁，滧穿芦崦。即目娱清景，意行脱拘检。惠能雕万物，庄亦离诸染。何似濠梁语，会心应不减。①

——《于湖小集》卷一

　　[注]①作者自注：谭云此入山谷老境。

寄榆园逸叟

识舟亭畔雨连夕，春藻堂前秋已中。对榻悠悠几清梦，看云脉脉两衰翁。钓坛槲叶落谁扫，芳郭枫林知渐红。一官局束不称意，半枯已是龙门桐。
自从畏垒寄庚桑，疵疠今忧民物妨。①手版分应投劾去，肘囊未制活人方。晶晶梦痕疑识路，潣潣秋浸欲浮床。贻书曲折烦君意，千里封题远寄将。②

——《于湖小集》卷一

　　[注]作者自注：①姑孰年谷尚穰，而乡间疾疫大作，余稻栖亩乏人收获，心甚忧之。②兄手书至，洒落千言，备戒为政当以惠民恤商为急务，并钞示辟疫方。

簇西晴望

江上枫林秋未殷，秋深风物已萧闲。试开北户支颐望，稍见龙眠一角山。

——《于湖小集》卷一

陪仲修游赭山塔院①

名蓝出郭见，步屧雨衰翁。秋色横相迓，村醪试一中。萦纡度林表，呼吸薄霄空。
丹橘垂庭实，青莲霁梵宫。寒山从恔呭，盘特岂宗风。②疲瘵如灵运，谈谐到阿戎。③
层轩聚远景，列岫轧高穹。络圜成奔辏，迥环饮壑辏。柱维形胜壮，毚拯道情充。
云擘黄山峡，天摩碧海铜。涛围赭岸圻，径转赤华通。人语鱼虾市，岚光紫翠丛。
巴骎飞輨往，酒姥玩鞭恩。虎踞前朝戍，潴洿大冢窿。④书丹朱幢在，滴翠古轩笼。
耕出戈铤锈，珊余笔仗工。⑤江流界吴楚，积气动昭融。丛荻摇疏绀，攒枫出小红。
行厨深竹裹，⑥嵌碍绿苔封。危塔影斜矗，环州浸不穷。萧闲冠野簝，心迹送孤鸿。
白雪楼思郢，客星台忆桐。剑心离合乍，诗境凿开雄。净业栖初祖，玄言问小童。
浊醒无此客，流别写深衷。畏垒优民疠，庚桑愿岁丰。惭非鹬冠子，去逐鹿皮公。
旗鼓宁堪敌，孤虚笑待攻。楚游荀况老，嵩少尹洙逢。还似龙门雪，山行发兴同。⑦

——《于湖小集》卷一

[注]①题目系修订者所改，原题：陪仲修同年游赭山塔院即送其将赴鄂州。②其后皆作者自注：阁内有风魔衲子亦知敬客。③连日子微病，谭世兄及儿子樌梁从。④县东北周村有王处仲大冢。⑤寺外有两石经幢，一大中十二年，一乾符六年，滴翠轩踞寺之巅，黄涪翁读书处。意文节自戎州召还为太平州日，常栖息於此耶。⑥王大令送酒肴至。⑦凌云队杖森严，此亦劲敌。

寄榆园兄①

争禁十七年离索，握手今朝始款然。宅纵营新少鸡犬，事难思旧半云烟。松门丙舍翠应合，溪路山花红欲燃。差喜枫龄兄健在，为裁大布制裘便。
欢愉回溯杂悲辛，往日崩腾蹙圮人。②月黑窥篱惟有虎，池荒卷葑更无鳞。对床何幸同听雨，作社他年共赛春。老我风林梦幽黩，南陔不洎总伤神。
罗含兰菊园应在，仲蔚蓬蒿径待畦。菜蝗何当施手剪，竹鸡试听尽情啼。为支背郭茅堂足，欲问比邻草市迷。③那用九柯并十匠，屋成因树牓新题。
此生真合侣薁渔，鼎鼎百年时易除。吴舸蜀船此津会，青枫白沤孤赏摅。中散不喜章服裹，右军惟传种果书。阆仙洞口梅花发，相与拾橡呼溪狙。

陆家北信凭黄耳，江令南还已白头。剖竹滥邀监剧郡，传柑兼得近吾州。常忧素饱民物疚，为卜小筑林塘幽。钓坛木客近招隐，争席相将狎野沤。

斋厨杞菊爱天随，灯火昏昏怅复离。蜗带壳行信留滞，凫将子送还因依。④多情濑上碧溪月，来照矶头丹嶂围。归枕风湍倚江槛，待予野服换萝衣。

——《于湖小集》卷一

[注]①题目系修订者所改,原题:榆园兄暂来于湖,杯盘草草,流连话旧,未十日即返里门,离绪惘然,作此追寄。②其后皆作者自注:夜话咸丰庚辛间事。③江总持有南还寻草市旧宅诗。④昨夕携诸子走送河干,立望扁舟已远始返。

北郭外最乐亭留题二首

洲渚渺绵连远山，危亭摄取景萧闲。流杯朝吸青霞饮，檐树昏招翠羽还。欲把浮邱回左袖，平看佛屋窟屖颜。留连谁使予忘适，便卜诛茆野水湾。①

隔湖山色若浮来，卷幔纵横翠作堆。樵担远归丹嶂路，酒旗斜飐碧城隈。试拈瓢饮寻真乐，从借濠观老不材。知否此中堪避世，作庵对小九华开。②

——《于湖小集》卷一

[注]作者自注:①凌云常景耳,一入君手,写境便觉窈异超廓。②赭山一名小九华山。

875

游饭箩山海客别墅

连岩叠翠杳沈沈，卜筑何年海叟寻。沙路磐纡出林表，洞扉窈窕敞花阴。修鲸负曝嘘云气，①啭鸟穿枝送妙音。历历风帆度江树，珊阑凭处一开襟。

——《于湖小集》卷二

[注]①作者自注:山下有池畜海鲸二,投以果饵,傲睨不食。

踏青

莫关于湖陌费湔，踏青聊快放翁颠。菜花铺似黄绫被，柳絮轻于白氎绵。预约流觞修禊事，乍逢土锉禁疏烟。归来自课园丁隶，买竹犹应斥俸钱。

——《于湖小集》卷二

蟂矶

麦碧花黄绕古祠，翠旍云气护金支。春深斑竹疑湔泪，事去灵风尚满旗。荒垒何方寻战鸟，洞冥至竟接然犀。涛声似挟灵胥怒，一勺椒浆故国思。①

——《于湖小集》卷二

[注]①作者自注：黄左田尚书据《方舆记胜》，以其地当桓温屯兵之战鸟山。赤乌以前，桐庐为富春县之桐溪乡地，后分立县治。孙吴先世宅墓，皆在桐庐境内。

王大令邀泛舟渡江谒灵泽夫人庙置酒舟中作

昔栖羽客丹邱观，今住缁流一把茆。①清瑟传芭迎送曲，玉箫折柳去来潮。英灵合荐琼苏酒，坛壁应涂茝若椒。入座深杯同茂宰，隔江山色插云霄。

——《于湖小集》卷二

[注]①作者自注：《入蜀记》："浇矶有道士结庐其上，政和中赐名宁渊观。"

876

闻荆山佳可游①

闻说荆山碧树滋，流传野语故鄩思。玉工炫浅徒招刖，石佛津梁想未疲。种术只宜长独往，谪觚惟坐不谐时。山灵莫遣惊童竖，宝气深藏更勿疑。

——《于湖小集》卷二

[注]①题目系修订者所改，原题：闻荆山佳可游，故老云是卞和采玉处，又多凿石乳为造像，欣然赋之。

禹祠

中江疏凿江之委，明德祠官礼数瞻。岸束惊涛回擘赭，突无炊暇几曾黔。荒庭楚颂稀栽橘，春社吴巫兢揲签。风雨今思涂岳会，骏奔号令百神严。

——《于湖小集》卷二

上禹耕山

乱山环合水连天，绿褥丰茸浸一川。山似巨灵曾擘破，石闻颠米欲施镌。戈头箭镞耕还出，絮影花光舞欲旋。一过兰阇弹指别，远人干羽颂尧年。

——《于湖小集》卷二

放船自蟂矶回①

退之迓杜尹，舻烟辨江色。横江猎菰蒲，撇漩如隼翼。习流操八桨，奋与水争力。
强揉戈船回，水伯鲛宫逼。涛撄万顷怒，塔与两尖直。少焉舣江阁，执汗不能食。
月出挂太空，圆成水晶域。金波吹海涛，天浸水一色。泻碧蜀云端，浮青楚望极。
凭栏揽异景，夜明群籁息。唤取谪仙人，来供文字职。惟嫌扰扰蚃，几嚼鹿筋国。
不辞苛政除，扇以冰霜殛。且办一宿禅，物变良可测。

——《于湖小集》卷三

[注]①题目系修订者所改,原题:六月初九日,放船自蟂矶回,夜宿江上小阁。

天门山

岩峣天门山，峡束青罗带①。疑有神人栖，问道知去害。紫芝今有无，云气如羽盖。
下瞰冯夷宫，森然列紫贝。骊龙几时寤，或盗元珠狝。金镗闪翠旃，洪涛起灵籁。
谁弯扶桑弓，剑倚青天外。水宿鸥相呼，江空月逾大。夜深阊阖开，倏烁电光会。
愿借任公钩，长鲸行可脍。

——《于湖小集》卷三

877

[注]①作者自注:韩诗江作青罗带。

重修滴翠轩寄题

涪翁游息知何许，宛在飞霞落照边。无复题诗满青壁，只余坏磴泻红泉。洞窗表里
千峰见，州将回旋九日缘。今日开轩翠仍滴，行厨竹里荐芳鲜。①
依然高踞层岚胜，荡射江光映塔光。璎珞岩花供宴坐，蜻蜓岛寇起披猖。寄笺苍阖
知难达，托意丹邱亦黯伤。那有梅歌并欧舞②，但闻莲漏六时长。

——《于湖小集》卷三

[注]作者自注:①黄文节以崇宁元年六月知太平州,九日而罢。明年冬,遂有谪宜州
之命。②用先生守当涂日事。

携梁肃登北楼①

郁蟠万瓦皱幢幢，海市歌钟日击撞。上有浮空九华髻，顿招餐瀣众真降。边氛盗弄侵狼望，落日将见倚蜃窗。所得前游今悔浅，更规携汝上晴崆。

——《于湖小集》卷三

[注]①题目系修订者所改，原题：携梁肃登北楼，望见小九华山顶殊了了分明，向者莽卤，未之见也，今始得之。

海客别墅

绿树茸茸似划齐，新开沙路净无泥。岂殊员峤方壶胜，不尽团黄皱绿畦。绝厂竹阴筛璨碎，严冬木叶翦琉璃。我来弹指兰阇喜，西法由他一阐提。

——《于湖小集》卷三

878

蔚蓝天一角

招得浯皤与往还，蔚蓝一角敞禅关。伧荒那识平原面，深厚谁明贼杞奸。未必出青资地望，几看成碧眩天颜。吉祥只合精蓝坐，兀兀腾腾半日闲。

——《于湖小集》卷三

玩鞭亭

可儿坟上草烟霏，又过危亭日色微。酒姥偶留鞭七宝，真王竟脱褊三机。碎壶空唱龟虽寿，逸鞿难回马似飞。折箠欲答夷逆节，灰钉行即振天威。

——《于湖小集》卷三

赭山西轩宴集薄暮醉归书此

圆光乍东上，落景入西冥。墟落生翳映，潭淙荡空明。岩肩古冶铁，石駮皱霞青。层轩出系表，梵宇霁地灵。山非九芙蓉，秀削具真形。远襟洞楚瞩，长剑倚吴硎。宗匠邈难接，新机化不停。筵霭吾辈醴，属似往贤经。悲涵万古意，名镌绝壁馨。冬岩有龙蛰，冻卉无芭腥。深厄注东海，塔光倒亭亭。厂松低架屋，栏竹亚成町。天乐鱼潜上，清言蝀出听。醉敧众仙舞，袖拂天风泠。骑圜一迳塞，座对千岚屏。

栖真欲毋返，吐纳夜床惺。湛寂黄蘖印，超摇赤松秢。此乐信无极，多生老复丁。将归更留恋，会友勒仙铭。

北出有地名一天门戏题

区区僻陋一江村^①，薄晚行人酒肆醺。别有一天门可上，张筵昨宴九华君。自从得道陵阳去，笙鹤人间今更闻。

[注]①作者自注：有酒楼榜云一江村。

泛舟入荆山湖^①

野兴青霞客，行吟白雪徒。乍乘秋水驶，适御好风俱。槭槭津亭柳，萧萧赭岸芦。
言寻钟乳穴，欲访石鱼湖。杯泛荔支绿，筇携灵寿朣。酒船相枕藉，菜牧任喧呼。
野市问幽径，老兵资导吾。布帆六七里，净界中千殊。环溯生鳞甲，双岚拱郁纡。
云移锦步伞，天覆水精壶。方丈不可到，洞庭张乐无。樵风拾仙箭，匙雪饭雕胡。
沈子汉三老，彭铿湘一儒。未投惊坐辖，喜佩入山符。淰淰蘋千顷，摇摇荻万株。
土风疏越纽，物产录吴趋。雅说君谟蟹，诗征张翰鲈。驱冯夷击鼓，令象罔求珠。
近瞩翠微髻，横开丽像图。千贤劫满月，何代手镌摹。龛俨搜伊阙，祠兼赛紫姑。
平汀绛蓼绣，绝壁苍藤枯。飚引层波阻，茭牵百丈粗。帆回挝小异，句律境追通。
云产和氏璧，鹊飞岚气晡。试扪欧阳字，蜗篆石纹芜。荆玉何年采，胡僧此结趺。
湖嵌望佳气，晖丽近元都。春谷平野绿，宛溪清景姝。群公会秋禊，风趣似沂雩。

[注]①题目系修订者所改，原题：陪约斋、印根两先生，晴溪参军泛舟，入荆山湖，二子橚梁从。

望大荆山作棹歌十章

绀林丛刹山之腹，千佛崖应梁日镂。想见题名遍寒壁，却待杪秋携蜡韝。
山灵招我重游屐，樵路秋晴担绿醑。为数欧阳使君后，几逢佳客拄筇来。
不逢竞渡端阳日，举袂风山繁吹音。士女明妆曜洲渚，画船齐榜出花阴。^①
定有异僧巢树巅，裹粮避世来坐禅。隆冬净扫枯苇海，九夜悟彻智珠圆。
小荆侧落惊翩翔，大荆横卧青瑶床。玉山采玉人何处，终古烟鬟明镜妆。

水花红似缀璎珞，石发青倒映琉璃。平芜浅水浑少岸，蚬罗河头筏渡时。
小艇湖明光接天，蘋花蒹叶霏青烟。楚天月出棹讴发，何异清浅蓬莱然。
引杯看剑六人同，但乞朝北暮南风。石尤留客知有意，紫磨轮看升海东。
二更归来月已西，儿童拍手唱铜鞮。推挤不去无善政，或似讴遍豹居齐。
诸公皆似神仙人，入世间法任一真。携得山光满怀袖，栗尾写入溪藤皱。

——《于湖小集》卷四

[注]①作者自注：于湖俗以五月五日泛荆山湖，游人如蚁。

太白祠有国初萧云从画壁今亡之

四壁楼观非复旧，千年妙画失通灵。翛然洗出真山水，碧嶂摩围作画屏。

——《于湖小集》卷四

广济寺

微径出东麓，岩栖结构牢。云端蜀江下，塔表吴山高。屏障四围碧，崩腾千里涛。
泉甘孔雀口，帆映林兰皋。西竺迁神足，南州纺落毛。石床丹炼汞，丽像白添豪。
姑射神独立，云将世可逃。颇持远公律，谁致嵇生醪。定有蝯献果，何如鱼出濠。
吾将老于此，谢八万尘劳。

——《于湖小集》卷四

天门山

丹崖铲千仞，下瞰江斐宫。攀萝蝯鸟绝，长风号礨空。山戴石发皱，万古青濛濛。
超忽揽溟渤，响骄侣乔松。上有采芝客，绿发方两瞳。旦日天门开，玄攡抱幽通。
岁晏一华予，精诚动昭融。

——《于湖小集》卷四

博望山

博望如卧狮，奋迅饮江水。江湖相歙吐，呼吸云霞里。下栖黄石公，上巢赤松子。
石蒲九节茸，神丹一玉匕。性宜服食良，胜于餐石髓。淮王炼秋石，八公童颜紫。
此亦所经游，长生而久视。世乐良有涯，荣观脱如屣。吾将骑茅龙，暮而得所止。

——《于湖小集》卷四

陪筱珊太史登小九华

秋林丹翠皴，攀陟拓佳观。北枕连江乘，南衣辟戒坛。窣波回落日，兰若瞰浮澜。眼底青罗带，同骖上界鸾。
壮县市尘远，平津烟火繁。岩僧慵腊课，潭树浸秋根。欲建丹台顶，①平吞赭岸村。潮回吸力大，倚薄一天门。
微径塔边上，孤云天际归。衣怜京洛旧，歌和郢中稀。羹臛石华瘦，木衔精卫微。何时两狸剑，霄汉逐腾飞。

—— 《于湖小集》卷四

[注]①作者自注：予规复一览亭，今山僧识其处。

一览亭遗址

兹山崒起信神奇，渴饮江流掉尾螭。下瞰平畴成罫画，仰攀霄汉罍浑仪。何年斧劈丹沙峡，卧想𪔂椎碧落碑。景物无边供一览，崖林紫气隐丛祠。

—— 《于湖小集》卷四

881

送筱珊别

蹑屩南游亦一奇，翻成跋鳖送神螭。右军久蓄桑果帖，谢傅何妨山泽仪。买骨周郎期复将①，啖名杜瘿笑沈碑。何时遍洒天瓢润，一祷神山景武祠。②

—— 《于湖小集》卷四

[注]作者自注：①芜湖东门外，有周公瑾墓。悬铁棺而窆。②赭山五里许神山，有李药师祠堂。方志云，水旱祷辄应。

过芜湖谳集次韵补呈①

为政清约，不如游明根。佐募力士，不如苍海君。②吏能迂疏百不效，著籍殊玷通德门。宣洲议媾强迁就，公诤之力排天阍。金城千里江介恃，元老誓障，河决屹立如王尊。敌人窥户旋退却，光芒龙剑不敢扪。③事平诏迗武昌节，郢士跂立春风温。谢公偶寓山泽兴，排云淖约山灵奔。庭坚举止转瑟缩，烟霾赭岫春波浑。凿坯深闭醽池寺，未迓潞国移芳樽。④法筵宴坐碎金出，蒙翳振发平津昏。髦参短薄尽才俊，⑤黄山碧溪清营魂。衮衣西上控形胜，平准盐铁威兼恩。经纶夷险佐庙算，弇洲词客何足聚思存。

还捧吾师诗句妙，一世传衣有记法乳资来昆。

——《于湖小集》卷五

[注]①该诗系《奉和壶公师近诗四章(丙申)》之一，其题为《过芜湖，枉临廨舍谦集，赐以佳章，误蒙推奖，愧未敢荷，谨次韵补呈一首》。②其后皆作者自注：上年冬，奉钧檄分募自强军。③南洋布置海防重重，门户均宿劲旅。上年二三月，倭艘犯海州沐阳，将截我淮徐南北中权之粮路。人心大震，公厚集诸军御之，寇不得逞。④公领宾从约游赭山滴翠轩，以大雨路滑，又畏吏人供张，遂止不往。⑤节庵太夷礼卿穰卿君立皆在坐。

酬印根泛舟荆山湖之作①

病余未办济胜具，两玉堂仙无自攀。却似龙门行赏雪，一时欧尹尽开颜。
两侯秀句斗阴铿②，风景前游数水程。我卜阳崖结茅屋，望衡心迹喜俱清。
晖丽山川兴不孤，扁舟挂席暂悭余。恁君说与云霞状。许我芒鞋独往无。

——《于湖小集》卷五

[注]作者自注：①予病新起故未往。②吟钵同游，亦有佳什。

九日蝶矶登高舟中宴集

882

人生何处非危机，月开笑口裁四五。漫郎何以酬佳节，快心造物戒多取。救取族庖斳龙鲊，唤起篙工伐鲶鼓。南狐东马多豪隽，欣肯降临不吾拒①。杪秋寻山不辞远，良会真率无客主。涨江掀翻地轴回，劲笔刮演天根挂。古祠篁竹深茅中，金支翠旃闪宵雨，精忱何时开敌云。乡俗纷进从芭舞，座中各愿填苍海。酒半起酣把赤羽，从兹镂书斥冰脂。稍出丝发劲苴补，冶剑趣令铸莫耶。箫材且罢采慈姥②，诸公岂惟作赋才。小子亦礼传衣祖。左江右湖共陶陶，今一日月何必古。试回东海注深卮，况有客饷罗浮乳。③

——《于湖小集》卷五

[注]作者自注：①是日会者十三日印根石节吟钵皆在座。②此寓右永左文天下危北意将之谊。③伍太史使至饷以罗浮山佛迹漫下泉水一罂。

南庵题名

无限江云含变态，真看一上一回新。就中镏白诗销日，各有铅丹妙入神。鱼酱经纶笑伊吕，蚕箴雕刻付杨荀。何殊夹沔欢情接，床上庞公忘主宾。

鸬鹚晒翅夕阳船，栏外兼葭接远天。渭上火云怀白也，江南枫榭似陶然。揉蓝一水斜侵道，饮瀣三关自得仙。液液黄庭欣授我，长桑公子赖君笺。

——《于湖小集》卷五

和家迪生登小九华

吾宗早遂耽奇服，有约支筇共看山。芒屩几人游物外，精蓝片刹出人间。已漫双井题名迹，无恙千岩石发斑。何用沙隄逐尘鞅，只堪宴坐老禅关。
那有烟中玉女鬟，峛然亦复秀人寰。静闻活火茶瓯沸，更待秋岚枫叶殷。涪道人泉和子酌，嵇中散翩许吾攀。相要净业休归去，日饵丹沙可驻颜。

——《于湖小集》卷六

寄题三花庵①

木叉住即我法住，云水光如心藏光。一贝叶中言宵妙，三花庵畔树幽香。何人巢此肱云笈，长有童颜煮石粮。槛外江流驶如许，一龟早晚但支床。

——《于湖小集》卷六

[注]①作者题注:在繁昌之荻港,惜抱集有诗。

咏怀古迹十首

神山泉①

闻说一泓水，可淬太阿铓。莫耶何许住，碧莹镜开奁。

慈姥竹

何年仙姥栽，袅袅洞箾竹。风来自成韵，不待伶伦剧。

白马山

山非艳预堆②，那得大如马。闻有古银杏，大枝堪蔽社。

战鸟矶

夜惊众鸟喧，桓公有怵时。至今腥浪作，月黑闪朱旗。

大荆寒壁

寒壁何人凿，曾无玉出烟。惟有华鬘佛，寂坐山苍然。③

小九华峰

并作一芙蓉，谁言九玉女。须登一百回，时与樵者语。

周瑜冢

英气已消歇，如留飒爽颜。吴王洒落契，不赐像卢山。

王敦垒

空唱龟虽寿，其如犬对嗥。日光破妖梦，霜垒枕寒涛。

李药师祠

公祏膏育也，行军山下过。犹能挟龙姥，槁旱洒滂沱。④

萧尺木宅

剩有萧家巷，当时妙陆湛。思君无长物，四壁画寒林。

——《于湖小集》卷六

[注]①作者题注：干将子淬剑处。②艳预堆：即滟滪堆。③崖间雕石佛一二百尊。④县志云：祷雨辄应。予规重葺祠宇。

山谷道人宴坐处

涪皤言语妙天下，到此荒山一句无。槛外野花飞一片，独来摩诘敏文殊。

——《于湖小集》卷六

米海岳行书于湖新学记石刻

鸟啄落衣片石青，萧疏笔势在云扃。衔名朗署无为守，使转嫌非不草形。①三舍崇宁曾课士，千名姑孰近横经。虽然海岳狂标格，未称庄严礼殿型。②

——《于湖小集》卷六

[注]作者自注：①钟元常正书不草而使转纵横。②庙堂之上以礼器史晨书体为宜，最下亦须虞永兴。宋人专仗描涂饯刷本领，卤莽卞率，殊不辨分际。行草只宜用之简札，岂可施之碑版，真未之前闻也。

戏广陶潭十二景 有叙

漱丈将来游陶潭，问境内名胜有几。爰拈韵语张之，以复于纳言公，以迓跫然之足音。

将毋九题八观之目欤？抑亦汪伦所云"桃花十里，酒店万家"之类耳。丈闻之定发一大噱也。

一览亭

迂公一枝藤，超然来一览。练影亘吴门，放目吾岂敢。

千佛厓

何代镌佛龛，则公应身是。长年不言语，静揽衣云诡。

待云径

闻云门将南来，于避世亭西，辟一微径以待之。

洒落云门棒，云将来挂单。径三治彼一，酒熟迟樊山。

梦日亭

狢子闳荒冢，危亭上朝暾。江湖别有梦，藏史恋金门。

滴翠轩

犹是森如滴，涪翁眼中竹。孙竹又生孙，复怡吾辈目。

飞丹阁

朝上炼丹台，晚汲洗丹井。阁中有逸老，缮性出人境。

干将试剑泉

泉无一日竭，剑有千年锈。唤良工淬治，光腾尚方宿。

酒姥玩鞭舍

一纵巴騪去，犹留七宝鞭。论功姥合赏，未使姓名传。

蟆矶竹岘

冉冉缘崖竹，泂泂绝岸矶。婵媛拥绛节，宵趁怒涛归。

牛渚茅龛

绝顶一茅龛，番僧乍出定。危矶震清梵，下有鱼龙听。

大荆山湖秋泛

圭斋乘鲤去，吾辈复鸾骖。湖拭青铜镜，岩排白玉篸。

小蓬莱榭雪眺

试上蓬莱望，江南江北雪。中多雁户饥，授以丹台诀。

——《于湖小集》卷六

祭萧尺木先生墓①

粉本匡庐将雁宕，好山只向画中看。孤生泪洒朝天柏，后死心同没土兰。②不许樵人薪宰树，乍逢野祭列春盘。一般风味凌居士，共酹陶塘菊盏寒③。

——《于湖小集》卷六

[注]①题目系修订者所改，原题：前明副贡萧尺木先生云从墓，近始访得在严家山，属饶守戎、陈参军、江学博修治，既竣勒石，禁止樵采，设脯酒祭之。并度墓旁地栽松四株。②其后皆作者自注：郑所南画兰从不带土，以立足无一片干净土也。萧君自以国变，余生常侨灵谷寺，步谒孝陵，又画四名山太白祠及劳公祠四壁，意谓残山剩水只于粉本中遇之耳，乃寓言也。③尘老人同来。

九月廿九日陪节庵太史登北山

又登藤萝到上头，酒清世浊那消忧。客真三百年无此，天展重阳节再游。北塔青莲花涌出，西风黄菜叶撩愁。沉冥为访殳庐叟，更上峥嵘第一楼。

——《于湖小集》卷六

886

樊增祥

樊增祥（1846—1931），字嘉父，号云门、樊山，别署天琴老人，湖北恩施人。光绪三年（1877）进士，官宜川、渭南知县，陕西按察使，江宁布政使，护理两江总督。袁世凯执政时，曾为参政院参政。著有《樊山集》。

赋诗为券于子珍①

我来自峡中，君去涉江委。执手鄂城阴，相从欲千里。昨有东诸侯，劝餐姑孰米。往觅七宝鞭，试骑巴马子。我如青山云，君如急湍水。水急不得停，云流有时止。愿君驻归帆，迟我江之涘。旅雁一绳飞，后先定无几。芳榭酒罅温，矮窗烛花喜。此际踏歌来，入门笑相视。人生相见欢，未可他日俟。赋诗掷江流，春申当鉴此。

——《樊山集》卷七

[注]①题目系修订者所改，原题：子珍将东归，要余同行。适余将往芜湖，期后君三日，会于上海，赋诗为券。

至芜湖呈张樵野观察

半壁江淮付托深，凭君为楫与为霖。蛟鱼跋扈纾筹策，鸿雁流离入苦吟。表海旧摹秦帝碣，采山新致廿人金①。经年为我虚东阁，不信朱游不降心。

——《樊山集》卷七

[注]①作者自注：谓池州矿务。

奉和袁昶游赭山塔院三十韵①

老辈刘原父，诗宗六一翁。逢迎秋水外，契阔酒杯中。绣斧巡江甸，犹龙在太空。
鼚音听蜡屐，吹律应黄宫。窗竹鸣佳雨，幡铃动远风。俸钱供作达，平世利和戎。②
佛寺依红树，仙岑倚碧穹。仰攀逼猨径，俯视得凫滃。居士官仍达，高僧隐岂充。
石如周猗碣③，仙拟汉金铜。剞为虚窗见，深幽曲径通。秋茶烹雪水，烟磬出兰丛。
苔壁诗初就，云房别太匆。旌旗迥赭岸，姓字刻苍窿。离思盈鸥水，高情悟鹤笼。
鸠兹帆影动，鹦鹉赋才工。节度今严武，文章昔孔融。楚乡鱼正美，姑熟蟹初红。
去作菱湖长④，宁忘春谷封。交期黄菊淡，眼力素书穷。笺尾题霜橘，琴边送晚鸿。
好春孤面米，寒色下梧桐。句比江瑶俊，心犹佩剑雄。皖中倚韦虎，关内念终童。
吏事深扶贤，诗林费折衷。古人同赵嘏⑤，今我异田丰。雅羡丹邱子⑥，相邀黄石公。
万千森气象，十五议围攻。不少天涯恨，焉能月下逢。只应苏米聚，西向说文同。

——《樊山集》卷十九

[注]①诗题系修订者所改，原题：奉和陪仲修游广济寺登赭山绝顶即送之鄂中三十韵。②其后皆作者自注。芜湖昨有叛案近极安谧。③寺有岁年幢二。④仲修所主经心院在菱湖寺前书。⑤来书以倚楼为比。⑥本诗有欲寻丹邱之句。

张孝祥①

赵家南渡数词人，竹屋梅溪未识真。浅酌西江斟北斗，一时豪气盖苏辛。

——《樊山续集》卷十九

[注]①该诗系《少保师别示短诗八篇敬和》之八。少保，晚清名臣张之洞。

887

沈曾植

　　沈曾植（1850—1922），字子培，号乙庵，晚号寐叟，浙江嘉兴人。光绪六年（1880）进士，历官刑部主事、江西按察使、安徽提学使、安徽布政使、护理安徽巡抚。著有《海日楼诗》《元秘史笺证》等。

发京口至芜湖

　　小雨拂空凉意悭，渴日解驳云斑斑。舶邸人喧伧楚语，水宿月上于湖山。未忘尘务话京洛，得跻□□称荆蛮。舶趆风来袂开阖，芦荻洲长人往还。

——《近代诗钞》（二）

蝛矶

　　落帆昔人刘郎浦，驭风今过灵泽矶。坛垣荒荒石数级，萑苇骚骚江四周。神鸦敛翅危突烟，潜虬戕浪轮人机。吴侯少年不了事，草草兵谋输女弟。帐前侍婢浪狰狞，世上英雄能决弃。蜀道吴江望渺然，月下玉人方宠贵。至今激浪拥回潮，中有吴娥滴酸泪。兵车会绌纵横施，甥舅恩深婚媾尊。周郎计失未须笑，还有西欧拿破仑。

——《近代诗钞》（二）

888

金缕曲

　　自菱湖武备小学堂公宴归，西望龙山，青极天末。古皖龙舒皆在潜山，非今城也。

　　麦浪千畦皱。缓归来、弓刀千骑，使君前后。笑问葛疆干底事，醉了襄阳儿酒。著醒眼、海棠斯句。偃蹇龙山西北去，把孤城付与屠翁守。罗百雉，大于斗。　　濡须东锁三吴口。问乔家、小姑夫婿，英灵来否。落日神鸦衔祭肉，猎猎大风吹垢。料江左、夷吾须有。黄石荒荒朱履敝，那素书一卷长衔袖。渡旁渡，柳州柳。

——《沈曾植集校注》

黎汝谦

　　黎汝谦（1852—1909），字受生，贵州遵义人。光绪元年（1875）举人，任日本神户、横滨领事，广东财务提调等职。著有《夷牢溪庐诗钞》。

欢会惜岁促①

欢会惜岁促，孤栖苦日长。瞻彼飞走伦，大小必双翔。草木本无知，何曾扬独芳。
万物皆有偶，食色性所藏。凄凄羁旅身，能无茕独伤。嗟予遭家难，蟊贼起萧墙。
舆舟万里行，转蓬无定方。山川悠漭漭，江汉浮汤汤。甫泛余杭舟，又棹吴溪航。
渡海涉蓬莱，飙轮指东荒。旅顺古荒服，箕子旧封疆。羁迟武库中，局促鱼在梁。
凉风动地来，吹堕皖山傍。托迹赖友生，敝庐聊寄将。寒飙惊户牖，白露结为霜。
夜深兀无寐，悽冷思衣裳。道远不可归，起坐独彷徨。人生不满百，对此多慨慷。
忧患老此生，何如归北邙。愿与素心人，化作双鸳鸯。

——《夷牢溪庐诗钞》卷四

[注]①题目系修订者所改，原题：丙戌九月十八夕，自沪抵芜湖。二十一日，移寓李氏庐，一主一仆，客况无聊，短章志感。

鸠江除夕感怀

腊鼓声中岁又回，宵深睡起拨残灰。萧萧密雪空庭积，猎猎凌风扑幔来。客里无心
焚瑞柏，乡音作意访寒梅。天公不管人憔悴，一任琼瑶撒作堆。
兄弟分飞①各一方，妻孥岁晏滞衡湘。客愁似海兼天涌，旅梦如冰怨夜长。耿耿寒
檠烧冻焰，凄凄残溜滴空廊。此时况味谁曾识，起视江天雪正狂。

——《夷牢溪庐诗钞》卷四

[注]①飞：《诗钞》原为"非"。

自鸠江侨寓赴京却寄工甫兄①

宣南分襟后，约泛皖江湄。讵意临装日，才逢携手时。负君千里意，动我百年思。
倘为春官住，联床正有期。
只缘窀穸故，无计可留兄。却忆居山日，怎无负土情。去留均左计，出处愧平生。
辗转无良策，悠悠万里行。

——《夷牢溪庐诗钞》卷四

[注]①诗题系修订者所改，原题：己丑仲冬一日，自鸠江侨寓赴京，却寄工甫兄。时工甫始至二日。

陈三立

陈三立（1853—1937），字伯严，号散原，江西义宁（今修水县）人。光绪十五年（1889）进士，官至吏部主事。维新运动时，曾协助其父湖南巡抚陈宝箴在湖南推行新政。近代"同光体"诗派首领，著有《散原精舍诗》等。

江上杂诗（录一）

蔼蔼东南一都会，金银楼观压山川。岁时四海腾丰穰，别有伤心问米船。^①

——《散原精舍诗》（上）

[注]①作者自注：芜湖为米商所集。

裴景福

裴景福（1854—1926），字伯谦，号睫闇，安徽霍邱人。光绪十二年（1886）进士，授户部主事，后改广东陆丰、南海知县。民国初年任安徽省公署秘书长，擢政务厅长。著有《睫闇诗钞》。

新秋寄金子才大令芜湖新居

放怀莫唱懊侬歌，君鬓青时我鬓皤。江山春愁吹玉笛，淮南秋雨梦银河。牵萝补屋珠将尽，作嫁依人线苦多。海已种桑花作县，薄纱世味近如何。

——《睫闇诗钞续集·淮隐集》下卷

王以敏

王以敏（1855—1921），字子捷，一字梦湘，号古伤，湖南武陵人。光绪十六年（1890）进士，改庶吉士，授翰林编修，官江西瑞州府知府。著有《檗坞词存》等。

淡黄柳·蜻矶孙夫人祠

苔痕枕岸，风外灵旗掣。蜀道青天鹃语切。万古江涛不尽，家国伤心共呜咽。

霸图歇，荆州几灰劫。问恩怨，为谁结。明珠步障咸虚设。月夜魂归，佩环何处，千点枫林绛雪。

——《全清词抄》卷三十六

方 澍

方澍(1856—1930)，号六岳，安徽无为人。光绪二十年(1894)中举，曾在浙江做过盐务等小官，仅一年即辞职归居故里，被推为劝学所长。著有《濡须诗选》《岭南吟稿》《巢湖志》等。

绣溪歌

澄波起夕阳，一碧风波荡。縠纹细细生，水禽没浅浪。划然双镜平，小桥通溪涨。挥手送斜阳，坐邀明月上。月光倒水长，玉蟾才一丈。溪边老圃家，开门对溪望。

——《濡须诗选》

题拜石亭

巉岩瘦石露芒角，造化意匠山斧断。雨埋尘毁经岁年，兵戈浩劫半摧残。旷代风流米海岳，海岳之心石之坚，海岳之狂狂更颠。当时达官拜童贯，俯腰伛偻殊可怜。我公奇气古豪迈，偶摩此石叹介介。仰天大笑一呼兄，肮脏特索衣冠拜。吁嗟乎！崇宁天子直泥偶，蔡惇之辈直豺狗。君不见，花石之纲石最奇，斫山辇石剔岩薮。搜及江湖不测渊，淮汴衔怨陵铄久。又不见，党人断碑片石蹲，摩挲载读端礼门。不镌奸贪助奇俊，磊磊至今英烈存。当公之世肆荼毒，公益放脱逃缚促。精气合应与石化，何年此石更化玉。商蟊蔓草不知寒，犹有古苔向人绿。

——《濡须诗选》

观宋章迪墓碑米芾书①

古薛斓斑苍龙鳞，雨零霜炙苔皮皴。烟草沉埋阅尘劫，破碑屹立荒河滨。七百年后襄阳书，劲气走与云纷拿。落笔奇峭屈金铁，海鳌跳掷长鲸呀。断纹剥蚀了难读，摩挲不去心踟躅。公来知在吉老后，子济请表为世寿。针刺活人起沉疴，世业廉介不苟取。人事代谢晨星移，公书爱惜未全朽。论书瘦硬谲已奇，墨独肿壅今可嗤。卒更拮据柳舛膚，滥觞木印颜公碑。元祐流弊竞痴钝，有书无笔况神俊。斟酌当在肥瘦间，含毫蓄势争径寸。屈伸开合游化工，兔起鹘落天河喷。惊风解箨骤雨丝，悬崖斗勒奔马缰。大呼海岳去不返，吁嗟豕珍涯与浑。

——《濡须诗选》

[注]①作者题注：墓在城外西南，墓表亦米撰。

邓绳侯

邓绳侯（1857—1913），名艺孙，号世白，安徽怀宁人。邓石如曾孙。曾任芜湖安徽公学总理、安徽教育司长。著有《毛诗讲义》《尚书讲义》《楚辞解》等。

赠苏曼殊①

寥落枯禅一纸书，欹斜淡墨渺愁予。酒家三日秦淮景，何处沧波问曼殊。

——《安庆晚报》2009 年 8 月 14 日

[注]①作于1906年。苏曼殊辞皖江中学职离芜，作者作此诗相赠。苏曼殊后来回忆："怀宁邓子绳侯，为石如先生贤曾孙也。究心经学，不求闻达。丙午，衲至皖江，遂获订交，昕夕过从，欢聚弥月。""今别先生，不觉半载，积愫累愻，云胡不感？"原载《书学》（1941年重庆版）。

陈祖绶

陈祖绶（1857—1917），字伯印，号墨农，永嘉人。清光绪十八年（1892）进士，曾任山西知县，温州府中学堂监学。著有《啸楼诗笔》等。

菩萨蛮·螺矶孙夫人庙

官蛾貌出军中服，魂归望帝红鹃哭。归梦托江流，巫山神女羞。　　二乔夫婿在，精卫难填海。铜雀草荒凉，吴枫赤染霜。

——《搜韵》

易顺鼎

易顺鼎(1858—1920)，字实甫，号眉伽、哭庵，湖南龙阳(今汉寿)人。幼有"神童"之誉。曾入张之洞幕，主两湖书院经史讲席。著有《琴志楼诗集》。

送陈笠塘丈归芜湖

青山不抵泪痕多，曾听南徐子夜歌。片梦春云聊复尔，六朝秋草竟如何。残年行脚归黄海，旧事伤心卷白波。君去寻幽兼吊古，眼空江海一渔蓑。

——《琴志楼诗集》卷二

鹊起矶上废寺踏雪

屐声疑僮随，石路响幽雪。冻青深围腰，时有一竹折。危磴留坠红，漏痕虫所啮。惊禽下山半，似电向人掣。寺门如扃封，窥见古佛默。拾薪怜僧贫，枯坐煨榾柮。坏塔无人登，舍作寒鸦宅。荒矶属渔家，故垒怀霸国。江天积层云，中有万古没。劳生亦何为，送此帆数叶。暮愁满空林，探怀若已得。疏霏惊湿裾，暝磬告孤客。

——《琴志楼诗集》卷三

893

八归·雪中登鹊矶寺

苔藏绿篆，枫堆红锦，僧影冷坐瘦石。暮寒似恋无人处，更把几层砖塔，舍为鸦宅。竹里穿来惊路断，早四面都围青雪。最爱听、脆响敲时，误道玉钗折。　　幽绝还堪眺远，蟂矶荻港，指点风帆如叶。一鸥飞处，一豚吹处，浪与芦花争白。叹浮生似梦，且办孤琴两吟屐。愁来否、试凭高看，六代青山，如今华了发。

——《琴志楼丛书·楚颂亭词》卷一

庆春宫·桃花夫人庙

帝子湘花，女郎山木，倩魂休叹无归。润脸烘霞，酥胸映雪，空留玉座苔衣。搓红汉水，尚染出年年夕晖。一般流恨，分付春潮，莫到蟂矶。　　楚宫泯灭全非。剩命比西施，名过南威。旧国鹃啼，新人燕笑，东风搁泪慵飞。沉香妖艳，问何似伤心马嵬。弄珠月侣，荐枕云神，小队依稀。

——《琴志楼丛书·楚颂亭词》卷一

郑孝胥

郑孝胥(1860—1939)，字苏堪，号太夷，别号海藏，福建闽县(今属福州)人。光绪八年(1882)举人，官至湖南布政使。辛亥革命后以遗老自居，组织"读经会"。1932年任伪满洲国国务总理。为晚清"同光体"闽派头领，著有《海藏楼诗》。

芜湖道署燕集上广雅尚书

细雨于湖路，扬舲节使过。高斋春日晏，江介晚来波。宏济时谁赖，艰贞理不磨。赭山楼甫落，叹息话涪旛。①

—— 《海藏楼诗集》卷三

[注]①作者自注：袁爽秋观察修赭山滴翠楼，是山谷遗迹。

南皮尚书急召入鄂雪中过芜湖

绝海浮江短景催，浪花雪片斗清哀。冲寒不觉衣裳薄，为带忧时热泪来。

—— 《海藏楼诗集》卷三

夏曾佑

夏曾佑(1861—1924)，字遂卿，一作穗卿，号别士、碎佛，笔名别士，杭县(今浙江杭州)人。光绪十六年(1890)进士，改庶吉士，历官礼部主事、祁门县令、泗州知州等。有《碎佛师杂诗》《夏曾佑诗集》。

晚泊荻港

廿载江湖感，茫茫对此生。残晖乱樯影，窄港但人声。颇复闻群盗，乘危一弄兵。大江流日夜，谁为挽前程。

—— 《近代诗钞》(二)

齐宗濂(1861—1931),字月溪,号悦义,安徽芜湖齐落山人。清贡生。光绪初年考取秀才,宣统二年补为贡生。光绪三十一年(1905)与王活天、毕仙俦等创办《鸠江日报》,后与谭明卿、焦二凤合办《风月谭》,继与谭明卿、沈二和办《芜湖日报》,并参加民主革命活动。民国初年,被推为芜湖军政分府教育部长。

望江楼即兴

西望长江霞鹜飞,白帆点点映斜晖。鲥鲜豚脍莼羹味,赢得诗人带醉归。

—— 《芜湖风光揽胜》

姚永朴(1861—1939),字仲实,晚号蜕私老人,安徽桐城人。光绪二十年(1894)中举。先后受聘广东起凤书院、山东高等学堂、安徽高等学堂教习并任院长、教务主任等职,任清廷学部、京师法政学堂、国民政府清史馆,北京大学、南京东南大学、安徽大学教授。著述颇丰,有《尚书谊略》《群经考略》《群儒考略》《诸子考略》《文学研究法》等专著,诗文辑有《蜕私轩集》等。

895

赠南陵张和声

往时黉舍记初开,泮藻陵茞聚俊才。愧我文章非六一,多君风义似徂徕。频年远客蓟门道,此日重倾江上杯。春色不随玄发换,又看新燕入帘来。

—— 《蜕私轩诗集》卷下

陈 诗

陈诗(1864—1943),字子言,又字鸣郊,号鹤柴,安徽庐江人。诸生。光绪中,师事同邑诗人吴保初。寓居上海三十余年,以鬻文及朋友资助维持生计。著有诗集多种,后人辑为《陈诗诗集》,另有《尊瓠室诗话》,编有《皖雅》等。

蟂矶灵泽夫人庙

斗草人归长绿荚，千盘云栈隔巴西。灵祠日暮寒潮泣，依旧春风馥麝脐。

——《陈诗诗集·藿隐诗草》卷一

自金陵至无为州道中

燃犀渚畔泛轻槎，日日江声走白沙。却忆山窗安稳坐，小园蝴蝶乱飞花。
锦鲤双双浴浪迟，绿杨风飏水边祠。依稀一角青山影，小李将军入画诗。
春波如镜柳毵毵，无限离情自不堪。一櫂晚风归路远，水边楼阁似江南。

——《陈诗诗集·藿隐诗草》卷三

感前游①

雨雨风风里，澄江下锦鳞。画裙芳草色，上巳赭山春。游赏余佳俗，风光惑旅人。
涪翁读书处，庭宇亦前尘②。

——《陈诗诗集·凤台山馆诗钞》卷五

[注]①题目系修订者所改，原题：李彦舆书来，述姑孰士女上巳赭山踏青之盛，感前游赋诗为答。②作者自注：奉贤王梅岑孝廉浚，诗字皆学山谷，乾隆中官芜湖教谕，出俸钱重构赭山滴翠轩，祀涪翁。咸丰毁于寇乱。光绪丙申，桐庐袁忠节公昶为皖南道，复新之。近于辛酉岁又毁于火。

芜湖赭山怀爽楼落成敬题一律

庚子艰难际，孤臣肯效忠。松筠同直节，坡谷有遗风。惠泽留姑孰，人师忆孔融。
江楼闻俎豆，绘像九思工①。

——《陈诗诗集·凤台山馆诗续钞》卷下

[注]①作者自注：谓柯育甫校长德发。

十八夜过襄安①

野航投夜火，秋水极天横。洲渚浑难辨，帆樯恃远征。新桥妨下驶②，皓月正东生。

此去无多路，襄安旧县城③。

——《陈诗诗集·凤台山馆诗续钞》卷下

[注]作者自注：①襄安有东关、南关。②沙家圩距刘家渡七里，沙姓筑坝建桥，仅通小舟，小舟行一句钟可到。③襄安，汉县名。

十九日过芜湖与李莼季夜坐联句①

共饭姑孰肆，嗜蠔似东坡②。联吟消永夜［鹤］，赏会不在多。于时月始破，凉彩穿云罗［莼］。沉思各有得，藉以驱睡魔［鹤］。茗坐念往事，岁月惊蹉跎。苍颜尚温煦，眷眼同摩挲［莼］。故籍拥万卷，君独乐涧阿。堂构善付托，胜于万顷禾［鹤］。朅来困烦暑，生事苦相磨。振翮逝将去，奈此赢疾何？惟翁有新意，不废我啸歌。落笔奔万马，放言翻九河［莼］。来朝陟桧轩，扪碣话涪皤。登临掇佳咏，寄兴渺烟萝［鹤］。

——《陈诗诗集·凤台山馆诗续钞》卷下

[注]①正文所注"鹤""陈"，分别为陈诗句、李莼季句。②作者自注：谓食蠔油豆腐。

二十日陶唐茶肆纳凉①

初秋余暑热难支，茗坐闲看月上迟。一种深情忘不得，陶唐堤上纳凉时。

——《陈诗诗集·凤台山馆诗续钞》卷下

[注]①题目系修订者所改，原题：二十日，余在鸠江，余暑犹厉，遂庵约往陶唐茶肆纳凉，清波如镜，微风洒然。

廿二日与李晓耘同游赭山

轩名滴翠纪涪皤①，广济禅林结伴过。抚壁尚刊诸老像②，凭栏远挹大江波。诗心浩荡今犹昔，劫火纵横慨不磨。莫诧纤回下山易，登峰造极古来多。

——《陈诗诗集·凤台山馆诗续钞》卷下

[注]作者自注：①今改茶肆。②寺壁嵌有黄山谷、黄左田、王润生、许耕徐四先生石像。

897

廿三日与李晓耘荸季昆仲泛舟陶塘

陶塘若陂池，碧水可载舟。闲寻白沙堤，忽遇旧日俦①。倾谈别之去，招舟泛中流。
篷窗二三人，笑比曲江游。棹过烟雨墩，童童柳盖稠。榜人呼到岸，楼阁如云浮。
小坐开别樽，既醉扬清讴。诗成君当和，体例唯春秋。不观鲁卫篇，比兴各自由。
明朝驾车去，飞盖海东头。

——《陈诗诗集·凤台山馆诗续钞》卷下

[注]①作者自注:谓君从侄慧能。

二十四日自芜湖乘车回沪作

芜沪隔千里，飞车一日间。诗歌桃叶渡，人度秣陵关。秋雨喜初霁，归心好是闲。
曾孙①能解意，迎候立沙湾。

——《陈诗诗集·凤台山馆诗续钞》卷下

[注]①作者自注:曾孙绍骞方七岁。

898

孙鹏(1865—1939),字步云,安徽南陵人。光绪二十一年(1895)会考一等头名,
成为禀生。1920年被公举任春谷修志馆编辑员。

除夕竹枝词(选二)

日射峰头雪未残，开窗便觉有余寒。鸡豚搜尽①无思想，分岁能图片刻安。
今宵好过太平年，疑是桃源别有天。但愿干戈从此定，虽茎菽水也欣欢。

——《芜湖淬剑池》

[注]①鸡豚搜尽:毛田湖一班川兵将鸡豚搜尽。

方守敦

方守敦(1865—1939),字常季,号槃君,安徽桐城人。壮年追随吴汝纶致力维新,

襄助创办安徽最早之新式学堂桐城中学。著有《凌寒吟稿》等。

寄守一芜湖

学市真如阛，惟君众所依。诙嘲名士困，辛苦寸心违。春雨别何决，乡关事益非。
鸠兹远江水，南望几歔欷。

———《凌寒吟稿》

寄仲勉慎思芜湖女师范学校

同是栖栖者，江南春复秋。一堂大家范，二老古风流。迂腐忧天泪，苍茫活国谋[①]。
新诗且高咏，东海不堪浮。

———《凌寒吟稿》

[注]①作者自注：来书有救国储蓄金之议。

天遒芜湖寓居自名苍葭阁寄题一诗

江南葭苇好，八月望无边。之子爱秋水，幽情三百篇。雁声来夜雨，画意在寒天。
何处寻诗老，前山滴翠轩。[①]

———《凌寒吟稿》

899

[注]①作者自注：黄山谷先生遗迹在赭山。

次韵仲勉慎思鸠江月夜泛舟之作即以奉怀

人世沧桑挽不留，江南江北又深秋。清风遥忆两诗老，明月难同一夜舟。萧瑟芦花
少陵思，苍茫云水谪仙楼[①]。空山桂树凉飚远，安得潜窝约共游[②]。

———《凌寒吟稿》

[注]作者自注：①鸠江下游采石矶有太白楼。②仲勉山中住屋名曰潜窝。

丙辰暮冬访芜口号四绝句和答[①]

梅竹交姿异众芳，岁寒相访水天长。一瓯滴翠轩中坐，万古诗情并老苍。[②]
头白深山桂树幽，青编独向古人求。荒江踏遍真无奈，牢落乾坤几旧游。[③]

往事云龙追逐时，重来忽是十年奇。掉头不住思巢父，一舸沧江理钓丝。
灯火楼高人尽醉，兴酣落笔正陶然。风涛一夕三百里，又是归人雪满船。

——《凌寒吟稿》

[注]①题目系修订者所改，原题：丙辰暮冬，访仲勉、慎思芜湖，尽欢累日，赠我长篇，归舟风雪，口号四绝句和答，兼怀光炯。一九一六年。②作者自注：同游赭山滴翠轩，山谷遗迹也。③来诗有踏遍荒江话怀抱之句。

黄宾虹

黄宾虹（1865—1955），原名懋质，又名质，字朴存、朴人，号宾虹，原籍安徽歙县，生于浙江金华。著名画家，诗、书、画、印全面精工。有《宾虹诗草》。

将之于湖

高树湿尤重，白云初放晴。涨添山碓急，翠逗竹窗明。乐事三春意，怀人万里情。
明朝望新岭，襆被又晨征。

——《黄宾虹文集·诗词编》

姚永概

姚永概（1866—1923），字叔节，号幸孙，桐城人。光绪戊子科（1888）江南乡试举人第一（俗称解元）。曾任北京大学文科教务长。1914年清史馆成立，应聘为清史馆纂修，与兄永朴同撰名臣传。著有《慎宜轩诗集》。

涪翁江海士①

涪翁江海士，遗迹说兹山。笃古自成癖，孤忠总近顽。高文千载远，国论一朝还。
使者今人杰，风流前后间。

——《慎宜轩诗集》卷六

[注]①题目系修订者所改，原题：芜湖赭山滴翠轩，袁太常官皖时所修，以祀黄文节公。袁死庚子难后，僧移主占作戒堂。宣统元年三月，余偕伦叔、仲勉、泽臣、吴守一汝澄、陈鲁生文藻同游以告今署道郭子华，饬僧还其旧，而太常赐谥之命适下。伦叔有诗，次韵并呈子华。

洪　繻

洪繻（1866—1928），本名攀桂，学名一枝，字月樵，后，改名繻，字弃生。彰化（属台湾省）人，原籍福建南安（今属泉州）。乙未（1895）割台之役，与丘逢甲、许肇清等同倡抗战，任中路筹饷局委员。后绝意仕进，潜心于诗古文辞。有《洪弃生先生全集》。

北望裕溪口

东吴赤壁后，濡须亦恶战。力争到淮南，始可固江甸。水陆攻合肥，此口成急漩。
远江烟霭中，一望青如靛。下有濡须水，上有濡须山。巢湖出何处，还入窦湖间。
隔水对两军，夹水立两坞。春水方生时，曹公去宜早。狮子孙仲谋，以江为深沟。
濡须争战后，更到皖水头。

——《洪弃生全集》

过芜湖

隐隐蟂矶庙，迢迢谢尚城。一江灯火浸，两岸夜潮生。
雄紧临江县，苍茫极浦秋。何时过北岸，一水入庐州。
远浦分吴楚，横流自古今。赭山山色近，清弋一江深。

——《洪弃生全集》

901

张树侯

张树侯（1866—1935），名之屏，安徽寿州人。1906年在芜湖皖江公学任教，结识吴旸谷并参加同盟会。著有《尚书文苑》《晚菘堂诗草》等。

芜湖示同仁

漫言祖国凭谁挽，要识民权自有真。万里沙场三尺剑，愿将鲜血洗乾坤。
频年碌碌走风尘，车马关河总怆神，世界大千犹有憾，鸠江讲学亦论兵。

——《安徽文史资料》第五辑

蒯光典，字礼卿，合肥人。光绪进士。著有《金粟斋诗集》。

芜湖榷舍燕集呈南皮尚书

西上桓公镇武昌，扬舲春雨过江乡。主人款接倾三雅，①宾从追随在一堂。大雅久衰当共起，中行难与幸能狂。旧京寥廓思何极，鶗鴂先悲草不芳。

——《皖雅》卷三十

[注]①作者自注：谓袁爽秋兵备。

宋九勋

宋九勋，江西奉新人。

902

游春谷寻小乔墓偶憩第一山刹①

云连雉堞势岩峣，春谷秋光点点摇。烟火万家攒塔脚，溪流三面绕城腰。晴空看雁心同远，古径寻花兴转饶。倚剑台边回首望，几多英气拂星招。
东吴往迹久萧条，犹向秋风吊小乔。老树斜阳余影乱，美人香草总魂销。钟情过客争浇酒，好事贤侯禁采樵。林畔乍闻清磬响，携尊一笑虎溪招。

——民国《南陵县志》卷四十二

[注]①题目系修订者所改，原题：甲子九日，同友游春谷寻小乔墓，偶憩第一山刹。

选自清《蒙学读本》。

与孙公辅同玩倚剑台①

约友同登倚剑台，春光都到眼前来。工山削翠层峦列，漳水拖蓝一色裁。桥畔杨柳迎我舞，寺边桃李倩谁栽。相传此是梳妆处，可惜未逢把镜开。

——民国《南陵县志》卷四十二

［注］①题目系修订者所改,原题:己巳暮春之初与孙公辅先生同玩倚剑台偶占一律。

钱少谭,清邑庠生,安徽繁昌芦南乡人。

荻港迎江楼远眺

西来爽气快心灵，凭槛波涛眼底经。绕郭蘼芜随地绿，隔江山水映帘青。汀明浪静鸥争浴，市散渔归酒半醺。日暮潮平风势正，一帆收下泊吴舲。

——道光《繁昌县志》卷十七

朱继孔,清代人。

登荆山

独放扁舟作浪游，白蘋红蓼满汀洲。屡寻寒壁登峰顶，数访名园坐石头。牢落贫僧无供饭，凄凉古殿逼荒邱。玉肪菰米今何有，葵麦萧萧赚客愁。

——民国《芜湖县志》卷五十九

罗万钟,字孟门。仕县丞。

荆山

平田分绕接苍冥，开径何须觅五丁。石气寒凝千顷碧，波光翠落两山青。雨淋松桧珠为箔，霞映莓苔锦作屏。溪畔老僧时洗钵，水风犹自带龙腥。

——康熙《太平府志》卷三十九

梅 裕

梅裕,清代人,曾任芜湖县知县。

游蟠龙殿

晴峰飘渺夕阳西,淡远秋光四望奇。响踏林间新落叶,问寻云外古幽栖。炉烟细㲫侵长馥,山鸟高吟唤客迷。小憩蒲团尘滤涤,还期重九共攀跻。

——《芜湖风光揽胜》

刘学尹

刘学尹,安徽南陵人。

春过黄墓

黄墓名垂远,忠魂应有知。碑残无几字,树老剩余枝。古冢栖狐冷,荒原宿鸟悲。桃花今日泪,酒作吊坟诗。

——民国《南陵县志》卷四十二

赵锡璜

赵锡璜,清代人。

点绛唇·南陵道中

落叶萧萧,马蹄杂沓陵阳驿。盾磨矛折,有客新投笔。　　仗剑从戎,不怕关山隔。烽烟逼,几声筝篥,搀入离亭笛。

——民国《南陵县志》卷四十二

904

芜湖历代诗词

靳治荆，字熊封，号书樵，清汉军镶黄旗人。曾任安徽歙县知县、江西吉安知府。著有《金陵览古诗》。

自南陵至下坊

南陵风物迥清嘉，渐入云山径路赊。城外石桥通竹筏，水边茅屋住渔家。

——民国《南陵县志》卷四十二

王政，生平不详。

新丰道中

晴日春郊飘酒旗，村翁社散醉支离。野棠香谢风千瓣，布谷声催雨一犁。古驿青留官廨树，竹厨碧洗定窑瓷。征鞭几度逢寒食，补得寻常驴背诗。

——《芜湖县志》

杨廷栋，生平不详。

湾沚道中（三首）

别路离怀惨不舒，四郊风物自萧疏。远山到眼青无数，一片晴光落笋舆。
村烟如线路如弓，水面吹来杨柳风。舞尽榆钱飞尽絮，菜花欹乱野田中。
一湾深接大江流，两岸常维估客舟。却怪朝天催去马，暖风迟日为谁留。

——《芜湖县志》

李若苏

李若苏，生平不详。

竹塘晚步

暮色已苍黄，林塘送远凉。曲渠通舴艋，夕店掩笭篝。竹暗禽声聚，园空树影长。谁能招兆苑，摹写到斜阳。

——《芜湖县志》

邵 昉

邵昉，生平不详。

宿蜈蚣渡遇雪

906

此夕离家宿，凄述烟浦间。如拳飘白雪，到眼失青山。节换新钻火，天寒旧旅颜。更闻濒寇盗，只在落蓬湾。

——《芜湖县志》

朱滋年

朱滋年，安徽当涂人。

三山夹访谢潜斋即日书感①

春雨如有情，留客住乡县。逶迤三日行，故山了可见。雾重绡吴縠，波翻碎越练。弥楫傍中洲，江花绣芳甸。良知敦古欢，密疑畅清宴。出门指危矶，怀古泪如霰。耿耿靖南忠，日夜流不变。

——道光《繁昌县志》卷十七

[注]①题目系修订者所改，原题：三山夹访谢潜斋，即日书感，用小谢登三山还望京邑韵。

陈泰,安徽繁昌人,官候选理问,荐举孝廉方正。著有《梅林诗抄》。

登隐静山绝顶

极目看无际,披襟兴自赊。村烟连远岫,江水隔晴霞。万木低如荠,群峰簇似花。攀藤下危石,一径白云斜。

——道光《繁昌县志》卷十七

游五华山西庵

石磴盘旋上,幽栖策杖寻。白云当面起,青草到腰深。境僻人难至,山高日易沉。莫愁归去晚,明月上松林。

——道光《繁昌县志》卷十七

907

古世余,生平不详。

板子矶怀古

黄家战血楚江流,故垒萧萧烟水浮。北望孤忠空拒左,南驱遗恨失吞刘。鼓声夜壮青山寺,荻影风摇白马洲。一代将军无麦饭,丹崖片石已千秋。

——道光《繁昌县志》卷十七

程制,安徽繁昌人。

鲁明江放舟

匹练飞来挂繁浦，十里峨溪荡双橹。芦花港外秋水清，伊人何处空怀古。击楫中流泛大江，依稀记得江名鲁。江上余霞晚照明，江头风起暮潮生。岷涛直下大荒去，身世浑与浮鸥轻。我乘芙蓉涉此江，怀彼美兮心已降。烟波浩渺望无极，浪花如雪拍船窗。持竿稳坐帆无恙，莫向长空动惆怅。古人往往爱江湖，浪迹风烟情自放。君不见富春山上披羊裘，至今严滩名尚留。又不见琴高把钓隐泾上，琴溪之水长悠悠。鲁君鲁君呼不应，无乃芳名雅与二君侔。随波逐浪我且去，但见天风浩浩吹行舟。

——道光《繁昌县志》卷十七

孙曰绳

孙曰绳，生平不详。

金峨洞

白昼漆漆人入石，人身石身互明灭。语音相导若吹螺，飞光不透如隔铁。须臾崩塌堕幽岚，古苔裂处凝日月。云根入手杖太虚，天根高开见黄血。泉痕作乳吹古雪，亦有微光照蟓螟。遥想化工起斧时，作想先与人间别。请看魍魉别自为星汉，隐隐风雷蛰一穴。

——道光《繁昌县志》卷十七

古传诲

古传诲，安徽繁昌人。郡庠生。

游隐静寺

山溪盘曲水潺潺，系马桥西谒世尊。积藓碑横衰草砌，负暄僧倚夕阳门。已无杯渡来松径，空有频伽唤竹村。最是令人惆怅处，一声清磬出荒垣。

——道光《繁昌县志》卷十七

谒永乐太子墓

昭代衣冠已杳然，苍崖孤冢葬何年。一抔黄土团秋草，几点青山隐暮烟。魄冷幽林空卧月，鹤归华表应谈禅。浮云富贵何曾恋，赢得虚名挂墓田。

——道光《繁昌县志》卷十七

释在柯，生平不详。

寓春野亭①

鲁明江上一舟牵，梦到峨桥破晓烟。乱舞杨花亲白鹤，轻寒谷雨赖青毡。市驯不狎江湖客，山叠能留茶笋天。澄怀谢李楼边事，春野亭中响杜鹃。

——道光《繁昌县志》卷十七

[注]①题目系修订者所改,原题:寓春野亭,呈吴巢薇明府、戴其怀学博。

张兆炳，生平不详。

灵山步杜牧之韵二首

清歌一曲远山樵，无限烟波望里遥。云气侵晨浮古塔，松声入夜吼寒潮。城余残垒风犹在，山有精灵壮未消。缥缈诸天钟磬外，三华耸翠路迢迢。
听罢幽禽听野樵，灵山俯瞰大江遥。美哉观止千年寺，逝者如斯两岸潮。月上冰轮鸠水印，风来花雨鹊头消。登临纵识乡关好，驰逐曾嗟客路迢。

——道光《繁昌县志》卷十七

谭祖壬，字璪青，广东南海人。优贡，官邮传部员外郎。有《聊园词》。

琵琶仙·舟泊芜湖寄怀卣铭

日夜江流，去乡远、稳泛扁舟如叶。天末催送残阳，遥山共明灭。寒乍勒、东风又恶。搅离绪、怕听鸣鴂。桥里残灯，酒边倦橹，有恨谁说。　　问谁惯、飘泊江湖，便抛却东栏二株雪。空剩彩笺鸾笔，写羁孤千叠。念往日、盟鸥俊侣，照素心、共此明月。极目烟际汀洲，远鸿声切。

——《全清词抄》卷四十

李　常

李常，号古塘，安徽桐城人。

910

天门山

双峰如凿断，绝壁对崔嵬。楚蜀千重远，东南一气开。潮声归海去，帆影出天来。渺渺烟波际，徒深庾信哀。

——《晚晴簃诗汇》

马一鸣，字鹤皋，安徽桐城人。贡生。著有《北轩诗存》。

天门

金陵形胜地，端赖此天门。山势排云表，江流动石根。就崖因作寺，分水自成村。来往风帆泊，年年觅旧痕。

——《晚晴簃诗汇》

张娄,字梦园,江苏华亭(今属上海)人。著有《偶留草》。

大风过天门山

高峰耸两肩,崭菔不可仰。大江截中流,豁达开天仗。上栖鹰鹘巢,下瞰蛟龙藏。
偃风起漩涡,倏然相摩荡。冯夷亦狡狯,欲与山灵抗。斗险触危矶,排空压巨浪。
烟光纷陆离,作势殊万状。艑郎好身手,到此心胆丧。屏息戒勿喧,烧纸邀神贶。
疾雷惊一霎,回首失群嶂。同行颜始开,相顾劳无恙。临深古有训,此意胡不广。
作诗招征魂,落日闻渔唱。

——《晚晴簃诗汇》

沈祥龙(1835—1905),字约斋,江苏娄县(今属上海松江)人。晚清诸生。著有
《乐志簃集》《乐志簃笔记》《乐志簃诗录》等。

911

过萧尺木墓

家国沧桑一慨中,《离骚》图就思无穷。遗民老去诗心苦,古壁长留画本工。巷僻
难寻庐一角,冢荒重葄草千丛。春来樵采新申禁,宰木森森夕照红。①

——《乐志簃诗录》卷五

[注]①作者自注:渐西观察重葺墓道。

实雄,字独峰,江苏吴县人。主资福寺。著有《典云集》。

送张蕉山返鸠兹

破寺君归更寂寥,新诗记取雪中蕉。但将肝胆酬孤鹤,不惮风霜敝一貂。帆影逼天

横落日，钟声催日下寒潮。独留泪洒梅花句，传遍扬州廿四桥。

——《晚晴簃诗汇》

吴贻诚

吴贻诚，字荃石，一字竹心，安徽桐城人。历任新河知县。著有《静者居诗集》。

板子矶

一战竟谁是，臣心耿大川。江声鹅鹳雨，山色芦荻烟。南内花沉井，东人橛在船。赭圻逞址远，宫柳拂吟鞭。

——《静者居诗集》

赵 绅

赵绅，生平不详。

舟泊天门山

大江风雨后，帆影落峨嵋。峰断雪藏岫，林空鸦点枝。舟排疑入阆，山对近横楣。有景那能道，千秋白也诗。

姚 恺

姚恺，生平不详。

天门山览古

万里岷涛泻大荒，东连海色正苍苍。峰开乌兔经过速，水挟鱼龙昼夜忙。吴楚茫茫江上下，齐梁历历事兴亡。花云死处重回首，直逼云天浩气长。

张聪成，生平不详。

舟过芜湖

寒江塔影挂云孤，片席东飞晓入吴，激石蟆潜收浪静，捕鱼鹰疾趁风呼。灵墟山远朱霞断，梦日亭高白草芜。莫望靖南征战处，空留祠庙枕于湖。

钱旦仍，生平不详。

芜关

孤帆摇白日，寒雨下黄昏。兵燹余归路，村居半掩门。趁云悲寒雁，吹浪隐江豚。作客无怀抱，凄凉酒一尊。

方宫声，安徽枞阳人。

题天门山

谁将擘华通河手，来辟东南两界山。为有蛟龙从此出，天门虽设不能关。

王琈，安徽枞阳人。

芜湖阻风

明月照仓洲，烟波暮拥楼。春归江上树，人滞客中舟。歌管声喧杂，星河影动浮。关门原不碍，竟夕起乡愁。

林直，字子隔，福建侯官（今属福州市）人。诸生，补用知府。著有《壮怀堂诗初稿》。

天门山歌

岷江九派趋天门，惊湍急湫相追奔。峨嵋巍然作巨镇[1]，其下列阜如儿孙。梁山博望相对出，一似角势齐称尊。悬崖峭壁纵未至，遥望已觉摇心魂。岚光吞吐变显晦，云气舒敛迷晨昏，狂飚忽发林谷响，疑听万马驰中原。雨余飞瀑直倾泻，玉龙百丈当空翻。两三石笋峙绝巘，瘦丑各作饥鸱蹲。神仙窟宅倘许到，一径便可通昆仑。名山咫尺望难即，临风使我愁怀繁。题诗李白今已往，徒叹千古风流存。篷窗谁与破寂寞，把卷聊自开芳樽。

——《壮怀堂诗初稿》卷三

[注]①作者自注：天门亦名峨嵋。

过芜湖关

临江雉堞认芜湖，打桨船头浪影粗。沿岸人家开晚市，绕城烟树隐浮图。孤篷日伴渔师坐，敝篚犹烦泷吏诛。自笑浮生任羁滞，敢因风雨怨长途。

——《壮怀堂诗初稿》卷三

林荫，著有《偶存草诗集》。

春日雨中舟过荻港①

又买临安棹，恰逢谷雨天。病侵强度日，食少喜贪眠。雨打窗添湿，竹垂泪未乾。
风溪摇素练，樯燕剪春笺。细草平连野，轻鸥近避船。麦齐翻碧浪，荷小点青钱。
蚕妇提筐立，吴儿市米还。家家农事急，片片菜花鲜。屋角支渔网，街头出酒帘。
橹摇声轧轧，莺滑语绵绵。接浦沙芦长，拂衣翠带牵。桥低桑护寺，岸逼水铺烟。
路出菱湖近，云移岘岭迁。征途行处好，风景是中偏。野色残春暮，孤帆一叶悬。
流光随水矣，吾道类蓬然。肺渴仍思酒，歌狂复扣舷。壮心轻百万，荒砚已三年。
论命宜从拙，逢时不会圆。时劳千里梦，空铸半生颠。绿荫渊明柳，香分茂叔莲。
何时归汶上，綵戏舞堂前。

——《偶存草诗集》卷三

[注]①作者题注：再往杭州庚寅作。

王晋征，著有《双溪草堂集》。

过南陵怀同年刘蘧庵方石潮

不过南陵已十年，池塘竹树尚如前。故人家在东西郭，一望云山一怅然。

——《双溪草堂集》卷五

南陵泾县道中

路到江南屡渡河，池塘潋滟抱沙坡。三春芳草沿村满，夹岸青松带雨多。竹坞时时
烟鸟哢，山椒处处晚樵歌。逶迤更惬幽人意，涧转峰回似旋螺。

——《双溪草堂集》卷五

赖同宴，字剑平，江西奉新人。举人出身，光绪十八年(1892)任南陵知县。

915

之任临湖留别春谷士民

半载匏罳暂息肩，愧无德化媲前贤。漫云驯雉依桑验，却笑流莺入谷迁。风逐马蹄增别恨，雪留鸿爪话前缘。临歧何事生惆怅，文庙宾兴两念牵。①

——民国《南陵县志》卷四十二

[注]①作者自注：文庙、宾兴两事甫有成议、余适卸篆。

王裕侯

王裕侯，字懋宽，安徽合肥人。光绪贡生。著有《劫余斋诗集》。

舟过芜湖

梦回便欲倩倪迂，为写春江晓霁图。波外青山山外树，半帆红日过芜湖。

——《劫余斋诗集》

鲁式金

鲁式金（1894年前后在世），字子穗，安徽当涂（今属马鞍山市）人。

天门山

两扇天门开，青山遥相对。江堑岚光通，岸断鸟声碎。帆直下云间，峰关播天外。衔得夕阳红，夹岸沈青霭。

——《李白与当涂》

李经钰

李经钰（1867—1923），字庚馀，号逸农，安徽合肥人。光绪十九年（1893）举人，官河南候补道。著有《友古堂诗集》。

裕溪口守风

雪浪初平片月低，未妨系缆泊长堤。好风已报铜乌转，明日轻帆出裕溪。

——《古人笔下的安徽胜迹》

张鸿藻

张鸿藻(1868—1931)，字长河，号高腾，饶州鄱阳(今江西鄱阳县)人。光绪十四年(1888)，乡试中第四名武举人。光绪二十年(1894)，京试登第二名进士，同年殿试，光绪帝钦点为甲午恩科状元及第，授御前头等侍卫。时逢西方列强入侵，支持康有为、梁启超变法。

小乔墓

旧传墓在香油寺前，乾隆乙亥高县令征梦于古梅下，表其墓。嘉庆辛酉，余从儿来营署，偕武陵沈君拂山辈，访古迹留题。

第一山傍问墓台，扫开蒿径拂尘灰。古梅犹绘天香艳，新月长留地主哀。娇倚英雄横宝剑，愁浇浊酒蒭荒莱。三生石畔传藏玉，阿姐分明共去来。

——民国《南陵县志》卷四十二

吴保初

吴保初(1869—1913)，字彦复，号君遂，晚号瘿公，安徽庐江人。家有北山楼，故又被人称为北山先生。光绪二十一年(1895)补授刑部山东主事，旋派充贵州司主稿，秋审处帮办。著有《北山楼集》。

晚泊荻港寄大兄

竟日风波撼客艭，那禁涕泗去乡邦。蒲帆飒飒风折楫，荻港沉沉日堕江。见说兜离蹲海澨，眼看魈魖伺船窗。高堂别后应强健，好寄邮筒鲤一双。

——《北山楼集》

李光炯

李光炯（1870—1941），名德膏，号晦翁，安徽枞阳人。光绪二十三年（1897）举人。从学于吴汝纶，并随吴赴日本考察教育。光绪二十九年，与卢仲农在长沙创办安徽旅湘公学，翌年移至芜湖，改名安徽公学。著有《晦庐遗稿》《阮嗣宗诗注》等。

庚申新秋芜湖市饮二绝句①

正始风流世所稀，一樽临水故依依。炎威消散无多日，向晚惊寒欲授衣。
苦爱高人邓挹园，兴来时向酒家眠。采莲歌歇花偏放，零落秋风十五年。

——《晦庐遗稿》

[注]①题目系修订者所改，原题：庚申新秋，姚巨农招同阮仲丈、姚慎思、杨天道、潘晋华芜湖市饮，成二绝句。

谢懋卿

918

谢懋卿（1871—1927），字显昭，号雪娱，亦号建中，繁昌人。三山九莲诗社社长。著有《雪娱吟草》。

半熟圩观剧

此间丰熟地，共乐太平歌。旧俗酬神少，新腔唱戏多。舞台真现象，古处重乡傩。
百室入盈止，牛羊满涧阿。

——《历代繁昌诗选》

登板子矶吊黄靖南

湖上风烟似画阁，桅樯风急水平铺。荻江横锁黄公阁，碧血于今尚有无。

——《历代繁昌诗选》

黑沙洲晚眺

登洲四顾兴无穷，千里云山览一空。东望旧城新柳绿①，西瞻泥汊晚霞红②。归帆片片斜阳里，古塔层层夕照中。何处暮钟声嘹亮，隔江遥指梵王宫。

——《历代繁昌诗选》

[注]①旧城：即旧县，今繁昌新港镇。②泥汊：在繁昌对江无为县域。

黑沙洲寄怀

未尝揖别遽分襟，无奈舟工促不禁。别梦已随流水远，离愁合比暮云深。兼旬已定三生约，一日书怀两地心。嗟我江头空怅望，故人不见泪淋淋。

——《雪娱吟草》

三华述所见

竹树绕精庐，禅深趣有余。枯僧倚石磴，俗客戏蒲摴。伏火三更热，桐阴六月舒。此间才小憩，乐且赋予胥。

——《雪娱吟草》

919

李咸升（1873—？），号学香、茂阶，谱名世秀，安徽繁昌人。恩贡生，候补江苏直隶州州判。著有《李老夫子遗墨》。

登大磕山（四首录一）

峭壁千寻一望中，五官迎送帝居同。风高蓝族家声远，雨洗红花地脉通。鹊水东环云影靖，鹰尖南列画图工。笑他陵谷频迁徙，俯仰兴亡总是空。

——《李老夫子遗墨》

鲁懿基

鲁懿基(1873—1925),名寿祁,字衡德,号伯郊,亦号白樵,安徽繁昌人。清末廪贡生。著有《笑湾诗集》。

夜宿三山夹舟中

三山山下月初明,静宿舟中夜气清。已过三更眠不得,犹闻沙岸打渔声。

——《历代繁昌诗选》

游浮丘山

月冷烟销酒已空,浮丘山下夕阳红。数家屋住桃河北,五里桥横竹院东。石径曲中樵子路,云林深处梵王宫。归来渡口扁舟待,已上灯时未掩篷。

——《历代繁昌诗选》

920

水荒

弥漫郊原接大荒,袤斜百里望茫茫。桑田瞬息成沧海,茅屋依稀在水央。几架渔罾捞夜月,一篮野菜冒秋霜。偏多黄鸟飞来往,不住啼声最断肠。

——《历代繁昌诗选》

游覆釜山

山峦行尽到高岗,松韵涛声竹韵篁。石上苔稀经鹿迹,涧边草茂绕羊肠。林坳拥翠含佳气,山口凝红咽夕阳。深径偶逢僧问话,方知云里有庵藏。

——《历代繁昌诗选》

夜泊鲁明江

卅里烟波楚客艭,夜深泊到鲁明江。月明何处吹箫管,十二楼头尽启窗。

——《繁昌诗词》

初冬横山桥早行

长亭轻雾短亭烟，行到横山欲曙天。着意看桥无屐迹，踏霜还是我来先。

——《繁昌诗词》

赭圻岭访友

环溪岭岭路三叉，柏叶松枝杂槿花。隔涧楼台三四宅，不知谁是故人家。

——《繁昌诗词》

荻港三帝庙洒江楼留爪

禅庵楼外密松杉，面绕长江背倚岩。烟宿汀洲渔子艇，云含楚水旅人帆。临风感慨思王粲，羡竹盘桓忆阮咸。更上一层千里极，苍苍落日远山衔。

——《繁昌诗词》

黑沙洲雨后即景①

沙洲亩亩麦苗丰，宿雨初晴乍暖风。马踏长堤芳草绿，莺歌野店杏花红。春潮急涨侵河夹，古树苏青映郭东。两岸峰峦看不尽，参差远近淡云中。

——《繁昌诗词》

[注]①黑沙洲:黑沙洲水道位于长江下游安徽省境内,上距铜陵市约62千米,下距芜湖市约50千米,水道上起板子矶(航道里程489千米),下至高安圩(航道里程475千米),平面形态为首尾窄、中间向左展宽的鹅头型分汊河型,是长江下游重点碍航浅水道之一。旧属繁昌县,今属无为市。

龟山散步①

凉秋欲暮步龟山，松下盘相竹里攀。半岭斜阳祠外照，一湾流水舍南环。孤舟渡远人争唤，古树巢深鸟欲还。且把故园风景写，题诗扫去石斑澜。

——《繁昌诗词》

[注]①龟山:原浮山乡泊口河畔有一小山,形似大龟,名曰龟山。今属弋江区。

金天羽

金天羽(1873—1947),初名懋基,改名天翮、天羽,字松岑,号鹤望,别署天放楼主人,江苏吴江人。历官吴江教育局长、江南水利局长。著有《天放楼诗文集》。

芜湖舟中寄天遂

一自酒垆别,风波意洒然。旌旗夹古戍,桑柘暖平川。牛渚矶头月,鸠兹江上船。问君草桥柳,几日嘒鸣蝉?

——《天放楼诗文集》

许承尧

许承尧(1874—1946),字际唐,号疑庵,安徽歙县人。光绪三十年(1904)进士。民国初,随合肥张广建赴甘肃,历任督军公署、省长公署政务厅长等职。辞官归里后,关心搜集整理乡邦文献,著有《疑庵诗》等。

南陵道中

南天亦作北天色,日如铜钲晕圆白。此时行役号苦寒,十里五里宿荒驿。孤村人少犬不肥,大风破壁掀茅衣。老翁饭我一盂饭,瓦器古如周鼎彝。横木作床荻作扉,架竹取水掘地炊。邻家抱瓮谋贳米,苦诉米贵愁将饥。无言舍去心悄悄,道旁麦脚青芽小。

——《疑庵诗》甲卷

七月过芜湖作①

微红蓼花老,瘁碧芦枝冷。涵天淬鹭光,界渚分鸥影。撑舟出树梢,井灶挂笭箵。伊昔打稻场,今各维小艇。生命托浮槎,食息混蛙黾。妇孺无颜色,开窗觑空溟。残瓦翳斜檐,危垣系孤绠。茫茫万顷泪,澒洞抱凄警。

——《疑庵诗》乙卷

[注]①作者自注:时芜湖被水灾。

客芜湖四十生日

四十飘零鬓欲斑，复来江浒听哀弹。化萍是聚怜春尽，填石虽成惜海干。逼座钗光灯似醉，压裘霜气梦先寒。故乡尽有田庐在，渲染松楸画里看。①

——《疑庵诗》丙卷

[注]①作者自注：时将往甘肃。

芜湖陈节母诗

妇义夫不贞，男纲久偏重。道苦岂其平？礼俗足吁讽。尪尪陈氏母，百罹困磨砻。角张迭相厄，入世黑如梦。悲愤遂丧明，高穹向谁讼？遇塞随所丁，奇屯亦惊众。张皇共为诗，我言有深痛。

——《疑庵诗》续集一

题萧尺木离骚图

灵均谪江潭，慨愤乃呵壁。萧子勇作图，想象助声色。禹铸九鼎成，鬼物无遁形。万灵与百怪，通之以人情。哀泻颠毛白，精摧眼电明。惝恍三光前，迷离六合外。昔所不能知，今亦难置对。善谑柳柳州，荒唐终可爱。人生悲有涯，老泪宝一掬。败屋枕寒渐，孤吟娱野服。留兹古锦囊，异代慰歌哭。何关帝者事，画蛇强添足。

——《疑庵诗》续集四

林 旭

　　林旭（1875—1898年），字暾谷，号晚翠，福建侯官（今福州）人。清末维新派人士，"戊戌六君子"之一，"百日维新"失败被捕，1898年9月28日，与谭嗣同、杨锐等6人，同被杀害于北京菜市口。临刑时神色自若，仰天长啸："君子死，正义尽！"遗著有《晚翠轩集》。

灵泽夫人庙

故国何人举奉匜，竹竿从此钓于淇。韦昭吴史应书卒，不见春秋宋伯姬。

——《晚翠轩集》

写经居士赠诗因答及之^①

夫子论诗笑口开，叨蓬目色却低回。涪翁不忘弦歌旨，杜老谁区排比才。底用为藩防楚舍，更羞酌水溯强台。似闻辛苦腻颜帢，要傍东家司寇来。

——《晚翠轩集》

[注]①题目系修订者所改，原题：写经居士赠诗，盛道闽派，而病予为涩体，谓学芜湖袁使君，因答及之。

 杨 圻

杨圻(1875—1941)，初名朝庆，更名鉴莹，又名圻，字云史，号野王，江苏常熟人。光绪二十八年(1902)举人，官邮传部郎中，驻新加坡总领事。入民国，任吴佩孚秘书长，后居香港。著有《江山万里楼诗抄》《楼下词》。

舟过天门风月浩然

924

丹枫叶落江千尺，绝壁张帆山月清。如此江山好风月，何人不忆谢宣城。

——《江山万里楼诗抄》

沁园春·蟂矶灵泽夫人庙题壁

一片江山，斜阳万里，眼底都收。看沙上潮平，扁舟来去，洲边树冷，庙貌常留。处处峰青，惊魂零乱，道是荆州是益州。珠帘外，恨长江终古、不肯西流。　　花冠玉佩悠悠，是望帝春心杜宇愁。叹思蜀衔悲，吞吴遗恨，英雄何在，战伐都休。峡里帆来，刘郎消息，白帝城边古木秋。谁凭吊，剩渔翁一个，坐钓矶头。

——康熙《蟂矶山志》卷下

 李辛白

李辛白(1875—1951)，原名修隆，字燮，号水破山人，安徽无为人。白话文的倡导者。1904年参加陈独秀等在芜湖组织的岳王会，执教于安徽公学。"五四"时，任北京大学庶务长。著有《水破山人诗稿》。

芜湖杂诗

娟娟杨柳欲垂丝，湖水清漪画桨迟。车马轻尘香不断，冷烟残日葛仙祠。
白骨如霜郁野烟，春风芳草画楼边。不知江令当年宅，输与何人作墓田①。

——《水破山人诗稿》

[注]①作者自注：某氏方广建私宅，于四周民居及墓地，以贱价劫占。

登禹王阁北望

西风凋病叶，槭槭作秋声。夜月凉生阁，孤云淡入城。蓼洲语新雁，荻岸渡残萤。
北望濡须坞，沧江槛外横。

——《水破山人诗稿》

青弋江待渡

轻云如縠雁行齐，青弋江光望不迷。鸦鬓娇娃能作渡，一篙撑破碧琉璃。

——《水破山人诗稿》

芜湖杂感

别去鸠兹卅五年，玄黄旧梦冷秋烟。有情还是陶塘柳，劫后依依更可怜。
累累白骨掩蓬蒿，何事陶塘不姓陶。剩有赭山孤宝塔，朝朝暮暮向人高。
大地弦歌浑欲歇，炎黄衣钵付何人。江河日月分明在，一展遗编一怆神。
凶鸥未灭蠹虫骄，菜色群黎恨不消。一部春秋谁秉笔，夜深愁听大江潮。

——《水破山人诗稿》

陶塘

陶塘塘水碧如油，岸柳摇风做好秋。白发不堪寻旧梦，红牙紫玉醉青楼。

——《水破山人诗稿》

赭山

五十余年前，余初游芜湖，登赭山访山谷读书处，有诗数首，稿已亡失。今日重来，江山如故，忆得旧作十四字，枕上足成一绝。

香苔绣石獐遗麝，明月沉江蚌吐珠。残句依稀能记得，儿时打桨过江初。

——《水破山人诗稿》

重九登大官山

雁阵惊寒入暮秋，骄人新制木棉裘。沙场不是衰翁事，醉眼瞢腾望九洲。

——《水破山人诗稿》

秋晚遣兴

远山如黛乱嵯峨，江水无情感逝波。鲁港月明农事苦，弋矶山好病人多。故家乔木埋禾黍，古寺名轩①黯薜萝。迳欲扁舟湖上去，菰蒲深处听渔歌。

——《水破山人诗稿》

926

[注]①作者自注:赭山滴翠轩。

泊板子矶

翠筱红花景已非，远山如黛夕烟肥。何人江上一吹笛，惊起沙禽拍拍飞。

——《水破山人诗稿》

金陵舟中望天门山

远天漠漠暮云平，绝好蛾眉画不成。①千古兴亡剩江水，只今还作六朝声。

——《水破山人诗稿》

[注]①作者自注:天门山一名蛾眉。

怀鹤天孟筹①

卧闻瘦马嚼残刍，茅店寒荒客梦孤。忽忆故人天北去，破帆烟雨渡巢湖。

——《水破山人诗稿》

[注]①王鹤天(1879—1943)，早年名活天，后名鹤天，字汝通，安徽无为人。1904年与人一起创办芜湖第一张大型报纸《芜湖日报》。作者题注：作于民国纪元前。

寄王鹤天南昌①

书来已知及南昌，短鬓轻衫独擅场。斫地狂歌动江水，弥天四海一王郎。

——《水破山人诗稿》

[注]①作者自注：作于民国初年。

留鹤天晚饮①

柳正吹绵杏正酸，一尊相对话春残。新仇旧恨知多少，都在星星白发间。

——《水破山人诗稿》

927

[注]①作者自注：一九二六年春于北京。

归心

日落山容瘦，霜高木叶疏。归心共征雁，一夜渡巢湖。

——《水破山人诗稿》

渡江

村笛清如诉，呜呜感暮春。落花千万点，愁杀渡江人。

——《水破山人诗稿》

忆弟

相聚不知乐，别来始欲愁。徘徊看飞雁，独上九华楼。

——《水破山人诗稿》

绣溪草堂杂诗呈六岳师

轻烟漠漠雨疏疏，如此溪山画不如。添取酒船环草阁，人间那必有西湖。
香生蔬圃绿缘延，水涨春溪月堕烟。竹笠芒鞋踏青去，饧箫吹暖落花天。
临水新编麂眼篱，长堤风柳冒晴丝。草堂梦醒酒初熟，窗外好花开数枝。
杨花如雪扑人衣，鹨鶒鸂鶒相背飞。长日草堂无个事，一尊浅酌对斜晖。
山色模糊望眼赊，一竿小立夕阳斜。水禽格磔春波暖，细雨空庭落杏花。
种树生涯效郭翁，愤时咄咄一书空。山中亦自有忧乐，举世何人识谢公。
忍向山林竟卜居，春花秋月恣清娱。积薪厝火今何日，谁上长沙痛哭书。
杨枝婀娜水边村，抱瓮归来自掩门。羡杀芝山一拳石，伴公终日对窪尊。
青门瓜圃绝喧阗，避俗柴扉懒不开。只有疏狂小桃李，问奇日日抱琴来。
板桥流水惜余春，鸠妇呼晴日又曛。明日挂帆渡江去，只应梦恋草堂云。

　　　　　　　　　　　　　　　　　　　——《水破山人诗稿》

过先师绣溪草堂①

绣溪溪畔柳丝丝，人去堂空燕子知。一塔斜阳半城水，白头谁与话儿时。

　　　　　　　　　　　　　　　　　　　——《水破山人诗稿》

[注]①先师：指方六岳。

天门叹

岁在乙亥夏五月，滔天洪水浸湖湘。恶风助势撼地起，倒山立海迷穹苍。天门午夜
失城郭，生人十万埋汪洋。残骸腐胔塞港汊，狂吞戏嗜龟鱼□。有人高山卧松壑，
调冰雪藕夸羲皇。有人海上集群丑，广庭大爵媚优倡。官斋吏禄恣奢僭，黔黎感此
摧肝肠。民胞物与竟谁誓，皇天后土毋相忘。还湖浚江策既定，何时畚锸闻铿锵。
吁嗟尧后四千载，浩劫再罹悲怀襄。老夫永夜拭清涕，挑灯写恨长江长。

　　　　　　　　　　　　　　　　　　　——《水破山人诗稿》

　　李宣龚（1876—1952），字拔可，号观槿，晚号墨巢，福建闽县（属福州市）人。光绪
甲午年（1894）举人，官至江苏候补知府。民国后供职上海商务印书馆，任经理兼发行

所所长。其著述生前有过几次刊刻,如《硕果亭诗正续集》等。2009年10月,经汇集校点刊为《李宣龚诗文集》。

雪后于湖舟望

风留半日晴,雪作千里积。连峰虽相蒙,断嶂剧有力。蟂矶树如缟,匹练成采石。船烟寒不骄,岸舍皓欲涤。饷兹一炊黍,取慰劳行役。何物意难消,白鸥于我白。

——《李宣龚诗文集》

题于湖怀爽楼①

公车叩礼数,闻戒辱以赈。衣冠盖公堂,霜雪已满鬓。儒臣被优诏,忽予忽若吝。妖言方遮天,破柱赖一震。力排九卿议,遂死东朝衅。君亲蒙尘走,玉石付同烬。时平虽追褒,何救国脉尽。中江怀旧德,私祭遍州郡。两楹配忠肃,践梦杂疑信。惟余赭山树,名与涪皤峻。桐乡真爱我,魂魄犹可认。感叹陆庄荒,一老亦不愁。②

——《李宣龚诗文集》

[注]①怀爽楼:选址在今市区东内街小学内。诗题系修订者所改,原题:题于湖怀爽楼,楼乃邦人士所葺,以祀袁忠节公沤簃者也。②作者自注:先世父广信公为忠节壬辰春围分校所荐士,今亦下世二十年矣。

周钟岳

周钟岳(1876—1955),字生甫,号惺庵,云南剑川人,白族。光绪二十九年(1903)乡试第一名,称解元。1904年,至日本弘文学院留学,肄业师范。1905年复进早稻田大学,习法政。博采中外图籍,写就《法占安南始末记》一书。

戴故将军安澜千古

小杜胸罗十万兵,早年头角已峥嵘。军中共识长松尉,塞上严于细柳营。自是名门传节孝,更为大汉振天声。九泉炯炯知难瞑,张视同袍复旧京。

——《壮烈辉煌——纪念民族英雄戴安澜将军诞辰九十周年》

姚梅榘

姚梅榘（1877—1911），谱名名熙，学名世珍，字纯璧，号美璠，别号梅榘，安徽繁昌人。邑禀生。三山公学创始人之一。

范罗山

好山谁遣五丁来，古冢新坟顷刻开。野哭千家寻白骨，相公隔夜起楼台。

——《历代繁昌诗选》

灵泽夫人祠

年年箫鼓赛迎神，江水无情草自春。环佩俨然吴地主，画图犹是汉宫人。鹃魂啼月悲鹈火，鱼腹流馨荐藻萍。千古贞筠同不死，云车风马九疑嫔。

——民国大德堂《三山姚氏宗谱》

王国维

王国维（1877—1927），字静安，一字伯隅，号观堂、永观，浙江海宁人。清末秀才。我国近现代在文学、美学、史学、哲学、古文字、考古学等各方面成就卓著的学术巨子，国学大师。晚年为清华研究院教授。1927年在北京颐和园投水自尽。生平著作共六十二种。

题徐积余观察随庵勘书图①

漫乙庐黄甲戴钱，北江戏语费衡铨。世间尽有洪崖骨，不遇金丹不得仙。②
朝访残碑夕勘书，君家故事有新图。衣冠全盛江南日，儒吏风流总不如。
前有随轩后随庵，二徐焜耀天东南。海滨投老得至乐，石墨琅书共一龛。

——《南陵史话》

[注]①徐乃昌（1868—1936），字积余，号随庵、懋斋、冰丝，室名积学斋，安徽南陵人。曾署淮安知府，江南盐法道兼金陵关监督，故称观察。1918年初，徐曾将所刊《积学斋丛书》赠静安，并以《随庵勘书图》属题，静安报书致谢。为题三诗，又致书云："久不作诗，笔意枯涩，勘书图草草题就，第一绝反苏堪诗意，而语意未能明了，甚不慊于心，有污尊卷，且

恐且惭。"②一三句有作"漫忆卢黄甲戴钱""问世尽有洪崖骨"。

房秩五(1877—1966),名宗岳,字秩五,晚号陟园老人,安徽桐城人。1904年赴日本习师范科,曾参办陈独秀主持的《安徽俗话报》,继任奉天《东三省日报》主编。入民国后,先后任《司法公报》主编、交通部视察、安徽省省长公署秘书、芜湖道尹。1949年后任安徽省政协副主席。著有《浮渡山房诗存》等。

送四弟之芜湖

落日平原迥,寥天一雁横。有家偏作客,送汝怯长征。堂上愁衰谢,天涯托死生。早知离别苦,共学陇头耕。

——《浮渡山房诗存》卷一

除夕避地芜湖感赋 有序

931

时旧友某君与予有误会,以地方事牵涉及予,因雪夜离山赴芜度岁。

山中独卧袁安雪,江上空吟李涉诗。到眼寒篝狐啸火,惊心深夜马临池。①望门客有天高恨,乱世人多命贱悲。②今夕故园儿女泪,灯前知否数归期。③
冉冉年华逝水过,支离生事感弥多。人情阅尽平恩怨,我相空时悟道魔。井底无波偏下石,室中何物竟操戈。江头去住伤垂老,怕听迷阳却曲歌。

——《浮渡山房诗存》卷二

[注]作者自注:①深夜出走,与人屡堕雪坑中。②某某两方争斗,各死数人。③闻小儿女等避地庐邑。

赠江彤侯 有序

避地于湖,侵寻两月。彤侯来游,欢聚旬日。予时将赴秦皇岛海滨养疴,彤侯倚声见贶,恻恻予怀。寻复约游太湖,讵得皖电,仓皇归去,因忆前夜梦中得"问我何时茧双足,从君踏破黄山云"二语,爰足成之,用志此别。

问我何时茧双足,从君踏破黄山云。故人入梦长相忆,江北江南几断魂。春寒苦雨于湖曲，十日高歌足闭门。芳草多情思远道，梅花有约负黄昏。双鸥东去随流水，孤雁南飞失故群。天涯挥手门前路，来去空留雪爪痕。怅惘移时温旧梦，沧波何处更寻君！鹧鸪声里丝丝雨，江晚愁余不忍闻。

——《浮渡山房诗存》卷二

过无锡访张己振次韵酬之①

寥廓冥鸿天外过，弋人何事苦张罗。归田枉筑陶公宅，②避地言寻邵子窝。花落已随流水逝，③泉清终觉在山多。④满湖风雨明朝去，悽绝阳关一曲歌。⑤

——《浮渡山房诗存》卷二

[注]①题目系修订者所改，原题是：过无锡访张己振，导游惠山太湖数日，有诗见赠，次韵酬之。②其后皆作者自注：双瞻阁成，不能安住。③时梅园花谢。④饮惠山泉有感。⑤忆在芜时，彤侯感我近事，辄咏梦窗词中"明朝事与孤烟冷，做满湖、风雨愁人"句以寄慨。

哭晦庐① 有序

辛巳五月十三日离津南旋，先一日得晦庐蜀中噩耗，哀感靡既，海行三日，追念平生，赋此哭之。

忆昔催归瀛海船，②招游空望点苍烟。③湘江兰芷盈怀袖，赭渚菁莪诵管弦。④总为怀沙心不死，相期衔石海能填？何知老至忧沉陆，疧恨茫茫下九渊。

——《浮渡山房诗存》卷三

[注]①晦庐：即李光炯。计四首，此为第三首。②其后皆作者自注：光绪乙巳余游日本，君连电催归芜湖创办师范学校。③宣统庚戌，余客辽东，君佐滇幕，迭电邀余襄办教育，道阻不果往。④君先在湘创办安徽旅湘公学，甲辰，移回芜湖，改名安徽公学，又续办职业学校。

挽陈仲甫①

纵浪人间四十年，我知我罪两茫然。是非已付千秋论，毁誉宁凭众口传。②野史亭中虚左席，③故书堆里绝韦编。④古人菲薄今人笑，敢信斯文未丧天。

[注]①陈仲甫：即陈独秀。作者题注：君以壬午五月二十七日逝于蜀之江津县。②其后皆作者自注：世人多谓君非孝，其实君事母极孝，母目瞽，每食，君必亲奉菜至母碗中，母逝江津时，君著麻衣匍匐痛哭，至为其徒某非议。③襄见有人著《中国经济史》，内夹装白

纸三页,审之,皆当叙君事,恐触时忌,不敢书耳。④君晚年著《石安字说》数种。

盛唐山下昔婆娑,斫地悲哀发浩歌。舌战雄能逃竖子,①笔诛严更慑群魔。②留人别馆三秋雨,送我晴江万里波。③往事苍茫谁与语,侧身西望泪滂沱。

[注]作者自注:①光绪壬寅夏,君偕余在安庆藏书楼开会演说,辞侵某巨绅,至鼠窜遁去。②光绪申辰春,君与余在安庆创办《安徽俗话报》。③光绪甲辰秋,余东渡,道出芜湖,阻雨,与君在科学图书馆小楼聚谈三日。行时,君亲送至江心登轮。

——《浮渡山房诗存》卷三

繁昌葛召棠工书出纸索题口占奉赠

惜翁书法推神品,梁邓包传火尽薪。二百年来谁继起? 苐南楼里读碑人。①

——《浮渡山房诗存》卷四

[注]①作者自注:君于故居结苐南楼,有《读碑图》传世。

追悼三爱① 有序

三爱为故人陈仲甫主办《安徽俗话报》笔名也。忆余在清光绪庚子前后作童子师于安庆,结交仲甫,仲甫少余两岁,意气甚豪。壬寅秋,先师吴挚甫先生自日本考察学制回安庆,创办桐城学堂,自任堂长,命余与吴守一诸人任学长。仲甫几无日不来校纵谈时事,极嘻笑怒骂之雄。一日,约共办《安徽俗话报》,余任教育,守一任小说,余稿悉由仲甫自任之。每期各稿萤齐,仲甫则寄至芜湖科学图书馆印行。计自甲辰正月出版,每月二册,风行一时,几与当时驰名全国之《杭州白话报》相埒。追暑假时,桐城学堂改名桐城中学,移回县城,余赴日本学师范,守一亦回桐城授课,仲甫乃将俗话报全部迁至芜湖。适秋冬间,李晦庐、卢仲农两君将原在湖南创办之安徽旅湘公学迁回芜湖,改名安徽公学。次年夏,又由安徽公学附设一安徽公立速成师范学校,促余回芜主持其事,维时仲甫亦间在各校授课,俗话报出版如故也。未几,因登载外交消息,为驻芜英领事要求中国官厅勒令停办。计此报存在为期不及两年,亦久不在世人记忆中矣。近得残册翻阅一过,三爱之名屡接余目,而仲甫奄化忽忽已十四年。回忆前尘,感悼何极! 因成二绝,用志《安徽俗话报》当时经过情形于此。

君是降龙伏虎手,拈花微笑散诸天。苍茫五十年前事,贝叶重翻益惘然。
季子音容犹仿佛,②诸孙头角各嶒嵘。③藏书楼址依稀认,④忍过山阳听笛声。

——《浮渡山房诗存》卷四

933

#

平刚(1878—1951),字少璜,贵州贵阳人。1905年赴日本学习法律,加入同盟会。孙中山在广州设大元帅府时,任大元帅府秘书。著有《贵州革命先烈事略》。

贵州公祭挽戴安澜将军

一

前途敌忾想崩山,内地民生下急湍。日落云旗天欲晚,宵中星火夏将残。尝思蜀汉撑王业,每愧乡侯灭素餐。老去雄心销不尽,尚留余力挽安澜。

二

戴安澜是烈将军,杀敌捐躯义薄云。父母一家堪国养,英雄千载有名闻。男儿死去肝终在,马革归来骨亦芬。血满征衣香满道,西南到处与招魂。

——《壮烈辉煌——纪念民族英雄戴安澜将军诞辰九十周年》

黄炎培

黄炎培(1878—1965),号楚南,字任之,笔名抱一,江苏川沙县(今属上海市)人。曾任全国人大常委会副委员长。著有《苞桑集》等。

芜湖筑怀爽楼纪念袁爽秋①

六君子后哭三忠,文采如公海内宗。胜地独遗千古爱,灵旗常满一江风。舍生天地扶元气,落笔烟云抉化工。庚子朝臣少相识,云间海上想游踪。

——《苞桑集》

[注]①怀爽楼:纪念清末太常寺卿、徽宁池太广道道台袁昶(字爽秋)而筑。遗址后辟为东内街小学,在今芜湖市区古城内。该诗有二,录其一,诗题系修订者所改,原题:芜湖筑怀爽楼纪念袁爽秋,寄题二首。

程善之(1880—1942),名庆余,以字行,号小斋,别署一粟,安徽歙县人。南社社员。一生著述宏富,主要有《沤和室文存》《沤和室诗存》《沤和室词存》《骈枝余话》等。

自芜湖至徽州道中(二首录一)

空山百里程,茅茨数间屋。晓伴驽骀行,夕供牛羊宿。屋前何所有?古木间修竹。屋后何所积?山中刈新谷。倦游得此息,倚枕梦先熟。明发别主人,更与轮蹄逐。

——《南社诗选简注》

陈子范(1881—1914),字祢生,号勒生,福建闽侯人。曾参加南社。1913年参与策划"二次革命",后因在制造炸弹时引起爆炸死于上海。

题芜湖白马山

天马行空本不羁,雄心化石太离奇。中原失鹿无人逐,愿借轮蹄日夜驰。

——《南社诗选》卷五

胡雪抱(1881—1927),字元轸,号穆庐,九江都昌人。宣统元年优贡,往京师考进士未中,授广东盐经历不就。民国初年寓居南昌。有《昭琴馆诗存》。

录诸作竟四叠

高僧往矣道其微，微此良俦谁与归？尘梦秋惺思翠岫，客程春暖忆螟矶。斑斑石竹低迎帽，历历藤花软拂衣。旧有雄文泣山鬼，林泉成癖命相依。

——《昭琴馆诗存》

章士钊

章士钊（1882—1973），字行严，湖南长沙人。新中国成立后，历任全国人大常委会委员、政协全国委员会常委、中央文史研究馆馆长。著有《柳文指要》等。

念奴娇

坐看诸山，颇涉遐想，拈此自解。

平生疏懒，尽意中、山水眼前放过①。一到桂林形势异，硬把千峰围我。南郭子綦，枯容憔色，隐几堪同坐。嵯峨如画，莹玉纵横堆垛。　曾记安石当年，从容蜡屐，准拨云间卧。雁荡环城今日事，临绝曾无一个。却羡于湖，靖江作帅，水调声声破②。东还海道，旧约重寻差可。

——《中国当代诗词选》

[注]作者自注：①本石湖（宋代诗人范成大号）句。②（宋）张孝祥有水调歌头题称帅靖江作，张有《于湖居士文集》《于湖词》。

彭淑士

彭淑士（1883—1969），女，号绣冰，江苏长州人。合肥李国模室。著有《碧梧秋馆吟草》。

忆江南·江南杂咏（录一）

于湖好，鸿爪印江南。菊部秋伶年十五，桃潭春水月初三，香梦我同甘。

——《安徽名媛诗词征略》卷五

#

孙奎(1884—1946),字伯长,又北辰,晚号黄峰散人,安徽南陵人。1930年代初任南陵县财政局局长。1937年,卢沟桥事变后,愤然辞职还乡,办私塾授生徒。

山居

小住丫山麓,天间老去身。观书怀上古,沽酒约东邻。地静花偏闹,朋疏鸟独亲。桃园无过此,何事远逃秦。

——《芜湖淬剑池》

谢无量

谢无量(1884—1964),原名蒙,字大澄,号希范,后易名沉,字无量,别署啬庵。祖籍四川梓潼,生于四川乐至,长于安徽芜湖。民国初期任孙中山秘书长、参议长、黄埔军校教官等职。1949年后,历任中国人民大学教授、中央文史馆副馆长。著有《诗学入门》《词学指南》《诗经研究》《楚辞新论》等。

丙寅夏日芜湖郊居杂诗①(二首录一)

人烟东郭外,花草小园中。岁岁开还落,纷纷白间红。不迁征物性,有待惜天工。何必羲皇上,清歌万古同。

——《南社诗选简注》

[注]①丙寅:1926年。

刘善泽

刘善泽(1885—1949),字腴深,晚号天隐,湖南浏阳人。曾主编《湖南公报》,创立湖南佛教居士林。任湖南大学教授。著有《天隐楼诗集》。

芜湖江行

客棹乘流下，吴船接楚舡。橹声如雁唳，摇过鲁明江。

——《天隐楼诗集》

芜湖晓发

一片鸠兹月，娟娟向晓明。蠔矶逢潦退，蟹舍待潮生。衣袖江云湿，襟怀皖水清。
鹤儿山在望，挥手不胜情。

——《天隐楼诗集》

邓陵西

邓陵西(1886—1918)，字城，安徽繁昌人。秀才。三山公学堂创始人之一。著有
《睡香吟草》。

送则先叔之南陵任教

慢倾杯酒唱阳关，离别无端泪欲潸。自愧竹林称小阮，再难莲社说三山。春风桃李
留新荫，夜雨灯窗惨别颜。马首东行道南已，尼山邹邑在人间。

——《历代繁昌诗选》

宗能征

宗能征，浙江会稽人。监生。亳州知州，曾任南陵知县。光绪元年(1875)编修
《南陵县志》。

酒坊怀李白

酒家谁自盛唐传，底事难忘李谪仙。古刹空遗明月影，豪情犹忆醉吟篇。天教诗境
深于海，地为才名流故廛。到此几经悲过客。金樽倾处已无边。

——民国《南陵县志》卷四十二

柳亚子

　　柳亚子(1887—1958)，原名慰高，字安如，更名人权，字亚卢，再更名弃疾，字亚子，江苏吴江人。创办并主持南社。民国时曾任孙中山总统府秘书，中国国民党中央监察委员、上海通志馆馆长。1949年，出席中国人民政治协商会议第一届全体会议。任中央人民政府委员、全国人大常委会委员。著有《磨剑室诗词集》《柳亚子诗词选》等。

沈道非①

垂虹亭畔论交日，黄歇城边买醉时。一自鸠兹江上去，暮云春树尽相思。

——《柳亚子诗词选》

　　[注]①沈砺(1879—1946)，字勉后，号道非，别署嘤公，朱泾人。南社元老之一，同盟会员，辛亥革命后，曾任上海卫戍司令。该诗系《怀人诗十章》之一。

张九皋

　　张九皋(1887—1963)，原名张可铣，号鹤影，江苏溧阳人。安徽新闻事业开拓者。少年时即来安徽芜湖谋生。安徽第一张大报《皖江日报》创始人，后又创办《工商日报》。后为安徽省文史馆馆员。

一帆风

流亡迹象未模糊，胜利归来仍故吾。莫道人生无命定，一帆风顺下芜湖。

——《张九皋诗词选》

命定

　　余童年就读私塾，先师李复初先生，以"梅开岭"(十月先开岭上梅)三个字命诸生作对，余对"草长湖"(草长平湖白鹭飞)以为余初次作对，孰意三字之微，竟成谶语，初来芜湖在参店学徒三年(即参属于药业)以及即毕生从事报业于芜湖，虽中经抗战，原有基础摧残殆尽，仍能迅速复刊，可谓"野火烧不尽，春风吹又生"。抚今思昔，岂非命有前定耶?

命定老江湖，今吾犹故吾。人天连腐草，生死两模糊。

——《张九皋诗词选》

登赭山滴翠轩访友赋此奉赠①

滴翠千杆秀，驿人锦绣肠。云烟生翰藻，与庆入宫商。半岭晴岚赭，一江秋水苍。茫茫功利热，此处独清凉。

——《张九皋诗词选》

[注]①题目系修订者所改,原题:酬赠偕大荒登赭山滴翠轩访少云洽明志黄康俞赋此奉赠。

陶塘即景

水浸塘边路，繁华节已空。千钩沉碧浪，万里拂秋风。迟暮悲商妇，忘机羡钓翁。金飙随叶扫，还望变能通。

——《张九皋诗词选》

940

艺苑

陶塘艺苑到长街，滚滚诗潮动地来。宇宙洪荒歌一曲，狂吟飞度洞庭回。

——《张九皋诗词选》

长街

长街十里景凄凉，秋雨秋风更断肠。世事那堪回首望，荣枯总是梦黄粱。

——《张九皋诗词选》

米珠

米珠薪佳菜灵芝，油似金浆淅玉炊。未能辟壳升仙玄，先向杨姑学忍饥。

——《张九皋诗词选》

三登赭山北广济寺礼佛并游桧轩访丁洽老

昔去武陵源，山人极乐园。忘机化瘦鹤，避世伴哀缓。访古藏书洞，桑幽滴翠轩。龙华会上客，妙法是无言。

———《张九皋诗词选》

哭郝耕仁

　　君怀宁人、石牌人先后任皖江报编辑二十余年，与余相处最久，并为工商报写长篇小说，戊寅夏余由潜山步行至石牌访之，君已先半月西行入陇，乙卯客死凉州。

君去西凉我入湘，音书阻断探无方。忽报故人亡绝塞，遥怜老友又报荒。海上怒涛吞落日，陇头呜咽泣残阳。廿年相处情如水，今日悲君泪几行。

———《张九皋诗词选》

1946年

自由言论亦堪哀，意外三遭打击来。百折千磨还一笑，是何尤怨费疑猜。[1]

　　[注]①作者自注:丙戌二月六日,工商报复刊后一周,省方竟有不准复刊之令,至六月七日,又遭军官队有计划之彻底捣毁,重伤职工四人。停刊一天,丁亥四一八后遭警察捣毁,又有一次纵火未成,企图焚毁全社。

———《张九皋诗词选》

报人行

精穷小记者，心坚是报狂。庚戌《皖江》出，辛亥露锋芒。采访兼拼板，编校漏夜忙。口讲犹弄笔，人讥嫁衣裳。歧见争蜗角，拂袖叹羊亡。友好起相助，独立创《工商》。走沪购机字，虽简亦堂皇。中途遭挫折，数月意彷徨。奋斗拍魔障，提倡感贤良。癸丑初筹备，乙卯始发行。卷报依木柜，写稿据皮箱。有纸糊墙缺，无油凿壁光。解渴茶如水，充饥米带糠。耐劳身转健，欲淡气能刚。勤俭基层固，审慎心乃康。记载求忠正，唯善尚播扬。茫茫四十载，心酸味尽尝。一幕独角剧，社长到茶房。或问此为谁？鸣皋鹤影张。

———《张九皋诗词选》

941

烟雨墩各界招待记者席上

昔日包打听，今成无冕王。本空荣辱念，何分上下床。去来四十载，辛酸梦几场。兴亡知有责，艰难道更长。

——《张九皋诗词选》

戊子记者节

记者今年节，哀时泪双新。舟漏惭何补，轮扶志待伸。重洋喷铁羽，大陆咽兵尘。万方多难日，孰善自由身。

——《张九皋诗词选》

陶塘歌

戊子六月二十四日编工商报副刊《陶塘》第一期"张于湖专号"作。

风景话陶塘，陶塘本姓张。归来堂没后，几度话沧桑。昔为吟啸地，今成喜乐场。趋世迎纸醉，得势挥金狂。残梦迷蝴蝶，昏饮羡螳螂。芙蕖存数朵，杨柳列双行。留春春不住，消夏夏偏长。祠供仙翁葛，轩传山谷黄。咏高摇健笔，才短搜枯肠。登楼纵远目，山水绿苍苍。

——《张九皋诗词选》

一剪梅

一片秋思没处寻。下搜气海，上锁眉心。与君赭岭共登临。度春绿暗，滴翠烟沈。人生最好学仙禽。灵墟悟道，鸠水长吟。无虑无忧识古今。声传松谷，影映芜浔。

——《张九皋诗词选》

朱蕴山

朱蕴山（1887—1981），字锡藩，安徽六安人。同盟会会员。参加过辛亥革命、讨袁活动和"八一"南昌起义。1949年后，任全国政协副主席、全国人大常委会副委员长、中国国民党革命委员会主席等职。著有《朱蕴山纪事诗词选》。

夜过鸠江①

十幅蒲帆我夜行，天光云影不分明。年来江上风波恶，拍岸惊涛带杀声。

—— 《朱蕴山纪事诗词选》

[注]①作于 1913 年。

程演生

程演生（1888—1955），字源铨，又字总特，别号天柱外史、寂寞程生，安徽怀宁人。在北京大学任教期间，参加新文化运动。北伐后，出任外交部特派员。著有《国剧概论》《皖优谱》等。

过芜湖招郝梗人杨天道同饮

世乱嗟行役，苍茫殊寡欢。几年朋旧隔，此日酒杯宽。杨子丹山凤，郝公湘水兰。明朝鸠渚别，矫首白云端。

—— 《凤台山馆诗钞》卷六

943

李振亚

李振亚（1888—1971），字维强，号子亚，安徽南陵人。曾任职安徽公学。后为安徽省文史馆、上海文史馆馆员。著有《慢翁诗草》。

游珩琅山 *1907年*

珩琅山对戴公山，锁钥宣南岂等闲。形胜东西成北障，地灵人杰信攸关。
珩琅山上乐遨游，无限风光眼底收。弋水滔滔向东去，征帆片片出江头。

—— 《慢翁诗草》

步张九皋寄怀原韵 *1941年*

时抗日避难湘西。

记从避地桃源里，鹤发相逢疑是仙。问过迟推千劫后，神交早在卅年前。群钦直笔
参造化，独著微言究性天。何日陶塘重聚首，湖山啸傲乐无边。

——《慢翁诗草》

暑夜感怀①

年末踯躅弋江头，世事蜩螗满目秋。为爱春风拂桃李，艰难历尽不知愁。
千秋黉舍苦经营，古刹栖迟似野僧。午夜蚊虫叮不寐，挑灯独坐待天明。

[注]①为纪念梅光迪博士，李振亚于1948年夏返乡在弋江镇柳拂庵创办了以梅光迪
名字命名的"光迪中学"，此亦取"光照大地，迪育桃李"之意。解放后，光迪中学易名"南陵
县郁光中学"，现为"南陵县第四中学"。该诗作于建校过程中。

——《慢翁诗草》

吟柳拂庵古柏二绝　1948年

清弋江头柳拂庵，葱茏古柏对瑯山。不知几经红羊劫，犹有峣然宇宙间。
参天古柏不知年，毓秀钟灵有风缘。借得浓荫护桃李，人文蔚起迈先贤。

——《慢翁诗草》

944

再吟柳拂庵古柏二律　1948年

柳庵有老柏，苍翠欲凌空。突兀神明力，崔嵬造化功。盘根知利器，错节识坚忠。
材大难为用，古今感慨同。
柏传唐代古，拔地耸天宫。兀兀如高塔，苍苍似老翁。枝头常止鸟，叶底自生风。
时有升腾意，巍峨欲化龙。

————《慢翁诗草》

　汪　东

汪东（1890—1963），原名东宝，后改名东，字旭初，号寄庵，江苏吴县人。早年就
读于上海震旦大学，1904年东渡日本，入早稻田大学预科。曾任中央大学中文系主
任、文学院院长。著有《梦秋词》。

侍香金童

芜湖赭山访滴翠轩遗址，山谷读书处也。回过采石，登谪仙楼题壁。

几两平生，自爱登山屐。任桃李吹空春意寂，苍桧交横修竹密。滴翠名轩，至今犹识。　吊诗魂，怅望千秋谁劲敌。故特与回车寻采石，酹酒长庚呼太白。骑鹤同游，谪仙非谪。

——《梦秋词》卷五

毛泽东（1893—1976），字润之，笔名子任，湖南湘潭人。曾担任中国共产党和国家最高领导人。著有《毛泽东选集》《毛泽东诗词》等。

挽戴安澜将军①

外侮需人御，将军赋采薇。师称机械化，勇夺虎罴威。浴血东瓜守，驱倭棠吉归。沙场竟殒命，壮志也无违。

——《毛泽东诗词》

[注]①作者题注：1943年3月。

945

潘公展

潘公展（1894—1975），原名有猷，字干卿，号公展，吴兴（今湖州）人。曾任中国公学校长、《晨报》社长、《申报》董事长等。南社社员。1949年离沪去香港创办国际编译社，旋赴加拿大，1950年抵美定居。著有《罗素的哲学问题》等。

海鸥周刊为纪念戴将军而创刊①

好汉远征似海鸥，楼船直指海东头。丈夫不饮倭奴血，誓不生还欲报仇。

——《无为文史资料》

[注]①诗题系修订者所改，原题：《海鸥周刊》为纪念戴将军而创刊，书此以勉征健儿。

李慰农

李慰农(1895—1925),原名李尔珍,化名王伦,安徽巢县人。李辛白的学生,革命烈士。早年,投考设在芜湖的安徽省立第二甲种农业学校,改名"慰农"以示志向。

游采石乘轮出发①

浩浩长江天际流,风吹乐奏送行舟。问谁敢击中流楫?舍却吾侪孰与俦。

登太白楼

此地楼何造?名沉太白愁。高风轻势力,大节傲王侯。一醉长江水,千秋采石头。翠罗空怅望,把酒且邀游。

——《江淮英烈传》

[注]①本书所录二诗皆作于1916年春芜湖求学时。

946

林散之

林散之(1898—1989),名霖,又名以霖,字散之,号三痴、江上老人等,安徽和县人。当代书法家、诗人。著有《江上诗存》。

鸠兹

我有良朋书问迟,懒将风物认鸠兹。十年旧梦浑如昨,又是寒潮欲上时。

——《江上诗存》卷九

枭矶孙夫人庙二首①

风神遗洛浦,江表一孤岑。已尽思吴泪,犹存望蜀心。芙蓉秋梦远,芦荻夜潮深。
幽恨成终古,空传青鸟音。
伤离私祭日,千载感枭矶。斗帐平生剑,云罗故国衣。芳情归帝女,遥怨永江妃。
唯有鸾旗在,朝朝展翠微。

——《江上诗存》卷十四

[注]①作者题注:庙在芜湖对岸。

襄安江中

寂寞襄安里,孤舟乘晚风。长河寒浪碧,晚日大荒红。野战惊秋柝,宵征感断蓬。
沙凫不解恨,游息蓼花中。

——《江上诗存》卷十四

方东美

方东美(1899—1977),名珣,字东美,安徽桐城人。早岁毕业于南京金陵大学,旋
赴美国威斯康辛大学深造,获哲学博士学位。返国后历任武昌高等师范大学、东南大
学、中央政校、中央大学哲学教授,曾数度赴美讲学。著有《坚白精舍诗集》等。

鸠江夜航

一櫂东去凌飞雪,孤鸿啼带江声咽。清波滟滟月光寒,映照人天两奇绝。

——《坚白精舍诗集》卷一

汪石青

汪石青(1900—1927),名炳麟,字乔雯,又字石青,别署玲山怪石,以字行,安徽黟
县玲山人。幼年时,其父在芜湖经商,便随父寓居,就读于芜湖圣雅各学校,且师从鸠
江名孝廉江荔裳习诗古文辞。有《汪石青全集》。

重阳日赭山登高联句四章

载酒江湖年复年(董佩实),秋风满地思悠然。衣裳客里同看弊(汪石青),文字天涯
信有缘。此日茱萸愁把玩(刘季端),暂时诗句戏相编。任他清浅蓬莱水(佩实),莫
向麻姑问海田(石青)。
持螯且趁桂花时(石青),好把闲情付一卮。憔悴应怜篱畔菊(季端),淹埋谁识道旁
碑。灵均去国非初愿(佩实),梦得题糕有所思。鸿雁不来云又断(石青),家园归去
尚无期(季端)。

联袂同登江上峰（季端），一泓秋水望溶溶，芦花入照明云脚（佩实），枫叶成堆乱石踪。到眼苍茫天地肃（石青），回头岌崒雾霾浓。接篱风堕颠狂甚（季端），笑语吟声杂晚钟（佩实）。

此时人与境俱幽（佩实），江树江花散客愁。桓景登高因避患（石青），刘伶觅醉好忘忧。多情自拟长眉佛（季端），落魄还轻万户侯。兴尽归来山郭暗（佩实），栖雅流水暮悠悠（石青）。

——《汪石青集》卷一

于湖晓发

万户晴烟荡晓曦，烟中人唱鹧鸪词。前途芳草青何限，酿透春魂尽是诗。

——《汪石青集》卷六

谒灵泽夫人庙

一叶轻舟趁晚凉，吴江枫落点秋光。山川几度烽烟劫，禋祀千年姓字香。地接新关临钜市，人来旧庙荐清觞。芦花两岸风萧瑟，寂寞寒林映夕阳。

一锁深宫望翠华，巫云梦断哭天涯。徒劳上将安刘室，终见阿兄负汉家。此事已成千古恨，长江犹抱数峰斜。水天岑寂松楸冷，惆怅垂杨宿暮鸦。

——《汪石青集》卷十一

948

寄邓则仙兼示同学诸子①

分手河梁忆别离，大堤攀尽柳丝丝。流光不驻春三月，长日惟消酒一卮。白眼相加惊俗薄，青毡敝尽有谁知。窗前亦有丛丛菊，恐触乡心不敢窥。

纷纷蝴蝶过东篱，采及秋花亦太痴。山下蘼芜终寂寞，江头兰芷自葳蕤。红楼隔雨愁相望，青鸟传笺有所思。鸿雁鸣时秋气恶，心情我欲诉长眉。

——《汪石青集》卷十一

[注]①题目系修订者所改，原题：自萃文寄狮子山雅各中学邓先生则仙，兼示同学诸子。

陶塘放舟

唧唧虫声四壁鸣，荷花香里一舟轻。依微箫韵波光冷，断续渔歌夜气清。久厌市廛思避俗，偶寻烟水算陶情。如斯风景堪行乐，争是天涯看月明。

——《汪石青集》卷十一

杂诗九首（录一）

于湖九月时，芦苇白如丝。览物知时易，御寒谁为治。扰扰红埃中，衣裳久尘缁。羁心何所似，飘如向风旗。江流深复深，难以量忧思。

——《汪石青集》卷十一

二十述事（八首选四）

把卷从师弄笔初，梁园子弟附相如。①偷窥日影钟鸣后，围读灯光夜漏余。缀句渐能联韵语，临笺亦解擘窠书。儿时不信真聪颖，江夏无双誉岂虚。

[注]①作者自注：于湖江荔裳先生设帐，予往从游。

浪迹天涯感不禁，鸠江负笈久浮沉。语言方外初通译，时日年来渐迫骎。①弊尽青衫消壮志，看残明月负归心。男儿易厄黄杨运，避我如仇岂只金。

[注]①作者自注：随先君子客鸠兹，先从江荔裳师习古文，后入圣雅各中学，到此共五年。

莺花二月结红丝，好事多磨亦可悲。①佳偶纵能偿凤愿，良宵难赋定情诗。无端窗下相亲日，正是春来卧病时。辜负东风多酝酿，才祛二竖又天涯。②

[注]作者自注：①戊午之春，自鸠归娶，佳期遇病，伏枕月余。②四月病愈，复客鸠兹。

再客鸠兹八月余，又因亲老复回车。人间鹤发难强健，天上鸾骖遽幻虚。六载江湖嗟潦倒，两番风树恸何如！①乌啼触我伤心事，返哺无时报倚闾。

[注]作者自注：①乙卯正月失怙，己未三月先慈弃养。

——《汪石青集》卷十一

赴鸠兹友人留酌藕香居①

不来池馆已三春，小酌依然酒味醇。旧院调丝仍度曲，新亭把酒独伤神。当时花解供清赏，今日春如识故人。别有尊前挥涕语，青衫犹是困风尘。

——《汪石青集》卷十二

[注]①题目系修订者所改，原题：赴鸠兹友人留酌藕香居，旧地重游，赋诗志感。

吕惠生

吕惠生(1901—1945),安徽无为人。1926年毕业于北京农业大学农艺系,曾任苏皖边区各县联防办事处科长、仪征县县长、津浦路联合中学校长、无为县县长、皖中行署主任等。1945年9月新四军北撤时被捕,同年11月在南京江宁镇被国民党反动派杀害。

绝笔诗①

忍看山河碎,愿将赤血流。残酷开敌后,攀攘展民猷。八载坚心志,忠贞为国酬。且喜天破晓,竟死我何求!

——CCTV4专题纪录片《绝笔》第二季（2022清明）

[注]①该诗是作者被害前夕,托胡益鑫先生带出,原件由中央档案馆馆藏。此次推出专题纪录片,其原件也是首次公开,故本修订亦以此次公开推出原件为准。

过蛟矶

拂晓蛟矶过,扁舟鼓棹行。波涛涌日出,云雾旁湖生。

——《无为文化遗产图文集》

汪寄岩

汪寄岩,生平不详。

芜关中学校歌①

地势扼东南,大好河山。中江桃李满门阑。都道地灵人自杰,刮目相看。　　寰海尽狂澜,欲挽无端。中流砥柱精英年。休把韶华辜负了,猛着先鞭。

——《芜湖文史资料》第五辑

[注]①汪寄岩词曲,作于民国十八年(1929)七月第八届毕业同学会前夕。

佚 名

芜关青年学生从军抗战赠别诗①

投笔从戎志士多，而今闺秀执干戈。热心一战能强种，愧死须眉向敌和。
辞别家人气若雷，誓将倭寇克期摧。同心姊妹临歧嘱，不奏奇勋莫遽回。
小戎驱铁奏新声，军乐喧闹壮此行。不让木兰夸独步，从兹巾帼尽奇英。

——《芜湖文史资料》第五辑

[注]①芜关中学，芜湖最早的中学之一，后并入芜湖市第二中学。抗日战争爆发时，芜关中学学生踊跃报名参军。临行前，几位高中部女同学作诗赠别，诗题系修订者根据史料收集汇总添加。

杜聿明

杜聿明（1904—1981），字光亭，陕西米脂人。国民革命军将军，著名抗日将领。著有《中国远征军入缅对日作战述略》等。

海鸥周刊创刊纪念

海鸥师长杀敌成仁，其旧属缅怀勋创刊纪念，即以将军之字名刊，以扬幽光，以厉后死，使世之读者，或将有感于斯文，则继志述事之篇，当不无裨补于战抗建之业。聿明追念袍泽，百感交絮于发刊之初，辍词以志鸿爪。

幕府征书急，将军夜点兵。神威摧敌垒，高义协同盟。令振三军气，云辉大将旌。
无端传噩耗，遽尔失干城。袍泽怀君绩，寅僚系我情。文辞扬壮烈，梨枣纪忠贞。
万祀千秋后，犹闻叱咤声。

——《无为文史资料》

常任侠

常任侠（1904—1996），安徽颍上人。历任国立艺专、北京大学、北京师大、中国佛教学院、中央美术学院等教授。著述宏富，诗词有《红百合诗集》。

过芜湖问新征壮丁①

重见石壕吏，搜索遍颍滨。强征庄稼汉，都是故乡人。粗夫阳光紫，方言井里亲。
新婚三日别，悽恻不堪闻。

——《红百合诗集》

[注]①该诗作于1937年，题目系修订者所改，原题：九月二十一日过芜湖时问新征壮
丁，皆故乡颍上农民，被迫而来。

边正方(1904—?)，幼承家学，医儒并工，青年剃度为僧。三十年代为九华方丈，
四十年代还俗以医济人。工书善画兰竹，于医独崇仲景。今九华随处有其遗墨。

滴翠轩补壁①

轩名滴翠翠围轩，宝塔留云水接天。我与涪翁同一卧，不知谁费买山钱。

——《滴翠诗丛》第七期

[注]①作者自注：四十年前余曾挂褡此间，而有此作。今日九华归椒陵，经于此，录之
以志此一段因缘人云尔，即为滴翠补壁。

卢　前

卢前(1905—1951)，字冀野，江苏南京人。先后受聘于金陵大学、暨南大学、中央
大学等学府，讲授文学、戏剧。曾任《中央日报》泱泱副刊主编、国立音乐专科学校校
长等职。著有《卢前诗词曲选》等。

于湖杂诗

青山埋得淳风骨，一廛为氓百事安。说与慈亲开口笑，于湖许作武陵看。①

[注]①作者自注：八月二十八日移家于湖。

江左流人比户居，前王后冷瓮醅储。参戎作字兼张旭，主计雄谭笑惠鱼。[1]

[注]①作者自注：赁居罗家闸，与乡人王禹庄、冷耀黎乐共晨夕。

故人杨李几回还，肯傍陶塘看赭山。百亩碧荷零落尽，岂知身世乱离间。[1]

[注]①作者自注：时偕清悚家骆大花园茗坐。

对酒摊书了一秋，虫窗日日苦埋头。叩扉知是倪夫子，蹋雨东门挟我游。[1]

[注]①作者自注：倪健飞校长时相过从。

旧时小步荒榛满，今日环城广道开。金马门前咫尺地，沧桑都到眼中来。[1]

[注]①作者自注：重过儒林街。

曳杖秋阴一款扉，憩园花木润山衣。沉冥天也知人意，肯放夕阳送客归。[1]

[注]①作者自注：访谢无量不值。

无酒而歌口愈馋，隔墙招我共杯衔。大睨高论王调父，翘指谈诗更不凡。[1]

[注]①作者自注：戏赠王调甫。

迢递潭州一纸书，平生师弟竟何如。伤心却似惊弓鸟，待命谁怜涸辙鱼。[1]

[注]①作者自注：寄霜厓师湘潭。

广雅维舟旧有诗，西江社里甚微辞。赏音独感周郎顾，四海逢人誉项斯。[1]

[注]①作者自注：喜周庆光至。

咸丰废炮未沙沉，兵备当年开济心。何处盖堂容啸傲，至今惟见浙西亭。[1]

[注]①作者自注：南岸问袁爽秋旧廨。

登坛早愧丰干舌，眼底青青尽麦田。毕竟老农关国计，读书无益子孙贤。[1]

[注]①作者自注：高级农业学校邀往演讲。

絮断萍飘等可伤，一时买棹渡江忙。回头终向于湖别，明日于湖亦故乡。[1]

[注]①作者自注：别于湖。

——《卢前诗词曲选》

无为杂诗（五首录二）

澹荡烟波思渺然，浮家都聚一篷前。匆匆三月于湖住，又上无为县里船。[1]

[注]①作者自注：十一月二十七日发于湖。

江口风帆灯火里，两三茆舍接圩堤。夜深时见下弦月，一样弯弯照裕溪。①

[注]①作者自注:夜泊裕溪口。

——《卢前诗词曲选》

减字木兰花

渡江赴无为，南望不胜庾信之悲

都忘小我。到处为家无不可。艇子摇来。始觉江南大可哀。　　芜湖在望。火焰熊熊光万丈。切齿深深。益固同仇敌忾心。

——《卢前诗词曲选》

满庭芳

喜闻芜湖收复讯

赭麓尘昏，陶塘柳暗，旧时风物依然。却怜残月，荡影照难圆。回望浮云老树，挥手处、零雨沉烟。凭谁问，一江流水，流转是何年。　　初闻襟泪满，犹疑梦寐，乍觉狂颠。但诗书漫卷，笑语窗前。落拓江湖未久，道今日、还我山川。青春伴，收京可待，悲喜不成言。

954

——《卢前诗词曲选》

鹧鸪天

重过鸠江，恺钟同行

扶梦重来话海桑。鸠江宛在水中央。依稀灯火罗家闸，眼底都成瓦砾场。　　栖道路，载流亡。浮萍断梗尚陶塘。人间何世今犹昔，十载风尘验鬓霜。

——《卢前诗词曲选》

裴存藩(1905—1995)，别名寿屏，云南昭通人。国民革命军将军。

海鸥师长千古

动地龙蛇走，喧天战鼓悲。九霄方射日，万里竟还尸。魂绕关山远，功教史册垂。足尝报国愿，端的好男儿。

——《无为文史资料》

宛敏灏（1906—1994），字书城，别号晚晴，安徽庐江人。安徽师范大学教授，曾任校图书馆馆长。著有《二晏及其词》《晚晴轩诗词选》等。

虞美人

1949年4月23及24日，先后在南京、芜湖两市迎接解放。

东风几夜无消息，天堑分南北。向来铁锁枉沉江，此日千帆竞发越茫茫。　　轻车便向于湖去，且与妻孥聚。晓闻爆竹满城喧，喜又高歌同迓艳阳天。

——《晚晴轩诗词选》

芜湖端午即事

江深五月水涵虚，新月初肥欲吐蜍。民间犹重端阳节，旧事流传楚尾墟。晓市盈筐堆粽叶，洲头尽日卖鲥鱼。堪笑老夫无所事，午窗杯茗读残书。

——《芜湖市志》

洪润时

洪润时（1907—？），歙县桂林镇人。曾在桂林小学堂任教，后任职国民党歙县党部、太平县税捐处主任、四川监委等。

鸠江竹枝词

江南胜地说芜湖，劫后河山面目殊。装点陶塘似西子，美中不足是泥尘。

山阴道上藕香居，雇曲周郎味有余。耳热酒酣人起舞，消魂陶醉骨头酥。
星河灿烂镜湖平，倒映灯光分外明。风月无边舟一叶，喁喁情话夜三更。
环圩绿荫柳扶疏，揽胜谈心俪影俱。荡桨碧波随唱乐，熏风一曲笑声粗。
霓虹灯里播笙歌，商战如今进步多。十里长街生意好，马龙车水织如梭。
群雌粥粥立街头，广告招来阔少游。楚馆秦楼城不夜，乡亲哪块是扬州。
山珍海味恣搜寻，一席华筵十万金。国乱民穷应节俭，救灾拯难讲良心。
无情法律显威风，报道奸邪快判刑。白叟黄童述丑事，睽睽万目看开庭。
煌煌文告到江滨，庶政从今尚革新。吏治澄清风气改，安良除暴万民亲。
八年重负苦难伸，公务员工亦太贫。物价狂潮何日定，提高生活望加薪。

——《百度》

张恺帆

张恺帆(1908—1991)，安徽无为人，曾任中共安徽省委书记处书记、副省长，安徽省政协主席及中华诗词学会副会长，安徽省诗词学会名誉会长。著有《张恺帆诗选》。

归舟泊蛟矶

浪迹江南感岁迟，归舟一叶系蛟矶。香魂缥缈无寻处，江水呜咽似有知。

——《张恺帆诗选》

奉调感赋①

离家哪得不依依，公义当前不我私。寄语双亲休倚望，红旗报到是归期。

——《张恺帆诗选》

[注]①1931年12月，作者奉调去中共芜湖中心县委工作，临行感赋。题目系编选者所加。

南渡首战告捷

南渡铜繁万仞山，轻骑直下赤沙滩。但凭真理撑天地，誓扫妖氛靖宇寰。云岭横空吞落日，茂林遗恨化狂澜。漫言雪地行军苦，雪地红旗更好看！

——《张恺帆诗选》

夜渡长江进军皖南

一船明月一帆风，突破长江险万重。明日皖南元旦节，会当把酒醉黄龙。

——《张恺帆诗选》

龙山晚眺

立马龙山眺晚秋，两湖风景足淹留①。残阳明灭沧波里，落叶飘零古渡头。慷慨西风怀壮士，激昂金鼓讨天仇。且将杯酒酬先烈，伫看江淮涌铁流。

——《张恺帆诗选》

[注]①两湖:指巢湖、白湖。

修建黄丝滩大堤即兴①

东西两面筑长城，一御狂澜一御秦②。伟大工程垂不朽，沿江免受水灾侵。

——《张恺帆诗选》

957

[注]①1944年新四军七师驻军无为,曾两面受困。西边同敌作战,抵御蒋介石军队的进攻,东边修筑江堤——黄丝滩大堤,以防止江水上涨为害农田。②秦指秦始皇,此喻蒋介石。

北撤巢湖舟中

帆影湖光夕照寒，三军挥泪别巢南。寄声父老须珍重，共把离愁化火山。

——《张恺帆诗选》

王尔奎,生卒年不详,戴安澜将军姻兄,入缅作战时负责军需工作。

海鸥姻兄师长远征殉难纪念

万里长征竟未归，以身报国志无违。怒江风雨声犹咽，缅海河山局已非。诸葛平蛮同伟业，伏波御侮共声威。可怜马革还尸日，古树寒鸦夕照围。

——《壮烈辉煌——纪念民族英雄戴安澜将军诞辰九十周年》

##

徐炎文（1912—1998），字恪庵，安徽庐江人。1934年，无锡国学专修学校毕业，曾受教于陈衍等学术名师。先后在国立八中、安徽教院、安徽师院、合肥师院和安徽师大从事教学工作。著有《恪庵诗稿》。

寓居芜湖广济寺杂咏①

古木萧疏野寺秋，江山吴楚望中收。新来逸兴飞霄汉，不禁朝朝喜上楼。
千里寒江漾晚晴，烟汀渔浦雁声清。南来漫道无人识，草木犹深当日情。
入山儿女斗新妆，来往匆匆侄佛忙。我亦痴心同一祝，生灵个个渡慈航。
五台胜境绝尘埃，怀抱端宜此处开。更喜好山知厚我，隔墙日日送青来。

——《恪庵诗稿》

[注]①作者自注：抗战胜利后。

西江月·晚登赭山

艳艳红轮接地，森森冬木参天。云开风定落花前，长笛谁家声咽。　　一线春江东去，半规新月高悬。青山踏破记年年，更喜良宵人健。

——《恪庵诗稿》

##

邹汝干（1913—2006），安徽无为人。一生从事教育事业，芜湖诗词学会会员，生前任无为诗词学会《友声吟集》主编，著有《北窗吟稿》。

夜渡大套沟江

一九三八年秋，日寇攻陷金陵，杀人如麻，并进攻芜湖，时敌警笛嘶鸣，感而赋此。

芜湖历代诗词

一

卧闻铁笛撼汀洲，激起男儿意气遒。鲁氏挥戈返落日，班超投笔觅封侯。挂帆思破长风浪，鼓棹还期击楫流。无限苍茫家国恨，一时猬集到心头。

二

冒露冲寒起宿凫，霜天凉彻雁声孤。满船风月轻装卸，一代江山迹有无。极目疮痍悲壮志，惊心时序泣穷途。书生无计谋家国，白首穷经一俗儒。

——《北窗吟稿》

薛 盟

薛盟(1917—2008)，江苏南通人。浙江省中医药研究所主任医师。著有《碧静簃诗词钞》。

宁芜道中①

碧草黄沙瘦雁过，飘零故国叹铜驼。稚儿不解离娘哭，嬉笑门前唱战歌。

——《碧静簃诗词钞》

[注]①作于1944年。

谢鸿轩

谢鸿轩(1917—2012)，字佑海，号鳌山、千联斋主人，安徽繁昌人。曾任台湾师范大学教授、国史馆特约纂修。著有《骈文衡论》《千联斋类稿》等。

荻浦归帆

荻浦江边遍荻苇，舟帆上下几人归。伤心更有桃冲铁，听取倭夷养国肥。

——《秋渠诗抄》

离芜赴采石途中

一声汽笛驶长车，朝出鸠江逸兴舒。两岸梁山千障耸，八荒烟坞一眸虚。临轩非酒

959

幽情醉，信笔成诗俗韵疏。此夜月明营帐里，酣尝风露竟何如？

——《千联斋类稿》下集

故乡景物绝句十三首①

三山秋月

曲调流水和高山，近接三华咫尺间。我欲吟诗承谢朓，皎明秋月接人寰。

荻浦归帆

荻浦江边遍荻苇，舟航上下几人归。伤心惟有桃冲铁，听取倭夷养国肥。

浮邱丹井

浮山丘壑带峨溪，枫叶飞丹夕照西。最是一年一度乐，中秋井月上天梯。

峨溪雪霁

曲曲溪流锁石桥，峨山隐隐水遥遥，骑驴我欲寻诗意，故国阳回雪已消。

覆釜晴岚

覆釜为山扎寨营，蓝王死去又胡兵。邦园多难今犹古，欲赏岚光待日清。

磕山龙池

飞龙不是池中物，赤子焚香祷上天。浩荡江流环抱我，磕山大小古城前。

隐静僧归

名禅隐静五华峰，识破人情色色空。昨夜梦魂归故国，邀僧与我共孤篷。

红花晚照

红花岭上载高仙，开到春桃别有天。晚照云霞看不厌，沧桑千古系楼船。

马人石壁

石人石马竹刀枪，疑是天兵到此间。古刹浑藏书万卷，并教文武靖尘寰。

龙华丹桂

龙华古刹隐丹林，曲径深山载酒行。天上人间双桂树，赤沙滩月最萦情。

烈马回头

红鬃烈马笑回头，心在乡关思在秋。酣饮朝阳桥一瓮，征鞍万里我歼仇。

古渡营防

堆沙筑坝阻江流，亘古营防一渡舟。上苑黄花玉树燕，洪杨不踏锦卫洲。

鹊屿江光

砥柱江流一鹊屿，长天秋水绘新图。乘风我赴滕王宴，挂起征帆问小姑。

——《蜀归吟》

[注]①题目系修订者所改,原题:访玩衡阳八景吟成搁笔尚有余思续写故乡景物成绝句十三首。

吴孟复

吴孟复(1919—1995),原名常焘,字孟复,以字行,且改字山萝,别号勉堂,安徽庐江人。11岁出家塾,入芜湖广益中学读书。1934年考入无锡国学专修学校。曾任安徽教育学院教授、安徽古籍丛书编审委员会主任委员。著有《训诂通论》《吴山萝诗文录存》等。

961

鸠江冬雪二首①

一夜梨花万树开，鸠江上下玉楼台。不知江上船谁到，又恐明朝米价抬。
便从一雪望年丰，远近人家笑语同。又恐年丰民更苦，人言谷贱亦伤农。

——《吴山萝诗存》

[注]①作者十一岁作,刊《皖江日报》。

吊诗人朱湘二首①

狮子山头木尽凋，大江风雨涌惊涛。诗魂不识归何处，倘逐浔阳上下潮。
有人昨夜傍孤桐，寂默长天数过鸿。何处箫声来宛转，声声来自大江中。

——《吴山萝诗存》

[注]①题目系修订者所改,原题:广益中学同陈梦家先生等吊诗人朱湘二首。

汤柏林

汤柏林(1921—2017),安徽无为人。1946年毕业于安徽大学外语系,曾任教于安徽、浙江多地院校。主编《英语画刊》近二十年。曾任杭州市政协四、五届委员。著有《启微轩吟草》《启微轩谈诗》《启微轩诗联丛话》等。

镜湖竹枝词①(六首选三)

连日春阴乍放晴,笙歌弦管满江城。闲来买得瓜皮艇,且向游人多处行。
吴娃弄水湿船头,意态娇憨逗客留。万缕柔情寄眉语,相邀同上酒家楼。
双桡荡漾乐无涯,摇荡春心不恋家。低首欲谈心里事,东风红遍小桃花。

—— 《启微轩吟草》

[注]①作于1947年。

镜湖

镜湖风景好,佳日每徜徉。径曲花枝俏,亭浮莲叶香。烟波鸥世界,荇藻鲤家乡。
自得忘机趣,洋洋任泳翔。

—— 《启微轩吟草》

春日偶成

绿遍郊原又是春,转因春至倍伤神。剧怜国破山河在,空见人间草木新!

—— 《启微轩吟草》

日寇犯对江三山镇

初闻倭寇陷南京,又听江东战炮鸣。此日金瓯成破砾,何时玉垒屹干城?三山暮霭
含愁色,万众悲歌变徵声。一发中原君莫叹,好将孤愤请长缨。

—— 《启微轩吟草》

题春江独眺图

百尺江楼独倚栏，每思南渡痛偏安。莺飞草长春如梦，悄抚吴钩泪暗弹。

——《启微轩吟草》

双溪四首①

其一

闲携箫管泛双溪，水浅波平小艇宜。最爱停桡傍堤柳，绿阴深处语黄鹂。

其二

草绿长堤客路新，披襟小立画桥滨。乍看荷叶如钱小，惹得清风起绿苹。

其三

花明幽径林深处，柳护危栏日暮时。春色满溪谁绣得？来游争教不归迟！

其四

独坐幽篁惬素怀，瑶琴一曲抚苍苔。美人倩影知何处，林下月明来未来？

——《启微轩吟草》

963

[注]①双溪亦名绣溪。

闻妇女抗敌协会成立喜赋

大刀曲与木兰词，唱出中华是醒狮。四亿同胞齐奋起，其中一半是英雌。

——《启微轩吟草》

自金寨绕道淮南返芜湖

故园千里阻烽烟，归路迂回意悄然。愧我不如东逝水，奔腾直下楚江边。

——《启微轩吟草》

蒋平,生卒不详。

赠陈老作霖诗二首①

狼烟迷漫过鸠江,往事如今尚未忘。敌我同舟关注切,弩张剑拔共提防。
困守江南忆昔年,依山傍水夜周旋。真龙不是池中物,伫望腾云上九天。

——《滴翠诗丛》第十一期

[注]①作者自注:一九四八年秋,国民党十三旅围剿皖南地区。陈作霖时任南陵、繁昌、芜湖三县地下工委书记,突围后身穿便衣来到当涂,要我护送至无为大任山孙仲德、马长炎部。在芜湖渡江舟中适与叛徒徐盾相遇,彼亦身佩武器,虽佯装不识,但彼此剑拔弩张,严阵以待。

芜湖与诗的不解之缘

——《芜湖历代诗词》序

孙文光

> 佳丽芜湖县，千年拱帝京。
>
> 树连淮浦碧，江逐海潮平。
>
> 天地容疏拙，风波托死生。
>
> 不将诗句觅，对景若为情。

这是五百多年前，明代中叶一位名叫罗钦顺的诗人写的一首《过芜湖》五言律诗。诗篇以极其精炼、准确的词句，反映芜湖山川形胜、风土人情的特色，以及古往今来多少生长于斯或游历于斯的人对芜湖的挚爱与信赖。特别是结尾两句，作者表示"不将诗句觅，对景若为情"的一往情深的态度，几百年之后，犹令人为之感动不已。

芜湖为什么会如此得到诗人的青睐和倾倒呢？确是很值得人们去寻味和探讨的。《芜湖历代诗词》的编辑与出版，似乎为此作了一些回答。这就是：芜湖本是一方诗的热土；芜湖与诗有着不解之缘。

芜湖位居长江之滨，近海襟淮，形势险要，是我国东南的一颗璀璨的明珠。她与诗结下不解之缘，首先是因为她的自然形胜得天独厚，毓秀钟灵，饱含丰富的诗的气质和诗的元素，极能激发诗人的创作热情。芜湖山明岭秀，水媚川辉，尽显锦绣江南本色。大江流日夜，"浪淘尽千古风流人物"，也留下了历代诗人墨客的屐迹与诗痕。从南朝到现代的1500年间，一大批诗人，都相继到过芜湖，或探亲访友，或纵览湖山，或居官任职，或怀古伤今，或经商行旅，或漂泊谋生，创作了大量的诗篇。其最著者，如南朝之鲍照、谢朓；唐代之孟浩然、王昌龄、高适、王维、李白、刘禹锡、贾岛、李贺、杜牧、温庭筠、李商隐、韩偓；两宋之林逋、梅尧臣、蔡襄、司马光、王安石、郭祥正、苏轼、苏辙、黄庭坚、米芾、贺铸、张耒、张元干、陆游、范成大、杨万里、朱熹、张孝祥、姜夔、文天祥、汪元量；元代之赵孟頫、萨都剌；明代之朱元璋、高启、解缙、王守仁、王世贞、梅鼎祚、汤显祖、袁宏道、袁中道、谭元春；清代及民国之萧云从、黄宗羲、钱澄之、顾炎武、宋琬、龚鼎孳、施闰章、朱彝尊、屈大均、王士祯、查慎行、刘大櫆、吴敬梓、袁枚、蒋士铨、赵翼、姚鼐、翁方纲、邓石如、洪亮吉、黄景仁、黄钺、张问陶、包世臣、姚莹、梅曾亮、祁寯藻、曾国藩、张之洞、袁昶、樊增祥、沈曾植、陈三立、吴保初、李光炯、许承尧、李辛白、王国维、房秩五、黄炎培、谢无量、柳亚子、朱蕴山、汪东、林散之、常任侠、卢前、宛敏灏等等。这一长串耳熟能详的名字，有帝王、有宰相、有统帅、有方外、有隐士、有思想家、有政治家、有学术大师、有艺术大家、有诗坛领袖，我们不惮其烦地将他们罗列出来，意在说明，如诗如画的芜湖，对人们有着多么诱人的力量。大家围绕芜湖这一特定的对象，进行写作，进一步地昭示着诗人因芜湖而使作品获得灵魂和生命；而芜湖则因诗人的名篇警句，腾播众口，饮誉八方，发出夺目的光彩。其最生动的例子，当莫过伟大诗人李白写的那首《望天门山》：

> 天门中断楚江开，碧水东流至此回。
>
> 两岸青山相对出，孤帆一片日边来。

李白这首七绝，在中国堪称家弦户诵，妇孺皆知；在海外也有很高的知名度。诗篇吟唱的天门山，就坐落在芜湖市境内的长江岸边，并且，"天门烟浪"是"芜湖十景"之一。它的"夹踞洪流"，"如鲸张鳞"（李白《天门山铭》）的自然景观，直接推动这位伟大诗人，文思泉涌，灵感遄飞，写作了这首大气磅礴的千古绝唱。而芜湖也以李白吟咏过的这座天门山作为永恒的地标，特别受到人们的关注。

再有，家居芜湖并以芜湖为故乡的的张孝祥，写过一首〔蝶恋花·怀于湖〕词：

恰则杏花红一树。捻指来时，结子青无数。漠漠春阴缠柳絮，一天风雨将春去。　　春到家山须小住。芍药樱桃，更是寻芳处。绕院碧莲三百亩，留春伴我春应许。

写家乡景色如此光昌流丽，写故里乡情如此淳厚温馨，让许多人为之心驰神往。但是，如果没有故乡一树杏花，满天飞絮，红透樱桃，繁花芍药之境；如果没有对故乡的一片绵邈深爱之情，张孝祥又焉能写出如此温婉动人的作品！

其次，芜湖物产丰饶，农耕发达，商贾繁荣，关榷森严等等，为关注社会、关注民生的诗人，多方面提供了丰富的素材，为各个时期的社会形态留下形象的文献资料。唐代诗人刘秩写的《过芜湖》诗，是一首很有代表性的作品。诗曰：

> 百里芜湖县，封侯自汉朝。
>
> 荻林秋带雨，沙浦晚生潮。
>
> 近海鱼盐富，濒淮粟麦饶。
>
> 相逢白头叟，击壤颂唐尧。

刘秩是大史学家刘知几的第四子，对历史也颇有研究。他用史家的笔法，如实地写出自己对芜湖的印象，通过简朴的文字，透露出当时芜湖所含有的"盛唐气象"的气息。因此，直到现在，我们还会把刘秩这首《过芜湖》，看作是高度浓缩的唐代芜湖的形象史。

到了宋代，芜湖农村耕作高度发达，农民生活殷实富庶，与陆游齐名的大诗人杨万里目睹农村的繁荣景象，情不自禁地写道：

> 圩田岁岁镇逢秋，圩户家家不识愁。
>
> 夹路垂杨一千里，风流都是太平州。
>
>
> 桑畴入眼郁金黄，麦垅千机绿锦坊。
>
> 诗卷且留灯下读，轿中只好看春光。
>
> ——杨万里《行春圩》

在宋代，芜湖属太平州，故诗篇所写，实为芜湖一带圩田见闻。"风流都是太平州",应是诗人的最高赞誉。

明代以后,古老的中国出现了资本主义萌芽,市民阶层不断扩大,社会生活也相应地有了变化,这在历代有关芜湖的诗词里都有所反映。三度来过芜湖的汤显祖便曾有"一别楚天如梦里,妓衣灯火记于湖"(《再寄身之二首》)的诗句。而清代散文家魏禧在其《芜湖塔题壁》诗中,更发出"万家灯火倚江东,赤县神州此大风"的惊叹。

清代光绪二年(1876),芜湖成为我国早期对外开放的口岸之一,并且也是全国四大米市之一。半封建半殖民地的社会性质,一方面给芜湖带来了前所未有的巨变和繁荣,但同时也带来了"别有伤心"的隐痛。同光诗坛领袖陈三立在其《江行杂诗·芜湖为米商所集》诗中写曰:

> 蔼蔼东南一都会,金银楼观压山川。
>
> 岁时四海腾丰穰,别有伤心问米船。

作者是著名的"晚清四公子"之一,是推行新政的湖南巡抚陈宝箴的儿子。他关心国事,系念苍生,因而能以"伤心人别有怀抱"的特别心情,为晚清的芜湖留下了凝重的一笔。

第三,芜湖历史悠久,人文底蕴丰厚,春秋以来,芜湖境内发生过多次重大历史事件,为诗人凭吊兴亡,伤今怀古,探索历史真相,反思历史教训,抒发家国情怀,提供了足资咏叹的史实,进而创作出许多脍炙人口的诗篇。

芜湖,拥有"千年拱帝京"的区位优势,向为兵家必争之地。三国时,刘备对孙权说过:"江东先有建业(南京),次有芜湖"。晋时,芜湖称于湖,并为重镇,大将军谢尚、王敦皆镇守于此。太宁二年(324),晋明帝密知王敦欲叛,微行至芜湖,阴察敦营垒。于是产生了"王敦梦日"与"老妪玩鞭"的故事。晚唐诗人温庭筠读《晋书》,将明帝"至于湖,阴察敦营垒",误为"至于湖阴,察敦营垒",作《湖阴曲》叙其事,在中国文学史上留下了一段佳话。后世诗人如苏辙、张耒、吕本中、洪亮吉等等,都就《湖阴曲》写过考辨的诗篇。《湖阴曲》中的警句"吴波不动楚山晚,花压阑干春昼长",也因其特色鲜明,词语形象而著称于世。

南宋末年,奸相贾似道兵败鲁港,独乘单舟逃命,远窜扬州,导致金陵失陷，加速了南宋的覆亡。后来，民族英雄文天祥被俘，在解往燕京途中，路过芜湖，身临贾似道怕死逃窜之地，不禁忿从中来，悲愤地写下一首《澛港》的诗：

> 方夸金坞筑，岂料玉床摇。
>
> 国体真三代，江山旧六朝。
>
> 鞭投能几日，瓦解不崇朝。
>
> 千古燕山恨，西风卷怒潮。

再后来，绵延277年的明王朝覆亡时，芜湖也留下了一段不能磨灭的记忆。顺治二年（1645），清兵渡江，进攻南京。南明福王弘光帝朱由崧连夜仓皇逃往太平府（今当涂），百姓闭门不纳。无奈，又直奔芜湖水师黄得功兵营。清兵截其退路，黄得功战死，最后由总兵田雄挟持其投降，成了俘虏，次年被杀于北京。对于这一段屈辱的历史，遗民诗人们如丧考妣，痛彻心脾，纷纷赋诗，尽情抒发其故国之思和亡家之苦。其中，尤以流寓芜湖的当涂诗人汤燕生写的《赭山怀古》四首，最为真切动人。今录其一，以见一斑：

969

> 赤铸山头鸟不飞，上皇曾此易青衣。
>
> 无多侍从争投甲，有限生灵但掩扉。
>
> 五国城西边月苦，景阳楼下夜钟微。
>
> 心伤莫唱淋铃曲，未得生从蜀道归。

诗篇哀婉悽怆，极富沧桑之感，使人不忍卒读。清初诗坛泰斗吴伟业（梅村）见之，曾大加激赏，并称之为"诗史"。

第四，芜湖诗人以文会友，广结诗缘，为芜湖诗坛赢得了声誉。清代大诗人袁枚曾写过一首充满激情的七言古诗，叙述了他在芜湖阻风六日的亲身经历：

> 芜湖贤士多相识，拟到芜湖留一日。
>
> 何图舟阻石尤风，六日舟停行不得。
>
> 故人闻讯纷纷来，争携鲁酒谈齐谐。
>
> 赭山亭边倚槛坐，蛟姬庙里剪波回。
>
> 阻风领得嬉游趣，翻怕风来吹我去。

但愿前途再阻风，都像留人在此处。

梅岑弟子情更浓，朝朝闲话来舟中。

祝风留我风不答，偷卷长帆当投辖。

——《芜湖阻风六日，喜故人毕至》

清新洒脱的风格，娓娓动人的词句，足见芜湖士人对诗坛耆老的尊重与爱戴。但这不只是个别的例子而已，芜湖历来都是张开双臂，热忱欢迎、接待来自四面八方诗人的。

芜湖作为东南要冲之一，南望武汉，北接金陵，西承淝水巢湖，东启皖南门户，舟车辐凑，来往过客如流。这些，恰恰也是广结诗缘的重要条件。芜湖本籍有成就的诗人，并不甚多。但有张孝祥、萧云从、黄钺等几位*，也可与当时有影响的诗人、词人比肩。他们与全国诗坛，同声相应，同气相求，终使芜湖诗词在赞美大好河山，弘扬民族正气，揭露腐败黑暗，批判社会现实等方面，都取得了不俗的成绩。比如萧云从，身经"乱离迁播，亲友凋残"（萧云从《移居诗·自序》）的苦况，师承杜甫馀绪，写出了颇具沉郁顿挫风格的作品，他的诗虽为其画名所掩，然其人品、诗品，均为时人所折服。一大批大诗人如施闰章、王士祯、方文等等，都争相与之题赠或酬唱，在明遗民诗人中，高标远举，卓荦不同凡响。

至于黄钺，他对芜湖诗坛，更是一位有着特殊贡献的人物。他以九十二岁高龄，身经乾隆、嘉庆、道光三代，遍交天下诗人、文士，热心考证芜湖典章文物，纵情啸傲故乡园林山水，为后人留下了2730多首诗歌，在有清一朝，也应是不可多见的、有成就的集官宦、学者与诗人于一身的作者。

此外，芜湖地方官员重视文教，对诗词创作，也有着潜移默化的推动作用。元代进士欧阳玄（1274—1358），曾为芜湖县尹，文采风流，深得人民的敬仰。他首唱的《芜湖八景》诗，已成为研究芜湖地方文化史的重要文献。调离芜湖时，他作有《解任别芜湖父老》一诗：

临歧分袂三千里，别骑回头第一书。

---

* 张孝祥原籍安徽和县、黄钺原籍安徽当涂，他们的先世很早就迁来芜湖定居。故亦可视他们为芜湖人士。

政绩在公从毁誉，交情临别见亲疏。

数声揉橹苍茫外，一点寒灯寂寞初。

好是心如篷外月，今宵都到故人居。

意切情真，反映出诗人对芜湖的深深眷恋。而另一位声名显赫的诗人袁昶（1846—1900），进士出身，在其出任总理衙门大臣职务之前，也曾以徽宁池太广分巡道道员的身份，驻跸芜湖，对芜湖文化，特别是诗坛，颇多建树。他身体力行，创作不懈；尊师敬友，诗酒盘桓，并将在芜湖任所写作的诗，结成专集《于湖小集》问世。公元1900年，当他在"庚子事变"中殉难之后，芜湖士民放声悲悼，深切怀念这位为芜湖做过好事的官吏。朝廷重臣、袁昶的老师张之洞看到这种情况，在《过芜湖吊袁沤簃四首》中无限感触地写道：

民言吴守治无双，士道文翁教此邦。

白叟青衿各私祭，年年万泪咽中江。

此景此情，我们也可以把它视作芜湖与诗有着不解之缘的一个形象的注脚。

　　最后，说一点关于本书的情况。《芜湖历代诗词》是一部历代有关题咏芜湖的诗词选集。上起南朝，下迄现代，时间跨度约为1500年。即自公元6世纪的南朝起至1949年9月新中国成立前夕止的历史时段。全书辑录作家计785人，作品2300多首，在目前当是最为丰富的选本。不过，由于历代有关芜湖的诗词积累丰厚，本书辑录的远非全璧，遗珠之憾，在所难免。在编选过程中，我们注意到文献性与文学性的结合，入选作品，大都思想内容充实，艺术特色显著，堪为我们认识芜湖、热爱芜湖的形象读物。但因我们水平有限，编选工作肯定有着不当之处，更望方家和广大读者赐予教正。

971

2010年10月15日

《芜湖历代诗词（增补本）》编辑部名单

（黄山书社，2016年4月出版）

主　编	王金保
执行主编	刘永义
副主编	贺宿芜
总编审	孙文光
审　校	张应中

编　辑　谢迎春　　刘永义　　彭思云　　胡根生

　　　　赵同峰　　马　春　　高光荣　　赵朝兵

　　　　胡道宝

编　务　贾　敏

后 记

芜湖历史悠久，文化源远流长，诗词作品积累丰厚。对芜湖历代诗词的收集整理工作，由来已久。清康熙年间的《芜湖县志》即收录了不少有关芜湖的诗词作品，此后这种收录工作至当代连绵不断。在网络迅速普及的2004年初，时任芜湖诗词学会副会长的张双柱通过刚建立的芜湖市人民政府网站"市民心声"论坛发起"芜湖历代诗词大征集"，响应甚众，一时轰动江城。随之，芜湖历代诗词专题选本相继出现。最早为孙文光的简本《芜湖诗词》（黄山书社2004年7月），其后有黄维的《历代繁昌诗选》（中华诗词出版社2005年7月），魏青平、李睿的《历代咏南陵诗词三百首》（黄山书社2008年8月）等。

为了比较全面地展示芜湖历代诗词的基本面貌，2008年初，芜湖市人民政府根据市政协副主席丁光涛的提案，决定启动《芜湖历代诗词》编纂工作，并交由市地方志办公室负责。历经两年多努力，《芜湖历代诗词（上下）》于2010年12月由黄山书社出版。后因区划调整，原巢湖市所辖的无为县、原和县所辖的沈巷镇划入芜湖市行政区划，2016年4月又推出以无为诗词为主的《芜湖历代诗词（增补本）》（黄山书社出版）。

汇编芜湖历代诗词，是传承中华优秀传统文化，发展社会主义先进文化，发掘整理地方文献，服务芜湖优秀传统文化创造性转化、创新性发展的一项文化工程，受到各级各部门充分肯定，得到社会广泛好评。

由于芜湖历代诗词的时间跨度长，涉及文献多，范围广，受限于编选范围、能力水平，遗珠之憾、不妥之处在所难免。增补本，与之前的上下册版本，实际上相对独立，虽然书名一致但是内容、篇目没有有效融合。鉴于此，2021年5月，中共芜湖市委党史和地方志研究室决定在前三册基础上，重新汇编《芜湖历代诗词》。编纂工作聘请刘永义、张双柱、赵志成具体负责。《芜湖历代诗词》采取在线共享编辑与线下统一调度相结合的工作模式，吸纳了几名年轻同志参与其中。整个修订工作分为三步进行。

第一步，推出修订本的草稿。首先，由张双柱将原《芜湖历代诗词》上下册、增补本按照编排体例合成一个电子文本，再按照编辑分工分别发送各人进行修订。具体分工是：赵志成修订唐、宋时期及其以前的作品，刘永义修订元、明时期的作品（后增派马春协助），张双柱、戴卿修订清代和民国时期的作品。

第二步，形成修订本的初稿。经张双柱对各人修订进行统一文本格式并勘核审订后，于2021年10月、11月分别在南陵县弋江镇、无为市党史和地方志研究室召开修订进度协调会。会后，各人根据会商情况进行复核审定。2022年1月，在安徽师范大学出版社召开了芜湖地情文化丛书编纂工作暨《芜湖历代诗词》修订工作座谈会，也是修订进度第三次协调会。经张双柱再次统稿，于2022年5月向出版社报送初稿。

第三步，在初稿基础上增加新内容。考虑到原上下册、增补本遗漏作品较多，加之修订时又有删减，编辑部研究在初稿基础上增补一批作品。出版社责任编辑胡志恒在初审后也认为有此必要。增补工作主要由张双柱负责。为此，在原先潘红琴一人负责补录、校对的基础上，增加马燕、袁影红参加补录工作。6月中旬，增补部分报送出版社。

本书编纂工作，得到各级各部门的高度重视和大力支持，芜湖市档案馆、图书馆，中共无为市委党史和地方志研究室（市档案局），南陵县文联、南陵县弋江镇政府等单位提供了帮助；原芜湖诗词学会名誉会长吴季华、中华诗词学会发起人谢祖才两位诗坛前辈高度关注，并提出了建设性意见；中共弋江区委党史和地方志研究室孙仁明提供了2019年11月由他主编的《弋江历代诗词》（黄山书社出版），蛟矶庙原本法师提供了《蟂矶山志》，芜湖文史专家王启华、郭青提供了一些重要线索和相关插图；安徽师范大学出版社胡志恒等责任编辑为提升编纂质量付出了辛勤劳动，在此一并表示感谢！值本书出版刊印之际，对吴季华先生暑中辞世深表悼念。

史海浩荡，版本繁多，尽管我们在《芜湖历代诗词》上投入相当精力，但是缺漏之憾、不当之处难免。恳请有关专家和广大读者批评指正，以期他年进一步修订。

《芜湖历代诗词》编辑部

2022年11月18日